Feuerrote Nächte

Die Autorin

Jude Deveraux ist Autorin von 38 *New-York-Times*-Bestsellern. Bis jetzt wurden mehr als 60 Millionen Exemplare ihrer Bücher weltweit verkauft. Sie lebt in North Carolina.

Jude Deveraux

Feuerrote Nächte

ROMAN

Aus dem Amerikanischen von
Theresia Übelhör

Weltbild

Die amerikanische Originalausgabe erschien 2010 unter dem Titel
Scarlet Nights
bei Atria Books, a division of Simon & Schuster, Inc., New York.

Besuchen Sie uns im Internet:
www.weltbild.de

Übersetzung: Theresia Übelhör
Projektleitung: usb bücherbüro, Friedberg/Bay
Umschlaggestaltung: Johannes Frick, Neusäß/ Augsburg
Umschlagmotiv: Getty Images, München (© Travel Images/UIG);
Trevillion Images, Brighton (© Yolande de Kort)
Satz: Catherine Avak, München
Druck und Bindung: CPI Moravia Books s.r.o., Pohorelice
Printed in the EU
ISBN 978-3-86365-477-1

2016 2015 2014 2013
Die letzte Jahreszahl gibt die aktuelle Ausgabe an.

1

Fort Lauderdale

»Ich glaube, wir haben sie aufgespürt«, sagte Captain Erickson. Seine Stimme klang angespannt, und das zeigte, dass er sich bemühte, nicht allzu sehr zu triumphieren.

Sie saßen an einem Picknicktisch im Hugh Taylor Birch State Park in Fort Lauderdale, unmittelbar an der A1A. Es war an einem Septembervormittag, und allmählich wurde es in Südflorida ein wenig kühler. In etwa vier Wochen würde das Wetter herrlich sein.

»Ich vermute, du meinst Mitzi«, antwortete Mike Newland, denn erst gestern hatte ihm der Captain eine dicke Akte über diese Familie gegeben. Mizelli Vandlo war eine Frau, nach der mehrere Polizeiabteilungen, einschließlich des Betrugsdezernats von Fort Lauderdale, aber auch der Secret Service – wegen Finanzkriminalität – und das FBI – wegen Gewaltdelikten – seit Jahren fahndeten. Soweit bekannt, war das einzige Foto von ihr im Jahr 1973 aufgenommen worden, als sie sechzehn war und im Begriff stand, einen einundfünfzig Jahre alten Mann zu heiraten. Selbst damals war sie keine Schönheit gewesen, und ihr Gesicht war aufgrund der langen Nase und der schmalen Lippen markant und unverwechselbar.

Als der Captain nicht antwortete, wusste Mike, dass eine gewaltige Aufgabe auf ihn zukam, und er bemühte sich, seine Wut nicht überkochen zu lassen. Er hatte gerade einen Undercover-Auftrag abgeschlossen, der ihn drei Jahre beschäftigt hatte, und eine Zeit lang war sogar ein Preis auf seinen Kopf ausgesetzt gewesen.

Mike hatte zwar nie am Fall Vandlo gearbeitet, aber er hatte vor ein paar Jahren gehört, dass mehrere Mitglieder der Familie Vandlo verhaftet worden waren, und zwar alle am gleichen Tag, allerdings in verschiedenen Städten. Doch Mitzi, ihr Sohn Stefan und ein paar andere Familienangehörige – von denen sie viele Fotos vorliegen hatten – waren irgendwie gewarnt worden und entkommen. Bis vor Kurzem hatte niemand gewusst, wohin sie sich aus dem Staub gemacht hatten.

Mike goss aus einer Thermoskanne grünen Tee in eine Tasse und bot sie dem Captain an.

»Nein, danke«, sagte der und schüttelte den Kopf. »Ich bleibe dabei.« Er hob eine Dose mit einer Flüssigkeit hoch, die zahlreiche Zusatzstoffe und Koffein enthielt.

»Und, wo steckt sie?«, fragte Mike, und seine Stimme war noch rauer als gewöhnlich. Häufig musste er Fragen nach seiner Reibeisenstimme beantworten, und seine Standard-Halbwahrheit lautete, sie sei auf einen Unfall in seiner Kindheit zurückzuführen. Manchmal schmückte er es sogar aus und erfand Geschichten über Dreiräder oder Autounfälle, wonach ihm gerade der Sinn stand. Doch ungeachtet der Geschichten – Mikes Stimme war genauso einschüchternd wie sein Körper, sobald er in Aktion war.

»Hast du je gehört von …?« Während der Captain einen Zettel aus seiner Hemdtasche fischte, wusste Mike, dass er sich noch über etwas anderes freute als nur über die Tatsache, dass man Mitzi aufgespürt hatte. Schließlich hatten sie inzwischen bereits mindestens zum sechsten Mal gehört, dass sie entdeckt worden war. »Ah, da ist er.« Der Captain überflog das Blatt. »Mal sehen, ob ich den Namen dieses Ortes überhaupt richtig aussprechen kann.«

»Die Tschechoslowakei gibt es nicht mehr«, stellte Mike trocken fest.

»Nein, diese Stadt ist in den USA. Irgendwo im Norden.«

»Jacksonville liegt ›im Norden‹.«

»Ich hab's«, sagte der Captain. »Eddy soundso. Eddy … Lean.«

»Eddy Lean ist ein Personenname, keine Stadt.«

»Vielleicht spreche ich es falsch aus. Sag es schneller.«

Mikes Kiefermuskel zuckte. Ihm missfiel das Spiel, das der Captain da im Sinn hatte. »Eddylean. Nie davon gehört. Also wo …?« Mike verstummte und holte Luft. »Ed-uh-lean«, sagte er mit so leiser Stimme, dass der Captain ihn kaum hören konnte. »Edilean.«

»Genau.« Der Captain steckte den Zettel wieder in die Tasche. »Hast du schon mal davon gehört?«

Mikes Hände begannen so stark zu zittern, dass er nicht nach seiner Tasse greifen konnte. Er zwang sich, die Ruhe zu bewahren, und bemühte sich, das Gesicht zu entspannen, um sich seine Panik nicht anmerken zu lassen. Er hatte nur einem Menschen von Edilean erzählt, und das war schon vor langer Zeit gewesen. Wenn dieser Mann involviert war, dann bedeutete dies Gefahr. »Ich bin mir sicher, ihr habt herausgefunden, dass meine Schwester dort wohnt«, sagte Mike leise.

Das Lächeln auf dem Gesicht des Captains verschwand. Er hatte Mike necken wollen, aber ihm missfiel es, bei einem der Männer unter seinem Kommando so heftige Gemütsregungen zu sehen. »Das wurde mir berichtet, aber dieser Fall hat überhaupt nichts mit ihr zu tun. Und bevor du danach fragst, nur ich und der Generalbundesstaatsanwalt wissen, dass sie dort lebt.«

Mike bemühte sich, seinen Herzschlag unter Kontrolle zu bringen. Er war schon viele Male in Situationen gewesen, in denen er den Leuten vorspielen musste, jemand zu sein, der er gar nicht war, deshalb hatte er gelernt, ruhig zu bleiben, koste es, was es wolle. Doch damals hatte jeweils sein eigenes Leben auf dem Spiel gestanden. Wenn sich im kleinen Edilean in Virginia etwas abspielte, dann war das Leben des einzigen Menschen, der ihm etwas bedeutete, nämlich seine Schwester Tess, in Gefahr.

»Mike!«, sagte der Captain laut, dann senkte er die Stimme. »Komm wieder runter. Keiner weiß etwas über dich, deinen Heimatort oder deine Schwester, sie ist absolut in Sicherheit.« Er zögerte. »Verstehe ich das richtig, dass ihr beide euch nahesteht?«

Mike zuckte nur einmal mit der Achsel. Die Erfahrung hatte ihn gelehrt, so wenig wie nur immer möglich von sich preiszugeben.

»Okay, dann sag mir eben nichts. Aber du kennst den Ort, richtig?«

»War noch nie in meinem Leben dort.« Mike zwang sich zu einem Grinsen. Er war wieder ganz er selbst und freute sich, das Stirnrunzeln im Gesicht des Captains zu sehen. Mike gefiel es, wenn er die Lage unter Kontrolle hatte. »Willst du mir sagen, worum es hier geht? Ich kann mir nicht vorstellen, dass sich im kleinen Edilean irgendetwas Schlimmes ereignet hat.« Nicht seit 1941, dachte er, während ihm jede Menge Bilder durch den Kopf schossen – und keines davon war schön. Obwohl es der Wahrheit entsprach, dass er nie persönlich in Edilean gewesen war, so hatten die Stadt und ihre Bewohner doch seine Kindheit bestimmt. Als er an jenen Tag und an seine wütende, hasserfüllte Großmutter zurückdachte, konnte er es sich nicht verkneifen, die Hand an seine Kehle zu legen.

»Nichts ist passiert, jedenfalls noch nicht«, antwortete der Captain, »aber wir wissen, dass Stefan sich dort aufhält.«

»In Edilean? Was will er denn dort?«

»Das wissen wir nicht, aber er steht im Begriff, irgendein Mädchen aus dem Ort zu heiraten.« Der Captain nahm einen Schluck von seiner Cola. »Armes Ding. Sie ist in einer ländlichen Kleinstadt aufgewachsen, dann kommt Stefan mit seinem Großstadtglamour daher und erobert ihr Herz im Sturm. Sie hatte gar keine Chance.«

Mike neigte den Kopf, um sein Schmunzeln zu verbergen. Der Captain stammte aus Südflorida, wo es an jeder Ecke Geschäfte gab. Er bemitleidete jeden, der jemals hatte Schnee schippen müssen. »Sie heißt Susie. Oder jedenfalls beginnt ihr Name mit S.« Er griff nach einem Aktenordner, der neben ihm auf der Bank lag. »Sie heißt Sara …«

»Shaw«, ergänzte Mike. »Sie will Greg Anders heiraten. Verstehe ich richtig, dass Greg Anders in Wahrheit Mitzis Sohn Stefan ist?«

»Für jemanden, der noch nie in diesem Ort war, weißt du aber eine Menge darüber.« Der Captain verstummte, um Mike Zeit zu lassen, sich zu erklären, aber er sagte nichts. »Ja, er ist Stefan, und wir haben Grund zur Vermutung, dass auch Mitzi in dieser Stadt wohnt.«

»Und niemand achtet auf eine Frau mittleren Alters.«

»Genau.« Der Captain schob den Ordner über den Tisch zu Mike hinüber. »Wir wissen nicht, was da los ist, und warum sich zwei Schwerverbrecher dort aufhalten, deshalb müssen wir das herausfinden. Da du Verbindungen zu diesem Ort hast, bist du der Glückspilz.«

»Und dabei habe ich mich nie für ein Glückskind gehalten.« Als Mike den Ordner aufschlug, sah er, dass die erste Seite von der Polizeistation aus Decatur, Illinois, stammte. Er sah den Captain fragend an.

»Da geht es nur darum, wie Stefan aufgespürt wurde. Ein Polizist hat mit seiner Frau Urlaub in Richmond, Virginia, gemacht und Stefan und das Mädchen in einem Kleidergeschäft gesehen. Der Polizist hat herausgefunden, wo sie wohnen. Und was dich anbelangt, ein Typ, mit dem du vor langer Zeit zusammengearbeitet hast, wusste über Edilean und deine Schwester Bescheid.« Als Mike die Stirn runzelte, konnte sich der Captain ein Grinsen nicht verkneifen. Mikes Geheimniskrämerei – beziehungsweise »Privatsphäre«, wie er es nannte – konnte einen in den Wahnsinn treiben. Jeder vom Betrugsdezernat ging mit dem Captain auf ein paar Bier aus, und danach wusste er, wer von seiner Frau verlassen worden war, wer sich mit einem jungen Ding vergnügte, das auf Cops stand, und wer Probleme mit einem Fall hatte. Nur Mike bildete eine Ausnahme. Er redete zwar so viel wie die anderen Jungs über seine Trainingseinheiten, seine Ernährung, ja selbst über sein Auto. Es hatte den Anschein, als würde er eine Menge von sich preisgeben, doch am nächsten Tag wurde dem Captain dann klar, dass er von Mike absolut nichts Persönliches in Erfahrung gebracht hatte.

Als der stellvertretende Generalstaatsanwalt des südlichen Districts von Florida angerufen und erklärt hatte, sie glaubten, einer der meistgesuchtesten Verbrecher der Vereinigten Staaten halte sich möglicherweise in Edilean, Virginia, auf, und Mike Newlands Schwester lebe dort, da hatte der Captain sich an seinem Kaffee beinahe verschluckt. Er hätte viel Geld darauf gewettet, dass Mike überhaupt keine Verwandten hatte. Genau genommen war sich der Captain nicht einmal sicher, ob Mike je außerhalb seiner Fälle eine Freundin gehabt hatte. Er hatte jedenfalls noch nie eine Frau zu den Veranstaltungen der Abteilung mitgebracht, und soweit der Captain wusste, hatte Mike noch nie einen der Kollegen in sein Apartment eingeladen – das er zwei Mal im Jahr wechselte. Andererseits war Mike der beste Undercover-Agent, den sie je gehabt hatten. Nach jedem Auftrag musste er abtauchen, bis alle Leute, die er entlarvt hatte, hinter Schloss und Riegel saßen.

Mike klappte den Ordner zu. »Wann muss ich hin, und was soll ich tun?«

»Wir wollen sie retten.«

»Mitzi?«, fragte Mike ehrlich entsetzt. »Damit sie vor Gericht gebracht werden kann?«

»Nein, nicht sie. Das Mädchen. Wir wollen natürlich, dass du Mitzi findest, aber wir wollen auch, dass du diese Sara Shaw rettest. Sobald die Vandlos von ihr bekommen haben, was sie haben wollen, wird niemand sie je wiedersehen.« Er hielt inne. »Mike?«

Mike blickte den Captain an.

»Falls deine Schwester tatsächlich dort ist und du enttarnt wirst …«

»Keine Sorge«, antwortete Mike. »Zurzeit ist Tess auf ihren Flitterwochen in Europa. Ich sage ihr, dass sie ihren frisch Angetrauten aus der Stadt fernhalten soll, bis die Sache auf die eine oder andere Weise gelöst ist.«

Der Captain schlug einen anderen Ordner auf und zog ein zwanzig Mal fünfundzwanzig Zentimeter großes Foto einer Frau mit dunklen Haaren und Augen hervor. Sie war atemberaubend schön. Sie stand an einer Straßenecke an einer Ampel und wartete auf Grün, und ein leichter Wind hatte ihr die Kleider an ihren Körper geweht. Sie hatte eine Figur, die jedem Mann den Atem verschlug. »Sieht deine Schwester tatsächlich so aus?«

Mike warf lediglich einen flüchtigen Blick auf das Foto. »Nur, wenn es ihr wirklich schlecht geht.«

Der Captain blinzelte ein paar Mal. »Okay.« Er legte ein Bild von Sara Shaw auf den Tisch. Die junge Frau hatte ein ovales Gesicht und blonde Haare, und sie trug ein weißes Kleid, das sie genauso süß aussehen ließ wie Mikes Schwester … na ja, verführerisch wirkte. »Sie ist gar nicht der Typ, den Vandlo sonst bevorzugt.«

Mike griff nach dem Foto und studierte es. Er war sich nicht sicher, ob er dem Captain sagen sollte, dass er über Sara Shaw eine ganze Menge wusste. Sie war eine der beiden besten Freundinnen seiner Schwester, was viel heißen wollte, weil Tess mit ihrer scharfen Zunge bei vielen Leuten nicht gut ankam. Doch Sara hatte schon bei ihrer ersten Begegnung mit Tess den Menschen hinter den bissigen Bemerkungen und dem außergewöhnlichen Erscheinungsbild erkannt.

»Kennst du sie?«

»Ich bin Miss Shaw nie begegnet, aber ich habe einiges über sie gehört.« Er legte das Foto auf den Tisch. »Keiner hat also eine Ahnung, was die Vandlos in Edilean suchen?«

»Es sind viele Nachforschungen sowohl aus der Ferne als auch vor Ort angestellt worden, aber jeder, der es versucht hat, hat eine Niete gezogen. Worum es auch immer geht, Miss Shaw scheint im Mittelpunkt des Ganzen zu stehen. Ist sie reich, ohne dass irgendjemand etwas davon weiß? Erbt sie womöglich Millionen?«

»Nicht, dass ich wüsste. Sie hat gerade ein Geschäft eröffnet mit …« Seine Schwester hielt ihn stets über den Klatsch und Tratsch in Edilean auf dem Laufenden, aber es war gar nicht einfach, sich das alles zu merken. »Mit ihrem Verlobten, Greg Anders. Tess hasst den Mann, sie sagt, er behandelt jeden verächtlich, der bei ihm nichts kauft. Aber Tess macht für Sara die ganze Buchhaltung und hat sichergestellt, dass Sara nicht für seine Schulden bürgt.«

»Klingt ganz nach Vandlo.« Der Captain zögerte. »Deine Schwester kümmert sich also um die Finanzen anderer Leute?« Sein Tonfall verriet, dass er nicht glauben konnte, dass eine Frau, die wie Tess aussah, tatsächlich Grips haben konnte.

Mike hatte nicht die Absicht, darauf zu antworten. Er wusste, wie sehr der Captain sich für sein Privatleben interessierte, und er hatte nicht vor, irgendetwas preiszugeben. »Du willst also, dass ich diese Verbrecher dingfest mache, aber ich soll darüber hinaus die hübsche Miss Shaw von Stefan Vandlo loseisen? Besteht mein Auftrag in Verfolgung und Beobachtung? Oder soll ich mehr tun?«

»Du musst tun, was immer nötig ist, um ihr Leben zu retten. Wir glauben, Stefan bringt Sara um, sobald er bekommen hat, was er von ihr haben will – und was er sich am meisten zu wünschen scheint, ist die Hochzeit mit ihr.«

»Mein Gefühl sagt mir, dass Sara Zugang zu den Häusern vieler Wohlhabender haben muss, da die Kleider, die sie in dem Geschäft verkaufen, teuer sind. Vielleicht wollen die Vandlos sehen, was da zu holen ist.«

»Das haben wir zunächst auch gedacht, aber Vandlo hat als ihr Freund bereits Zugang zu diesen Häusern, und es sind keine Diebstähle gemeldet worden. Es muss um etwas Größeres gehen, aber keiner hat eine Ahnung, worum es sich handelt.« Der Captain klopfte auf den Ordner. »Nachdem du das gelesen hast, wirst du sehen, dass es bei deren Masche um viel mehr geht, als nur darum, ein paar Halsketten zu stehlen.« Er senkte die Stimme. »Wir glauben, Stefan hat sich nach neunzehnjähriger Ehe von seiner Frau nur deshalb scheiden lassen, damit seine Hochzeit mit Miss Shaw rechtskräftig ist – was bedeutet, dass er ihren ganzen Besitz erbt, wenn sie bei einem vermeintlichen Unfall ums Leben kommt.« Er sah Mike erwartungsvoll an. »Hast du wirklich keine Ahnung, was mit Miss Shaw in Verbindung steht, das so wertvoll ist, dass zwei der schlimmsten Betrüger der Welt sich darauf so gründlich vorbereitet haben?«

»Überhaupt keine«, antwortete Mike ehrlich. »Die McDowells sind reich, und Luke Connor wohnt dort, aber ...«

»Der Autor der Thomas-Canon-Bücher? Ich habe alle gelesen! Hey! Vielleicht könntest du mir ein Exemplar mit Autogramm besorgen.«

»Klar. Ich werde mich als Tourist ausgeben, der sich verlaufen hat.«

Der Captain wurde wieder ernst. »Zu weit hergeholt. Du wirst deine Verbindungen zu deiner Schwester und zu dieser Stadt nutzen müssen – eben alles, was du herausfinden kannst, um diesem Mädchen nahe genug zu kommen und ihm die Hochzeit mit Stefan ausreden zu können. Wir wollen unbedingt verhindern, dass er ihren Besitz erben kann. Und du musst das sofort tun, weil die Hochzeit schon in drei Wochen stattfindet.«

Mike blickte ihn fassungslos an. »Was soll ich machen? Sie verführen?«

»Niemand würde dich damit beauftragen, wenn wir nicht überzeugt wären, dass du das schaffst. Und außerdem meine ich mich zu erinnern, dass du bei mehreren Frauen Erfolg gehabt hast. Da war doch dieses Mädchen in Lake Worth. Wie hieß die noch mal?«

»Tracy, die hat zehn oder zwanzig Jahre Knast bekommen. Hier handelt es sich aber um ein *braves* Mädchen. Wie soll ich mit ihm umgehen?«

»Ich weiß nicht. Behandle sie wie eine Dame. Koche für sie. Zieh den Stuhl für sie zurück. Mädchen wie die stehen auf Gentlemen. Ich bin mir sicher, dass Vandlo so bei ihr gelandet ist. Und bevor du danach fragst, nein, du darfst sie nicht entführen und du darfst Stefan nicht erschießen. Diese junge Frau, Sara Shaw, muss an Ort und Stelle bleiben, damit sie dir helfen kann, herauszufinden, was die beiden haben wollen.« Der Captain grinste hinterhältig. »Wir haben es so arrangiert, dass Stefan die ganze Zeit bis zur Hochzeit fort ist. Wir haben ihm ein paar Familienprobleme geliefert, die er nicht ignorieren kann.«

»Und das wären?«

»Auch wenn er sich von seiner Frau hat scheiden lassen, wissen wir, dass er noch immer an ihr hängt, deshalb haben wir sie wegen Trunkenheit am Steuer festgenommen – was ganz einfach war. Sie trinkt jede Menge Alkohol, seit Stefan sie verlassen hat, deshalb haben wir sie einfach eines Abends herausgepickt, und jetzt droht ihr eine Gefängnisstrafe. Wir haben sie in den frühen Morgenstunden bei ihm anrufen lassen, und er ist, wie wir gehofft hatten, sofort angerückt. Falls er Schwierigkeiten macht, buchten wir ihn ein, bis er sich wieder beruhigt.« Der Captain schmunzelte. »Ich frage mich, wie er seiner Verlobten wohl erklärt hat, dass er zu seiner Ex davonrennt.«

Mike schraubte seine Thermoskanne zu und überlegte, wie er diese Mission wohl erfüllen konnte. »Ich bezweifle, dass ein Lügner wie Vandlo ihr von seiner Ex erzählt hat.«

»Irgendwann wirst du Miss Shaw die Wahrheit sagen müssen, und das sollte ein Punkt zu deinen Gunsten sein. Was immer du tust, du musst es *schnell* tun«, sagte der Captain. »Und du darfst nie vergessen, dass diese junge Frau die vierte wäre, die verschwindet, nachdem sie sich mit Stefan Vandlo eingelassen hat. Er hat jedes Mal einen Decknamen benutzt und diesen Mädchen alles genommen, was sie hatten. Dann sind sie ›verschwunden‹, und der Freund, Vandlo, war unauffindbar.«

»Ja, das habe ich gelesen«, erklärte Mike. »Und wenn es nicht ein paar vage Berichte von Augenzeugen gegeben hätte, wüssten wir nicht einmal, wer das war.«

»Genau, weil Stefan nichts zurückgelassen hat, nicht einmal einen Fingerabdruck. Und du kennst die Regel: kein Beweis, keine Verurteilung. Ich persönlich würde den Mann gern umgehend verhaften, aber die da oben wollen eine Undercover-Operation, damit wir die Mutter kriegen. Wenn wir ihr den Sohn nehmen, fängt sie einfach an, ihre Nichten und Neffen einzusetzen. Sie ist der Kopf der Bande, deshalb müssen wir *sie* aus dem Verkehr ziehen. Ein für alle Mal.«

Mike warf einen Blick auf seine Uhr. »Ich muss nur schnell bei meiner Wohnung vorbeifahren und ein paar Sachen holen, dann kann ich los …«

»Hm, Mike«, sagte der Captain mit entschuldigendem Tonfall, »es sieht so aus, als hättest du in den letzten paar Stunden die Lokalnachrichten nicht gesehen. Da ist noch etwas, was du wissen musst.«

»Was ist passiert?«

Der Captain nahm die letzten Dokumente von der Bank und reichte sie ihm. »Das tut mir wirklich leid.«

Als Mike den Ordner aufschlug, sah er den Computerausdruck einer Nachrichtenmeldung. WOHNUNG AUSGEBRANNT, lautete die Schlagzeile. LAUT BEHÖRDEN WAREN ZIGARETTEN DIE BRANDURSACHE.

Als Mike das Foto sah, bekam er einen Wutanfall. Es handelte sich um seinen sechsstöckigen Wohnblock, und in der Ecke der vierten Etage – aus seinem Apartment – loderten Flammen.

Er legte die Blätter zu den anderen zurück, dann blickte er zum Captain auf. »Wer war das?«

»Die vom FBI sagen, es muss ein … lass mich nachschauen. Ich will niemanden falsch zitieren.« Seine Stimme klang sarkastisch, als er ein Blatt umdrehte. »›Ein zufälliger Unfall‹ gewesen sein, so nennen sie das. Was für ein Glück für die.« Der Blick des Captains verriet Mitgefühl. »Das tut mir leid, Mike, aber sie wollen, dass du sauber dort ankommst. Deine Geschichte lautet, dass deine Wohnung ausgebrannt ist, deshalb hast du beschlossen, eine dringend benötigte Auszeit vom Polizeidienst zu nehmen. Es klingt vernünftig, dass du in der Wohnung deiner Schwester unterschlüpfst, da sie ja gerade leer steht. Es ist angeblich reiner Zufall, dass ihre Wohnung sich im gleichen Gebäude befindet wie die von Miss Shaw. Wir – die du so wenig lügst wie möglich. Oh, ja, das hätte vergessen.« Er fasste in seine Tasche, zog einen neuen ry heraus und reichte ihn Mike. »Stefan hat Taschen sozusagen mit der Muttermilch eingesogen, deshalb wir wenn du ihm begegnest, das Handy entwenden. Wir wollen nicht, dass er irgendwelche Nummern entdeckt, die dich auffliegen lassen würden. Du nimmst, während du in Edilean bist, *ausschließlich* über deine Schwester Kontakt zu uns auf. Meinst du, sie ist damit einverstanden?«

»Bestimmt«, antwortete Mike, und er schwor sich erneut, Tess zu raten, dass sie fortbleiben sollte. Der Fall musste wirklich ernst sein, wenn sie seine Wohnung abfackelten. Er würde das keiner Menschenseele erzählen, aber Tess hatte ihm seit Jahren immer wieder Gebäck ihrer Freundin Sara Shaw geschickt, und Mike war der Meinung, dass es jemand, der so gut backen konnte, verdient hatte, gerettet zu werden.

Da Mike schwieg, sagte der Captain. »Tut mir leid um deine Sachen.« Alle wussten, dass Mike sehr großen Wert auf gute Kleidung legte. »Was hast du verloren?«

»Nichts Wichtiges. Tess bewahrt alles, was mir etwas bedeutet, in einem Lagerabteil in …«, er zögerte, »… in Edilean auf.«

»Ich rate dir, das Lager nicht aufzusuchen.« Der Captain wollte die Stimmung aufheitern. »Noch mal, das mit der Wohnung tut mir wirklich leid. Ich wollte mich als Freiwilliger melden, um nach deinem Goldfisch zu sehen.«

Mike schnaubte und stand auf. Er hatte keinen Goldfisch, keinen Hund, ja nicht einmal ein richtiges Zuhause. Seit er mit siebzehn das Haus seiner Großeltern verlassen hatte, hatte er in möblierten Mietwohnungen gelebt.

Mike blickte zur Straße hinüber, die sich durch den Park schlängelte. Er würde eine Laufrunde drehen – die brauchte er –, dann losfahren. »Ich fahre in zwei Stunden«, sagte er. »Dann müsste ich gegen zehn in Edilean sein – das heißt, wenn ich hin und wieder die Sirene einschalte.«

Der Captain lächelte. »Ich wusste, dass du den Fall übernimmst.«

»Möchtest du mit mir laufen gehen?«

Der Captain verzog das Gesicht. »Diese Tortur überlasse ich dir. Mike?«

»Ja?«

»Sei vorsichtig, ja? Stefan hat noch so etwas wie ein Gewissen – zumindest Angst vor Vergeltungsmaßnahmen –, aber seine Mutter …«

»Ja, ich weiß. Könntest du für mich noch mehr Informationen über Mutter und Sohn zusammenstellen?«

»Wie wäre es, wenn du sofort zu meinem Auto hinüberjoggen würdest, dann gebe ich dir drei Schachteln Material?«

Mike lachte, was selten vorkam und dazu führte, dass der Captain ihm einen fragenden Blick zuwarf.

»Du hast etwas im Sinn, stimmt's?«

»Ich habe gerade überlegt, wie ich mich Miss Shaw vorstelle, und mir ist eine Geschichte von einem uralten Tunnel eingefallen, die mir meine Schwester einmal erzählt hat. Er führt zufällig direkt zum Fußboden des Schlafzimmers meiner Schwester. Ich brauche also nichts weiter zu tun, als dafür zu sorgen, dass Miss Shaw vorübergehend dort einzieht.«

Der Captain wartete ab, doch Mike gab keine weiteren Einzelheiten preis. »Du hast nur drei Wochen. Glaubst du, du kannst in dieser Zeit Miss Shaw einem Großstadtcharmeur wie Stefan abspenstig machen?«

Mike stieß einen Seufzer aus. »Normalerweise würde ich sagen Ja, aber jetzt …« Er zuckte mit den Achseln. »Nach meinen Erfahrungen besteht die einzige Möglichkeit, eine Frau zu kriegen, darin, herauszufinden, was sie haben will, und es ihr zu schenken. Allerdings habe ich keinen Schimmer, was eine Frau wie Sara Shaw sich wünschen könnte.« Er sah den Captain an. »Also, wo sind diese Schachteln mit dem Infomaterial? Ich muss weg von hier.« Mike folgte ihm zum Auto.

* * *

Ramsey McDowell hatte noch tief und fest geschlafen, als er auf einmal Bonnie Tylers »Holding Out for a Hero« aus dem Handy seiner Frau tönen hörte. Er stöhnte auf, zog sich das Kissen über den Kopf und versuchte, das Geräusch zu ignorieren – und seine Gefühle zu unterdrücken. Es war ihr Bruder, der sie anrief, ein Mann, dem Rams noch nie begegnet war, ein Mann, der schwerer zu fassen war als ein Geist, geheimnistuerischer als ein Spion. Doch obwohl er den Mann noch nie gesehen hatte, hatte Rams mehr über ihn gehört, als ihm lieb war. Laut seiner Braut war ihr Bruder der klügste, fleißigste, heldenhafteste und natürlich der schönste Mann der Welt.

»Sie hat es geschafft, dich eifersüchtig zu machen, oder?«, hatte sein Cousin Luke lachend festgestellt. »Sei unbesorgt, alter Mann, ein paar Tage – oder Jahre – in einem Fitnessstudio, und du erarbeitest dir auch einen solchen Ruf wie er.«

Ob eifersüchtig oder nicht, Ramsey wusste, dass seine Frau mit allem aufhörte – Essen, Streiten, ja sogar Sex –, sobald ihr Handy diesen scheußlichen Song von sich gab.

»Er ist *kein* Held«, hatte Ramsey gesagt, als Tess das erste Mal von ihm heruntersprang, um zu ihrem Handy zu rennen. »Er ist nur Polizist.«

»Detektiv«, erwiderte Tess über die Schulter hinweg. Sie war nackt, und der Anblick ihres schönen Körpers in Bewegung reichte aus, dass er ihr verzieh. Aber das war vor mehreren Wochen gewesen, und er hatte die täglichen Anrufe inzwischen satt.

Tess sagte: »Normalerweise ruft er mich nur einmal in der Woche an, aber jetzt hat er frei, deshalb können wir miteinander reden, so oft wir wollen.«

Wie sich herausstellte, bedeutete »so oft wir wollen« so viel wie *täglich,* und da der Mann sie immer mitten in jeder »Aktivität« erwischte, glaubte Rams inzwischen, dass eine Kamera auf sie gerichtet war. Selbst jetzt, in ihren Flitterwochen, rief er sie an.

»Mike!«, sagte Tess, als sie den Anruf entgegennahm. Ihre

Stimme klang atemlos und ein bisschen verängstigt. »Stimmt etwas nicht?«

Rams warf einen Blick auf die Uhr. Nach europäischer Zeit war es früh am Morgen. Warum konnte der Mann sich keine Freundin zulegen, wie es jeder normale Mensch tat?

»In Ordnung«, sagte Tess leise ins Telefon, als sie sich wieder aufs Bett setzte. »Natürlich mache ich das.«

Rams zog sich das Kissen vom Kopf und sah sie neugierig an. Diesen Tonfall hatte er bei ihr noch nie gehört.

»Mike, du bist vorsichtig, ja? Nein, ich meine es ernst. *Wirklich* vorsichtig.«

Rams setzte sich im Bett auf und betrachtete sie aufmerksam. Im Zimmer war es hell genug, dass er die Tränen in ihren Augen sehen konnte. »Was ist los?«

Sie hob die Hand, um ihn zum Schweigen zu bringen. »Ich verstehe das durchaus. Luke wird machen, worum ich ihn auch bitte.«

»Was wird Luke machen?«, fragte Ramsey.

Tess sah ihren Mann an. »Bitte sei still, ja? Das ist wichtig.«

Verärgert warf Rams die Decke zurück, schlüpfte in seine Hose, die über einem Stuhl hing, und zog den Vorhang auf, um die Berge zu betrachten. Tess sprach hinter ihm weiter.

»Ja, ich glaube, er ist in gutem Zustand, und außer mir weiß nur Luke darüber Bescheid. Ich bin mir sicher, dass er es Joce nicht gesagt hat. Er hatte Angst, sie könnte ihn erkunden wollen, und er hat das immer für zu gefährlich gehalten.« Tess legte eine Pause ein und lächelte. »Noch nicht, aber Rams arbeitet mit Begeisterung und Ausdauer daran. Ja, der erste wird den Namen Michael bekommen.«

Augenblicklich war Ramseys Wut verpufft, und er streckte sich neben seiner Frau auf dem Bett aus. Ihm missfiel die Art und Weise, wie sie ihrem Bruder Intimitäten ausplauderte, aber es freute ihn, dass sie gesagt hatte, sie plane, Kinder zu bekommen. Sie hatten nie über Kinder gesprochen, doch jetzt wurde ihm klar, dass er aus Angst, sie könnte keine haben wollen, darauf verzichtet hatte. Tess war eine Frau mit sehr festen Ansichten. Aber sobald seine erste Freude darüber verflogen war, fing Ramsey an, sich ein ganzes Dutzend Kinder vorzustellen, alle mit einem Namen, der irgendwie mit Michael zu tun hatte: Michaela, Michalia, Michey, Michelle …

»Was für ein ungewöhnlicher Anruf«, sagte Tess, als sie ihr Handy abschaltete.

»Mickey kommt für mich nicht in Frage. Keine Mäuse.«

Tess warf ihm einen angewiderten Blick zu. »Fängst du schon wieder mit deiner Eifersucht an?«

»Stimmt doch gar nicht …«, hob Ramsey an, dann bremste er sich. »Und warum war deinem Bruder danach, dich mitten in der Nacht anzurufen? Oder spielt er gerade in einem Land den James Bond, in dem es keinen Nachmittagstee gibt?«

»Er ist gerade in Edilean angekommen.«

Rams sah sie an. »Dein Bruder ist in *unserer* Stadt, und du hast noch nicht gepackt?«

»Nein, und das habe ich auch nicht vor. Er will, dass wir unsere Flitterwochen verlängern – und uns von zu Hause fernhalten.«

»Nicht etwa, dass ich Einwände hätte, aber warum will er das?«

»Es hat den Anschein, als wäre mein großer Bruder wegen eines Falls nach Edilean beordert worden.«

»Aber er …« Ramsey schluckte. Tess' Bruder ermittelte als Undercover-Agent in großen Fällen. In riesengroßen Fällen. Er hatte mit Verbrechen zu tun, die international Kreise zogen. Er schleuste sich in Banden ein, die gegeneinander Krieg führten – mehrfach war auf ihn geschossen worden.

Rams stieg aus dem Bett und öffnete den Schrank.

»Was machst du?«

»Ich reise nach Hause; du bleibst hier. Wenn dein Bruder nach Edilean geschickt wird, dann ist da etwas oberfaul.«

»Wenn du gehst, reise ich dir nach, und das wird meinen Bruder in Gefahr bringen. Und Mike hat gesagt, dass ich zur

Zielscheibe werden könnte, wenn ich dort bin. Möchtest du das etwa?«

Ramsey drehte sich um und sah sie an. Sie trug weder Kleidung noch Make-up, und sie war so schön, dass er sich kaum aufrecht auf den Beinen halten konnte. Er konnte es noch immer nicht fassen, dass sie Ja gesagt hatte, als er ihr vor gerade einmal vier Wochen einen Heiratsantrag gemacht hatte. Drei Wochen später hatten sie bei einer privaten Zeremonie mit nur einem Dutzend Gästen geheiratet. Und bis auf die Tatsache, dass ihr Bruder nicht hatte teilnehmen können, war alles genau so gewesen, wie sie beide es sich gewünscht hatten. Genau genommen hatte Tess gesagt: »Wenn du denkst, dass ich mich zum Narren mache, indem ich hundert Meter weiße Seide trage, und eine Meute von Frauen in pinkfarbenen Kleidern um mich haben möchte, dann hast du die Falsche gefragt, ob sie dich heiraten will. Gib das Geld lieber für einen Stein aus. Ich möchte einen Ring, der groß genug ist, um darauf zu tanzen.« Er war ihrer Bitte mit Freuden nachgekommen. Und er hatte dazu passende Diamantohrringe gekauft – und das trug sie jetzt alles. Bis auf die Diamanten war sie nackt.

»Was ist in Edilean los?«, fragte Ramsey. »Wer ist in Gefahr?«

»Du weißt doch, dass mir Mike nichts sagen darf. Seine Fälle sind immer streng geheim. Wenn jemand dahinterkäme, könnte es Tote geben.«

Ramsey warf ihr einen durchdringenden Blick zu. Soweit er wusste, hatte ihr Bruder keinerlei Geheimnisse vor ihr.

Tess seufzte. »Sara.«

Ramsey holte tief Luft. »Meine Cousine Sara? Die süße, liebe Sara? Es geht um den Scheißkerl, den sie heiraten will, nicht wahr?«

»Ja«, antwortete Tess unumwunden. »Er ist nicht der, als den er sich ausgibt.«

»Welche Überraschung! Ich habe ihn vom ersten Moment an nicht leiden können.«

»Uns ist es doch allen so ergangen, aber er hat Sara geholfen, wieder auf die Beine zu kommen, und ihre Kundinnen lieben ihn. Mike will, dass wir einiges tun.«

»Mike will, dass *wir* ...?« Ramsey verzog das Gesicht. »Wenn er *uns* um Hilfe bittet, dann wollte er, dass du mir von Sara erzählst, oder?«

Tess lächelte. »Glaubst du im Ernst, ich würde dir etwas erzählen, wenn Mike etwas dagegen hätte?«

Ramsey wollte ihr gerade wieder einmal klarmachen, was er von ihrem schwer fassbaren, geheimniskrämerischen Bruder hielt, aber er verzichtete darauf. »Okay. Ich bin dabei. Was erwartet er von uns?«

»Erstens«, antwortete Tess mit gesenkter Stimme, während sie wieder ins Bett schlüpfte, »wünscht er sich Nichten und Neffen. Er sagt, er hat es satt, dass er keine Kinder kennt, denen er Weihnachtsgeschenke kaufen kann.«

»Das hat er jetzt gesagt?«, fragte Rams, während er sich seiner Hose entledigte und unter die Decke kroch. »Und was erwartet dein überaus intelligenter Bruder außerdem von uns?«

»Wir sollen herausfinden, was Sara besitzt, worauf ein Dieb aus sein könnte. Allem Anschein nach ist dieser Greg ein berüchtigter Betrüger und hat große Anstrengungen unternommen, um an das zu kommen, was Sara hat.« Als Ramsey sich abzuwenden begann, zog Tess sein Gesicht zu ihrem herab. »Und du musst mit mir nach Venedig reisen.«

»Für wie lange?«, murmelte er.

»Bis Mike sagt, dass wir zurückkommen können.«

Ramsey missfiel die autokratische Art und Weise, mit der sein Schwager Anordnungen erteilte, aber er würde tun, was immer nötig war, um seine geliebte Frau in Sicherheit zu bringen. Er hörte abrupt auf, ihren Hals zu küssen. »Welche Art von Geschenken macht dein Bruder Kindern?«

»C4-Sprengstoff.« Als Ramsey sie entgeistert ansah, lachte sie. »Ich weiß nicht. Warum warten wir es nicht einfach ab?«

Als Ramsey am Morgen unter der Dusche stand, rief Tess ihren Freund und Ramseys Cousin Luke Connor an, um von ihm die Informationen zu erhalten, die Mike brauchte. Er lebte mit seiner Frau, Jocelyn, in Edilean Manor, einem im Jahr 1770 erbauten weitläufigen Herrenhaus. Sie bewohnten den zweistöckigen Haupttrakt, während Sara eine Wohnung in einem der Seitenflügel hatte. Bis zu ihrer Hochzeit hatte Tess das Apartment auf der gegenüberliegenden Seite bewohnt.

Luke, ein berühmter Bestsellerautor, war vor ein paar Jahren nach Edilean zurückgekehrt, um sich von einer katastrophalen Ehe zu erholen. Als Heilmittel hatte er die Instandhaltung des alten Hauses und Geländes übernommen. Nach tagelangem starkem Regen, der die Stadt beinahe unter Wasser gesetzt hätte, hatte er einen alten unterirdischen Gang entdeckt. Dieser war mit schweren Eichenstämmen abgestützt und der Boden mit handgefertigten Ziegelsteinen ausgelegt worden – und er endete im Fußboden von Tess' Wohnung.

Unter normalen Umständen hätte er den Einwohnern von Edilean erzählt, was er entdeckt hatte, aber damals war es ihm so schlecht gegangen, dass er mit niemandem sprach. Heimlich restaurierte er nur mit der Hilfe seines Großvaters den Tunnel – von dem er vermutete, dass er während des Bürgerkriegs als Teil der Underground Railroad fungierte, die Sklaven die Flucht ermöglichte.

Nach dem Tod seines Großvaters wusste außer Luke niemand von diesem Tunnel – bis Tess ihn entdeckte. Der große quadratische Einschnitt in den Dielenbrettern mitten in ihrem Schlafzimmer hatte ihre Neugier geweckt. Luke hatte sichergestellt, dass es oben keine Griffe gab und die Tür von unten verschlossen war, doch das hatte Tess nicht davon abgehalten, ein Brecheisen einzusetzen, um die Dielenbretter aufzustemmen. Sie war die Leiter hinabgestiegen, die Luke dort aufgestellt hatte, und hatte eine Taschenlampe benutzt, um sich den Weg durch den dunklen, feuchten Korridor zu bahnen. Als sie auf den Körper des schlafenden Luke gestoßen war – und damit herausfand, wohin er verschwunden war, nachdem keiner ihn hatte ausfindig machen können –, waren beide ein paar Sekunden lang in Panik geraten. Nachdem sie sich wieder beruhigt hatten, waren sie in Tess' Apartment gegangen, und Luke hatte ihr schließlich von seinen persönlichen Problemen erzählt. Tess hatte Luke von ihrem Bruder und auch ein wenig von den Gründen berichtet, wieso sie nach Edilean gezogen war. Sie brauchte ihm nicht zu erzählen, dass sie in ihren Chef Ramsey, Lukes Cousin, wahnsinnig verknallt war. Luke behauptete, das wüsste die ganze Stadt. Doch Tess hatte lange warten müssen, bis Rams es herausfand.

Nach dieser ersten beinahe hysterischen Begegnung hatte sich zwischen Luke und Tess eine enge Freundschaft entwickelt, und Luke kam häufig durch den Tunnel in ihre Wohnung und verbrachte die Nacht in ihrem Gästezimmer, ohne dass die klatschsüchtigen Bewohner der Stadt es mitbekamen. Deshalb rief sie ihn jetzt an und erzählte ihm, was ihr Bruder brauchte.

»Damit ich das richtig verstehe«, sagte Luke. »Du willst, dass ich Saras Apartment unbewohnbar mache, damit sie in deines ziehen muss, weil dein Bruder – den ich nie kennengelernt habe – sich in dein Schlafzimmer schleichen will, in dem Sara liegen wird? Und das mitten in der Nacht?«

»Genau richtig. Ist der Tunnel in gutem Zustand?«

»Käfer und Spinnweben, aber die Bausubstanz ist in Ordnung.«

»Und, machst du es?«

»Ich habe eine Frage.«

»Und die lautet?«

»Ist dein Bruder verheiratet?«

»Nein. Warum?«

»Glaubst du, er könnte Anders Sara ausspannen?«

»Mein Bruder könnte Pitt seine Jolie ausspannen.«

Luke stöhnte auf. »Manchmal tut mir mein Cousin beinahe leid.«

»Rams braucht Konkurrenz«, antwortete Tess. »Wie geht es Joce?«

»Nicht so gut. Es hat sich gerade herausgestellt, dass sie den

Rest der Schwangerschaft im Bett verbringen muss, sonst besteht die Gefahr, dass sie die Zwillinge verliert. Aber ich habe dafür gesorgt, dass sie den Familienstammbaum erstellt, und das macht ihr Spaß.«

»Sag ihr, dass ich an sie denke und sie morgen anrufe. Kann ich irgendetwas für sie tun?«, wollte Tess wissen.

»Komm nach Hause, so schnell du kannst. Sie vermisst dich. Was Sara anbelangt, wenn ich ihr sage, dass ich ihre Wohnung desinfizieren muss, ist sie nach wenigen Sekunden verschwunden. Überlass das mir.«

»Vielen Dank«, sagte Tess und unterbrach die Verbindung. Als Rams aus der Dusche kam, saß sie in dem Hotelzimmer auf dem kleinen Sofa und las in einer Zeitschrift. »Und, was trägt man in Venedig?«

»Genau das, was du anhast.« Sie war völlig nackt. »Allerdings tragen die dort Masken.«

»Und wo tun sie die hin?«

Ramsey lachte, als er auf sie zukam und sein Handtuch zu Boden gleiten ließ.

2

Edilean, Virginia

Es war spätabends, und Sara nahm gerade ein paar Änderungen am Bustier eines Kleides vor, das sie und Greg auf einer Reise nach New York gekauft hatten. Es war »eines von denen« gewesen, das heißt ein Kleid, bei dem Sara sich hatte auf die Zunge beißen müssen.

»Keine Frau aus Virginia wird das tragen«, hatte Sara festgestellt, weil das Kleid an den Hüften Schlitze hatte.

»Marilyn Steward«, murmelte Greg, während er vier andere Kleider zur Seite schob.

»Ihr linker Oberschenkel ist dicker als die Taille dieses Kleides.« Sara hielt es hoch und betrachtete es. »Vielleicht Carol Wills. Sie ist jung und schlank genug, um das …«

Greg riss ihr das Kleid aus der Hand. »Warum musst du mir bei jedem Kleid, das ich kaufen will, Schwierigkeiten machen? Überlass das Design mir, ja? Ich kaufe das Kleid in Größe 42, hänge ein Etikett mit Größe 38 dran, und die reiche Ms Steward wird davon begeistert sein.«

»Stimmt.« Sara machte wie immer einen Rückzieher. Während sie das Kleid auf den großen fahrbaren Ständer hängte, dachte sie: Und ich werde es komplett umnähen müssen, damit es ihr passt. Genau das tat sie jetzt. Sie hatte einen Schrank voller Kleider, Hosen, Blazer und sogar Dessous, die geändert werden mussten, damit sie ihren anspruchsvollen Kundinnen passten.

Doch Sara musste trotz ihrer Meinung über seine Methoden zugeben, dass das Geschäft dank Gregs Sachverstand Geld abwarf. Wie er vorhergesagt hatte, kamen Kundinnen aus Richmond, und selbst aus Washington waren inzwischen ein paar Frauen aufgetaucht. Ihr Sortiment war groß, und die kostenlosen Änderungen waren der Hit. Da kauften Frauen Kleider in Größe 36 und fragten, ob Sara »die Nähte ein klein wenig herauslassen könnte«. Mit anderen Worten, es um zwei Größen weiter zu machen. Jedes Mal sagte Greg: »Natürlich kann sie das.« Sein Trick bestand darin, dass er die größeren Größen hinten aufbewahrte. Nachdem Sara das weitere Kleid auseinander genommen, die Ärmel und den Saum gekürzt und die Schultern schmaler genäht hatte, präsentierte Greg – mit überschwänglichen Gesten und großem Charme – der Kundin ein Kleid, auf dessen Etikett Größe 36 stand.

Das einzige Problem an dieser Methode war – neben der Täuschung, die Sara hasste –, dass sie die einzige Näherin war.

»Nur bis wir uns etabliert haben«, erklärte Greg. »Dann kaufen wir das Haus auf dem Land, das du dir immer gewünscht hast. Wir bekommen ein Dutzend Kinder, und du wirst nicht einmal mehr eine Nähmaschine besitzen.«

Das war ein wunderbarer Traum, ein Traum, an den Sara sich mit aller Macht klammerte, insbesondere jetzt, da Greg die Stadt so plötzlich aus unerklärlichen Gründen verlassen hatte, und Sara mit etwa fünfundzwanzig Stoffteilen dasaß und diese wieder zusammensetzen musste. Zumindest war dank Gregs fantastischem Organisationstalent für die Hochzeit alles arrangiert, überlegte sie. Genau genommen hatte sie gar nichts anderes zu tun gehabt, als ihr Brautkleid auszusuchen – und das war ein Erbstück. Greg hatte gesagt: »Überlass das alles mir. Ich weiß genau, was dir gefällt.« Sara hatte gerade so viel Arbeit für das Geschäft zu erledigen gehabt, dass sie nichts weiter hatte sagen können als »Danke«.

Doch in Wahrheit war die Aussicht, dass er während des schottischen Volksfestes in der kommenden Woche verreist sein könnte, so etwas wie eine Erleichterung. Dass sie daran teilnehmen wollte, er jedoch nicht, hatte zu einer ihrer wenigen ernsthaften Auseinandersetzungen geführt. Er hatte ihr gesagt, dass sie gern in Edilean bleiben könne, dass er aber nach New York fahre und Eintrittskarten für ein Stück habe, das am Broadway aufgeführt wurde und von dem er wusste, dass sie es gern sehen wollte. Als sie erwidert hatte, dass es fast so aussehe, als habe er die Reise eigens arrangiert, um sie von der Teilnahme an diesem einmal jährlich stattfindenden Fest abzuhalten, war er wütend geworden.

»Selbstverständlich habe ich das getan!«, brüllte Greg. »Ich möchte die ganze Zeit mit dir zusammen sein, aber soll ich in dieser Stadt etwa zu irgendeinem ländlichen Schwof gehen? Alle deine Freunde und Verwandten *hassen* mich. Und weißt du, warum? Weil ich ihnen ihr kostbares, kleines Arbeitstier ausgespannt habe!«

»Ich bin kein …«, hob Sara an, aber das hatte sie alles schon so oft gesagt. Manchmal fühlte sie sich zwischen dem Mann, den sie anhimmelte, und der Stadt, die sie liebte, hin und her gerissen. Und das war natürlich absurd. Aber es entsprach der Wahrheit, dass die Bewohner ihrer Heimatstadt Edilean den Mann, den sie heiraten wollte, nicht mochten. Andernorts liebten die Leute ihn. Ihre Kundinnen fragten ihn um Rat, lachten über seine Witze und saugten seine Komplimente auf wie Biskuit den Rum. Aber in Edilean …

Deshalb hatte Sara eingewilligt, mit Greg nach New York zu fahren und das Volksfest zum ersten Mal seit sechsundzwanzig Jahren sausen zu lassen. Zum ersten Mal würde sie nicht die Schottenkostüme für ihre vielen Cousins nähen, ihrer Mutter nicht beim Backen der Gerstenmehlkuchen und Kartoffelscones helfen. Sie würde Luke nicht an seinem Stand mit den Kräuterkränzen unterstützen, und sie würde keinen Tag voller Lachen erleben und die Knie sämtlicher Männer der Stadt sehen, wenn sie ihre Kilts trugen. Sie würde nicht …

Sara wurde aus ihren Gedanken gerissen, weil sich zu ihrem großen Erstaunen ein Teil des Schlafzimmerbodens anzuheben schien. Sie legte das Kleid aufs Bett und rieb sich die müden Augen. Sie befand sich in Tess' Wohnung in Edilean Manor, auf der ihrer eigenen Wohnung gegenüberliegenden Seite, und vielleicht war es hier normal, dass der Boden sich zu heben begann. Womöglich brauchte sie nur jede Menge Schlaf.

Sara erhob sich leise vom Bett und stand barfuß neben Tess' Kommode. Das Zimmer war nur schwach beleuchtet, weil lediglich das Licht der Bodenlampe brannte, die sie an den Fuß des Bettes gestellt hatte, um bei der Arbeit gut sehen zu können.

Während sie auf den Boden starrte, wurde ihr klar, dass sich unter dem kleinen Teppich eine Falltür befinden musste. Die war ihr noch nie aufgefallen, aber sie war bis heute, als ihr Cousin Luke sie mit seinem widerlichen Termitenspray aus ihrer eigenen Wohnung vertrieben hatte, schließlich noch nie in Tess' Schlafzimmer gewesen.

Als sich die Tür im Boden noch ein paar Zentimeter weiter öffnete, war Saras erster Impuls, aus der Wohnung zu flüchten und im Rennen ihr Handy aus der Küche zu holen. Sie würde die Polizei anrufen und dann zu Luke hinüberlaufen.

Aber die Falltür öffnete sich zur Tür des Schlafzimmers. Wer immer da in ihr Zimmer geschlichen kam, würde sie sehen – und sie fassen können –, bevor sie entkommen konnte. Sie beschloss, den Fluchtversuch zu wagen. Mit einer schnellen Bewegung knipste sie die Lampe aus und machte einen Satz über die Falltür, um auf der anderen Seite zu landen.

Doch zu ihrem großen Entsetzen stieß ein Mann genau in dem Moment die Klappe auf, als sie lossprang, und wäre er nicht aufgesprungen, um sie festzuhalten, dann wäre sie hingefallen. Instinktiv setzte sie sich zur Wehr, als sie beide zu Boden gingen. Sie versuchte, ihn am Nacken zu kratzen und das Knie zwischen seine Beine zu stoßen, aber er blockte sie. Sie wollte ihn an den Haaren reißen, aber die waren so kurz geschnitten, dass sie sie nicht zu fassen bekam.

»Verdammt noch mal!«, sagte er mit einer tiefen, rauen Stimme, die sich anhörte, als käme sie direkt aus einem Horrorfilm.

Die Stimme und die Tatsache, dass sie nun umeinander geschlungen auf dem Boden lagen, veranlassten Sara, noch vehementer Widerstand zu leisten. Er lag halb auf ihr, während sie sich wand und um sich kickte, um ihn von sich herunter zu stoßen.

»*Hör auf damit!*«, sagte er mit seiner komischen Stimme. »Mir tut schon alles weh. Du musst die Schmerzen nicht noch verschlimmern!«

»*Runter von mir!*«

»Gern«, antwortete der Mann und rollte sich zur Seite, sodass er auf dem Rücken zu liegen kam.

Sofort sprang Sara auf. Die einzige Möglichkeit, aus dem Zimmer zu entkommen, bestand darin, einen Schritt über ihn hinweg zu machen, aber sie hatte gerade einen Fuß angehoben, als er ihren Knöchel packte und sie festhielt.

»Nicht so hastig«, sagte er. »Ich denke, du solltest der Polizei erklären, was du zu dieser Uhrzeit hier machst.«

Seine Feststellung war so absurd, dass Sara erstarrte und auf ihn hinabstierte – obwohl er noch immer ihren Knöchel über seiner Brust festhielt. Im Zimmer war es zu dunkel, um deutlich zu sehen, aber er trug ein weißes Hemd, das, wie sie wusste, ziemlich viel gekostet hatte. Das war nicht die übliche Kleidung eines Diebes. »Die Polizei?«, flüsterte sie. »Sie wollen die Polizei rufen?«

Er ließ ihren Knöchel los, erhob sich mit einer mühelosen Bewegung und stellte sich vor sie. »Also gut, sag mir, was du hier machst.«

»Das soll ich *Ihnen* sagen?« Sara hatte das Gefühl, im falschen Film zu sein. »Ich wohne hier.«

Der Mann beugte sich zur Seite, um die Bodenlampe anzuknipsen, und als Sara in Richtung Tür hechten wollte, packte er sie am Handgelenk. Er hielt sie nicht sonderlich fest, aber sie wusste, dass sie sich seinem Griff nicht entwinden konnte. »Ich weiß, dass das nicht stimmt«, sagte er, während er sie mit sich zerrte und sie dann geschickt auf den einzigen Sessel im Zimmer drückte. »Jetzt, junge Dame, erzählen Sie.«

Sara blickte zu ihm auf. Er war nicht besonders groß, jedenfalls nicht so groß wie ihre Cousins Luke und Ramsey, aber er sah ziemlich gut aus – ein bisschen wie ein Straßengangster. Trotz seines extrem hohen Haaransatzes hatte er einen sehr starken dunklen Bartschatten. Alles in allem war sie *ungern* mit ihm allein in einem schwach beleuchteten Zimmer.

Ihr äußerst durchschnittliches Kleinstadtleben hatte sie auf solche Begegnungen nicht vorbereitet, doch sie hatte wie jedermann viele Filme gesehen. Sie straffte die Schultern und holte Luft – und wünschte sich, sie hätte etwas anderes an als dieses Nachthemd aus halb durchsichtigem irischem Leinen. Und es war wirklich schade, dass ihr die Haare auf den Schultern lagen. Sie hätte gerne »tougher« ausgesehen.

»Die Frage ist, wer sind Sie?«, sagte sie so gelassen, wie sie nur konnte.

Er beugte sich hinab, um die Falltür zu schließen, und als Sara sich im Sessel regte, schaute er wieder zu ihr auf. »Ich bin der Bruder der Mieterin dieses Apartments, und *Sie* sind hier eingedrungen.«

Vor Erstaunen fiel Sara die Kinnlade herunter. »Tess? Sie sind Tess' Bruder? Sie sehen ihr gar nicht ähnlich.«

Seine finstere Miene verschwand, und als er ein kleines Lächeln zeigte, das ein Grübchen in seiner linken Wange hervorrief, wirkte er gar nicht mehr furchteinflößend. »Sie hat die Schönheit, ich die Intelligenz geerbt.«

Nur mühsam unterdrückte Sara ein Lächeln. Er deutete damit an, Tess sei eine einfältige Schönheit, aber Tess zählte zu den klügsten Menschen, die Sara je kennengelernt hatte. Sie würde aber nicht zulassen, dass er sie von den wichtigen Fragen ablenkte. »Ich glaube Ihnen nicht, bis ich Beweise sehe.«

Er griff in die Tasche seiner, wie sie wusste, ziemlich teuren Hose, zog eine dünne Brieftasche hervor und klappte sie auf, um einen Führerschein zu präsentieren.

Sara schaute ihn sich gar nicht erst an. »Ich vertraue nur Tess.«

»Klar. Dann rufen wir sie an.« Er zog ein Handy aus seiner Vordertasche und drückte auf eine Taste.

»Sie wird nicht drangehen«, stellte Sara fest. »Für den Fall, dass Sie das nicht wissen, sie ist nämlich zufällig gerade mit meinem Cousin in den Flitterwochen.« Wenn er das nicht wusste, konnte er unmöglich Tess' Bruder sein. Alle Welt wusste, dass Tess jeden Sonntagnachmittag mit ihrem Bruder telefonierte, und sie gab offen zu, dass sie ihm *alles* sagte.

Als es einmal läutete und nicht gleich abgenommen wurde, blickte Sara in Richtung Tür. Konnte sie es schaffen? Würde Luke sie durch die Mauern hören, wenn sie richtig laut schrie? Konnte sie laut genug schreien, um ihn aufzuwecken?

Sie sah den Mann an, und er hatte einen so selbstgefälligen Gesichtsausdruck, dass sie ihm am liebsten eine Ohrfeige verpasst hätte.

Mitten im zweiten Läuten nahm Tess ab, und mit einem irritierenden Lächeln im Gesicht reichte er Sara das Handy.

»Hallo, großer Bruder!«, sagte Tess mit ihrer unverkennbaren Stimme, aber sie war eindeutig besorgt. »Geht es dir gut? Ist etwas passiert?«

»Tess, ich bin's, Sara.«

»Sara?« Tess' Stimme wurde lauter. »Warum hast du das Handy meines Bruders? Oh, mein Gott! Ist er verletzt? Ich komme …«

»Nein!«, antwortete Sara. »Ich muss nur wissen, ob dieser Mann, der in meine … nein, in deine Wohnung eingedrungen ist, wirklich dein Bruder ist. Offensichtlich hat er sein Handy, aber er sieht ganz anders aus, als ich mir *deinen* Bruder vorgestellt habe.«

»Ach?«, sagte Tess, die offenbar zu ihrer üblichen Gelassenheit zurückgefunden hatte. »Wie sieht dein Eindringling denn aus?«

Sara konnte den Ich-hab-es-dir-ja-gleich-gesagt-Blick des Mannes nicht ertragen, deshalb log sie. »Er ist klein, dürr, fast kahl, hat sich seit einer Woche nicht rasiert, und er hat eine Stimme wie eine schlecht gelaunte Kröte.«

»Dann gehe ich mal davon aus, dass er seine Kleider anhat«, stellte Tess fest.

Diese verwirrende Feststellung führte dazu, dass Sara erneut Angst bekam. Tess hatte sich in Bezug auf den Beruf ihres Bruders immer vage ausgedrückt. »Was meinst du damit, dass er seine Kleider anhat? Ich glaube nicht …«

Der Mann nahm ihr das Handy weg. »Schwesterherz, was immer du gesagt hast, du hast ihr Angst eingejagt.« Er hielt inne. »Warum hast du mir nicht gesagt, dass während deiner Abwesenheit jemand hier einzieht?« Er lächelte und zeigte erneut das Grübchen. »Verstehe. Du bist dermaßen beschäftigt mit deinen Flitterwochenpflichten, dass du mich ganz vergessen hast. Ja, ja, ich verstehe.« Wieder sah er Sara an. »Und, was soll ich mit ihr anstellen?«

Sara warf ihm einen wütenden Blick zu.

Er lachte über das, was Tess geantwortet hatte. »Dazu bin ich sehr gern bereit, aber ich glaube, ihr würde das irgendwie nicht gefallen. Übrigens, wer ist das?« Er betrachtete Sara und machte große Augen. »Sara Shaw? Die, die das Apfelbrot gebacken hat, das du mir geschickt hast? Die, die mir meine Lederjacke repariert hat? Das Mädchen, von dem du sagst, es sei die beste Freundin, die du je in deinem Leben gehabt hast? *Die* Sara Shaw?«

Sara fühlte sich von seinen Worten geschmeichelt, aber trotzdem glaubte sie ihm nicht. Sie stand vom Sessel auf, schlüpfte in einen blauen Seidenmorgenrock, den sie gerade geflickt hatte, und ging in die Küche. Sie füllte den Wasserkocher und holte die Packung losen Schwarztee aus dem Schrank. Irgendjemand hatte Tess den Tee zu Weihnachten geschenkt, und jetzt, Monate später, war er noch ungeöffnet. Sie hörte, dass der Mann im Schlafzimmer leise telefonierte.

Wie hieß er bloß?, fragte sie sich und versuchte, sich daran zu erinnern. Er hatte irgendeinen gewöhnlichen Namen. William oder James. Nein. Er hieß Mike. Meistens nannte Tess ihn »mein Bruder«. Wenn sie beispielsweise sagte: »Mein Bruder kann Berge hinaufrennen und den Mond mit dem Lasso einfangen, wenn er will.« Oder so ungefähr. Sara und Joce pflegten sie immer aufzuziehen, wenn sie zum Telefon rannte, sobald sie Bonnie Tylers *Holding Out for a Hero* hörte, das Lied, das sie für ihren Bruder gespeichert hatte.

Als sie einmal für einen Mädelsabend ausgegangen waren, hatte Tess' Handy geklingelt, es war Ramsey, ihr Verlobter, gewesen, aber sie hatte den Anruf ignoriert. Als ein paar Minuten später ihr Bruder angerufen hatte, hatte sie abgenommen. Eigentlich hatte sie nur »ja«, gemurmelt und die Verbindung dann unterbrochen. Als Sara und Joce in Gelächter ausgebrochen waren, hatte Tess deren Erheiterung nicht verstanden.

»Was hat dein Bruder nur an sich, dass du alles liegen und stehen lässt, wenn er anruft?«, fragte Joce.

»Wenn es ihn nicht gäbe, wäre ich nicht hier.«

»Du meinst, er hat dich nach Edilean geschickt?«, fragte Sara.

»Nein, ich meine, wenn es meinen Bruder nicht gäbe, wäre ich nicht mehr am Leben.«

Sara und Joce waren wie erstarrt gewesen. Tess sprach *nie* von ihrer Kindheit. Sie hielten den Atem an und warteten darauf, dass sie weiterredete, und als sie das nicht tat, sahen sie sie weiter entschlossen an.

Schließlich zuckte Tess mit den Achseln. »Was soll ich sagen? Er ist ein guter Mann, durch und durch, sowohl im Inneren als auch äußerlich. Er hilft den Menschen.«

»Und was tut er?«, fragte Sara.

Es hatte den Anschein, als wollte Tess weitersprechen, doch dann verbarg sie das Gesicht hinter ihrer Speisekarte. »Also, wer ist für Pizza?«

Ein anderes Mal hatten sie sie gefragt, warum er denn nie zu Besuch komme. Sie erzählte ihnen, dass Mike sich seinen ganzen Urlaub aufsparte, um zu reisen und zu studieren, und dass sie ihn, als sie noch aufs College gegangen war, begleitet hatte. Joce und Sara dachten, »studieren« bedeutete, eine Universität zu besuchen, aber das meinte Tess nicht. In ihrem ersten Studienjahr waren sie nach Japan gereist, damit Mike *Kendo* erlernen konnte. Im zweiten Jahr war China ihr Ziel gewesen, damit er sich mit *Kung fu* befassen konnte, und im darauf folgenden Thailand, um *Muay Thai,* das Kickboxen, zu üben. Im Jahr vor ihrem Abschluss reisten sie nach Brasilien, wo sie beide einen Kurs in *Jujitsu* besuchten. »Natürlich konnte Mike es ein bisschen besser als ich«, sagte Tess mit schelmischem Blick.

Ihr Bruder war also eine Sportskanone. Das erklärte aber noch immer nicht, was Tess' geheimnisvoller Bruder beruflich machte. Sie versuchten, Rams Informationen zu entlocken, aber er war genauso verschwiegen wie die Frau, die er liebte. »Wenn sie euch von ihrem Bruder erzählen will, wird sie das tun.«

Doch so sehr sie sich auch bemühten, es gelang ihnen nicht, es herauszufinden. Sie wussten nur, dass er Polizeidetektiv in Fort Lauderdale und »häufig auf Reisen« war.

Und jetzt war Sara mit dem geheimnisvollen Bruder von Tess allein in einem Apartment.

»Ich denke, da ist eine Entschuldigung fällig.«

»Wenn Sie glauben, ich ...«

»Nein, ich«, warf Mike hastig ein. »Ich muss mich entschuldigen. Meine einzige Rechtfertigung ist, dass ich eine zehnstündige Fahrt hinter mir habe, ich bin müde und wollte einfach nur schlafen. Ich habe nicht erwartet, dass jemand in Tess' Wohnung ist. Lassen Sie mich das machen.« Er nahm ihr den Wasserkocher aus der Hand, goss Wasser in die hübsche Keramikkanne – ein weiteres Weihnachtsgeschenk – spülte sie damit aus, um sie zu erwärmen, dann schüttete er das Wasser aus. Er tat drei gehäufte Teelöffel losen Schwarztee in die Kanne und füllte sie mit kochendem Wasser.

Sara beobachtete, wie er mehrere Schranktüren öffnete, bis er die Tassen und Untertassen fand. Da er nicht wusste, wo die Dinge verstaut waren, vermutete sie, dass er noch nie in dieser Wohnung gewesen war. Sie wusste, dass kein Bewohner der Stadt ihm je begegnet war, aber er hätte ja durch den Tunnel kommen und seine Schwester heimlich besuchen können und ...

»Milch?«, fragte er, während er den Kühlschrank öffnete und eine Packung herausholte. Sie bekam große Augen, als er die Milch in ein kleines Kännchen goss, das zum Geschirr passte, und alles auf den Eichentisch stellte, den Ramsey kürzlich gekauft hatte. Mike legte Kekse auf einen Teller. Als er fertig war, wirkte der Tisch bereit für den Besuch einer Herzogin.

Er zog einen Stuhl für sie zurück, und als Sara Platz genommen hatte, setzte er sich ihr gegenüber an den Tisch und hielt ihr den Keksteller hin. »Ich bin mir sicher, dass die nicht so gut sind wie Ihr Apfelbrot.«

Sara wusste, dass er ihr damit ein Kompliment machen wollte, aber sie war nicht besänftigt. »Was machen Sie hier? Und warum hat Tess mich nicht vorgewarnt? Und woher wussten Sie Bescheid über diesen ... Ist das ein Tunnel?«

»Wollen Sie damit etwa sagen, dass Sie hier wohnen und nichts von diesem Tunnel wissen?«

»Ich hatte keine Ahnung davon.«

»Dann entschuldige ich mich doppelt. Tess hat mir vor einiger Zeit davon erzählt. Sie hat sogar eine Karte gezeichnet, um mir zu zeigen, wo sich der Eingang befindet. Ihr Cousin Luke hat ihn bei Gartenarbeiten entdeckt und gesagt, er hätte zur Underground Railroad gehört. Tess hat mir erzählt, dass er ihn inzwischen seit Jahren in Schuss hält.« Mike nippte an seinem Tee. »Ich habe vergessen, Sie zu fragen, ob Sie Zucker haben wollen.«

Sara schüttelte den Kopf. »Und wo wollen Sie die Nacht verbringen?«

Mike blickte in Richtung Flur, der zu den beiden kleinen Schlafzimmern führte.

»Nein«, sagte Sara so gelassen, wie sie nur konnte. »Sie werden die Nacht nicht hier bei mir verbringen.«

Er sah sie über den Rand seiner Tasse hinweg an.

»Sie wissen, was ich meine! Ich weiß, dass Sie Polizist in einer großen City sind, aber das hier ist eine Kleinstadt, deshalb können Sie nicht ...« Sie verstummte, weil er gähnte.

»Tut mir leid. War ein langer Tag. Macht es Ihnen etwas aus, wenn ich zuerst ins Bad gehe? Es sei denn, Sie müssten … äh …«

»Nein«, antwortete Sara, »ich muss überhaupt nicht ›äh‹. Ich habe nur gesagt …«

Mike stand auf. »Ich denke, ich sehe Sie morgen.« Er stellte seine leere Teetasse in die Spüle. »Lassen Sie das Geschirr einfach stehen, ich kümmere mich morgen darum. Schlafen Sie gut, Miss Shaw.« Damit verschwand er im Badezimmer, das zwischen den beiden Schlafzimmern lag, und schloss die Tür.

Kommt überhaupt nicht in Frage!, dachte Sara. Unter gar keinen Umständen würde sie die Nacht mit ihm zusammen in einer Wohnung verbringen. Während sie daran dachte, zu welch wildem Klatsch und Tratsch das führen würde, stand sie auf, nahm das Telefon und begann, die Nummer ihrer Mutter einzugeben. Sie würde den Rest der Nacht im Haus ihrer Eltern verbringen. In diesem Fall würden die Stadtbewohner vielleicht nicht einmal erfahren, dass sie die letzte Stunde mit diesem Fremden allein gewesen war. Und wenn die es nicht wussten, konnte es Greg nicht zu Ohren kommen.

Es war der Gedanke an Greg, der sie beim Drücken der Tasten innehalten ließ. Wieder dachte sie daran, wie abrupt er sie vor zwei Nächten verlassen hatte. Sie waren in ihrer Wohnung gewesen – die Miete für Gregs Apartment war fällig gewesen, und er hatte gesagt, es wäre doch unnötig, dass sie zwei Wohnungen bezahlten, deshalb war er bei ihr eingezogen. Kurz vor Mitternacht hatte sein Handy geklingelt und sie beide aufgeweckt, und Sara hatte beobachtet, wie er nach dem Apparat getastet hatte. Als er den Namen auf dem Display erkannte, setzte er sich, mit einem Mal hellwach, kerzengerade auf und sagte: »Was ist los?« Schweigend hatte er wohl an die fünf Minuten zugehört und dann erwidert: »Mach dir keine Sorgen. Ich kümmere mich darum«, dann hatte er die Verbindung unterbrochen.

Er hatte die Decke zurückgeworfen, war aufgestanden und hatte sich darangemacht, sich anzuziehen.

»Was ist los?«, hatte Sara gefragt und verschlafen geblinzelt.

»Nichts. Ich muss für eine Weile fort, das ist alles. Schlaf weiter.«

»Für eine Weile? Wie lange soll das sein? Die Hochzeit ...«

»Verdammt, Sara, du wirst jetzt nicht schon wieder anfangen herumzunörgeln, oder? Ich weiß, wann die Hochzeit stattfindet. Wie könnte ich das vergessen, wo ich doch derjenige war, der die ganze Arbeit gemacht hat? Da hat sich etwas ergeben, und ich muss hin. Ich bin rechtzeitig zur Hochzeit zurück.« Er hatte seine Brieftasche und die Autoschlüssel von der Kommode genommen und war verschwunden. Einfach so, ohne Erklärung.

Sarah hatte sich im Bett aufgesetzt und sich gefühlt, als hätte sie gerade einen Tornado überstanden. Sie wusste nicht, was passiert war, aber Greg war fort, er hatte nichts, nicht einmal seinen Rasierapparat, mitgenommen, und sie wusste nicht, wann er zurückkommen würde.

Sie hatte nicht mehr einschlafen können, und sobald es hell geworden war, hatte sie begonnen, Greg anzurufen, aber er hatte nicht abgenommen.

Dann hatte Luke sie heute am frühen Nachmittag mit seinen Kanistern voll gesundheitsschädlichem Insektengift aus ihrer Wohnung vertrieben und behauptet, er müsse das sofort versprühen, sie könne ja in Tess' Apartment ziehen, während er bei ihr desinfiziere. Sara hatte angefangen, ihre Sachen ins Gästezimmer zu räumen, aber Luke hatte darauf bestanden, dass sie in Tess' Schlafzimmer ziehen müsste. »Aber warum?«, hatte Sara gefragt. »Ich muss doch nicht ...«

»Das Bett im Gästezimmer ist schlecht. Die Matratzenfedern ...«, hatte Luke geantwortet, während er wieder hinausgegangen war.

Die ganze Sache war alles in allem so seltsam, dass Sara vorübergehend dachte, womöglich würde eine Überraschungsbrautparty für sie organisiert. Aber so genau sie auch hinschaute, sie konnte keinerlei Hinweise darauf erkennen.

Sara hörte das Wasser rauschen, und mit einem Mal fiel ihr ein, dass es ihr gar nichts ausmachen würde, wenn Greg zu Ohren kommen sollte, dass Tess' Bruder sich mit ihr in ihrer Wohnung aufgehalten hatte. »Was hätte ich denn tun sollen?«, würde sie Greg mit hilflosem Augenaufschlag fragen und hinzufügen: »Es war Nacht, und er konnte sonst nirgendwohin. Du musst doch einsehen, dass ich keine andere Wahl hatte.« Auf dem Weg zu ihrem Schlafzimmer schmunzelte sie beim Gedanken an Gregs Wut und Eifersucht. Ja, es könnte ganz gut sein, wenn sie Greg erzählen konnte, dass ein anderer Mann mit ihr allein gewesen war.

Als sie die Tür zumachte, dachte sie an das Gerangel mit Tess' Bruder. Er konnte sich eindeutig flink bewegen! Und als sie auf ihm gelegen hatte, hatte sie seine starken Männermuskeln gespürt. Doch später war er auf eine Weise mit der Teekanne umgegangen, die einer Geisha zur Ehre gereicht hätte. Sie war an Männer wie ihren Vater und Luke gewöhnt, die ihr Geschirr einfach an Ort und Stelle stehen ließen.

Sara war gerade im Begriff, in den Schlaf zu driften, als sie ihn aus dem Badezimmer kommen hörte, und ihr fiel wieder ein, dass er ihre Fragen nicht beantwortet hatte, warum er hier war und warum Tess sie nicht gewarnt hatte, dass er kommen würde. Morgen, dachte sie, kaufe ich ein Schloss für diese Falltür, und einer von uns wird von hier verschwinden.

3

Sara schlief am nächsten Morgen aus, und es dauerte ein paar Augenblicke, bis sie sich wieder an die Ereignisse der letzten Nacht erinnerte. Sie rollte sich auf den Bauch und betrachtete den Fußboden. Neben dem Bett lag ein kleiner Teppich, doch eine Ecke war zurückgeschlagen – ein Beweis für das Fiasko der vergangenen Nacht. Sie stand auf, schob den Teppich zur Seite und sah, dass der quadratische Spalt in den Holzdielen deutlich erkennbar war.

»Ich werde Luke Connor ordentlich die Meinung geigen!«, erklärte sie laut. Sie war verärgert, dass er sie in die Wohnung hatte einziehen lassen, ohne sie auf die Falltür hinzuweisen, die … Wohin führte die eigentlich?, fragte sie sich. Die Tatsache, dass der Mann durch die Falltür heraufgekommen war, bedeutete, dass der Tunnel unterirdisch zu einem Ausgang führen musste. Und warum wusste nicht jeder Bewohner der Stadt darüber Bescheid, dass Edilean Manor einen Geheimgang besaß? Sie konnte ihren Cousin beinahe sagen hören: »Dann wäre er ja nicht mehr ›geheim‹, oder?« Manchmal konnte Luke einen fast in den Wahnsinn treiben!

Sara ließ sich mit dem Anziehen Zeit und bemühte sich, leise zu sein. Falls der Mann am Vortag tatsächlich die ganze Strecke von Fort Lauderdale hierher gefahren war, wollte er vermutlich ausschlafen. Und Sara plante, herzlich und höflich, aber auch standhaft zu sein, sobald er aufgestanden war: Er musste verschwinden. Er konnte unmöglich mit ihr in der Wohnung bleiben. Es war eine Sache, Greg klarzumachen, dass ein Mann aufgrund einer Notlage eine Nacht bei ihr verbracht hatte, aber etwas ganz anderes, ihm zu erklären, dass er zwei Nächte oder mehr geblieben war.

Es kam ihr in den Sinn, dass sie diejenige sein sollte, die die Wohnung verließ, aber wo konnte sie hin? Wenn sie ins Gästezimmer ihrer Eltern zog, würde sie sich wieder die Leier ihrer Mutter anhören müssen, dass sie »einen Besseren« finden könnte als Greg Anders. Schlimmer noch, sie würde sehen müssen, wie ihr Vater sie mit traurigem Blick betrachtete.

Sara hatte ihr ganzes Leben in Edilean verbracht, und sie hatte jede Menge Freunde, von Verwandten ganz zu schweigen, und sie konnte natürlich zu einem von ihnen gehen, aber das hätte zu viele Fragen aufgeworfen. Sie würden wissen wollen, wohin Greg gefahren war und wann er zurückkommen würde. Würde er rechtzeitig zur Hochzeit wieder da sein?, würden sie fragen. Die Tatsache, dass Sara darauf keine Antwort wusste, würde zu der Frage führen, die sie am meisten hasste: Ob Sara sich denn absolut *sicher* sei, dass sie ihn heiraten wolle?

Nein, sie würde hier an Ort und Stelle bleiben, in Tess' Wohnung, in unmittelbarer Nähe ihres eigenen Apartments. Falls sie andere Kleider oder Nähutensilien brauchte, konnte sie diese einfach holen. Sie musste, wenn sie ihr Apartment betrat, nur die Luft anhalten, um die giftigen Dämpfe nicht einzuatmen, aber sie konnte hinübergehen.

Als Sara sich angezogen hatte, schlich sie auf Zehenspitzen aus dem Schlafzimmer und ging kurz ins Bad, wo sie feststellte, dass es blitzsauber war. Keine Barthaare im Waschbecken, keine Seifenreste an der Duschtür. Es war genauso, wie sie es verlassen hatte, bevor sie für einen kurzen Moment geglaubt hatte, sie hätte geträumt, dass ein Mann durch den Fußboden aufgetaucht war.

Als sie das Bad verließ, blickte sie auf die geschlossene Tür des anderen Schlafzimmers. Sie hatte keinen Mucks von ihm gehört. Auf dem Küchentisch lag ein Zettel. Sie nahm ihn zur Hand und las ihn.

»Liebe Miss Shaw«, stand darauf, und sie hielt dies für eine sehr förmliche Anrede. Seine Handschrift war gleichmäßig und gut lesbar.

Ich kann nur wiederholen, dass mir das von gestern Abend leidtut. Es war nicht meine Absicht, irgendjemanden zu stören. Ich fahre heute Vormittag nach Williamsburg, um in ein Fitnessstudio zu gehen, dann habe ich einige Besorgungen zu machen. Ich werde im Williamsburg Inn zu Mittag essen, wenn Sie also Lust haben, eine Arbeitspause einzulegen und sich mir anzuschließen, dann könnte ich das von gestern Abend vielleicht ein wenig wiedergutmachen. Ich werde gegen fünf Uhr wieder zu Hause sein und das Abendessen kochen. Vielleicht können wir uns damit abwechseln? Falls ich für Sie etwas aus der Stadt mitbringen kann oder falls Sie einfach reden wollen, rufen Sie mich bitte an.

Unten hatte er seine Handynummer mit der Vorwahl 954 notiert. Sara warf den Zettel auf den Tisch. »Was für eine Dreistigkeit …!«, empörte sie sich laut. Mit ihm zum Mittagessen zu gehen? Er wusste doch sicher, dass sie bald heiraten würde. Als Tess ihm gestern Abend erklärte, wer sie war, hatte er einige Dinge über sie gewusst, deshalb kannte er womöglich sogar Datum und Ort der Trauung. Und was meinte er mit »falls Sie einfach reden wollen«? Glaubte er etwa, sie hätte keine *Freundinnen?* Und sich mit dem Kochen »abwechseln«? Wie lange plante er denn, zu bleiben?

Verärgert schaute sie sich in der Küche um und stellte fest, dass er Wort gehalten und das ganze Geschirr der kleinen Teeparty der vergangenen Nacht weggeräumt hatte. Als sie den Kühlschrank öffnete, sah sie, dass die wenigen Lebensmittel darin ordentlich eingeräumt waren.

»Nicht mein Typ«, sagte sie laut.

Schweigend aß sie eine Schale Müsli, stellte das schmutzige Geschirr in den Geschirrspüler, dann ging sie ins Schlafzimmer, um sich an die Arbeit zu machen. Aber als sie in den Schrank auf die drei Kleiderkartons und das gute Dutzend Kleidungsstücke auf Bügeln blickte, wollte sie die Tür einfach zumachen und verschwinden.

Das war alles Gregs Schuld, dachte sie. Er allein war für all das verantwortlich. Warum war er einfach so davongelaufen? Warum hatte er ihr nicht sagen können, wohin er ging und was er so Wichtiges zu erledigen hatte? Warum konnte er ihr keinen Zettel schreiben wie jenen, den Tess' Bruder zurückgelassen hatte? »Sara, mein Schatz«, hätte darauf gestanden. »Es tut mir sehr leid, aber ich musste nach … fahren …« An diesem Punkt scheiterte sie jedes Mal. Zwei Nächte zuvor hätte sie noch gesagt, dass sie über den Mann, den sie heiraten wollte, fast alles Wissenswerte wusste. Sie hatten viele Stunden miteinander verbracht, in denen er ihr von seinem Leben vor ihrer ersten Begegnung erzählt hatte. Sie hatte jede Einzelheit über die beiden Frauen erfahren, die ihn so schlecht behandelt hatten, dass es einem Wunder gleichkam, dass er sich überhaupt wieder in eine Frau hatte verlieben können. Aber er hatte gesagt, dass Saras Liebe ihn alles, was zuvor geschehen war, vergessen lasse.

Wenn sie also so viel über ihn wusste, wer hatte dann angerufen und dafür gesorgt, dass er davongerannt war? Wer außer Sara war ihm wichtig genug, dass er alles liegen und stehen ließ und einfach davonlief?

Als ihr Handy klingelte, stürzte sie sich so hastig darauf, dass es aussehen musste, als wäre sie ein Fußballspieler, der nach dem Ball hechtet. »Hallo?«, fragte sie atemlos.

»Sara, meine Liebe, geht es dir gut?«

Es war Lukes Mutter, eine angeheiratete Verwandte, doch weil sie im gleichen Alter war wie ihre Mutter, hatte Sara sie nach Tradition des Südens immer mit »Tante« angesprochen. »Mir geht es gut, Tante Helen. Ich bin auf dem Weg zum Telefon nur gestolpert. Es tut mir wegen der Kostüme fürs Volksfest dieses Jahr leid, aber ich habe so viel für das Geschäft zu tun, dass ich das nicht auch noch übernehmen konnte.«

»Ist schon in Ordnung, meine Liebe. Meine Schwester arbeitet mit mir zusammen daran. Ich habe mich nur gefragt, ob ich irgendetwas tun kann, um dir mit deinem Gast zu helfen.«

»Meinem Gast?«

»Ja. Tess' Bruder, Mike. Er ist ein so höflicher und zuvorkommender Mann, nicht wahr? Als er mir erzählt hat, dass er in Tess' Wohnung übernachtet, dachte ich, wie nett es von dir ist, ihn bei dir aufzunehmen.«

Sara warf einen Blick auf die Nachttischuhr. »Tante Helen, es ist erst halb zehn Uhr am Vormittag. Wie hast du das alles so schnell herausgefunden?«

»Die Batterie meines Autos hat wieder einmal schlappgemacht – ich ziehe meinem Mann das Fell ab, wenn er mir heute keine neue besorgt –, und Mike hat mich in die Stadt mitgenommen, deshalb hatte ich Gelegenheit, ihm ein paar Fragen zu stellen. Er ist ein so netter junger Mann, und ich habe seine Gesellschaft sehr genossen.«

Sara hielt das Handy ein Stück von ihrem Ohr entfernt, um einen wütenden Blick darauf zu werfen. Wie unsensibel konnte ein Mensch bloß sein?, fragte sie sich. Ihre Tante Helen war eine der Frauen, die Greg überhaupt nicht ausstehen konnten. »Ja, er ist ein netter Mann, nicht wahr?«, sagte Sara mit süßlichem Tonfall. »Warum ladet ihr, du und Onkel James, ihn nicht in euer Haus ein? Ich bin mir sicher, er würde deine Kochkünste zu schätzen wissen.«

Helen zögerte keine Sekunde. Genauso leichthin antwortete sie: »Ich würde das gerne tun, aber du weißt ja, wie sehr James seine Ruhe braucht. Ich hoffe, dich am Sonntag in der Kirche zu sehen, und warum bringst du Mike nicht mit? Da Tess fort ist, ist der arme Mann ja ganz allein.«

»Er kann ja vielleicht mit Luke hingehen«, gab Sara zurück. »Am Sonntag bin ich vielleicht mit Greg unterwegs.«

»Ach. Ist er wieder zurück?«

Sara war nicht gewillt, darauf zu antworten, weil sie dann mit weiteren Fragen, wo Greg gewesen und wann er zurückgekommen war, konfrontiert würde. »Hu, der Topf, den ich auf dem Herd habe, ist am Überkochen. Ich muss Schluss machen.«

»Ach, du hast schon angefangen, das Mittagessen für Mike zu kochen. Wie fürsorglich von dir. Er ...«

»Tschüss«, sagte Sara und unterbrach die Verbindung. »So eine Frechheit ...« Nein, dachte sie, sie würde sich darüber nicht aufregen. Sie würde Tess' Bruder heute Abend in aller Ruhe sagen, dass er gehen müsse, und das war es dann. Genau genommen war es vielleicht gut, dass ihre Tante Helen das mit Mike herausgefunden hatte. Vielleicht würden die Stadtbewohner ihm ja ordentlich die Meinung sagen.

Sara hatte gerade den ersten Blazer, der umgearbeitet werden musste, zur Hand genommen, als das Telefon schon wieder läutete. Dieses Mal zeigte das Display an, dass ihre Tante Mavis anrief. »Ich frage mich, welche gute Tat er für sie vollbracht hat«, murmelte Sara und ließ es so lange klingeln, bis die Mailbox ansprang. Als es zehn Minuten später wieder läutete und das Display anzeigte, dass es ihre Mutter war, nahm Sara auch diesen Anruf nicht entgegen.

Sie griff nach ihrem Nähkorb und zwei Kleidern, ließ ihr Handy am Aufladegerät und ging ins Freie hinaus. Sie wusste, dass sie ihr Telefon für den Fall, dass Greg anrief, mitnehmen sollte, aber im Moment wollte sie weder mit ihm noch mit irgendjemandem sonst reden.

Draußen setzte sie sich an das hübsche gusseiserne Tischchen auf einen der passenden Stühle unter einen Schatten spendenden Baum und begann zu nähen. Sie musste ein halbes Dutzend Nähte an einem teuren Kleid reparieren, das eine Frau allem Anschein nach beim Joggen getragen hatte. Sara wusste, dass sie am Nachmittag einige Zeit an ihrer Nähmaschine würde verbringen müssen. Sie plante, den Bezahlsender HBO einzuschalten und während der Arbeit einen Film nach dem anderen zu hören. Vielleicht fand sie ja etwas Gruseliges, damit sie von ihren Gedanken abgelenkt wurde, wo Greg sich aufhielt – und von dem Mann, der in der vergangenen Nacht in ihre Wohnung eingedrungen war.

»Guten Morgen.«

Sie blickte zu Luke auf und lächelte. Sie würde es sich weder ihm noch sonst irgendjemandem gegenüber anmerken lassen, wie durcheinander sie war. »Warum bist du nicht am Schreiben?«

»Ich muss nachdenken«, antwortete er und hielt die Schaufel in die Höhe. Es war ein Familienscherz, dass Luke Löcher grub, wann immer er sich über irgendetwas aufregte.

»Geht es Joce gut?« Sara schaute jeden Tag bei Lukes Frau vorbei, weil sie Ablenkung von der Langeweile brauchte, da sie nun ans Bett gefesselt war. Seit mehr als einem Jahr hatte Joce an einer Biografie ihrer Großmutter gearbeitet, einer in der Geschichte Edileans bedeutenden Frau, aber ihre Recherchen waren ins Stocken geraten, und sie hatte das Buch beiseitegelegt.

»Gut. Bestens. Na ja, vielleicht geht es ihr im Moment nicht wirklich gut.« Er grinste sie an. »Sie arbeitet am Stammbaum ihrer Familie und …« Sein Grinsen wurde breiter. »Gestern Abend hat sie herausgefunden, dass wir Cousins siebten Grades sind. Ich glaube, sie macht sich Sorgen, dass die Babys geistig behindert sein werden.«

»Oder Bluter«, stellte Sara fest und bezog sich damit auf die europäischen Königsfamilien, unter denen so viele inzestuöse Ehen geschlossen worden waren, dass sie die Krankheit jahrhundertelang weitervererbt hatten.

Luke verstand die Anspielung. »Bitte sag ihr das nicht, sonst setzt sie das auch noch auf die Liste, was alles schiefgehen könnte. Hast du vor, dich mit Mike zum Mittagessen in der Stadt zu treffen?«

Sara stöhnte auf. »Jetzt sag mir bloß nicht, dass er auch dich rumgekriegt hat.«

Luke wirkte erstaunt. »Mich rumgekriegt? Ich weiß nicht, was du meinst. Ich habe ihn gegen sechs Uhr heute Morgen getroffen, und er hat sich nach Fitnessstudios in der Gegend erkundigt, und ich habe ihm welche empfohlen.«

»Du warst um sechs Uhr draußen unterwegs?«

»Das bin ich meistens«, antwortete Luke, »und wenn du einmal vor Mittag aufstehen würdest, dann wüsstest du das.«

»Ich habe noch nie in meinem Leben bis Mittag geschlafen.«

Luke warf ihr einen Blick zu.

»Na schön, das habe ich früher vielleicht, aber jetzt schon seit Jahren nicht mehr. Ich habe zu viel zu tun.«

»Und wie kommst du mit all den Sachen voran, die Greg dir aufgehalst hat?«

Sara wusste genau, worauf er hinauswollte. Schließlich war er ihr Cousin, und sie kannte ihn schon ihr ganzes Leben lang. Obwohl er acht Jahre älter war als sie, hatten sie sich immer nahegestanden. »Ich habe für heute schon genug Ärger gehabt, also fang du nicht auch noch damit an. Ich begreife nicht, warum die ganze Stadt sich auf die Seite eines Mannes schlägt, den sie nicht einmal kennt. Ihr könnt ja nicht einmal ausschließen, dass Mike Newland ein Serienkiller ist.«

»Er ist mit Tess verwandt, und wir kennen sie«, erwiderte Luke. »Und durch die Hochzeit mit Rams ist sie eine von uns geworden. Mike ist ihr Bruder.«

Sara wollte mit ihrem Cousin nicht herumstreiten, und sie wollte nicht über ihre Zukunft reden müssen. Sie entschloss sich, zum Angriff überzugehen. »Bei deinem ganzen Gerede über ›uns‹: Warum hast du mir nichts von diesem Tunnel erzählt? Dieses Mal hat ihn einer benutzt, den wir kennen – durch Verwandtschaft kennen, jedoch keineswegs persönlich –, aber was mache ich das nächste Mal, wenn ein Fremder in meinem Schlafzimmer auftaucht?«

»Mike sagt, dass ihm das leidtut, aber …«

»Er hat dir erzählt, dass er sich mitten in der Nacht in mein Apartment geschlichen und mich fast zu Tode erschreckt hat? Hat er dir auch erzählt, dass er meinetwegen die Polizei rufen wollte?«

»Genau genommen hatte er das Recht dazu. Er hat die Wohnung seiner Schwester betreten, während du …«

Sie wollte nicht hören, dass Mike Newland im Recht war und sie im Unrecht. »Was ist eigentlich mit *meiner* Wohnung?«

»Bestens«, antwortete Luke. »Ich habe heute Vormittag die Toilette ausgebaut.«

»Bevor oder nachdem du Tess' Bruder begegnet bist?«

Luke tat so, als müsse er überlegen. »Danach. In Wahrheit bin ich gleich, nachdem ich Mike getroffen habe, in dein Apartment gegangen und habe gesehen, dass die alte Toilette ersetzt werden muss. Ich habe ein paar Minuten gebraucht, bis sie ausgebaut war.«

»Die ganze Küche muss erneuert werden, aber das hast du noch nicht gemacht.«

»Ich weiß, ich weiß«, stellte Luke zerknirscht fest, aber dann reckte er den Kopf. »Vielleicht kann ich Mike dazu bewegen, dass er mir hilft, eine neue Küche einzubauen. Er sieht ganz danach aus, als ob er es verstehen würde, mit einem Schraubenzieher umzugehen. Bist du bereit, jeden Tag das Mittagessen für uns zu kochen?«

Sara griff nach ihrem großen Nadelkissen und schleuderte es ihm entgegen. Luke fing es auf, warf es zu ihr zurück, dann ging er kichernd in den Garten, die Schaufel quer über seine Schultern gelegt.

Um die Mittagszeit ging Sara hinein, um sich etwas zum Essen zu machen. Seit Gregs Abreise war sie zu beschäftigt gewesen, um in den Lebensmittelladen zu fahren, deshalb hatte sie nur noch einen drei Tage alten Laib Brot und ein bisschen Thunfischsalat, den ihre Mutter ihr gemacht hatte. Als sie in das langweilige Sandwich biss, konnte sie es sich nicht verkneifen, einen Blick auf die Uhr zu werfen. Ihr blieb noch immer Zeit, sich umzuziehen und nach Williamsburg zu fahren, um mit Mike in derm eleganten Williamsburg Inn zu Mittag zu essen.

Aber dann dachte sie an den Klatsch und Tratsch, zu dem dies führen würde, außerdem an den Ich-habe-es-ja-gleich-gesagt-Blick dieses Mannes, und sie verwarf den Gedanken. Sie stand auf und überprüfte ihr Handy, aber Greg hatte noch immer nicht angerufen. Allerdings lagen drei Nachrichten von Leuten aus der Stadt vor. Zögerlich hörte Sara diese ab – und in allen ging es darum, was für ein großartiger Typ Mike Newland doch war. Er hatte ihrer Tante Mavis geholfen, das Auto auszuladen, und er hatte die Kette von Onkel Arnies Säge wieder angebracht – und dann für ihn gleich den Ast abgesägt. Die schlimmste Nachricht stammte von ihrer Mutter. Mike hatte Saras Mutter einen Besuch abgestattet, und sie sagte, sie würde am Nachmittag vorbeikommen, damit sie sich darüber »unterhalten konnten«.

»Was hat er heute Vormittag alles gemacht?«, schrie Sara beinahe. »War er von Haus zu Haus gegangen und hatte sich vorgestellt? Oder hat er den ganzen Tag gute Taten vollbracht?« Einen Augenblick spielte sie mit dem Gedanken, dass er im Laufe der Nacht das Eigentum der Leute sabotiert hatte und dann am Morgen von einem Haus zum nächsten gegangen war, um das, was er kaputt gemacht hatte, wieder in Ordnung zu bringen.

Sie schmunzelte über ihren Tagtraum, stellte das schmutzige Geschirr in den Geschirrspüler, raffte ihre Sachen zusammen, schrieb Greg eine SMS und ging dann wieder ins Freie hinaus. Sie sollte eigentlich ihre Nähmaschine auf Tess' Schreibtisch stellen, den Fernseher einschalten und im Haus arbeiten, aber dann würde sie ihr Telefon läuten hören – oder den Leuten erklären müssen, warum sie es ausgeschaltet hatte. Auf diese Weise konnte sie sich einfach entschuldigen und sagen, dass sie draußen gearbeitet und es nicht gehört hatte. Und was Greg anbelangte, so geschah es ihm bloß recht, wenn er nur ihre Mailbox erreichte, falls er anrief.

Gegen zwei Uhr ging sie hinein, um sich eine Kanne Eistee zu machen, und sah, dass Greg nicht angerufen hatte. Als Sara das Wasser aufgestellt hatte, blickte sie auf die Tür zu Mikes Schlafzimmer. Falsch, von Tess' Gästezimmer, und sie schien von Neugier überwältigt zu werden. Leise, als würde sie beobachtet, legte sie die Hand auf den Türknauf. Es hätte sie nicht überrascht, wenn die Tür abgeschlossen gewesen wäre, aber das war sie nicht. Als sie hineinspähte, kam sie sich wie eine Diebin vor. An einem der Fenster waren die Vorhänge zurückgezogen, das Bett war gemacht, und so weit sie es erkennen konnte, sah es genauso aus wie am Tag zuvor.

Sara wurde kühner, trat ein und schaute sich um. Nichts. Es gab keinerlei Hinweis, dass er hier gewesen war. Sie ging zum Schrank und öffnete ihn. Darin hing nicht einmal ein Hemd, und es stand kein Koffer auf dem Boden. Jetzt fiel ihr ein, dass er in der vergangenen Nacht keinerlei Gepäck dabeigehabt hatte, als er aus dem Tunnel aufgetaucht war.

Sie runzelte die Stirn und zog alle drei Schubladen der Kommode auf. Sie waren genauso leer wie die Schubladen des Nachtschranks, und auch unter dem Bett war nichts zu sehen. Sie schlug sogar die Bettdecke zurück und schaute darunter, aber in diesem Zimmer befand sich kein einziger Gegenstand, der ihm gehörte.

Als sie das Zimmer verließ, dachte sie an seinen Zettel und dass er geschrieben hatte, er müsse Besorgungen machen. Welche geheimen Verabredungen hatte er wohl in Williamsburg?

Sara hatte gerade die Tür hinter sich geschlossen, als sie ein Auto vorfahren hörte, und sie wusste sofort, dass es ihre Mutter war. Das war zweifelsohne irgendein Urinstinkt, der ihr sagte, wann ihre Mutter in der Nähe war, und als sie hinausblickte, stellte sie fest, dass sie recht hatte. Bevor Sara sich eine Fluchtmöglichkeit überlegen konnte, stand ihre Mutter an der Haustür. Als sie Sara hinter der Glasscheibe erblickte, sagte sie: »Ich brauche Hilfe.«

»Brauchen wir die nicht alle?«, murmelte Sara, während sie die Tür öffnete. Zu ihrer Überraschung hatte ihre Mutter acht Baumwolltaschen – niemals Plastiktüten – voll Lebensmitteln auf der kleinen Eingangsveranda abgestellt. Alle negativen Gedanken waren bei Sara auf einmal verflogen. Ihre Mutter wusste, wie schwer Sara arbeitete, um all die Änderungen vor der Hochzeit fertig zu bekommen, deshalb hatte sie die Aufgabe übernommen, für sie zu kochen. Der Bio-Lebensmittelladen ihrer Mutter, Armstrong?s – Eleanor Shaws Mädchenname – Organic Foods, florierte, seit sie ihn 1976 in ihrer Küche eröffnet hatte. Inzwischen führte sie drei Geschäfte, eines in Edilean, eines in Williamsburg und – im Sommer – einen großen Obst- und Gemüsestand an der Schnellstraße nach Richmond. Sie hatte fast ein Dutzend Frauen eingestellt, die die Produkte zubereiteten, die sich so schnell verkauften, wie sie hergestellt werden konnten, und darüber hinaus weitere fünfzehn Verkäuferinnen in den Geschäften. Dass ihre Mutter sich trotz ihres hektischen Lebens Zeit nahm, sich um die Bedürfnisse ihrer Tochter zu kümmern, ließ Sara alle Klagen vergessen. Sie hatte wirklich die wunderbarste Mutter der Welt.

Sara schlang die Arme um den Hals ihrer Mutter und drückte sie fest an sich. »Danke. Du bist die beste Mom … die beste Freundin …, die man sich vorstellen kann. Woher hast du gewusst, dass ich praktisch am Verhungern bin?«

Als Eleanor wieder losgelassen wurde, reichte sie Sara zwei Lebensmittelbeutel. »Tut mir leid, dich enttäuschen zu müssen, mein Schatz, aber das alles hat Mike gekauft.«

Sara machte ein langes Gesicht. »Mike? Tess' Bruder?«

»Wohnt außer Mike sonst noch jemand bei dir?«

Sara stellte die Lebensmittel auf die Arbeitsfläche neben dem Kühlschrank. »Na schön, welche heldenhafte Tat von monumentaler Bedeutung hat er heute für dich vollbracht?«

Als Ellie den Kühlschrank öffnete warf sie ihrer Tochter einen Blick zu und zog die Augenbraue hoch. »Wieso bist du so verärgert? Über die Tatsache, dass dein Zukünftiger davongelaufen ist und dich praktisch vor dem Traualtar hat stehen lassen, oder weil er nicht angerufen hat?«

»Woher weißt du …« Sara warf ihr einen wütenden Blick zu, dann wurde ihr klar, dass ihre Mutter sich bis zu Saras Reaktion gar nicht sicher gewesen war, dass Greg nicht angerufen hatte. »Also gut, heraus mit der Sprache. Sag, was du zu sagen hast, dann geh. Ich habe zu arbeiten.«

»Das hast du immer.« Ellie legte einen Schwarzkohl ins Gemüsefach und stellte die Feuchtigkeit richtig ein. »Genau genommen sieht es jetzt so aus, als hättest du so viel Arbeit, dass dir nicht einmal die Zeit bleibt, dich richtig zu ernähren, geschweige denn, Zeit mit deinen Freunden und der Familie zu verbringen.«

Sara hörte das nicht zum ersten Mal. Sie griff in den Stoffbeutel und zog einen großen Klotz Parmigiano-Reggiano-Käse heraus. »Ich habe nicht einmal ...«

»Eine Reibe dafür?«, fragte Ellie. »Sei unbesorgt, Mike hat sich darum gekümmert. Er hat bei mir eine gekauft. Und mit einer EC-Karte bezahlt. Du kennst die Art von Karten, die das Geld sofort von seinem Konto abbuchen?«

Sara brauchte nicht darauf gestoßen zu werden, worauf ihre Mutter anspielte. Denn kurz, nachdem sie Greg ihrer Familie vorgestellt hatte, war er beim Laden vorbeigefahren und hatte einen Einkaufswagen mit teuren Fertiggerichten vollgeladen – und dann, ohne zu bezahlen, hinausgeschoben. Als die Geschäftsführerin ihm hinterhergelaufen war, hatte Greg erklärt, er könne kostenlos haben, was immer er wolle, weil der Laden seiner »Freundin« gehöre. Die Geschäftsführerin hatte ein paar Sekunden gebraucht, bis sie begriff, dass Greg von Sara, nicht von Ellie, sprach. Später hatte Sara Gregs Wut besänftigen müssen, weil seine Schwiegermutter in spe nicht bereit gewesen war, ihm alles, was er haben wollte, kostenlos zu geben. Ab diesem Zeitpunkt hatte Sara die Einkäufe übernommen und für alles bezahlt, allerdings bekam sie einen Angestelltenrabatt. Sie erhielt viele Artikel auch kostenlos, aber das sagte sie Greg nicht, weil sie keine Lust hatte, noch viele Stunden darüber herumdebattieren zu müssen.

Als Sara jetzt die Lebensmittel auspackte – darunter kein einziges Fertiggericht –, überlegte sie, wie sie ihre Mutter auf ihre Seite ziehen konnte. Die Lobhudeleien über Mike Newland nahmen allmählich überhand. »Schau, Mom, ich weiß, dass er ein netter Kerl ist und so zu sein scheint, und er ist Tess' Bruder, aber er hat etwas an sich, was mich misstrauisch macht. Hör dir bloß an, wie er mitten in der Nacht in mein Apartment eingedrungen ist. Er ...«

»Ich weiß. Er ist durch den alten Tunnel gekommen.«

Sarah hielt inne, die Hand auf einer kleinen wieder verwendbaren Baumwolltasche voller Chilischoten. »Woher weißt du davon?«

»Tante Lissie hat mir davon erzählt, als ich noch ein Kind war, aber damals war er geschlossen. Luke hat ihn in dem Jahr, bevor er Joce kennenlernte, wiederentdeckt. Du weißt, in der Zeit, als er so deprimiert war, dass er mit niemandem gesprochen hat. Er hat meinen Vater dazu gebracht, dass er ihm beim Abstützen des Tunnels geholfen hat. Glaubst du etwa, Dad konnte so etwas tun, ohne dass ich es bemerkt habe? Schließlich war ich diejenige, die seine schmutzige Kleidung gewaschen und seinen schmerzenden Rücken mit Franzbranntwein eingerieben hat.«

»Wer weiß sonst noch von dem Tunnel?«

»Von den Lebenden oder Toten?«

Sara schüttelte den Kopf. »Okay, jede Menge Leute deiner Generation und älter wissen darüber Bescheid, aber das ist keine Entschuldigung dafür, dass er – dieser Fremde – ihn benutzt hat. Ich glaube, er wollte mir bewusst Angst einjagen.«

»Vermutlich hätte er an die Tür einer Wohnung klopfen sollen, von der er dachte, dass sie leer steht.«

»Wenn er und Tess sich so nahe sind, warum hat er nicht gewusst, dass ich mich darin aufhalte? Und warum ist sein Zimmer leer? Er ist in der Nacht hier ohne *irgendetwas* aufgetaucht. Findest du das nicht auch ein bisschen komisch?«

Ellie blickte vom Kühlschrank auf. »Nicht, wenn deine Wohnung ausgebrannt ist und dir nichts anderes mehr bleibt, als dein Auto und das, was du am Leib trägst.«

Sara starrte ihre Mutter fassungslos an.

Ellie richtete sich auf und legte sich die Hand aufs Kreuz. Sie war zweiundsechzig Jahre alt und eine hübsche Frau – was, wie sie sagte, der Tatsache zu verdanken war, dass sie das Gift, das in kommerziell angebauten Lebensmitteln steckte, nicht zu sich nahm –, aber sie sah ihrer Tochter überhaupt nicht ähnlich.

Sara hatte ihre zierliche Schönheit von Lissie geerbt, der Schwester von Ellies Mutter, einer Frau mit Alabasterteint. »Ich dachte mir schon, dass er dir in der Nacht vielleicht nicht erzählt hat, warum er hier aufgetaucht ist, und warum sein Zimmer – in dem du offenbar herumgeschnüffelt hast – leer ist. Der arme Mann hat gar nichts mehr. Ich habe Kilts für ihn bestellt.«

»Was hast du?«

»Ich habe an ihm Maß genommen, in dem Geschäft in Edinburgh angerufen und zwei komplette schottische Outfits für ihn bestellt, eines zum Ausgehen, eines für den Alltag, damit er beim Volksfest an den Spielen teilnehmen kann.«

»Den Spielen? Auf dem Volksfest? Redest du von den *schottischen* Spielen? Baumstammwerfen? Kugelstoßen? Den Scheinkämpfen? Die Fraziers werden ihn umbringen.«

Ellie blickte ihre Tochter scharf an. »Was hast du eigentlich gegen diesen Mann? Er ist in jedem Fall besser …«

Als ihre Mutter im Begriff stand, noch mehr zu sagen, warf Sara ihr einen warnenden Blick zu. »Wenn du vorhast, etwas Schlechtes über Greg zu sagen, lass es.«

»Ich denke nicht im Traum daran.«

»Bloß, weil dir nichts mehr einfällt, was du nicht schon gesagt hast.«

»Glaubst du? Lass mir drei Stunden Zeit, dann liefere ich nach.« Als Ellie Saras Blick sah, hob sie kapitulierend die Hände. »Also gut, keine Streiterei mehr. Das geht mich nichts an. Und, wie läuft es mit deiner Arbeit?«

»Gut.« Sara wollte das Thema von Greg ablenken. »Wofür hat er bloß all diese Lebensmittel gekauft? Hat er vor, ein Konkurrenzgeschäft zu eröffnen?«

»Das braucht Mike zum Kochen.« Ellie hatte auf einmal einen entzückten Ausdruck im Gesicht. »Ich habe außerhalb der Branche noch nie einen Mann kennengelernt, der so viel von biologisch angebauten Lebensmitteln versteht. Wir haben uns wohl ganze zehn Minuten über die Vorzüge von Leinsamen unterhalten.«

»Klingt ja faszinierend.«

Ellie ignorierte die spitze Bemerkung. »Mike hat mir ein Rezept für eine Pastinakensuppe gegeben, die ich heute Abend mit deinem Vater testen will, und die beiden haben für Samstag eine Verabredung zum Golfen.«

»Wer?«

»Mike und dein Vater.«

»Mein Vater spielt mit einem Mann Golf, der halb so alt ist wie er, und den er nicht einmal kennt? Mit einem Polizisten?«

»Ich werde Mike sagen, dass er seine Waffen zu Hause lassen soll, und Henry kann ja die schusssichere Weste tragen. Du hast meine Frage nicht beantwortet, was du gegen diesen Mann hast, der übrigens gar nicht so jung ist. Er ist sechsunddreißig, und er kann in weniger als drei Jahren aus dem Polizeidienst ausscheiden. Ich frage mich, wo er dann wohl wohnen wird?«

»Mutter, wenn du glaubst, dass dieser Mann und ich …«

»Ich würde mich doch nie im Traum in das Leben einer meiner lieben Töchter einmischen. Genau genommen dachte ich an Mike und Ariel. Wären sie nicht ein hübsches Paar?«

»Ariel?«, fragte Sara entgeistert. »Ariel Frazier? Was macht *die* denn in der Stadt?«

»Sara, Schatz, hast du vergessen, dass Ariel hier *lebt?*«

»Sie hat seit der Highschool nicht mehr hier gewohnt, als sie uns allen erklärt hat, dass sie es gar nicht erwarten kann, von diesem Provinznest und all seinen Bewohnern wegzukommen.«

»Und das hat sie auch getan. Sie hat die medizinische Hochschule besucht und jetzt ihren Abschluss gemacht, und sie will eine Pause einlegen, bevor sie die anstrengende Facharztausbildung beginnt. Dann ist sie Ärztin – und sie will hier in Edilean eine Praxis eröffnen.«

Sara hatte das Gefühl, ihre Mutter blicke sie an, als erwarte sie von ihr, dass sie etwas sagte, aber Sara hatte keine Ahnung, was sie hören wollte. Ariel war ein Jahr älter als sie, und ihre Familie lebte genauso lange in Edilean wie die ihre. Die Fraziers hatten von Beginn an alles verkauft, was Räder hatte, seien es

Fahrräder, Fuhrwerke, Traktoren oder Lamborghinis. Es hieß – aber niemand hatte dafür einen Beweis –, dass der erste Frazier ein enger Freund von Angus McTern Harcourt, dem Gründer von Edilean, gewesen sei. Außerdem hieß es – und dafür lagen erst recht keine Beweise vor –, der erste Frazier wäre genau genommen derjenige gewesen, der die Wagenladung Gold mitgebracht hatte, die die Grundlage für die Gründung der Stadt dargestellt hatte. Als Sara in der ersten Klasse und Ariel in der zweiten gewesen waren, hatte sie Sara erzählt, dass ihr Großvater behauptete, Edilean Manor, ja die ganze Stadt, würden von Rechts wegen eigentlich ihnen gehören. Das war die erste der vielen Auseinandersetzungen gewesen, die Sara und Ariel ausgetragen hatten.

»Du sagst ja gar nichts«, stellte Ellie fest. »Findest du nicht, dass Ariel und Mike ein wunderbares Paar wären?«

»Woher soll ich das wissen? Ich kenne ihn doch gar nicht, und sie habe ich seit Jahren nicht mehr gesehen.«

»Ach! Sie ist einfach wunderschön! Lange rote Haare und dunkelblaue Augen. Und natürlich ist sie gescheit. Aber das war sie ja schon immer. Und Mike sieht ziemlich gut aus.«

»Ja, wenn du auf Polizisten stehst.«

Ellie schaute ihre Tochter an und machte große Augen. »Ich denke, die ganze Näherei, zu der Greg dich zwingt, hat dir die Augen verdorben.«

»Also, wenn du jetzt noch etwas gegen Greg sagst, dann …«

Ellie ging zur Tür. »Ich habe dir das letzte Mal, als wir uns über ihn unterhalten haben, gesagt, dass ich mich da raushalte. Jeder muss seine oder ihre eigenen Fehler machen. Tut mir leid. Ich meine das nicht so, wie es geklungen hat. Ich gehe jetzt. Aber Sara, mein liebes Kind, ich finde, du solltest mit Mike ein bisschen nachsichtiger sein. Seine Wohnung und sein ganzer Besitz sind verbrannt, und die einzige Verwandte, die er hat, ist seine Schwester. Und …«

»Und was?«

»Meine Mutter hat mir viel von Mikes und Tess' Großmutter

erzählt. Sie hat die beiden nach dem Tod ihrer Eltern großgezogen, und meine Mutter hat immer gesagt, dass Prudence Farlane der zornigste Mensch gewesen ist, dem sie in ihrem Leben je begegnet ist, so als hätte in ihr ein Vulkan des Hasses gebrodelt. Dass Mike so früh in den Ruhestand gehen darf, bedeutet, dass er schon als Teenager in den Polizeidienst eingetreten sein muss. Eigentlich als Kind. Sara, ich finde wirklich, du solltest dem Mann ein bisschen Mitgefühl entgegenbringen.«

Sara wartete einen Augenblick, bevor sie antwortete. »Schöner Versuch, Mom, aber ich heirate Greg trotzdem.«

Ellie lachte. »Ich habe mein Bestes getan. Lass mich wissen, was er aus dem Schwarzkohl macht. Ich könnte sein Rezept vielleicht im Geschäft ans Anschlagbrett pinnen.« Sie blieb an der Tür stehen. »Und du findest nicht, dass er gut aussieht?«

»Ich glaube, er ist schwul«, log Sara.

Wieder lachte Ellie. »Ich frage mich, ob ich je so jung war wie du. Halte mich auf dem Laufenden. Bis bald.« Damit verließ sie die Wohnung, und Sara lehnte sich erleichtert gegen die Tür.

4

Bis zum späten Nachmittag hatte Sara sich ein wenig beruhigt. Sie wusste, dass ihre Nervosität hauptsächlich darauf zurückzuführen war, dass sie von Greg seit Tagen nichts gehört hatte. Und außerdem hatte sie es einfach satt, sich darum zu bemühen, dass die Einwohner von Edilean den Mann ins Herz schlossen, den sie liebte. Wäre Greg doch nur bereit, zuzulassen, dass sie den Leuten die Wahrheit über sein äußerst kompliziertes Leben erzählte, dann würden sie es verstehen, da war sie sich sicher. Seine Kindheit war so grauenvoll gewesen, dass er sich in der Öffentlichkeit tatsächlich manchmal ungeschickt verhielt. Er hatte sogar zugegeben, dass er auf die Zuneigung, die die Bewohner von Edilean Sara entgegenbrachten, eifersüchtig war. »Ich habe mich bemüht«, sagte er und vergoss dabei Tränen, die Sara beinahe das Herz brachen. »Ich habe mich sehr bemüht, dass sie mich mögen. Ich habe das mit dem Lebensmittelladen nicht verstanden. Ich dachte, dass deine Mutter, da ihr das Geschäft gehört, das, was sie hat, mit ihrer Tochter teilen würde.«

Sara wusste nicht, was sie darauf antworten sollte. Sie bekam die Lebensmittel kostenlos, *er* jedoch nicht. »Das hat mit der Buchhaltung zu tun«, erklärte Sara. »Und mit der Lagerbestandsaufnahme. Ich rede mit ihr und schaue, ob …«

»Nein!«, erwiderte Greg. »Ich möchte nicht, dass du irgendwelche Sonderregeln für mich vereinbarst. Wenn deine Mutter nicht will, dass ich ihre Lebensmittel esse, dann ist es eben so. Dann fahren wir zum Lebensmittelladen nach Williamsburg.«

»Wenn du mich ihr nur von deiner Vergangenheit erzählen lassen würdest …«, wandte Sara ein, doch Greg verbat es ihr jedes Mal, und sie begriff, warum. Er sagte, dass er sich wünschte, die

Bewohner von Edilean würden ihn um seiner eigenen Verdienste willen mögen – genau wie die Menschen andernorts. Manchmal sagte er: »Danach ziehen wir, du und ich, weg von hier.«

»Wohin?«, fragte sie dann, aber er antwortete nicht.

»Störe ich?«

Sie blickte auf und sah Mike Newland neben dem Tisch stehen, zwei Gläser Eistee in den Händen.

»Ich habe gesehen, dass Ihres leer war, deshalb … Ist das in Ordnung?«

»Selbstverständlich«, antwortete sie und versuchte, sich ein Stirnrunzeln zu verkneifen. Wenn er noch länger hierblieb, würde sie vom vielen Stirnrunzeln noch Falten bekommen.

Er stellte die Gläser ab und fragte: »Haben Sie etwas dagegen?«, während er in Richtung des leeren Stuhls nickte.

Sie nähte weiter, und er nahm Platz.

»Verstehen Sie«, sagte er mit seiner rauen Stimme, »ich glaube, Sie und ich, wir sind gestern auf dem falschen Fuß erwischt worden.« Einen Moment schien er nicht zu wissen, was er weiter sagen sollte. »Hatten Sie einen schönen Tag?«

»Sie scheinen ja sehr beschäftigt gewesen zu sein. Haben allen möglichen Leuten geholfen, was?« In ihrer Stimme schwang Feindseligkeit mit.

»Ich, puh …« Er nahm einen großen Schluck von seinem Tee. »Miss Shaw, ich weiß, dass ich Ihnen gestern Nacht zu nahe getreten bin, aber ich dachte, ich komme in eine leere Wohnung. Ich kann Ihnen versichern, dass Sie für mich eine ebenso große Überraschung waren wie ich für Sie.«

Sara legte ihr Nähzeug auf den Tisch. »Sie haben recht. Ich war unhöflich. Es ist nur …« Sie tat es mit einer Handbewegung ab. »Spielt keine Rolle.«

»Nein, sagen Sie es mir. Ich bin ein guter Zuhörer.« Als Sara schweigend ihren Tee trank und den Blick über den Garten schweifen ließ, sagte Mike: »Hat es irgendetwas mit Ihrem verschwundenen Freund zu tun?«

»Verlobten.«

»Sorry. Mir ist heute Vormittag so viel Tratsch zugetragen worden, dass ich mir das alles gar nicht merken kann. Übrigens, wer ist Ariel?«

»Eine entfernte Cousine von mir. Laut Aussage meiner Mutter ist sie das schönste, klügste und begabteste weibliche Wesen auf Erden – das heißt direkt nach meinen beiden unübertrefflichen Schwestern.«

Mike sah sie einen Moment an, dann stand er auf. »Das klingt ja fast so, als hätten Sie einen harten Tag gehabt. Warum kommen Sie nicht mit hinein und lassen mich für Sie etwas kochen?« Als sie zögerte, fügte er hinzu: »Das habe ich seit unserer Kindheit für Tess gemacht.«

Es war so angenehm, jemanden zu haben, der sie anlächelte, dass sie ihren Nähkorb zusammenpackte und Mike brav ins Haus folgte. Sie setzte sich an den Tisch, während er von der Küche Besitz ergriff. Er band sich eine Halbschürze (neu gekauft) um die Taille und machte sich daran, im Kühlschrank herumzukramen. Mit einer Avocado, Sauerrahm und ein paar Limonen tauchte er wieder auf. »Reden Sie mit mir«, sagte er, als er sich an die Arbeitsfläche setzte und ein Messer aus dem Holzblock zog.

Sara beobachtete ihn, wie er sich in der Küche zu schaffen machte. Er zerdrückte eine Knoblauchzehe mit dem Rücken des großen Messers, als wäre er ein Profi-Koch. »Das, was mit Ihrer Wohnung passiert ist, tut mir leid.«

Mike zuckte kurz mit einer Schulter. »Berufsrisiko.«

»Sie ist wegen Ihres Berufs ausgebrannt?«

Er drehte sich um und zeigte ihr ein schwaches Lächeln. »Das Letzte, was ich will, ist, über meine Arbeit oder über mich zu reden. Ich würde lieber etwas über Sie hören. Wollen Sie nicht in ein paar Wochen heiraten? Ist das Kleid schön?« Er schälte die Avocado.

»Es ist traumhaft«, antwortete Sara und verbarg ihr Lächeln hinter ihrem Glas. Er war eindeutig anders als die Männer, die sie kannte. »Es ist das Brautkleid meiner Großtante Lissie.«

Mike stellte eine Schale Avocado-Dip und eine zweite mit Tortilla Chips vor sie hin. »Und, wann lerne ich Ihren Verlobten kennen?«

Er war ohne Umschweife auf das Thema gekommen, mit dem jeder ihr auf die Nerven ging!, überlegte Sara. Sie war hin und her gerissen, ob sie ihm die Schüssel entgegenschleudern oder in Tränen ausbrechen sollte. Doch schon eine Minute später holte er einen Krug mit eisgekühlter Margarita aus dem Kühlschrank und schenkte ihr ein Glas ein. Sie leerte es in einem Zug. Er sah sie mit großen Augen an, füllte ihr Glas jedoch schnell wieder auf.

Nachdem sie noch einen ordentlichen Schluck genommen hatte, fragte er. »Besser?«

Sara nickte und machte sich über die Chips und den Dip her.

»Ich vermute, jeder hat Sie nach ihm gefragt, aber Sie wissen nicht, wann er zurückkommt, deshalb können Sie den Leuten keine Antwort darauf geben.«

»Genau«, sagte Sara und fühlte sich zum ersten Mal seit Gregs Verschwinden entspannt.

»Vielleicht ist er nach Hause gefahren«, erklärte Mike, während er Birnenschnitze auf Salatblätter legte.

»Er wohnt hier. Bei mir.«

»Nein, ich meine, vielleicht ist er an den Ort gefahren, wo seine Eltern wohnen.«

»Ach.«

Mike streute Pinienkerne über den Salat und träufelte Himbeervinaigrette darüber. »Haben Sie seine Eltern angerufen?«, fragte er und stellte den Teller vor sie hin.

Sara murmelte etwas.

»Tut mir leid, ich habe Sie nicht verstanden.«

Sie wartete, bis sie den Bissen Salat gekaut hatte. »Ich weiß nicht, wo seine Eltern wohnen – oder ob sie überhaupt noch am Leben sind. Er hat mir von äußerst unangenehmen Erfahrungen aus seiner Jugend erzählt, aber er hat mir keine Details wie Namen oder Adressen genannt.«

»Ach«, sagte Mike, während er ihr den Rücken zukehrte, und überlegte, wie zutreffend es doch war, dass in Stefans Jugend ein paar sehr unangenehme Dinge passiert waren. Er hatte zwei Jahre wegen Autodiebstahls im Jugendgefängnis gesessen, sechs Monate, weil er versucht hatte, einen Juwelier auszurauben, und zwei Mal war er wegen Taschendiebstahls festgenommen worden. Bis Stefan achtzehn wurde, hatte er sich zu einem gewieften Kriminellen entwickelt und war seitdem nicht mehr verhaftet worden. »Sie wissen über seine Familie also nicht Bescheid?«

»Nein! Und jetzt fangen Sie nicht auch noch damit an! Jeder hat ein Recht auf seine Privatsphäre, und außerdem habe ich von meiner Mutter und der ganzen Stadt schon genügend Klagen über ihn gehört. Ich wette, auch bei *Ihnen* gibt es Dinge, von denen Sie nicht wollen, dass alle Welt darüber Bescheid weiß.«

»Sie können mich alles fragen. Ich bin ein offenes Buch.« Er holte die zwei Hühnchen aus Cornwall, die er heute Vormittag bestellt hatte, aus dem Kühlschrank und machte sich eilig daran, sie mit einer Mischung aus wildem Reis und Kräutern zu füllen, die er zubereitet hatte, bevor er zu Sara hinausgegangen war. Einer der positiven Aspekte seines Lebens als Undercover-Agent bestand darin, dass er in vielen verschiedenen Branchen hatte arbeiten müssen. Einer der praktischsten Aufträge waren die achtzehn Monate gewesen, die er als Souschef in einem Restaurant in Arizona verbracht hatte. Er konnte innerhalb von zehn Minuten eine Fajita auf den Tisch zaubern.

»Wo sind Sie aufgewachsen?«

»In Akron, Ohio.«

»Warum weigert sich Tess, über ihre Kindheit zu reden?«

»Ich dachte, es geht hier um mich, nicht um meine Schwester.«

»Sie ist meine Freundin; Sie sind ein Fremder.«

Mike band die Hühnchen zu. Einmal hatte er einen Mann auf die gleiche Weise gefesselt, Beine zusammen, Arme auf den Rücken, ein Seil die Vorderseite hinunter. »Sie haben recht. Wenn es um mich geht, geht es auch um Tess. Unsere Eltern sind bei einem Autounfall ums Leben gekommen, als ich zwölf war und Tess fünf, deshalb sind wir von unserer Großmutter mütterlicherseits großgezogen worden.« Er stellte das Geflügel in den Backofen.

»Von Ihrer Großmutter habe ich schon gehört.«

»Das kann ich mir denken. Ist Ihnen erzählt worden, was für eine übellaunige Frau sie war?«

»Ja«, antwortete Sara hastig. »War Ihr Großvater nett?«

Mike blickte sie über die Schulter hinweg an. »Wir haben ihn selten gesehen. Großmama sagte immer, dass er beruflich unterwegs sein müsste, aber als er 1999 gestorben ist, habe ich herausgefunden, dass er eine zweite Familie hatte.«

»Du liebe Güte.« Sara verharrte, sie hielt die Gabel, die sie sich gerade zum Mund führen wollte, auf halber Höhe in der Luft und betrachtete Mike, der ihr gegenüber Platz nahm.

»Begreifen Sie jetzt, warum Tess nicht über ihre Kindheit sprechen will?«

»Ja«, antwortete Sara und sah ihn an. »Bitte erzählen Sie mir mehr. Ich brauche etwas, um mich von meinen eigenen Problemen abzulenken. Meine Mutter hat gesagt, dass Sie zur Polizei gegangen sind, als Sie noch ein Teenager waren.«

Mike zögerte. Noch nie war es bei seiner Undercover-Arbeit nötig gewesen, die Wahrheit über sich selbst preiszugeben. Aber in dieser Stadt gab es Leute, die seine Großmutter gekannt hatten, deshalb würde Sara es herausbekommen, wenn er log. »Ich war der Ältere, deshalb habe mich zwischen die kleine Tess und meine Großmutter gestellt, aber ich konnte das auch nur bis zu einem gewissen Punkt aushalten. Am Abend nach meinem Highschool-Abschluss habe ich der alten Frau gesagt, dass ich sie umbringe, wenn sie Tess auch nur anrührt, dann habe ich die Stadt verlassen.«

»Aber das hätten Sie doch sicher nicht getan. Das heißt, sie umgebracht.«

Mike blickte von seinem Salat auf, aber er antwortete nicht.

»Was haben Sie dann gemacht?«

»Ich hatte immer das Meer sehen wollen, deshalb bin ich …«

Er schmunzelte, als er daran zurückdachte. »Ich habe eine Münze geworfen, um festzulegen, zu welcher Küste ich fahre, und die Ostküste hat gewonnen – beziehungsweise eher verloren. Ich bin nach Florida getrampt und habe in Ford Lauderdale eine Rast eingelegt.« Er nahm wieder einen Bissen. »Eines hat zum anderen geführt, und ich bin in den Polizeidienst eingetreten.« Er blickte zu ihr auf. »Und jetzt bin ich hier.«

»Was ist mit Tess?«

»Sie hat sich gut gemacht, nicht wahr?«

»Nein, ich meine, wann haben Sie sich wiedergesehen?«

»Als sie den Highschool-Abschluss gemacht hat, habe ich draußen auf sie gewartet. Ich hatte ihre Taschen schon eingesammelt, die sie aus dem Fenster ihres Zimmers geworfen hatte. Sie hat unserer Großmutter den Hut und das Gewand ins Gesicht geschleudert, ist in mein Auto gestiegen, und wir sind davongefahren.«

»Ich vermute, Sie waren derjenige, der ihr das College bezahlt hat.«

Mike hatte alles erzählt, was er konnte, ohne echte Informationen preiszugeben, deshalb zuckte er nur mit den Achseln. Miss Sara Héléna Shaw war jedenfalls eine neugierige junge Frau. Er wusste, dass sie sein Zimmer durchsucht hatte, während er fort gewesen war. Aus reiner Gewohnheit hatte er die Schubladen markiert und den kleinen Teppich an den Dielenbrettern ausgerichtet. Bei seiner Rückkehr war alles ein wenig verschoben gewesen. Er war froh, dass er die Akten bei seinen Waffen in dem Geheimfach unter der Abdeckung im Kofferraum seines Autos gelassen hatte.

Er stand auf und blickte durch das Backofenfenster. »Und, über wen wissen Sie jetzt mehr? Über mich oder den Mann, den sie heiraten wollen?«

»Was für eine komische Frage! Die Tatsache, dass ich die Eltern meines Verlobten noch nie getroffen habe, bedeutet ja nicht, dass ich nicht alles über ihn weiß. Ich weiß, was er gerne isst, wie er Auto fährt, was er sich für die Zukunft wünscht, wie sehr ihm seine letzten beiden Freundinnen das Herz gebrochen haben, seine …«

»Was wünscht er sich denn für die Zukunft?«, fragte Mike scharf. »Und wie soll die aussehen?«

Sara blickte auf ihre Hände hinab. »Das Übliche. Ein Heim und Kinder.« Sie würde ihm gewiss nicht erzählen, dass die Pille bei ihr zu Gewichtszunahme führte, dass Greg peinlich genau darauf achtete, Verhütungsmaßnahmen zu ergreifen, und dass er sich immer vage ausdrückte, wenn es darum ging, wann sie Kinder bekommen wollten.

»Ist das, was er sich wünscht, hier in Edilean? Hat er das genau so ausgedrückt? Was hat er gesagt?« Im gleichen Augenblick, als er das fragte, verfluchte Mike die Dringlichkeit in seiner Stimme und hoffte, Sara würde sie nicht bemerken.

Aber das tat sie.

»Die haben Tess dazu gebracht, Sie hierher zu schicken, nicht wahr?« Sara stand auf.

»Tess mich hierher schicken? Ich weiß nicht, wovon Sie reden«, erwiderte er ehrlich. »Und wer sind ›die‹?«

»Die Stadtbewohner. Die glauben alle, ich gehöre ihnen. Andere Leute kommen und gehen, ich aber nicht.« Ihre Stimme wurde lauter. »Die süße, kleine Sara Shaw bleibt zu Hause und *hilft* den Leuten. Alle anderen gehen fort und unternehmen etwas, aber ich bleibe hier und schaue zu, wie die anderen mit ihren erfolgreichen Karrieren, ihren Ehemännern und ihren bezaubernden Kleinkindern wiederkommen. Aber die gute, alte Sara ist immer hier.«

Sie legte die Hände auf den Tisch und beugte sich zu ihm vor. »Sie können denen allen – Ihrer Schwester, Ramsey, Luke, allen miteinander – sagen, dass sie Greg vielleicht nicht mögen, *ich* aber schon. Er hat mich dazu gebracht, dass ich erfolgreich bin. Er mag ja manchmal schroff und unhöflich sein, aber zumindest gibt er mir Hoffnung für die Zukunft.«

Sie beugte sich so weit vor, dass ihr Gesicht nur noch wenige Zentimeter von seinem entfernt war. »Und was Sie angeht, Mr

Newland, Sie können es vergessen, mir Informationen zu entlocken oder mich zu verführen und Greg abspenstig zu machen oder was immer Sie vorhaben, weil es nicht funktionieren wird. Verstehen Sie mich? Ich habe kein Interesse an Ihnen oder irgendeinem anderen Mann, deshalb können Sie genauso gut *sofort* verschwinden.«

Damit ging sie durch den Flur zu ihrem Schlafzimmer und knallte die Tür hinter sich zu. Völlig verdutzt ließ Mike sich gegen die Stuhllehne fallen. Er hatte keine Ahnung, welcher Vergehen er da gerade beschuldigt worden war. »Sie verführen?« Er war ihr nicht einmal nahe gekommen.

Mike fuhr sich übers Gesicht. Sein Instinkt riet ihm, an ihre Tür zu klopfen und zu versuchen, mit ihr zu reden, aber weil er keine Ahnung hatte, was er sagen sollte, war das zwecklos. Warum hatte sie keine schöne, große Waffe auf ihn richten können? Zum Beispiel einen Revolver. Eine Halbautomatik wäre eine gute Wahl gewesen. Sie hätte sagen können: »Wenn du mir näher kommst, knalle ich dich ab.« Das war ihm schon viele Male gesagt worden, und er war damit immer problemlos fertig geworden.

Der Küchenwecker klingelte wegen der Hühnchen, und Mike holte sie aus dem Ofen, dann ging er ins Freie, um Tess anzurufen.

Beim zweiten Läuten nahm sie ab.

»Und, was hältst du von ihr?« Tess kam immer gleich zur Sache.

»Sie ist total gestresst. Und sie weiß, dass ich lüge.«

Das verblüffte Tess so sehr, dass sie kaum etwas sagen konnte. »Aber du lügst doch *immer.* Deshalb bist du so gut in deinem Job. Du lügst, wenn … schon wenn es darum geht, welche Zahnpasta du benutzt, aber die Leute merken es nie.«

»Bist du sicher, dass du auf *meiner* Seite stehst?«

Tess lachte nicht. »Das begreife ich nicht. Sara glaubt einem Kerl jedes Wort, von dem die ganze Stadt weiß, dass er ein Idiot ist, aber *dir* glaubt sie nicht?«

»Wer soll das verstehen?« Mikes Stimme verriet seine Verwirrung. »Ich habe sie wie eine Prinzessin behandelt, für sie gekocht, hinter uns beiden sauber gemacht, aber sie beschuldigt mich trotzdem … Mir ist wirklich schleierhaft, wieso sie so wütend auf mich ist.«

»Was ist mit den Leuten aus Edilean? Nicht den Neubürgern, sondern denjenigen, die Sara kennen. Was ist mit denen?«

Mike nahm sich Zeit, bevor er antwortete. »Ich habe heute Vormittag mit einigen von ihnen geredet, und sie machen sich ernsthaft Sorgen um sie. Sie wollen nicht, dass man ihr wehtut.«

Tess wusste genau, wovon er sprach. »Diese Stadt ist erstaunlich, nicht wahr? Die Leute kümmern sich wirklich umeinander. Natürlich muss man dazugehören, bevor man diese Fürsorge erhält, aber es gibt sie.«

»Es ist also ganz anders als das, was wir von dieser Stadt gehört haben, oder?«

Tess stieß ein leises Lachen aus. »Und ob! Hast du mit jemandem gesprochen, der Großmama gekannt hat?«

»Nein, und das will ich auch nicht. Ich möchte an der Vorstellung festhalten, dass dieses Chaos mit ihr beerdigt worden ist.«

»Ich auch«, sagte Tess. »Und jetzt möchte ich hören, was du von Sara hältst.«

»Ich denke, sie ist …«

»Was?«

»Schön.«

»Wie schön?«

»Sie macht mich nervös.«

»Das ist schlecht, oder?«

»Die komischsten Dinge führen dazu, dass sie auf mich wütend wird, aber ich kann unmöglich auf jemanden sauer sein, der Kleider trägt, die aussehen, als wären sie von Engeln angefertigt.«

»Ich weiß. Sara trägt selbst an den heißesten Tagen lange Ärmel. Sie bestellt viele der Stoffe aus Irland und näht ihre Kleider daraus. Sie passen zu ihrem Porzellanteint, findest du nicht auch?«

»Ja«, antwortete er bedächtig mit kehliger Stimme.

»Und was ist mit Sara als Frau? Super, was?«

»Ich glaube, ich habe sie noch nicht gesehen, wie sie wirklich ist, aber mir gefällt, was man über sie erzählt. In der Stadt halten alle sie praktisch für eine Heilige. Sie ist diejenige, die allen freiwillig hilft. Sie verdient so wenig Geld, dass sie verhungern würde, würde ihre Mutter sie nicht durchfüttern.«

Tess war froh, dass Mike sie nicht sehen konnte, denn sie grinste breit. Sie wusste, dass es Mike noch mit keiner Frau ernst gewesen war, aber schließlich hatten seine »Verabredungen« immer mit seinen Undercover-Fällen in Verbindung gestanden. Einmal hatte er eine leidenschaftliche Affäre mit der Frau eines Drogenbarons gehabt, um an Informationen über ihren Mann zu gelangen. Als die Leute verhaftet worden waren, hatte sie Mike eine so schallende Ohrfeige verpasst – und er hatte es zugelassen –, dass er eine Woche lang eine Halskrause hatte tragen müssen. Nur Tess wusste, wie niedergeschlagen Mike danach gewesen war. Er hatte die Frau gemocht, ja, sogar ihre beiden Kinder. Tess war diejenige gewesen, die sich nach diesem Fall um ihn gekümmert und gesehen hatte, was er durchmachte.

»Ich habe für morgen einen Termin für dich vereinbart«, sagte sie.

»Wofür?«

»Es geht um den Kauf des Hauses, wegen dem ich dir seit einem Jahr in den Ohren liege. Das muss beim Notariat in Williamsburg gemacht werden, und da du nun schon einmal in der Nähe bist, kannst du das erledigen.«

»Aber ich bin hier an einem Fall, ein anderes Mal könnte also günstiger sein. Ich könnte …«

»Nein! Ich lasse dir nicht noch mehr Zeit. Ich habe den Termin vereinbart und dir eine SMS mit der Adresse geschickt. Geh um zwei Uhr hin, unterschreibe die Papiere, und der Hof gehört dir.«

»Eine Farm! Was soll *ich* denn mit einer Farm anfangen?«

»Das gehen wir jetzt nicht noch einmal durch«, erklärte Tess entschlossen. »Ob es dir gefällt oder nicht, ich habe unserer Großmutter geschworen, dass unsere Familie diesen Hof eines Tages besitzen wird, und ich halte dieses Versprechen.« Tess würde es ihrem Bruder niemals verraten, aber sie hatte es damals auf *sein* Leben geschworen, und Tess war abergläubisch und befürchtete, die schreckliche alte Frau würde sich aus dem Grab erheben und Rache nehmen, sollte sie ihren Schwur brechen.

Mike riss Tess aus ihren bösen Erinnerungen. Was sollte er in Wahrheit auch anderes tun, als in ihrer Nähe zu leben, wenn er erst einmal aus dem Polizeidienst ausgeschieden war?

»Erklär mir noch einmal, warum ihr beide, du und Rams, nicht dort wohnen wollt.«

»Er hat ein Grundstück, auf dem er bauen will. Ich habe dir das alles doch schon erzählt. Und ich habe dir auch gesagt, dass ich glaube, du wirst diese alte Farm *mögen.* Du hast Freiraum und mit der Renovierung hast du etwas zu tun, wenn du erst einmal im Ruhestand bist.«

Mikes Stimme nahm wieder den neckenden Tonfall an. »Okay, was ist also dein Plan für mich auf dieser Farm? Soll ich Mais anbauen? Oder pflanzt man hier Baumwolle an?«

»Das wäre in jedem Fall besser als der üble Job, den du jetzt machst. Aber wenn du die Farm besichtigst, vergiss den alten Mann nicht, der als Verwalter fungiert. Er begrüßt Gäste mit einer Schrotflinte, du solltest also vorher lieber anrufen.«

»Du redest doch nicht etwa von dem alten … Wie hieß er gleich?«

»Brewster Lang.«

»Genau«, sagte Mike. »Wie konnte ich diesen Namen vergessen? Großmutters einziger richtiger Freund in ganz Edilean. Du glaubst nicht, dass er so gemein ist wie sie, oder?«

»Ich denke, sie könnte das alles von ihm gelernt haben.«

Mike stieß einen leisen Pfiff aus. »So schlimm kann er doch gar nicht sein.«

»Gib mir Bescheid, falls du vorhast, unangekündigt zur Farm zu fahren, damit ich das Krankenhaus vorwarnen kann, dass bald ein Mann eingeliefert wird, in dessen Körper unzählige Schrotkugeln stecken.«

»Ich hab's kapiert. Aber er muss inzwischen an die hundert Jahre alt sein. Kann er die Farm überhaupt noch verlassen?«

»Das ist nicht New York, wo einem alles geliefert wird, deshalb gehe ich davon aus, dass er Lebensmittel einkaufen muss.« Sie verstummte. »Gerade kommt Rams herein. Ich muss Schluss machen.«

Mike lachte. »Ich habe ganz vergessen zu fragen: Wie sind die Flitterwochen?«

Tess senkte die Stimme zu einem Flüstern: »Ich bin mir ziemlich sicher, dass ich schwanger bin, aber ich habe es Rams noch nicht gesagt. Kaufe für mein Kind ein Pony und versorge es auf deiner Farm. Ich hab dich lieb. Tschüss.« Sie unterbrach die Verbindung.

Als Mike das Handy ausschaltete, war er überrascht, mit welch gutem Gefühl Tess' Ankündigung ihn erfüllte. Ein Baby? Ein pummeliges, kleines Kind, klebrig vom Obstsaft, mit voller Windel, einem Grübchen in der Wange? Er hatte den kleinen Jungen buchstäblich vor Augen.

»Und ich auf einer Farm«, sagte Mike laut. »Ein Kind, ein Pony und eine Farm. Da kann ich mir ja gleich die Kugel geben.«

Er kehrte ins Haus zurück, aß allein zu Abend, packte die Reste ein und verstaute sie im Kühlschrank. Er drehte eine Laufrunde, und als er zurückkam, sah er, dass Saras Tür noch immer geschlossen war, dass sie aber das Licht eingeschaltet hatte. Nachdem er geduscht hatte, schob er einen Zettel unter ihrer Tür hindurch, auf den er geschrieben hatte, dass er jetzt ins Bett gehe und sie sich von dem Essen doch bitte bedienen solle.

Als er im Bett lag, lauschte er, aber er hörte keinen Mucks von ihr. Er fühlte sich schlecht, weil seine vielen Fragen sie so wütend gemacht hatten, dass sie aufs Abendessen verzichtet hatte.

Nach seinem Lauf war er bei seinem Auto vorbeigegangen, um ein paar der Akten zu holen, die der Captain ihm gegeben hatte, und er las darin bis Mitternacht. Er hatte zwar die Strafakten gesehen, jedoch keine Zeit gehabt, die ausführlichen Berichte zu lesen.

Nie zuvor hatte er es mit der Abteilung für Wirtschaftskriminalität zu tun gehabt, deshalb faszinierte es ihn zu lesen, wie die Vandlos vorgingen. Stefan war gewöhnlich – verführen und abgreifen –, Mitzi dagegen war interessanter. Ihre Taten setzten Gerissenheit und eine absolute Gleichgültigkeit gegenüber der Qualität des menschlichen Lebens voraus.

Bis vor wenigen Jahren hatte Mitzi im Hinterland von New Jersey gewohnt und war nach New York City gependelt, wo sie sich mit Betrügereien an reichen Frauen beschäftigte. Diese lockte sie durch ein winziges Büro im Zentrum von Manhattan an, auf dessen Fenster MEDIUM geschrieben stand. Frauen, die ein Trauma erlebt hatten, die trauerten, deren Leben durcheinandergeraten war, bedrängten sie in der Hoffnung, Antworten darauf zu finden, was sie tun sollten, um ihre Probleme zu lösen. Mitzi nahm diejenigen an, die sich so sehr nach Unterstützung sehnten, dass sie bereit waren, alles, was sie besaßen, herzugeben, um das Chaos, zu dem ihr Leben sich entwickelt hatte, hinter sich zu lassen.

Mitzis Masche, über Generationen ausgetüftelt, bestand aus drei Komponenten: Vertrauen, Glauben an »Das Werk« und Kontrolle. Zuerst verbrachte sie Monate damit, das Vertrauen der Frauen zu gewinnen. Sie war eine Expertin in Körpersprache und wusste schon wenige Minuten nach der ersten Begegnung, was jemand wollte. Und sie hörte den Frauen auf eine Weise zu, wie ihnen noch niemand zugehört hatte. Mitzi hörte, was ihre Opfer erzählten, und prägte es sich ein. Sie begriff; sie engagierte sich für die Frau, war immer an ihrer Seite. Mitzi war die beste Freundin, die man sich vorstellen konnte.

Sobald sie das Vertrauen ihres Opfers gewonnen hatte, begann Mitzi, dafür zu sorgen, dass es an »Das Werk« glaubte und dass sie, Mitzi, nur ein Medium war, das von Geistern/Engeln/Gott genutzt wurde – was dem Opfer eben gerade zusagte. Der Glaube, dass sie alles für eine Höhere Macht tat, vermittelte einem Menschen das Gefühl, endlich seine Lebensbestimmung gefunden zu haben.

Glaubte das Opfer erst einmal daran, begann Mitzi, an der Kontrolle zu arbeiten und die Isolation herbeizuführen, die notwendig war, um den großen Betrug durchzuziehen. Dann traf sie sich mit verweinten Augen und sorgenvoller Miene mit dem Opfer und erzählte ihm, sie habe die ganze Nacht mit »Dem Werk« verbracht und schreckliche Dinge gesehen. Inzwischen wusste Mitzi, wovor die Frau sich am meisten fürchtete, deshalb konnte sie diese Furcht gegen sie einsetzen. Hatte sie etwa Angst vor ihrem Ex-Mann, dann sagte Mitzi, er zettele mit Freunden eine Verschwörung gegen sie an. Es wäre für sie das Beste, sich von ihnen fernzuhalten.

Was Mitzi ihren Opfern tatsächlich gab, war Hoffnung. Sie versprach Liebe, Kinder, Vermögen – was immer gewünscht wurde –, und die verängstigten Frauen klammerten sich daran fest wie an ein Rettungsfloß. Die Hoffnung wurde für sie das Wichtigste, dafür lebten und atmeten sie. Und Mitzi ließ sie glauben, nur *sie* könne ihnen geben, was sie brauchten – wenn sie ihr das Geld überließen, um genügend Energie zu schaffen, damit die Aufgabe bewältigt werden konnte. Aber es war ganz in Ordnung, zu bezahlen, denn Mitzi schwor, dass alles auf Heller und Pfennig zurückgezahlt würde, sobald »Das Werk« getan sei.

Wie bei jeder missbräuchlichen Beziehung kam irgendwann der Zeitpunkt, an dem das Gute vorüber war. Es wurde nicht mehr zugehört, das Gefühl der engen Freundschaft, als beide ein Ziel vor Augen hatten, verschwand. Das Opfer wünschte sich so verzweifelt, diese schöne Zeit möge wiederkehren, dass es immer mehr bezahlte. Doch inzwischen hatte es keine Freunde mehr, nur noch Mitzi, deshalb tat es alles, um es ihr recht zu machen.

Aber irgendwann ging dem Opfer das Geld aus, und an diesem Punkt beendete Mitzi sofort und unvermittelt die Beziehung. Mit einem Mal war Mitzis Telefon abgeschaltet, ihr Büro stand leer. Falls es dem verzweifelten Opfer – häufig nach monatelangen Versuchen – gelang, Kontakt zu Mitzi aufzunehmen, stießen seine verzweifelten Bitten um Hilfe bei Mitzi auf taube Ohren. Weinend, am Boden zerstört, bat das Opfer darum, dass sie ihm das Geld zurückgeben möge, wie sie es versprochen hatte. Dann erklärte Mitzi, dass alles »dahin« und durch »Das Werk« aufgebraucht sei. Ohne das geringste Mitleid beendete Mitzi dann das Telefongespräch.

Das Opfer wurde alleingelassen. Gewöhnlich war die Frau so gut wie bankrott und hatte sich unter Mitzis Anleitung von allen anderen Menschen abgeschottet. Sie hatte niemanden mehr, an den sie sich für moralische Unterstützung hätte wenden können, während sie versuchte, sich zu erholen, und meist war ihr die Sache zu peinlich, um zur Polizei zu gehen und zu erzählen, wie dumm sie gewesen war – wie ihr inzwischen klar wurde.

Falls die Frau ihren ganzen Mut zusammennahm und zur Polizei ging, wurde sie gewöhnlich wieder fortgeschickt. Laut Polizei hatte sie ihr Geld freiwillig hergegeben, es lag also kein Verbrechen vor. Aber die Polizei von Fort Lauderdale hatte einem Opfer genauer zugehört, und als einige von Mitzis vielen Bankkonten überprüft wurden, waren die Beamten schockiert über das Ausmaß dessen, was sie vor Augen hatten. Mitzi Vandlo hatte vielen Frauen mehrere Millionen Dollar abgenommen.

Wann immer große Geldsummen bei einem Verbrechen im Spiel sind, greift das FBI ein, und alles verändert sich. Bald wurde festgestellt, dass Mitzi nur ein kleiner Teil dessen war, was allem Anschein nach einer der größten Ringe des organisierten Verbrechens darstellte – und keiner wusste etwas davon.

Als die Ermittlungen voranschritten, wurden sie zum Glück durch ein Urteil des Obersten Gerichts der USA gestützt, das besagte, die Leichtgläubigkeit einer Person schließe die Tatsache nicht aus, dass ein Verbrechen vorliege. Leute, die das taten, was Mitzi getan hatte, waren genauso schuldig wie Bankräuber.

Das Strafrecht in den Bundesstaaten funktioniert in genau umgekehrter Weise wie das Bundesrecht. Ein Krimineller wird von den Strafverfolgungsbehörden in den Bundesstaaten festgenommen, anschließend wird das Beweismaterial gesammelt. Die Leute vom FBI aus Washington ermitteln dagegen zuerst jahrelang, bevor es zu Festnahmen kommt. Leider wurde Mitzi vorgewarnt, als das FBI endlich so weit war, Klage gegen sie und achtundzwanzig ihrer Familienangehörigen zu erheben. Sie und ihr Sohn waren plötzlich wie vom Erdboden verschluckt gewesen.

Als Mike die Papiere ordnete, stimmte er der Meinung des Captains zu, dass der einzige Grund, wieso Stefan *und* seine Mutter in eine unbedeutende Kleinstadt wie Edilean ziehen wollten, etwas wirklich Großes sein musste. Und es sah ganz danach aus, als habe Mitzi in der Zeit ihrer Abwesenheit einen anderen Weg gefunden, um Geld zu erpressen, aber dieses Mal hatte es mit Miss Sara Shaw zu tun.

Mike legte die Papiere in die Schublade seines Nachtschränkchens und machte sich gedanklich eine Notiz, sie am Morgen wieder herauszuholen. Er konnte es nicht riskieren, dass Sara sie fand, wenn sie in seinem Zimmer herumschnüffelte.

Als er die Schublade zuschob, konnte er es sich nicht verkneifen, an die Ironie des Abends zu denken. Am Nachmittag, als er ein paar Stunden in der Outlet Mall von Williamsburg verbracht und sich neue Kleider gekauft hatte, da hatte er sich einen netten, gemütlichen Abend mit Sara vorgestellt. Er hatte sich ausgemalt, dass er nach dem Abendessen seine neuen Sachen aus dem Auto holen und er sie zusammen mit Sara begutachten würde. Da sie in der Branche arbeitete, würde er sie um Rat bitten können, was er tragen sollte. Und jedes Szenario, das ihm durch den Kopf gegangen war, hatte damit geendet, dass Sara ihm erzählte, worauf es die Vandlos abgesehen hatten. Doch irgendwie war das alles ins Wasser gefallen.

Während er das Licht ausknipste, dachte Mike an Stripperinnen. Ab heute würde er sich nur noch mit Stripperinnen einlassen. Keine braven Mädchen mehr, aus denen man nicht schlau wurde.

5

Am nächsten Morgen erwachte Sara, und sie wusste sofort, dass sie einen Kater hatte. Zwei Margaritas mochten die meisten Menschen nicht betrunken machen, doch Sara hatte noch nie viel Alkohol vertragen.

Während sie sich kaltes Wasser ins Gesicht spritzte, fiel ihr allmählich wieder ein, was sie am Abend zuvor zu Mike gesagt hatte. Ihre Entschuldigung war, dass er ihr zu viele Fragen über Greg gestellt, zu viele Andeutungen gemacht hatte und dass diese vor allem anderen einfach mehr gewesen waren, als sie hatte verkraften können.

Sie würde sich natürlich bei ihm entschuldigen müssen. Gestern Abend schien klar zu sein … na ja, es hatte fast den Anschein gehabt, als hätten sich die Leute gegen sie verschworen – aber das konnte nicht stimmen. Doch der Gedanke setzte sich in ihrem Kopf fest und machte sich darin breit.

Als sie sich im Laufe des Tages hartnäckig durch den Berg von Näharbeiten kämpfte, redete sie sich ein, dass es doch unmöglich war, dass Tess sich mit der ganzen Stadt zusammengetan hatte, um Mike hierher zu holen, damit er Sara Greg abspenstig machte.

Aber im Fernsehen lief ein alter Krimi, und während sie nähte und zuhörte, meinte sie, hinter jeder Sekunde der vergangenen Tage eine Verschwörung zu erkennen. Dass Greg so plötzlich fort gerufen wurde; dass Luke ihr Apartment mit Beschlag belegte; dass Sara in Tess' Wohnung umziehen musste, in der sich die Falltür befand. Dann tauchte Tess' mysteriöser Bruder »zufällig« auf – und jetzt lebte er mit ihr zusammen in dem kleinen Apartment.

Um ein Uhr ging Sara in die Küche, um zu Mittag zu essen,

und sah, dass der Kühlschrank voll war mit den Dingen, die Mike gekocht hatte. Was hatte er gestern Abend mit diesem köstlichen Mahl vorgehabt? Sie erinnerte sich vage daran, dass sie ihn beschuldigt hatte, sie verführen zu wollen.

Vielleicht hatte sie sich zu viele Schwarzweißfilme angeschaut, aber sie hatte das Bild vor Augen, wie sie betrunken mit Mike im Bett landet. Dann würden zwei Männer mit Kameras und riesigen Ständern mit runden Blitzlampen hereinplatzen und Fotos von ihnen machen.

Würden sie die schmutzigen Bilder Greg geben? Einen entsetzlichen Augenblick lang stellte Sara sich Gregs Wut vor, wenn er Fotos von ihr im Bett mit einem anderen Mann zu Gesicht bekam. Er rastete ja schon aus, wenn sie bloß über einen Vertreterwitz lachte. »Das liegt nur daran, dass ich dich so liebe«, hatte Greg ihr viele Male erklärt.

Sie holte einen Teller aus Tess' Schrank, füllte ihn mit dem Essen, das Mike gekocht hatte, legte ein Papiertuch darüber und stellte ihn in die Mikrowelle. Sie schenkte sich ein großes Glas Eistee ein und setzte sich hin, um das Festmahl zu genießen.

* * *

Als Mike, nachdem der Kauf abgeschlossen war, mit einem dicken Stapel Papier aus dem Gebäude des Notariats kam, musste er über Sara noch immer den Kopf schütteln. Er hatte nicht herausfinden können, wodurch er sie so verärgert hatte. Klar, vielleicht war sein Auftauchen durch den Fußboden ihres Schlafzimmers ein bisschen ungehobelt gewesen, aber er sah noch immer keine andere Möglichkeit, ihr so schnell nahezukommen. Hätte er an die Tür geklopft und sich vorgestellt, dann wäre sie höflich gewesen, aber er wäre in ein Hotel geschickt worden und hätte sie nicht wiedergesehen.

Ehrlich, die Art und Weise, wie sich die Stadtbewohner gegen sie und den Mann verbündeten, den sie heiraten wollte, hielt er für übertrieben. Er wusste zwar, dass Vandlo ein Verbrecher war, die anderen jedoch nicht. Wo blieb all die »Unterstützung«, von der die Frauen unentwegt redeten? Die Fernsehsendungen zwischen vier und sechs Uhr am Nachmittag bezeichnete Mike immer als »Unterstützungsstunden«. Einmal, als Tess sich bei ihm aufgehalten hatte – er erholte sich von einer Schusswunde (seiner vierten) –, und er vom Stillsitzen gelangweilt war und die Schmerzen satthatte, da hatte er seinen Frust am Fernseher ausgelassen. Er hatte ein Kissen dagegen geschleudert und gesagt: »Wenn ich das Wort *Unterstützung* noch ein einziges Mal höre, dann werfe ich das Ding aus dem Fenster. Egal, wie blöd ein Mensch ist, wie dumm eine Entscheidung war, wichtig ist für euch Frauen doch nur, dass ihr einander ›unterstützt‹.«

»Ich bin jetzt also eine von ›euch Frauen?‹«, hatte Tess gelassen gefragt und dabei nicht einmal von ihrer Zeitschrift aufgeblickt. »Ich kann dir versichern, dass ich noch nie in meinem Leben eine Frau unterstützt habe, die eine so dumme Entscheidung getroffen hat, dass *sie* angeschossen wurde.«

Sofort war Mikes schlechte Laune verflogen gewesen, und er hatte es geschafft, sich von der Couch zu erheben und ein ordentliches Abendessen für Tess zu kochen. Zwei Tage später war sie nach Edilean zurückgekehrt.

Auf der Fahrt von Williamsburg zurück fragte er sich, ob er sich die Mühe machen und kochen sollte. Er riss sich ein Bein aus, um Sara zu beeindrucken, doch egal, was er tat, er machte sie nur wütend. Noch nie hatte er mit Frauen Schwierigkeiten gehabt. Genau genommen war eines der großen Probleme in seinem Leben gewesen, dass die Frauen ihn zu sehr mochten. Sie flirteten mit ihm und neckten ihn. In Wahrheit hatte er sich noch nie anstrengen müssen, um eine Frau, die er haben wollte, zu bekommen.

Aber bei Miss Sara Shaw war das nicht der Fall. Sie hatte ihn vom ersten Augenblick an nicht leiden können, und ihre Feindseligkeit ihm gegenüber hatte seither rapide zugenommen. Andererseits waren ihm, wie er dem Captain gesagt hatte, Frauen wie Sara ein völliges Rätsel.

Als er in Edilean Manor ankam, erwartete er beinahe, dass die Wohnung verriegelt war, aber sie war unverschlossen. Der Detektiv in ihm gewann sogleich die Oberhand. Vielleicht konnte er in Edilean Vorträge über die Sicherung des Hauses halten und die Bewohner von der Wichtigkeit, die Türen abzuschließen, überzeugen. Er sah Luke mit etwas, was wie eine Küchenspüle aussah, aus Saras Wohnung kommen, und wieder tat sie Mike leid. Die ganze Stadt war gegen sie, und er dachte, dass er, wäre er an ihrer Stelle, vielleicht auch jemanden heiraten würde, nur um sie zu ärgern.

In Tess' Wohnung blickte er durch den Flur zu dem Zimmer, in dem Sara schlief, aber es war leer. Als er die Akten des Notariats auf den Tisch schob, überlegte er, dass er sich später vielleicht mit ihr darüber unterhalten könnte, was die Stadtbewohner ihr antaten. Vielleicht würde das die Sache zwischen ihnen ein wenig auflockern. Oder er konnte mit ihr darüber reden, dass er im Begriff stand, Farmbesitzer zu werden. Möglicherweise konnte sie ihm helfen, sich angesichts der Übernahme einer so großen Verantwortung zu entspannen.

Als er aus dem Fenster blickte, sah er Sara draußen unter dem großen Baum sitzen, das Handy in der Hand und wie immer das Nähzeug auf dem Tisch daneben. Heute Vormittag hatte der Captain ihm über Tess eine Nachricht zukommen lassen. Wie erhofft, war Stefan in Wut geraten, als er mit der Polizei über die Verhaftung seiner Frau gesprochen hatte. Innerhalb weniger Minuten waren ihm Handschellen angelegt und er in eine Zelle verfrachtet worden. Der Captain hatte Tess freudig von den Anschuldigungen und Drohungen berichtet, die Vandlo den Polizisten entgegengeschleudert hatte, als er ins Gefängnis gesteckt wurde. Und Stefan sagte unentwegt, dass er »zurück muss«, was wohl bedeutete, dass er zu Sara und dem Betrug zurückkehren musste, den er mit ihr am Laufen hatte.

Bei seiner Festnahme war sein Handy konfisziert worden, sodass sie alle E-Mails und SMS lesen konnten, die Sara Stefan Vandlo geschickt hatte, nachdem er Edilean so überstürzt verlassen hatte.

Saras Nachrichten an ihn waren eine Mischung aus Wut und Flehen. Sie fragte ihn ständig, wo er denn stecke und wann er zurückkomme. Auf Mike spielte sie nur an, indem sie schrieb, dass sie zu Hause ein paar »Probleme« habe, bei denen sie Gregs Hilfe brauche.

Es wurde Mike berichtet, dass Vandlo ihr nicht geantwortet hatte, selbst nachdem ihm sein Handy wieder ausgehändigt worden war.

Als Mike frischen Eistee zubereitet hatte, nahm er ihn mit hinaus und ging zu Sara. Er wappnete sich gegen ihre Wut, doch er war erleichtert, als sie ihn anlächelte.

»Wegen gestern Abend ...«, hob sie an, aber Mike fiel ihr ins Wort.

»Ich wollte Sie nicht aufregen, und Sie haben recht, dass ich Ihnen zu viele Fragen gestellt habe. Ein weiteres Berufsrisiko. Hat Ihnen irgendjemand heute erzählt, dass ich gute Taten vollbracht habe?«

»Kein einziger«, antwortete Sara schmunzelnd und nippte an ihrem Tee. »Haben Sie Ihren Kreuzritterumhang etwa eingemottet?«

»Es ist nicht der Umhang, den ich loswerden will. Hat Ihre Mutter Ihnen mitgeteilt, dass sie mir ein paar *Röcke* bestellt hat?« Als Sara lachte, gefiel ihm das Geräusch, und er wollte mehr davon hören. »Nein, ehrlich. Ich habe Luke getroffen und ihn gefragt, wo man in der Stadt am besten Bio-Lebensmittel einkauft, und er ...«

»Hat Sie zu meiner Mutter geschickt. Ich weiß. Sie hat es mir erzählt.«

»Ich dachte, sie wäre zu so früher Stunde nicht erpicht auf Kundschaft, aber sie war schon dort und hat Kisten mit Blumenkohl ausgeladen.«

»Mein Vater sagt immer, die beste Zeit des Tages sind die

zwei Stunden, nachdem Mutter das Haus verlässt und bevor er aufstehen muss.« Sie blickte Mike fragend an. »Und was hat sie gesagt, damit Sie zugestimmt haben, an den Spielen teilzunehmen?«

»Sie meinen, ich hätte eine Wahl gehabt? So weit ich das erkennen konnte, hatte sie das schon beschlossen, bevor ich dort angekommen bin. Tess hat mir immer erzählt, wie schnell sich in dieser Stadt Neuigkeiten verbreiten, aber ich war schockiert, dass sie schon so viel wusste.«

Sara nickte. »Sie haben es Tess gesagt, die es Rams erzählt hat, der hat Luke angerufen, der Joce informiert hat, und sie hat meine Mutter angerufen.«

Mike lachte. »Würde die Regierung bloß so effizient arbeiten.«

»Die Regierung ist nicht so neugierig wie diese Stadt. Und was ist jetzt mit den Kilts?«

»Ihre Mutter …« Mike blickte auf sein Glas hinab.

»Sie werden doch nicht rot, oder?« Sara beugte sich zu ihm vor. Er hatte sich rasiert, und ohne seine schwarzen Bartstoppeln wirkte er weniger wie ein Pirat. »Ich scheue mich geradezu zu fragen, was sie getan hat.«

»Sie hat mir das Jackett ausgezogen, mein Hemd hochgeschoben und die Arme um mich gelegt.«

»Ich vermute, sie hatte dabei ein Maßband in der Hand.«

Mike nickte.

»Für den Fall, dass Sie das nicht wissen: Sie zur Teilnahme am Volksfest zu veranlassen, ist ihre Art, Sie zu einem Teil von Edilean zu machen. Sie wusste seit ein paar Stunden, dass ein anderer Mann in meiner Nähe war, und das hat ihr ausgereicht, um zu beschließen, dass Sie für mich besser wären als der Mann, den ich heirate.«

»Darüber …«, begann Mike, aber Sara unterbrach ihn.

»Ist schon in Ordnung. Ich weiß, was die denken, weil es mir die meisten selbst gesagt haben. Es ist fast so, als würde Greg sich anstrengen, die Bewohner dieser Stadt zu verärgern.«

Mike nahm einen großen Schluck Tee. »Warum sollte er das tun?«

»Ich weiß nicht. Manchmal glaube ich, Greg will in Wahrheit, dass wir beide auf irgendeine abgelegene Insel ziehen und dort ganz allein leben.«

Mike ging darauf nicht ein. Die erste Regel der Kontrolle lautet, das Opfer zu isolieren. Es sah so aus, als hätte Vandlo bereits angefangen, den Gedanken in Saras hübschen Kopf einzupflanzen, dass sie fern der Menschen, die sie kannten, besser dran wären. Mike vermutete, dass Sara recht hatte und Stefan die Bewohner von Edilean absichtlich gegen sich aufbrachte. Mike mutmaßte, dass Vandlo, nachdem er mit Sara verheiratet sein würde, die Animositäten verstärken würde, bis Sara schließlich bereit war, wegzuziehen. Sobald sie unter Fremden leben würden, würde Sara einen tödlichen Unfall erleiden, und Stefan würde als ihr Ehemann alles erben, was immer sie besaß.

Er wollte nicht, dass Sara seine ernste Miene bemerkte. »Und, was gibt es zum Abendessen?«

Sie zögerte nicht, sondern hielt den Kleiderstapel hoch. »Mal sehen … Da gibt es zur Vorspeise Baumwolle, als Hauptgang Wolle und Seide zum Nachtisch.«

»Klingt perfekt. Macht es Ihnen etwas aus, wenn ich ein paar Jakobsmuscheln und Spargel dazu tue?«

»Ich glaube, das ist die beste Idee, die ich heute gehört habe. Aber nur unter einer Bedingung.«

»Und die wäre?«

»Mehr Tequila.«

Mike stand lächelnd auf, griff an ihrer Stelle nach dem Nähzeug, und sie gingen gemeinsam ins Haus zurück. »Würden Sie mir morgen vielleicht Ihr Geschäft zeigen? Wer führt es im Augenblick eigentlich?«

Sara stieß einen tiefen Seufzer aus. »Greg hat eine Frau aus Washington eingestellt. Sie hat ein Diplom in …« Sie wedelte mit der Hand. »Ich weiß nicht. Sie trägt Hosenanzüge und macht sich im Geschäft so hervorragend, dass sie mir Angst einjagt. Ich denke, ich werde Tess, sobald sie wieder zurück ist, auf die Frau hetzen.«

»Sprechen Sie von meiner kleinen Schwester? Meiner gutmütigen, freundlichen, kleinen Tess?«

»Genau von dieser. Haben Sie schon mal die Geschichte vom roten Kleid gehört?«

»Ich habe sie von Tess gehört, aber sie hat sie nur aus ihrer Perspektive erzählt.« Tess hatte ihm berichtet, dass Ramsey, der damals ihr Chef war, sie wegen einer Beurteilung in sein Büro zitiert hatte. Er hatte an dem Job, den Tess machte, nichts auszusetzen, aber er sagte, sie sollte darauf verzichten, diese hautengen Jeans zu tragen. »Schließlich ist das ein Arbeitsplatz«, hatte er wichtigtuerisch festgestellt. Mike hätte ihm gleich sagen können, dass Tess, wenn ihr nahegelegt wurde, etwas nicht zu tun, es mit Sicherheit erst recht tun würde. Am nächsten Tag war sie in einem so kurzen roten Seidenkleid zur Arbeit erschienen, dass es als Taschentuch hätte benutzt werden können. Da an jenem Tag ein paar Leute vor Ort waren, die Ramsey zu beeindrucken versuchte, war er gründlich gestraft. Nie wieder hatte Rams sich bei Tess über irgendetwas beklagt.

»Wurden auch die Männer im Büro in die Schranken verwiesen?«, erkundigte sich Mike.

»Pah! Mein Cousin Ken wollte in Edilean einen Tag des Roten Kleides einführen, aber seine Frau hat ihr Veto eingelegt.«

Sie waren an der Haustür angekommen, und Mike hielt sie für Sara auf. Wie am Vortag setzte sie sich an den Tisch, während er in der Küche herumwerkelte, und Sara schaute auf ihr Handy hinab. Das rote Licht blinkte nicht.

Den ganzen Tag über hatte ihr Herz jedes Mal, wenn ihr Handy läutete, einen Sprung getan. Vielleicht war es ja Greg, der endlich anrief. Aber das war nicht der Fall gewesen. Entweder war es irgendein Bewohner der Stadt, der ihr eine dämliche Frage stellte, zum Beispiel, ob sie am Sonntag in die Kirche gehen oder ob sie am Volksfest teilnehmen würde – oder was immer ihm/ihr einfiel, um herauszufinden, ob Greg sich bei ihr gemeldet hatte. Manche erkundigten sich auch nach der Hochzeit. Die Hochzeitsplanerin – die Sara erst ein Mal getroffen hatte – hatte angerufen und ihr mitgeteilt, dass sie Schwierigkeiten habe, Nelken in genau dem richtigen Gelbton zu finden, den Sara haben wollte. Sara hatte ziemlich desinteressiert erklärt, dass ihr alles recht wäre. Wäre es nach Sara gegangen, dann hätte sie als Blumendekoration Duftkräuter und große Rosenblüten bestellt, deren Blütenblätter bereits abfielen, und sie hätte die Angestellten ihrer Mutter gebeten, die Kirche zu schmücken. Sarah war mit den meisten von ihnen aufgewachsen und wusste, dass sie liebend gern Girlanden und Kränze banden. Aber als Sara dies Greg vorgeschlagen hatte, hatte er behauptet, ihre Mutter hasse ihn so sehr, dass sie die Kirche wahrscheinlich mit giftigem Efeu dekorieren würde.

Am Nachmittag, als Mike mit einem Glas Eistee aufgetaucht war, war Sara den Tränen nahe gewesen. Greg hatte nicht angerufen, und er hatte nicht einmal auf ihre E-Mails und SMS reagiert. War es aus zwischen ihnen, und er hatte es ihr nur noch nicht gesagt? In ihrem ganzen Leben hatte sie sich noch nie so einsam gefühlt.

Doch Mikes Grübchenlächeln vertrieb ihre Traurigkeit. Auch er war allein, da er in der Stadt niemanden kannte – und er hatte nicht einmal ein Zuhause, in das er sich zurückziehen konnte. Als sie im Laufe des langen Tages an ihn dachte, schwor sie sich, in Zukunft netter zu ihm zu sein. Selbst wenn Tess und die Stadt sich verschworen und Mike zu ihr geschickt hatten, glaubte Sara nicht, dass er etwas damit zu tun hatte.

Am Vorabend hatte er angesichts der Beschuldigungen, die sie ihm entgegengeschleudert hatte, ehrlich verdutzt gewirkt. Genau genommen hatte sie heute geplant, ihm die Wahrheit zu erzählen, was da vor sich ging. Sie wollte ihm sogar ihre Befürchtungen in Bezug auf Greg anvertrauen. Es tat weh, dass sie niemanden hatte, den sie ins Vertrauen ziehen konnte. Sollte sie irgendjemandem aus Edilean von ihren Sorgen berichten, dass er sie sitzen lassen könnte, dann würden sie womöglich auf dem

Marktplatz eine Festtagsfahne hissen. Doch Mike war ein Außenstehender, deshalb konnten sie vielleicht sogar Freunde werden.

»Was soll mir diese Miene sagen?«, fragte Mike.

»Ich habe gerade nachgedacht, das ist alles. Ich freue mich auf ein weiteres leckeres Mahl.«

»Sie klingen, als wären Sie guter Stimmung. Ist etwas passiert?«

»Wenn Sie meinen, ob Greg angerufen hat, nein, das hat er nicht. Aber das ist okay. Ich bin mir sicher, dass er einen Grund hat, sich nicht zu melden.«

Mike musste sich abwenden, um nicht zu sagen: Ja, Gefängnisgitter. Er drehte sich wieder zu ihr um. »Ich habe gar nicht gefragt, ob Sie Jakobsmuscheln mögen.«

»Die liebe ich.« Sara beobachtete ihn, wie er in der Küche herumwerkelte. Er war wie gestern gut gekleidet. Er trug eine dunkle Hose aus leichter Wolle und ein perfekt gebügeltes blaues Baumwollhemd, dessen Ärmel er sorgfältig bis zu den Ellbogen hochgekrempelt hatte. Seine Schuhe glänzten, und aufgrund ihrer Erfahrung im Einzelhandel wusste sie, dass sie mehrere Hundert Dollar gekostet hatten. »Kleiden Sie sich immer so?«

»Manchmal ist der Körper das einzig Reale im Leben eines Menschen, deshalb tue ich, was ich kann.«

Seit seiner Ankunft war sie zu aufgeregt gewesen, um seinem Aussehen große Beachtung zu schenken, und jetzt ging ihr durch den Kopf, wie sie ihn Tess wohl beschreiben würde. Als sie ihn betrachtete, stellte sie fest, dass er gar nicht so schlecht aussah, wie sie zuerst gedacht hatte. Genau genommen war Mike nicht klein. Er hatte eher Durchschnittsgröße. Und mit Schneiderinnenblick schätzte sie, dass sein Taillenumfang nicht mehr als fünfundsiebzig Zentimeter betragen mochte. Einige ihrer Kundinnen würden für eine so schmale Taille über Leichen gehen.

»Sie schauen mich aber sehr kritisch an«, stellte er fest, als er ein paar Zutaten für das Essen aus dem Kühlschrank holte.

»Ich sehe noch immer keine Ähnlichkeit mit Tess.«

»Sie würden sie sehen, wenn wir nebeneinander stünden. Mögen Sie Spargel?«

»Nur, wenn sie nicht mit dieser scheußlichen rosafarbenen Sauce bedeckt sind.«

»Eine Frau ganz nach meinem Geschmack.« Als Mike sie so anlächelte, sah er beinahe gut aus.

Sara wandte sich ab und erblickte den großen mit dem Namen der Notarssozietät versehenen Ordner auf dem Tisch. »Was ist das? Haben Sie heute einen Kauf abgeschlossen?«

»Ja, es ist ein Geschenk meiner Schwester.« Mike wusch gerade die Jakobsmuscheln.

»Hat sie Ihnen Land geschenkt oder geht es um ein Haus?« Saras Stimme verriet Erstaunen.

»Beides, denke ich. Das Anwesen hat jahrelang der Familie McDowell gehört, und jetzt gehört es mir, solange ich oder meine Nachkommen hier leben. Sollte ich auch nur versuchen, es zu verpachten, dann geht es an meinen neuen Schwager zurück.«

»Klingt ganz nach Rams. Und, um welches Haus handelt es sich? Die Familie besitzt etwa ein Dutzend Häuser.«

Mike mischte das Salatdressing zusammen. »Es hat einen komischen Namen.« Einen Namen, den er sein ganzes Leben lang gehört hatte, aber das wollte er ihr nicht verraten. Er hatte bereits zu viel von sich preisgegeben. »Wie irgendwas in Harry Potter.«

Sara klappte den Ordner auf. »Vielleicht ist es Castle Heights, aber ich wusste gar nicht, dass die McDowells da drüben Besitz haben.« Sie zog den Vertrag heraus und begann zu lesen. Schließlich flüsterte sie: »Merlins Farm.«

»Genau, so heißt es«, sagte Mike und legte die Muscheln in eine heiße Pfanne. »Merlin, Potter. Ich wusste, dass es etwas mit Zauberei zu tun hat.« Er bückte sich, um nach der Flamme im Ofen zu schauen und drehte sie herunter. Als er sich wieder aufrichtete, stand Sara neben ihm – und ihr Gesicht war rot vor Zorn.

»Du Scheißkerl!«, zischte sie ihn an.

»Was?«

»Du verlogener, hinterlistiger Scheißkerl!« Ihre Stimme wurde lauter. »Du steckst da mit drin. Du arbeitest mit den anderen zusammen, um das, was ich mir im Leben wünsche, zu zerstören. Ich war bereit, dir zu glauben, dass du unschuldig bist, aber du bist der Schlimmste von allen. Du ...«

Zum zweiten Mal in seinem Leben ließ Mike zu, dass eine Frau ihn ohrfeigte. Er machte keine Anstalten, sie zu bremsen oder sich zu schützen, weil er wusste, dass jedes Wort, das sie sagte, der Wahrheit entsprach. Aber wie war sie hinter seine Undercover-Tätigkeit gekommen?

Als er in ihren Augen Tränen schimmern sah, unterdrückte er den Wunsch, sie in die Arme zu nehmen. Er wollte sich bei ihr und bei all den Frauen entschuldigen, denen er im Laufe seines Lebens wehgetan hatte. Derzeit saßen vier Frauen aufgrund seiner Zeugenaussagen im Gefängnis. Sie alle verdienten es, dort zu sein, trotzdem missfiel ihm der Gedanke, dass *er* sie dorthin gebracht hatte.

Sara schien, als ihr die Tränen in die Augen stiegen, nicht in der Lage zu sein, etwas zu sagen. Sie rauschte an Mike vorbei und knallte wie am Vorabend die Tür ihres Zimmers hinter sich zu.

Einen Augenblick stand Mike mit brennender Wange da und versuchte, sich klar zu werden, was da soeben passiert war. Sie war ihm auf die Schliche gekommen, aber wie? Er drehte das Gas ab, ging zum Tisch, nahm den Ordner zur Hand und schaute ihn an. Sara hatte nur das oberste Blatt herausgenommen. Er las es, aber es handelte sich nur um die übliche umständliche Angabe im Juristenjargon, dass ein Anwesen, das im Allgemeinen als Merlins Farm bekannt war, Michael Farlane Newland überschrieben wurde.

Als Sara sprach, zuckte er beinahe zusammen, weil er sie nicht hatte in die Küche kommen hören. »Ich möchte, dass Sie gehen«, sagte sie leise.

Er drehte sich um und sah sie an. Ihre Augen waren gerötet

und verweint, und sie sah in ihrem hübschen weißen Kleid so verzweifelt und verloren aus, dass er sie einfach beschützen wollte – und das versuchte er. Einen Moment lang hatte er die Fotos jener jungen Frauen vor Augen, die, da waren sie sich ziemlich sicher, von Stefan Vandlo ermordet worden waren. Würde Mike, wenn er auszog und nicht mehr über sie wachte, die hübsche, zierliche, kleine Sara Shaw bald in einem notdürftig geschaufelten Grab liegen sehen?

»Ich möchte, dass Sie sofort verschwinden. Es tut mir leid, dass Ihre Wohnung zerstört worden ist, aber Sie müssen sich eine andere Unterkunft suchen. Ich bin mir sicher, dass meine Mutter Sie aufnimmt, falls Sie kein Hotel finden. Oder vielleicht gehe ich.« An der Wand war ein altes Festnetztelefon befestigt, und als Sara danach griff, sah er, dass ihre Hand zitterte.

Wäre dies keine so wichtige Mission gewesen, dann hätte er getan, worum er gebeten wurde, und wäre gegangen. Er war nicht gern der Grund, dass irgendeine Frau in Tränen ausbrach. Aber er konnte nicht verschwinden.

Als er zu ihr trat, konnte er gar nicht anders, als die Arme um ihre Schultern zu legen. Sie stieß ihn nicht zurück, deshalb zog er sie an sich, als sie wieder zu weinen begann. »Tut mir leid«, flüsterte er. »Was immer ich getan habe, ich wollte das nicht. Bitte sag mir, was los ist.«

Sie weinte herzzerreißend, ihre ganze schmale Gestalt bebte an seinem Körper, und ihre Tränen benetzten sein Hemd. Er spürte die Feuchtigkeit und Wärme auf der Haut.

Vorsichtig führte er sie ins Wohnzimmer, drückte sie neben sich auf die Couch, schnappte ein paar Papiertaschentücher und begann, ihr das Gesicht trocken zu tupfen.

Sie nahm ihm die Taschentücher aus der Hand und schnäuzte sich, und er reichte ihr frische.

»Erzählst du es mir? Bitte.«

»Merlins Farm«, brachte sie schließlich heraus.

»Ist sie das Problem?«, fragte er freundlich. »Wolltest du sie haben?«

Sie schniefte und schnäuzte sich noch einmal, dann nickte sie. »Und Greg will sie, sogar mehr als ich.«

Es war, als zucke ein Stromschlag durch Mikes Körper. Stefan Vandlo wollte eine alte Farm haben, die laut Tess am Verfallen war? Mike atmete ein paar Mal durch, um sich zu beruhigen. Er wusste, dass er vorsichtig sein musste, was er jetzt sagte, damit Sara nicht gleich wieder in die Luft ging.

»Rams wollte Greg die Farm nicht verkaufen«, erklärte Sara und schniefte.

»Deshalb, weil Ramsey sie Tess vor fast zwei Jahren versprochen hat.«

»Vor zwei Jahren? Aber da waren sie noch nicht einmal ein Paar.«

»Nein«, antwortete Mike bedächtig und vorsichtig, um sie nicht weiter aufzuregen. »Aber Tess hat sich um Ramseys Leben und sein Büro gekümmert, nicht wahr?«

»Ja, aber …« Sara verstummte, weil sie offenbar nicht wusste, was sie noch sagen sollte.

Da es auf dieser Seite keine Geheimnisse um die Farm gab, beschloss Mike, ehrlich zu ihr zu sein. »Nachdem Tess drei Jahre für ihn gearbeitet hatte, hat Ramsey Tess gefragt, was sie für einen angemessenen Bonus halten würde, und sie sagte, dass sie Merlins Farm haben möchte.«

»Und er hat sie ihr gegeben? Einfach so? Er hat ihr eine Farm *geschenkt,* die seit über zweihundert Jahren im Besitz seiner Familie ist?«

»Nein. Darum hat Tess ihn nicht gebeten. Sie wollte, dass er einen Vertrag aufsetzt, dass ihr die Farm auf Lebenszeit verpachtet wird, allerdings erst, wenn sie es geschafft hat, zwanzig Prozent von deren Wert als Anzahlung zusammenzusparen.«

Sara wischte sich über die verweinten Augen. »Das klingt ganz nach Tess. Und ich vermute, sie wollte die Farm für *dich.*« In ihrer Stimme schwang Bitterkeit mit.

Mike brannte darauf zu fragen, was die Farm mit Vandlo zu tun hatte, aber er wusste, dass er sich zurückhalten musste. »Die

Wahrheit ist, sie hofft, dass mich die Farm locken wird, mich hier zur Ruhe zu setzen.«

»Und du wünschst dir nichts sehnlicher auf der Welt als eine alte, heruntergekommene Farm?« Sara musterte ihn und seine makellose Kleidung von oben bis unten. »Du siehst nicht unbedingt wie ein Farmer aus. Hättest du nicht lieber irgendein schickes Apartment in Williamsburg?«

Als Sara ihn weiter erwartungsvoll ansah, wusste Mike, dass er ihr die ganze Wahrheit sagen musste, was bedeutete, dass er weit mehr von sich würde preisgeben müssen, als er seit seiner Kindheit irgendjemandem anvertraut hatte. Als Erwachsener hatte er sich sehr bemüht, niemandem etwas von seinem Privatleben zu erzählen, aber da war ihm die Verschwiegenheit bereits in Fleisch und Blut übergegangen. Doch seit seiner Ankunft in dieser Stadt schien alles, was er zu erreichen versuchte, fehlzuschlagen. Als jemand ihm gegenüber zum ersten Mal seine Großmutter erwähnt hatte, wäre er am liebsten sofort abgereist.

»Ist schon in Ordnung«, sagte Sara und machte Anstalten aufzustehen. »Du brauchst es mir nicht zu erzählen.«

Er hielt sie am Arm fest, und sie nahm wieder Platz.

Während sie auf seine Antwort wartete, dachte er, dass es einfacher war, angeschossen zu werden, als die Wahrheit zu beichten. »Erinnerst du dich, wie ich dir erzählt habe, dass ich Tess nach ihrem Highschool-Abschluss mitgenommen habe?«

»Ja.«

»Was ich nicht hinzugefügt habe, war, dass Tess damals noch minderjährig war – ich dagegen nicht mehr. Unsere Großmutter sagte, sie würde bei der Polizei Rabatz machen, wenn Tess nicht tat, was sie von ihr verlangte. Hätte die alte Frau mich angezeigt, wäre ich vielleicht nicht strafrechtlich verfolgt worden, aber da ich frisch im Polizeidienst war, hätte sie damit meine Laufbahn stoppen können.«

»Was hat sie von Tess verlangt?«

Mike lehnte sich auf dem Sofa zurück. »Sie wollte, dass Tess – irgendwie – in den Besitz von Merlins Farm gelangt.«

»Aber warum?«, wollte Sara wissen. »Wollte deine Großmutter Farmerin sein?«

Mike schüttelte den Kopf. »Weit gefehlt. Sie hatte unseren Garten mit Betonplatten belegen lassen, weil sie den Schmutz nicht haben wollte.«

»Also warum …?«

Es fiel Mike schwer, ruhig zu bleiben. Einmal hatte er, nachdem er zu viel Bier getrunken hatte, gescherzt, dass ihn bei seinen Undercover-Aufträgen nichts Angst einjagen könne, weil niemand, dem er je begegnet sei, so heimtückisch war wie die Frau, die ihn großgezogen hatte. Die Männer, mit denen er damals zusammen saß, hatten mehr erfahren wollen, aber Mike hatte kein Wort mehr gesagt – und er hatte das Trinken aufgegeben.

Sara legte die Hand auf seinen Arm. »Fällt es dir schwer, darüber zu reden?«

»Nein«, antwortete er mit so viel Tapferkeit, wie er nur aufbringen konnte. »Die alte Frau hat Edilean und alle ihre Bewohner gehasst, aber sie hat immer gesagt, ihre einzigen schönen Erinnerungen wären die Nachmittage, die sie mit einem Jungen namens Lang auf Merlins Farm verbracht hatte.«

»Doch nicht etwa *Brewster* Lang?«, fragte Sara und machte große Augen.

Mike grinste. »Ich habe gehört, dass er der verschrobenste Mann in Edilean ist.«

»Eher in ganz Virginia. Vergiss ihn, was ist mit der Farm?«

»Großmama hat immer davon geschwärmt. Ich denke, sie hat im Laufe der Jahre daraus eine Art Walhalla, ein Paradies, gemacht, in dem nur Schönes geschehen konnte. Ich glaube, sie wollte dort sterben.«

»Es war ihr ›Paradies‹?«

»Für uns Kinder aber nicht!«, erwiderte Mike mit Nachdruck. »Jedenfalls hat sie gedroht, mich wegen Entführung eines minderjährigen Kindes anzuzeigen, sollte Tess nicht schwören, dass sie nach ihrem College-Abschluss nach Edilean zurückkommen und alles in ihrer Macht Stehende tun würde, um in den Besitz von Merlins Farm zu gelangen. Damals habe ich versucht, Tess dazu zu bewegen, dass sie ablehnt, aber ...« Er zuckte mit den Schultern. »Du kennst Tess ja.« Er schmückte seine Geschichte nicht etwa aus, indem er erzählte, dass Tess mit der alten Frau bis zu deren Tod Kontakt gehalten hatte. Noch sagte er ihr, dass es für ihn und Tess nach dem Tod ihres Großvaters finanziell schwierig gewesen war, ihrer Großmutter das Seniorenheim zu bezahlen. Sie hatte gefordert, in ein Heim gebracht zu werden, das für seine luxuriösen Einrichtungen und das gute Personal bekannt war.

Sara starrte ihn ein paar Augenblicke schweigend an. »Alle haben sich damals gefragt, warum Tess eingewilligt hat, hier als Sekretärin für Ramsey zu arbeiten. Wir wussten doch, dass sie einen Universitätsabschluss in Betriebswirtschaft hatte, trotzdem ist sie in diese Kleinstadt gezogen, um Diktate aufzunehmen.«

»Sie hat unserer Großmutter geschworen, alles in ihrer Macht Stehende zu tun, und als Tess ihr Diplom abgelegt hat, war die alte Frau noch am Leben, deshalb hat Tess sich verpflichtet gefühlt, ihr Versprechen zu halten.« Mike lächelte.

»Was?«

»Ich habe mich nur gerade an eine der Auseinandersetzungen zwischen Tess und mir erinnert, als sie noch aufs College ging. Ich wollte nicht, dass sie nach Edilean zieht, aber sie wollte nicht auf mich hören. Weißt du, was sie gesagt hat?«

»Sag es mir«, forderte Sara ihn ungeduldig auf.

»Sie meinte, sie würde Merlins Farm bekommen, egal, was sie dafür tun müsste. Und ich sagte: ›Wie willst du das denn anstellen?‹ Tess antwortete: ›Ich habe vor, mir bei der McDowell-Anwaltskanzlei einen Job zu beschaffen, und wenn nötig, heirate ich den, dem diese verdammte Farm gehört.‹«

Sara sah Mike verblüfft an. »Und genau das ist passiert. Tess ist nach Edilean gezogen und hat bei meinem Cousin einen Job angenommen, nur um von ihm eine alte Farm zu kriegen.«

»So hat es angefangen.« Mike fürchtete, sie auf den Gedanken gebracht zu haben, dass Tess Ramsey aus falschen Motiven heraus vor den Traualtar gelockt hatte.

»Ich weiß«, erwiderte Sara, und ihr Blick wurde freundlicher. »Tess hat sich in Rams verliebt, dann hat sie jahrelang darauf gewartet, dass ihm klar wurde, dass er sie ebenfalls liebt.«

»Ja, genau.« Seine Stimme verriet seine Erleichterung, und er dachte, wie gut es war, dass Großmutter damals bereits gestorben war, sonst wäre die alte Frau mit einem Maschinengewehr aufgetaucht. Dass ihre Enkelin einen McDowell heiraten wollte! Das war das Schlimmste, was sie sich hätte vorstellen können.

»Und jetzt gehörst du nach Rams' altmodischer Einstellung zur Familie, deshalb kann die Farm an dich gehen.«

»Mit jeder Menge Auflagen«, fügte Mike hinzu und überlegte, ob er jetzt endlich wieder auf das Thema zu sprechen kommen konnte, über das er reden wollte: Stefan Vandlo. Insgesamt betrachtet, dachte er, waren Kriminelle viel unkomplizierter als »gute« Menschen. Wollte er von einem Ganoven Informationen haben, dann bezahlte er ihn einfach. Um der süßen, kleinen Sara Informationen zu entlocken, musste er einen Seelenstriptease hinlegen. Oh, ja, Verbrecher waren viel unkomplizierter. »Ach, Sara«, sagte er vorsichtig, »du hast erwähnt, dass dein Verlobter die Farm haben wollte.«

Sie warf ihm einen entschuldigenden Blick zu. »Ich weiß nicht, was du an dir hast, aber du beförderst die Wut in mir an die Oberfläche. Du würdest es mir niemals glauben, aber ich zeige es selten, wenn ich sauer auf jemanden bin. Du kannst Greg fragen, er wird dir sagen, dass ich überhaupt nicht wütend sein kann.«

Mike musste dem Drang widerstehen, ihr aus Dankbarkeit die Hand zu küssen, denn er wusste, dass Vandlo Frauen, die ihm Widerworte gaben, gern verprügelte. Aber Mike blieb reglos sitzen. »Jetzt bist du mit der Beichte an der Reihe. Warum will er diese alte Farm haben?«

»Ich bin mir nicht sicher«, antwortete Sara, aber sie wandte den Blick ab, was Mike vermuten ließ, dass sie nicht die Wahrheit sagte, jedenfalls nicht die ganze. »Greg hat über vieles geredet, davon, sie umzubauen und der Öffentlichkeit zugänglich zu machen, bis hin, unseren eigenen Bio-Laden zu eröffnen. Was immer Greg damit vorhat, ich weiß, dass er diese Farm in jedem Fall unbedingt haben will.«

Mike schluckte und strengte sich an, seine Aufregung zu kaschieren. Das war ein echter Durchbruch bei diesem Fall! »Aber Rams möchte sie ihm nicht verkaufen?«

»Nein.«

»Aber du gehörst zu Ramseys Familie, und wenn du Greg heiratest, ist es dann nicht das Gleiche wie bei Tess und mir?«

Sara kniff den Mund zusammen. »So habe ich es auch gesehen, aber Rams ist bei seinem Nein geblieben. Es war der heftigste Streit, den Ramsey und ich je hatten. Der heftigste Streit, den ich je mit einem Menschen hatte – zumindest, bis ich dir begegnet bin. Er hat unentwegt davon geredet, dass die Farm seit dem achtzehnten Jahrhundert in Familienbesitz ist und von einem erstgeborenen Sohn dem nächsten weitergegeben wurde. Die beiden älteren Brüder seines Vaters waren jung gestorben, deshalb war sie an seinen Vater, Benjamin, übergegangen. Ach! Wenn ich an die rührselige Geschichte denke, die er mir aufgetischt hat! Er hat sogar darüber gejammert, dass die Langs, Vater und Sohn, die Verwalter der Farm gewesen waren, seit …« Sie hob die Hände. »Seit sie gebaut wurde, so viel ich weiß. Und wenn ich daran denke, dass der wahre Grund der war, dass er versprochen hatte, sie an Tess zu verpachten – und wahrscheinlich, weil Rams den Mann, den ich liebe, nicht *ausstehen* kann. Ich könnte Ramsey glatt eine *herunterhauen!*«

Mike runzelte die Stirn und tat sein Bestes, um Mitgefühl zu bekunden. »Aber du hast keine Ahnung, warum Greg eine alte Farm haben will?«

Saras hübsches Gesicht errötete, und sie blickte auf ihre Hände hinab. »Greg hat es nie gesagt, aber vielleicht will er sie meinetwegen. Als ich ihm erzählt habe, dass ich die Farm schon immer gemocht habe, da hat er erklärt, dass er sie mir kauft.«

»Hat er die Farm zuerst erwähnt, oder warst du es?« Mike wusste, dass er wie ein Vernehmungsbeamter klang, aber er konnte sich die Frage nicht verkneifen.

Sara schien nichts zu bemerken. »Ich erinnere mich nicht. Nein. Warte. Einmal hat er mir erzählt, dass er irgendwo davon gehört hat, sogar bevor er nach Edilean gekommen war.«

»Tess hat mir gar nicht gesagt, dass du Rams um die Farm gebeten hast.«

»So wie ich meinen Cousin kenne, hat er ihr nichts davon erzählt. Hast du eine Ahnung, wie viele Leute die Familie McDowell gebeten haben, ihnen die Farm zu verkaufen?«

»Nein, warum?« Mike war überrascht. »Ich weiß überhaupt nichts darüber, außer dass die Farm am Zusammenfallen ist. Warum wollen die Leute sie haben?«

»Das Farmhaus ist um das ursprüngliche Blockhaus herum gebaut worden, deshalb steht es noch. Und die Familie McDowell hat dafür gesorgt, dass jedes Nebengebäude gerade so weit unterhalten wurde, dass es stehen geblieben ist.«

Mike wusste, dass sein Gesicht ausdruckslos war, weil er wirklich keine Ahnung hatte, wovon sie redete. Kein Wort davon ergab einen Sinn.

Sara sprach langsam weiter. »Das Haus ist 1674 erbaut worden, und als der Anbau hinzugefügt wurde, hat man das alte Haus darin intakt gelassen. Die Nebengebäude sind noch immer so wie damals, als sie errichtet wurden.«

Mike starrte sie an. »Willst du damit etwa sagen, dass die Farm seit 1674 unverändert gelassen wurde?«

»Weitgehend.«

»Sogar während des Unabhängigkeitskriegs und des Bürgerkriegs?«

»Und zwei Weltkriegen. Meine Mutter sagt immer, dass sie sogar die Hippies der 1970er Jahre überlebt hat, und die waren zerstörerischer als Sherman.«

Mike hörte ihr kaum mehr zu. Er wusste nicht, wohinter die Vandlos her waren, aber sein Bauchgefühl sagte ihm, dass es mit Merlins Farm zu tun haben musste. Es gab keinen anderen Grund, weshalb Stefan eine Farm haben wollte. Er würde das Haus der Öffentlichkeit mit Sicherheit nicht zugängig machen – es sei denn, er und seine Familie konnten den Besuchern die Brieftaschen stehlen.

»Und, wann besichtigen wir sie?«, fragte Sara.

»Wie bitte?« Mike wurde aus seinen Gedanken gerissen.

»Wann besichtigen wir, du und ich, dein neues Heim?«

»Ich glaube nicht, dass es für dich sicher ist, hinzufahren. Tess hat gesagt, dass der alte Brewster Lang eine Schrotflinte mit sich herumträgt.« Mike wollte nicht, dass Sara sich einem Anwesen näherte, auf das die Vandlos es abgesehen hatten.

»Er verdient seinen Lebensunterhalt durch den Verkauf von Gemüse – vor allem von alten Tomatensorten – an meine Mutter. Ich werde sie veranlassen, dass sie dafür sorgt, dass er an dem Tag, an dem wir zur Besichtigung kommen, nicht da ist.«

»Unter welchem Vorwand?«

»Ich brauche ihr nur zu sagen, dass ich mit *dir* gehen will, dann fährt sie uns persönlich hin.« Sie warf Mike einen ernsten Blick zu. »Du bist also nicht hierher gekommen, um Greg und mich auseinanderzudividieren?«

Darin war Mike besonders gut: schamlose Lügen. Mehr als einmal hatte er Lügendetektoren zum Narren gehalten. »Meine Schwester hat mir in den Ohren gelegen, dass ich nach Edilean kommen und die Papiere unterschreiben soll – und sie hat mich schwören lassen, dass ich ihr Apartment nutze. Mein Plan war, mich hier hereinzuschleichen, am nächsten Tag die Papiere zu unterzeichnen und wieder zu verschwinden. Dass du dich in diesem Apartment aufhältst, war eine Überraschung. Du glaubst doch nicht etwa, dass Tess uns beide miteinander verkuppeln wollte, oder?« Er hasste es, seine Schwester da hineinzuziehen, aber im Augenblick war es notwendig, dafür zu sorgen, dass Sara ihm vertraute.

»Ja«, antwortete sie entschieden. »Das glaube ich. Ich denke, Tess hat Luke angerufen, und die beiden haben das Ganze arrangiert.«

»Jetzt, wo ich daran denke … Tess war diejenige, die mir gesagt hat, ich soll den alten Tunnel statt der Haustür nehmen.« Er gelobte im Stillen, seiner Schwester Blumen zu schicken – oder vielleicht ein paar Saphire.

»Jetzt bin ich mir sicher, dass ich mit dir gehen werde«, erklärte Sara fröhlich. »Mr Lang kommt am Donnerstag, also übermorgen, auf den Bauernmarkt in die Stadt, dann werden wir also hinfahren.«

»Nein, du kannst unmöglich mit mir gehen. Ich muss …«

Sara erhob sich von der Couch. »Glaubst du, die Jakobsmuscheln sind angebrannt? Ich könnte ein Dutzend davon verschlingen. Wie kann ich mich bei der Zubereitung des Abendessens nützlich machen?« Sie drehte sich um und verließ das Wohnzimmer, um in die Küche zurückzugehen.

Als Mike ihr nachschaute, war er sich einer Sache sicher: Sara würde *nicht* mit ihm gehen. Bis er wesentlich mehr über Merlins Farm herausgefunden hatte, würde sie sich dem Ort nicht nähern. Dessen war er sich absolut und vollkommen *sicher*.

6

Als Mike zu Merlins Farm fuhr, konnte er gar nicht umhin, mit sich zufrieden zu sein. Am Vorabend hatte Sara ihm während des Essens zahllose Gründe aufgezählt, wieso sie ihn am Donnerstag begleiten sollte, während Mr Lang – wie sie ihn nannte – auf dem Bauernmarkt sein würde. Mike war höflich gewesen, hatte sogar so getan, als würde er sich das, was sie sagte, durch den Kopf gehen lassen, aber in Wahrheit war er von seiner Entscheidung, sie nicht mitzunehmen, keinen Deut abgerückt.

Doch um sicherzustellen, dass nichts schiefging, beschloss er, einen Tag früher zu fahren. Am Abend, als die Küche aufgeräumt war, war er ins Freie gegangen, um Tess anzurufen. Er bat sie, zu arrangieren, was immer nötig war, um Lang am nächsten Tag heimlich von dem Gelände zu locken, damit Mike es ohne Saras Wissen gründlich inspizieren konnte.

»Ich rufe Luke an«, erklärte Tess. »Er ist der Einzige, der den alten Mann im Griff hat.«

»Luke scheint die ganze Stadt im Griff zu haben.«

»Ich glaube, das geht mit dem Besitz des Herrenhauses automatisch einher. Das ist, wenn man Edilean kennt, wahrscheinlich ein Relikt aus dem Mittelalter. Du überlegst dir das mit der Farm also?«

»Ja«, antwortete Mike, aber er erzählte ihr nicht, welch großes Interesse Saras Verlobter daran hatte. Vielleicht war es reiner Zufall, aber möglicherweise bedeutete dieser den Durchbruch im Fall Vandlo.

Tess versprach, es zu arrangieren, und nach zehn Minuten rief sie zurück und erklärte, Luke würde es große Freude bereiten, Brewster Lang so viele Schwierigkeiten zu machen, dass er den ganzen Tag weg bleiben würde. Im Laufe der vergangenen Jahre war der alte Mann, wann immer Luke irgendetwas auf Merlins Farm zu reparieren versucht hatte, ihm auf Schritt und Tritt gefolgt und hatte so lange herumgejammert, bis Luke ihm am liebsten an die Gurgel gegangen wäre.

Nachdem Mike aufgelegt hatte, kehrte er in die Wohnung zurück. Saras Licht war bereits ausgeknipst, und er war froh darüber. Er wollte keine weiteren Gründe hören, warum sie ihn begleiten sollte, und hatte vor, ihr am Donnerstag mitzuteilen, dass er die Farm bereits gesehen hatte, und damit wäre die Sache dann erledigt.

Als Mike an diesem Morgen früh aufbrach, um ins Fitnessstudio zu gehen, war Luke bereits draußen und verfrachtete Geräte auf die Ladefläche seines roten Gelände-Pick-ups. »Ich bereite mich für meinen Tag mit dem alten Brewster vor«, sagte er und lud ein Gerät zum Pfostengraben auf. »Bist du sicher, dass du ein so altes Haus übernehmen willst?«

»Das Letzte, was ich mir wünsche, ist, eine Farm zu besitzen. Das ist einzig und allein die Idee meiner Schwester.«

Luke grinste. »Sie will dich festnageln, nicht wahr? Und, wie viele Blind Dates hat man schon versucht, für dich zu arrangieren?«

»Bis jetzt zwei. Da war …«

»Lass mich raten. Ariel Frazier und Kimberly Aldredge.«

»Genau, so heißen sie. Sag mir, hat in dieser Stadt irgendjemand ein Geheimnis?«

»Du scheinst jedenfalls mehrere zu haben«, stellte Luke hastig fest.

Mike antwortete nicht, sondern stieg in sein Auto und ließ das Seitenfenster herunter. »Warum gehst du morgen nicht mit mir ins Fitnessstudio?«

»Ich war gestern dort, du erinnerst dich? Und ich habe den Rest deines Trainingsprogramms mitgemacht. Sechsundvierzig Minuten Höllenqualen. Ich glaube nicht, dass ich das Training mit dir durchhalte.«

Mike sah ihn unverwandt an. Luke war ein großer Typ mit stattlichen Muskeln.

»Ich bin morgen um sechs Uhr bereit«, sagte Luke.

Als Mike davonfuhr, wünschte er sich, nicht bis nach Williamsburg fahren zu müssen, um in ein Fitnessstudio zu gehen. Er fragte sich, welchen Grundriss Merlins Farm wohl hatte. Konnte er sich dort womöglich ein Studio für verschiedene Kampfkünste einrichten? Vielleicht konnte er ein paar zahlende Kunden aufnehmen. Nach seinem Ausscheiden aus dem Dienst würde er zwar die Pension der Polizei bekommen, und er hatte Ersparnisse, aber es wäre trotzdem gut, ein zusätzliches Einkommen zu haben.

Er fuhr sich über das unrasierte Kinn. Seine Schwester und sämtliche Bewohner von Edilean hetzten ihn auf. Es waren noch fast drei Jahre, bis er aus dem Polizeidienst ausscheiden und … möglicherweise … nach Edilean ziehen würde, weil Tess und ihr – er schmunzelte – ihr Kind dort wohnen würden. Aber er konnte sich nicht vorstellen, jemals auf einer Farm leben zu wollen.

Als Mike auf den Parkplatz des Fitnessstudios fuhr, überlegte er, was mit dem alten Lang geschehen sollte. Er hatte seine ganzen fünfundachtzig Jahre auf Merlins Farm verbracht, deshalb würde es nicht leicht sein, ihn loszuwerden. Vielleicht sollten sie ihn in dem gleichen Pflegeheim in Ohio unterbringen, in dem Mikes und Tess' Großmutter ihre letzten Lebensjahre verbracht hatte. Die Leute dort hatten schon zuvor mit zänkischen Bewohnern zu tun gehabt und verstanden es, ihr Lächeln beizubehalten und zu verhindern, dass die Alten ihre Gefühle verletzten. Mikes Großmutter hatte – ohne Menschen, die sie terrorisieren konnte – rasch abgebaut, bis man sie eines Morgens im Bett gefunden hatte: tot, die Augen wütend aufgerissen.

Nach einer Stunde verließ Mike das Fitnessstudio und fuhr zu Merlins Farm. Sie lag nordwestlich von Edilean in der dichten Wildnis, die die Kleinstadt umgab und sie noch isolierter erscheinen ließ, als sie tatsächlich war. Er fuhr über die McTern

Road, die in die Stadt führte, dann weiter geradeaus. Zwei Mal überholte er Trucks, die Motorboote hinter sich herzogen und deren Besitzer ihr Urlaubsziel im umliegenden Naturreservat ansteuerten.

Als Mike die Wegangaben prüfte, die Tess ihm per SMS geschickt hatte, fiel ihm wieder ein, was sie ihm erzählt hatte. Die Farm war einst von etwa tausend Morgen Land umgeben gewesen, einschließlich einer riesigen Pferderennbahn knapp eine Meile vom Haus entfernt. Doch jetzt waren davon nur noch fünfundzwanzig Morgen übrig, und der hübsche kleine Bach namens K floss mitten hindurch.

Das Erste, was er von der Farm erblickte, war ein großes Schild: ZUTRITT VERBOTEN! Mike bog von der Straße ab und parkte sein Auto ein Stück weiter im Schatten einer hohen Eiche. Obwohl ihm zugesichert worden war, dass Lang den Tag über fort sein würde, wollte er nicht auf das Gelände fahren und sein Auto der Gnade eines wütenden Mannes überlassen. Mike bemerkte einen alten, morschen Zaun, der von hohem Unkraut überwuchert war, und dahinter erblickte er eine Kaminspitze.

Er trug Jeans, ein hellbraunes T-Shirt und eine Baumwolljacke, in deren Tasche er jetzt fasste, um sich zu vergewissern, dass die Plastiktüte darin steckte. Er hatte ein wenig Rinderhackfleisch mit einem üblichen Beruhigungsmittel versetzt – einem von mehreren Medikamenten, die er immer in seinem Auto hatte – und war bereit, sich Langs Hunden zu stellen. Tess hatte ihn davor gewarnt und gesagt, Lang hätte die Tiere abgerichtet, sodass sie ihn auf jeden Eindringling aufmerksam machten. Die Hunde waren ein weiterer Grund, wieso er Sara nicht dabei haben wollte.

Mike beschloss, nicht die Einfahrt entlangzugehen, sondern durch das Unkraut zur Seite des Hauses. Leise schlich er sich über ein Feld mit brusthohem wildem Möhrenkraut, samentragenden Gräsern und wilden Gänseblümchen, und er tat sein Bestes, keine Spur zu hinterlassen. »Ich vermute, hier soll ich irgendwelche Feldfrüchte anbauen«, sagte er durch die zusammengebissenen Zähne zu sich selbst und konnte sich angesichts dieser absurden Idee ein Kichern nicht verkneifen.

Beim Gehen lauschte er, aber er hörte nichts außer dem Zwitschern von Vögeln. Als die Gräser mit einem Mal aufhörten, sah er in der Ferne eine Seite des Hauses. Trotz der vielen Geschichten, die er darüber gehört hatte, sah es ziemlich gewöhnlich aus, nur ein altes zweistöckiges Haus, das frisch gestrichen und repariert werden musste. Es hatte einen Backsteinkamin, der vom Fundament bis zum Dachfirst verlief, und da Mike etwas vom Bauhandwerk verstand, vermutete er, dass der Kamin gut zog.

Auf dieser Seite befanden sich vier Fenster, auf jeder Etage zwei, und er konnte eine lange Veranda erkennen, die aus dem herausragte, was er für die Rückseite des Hauses hielt. Aus diesem Blickwinkel konnte er die Vorderseite nicht sehen.

Hätte man ihm nichts über das Haus erzählt, dann hätte er niemals vermutet, dass es außergewöhnlich war, weil es nichts zu geben schien, was es von Tausenden anderer Farmhäuser in Virginia unterschied. Mit einer Ausnahme. Zwischen ihm und dem Haus erhoben sich vier Gebäude, die aussahen wie aus einem Film, der zur Zeit George Washingtons spielte. Das zu seiner Rechten war absolut quadratisch mit einem Satteldach, aber, soweit Mike erkennen konnte, ohne Fenster und Tür. Zu seiner Linken stand ein größeres Gebäude, niedriger, aber breiter, mit einem Anbau an der Seite und mehreren Fenstern. Dazwischen stand ein alter Holzbau, der wie ein auf der Erde aufgestelltes Dach aussah. Er konnte sich nicht vorstellen, welchem Zweck es je gedient haben mochte. Und von den drei anderen etwas abgesetzt, befand sich unverkennbar ein Klohäuschen.

Mike stand reglos da und starrte das alles an. Das Haus war von einigen riesigen Bäumen umstanden, die weiträumig Schatten spendeten. Während er von einem Gebäude zum nächsten schaute, begann er zu begreifen, wovon Sara gesprochen hatte. Das war ein unberührter Bauernhof, noch immer genauso wie vor Hunderten von Jahren, und er spürte, wie ungewöhnlich dieser Ort war.

Als Mike sich umdrehte, erblickte er einen niedrigen Zaun – die einzigen Holzteile, die aussahen, als wären sie in den vergangenen fünfzig Jahren gestrichen worden – um einen Garten, der in großen Quadraten angelegt und von weißen Kieswegen durchzogen war. Obwohl der Garten wie aus einem Geschichtsbuch wirkte, hatte er dennoch etwas sehr Modernes. Auf einem alten Tisch, der neben einem Weg stand, lagen Bindfadenrollen, Handwerkszeug und Plastikmarken.

In einer Ecke befand sich ein alter Metallschrank, dessen eine Tür offen stand, und Mike konnte darin Werkzeuge mit Holzgriffen erkennen.

Was den Garten selbst anbelangte, so wuchs darin das herrlichste Gemüse, das er je gesehen hatte; es sah aus wie auf einem Werbeplakat für Fruchtbarkeit. Was man auch immer über den alten Lang sagen mochte, er besaß eindeutig einen grünen Daumen. Vorsichtig und nach den Hunden Ausschau haltend, gab Mike seine Deckung auf und ging in den Gemüsegarten. Alles wuchs in geraden Reihen, und weit und breit war kein Unkraut zu sehen.

Der ganze Ort war für Mike so ungewöhnlich – und so schön –, dass er gar nicht anders konnte, als die Reihen entlangzugehen. In der Mitte befand sich das, was er für ein Kräuterbeet hielt, ein kreuz und quer von Wegen durchzogenes Quadrat mit einem kleinen Baum in jeder Ecke.

Erst als er die Kräuter betrachtete, wurde ihm allmählich klar, dass hier etwas nicht stimmte. Er war verwundert, als er bemerkte, dass genau in der Mitte jedes Dreiecks das stand, was wie eine große, gedeihende Marihuanapflanze aussah.

Als Mike einen Schritt auf die am nächsten stehende Pflanze zu machte, vernahm er ein schwaches Klicken. Es war ein Geräusch, das er, hätte es irgendwelchen Lärm im Hintergrund gegeben, sagen wir bellende Hunde, nicht bemerkt hätte. Aber Mike hatte dieses Geräusch schon einmal gehört – und nur wenige Sekunden danach war einer seiner Freunde in die Luft gejagt worden.

Mike blieb absolut reglos stehen und rührte sich nicht, er blickte lediglich hinab, um zu sehen, worauf er getreten war. Es schien sich um keine Landmine zu handeln, aber er sah einen unter der Erde versteckten Kreis.

Er ließ den Fuß an Ort und Stelle, zog langsam das Messer aus seiner Jeanstasche und benutzte die lange Klinge, um die Erde zu entfernen. Das Ding sah aus wie eine alte, mit Zähnen bewehrte Eisenfalle. Wäre sie zugeschnappt, hätten sich die Zähne tief in seinen Knöchel gebohrt.

Vorsichtig legte Mike die Hände auf die beiden eisernen Halbkreise und drückte sie auf den Boden, während er den Fuß anhob. Die hässliche kleine Falle sprang in der Sekunde, in der er sie losließ, zu. Sie funktionierte wie eine tödliche Venusfliegenfalle – und sollte jedem wehtun, der versuchte, sich der Marihuanapflanze zu nähern.

Okay, der alte Mann verdiente sich also durch illegale Drogen einiges dazu. Für Mike war das unbedeutend, aber er fragte sich, ob wohl noch weitere Fallen zum Schutz der anderen Pflanzen aufgestellt waren. Oder war es vielleicht andersherum, und das Cannabis wurde als Köder eingesetzt?

So vorsichtig, wie noch nie in seinem Leben, machte Mike sich daran, den Gemüsegarten gründlich zu inspizieren. In der Nähe einer jeden Marihuanapflanze befand sich eine Falle, und jede war unter der Erde versteckt.

Beim Tor bemerkte Mike vier Löcher im Boden, und ihm fiel auf, dass das Gras dazwischen platt gedrückt war. Ihm wurde klar, dass hier ein Zelt aufgestellt worden war, und Mike fand, dass das Sinn ergab. Wenn der alte Mann Marihuana anpflanzte, versuchten die einheimischen Jungs wahrscheinlich, es zu stehlen, deshalb hatte Lang hier im Freien übernachtet, um es zu schützen.

Das war eine plausible Erklärung, aber trotzdem glaubte Mike nicht daran. Irgendetwas stimmte hier nicht. Zum einen konnte Lang diese Pflanzen unmöglich so offen anbauen, ohne dass in Edilean jeder darüber Bescheid gewusst hätte. Man hatte Mike erzählt, dass Luke die Gebäude reparierte und ums Haus herum häufig das Gras mähte. Er hätte die Pflanzen gesehen, und Mike glaubte nicht, dass er sie toleriert hätte. Mike war sich sicher, dass Saras Mutter die Pflanzen nicht dulden würde, falls Luke sie aus irgendeinem Grund nicht herausriss. Er hatte weniger als eine Stunde mit der Frau verbracht, aber das reichte aus, um zu wissen, dass sie sich weigern würde, Gemüse von einem Mann zu kaufen, der Marihuana anpflanzte.

Mike trat über ein halbes Dutzend stachelige, stinkende Kräuter, um zu einer der Cannabispflanzen zu gelangen. Als er die Erde zur Seite schob, sah er, dass sie in einem Blumentopf stand. Es sah so aus, als pflanze Lang sie irgendwo anders an und stellte sie, wenn er fortging, in die Erde. Jetzt war Mike sich ganz sicher, dass der alte Mann sie nutzte, um jemanden in den Garten zu locken. Mike spannte die Falle wieder, die er ausgelöst hatte, verwischte sämtliche Spuren, und machte sich daran, seine Erkundung fortzusetzen.

Er entfernte sich vom Haus und ging auf eine große Wiese zu. Vor dem Haupthaus befand sich ein weiterer Garten, dessen geometrische Beete von hohen Buchsbaumhecken eingefasst waren.

Im zweiten Quadrat entdeckte er ein Netz, das an einem Ast versteckt war, welcher über den Garten ragte. Als Mike mit einem Stock über die Erde kratzte, fand er einen Stolperdraht. Wäre er darauf getreten, wäre das Netz auf ihn heruntergefallen.

»Verdammt, das ist wie in einem Tarzan-Film«, murmelte er, als er den Blumengarten verließ.

Am anderen Ende erstreckte sich ein halber Morgen gemähter Grasfläche, und Mike hatte keine Lust, darüber zu rennen, aber auf der anderen Seite befand sich ein weiterer eingezäunter Bereich, den er sich anschauen wollte. In der Mitte des Rasens verlief eine Kieszufahrt, die zwar schmal, aber erst vor Kurzem von einem Auto befahren worden war, deshalb war sie offenkundig frei von Fallen. Es hatte den Anschein, als wollte Lang einfach verhindern, dass jemand in jenen Bereichen herumschlich, in denen er den Eindringling nicht sehen konnte.

Mike joggte über die Zufahrt auf etwas zu, was ein alter Obstgarten zu sein schien, und als er dort anlangte, stand er da und konnte ihn nur bewundern. Die Bäume sahen aus, als wären sie ursprünglich in fünf ordentlichen, langen Reihen gepflanzt worden, doch inzwischen gab es viele Lücken, wo Bäume fehlten, und die verbliebenen wirkten zu alt, um noch Früchte hervorzubringen.

Zum ersten Mal dachte Mike an dieses Anwesen als seines. Er würde die abgestorbenen Bäume gern herausnehmen und ersetzen. Er dachte, es wäre schön, eine Aprikose oder Pflaume von seinen eigenen Bäumen zu ernten. Er blickte zu dem großen Rasenstück und stellte sich vor, dort mit Tess' Kind Fangen zu spielen. Und wenn Tess nicht da sein würde, würde er dem Jungen – oder Mädchen – ein wenig Kickboxen beibringen. Vielleicht konnte er in einem dieser alten Gebäude ja ein paar Fitnessgeräte aufstellen und …

Er zwang sich, sich wieder ans Werk zu machen. Der umzäunte Bereich unweit des Obstgartens war ein Friedhof. Mike war nicht erstaunt, auf einem Dutzend alter Grabsteine den Namen McDowell zu lesen, aber als er zum Tor kam, bemerkte er etwas, was seine Aufmerksamkeit erregte. Ein paar Meter vom Friedhof entfernt befand sich eine Reihe kleiner, handgemachter Betonsteine, auf die Namen und Daten geschrieben waren. Offensichtlich handelte es sich um Tiergräber, und die ersten stammten aus den 1920er Jahren. Die jüngsten Gräber waren die von Tieren mit den Namen König, Königin, Prinz, Prinzessin, Herzog, Herzogin, Marquis, Marquise, Graf, Gräfin, Viscount und Viscountesse. Bei den letzten beiden handelte es sich um frische Gräber, die aus diesem Jahr stammten.

Als Mike sich die Daten ansah, wurde ihm klar, dass jeder der Hunde sehr lange gelebt zu haben schien – bis auf die beiden letzten. Sie waren kaum drei Jahre alt geworden. Vielleicht lag es an Mikes Zynismus aufgrund all dessen, was er in seinem Leben gesehen hatte, aber er fragte sich, ob die Hunde wohl getötet worden waren. Der Verlust der Hunde war vielleicht eine Erklärung, wieso Lang tödliche Fallen aufgestellt hatte.

Mike war sich noch nicht sicher, aber er glaubte, dass sich hier ein Krieg abspielte, dem die Hunde wahrscheinlich zum Opfer gefallen waren. Er mutmaßte, dass irgendjemand den alten Mann angegriffen hatte, und Lang versuchte jetzt, sich zu schützen. Aber zugleich hatte Lang sich bemüht, seinen Feind in die Falle zu locken, wie eine Spinne eine Fliege in ihr Netz lockt. Sobald jemand versuchte, an das Marihuana zu gelangen, würde ihm der Fuß fast abgerissen werden. Sollte sich der Feind durch den alten Blumengarten anschleichen, würde ein Netz auf ihn herabfallen.

Mike wollte natürlich unbedingt wissen, *wer* hinter dem alten Brewster Lang her war. Aber wenn er das nicht herausfinden konnte – obwohl er sich fast sicher war, dass er das bereits wusste –, dann würde er zumindest den Grund für diesen Krieg in Erfahrung bringen.

7

Sara ging die lange Zufahrt zu Merlins Farm entlang und wunderte sich, dass sich so wenig verändert hatte, seit sie im Alter von acht Jahren zum ersten Mal hier gewesen war. Beim Abendessen am Tag vor diesem Besuch hatte ihre Mutter ihr ganz aufgeregt erzählt, dass Brewster Lang sie kontaktiert hatte, um ihr mitzuteilen, dass er einen Teil seines Gemüses an Armstrong's Organic Foods verkaufen wolle. Dass er die wohlschmeckendsten und schönsten Erzeugnisse im ganzen Bezirk, ja vielleicht im ganzen Bundesstaat, produzierte, war allgemein bekannt.

»Und, wie hat er dich kontaktiert?«, hatte Dr. Henry Shaw, ihr Mann, sie gefragt. »Durch Rauchsignale? Oder hat er zwei Dosen und eine Schnur benutzt?« Er stammte nicht aus Edilean und ließ seine Frau häufig wissen, für wie rückständig er die Kleinstadt hielt. Nur Sara kicherte über diesen Scherz, doch sie war schon immer ein »Papa-Mädchen« gewesen. Im Gegensatz zu Sara, die eine Träumerin war, waren ihre beiden älteren Schwestern absolut konventionell.

»Übers Telefon«, antwortete Eleanor, während sie Taylor, die mit ihren zwölf Jahren die älteste ihrer drei Töchter war, eine Schüssel Karottensalat mit Rosinen reichte. »Ich fahre morgen hin und treffe ihn, und Sara, du kommst mit.«

Alle um den Tisch Versammelten hielten wie versteinert inne und starrten Sara erstaunt an. Während die beiden älteren Töchter so gut organisiert und entschlossen waren wie ihre Mutter – allerdings weniger hippiemäßig –, gab Sara sich damit zufrieden, mit ihren vielen Puppen zu spielen und ihnen ständig neue Kleidchen zu nähen.

Sara wirkte, als wüsste sie nicht, ob das eine Strafe oder eine

Ehre war. »Ich?«, flüsterte sie. Sie hatte ihren Vater viele Male zur Arbeit begleitet. Selbstverständlich immer samstags, wenn er mehr Papierkram zu erledigen als Patienten zu behandeln hatte, aber sie mochte das alte Krankenhaus von Williamsburg und war von seinem Büro fasziniert, aber vor allem liebte sie es, mit ihrem Vater zusammen zu sein. Doch im Gegensatz zu ihren Schwestern hatte sie ihre Mutter nie zur Arbeit begleitet.

»Ja, du«, sagte Ellie. »Merlins Farm ist alt und geheimnisvoll. Die ist genau das Richtige für dich. Du bleibst draußen, während ich mit Mr Lang die Bedingungen aushandele, aber das sollte kaum länger als eine halbe Stunde dauern.«

Doch es hatte über vier Stunden gedauert, und während dieser Zeit war Sara in ihrem rosafarbenen Kleidchen, das ihr ihre Tante Lissie geschenkt hatte, umhergewandert und hatte sich in die alte Farm verliebt. Sie hatte sich mit den beiden Hunden von Mr Lang angefreundet, hatte sich unter die Schar von Gänsen gemischt, die beinahe so groß waren wie sie selbst, und sie hatte jedes der alten Gebäude auf dem Anwesen erkundet.

Als ihre Mutter zum Gehen bereit war, war es Sara vorgekommen, als hätte sie nur wenige Minuten hier verbracht. Ganz anders war es ihrer Mutter ergangen. Sie war wütender, als Sara sie je zuvor gesehen hatte.

Hinter ihr kam ein kleiner, gedrungener Mann aus dem Haus, dessen Rücken so stark nach vorn gekrümmt war, dass er Sara an eine Figur aus einer Geschichte erinnerte: an den buckligen Glöckner von Notre Dame. Er trottete hinter Saras verärgerter Mutter her und lächelte, als hätte er einen Preis gewonnen.

Doch als er Sara neben dem Auto erblickte, blieb er stehen und starrte auf das kleine Mädchen, und sein rundes Gesicht nahm einen bedrohlichen Ausdruck an.

»Sie sieht genauso aus wie sie«, sagte er mit einer tiefen, bebenden Stimme, die Sara komisch fand. Hätte er sie nicht so finster angeschaut, hätte sie losgekichert.

Ellie schloss die Autotür auf und ließ, weil sie so erregt war, die Schlüssel fallen. Als sie sie aufhob, verschwand der Spott aus seinem Gesichtsausdruck, und als Ellie sich umdrehte, stierte er das Kind lediglich an. »Du meinst meine Tante Lissie. Ja, sie sieht aus wie sie und *ist* wie sie.« Sie zog die hintere Autotür auf und wartete, bis Sara eingestiegen war. Ellie setzte sich hinters Lenkrad und startete den Motor.

Sara schaute aus dem Fenster Mr Lang an, und sie wusste, dass ihre Mutter nicht sehen konnte, wie böse er dreinblickte, und vor allem nicht sah, wie er mit dem Finger auf sie zeigte. Gerade als ihre Mutter losfuhr, tat der alte Mann so, als wäre seine Hand eine Pistole und als feuere er sie ab.

Völlig verängstigt duckte Sara sich auf dem Rücksitz und hörte zu, wie ihre Mutter sich auf der ganzen Heimfahrt darüber beschwerte, dass Brewster Lang ein »Gangster« sei. »Er hätte mir genauso gut eine Pistole an den Kopf halten können«, sagte ihre Mutter – und ihre Worte ließen Sara noch tiefer rutschen.

Sara hatte niemandem je erzählt, was Mr Lang getan hatte, dass er nämlich mit der Hand auf sie geschossen hatte. In den folgenden Jahren war es ihr gelungen, die schöne alte Farm mit den umherflatternden Schmetterlingen von dem unheimlichen alten Mann zu trennen, der sie zu hassen schien, nur weil sie ihrer Tante Lissie ähnlich sah. Eines Tages erkundigte sich Sara bei ihrer Großtante nach dem alten Mann, aber Lissie sagte nur, dass Sara sich von ihm fernhalten solle.

Danach weigerte Lissie sich, noch ein weiteres Wort über Mr Lang zu sagen. Tante Lissie glaubte so sehr an die Macht positiver Gedanken, dass sie sich absolut weigerte, ein böses Wort über ihre Lippen kommen zu lassen. Es hatte Sara immer amüsiert, dass manche Leute in Edilean sich an diesen Wesenszug mit großer Zuneigung erinnerten, während andere behaupteten, Lissie hätte sie fast in den Wahnsinn getrieben.

Jetzt war also Nachmittag, und Sara besuchte wieder Merlins Farm. Dazu war es gekommen, weil sie um zwei Uhr draußen beim Nähen gewesen war und gesehen hatte, dass Luke zusammen mit einem kleinen Mann im Garten von Edilean Manor umherlief. Sie dachte sich zunächst nichts dabei, bis sie spürte, dass ihr ein kalter Schauer über den Rücken lief. Es fröstelte sie ein wenig, sie rieb über die Gänsehaut an ihrem Arm und blickte auf. Nur wenige Meter von ihr entfernt starrte sie das Schreckgespenst ihrer Träume mit einem Blick an, den sie nur als hasserfüllt bezeichnen konnte: Mr Lang. Sie hatte ihn seit ihrer Kindheit nicht mehr aus solcher Nähe gesehen – dafür hatte sie gesorgt –, aber er hatte sich kaum verändert. Er war noch immer hässlich, sein Kopf groß und rund wie ein Kürbis. Vielleicht war er ein bisschen kleiner und sein Gesicht faltiger, aber im Grunde genommen wirkte er unverändert.

Und wieder machte er wie schon zuvor eine Geste, als wolle er sie erschießen. Doch jetzt war Sara kein kleines Mädchen mehr. Sie warf ihm ihr süßestes Lächeln zu, dann zeigte sie ihm den Mittelfinger. Er lächelte sie auf eine Weise an, die auf ihren Armen erneut Gänsehaut hervorrief, dann drehte er sich um und trottete Luke hinterher.

Danach konnte Sara mit dem Nähen nicht weitermachen, so sehr sie es auch versuchte. Sie packte ihre Sachen zusammen, ging in ihre Wohnung zurück und verschloss die Türen und Fenster. Als sie damit fertig war, fiel ihr ein, dass Mike ja hier wohnte und dass er jetzt nicht mehr hereinkommen konnte.

Durch den Gedanken an Mike wurde ihr auf einmal alles klar. Beim Abendessen gestern war er so nett gewesen und hatte sich ihre Gründe, wieso sie ihn zur Besichtigung der alten Farm begleiten sollte, so aufmerksam angehört. Sie war in der Gewissheit zu Bett gegangen, ihn überzeugt zu haben. Seit sie Merlins Farm zum ersten Mal gesehen hatte, hatte sie davon geträumt, dorthin zurückzugehen, jedoch nur, wenn »er« nicht dort war. Als sie auf den Gedanken gekommen war, mit Mike mitzugehen, einem Detektiv, der wahrscheinlich eine Waffe bei sich trug, war ihr das wie die ideale Gelegenheit erschienen. Sie hatte sich sogar schon überlegt, was sie anziehen und welche Lebensmittel sie für ein Picknick einpacken würde.

Aber es sah ganz danach aus, als hätte Mike nie die Absicht gehabt, sie mitgehen zu lassen. »Nach allem, was ich für ihn getan habe!«, murmelte sie verärgert. Dass ihr nichts einfiel, was sie für ihn getan hatte, milderte ihre Verärgerung keineswegs. Sie wusste, dass Mike es so arrangiert hatte, dass Luke den Babysitter des alten Lang spielte, während er, Mike, die Farm besichtigte. »Man kann den Spieß auch umdrehen«, murmelte sie, dann rief sie die Geschäftsleiterin ihrer Mutter an und bat darum, dass für sie ein Picknick für zwei Personen zusammengestellt würde. Sara wusste, die Nachricht, dass sie einen Korb voller Lebensmittel bestellt hatte, würde sich innerhalb von Minuten in der ganzen Stadt verbreiten, aber das war ihr recht so. Sie hatte es gründlich satt, dass die Männer sie behandelten, als wäre sie zu schwach, die Wahrheit zu erfahren. Greg weigerte sich, ihr zu sagen, was passiert war, dass er auf der Stelle so dringend fort musste. Und jetzt hatte Mike ihr klargemacht, dass er sie nicht für fähig hielt, eine *Farm* zu besichtigen! Und mit Hilfe *ihrer* Verwandten war er einen Tag früher als angekündigt hingefahren.

Zwanzig Minuten später hatte Sara den Picknickkorb in ihr Auto geladen und war auf dem Weg zu Merlins Farm. Als sie Mikes Auto teilweise unter einer großen Eiche verborgen abgestellt sah, war sie noch mehr von der Richtigkeit ihres Handelns überzeugt. Sie selbst weigerte sich, hier herumzuschleichen. Sie fuhr durch das Tor, parkte ihr Auto direkt vor dem Farmhaus und stieg aus.

Während sie nach ihrer Handtasche griff, spürte sie, dass ihr Handy vibrierte. Ihre Mutter hatte ihr eine Mail geschickt, in der stand, dass sie den getrockneten ägyptischen Spinat erhalten habe, den Mike wünschte, und Joce hatte eine SMS geschrieben und sie gebeten, herüber zu kommen und ihr alles über den schrecklichen, kleinen Mann zu erzählen, der Luke durch den Garten verfolgte. Und Tess hatte eine Nachricht auf der Mailbox hinterlassen und sie gefragt, wie sie und Mike denn miteinander auskämen. Und es lagen vier E-Mails von Kundinnen vor, die fragten, wann ihre Kleidungsstücke wohl fertig wären. Sara stellte ihre Handtasche auf den Sitz zurück, nahm ihr Handy und drückte im Gehen schnell die Tasten, um allen zu antworten.

8

Mike befand sich auf dem Dachboden der alten Scheune und durchsuchte mit einer Heugabel das verdörrte Heu. Er hatte in der Scheune bereits zwei Fußfallen entdeckt, eine selbst gebaute und eine, die wahrscheinlich schon zur Zeit des Bürgerkrieges alt gewesen war. Die Zinke der Gabel verfing sich in etwas neben der Falltür, und er bückte sich, um nachzuschauen. Vom Saum seiner Jeans verlief ein langer, gezackter Riss, weil er beinahe in eine Drahtschlinge geraten war, die Stahlpfeile ausgelöst hatte. Die einzige Warnung, die er bekommen hatte, war das Geräusch gewesen, das die tödlichen Projektile von sich gaben, während sie auf ihn zuschossen. Er hatte sich zu Boden geworfen und zur Seite gerollt, und die Pfeile waren über seinen Kopf hinweg gezischt und hatten sich in einen nahen Baum gebohrt.

Mike hatte geflucht, als er die Pfeile aus den Ästen zog und die Falle wieder lud. Er tat das nur äußerst ungern, trotzdem hielt er an seinem Entschluss fest, den alten Lang nicht wissen zu lassen, dass jemand hier gewesen war.

Inzwischen war es spät am Nachmittag, und Mike war beinahe bereit zu gehen. Überall hatte er Fallen und Stolperdrähte entdeckt. Er hatte kein Gebäude und keinen Garten betreten, der nicht präpariert worden war, einen Eindringling zu verletzen, zu verstümmeln oder gar zu töten.

Er musste nur noch die Scheune durchsuchen, dann war er fertig. Mike bildete sich nichts darauf ein, dass er alle diese Vorrichtungen entdeckt hatte, aber er war von ihrer Zahl beeindruckt. Und während der Stunden, die er danach gesucht hatte, hatte er eine ganze Menge in Erfahrung gebracht, nicht nur, wie man Tötungsapparate zusammenbastelt. Er hatte festgestellt, dass Lang ein gerissener – und starker – alter Mann war, der überhaupt kein Gewissen hatte. In seinem blinden Zwang, das zu beschützen, was er als sein Eigentum betrachtete, war er skrupellos – ohne jede Rücksicht auf die Folgen. Hätte ein Kind sich in den Obstgarten geschlichen … Mike wollte sich gar nicht vorstellen, was alles hätte passieren können.

Es war offensichtlich, dass es Lang nur darum ging, jeden möglichen Eindringling fernzuhalten.

Mike hörte unten in der Scheune ein Geräusch und nahm aus dem Augenwinkel eine Bewegung wahr. Sofort legte er sich geräuschlos auf den Bauch und blickte auf die Etage darunter, aber er sah nichts! Verdammt! Luke hatte versichert, Lang bis vier Uhr zu beschäftigen.

Mike lag absolut reglos da und überlegte, wie er hinausgelangen konnte, ohne dass Lang ihn bemerkte. Hinter ihm, über dem offenen Fenster befand sich ein langer Balken, an dem ein Seil hing. Er kannte sich mit Scheunen nicht aus, aber er vermutete, dass die Vorrichtung dazu diente, die Heuballen in den Dachboden zu hieven. Er drehte nur den Kopf und begutachtete das Seil und den Balken. Sie sahen stabil aus, aber nach dem, was er heute hier gesehen hatte, hätte es ihn nicht überrascht, wenn sie reißen beziehungsweise brechen würden, sobald er sich daran hängte.

Wieder blickte er durch die Spalten in den Dielenbrettern, und was er sah, schockierte ihn. Sara kam unbekümmert in die Scheune geschlendert, den Kopf gesenkt, weil sie sich auf die Tastatur ihres BlackBerrys konzentrierte.

Mikes erster Impuls war, ihr zuzurufen, dass sie bleiben solle, wo sie war, aber er wusste nicht, wer mit ihr gekommen war und ihn hören könnte.

»Sara!«, zischte er zu ihr hinab.

Sie tippte weiter.

Er konnte sich nicht vorstellen, wie sie die Scheune betreten hatte, ohne getroffen zu werden. Direkt vor der Eingangstür verlief eine dünne, fast unsichtbare Angelschnur aus Nylon, und darüber hing, bereit, herabzustürzen, ein altes, massives Pferdegeschirr aus Holz, Leder und Eisen. Mike mochte sich gar nicht ausmalen, was ein solches Ungetüm der hübschen, kleinen Sara Shaw antun konnte, wenn es auf sie fiel.

»Sara!«, wiederholte er.

Sie zögerte, hielt mit dem Tippen inne und machte sich dann zu seinem großen Entsetzen daran, die Scheune wieder zu verlassen. Sie mochte der Falle auf dem Weg hinein ja entgangen sein, aber auf dem Weg hinaus würde sie sie mit Sicherheit auslösen.

Mike überlegte nicht, was er tat. Die vielen Jahre des Trainings ließen ihn reagieren, ohne nachzudenken. Er sprang auf, stürzte sich aus dem großen Fenster und packte dabei das Seil. Das an dem Balken befestigte Seil schwang nach vorn. Mike verbrannte sich die Hände, aber er ließ sich so weit an ihm hinabgleiten, dass er Sara, als sie aus der Tür trat, genau in dem Moment, als sie den Fuß auf die Angelschnur setzen wollte, mit dem rechten Arm packte und weiterschwang.

Sie landeten in dem Augenblick auf dem Gras neben der Scheune, als etwa fünfzig Pfund altes Pferdegeschirr genau auf die Stelle herabfiel, an der Sara gestanden hatte.

Sie lag auf ihm, rang nach Luft, und ihr Gesicht war nur wenige Zentimeter von seinem entfernt. »Wir müssen wirklich aufhören, uns so zu begegnen.«

Mike lachte nicht, sondern rollte sich unter ihr hervor, stand auf und beugte sich über sie. »Was zum Teufel machst du hier? Ich habe dir *gesagt,* dass du wegbleiben sollst. Ich habe dir gesagt …«

»Genau genommen hast du mir gar nichts gesagt, und ich glaube allmählich, dass alles, was du mir erzählt hast, gelogen war.« Sie musterte ihn von oben bis unten. »Du siehst ramponiert aus. Willst du mir die *Wahrheit* sagen, was hier los ist?«

Mike war zwischen dem Wunsch hin und her gerissen, sie aus Verärgerung zu schütteln – oder aus Erleichterung, dass sie unverletzt war, zu küssen. Sie war in ihrem kurzen gelben Kleid mit den rosafarbenen Blumen auf dem großen Kragen so hübsch anzusehen, dass er sich einfach neben sie aufs Gras setzte. »Du hättest tot sein können.«

»Das ist mir klar«, sagte sie, während sie auf den Haufen aus Leder und Holz blickte. »Ich frage mich, wo Mr Lang das gefunden hat und aus welchem Jahrhundert es wohl stammt.«

Mikes Gehirn arbeitete auf Hochtouren, während er sich überlegte, wie viel er ihr erzählen konnte, und was geheim bleiben musste.

»Was ist hier los?«, wiederholte sie.

Sie war so gelassen, dass auch der Rest von Mikes Groll verrauchte. »Ich wollte mir nur das Anwesen anschauen, das meine Schwester mir geschenkt hat.«

Sara ließ den Blick von ihm zur Scheune und wieder zurück schweifen. »Du wolltest mich nicht dabei haben, weil du dachtest, es könnte hier so etwas geben, nicht wahr?«

Mike lächelte schwach. Hier konnte er sich nicht herauslügen. »Kluge Frauen sind in meiner Branche wirklich eine Plage.«

»Du bist also *beruflich* hier in Edilean?«

»Du hast nicht zufällig etwas zum Essen dabei? Ich bin am Verhungern.«

»Doch. Einen ganzen Korb voll.«

Mike stand auf und streckte ihr die Hand hin, um ihr aufzuhelfen, aber sie ignorierte sie. Wieder schaute sie auf den Haufen Pferdegeschirr. »Ich lasse dich nicht eine Minute länger in meiner Wohnung wohnen, wenn du mir nicht sagst, was du heute hier gemacht hast.«

»Ich kann nicht«, sagte er.

»Gut. Meine Mutter hat ein Gästezimmer. Wenn du mich für eine Schnüfflerin hältst, dann hast du keine Ahnung, was das ist, bis du einen Tag bei ihr verbracht hast. Mein Dad sagt immer, dass sie selbst aus einer Ananas Geheimnisse herausquetschen kann.«

Mike setzte sich wieder nieder. Vielleicht war es besser, ihr zumindest einen Teil der Wahrheit zu erzählen. »Eine Schwerverbrecherin wohnt in dieser Stadt oder in der Nähe.«

»Wer?«

»Wenn wir das wüssten, würden wir sie verhaften, aber wir wissen nicht einmal, wie sie aussieht. Das einzige Foto, das wir von Mitzi Vandlo haben, ist 1973 aufgenommen worden, als sie sechzehn war.«

»Dann ist sie jetzt also dreiundfünfzig?«

»Genau.« Er staunte über ihre Rechenkünste.

»Und ihr wisst mit Sicherheit, dass sie hier in Edilean ist?«

»Der Name dieser Stadt ist unverwechselbar.«

»Was hat sie verbrochen?«

Mike erzählte ihr das nur äußerst ungern, aber es war immerhin besser, als ihr die Wahrheit über Stefan zuzumuten. »Alles Mögliche. Zum einen hat sie ihren Mann umgebracht. Nicht, dass er das nicht verdient hätte, aber es ist trotzdem gesetzeswidrig.«

»Sie ist nach Edilean gekommen, um jemanden *umzubringen?*« Sara legte die Hand an ihre Kehle.

»Ehrlich? Wir wissen nicht, warum sie hier ist, und vieles von dem, was wir über sie wissen, ist uns aus zweiter und dritter Hand zugetragen worden.« Er wollte die Situation aufheitern. »Es geht das Gerücht, dass sie so hässlich ist, dass sie einen Schleier über der unteren Gesichtshälfte tragen musste, um Marko Vandlo hereinzulegen, damit er sie heiratete. Die Geschichte ist umso bemerkenswerter, wenn man weiß, dass sie damals sechzehn Jahre alt war und er einundfünfzig.«

Sara ließ nicht zu, dass er sie vom Hauptthema ablenkte. »Wenn sie ihren alten Ehemann umgebracht hat, wieso hat man sie dann nicht ins Gefängnis gesteckt?«

Mike zuckte mit den Achseln. »Die Familie behält ihre Taten gern für sich. Den Agenten, die an dem Fall arbeiteten, wurde von einem Informanten mitgeteilt, es würde erzählt, dass er eine Treppe hinuntergefallen und gestorben wäre. Doch als sein Leichnam kürzlich exhumiert wurde, hatte er drei Vertiefungen im Schädel, die perfekt zu einem Golfschläger passen.« Mike senkte die Stimme. »Sie hat sich darauf spezialisiert, Menschen ihre Ersparnisse abzuluchsen, und wir wollen sie wirklich aus dem Verkehr ziehen.«

»Wenn sie so etwas in Edilean täte, wüssten wir alle darüber Bescheid.«

»Warum sie in dieser Kleinstadt sein soll, ist allen ein großes Rätsel. Normalerweise arbeitet sie in Großstädten, je größer, desto besser, was kann sie also in Edilean wollen?« Er wartete einen Augenblick, um Sara die Gelegenheit für eine Antwort zu geben, doch sie schwieg. »Du hast nichts gehört, oder?«

»Nicht, dass ich wüsste, aber ich war mit dem neuen Geschäft und mit Greg so beschäftigt, dass es mir vielleicht entgangen ist. Meine Mutter könnte wissen …«

»Nein! Je weniger Leute darüber Bescheid wissen, desto besser.«

»Verstehe«, sagte Sara, aber sie blickte ihm nicht in die Augen.

»Was ist mit den reichen Frauen, die in dein Geschäft kommen? Was weißt du über ihr Leben?«

Sara warf ihm einen fragenden Blick zu. »Wenn du an denen interessiert bist, bin ich natürlich deine beste Kontaktperson. Du hast das alles geplant, nicht wahr? Luke hat mich aus meinem Apartment vertrieben, damit du durch den Tunnel auftauchen und bei mir einziehen kannst.«

Bevor Mike einfiel, wie er darauf antworten sollte, stand Sara auf und machte sich daran, hastig auf ihr Auto zuzugehen. Mike holte sie ein, bevor sie ein paar Meter weit gekommen war, und hielt sie an den Oberarmen fest. »Ja! Du bist belogen und schamlos ausgenutzt worden. Aber du weißt nicht, wie viele Leben diese Frau ruiniert hat. Da gibt es ein paar junge Frauen, die …«

»Greg! Hast du ihn unmittelbar vor der Hochzeit von mir weggelockt?«

Mike blieb keine Zeit, sich eine Antwort zurechtzulegen.

»Ja.« Als sie versuchte, sich seinem Griff zu entwinden, hielt er sie noch fester. »Und sie haben meine Wohnung und alles, was ich hatte, verbrannt, um mir einen guten Vorwand zu bieten. Sara, es tut mir leid, dass du da hineingezogen worden bist, aber du hast Zugang zu Orten und Menschen wie sonst niemand in Edilean. So weit wir wissen, könnte Mitzi eine deiner Kundinnen sein.«

»Du hast mir vor der Hochzeit den Bräutigam genommen!«, stellte Sara fest. »Das ist nicht fair.«

»Ich weiß«, antwortete er mitfühlend. »Aber was Mitzi anderen antut, ist viel mehr als unfair.«

»Wo ist Greg?«

»In Sicherheit.«

»Was soll das heißen? Habt ihr ihn irgendwo ins Gefängnis gesteckt?«

Mike wusste, dass Greg in diesem Augenblick noch immer in Haft war, dass sein Anwalt ihn aber bald freibekommen würde. Das war schade, denn der Mann, der mit ihm die Zelle teilte, war ein Undercover-Agent. Doch davon konnte er Sara nichts erzählen. »Mir ist so wenig über diesen Fall mitgeteilt worden, dass ich vieles noch immer nicht weiß. Mein Captain hat mir davon berichtet, und als ich sagte, dass ich nach Hause gehen und packen müsste, ist mir ein Zeitungsfoto meiner brennenden Wohnung gezeigt worden.« Als er das Mitgefühl in ihrem Blick sah, lockerte er den Griff an ihren Schultern, ließ sie aber nicht los.

»Das tut mir alles leid«, wiederholte er. »Irgendein Typ, mit dem ich in der Ausbildung war, hat sich daran erinnert, dass ich ihm einmal erzählt habe, dass meine Großmutter aus Edilean stammte. Damals war ich noch zu jung, um zu begreifen, dass ich nicht zu viel von mir erzählen darf. Als der Name der Stadt fiel, erinnerte er sich an mich, und die vom FBI haben Kontakt zu meinem Boss aufgenommen, deshalb bin ich hier.«

Sara runzelte die Stirn, aber auf eine Art und Weise, die Mike sich entspannen ließ, und er nahm die Hände von ihren Schultern. »Sieht so aus, als hätte ich dein Kleid mit Blut verschmiert.«

Sara warf einen Blick auf die Flecken, dann ergriff sie seine Hände und drehte sie um, um sich die verletzten Handflächen anzuschauen. »Ist das durch das Seil passiert?«

»Ja.« Er betrachtete sie.

»Ich denke, das war das einzige Mal in meinem Leben, dass ich die Jane gespielt habe.«

Mikes Blick hellte sich auf. »Wir können jederzeit in den Blumengarten gehen und ein Netz auf dich fallen lassen. Ich könnte mir ein Messer zwischen die Zähne stecken und dich herausschneiden.«

»Aus dem Netz oder meinem Kleid?«, fragte Sara ernst.

»Aus dem Kleid. Das Netz würde ich in Ruhe lassen.«

Der Blick, den er ihr zuwarf, war so lasziv, so unanständig, dass sie loslachte. »Gut. Wir werden Folgendes machen. Wir gehen zu meinem Auto und ich – nicht du – fahre zu deinem Auto. Dann gehen wir zum Bach hinunter – du darfst den Picknickkorb tragen – und dort essen wir und reden. Und du wirst mir erklären, was hier eigentlich los ist.«

»So weit ich kann.«

Sie warf ihm einen verärgerten Blick zu.

»Okay. Alles.« Sie setzten sich in Bewegung. »Und woher weißt du, wo mein Auto steht?«

»Bitte! Es steht dort, wo jeder parkt, der sich an dieser Straße verstecken will. Die Hälfte der Mädchen von Edilean hat ihre Unschuld unter diesem Baum verloren.«

»Du auch?«

Sie öffnete die Tür an der Fahrerseite. »Wer sagt denn, dass ich sie schon verloren habe?«

Lachend stieg Mike auf der anderen Seite ein und zog die Tür zu.

9

Du sagst also, dass mir dieser Baum gehört?«, fragte Mike. Er hatte sich auf dem rot-weiß karierten Tischtuch ausgestreckt, der Picknickkorb stand zwischen ihnen, und Sara saß auf der anderen Seite. Am Fuß des sanften Hügels plätscherte der hübsche, schmale Bach.

»Jeder Zentimeter.«

»Der Jungfrauenbaum. Dieser Gedanke wird mich heute Nacht wach halten.«

»Dir gehört auch ein Abschnitt des Bachs und alle diese alten Gebäude. Was wirst du mit all dem anfangen?«

»Ins Haus einziehen und Lang meinen Butler spielen lassen. Er wird mir geschnittene Tomaten mit Marihuana-Dressing servieren – alles frisch aus seinem Garten.« Er warf ihr von der Seite einen Blick zu, um zu sehen, ob sie schockiert war, aber bis auf ein Flattern ihrer Wimpern zeigte sie keine Reaktion. Gut, dachte er. Sie reagiert cool auf Überraschungen.

»Wenn Luke das mit den illegalen Pflanzen herausfindet, zieht er dem alten Mann das Fell über die Ohren.«

»Das habe ich mir auch gedacht, aber das, was deine Mutter tun würde, jagt mir mehr Angst ein.«

»Mir auch«, sagte Sara und lächelte ihn an.

Er verschränkte die Hände unter dem Kopf und blickte in den Himmel. »Ich habe noch nie irgendwelchen Immobilienbesitz gehabt.«

»Nicht einmal eine Eigentumswohnung am Strand von Fort Lauderdale?«

»Vor allem keine Eigentumswohnung.«

»Und, bist du jetzt bereit, mir zu erzählen, was hier los ist?«

»Könnten wir nicht einfach den Tag genießen?«

»Nein«, erwiderte Sara. »Ich möchte diese Frau ausfindig machen, damit ich meinen Bräutigam rechtzeitig zur Hochzeit wiederhabe. Wie stellen wir es an, dass wir sie finden?«

»DNA.« Er drehte sich auf die Seite und schaute sie an. »Wir müssen von jeder Frau in dieser Stadt, die etwa dreiundfünfzig Jahre alt ist, eine DNA-Probe nehmen und sie in ein Labor schicken. Von Mitzi haben wir keine, aber wir haben DNA von ihrem Sohn und anderen Verwandten, deshalb können wir sie abgleichen lassen.«

»Und du bist dir sicher, dass sie hier ist?«

»Nein, aber bei dieser Frau reicht auch nur die Möglichkeit aus, um alles zu unternehmen, sie dingfest zu machen.« Mike griff nach einer Traube kleiner, süßer Champagnerbeeren, legte sich wieder auf den Rücken, hielt sie über sein Gesicht und begann, sie zu essen.

»Du siehst wie ein Bacchusjünger aus. In Wahrheit bist du gar nicht so zivilisiert, wie du vorgibst, stimmt's?«

»Wenn du mich damit fragst, ob ich jeden Abend Vier-Gänge-Menüs koche, dann lautet die Antwort nein. Ich habe versucht, dich zu beeindrucken. Ist mir das gelungen?«

Darauf wollte sie nicht antworten. »Also, wie lautet der Plan?«

»Ich hatte einen ausgearbeitet, aber du hast ihn heute durchkreuzt, als du dich geweigert hast, zu Hause zu bleiben. Ich denke, jetzt bist du an der Reihe, mit einem Plan herauszurücken.«

»Okay«, antwortete Sara. »Zuerst müssen wir klären, wie du und ich zueinander stehen.«

»Das klingt gut. Und, was sind wir?«

»Freunde«, antwortete sie hastig. »Mehr können wir nicht sein, weil ich im Begriff stehe, zu heiraten. Ihr werdet meinen Verlobten doch rechtzeitig vor unserer Hochzeit freilassen, nicht wahr?«

»Es sei denn, deine Mutter findet heraus, wo er steckt, und hindert uns daran.« Er schaute sie an. »Hat deine Mutter alle deine Freunde gehasst?«

»Da gab es nur einen, und nein, den hat sie nicht gehasst. Sie hat ihre ganze Wut für Greg aufgespart. Könnten wir bitte zum Thema zurückkommen?«

»Klar. Du willst also einen Mann heiraten, den die ganze Stadt hasst, und hier inmitten dieser ganzen Feindseligkeit leben.«

Sie kniff die Augen zusammen. »Wenn du meine Hilfe willst, musst du nett über Greg sprechen.«

»Das sollte einfach sein, da ich ihm nie begegnet bin. Du meinst, ich würde ihn mögen?«

»Ich habe keine Ahnung, da ich über dich so wenig weiß, was der Wahrheit entspricht. Ich denke, vielleicht hast du mich bei allem angelogen.«

»Berufs…«

»Sag es bloß nicht schon wieder. Berufsrisiko, pah! Könntest du bitte beim Thema bleiben?«

»Ich dachte, Greg wäre das Thema.« Als sie ihm einen wütenden Blick zuwarf, hob er die Hand. »Gut. Wir erzählen den Stadtbewohnern also, dass wir Freunde sind. Wirst du dich dann in meiner Anwesenheit entspannen und aufhören, mich wie einen Feind zu behandeln?«

»Schon möglich.«

Mike legte die Trauben nieder. »Ich vermute, die Vorstellung, dass irgendetwas zwischen dir und mir läuft, steht außer Frage.«

»Absolut.«

»Bist du dir sicher?«

Sara weigerte sich, ihn anzusehen. »Falls du versuchst, mit dieser Stimme bei mir zu landen, dann musst du aus meiner Wohnung verschwinden. Ich werde nicht mit dir unter einem Dach bleiben – oder dir helfen –, wenn du versuchst, mich … mich anzumachen.«

»Okay«, sagte Mike und rollte sich auf den Rücken. »Wir werden die besten aller Freunde sein. Kumpel. Hausgenossen.«

»Wie Bruder und Schwester. Wie du und Tess.«

»Nein. Nicht wie Tess und ich. Wir *sind* Bruder und Schwester.«

»Was soll das heißen?«

»Sie läuft in Unterwäsche herum. Sie lässt mich ihre Träger richten, weißt du. Das könnte ich bei dir nicht machen, weil du die hübscheste, begehrenswerteste Frau bist, die ich seit Jahren gesehen habe. Sara, ich habe fast die ganze Zeit, seit ich bei der Polizei bin, undercover gearbeitet, und das bedeutet, dass die Frauen, mit denen ich es zu tun habe, gewöhnlich auf Drogen sind. Die meisten davon sind verheiratet, und was Kleider anbelangt, sind sie der Meinung, weniger sei mehr. Bis auf Schmuck und Make-up – da ist mehr besser. Aber du ...«

Er wandte sich ihr zu und sah sie an. »Du bist ganz anders als alle Frauen, die ich je gesehen habe. Du siehst aus, als hätte dich gerade eine Frühlingsbrise umweht. Ich stelle fest, dass deine Kleider, die dich fast komplett verhüllen, dir mehr Sexappeal verleihen als alles, was ich in meinem Leben bisher gesehen habe. Die Art und Weise, wie du dich bewegst, die Art, wie du sprichst, das alles gefällt mir. Ich verspreche, dass ich mein Bestes gebe, meine Hände von dir zu lassen, aber es wird mir nicht leicht fallen. Sind noch welche von diesen kleinen Sandwiches übrig?«

Sara saß da und blinzelte ihn an. »Na ja, hm ...«

»Sandwiches?«

»Im Korb«, gelang es ihr schließlich zu murmeln. »Ich wusste nicht, dass du mich so siehst.«

»Wie sollte es anders sein?« Er kramte im Korb herum. »Ich kann sie nicht finden.«

»Lass mich machen«, sagte sie, und als sie seine Hände zur Seite schob, waren sich ihre Gesichter sehr nahe. Einen Augenblick beugte Sara sich beinahe vor, doch dann wich sie zurück. »Ich vermute, es würde dir den Job einfacher machen, wenn wir miteinander schlafen würden.«

»Oh, sehr viel einfacher«, antwortete er. »Genau genommen glaube ich, dass es dem Fortschritt unseres Landes dienen würde, wenn wir beide zusammen wären.«

Sara schüttelte den Kopf. »Das wird nicht passieren.«

Mike stieß einen tiefen Seufzer aus. »Man kann es einem

Mann nicht verübeln, wenn er es versucht. Okay, was sieht dein Plan weiter vor?«

»Das zu tun, was du gesagt hast, und DNA der Frauen, die in unser Geschäft kommen, sammeln. Aber …«

»Aber was?«

»Erica.«

»Wer ist das?« Mike hatte einen großen Bissen von seinem Sandwich mit Thunfischsalat genommen.

»Die Frau, die Greg eingestellt hat und die den Laden führt. Sie lässt mich nicht …«

»Du bist nicht die Besitzerin?«

»Ich bin nur auf dem Papier die Partnerin. Greg und Erica treffen die Entscheidungen.«

»Ich mache einen Anruf und lasse jemanden kommen und ihr die Beine brechen.«

»Wieso nicht auch die Arme?«, fragte Sara hastig.

Mike grinste. »Du bist nicht so unschuldig, wie du aussiehst, nicht wahr?«

»Entscheide dich. Sehe ich aus wie eine Vestalin oder bin ich umwerfend sexy?«

»Beides. Ist vom Krautsalat noch etwas übrig?«

»Du isst eine Menge, nicht wahr?«

»Ich bin den ganzen Tag auf dieser Farm herumgekrochen, zum Teil kaum mit dem Leben davongekommen, und jetzt sitze ich mit einer umwerfenden Frau da, die mir sagt, dass ich sie nicht anrühren darf. Ja, ich bin am Verhungern.«

»Wenn du mir sagst, was du heute alles entdeckt hast, dann erzähle ich dir von meinen beiden schlimmen Begegnungen mit Mr Lang.«

Der neckische Ausdruck auf Mikes Gesicht verschwand. »Du musst mir alles sagen, was du weißt.«

»Nur, wenn du mir zumindest die Hälfte von dem erzählst, was du weißt.«

»Worüber?« Sie warf ein Stück Brot nach ihm – und Mike fing es mit der linken Hand auf.

»Sara, Schätzchen, ehrlich, ich weiß nicht, was da vor sich geht. Ich weiß nur, dass eine der schlimmsten Verbrecherinnen der amerikanischen Geschichte in dieser hübschen Kleinstadt lebt oder gelebt hat. Vielleicht hat Merlins Farm gar nichts mit ihr zu tun, aber irgendetwas geht da vor.« Mike konnte ihr nicht von seinem sicheren Gefühl erzählen, dass Stefans Wunsch, die Farm zu besitzen, die Vandlos entweder mit Brewster Lang oder mit dem alten Bauernhof in Verbindung brachten.

Als Mike Sara anblickte, sah er, dass sie gelassen auf seine Erklärung wartete. »Heute Morgen habe ich, als ich zur Farm gefahren bin, erwartet, eine verfallene, alte Ruine zu sehen, genau wie man sie mir geschildert hat. Was ich gefunden habe, war ein Kriegsgebiet.«

»Was meinst du damit?«

Er erzählte in allen Einzelheiten, was er entdeckt hatte. Er berichtete detailliert von den Fallen und dass er davon überzeugt war, dass die Marihuana-Pflanzen als Köder genutzt wurden. Als er auf die frischen Gräber der Hunde zu sprechen kam, runzelte Sara die Stirn.

»Was ist mit den Gänsen?«

»Ich habe keine gesehen.«

»Mr Lang und sein Vater haben immer Gänse gehalten. Eine seltene Rasse namens Sebastopol, die haben gelockte Federn und sind die gutmütigsten Gänse der ganzen Welt. Meine Mutter sagt immer, diese Gänse sind das Geheimnis von Mr Langs wunderbarem Gemüse.«

Mike blickte sie fragend an.

»Gänse fressen Ungeziefer und Unkraut, und sie produzieren Dung.«

»Du kennst dich mit der Landwirtschaft gut aus.«

»Das Risiko, die Tochter meiner Mutter zu sein.«

Mike kicherte über ihr Spiel mit seinen Worten. »Und, was hat Lang dir angetan?«

Sara erzählte ihm, dass Brewster Lang zwei Mal so getan hatte, als wäre seine Hand eine auf sie gerichtete Waffe – und Mike grinste, als sie berichtete, mit welcher Geste sie bei der zweiten Begegnung reagiert hatte.

»Und du glaubst, das hat er gemacht, weil du deiner Großtante Lissie ähnlich siehst?« Mike war sich nicht sicher, ob er ihr erzählen sollte, dass er über diesen Hass Bescheid wusste.

»Vermutlich. Es sei denn, er hasst alle Kinder. Wer weiß das bei ihm schon? Eines weiß ich aber, nämlich dass die Farm, als ich klein war, nicht mit Fallen gespickt war. An dem Tag, als ich sie besichtigt habe, bin ich in jedes Gebäude hinein gegangen.«

»Umgeben von Gänsen und Hunden«, stellte Mike fest. »Du musst wie eine Gestalt aus einem Märchenbuch ausgesehen haben.«

Sie sah ihn an, wie er ausgestreckt auf dem Tuch lag. Sein schwarzer Bart begann bereits wieder zu sprießen. Er hatte wirklich schöne Lippen, dachte sie. Und was seine kurzen Haare und seine hohe Stirn anbelangte, an die hatte sie sich allmählich gewöhnt. Woran sie sich jedoch noch nicht gewöhnt hatte, war die Tatsache, dass Merlins Farm nie ihr gehören würde. Ihre Kinder würden nicht dort aufwachsen.

Mike schaute sie nicht an, aber er spürte, dass sie ihn anstarrte. »Und, Sara, sag mir, was glaubst du, wirst du in fünf Jahren machen?«

»Ich werde Mutter von zwei Kindern sein«, antwortete sie wie aus der Pistole geschossen.

»Ohne Ehemann?«

»Doch. Natürlich. Ich habe mir ausgemalt, dass ich mit Greg zusammen bin und zu Hause bei den Kindern bleibe und …«

»Und was?«

»Ich würde Merlins Farm wieder zu ihrer alten Schönheit verhelfen.« Sie wollte über den Ausgang ihres Traums nicht sprechen, deshalb wechselte sie das Thema. »Ich habe nicht viel zu sehen bekommen, bevor du zu mir herunter geschwungen bist.« Sie sah ihn fragend an.

»Was hat dieser Blick zu bedeuten?«

»Nur wenige Männer schaffen es, sich mit einer Hand an

einem Seil festzuhalten und mit der anderen eine ausgewachsene Frau hochzuheben.«

Mike lächelte. »Du bist nicht das, was ich als ausgewachsen bezeichnen würde. Wie viel wiegst du? Neunzig Pfund?«

»Du Schmeichler. Greg behauptet, dass ich zehn Pfund abnehmen muss.«

Damit ihre Leiche problemloser in seinen Kofferraum passt?, überlegte Mike. »Wenn Greg dich nicht hochheben kann, braucht er bloß häufiger ins Fitnessstudio zu gehen.«

»Wo siehst du dich in fünf Jahren?«, fragte sie.

»Darüber habe ich mir noch keine Gedanken gemacht. Ich überlasse Tess die Planung meiner Zukunft.«

»Und sie will, dass du heiratest, Kinder bekommst und auf Merlins Farm lebst.«

»Ich stehle dir deine Zukunft«, erklärte Mike sanft, und als er die Traurigkeit in ihrem Blick bemerkte, wollte er diese vertreiben »Willst du ein Geheimnis erfahren?«

»Klar.« Sie schaute mit abwesendem Blick in Richtung Bach.

»Es ist ein tolles Geheimnis.«

»Ach?« Sie klang zerstreut.

»Eines von der Sorte, die Frauen lieben.«

Sara wandte sich ihm zu und sah ihn an. »Was weißt du schon über Frauengeheimnisse?«

»Tess bekommt ein Baby.«

Als Sara große Augen bekam, war Mike froh, dass er sie aufgeheitert hatte. Doch dann, kaum eine Sekunde später, brach sie in Tränen aus, was ihn völlig fassungslos machte.

Mike setzte sich auf, griff nach den Servietten und reichte sie ihr, während er die Hand auf ihren Rücken legte. »Tut mir leid. Ich wollte dich nicht aufregen. Bitte, hör auf zu weinen.«

»Das sind Freudentränen«, sagte sie und wischte sich mit einer Serviette über das Gesicht. »Ehrlich, ich freue mich so für sie. Aber … aber …« Sie blickte ihn an. »Meine beiden besten Freundinnen sind schwanger, und ich bin nicht einmal verheiratet!«

Mike erkannte, dass Sara viel Humor besaß. »Aus einer dieser

Zwickmühlen würde ich dir ja gern heraushelfen. Ich würde jedenfalls mein Bestes geben.«

Einen Augenblick begriff sie nicht, was er meinte. »Du bist fies«, sagte sie schließlich, aber sie lächelte.

»Nein, eigentlich nicht«, erwiderte er mit besorgter Miene. »Ich meine es ernst. Es ist mein Motto, dass ich immer versuche, einer Dame in Not zu helfen.«

Sara schniefte. »Danke. Da fühle ich mich doch gleich besser.« Sie schnäuzte sich und fing an, das Geschirr zusammenzupacken. »Ich denke, wir sollten gehen. Es ist spät geworden. Welche sagenhafte Gerichte wirst du zum Abendessen kochen?«

»Heute Abend bist du an der Reihe. Ich mache den Salat.«

»Das sollte bei McDonald's durchaus möglich sein.«

»Das ist nicht dein Ernst, oder? Das ganze Fett und …«

»Du und meine Mutter! Du kannst dich entspannen; ich habe nur Spaß gemacht. Dann lass uns den Lagerraum vom Laden meiner Mutter plündern.« Sie beugte sich zu ihm hinüber. »Möchtest du eines meiner Geheimnisse hören?«

Mike hielt den Atem an. »Ja.«

Sara ließ ihren Schlüsselbund vor seiner Nase baumeln. »Ich habe einen Schlüssel zur Hintertür von Armstrong's Organic Foods.«

Zuerst begriff Mike nicht, warum sie das für ein Geheimnis hielt, doch dann erinnerte er sich an eine der Geschichten, die ihm über Stefan erzählt worden war, nämlich dass er von Saras Mom gefordert hatte, Lebensmittel kostenlos zu bekommen. Wenn Mike sie richtig verstand, bot sie ihm etwas an, was sie dem Mann, den sie heiraten wollte, verweigert hatte. »Ein Schlüssel zu all den biologischen Lebensmitteln? Vergiss den Sex, gib mir am Baum gereifte Pfirsiche.«

Sara lachte. »Und wann wirst du Mr Lang mitteilen, dass dir die Farm gehört, die er als sein Eigentum betrachtet? Seine Mutter hat ihn in der vorderen Stube zur Welt gebracht.«

»Bist du sicher, dass das nicht in der Scheune war?«

Bevor Sara antworten konnte, summte ihr Handy, und sie

warf einen Blick darauf. »Oh, nein! Du hast mich ganz vergessen lassen, dass ich Joce versprochen habe, sie heute Nachmittag zu besuchen. Wie schrecklich von mir! Die arme Joce muss das Bett hüten und versuchen, die Babys davon abzuhalten, dass sie zu früh auf die Welt kommen. Ihr Vater ist vor ein paar Monaten gestorben, Luke arbeitet den ganzen Tag, und Tess ist fort, deshalb ist Joce die meiste Zeit allein.«

»Und du besuchst sie, um ihr Gesellschaft zu leisten? Hey! Ich habe eine Idee. Warum kochen wir nicht das Abendessen für die beiden? Hat Tess mir nicht erzählt, dass Luke im Haupthaus eine neue Küche eingebaut hat?«

»Ja und nein. Luke wollte die alte Küche rauswerfen, aber sein Dad und Joce waren dagegen. Am Ende hat er die alten Schränke repariert und neu lackiert, und Joce hat sich schließlich« – sie seufzte – »mit einer weißen Arbeitsfläche aus Marmor einverstanden erklärt.«

»Hast du da gerade eine Liebeserklärung an eine *Küche* abgegeben? Nach der Sache mit dem Jungfrauenbaum und der Art und Weise, wie du ›weiße Arbeitsfläche aus Marmor‹ gesagt hast, werde ich heute Nacht definitiv nicht schlafen können.«

»Man könnte fast glauben, dir wäre es ernst. Aber ja, mir gefällt die Idee, das Abendessen für die beiden zuzubereiten. Die arme Joce ist auf Gedeih und Verderb auf Lukes Fähigkeit, Mitnahmegerichte zu kaufen, und auf die Freundlichkeit der Stadtbewohner angewiesen.« Sara stand auf und blickte auf Mike hinab. Eine Dinnerparty, dachte sie. Wie gewöhnlich, aber zugleich einfach himmlisch. Greg hatte an jedem gesellschaftlichen Ereignis, an dem sie in Edilean teilgenommen hatten, etwas auszusetzen gehabt. Bei diesem Gedanken runzelte sie die Stirn. Es war viel zu spät, um damit anzufangen, den Mann, den sie heiraten würde, mit anderen zu vergleichen.

Als Mike nach dem Picknickkorb griff und ihr den Arm anbot, lächelte sie ihn an. Es war ganz nett gewesen, dass ein Mann an einem Seil heruntergeschwungen war, sie um die Taille gefasst und gerettet hatte.

10

Und, wie ist er wirklich?«, fragte Joce. »Das heißt, außer umwerfend?«

»Das denke ich nicht über ihn, aber schließlich bin ich in einen anderen verliebt.« Sara sprach die Wörter deutlich aus, um sicherzustellen, dass Joce sie hörte. Kurz zuvor hatten sie und Mike den riesigen Lagerraum des Geschäfts ihrer Mutter geplündert, dann waren sie direkt nach Hause gefahren. Sara hatte Joce bereits angerufen, die meinte, Luke würde beim Gedanken an ein selbst zubereitetes Mahl womöglich in Tränen ausbrechen.

»Dann kann er sich mir ja anschließen«, murmelte Sara, aber sie erklärte nicht, was sie damit meinte. »Es ist also in Ordnung, wenn Mike und ich heute Abend in deiner Küche kochen?«

»Sara, du kannst hier einziehen und drei Mahlzeiten am Tag kochen, wenn du willst.«

»Mike ist der Koch, nicht ich.«

»Was, kochen kann er auch?«

Sara wusste, dass sie einem anderen Mann in die Arme gedrängt wurde, aber sie hatte ihre Entscheidung getroffen und würde an Greg festhalten.

Sobald sie das Haupthaus betraten, nahm Luke Mike mit hinaus, wo bereits ein Holzkohlengrill entzündet worden war. Für Joce war unten ein Bett aufgebaut worden, in dem sie jetzt lag, wobei ihr dicker Bauch die leichte Decke wölbte. Sara stand neben ihr und blickte aus dem Fenster auf die beiden Männer, die sich unterhielten und lachten. »Sie sehen aus, als wären sie schrecklich dicke Freunde«, stellte Sara fest.

»Mike hat Luke endlich dazu gebracht, morgen mit ihm ins Fitnessstudio zu gehen, und ich bin darüber so froh. Luke weicht mir nicht von der Seite, als würde es bei mir jede Sekunde losgehen. Versprich mir, dass du im Kreißsaal bei uns bleibst. Ich mache mir Sorgen, dass Luke umkippt.«

»Ich verspreche es«, antwortete Sara. »Und ich hoffe, du wirst bei Tess und mir da sein.«

»Bist du …?«

»Nein«, erwiderte Sara hastig. »Tess schon, aber ich bin mir nicht sicher, ob Ramsey schon Bescheid weiß.«

»Du und Mike, ihr habt also bereits den Punkt erreicht, an dem ihr euch Geheimnisse über seine Schwester anvertraut?«

»Wir sind nicht …«

»Ist es unkompliziert, mit ihm zusammenzuleben?«

»Eigentlich kann ich …«

»Hat er eine Freundin?«

»Hör auf!«, sagte Sara, dann senkte sie die Stimme. »Schau, bevor die ganze Sache außer Kontrolle gerät, solltest du wissen, dass Mike hier an einem Fall arbeitet. Aber das musst du unbedingt für dich behalten.«

Joce nickte kurz. »Worum geht es bei dem Fall?«

»Irgendeine Frau, eine Schwerverbrecherin, wohnt neuerdings in Edilean, und Mike ist gekommen, um sie zu finden.«

»Woher weiß er, dass sie hier ist?«

Sara zuckte mit den Achseln. »Ich weiß nicht. Er erzählt es mir nur häppchenweise, aber ich kann ihm nie die ganze Geschichte aus der Nase ziehen. Wusstest du, dass dein Mann mich aus meinem Apartment vertrieben hat, damit Mike durch irgendeinen Geheimtunnel kommen und in meinem – in Tess' – Schlafzimmer auftauchen konnte?«

Joce zog die Augenbraue hoch. »Ich wusste, dass etwas im Busch war, weil er in deiner Wohnung keine Pestizide versprüht hat. Aber er hat deine Toilette und die Küchenspüle ausgebaut.«

Sara schaute aus dem Fenster und warf ihrem Cousin einen wütenden Blick zu, der gerade Bier aus einer Dose trank, Steaks auf dem Grill wendete und über das, was Mike gesagt hatte, lachte. Sie sah Joce wieder an. »Hilfst du mir, herauszufinden, was da los ist?«

»Da mein Mann offenbar Geheimnisse vor mir hat, helfe ich dir gern.«

Die beiden Frauen schauten einander verschwörerisch an.

Dreißig Minuten später war das Essen fertig, und sie saßen um Joce' Bett herum, jeder mit einem Tablett und einem Teller mit Steak, Salat und gegrilltem Gemüse.

Mike und Luke beherrschten die Unterhaltung mit ihrem endlosen Gerede über Sport. »Ich habe gesehen, was dieser Typ im Fitnessstudio macht, und er will, dass *ich* mit ihm gehe«, erzählte Luke.

»Ich weiß, dass er den Tarzan spielen kann«, sagte Sara, und sie und Mike lächelten einander an.

»Was soll das heißen?«, fragte Luke, der von einem zum anderen schaute.

Bevor Mike antworten konnte, ergriff Joce das Wort. »Und wie habt ihr herausgefunden, dass die Frau, hinter der du her bist, in Edilean wohnt?«

Luke hatte keine Ahnung, wovon seine Frau sprach, doch er bemerkte, dass Mike aussah, als würde er gleich explodieren.

»Mike«, sagte Joce, »sei unbesorgt. Keiner wird dein Geheimnis ausplaudern. Wir wollen dir doch nur helfen.«

Mike warf Sara einen wütenden Blick zu, doch sie lächelte bloß.

»Was geht da vor?«, wollte Luke wissen.

»Mike arbeitet hier an einem Fall«, antwortete Joce. »Er ist hinter einer Kriminellen her.«

»Tatsächlich?«, fragte Luke.

»Ich denke, wir sollten jetzt gehen«, sagte Mike durch die zusammengebissenen Zähne und sah Sara an.

»Nein«, erwiderte Sara. »Ich möchte gerade jetzt nicht mit dir allein sein.« Sie hatte nicht die geringste Angst vor Mike, aber sie wollte sich seine Standpauke nicht anhören – obwohl sie wusste, dass sie diese verdient hatte. Aber er kannte Joce und Luke ja nicht so gut wie sie.

»Was auch immer los ist, du kannst es uns sagen«, erklärte

Luke. »Ich kann dir versichern, dass wir alles, was du uns erzählst, für uns behalten.«

»Das entspricht aber nicht dem, was ich in Sachen Klatsch und Tratsch in dieser Stadt mitbekommen habe.« Mike schaute Sara noch immer an, die aß und sich von seinem bösen Blick nicht im Geringsten stören zu lassen schien.

»Mike«, sagte Joce vorsichtig. »Ich weiß, wie du dich fühlst. Ich bin ebenfalls neu in dieser Stadt, und habe mich noch immer nicht daran gewöhnt, aber die Bewohner können Geheimnisse wahren. Als ich hierher gekommen bin, haben sich alle miteinander verschworen, um etwas über den Mann, in den ich mich gerade verliebt hatte, vor mir geheim zu halten und ...«

»Tatsächlich?«, fragte Luke. »Davon habe ich gar nichts gewusst. Ich dachte, du und Ramsey ...«

»Du und Ramsey, ihr wart ein Paar?«, wollte Mike wissen. »Aber Tess hatte von Anfang an ein Auge auf ihn geworfen. Sie hat mir gesagt ...«

»Mitzi!«, unterbrach ihn Sara laut. »Du erinnerst dich? Die Verbrecherin der Extraklasse?«

Mike blickte auf seinen Teller hinab. Er war es nicht gewohnt, sein Leben mit jemand anderem als Tess zu teilen, und selbst sie wusste nur über die Hälfte Bescheid.

»So heißt die Frau?«, fragte Joce.

Alle saßen schweigend da und warteten darauf, dass Mike etwas sagte. Sie konnten erkennen, dass er in einer Zwickmühle steckte, aber er konnte das, was ihnen bereits zu Ohren gekommen war, nicht mehr zurücknehmen. Er beschloss, dass es wichtiger war, die Vandlos ihrer gerechten Strafe zuzuführen, als seinem eigenen Unbehagen, etwas von sich selbst zu verraten, nachzugeben.

»Tarotkarten«, sagte er schließlich.

»Was ist damit?«, fragte Sara.

Mike nahm einen Bissen. »Ihr habt gefragt, wie sie aufgespürt worden ist, und die Antwort lautet durch ›Tarotkarten‹.«

Alle starrten ihn an, aber Mike schien nicht gewillt zu sein, noch mehr preiszugeben.

»Seht ihr, was ich ertragen muss?«, fragte Sara und fuchtelte mit ihrer Gabel in der Luft herum. »Das macht er ständig. Er rückt mit irgendeiner faszinierenden kleinen Bemerkung heraus, dann will er kein Wort mehr dazu sagen.«

»Das kenne ich«, sagte Joce. »Du hast von einem Tunnel gesprochen, aber mir ist nie etwas von einem Tunnel unter *meinem* Haus erzählt worden.« Sie warf Luke einen Blick zu, der besagte, dass er ihr einiges zu erklären hatte.

»Mike«, bat Luke, »hilfst du mir da bitte heraus, bevor ich für das nächste Jahr in den Hundezwinger ausquartiert werde?«

Mike musste ein paar Mal tief Luft holen, bevor er sprechen konnte. »Jeder hat seine Schwächen.«

»Selbst du?«, fragte Sara und blinzelte ihn unschuldig an.

»Meine scheint eine hübsche junge Frau zu sein, die umgeben von einer Gänseschar umherläuft.«

Während Sara auf ihr Essen hinabblickte, nahm ihr Gesicht einen schönen rosa Farbton an. Sie bemerkte nicht, dass Joce und Luke sich einen hoffnungsvollen Blick zuwarfen.

Rasch erzählte Mike ihnen die gleiche Geschichte, die er Sara aufgetischt hatte und achtete wieder darauf, den Teil auszulassen, dass Saras Verlobter Mitzi Vandlos Sohn war.

»Dann kommen wir also auf meine erste Frage zurück«, erklärte Joce. »Warum glaubst du, dass sie hier ist? Das heißt, abgesehen davon, dass sie sich die Zukunft voraussagen lassen wollte. Und übrigens, hier in Edilean liest niemand aus Tarotkarten. Zumindest nicht gegen Geld. Das wüssten wir.«

»Wir haben Informanten, Leute, die versuchen, die eigene Haut zu retten, indem sie ihre Freunde und Verwandten bespitzeln. Einer von denen hat uns von Mitzis großer Leidenschaft berichtet.«

Die drei anderen beugten sich erwartungsvoll vor.

»Sie sammelt Zigeuner-Tarotkarten.«

Einer nach dem anderen lehnte sich wieder zurück.

»Das ist alles?«, fragte Sara. »Das Ganze nur wegen ein paar Karten mit Zigeunerbildern?«

»Das ist alles«, antwortete Mike mit einer Entschiedenheit, die keine weiteren Fragen mehr zuließ. »Möchte jemand Tee haben? Oder ein Bier?«

»Ich hätte gern eine Margarita mit viel Salz«, antwortete Joce und rieb sich über den Bauch.

»Mach ihm gegenüber keine Späße über das Essen«, erklärte Sara. »Er ist ein größerer Fanatiker als meine Mutter.«

Joce und Luke sahen ihn ehrfurchtsvoll an.

Als Mike aufstand, um in die Küche zu gehen, sagte Joce: »Wenn du uns den Rest der Geschichte nicht erzählst, gebäre ich hier auf der Stelle, und *du* musst mich entbinden. Setz dich! Rede!«

Mit einem Lächeln, das sein Grübchen zum Vorschein brachte, nahm Mike wieder Platz und erzählte ihnen, was er in den Akten gelesen hatte, die der Captain ihm gegeben hatte. Durch einen Informanten hatten sie herausgefunden, dass Mitzi Vandlo das besaß, was wahrscheinlich die beste – und möglicherweise einzige – Sammlung von Zigeuner-Tarotkarten der Welt darstellte. In dem Versuch, ihr eine Falle zu stellen, hatte das FBI sich ein Kartenspiel besorgt, das einmal in einem Museum ausgestellt worden war. »So weit bekannt, war es das einzige Spiel der Welt, und ich kann nur Vermutungen anstellen, wie sie es sich beschafft haben. Sie haben es bei eBay zum Verkauf angeboten.«

»Bei eBay?«, fragte Sara verdutzt.

»Beim guten, alten eBay?«, fragte auch Joce.

»Ja. Die vom FBI haben wie wild mitgesteigert, aber als das Angebot bei 75 000 $ lag, sind sie alle ausgestiegen. Bis auf einen. Der hat weiter mitgeboten, bis der unbekannte Kaufinteressent mit 82 500 $ den Zuschlag bekam.«

»Und das war Mitzi?«, wollte Sara wissen.

»Die glauben es zumindest. Es hat sechs Wochen gedauert, bis der Käufer ermittelt war. Es gab Briefkastenfirmen, denen wieder andere Firmen gehörten, bis man am Ende an ein Postfach in Richmond gelangt ist. Es gehörte einer Frau, die einen Führerschein mit Adresse in Edilean besaß.«

Beim letzten Punkt log Mike, aber er achtete darauf, es sich nicht anmerken zu lassen. In Wahrheit war das Postfach von einem Mann mit einem in Pennsylvania ausgestellten Führerschein gemietet gewesen. Das FBI hatte das Postfach beobachtet, aber es war nie geöffnet worden. Dann explodierte eines Tages ein Auto auf dem Parkplatz, und das Postamt wurde evakuiert. Als alle zurückkehrten, waren die Karten verschwunden.

Das mit Edilean hatten sie über Stefan herausgefunden. Nach Jahren des Schweigens, in denen sie nicht gewusst hatten, wo er steckte, war er plötzlich wieder aufgetaucht, und zwar gerade so lange, um sich nach fast zwanzigjähriger Ehe von seiner Frau scheiden zu lassen, dann war er wieder verschwunden. Das nächste Mal wurde er in Richmond von einem Polizisten außer Dienst gesichtet, und er war inzwischen mit Miss Sara Shaw verlobt und wohnte in Edilean. Nachdem das FBI die seltsamen Aktionen von Stefan mit der Lieferung der Tarotkarten ins nahe Richmond in Verbindung gesetzt hatte, glaubten die Beamten, Mitzi möglicherweise auf der Spur zu sein. Es war, als wäre ein Traum wahr geworden, als ihnen mitgeteilt wurde, dass ein Undercover-Agent eine Schwester hatte, die in Edilean wohnte.

Aber Mike durfte nichts davon verraten. Er würde Sara bald die Wahrheit sagen müssen, aber jetzt noch nicht.

»Vielleicht wusste sie, dass sie unter Beobachtung stand, und hat die Stadt inzwischen verlassen«, überlegte Joce laut.

»Das glauben wir nicht. Wir glauben, sie ist nach Edilean gekommen, um an etwas zu gelangen, aber wir haben keine Ahnung, worum es sich handeln könnte. Wisst ihr zufällig von irgendeinem Schatz, der hier irgendwo vergraben liegt?«

Sara brach das Schweigen. »Sag ihnen, was du bei Merlins Farm entdeckt hast.«

Mike musste sich anstrengen, um nicht die Stirn zu runzeln.

Er würde mit ihr reden müssen, dass sie nicht alles ausplaudern durfte, was er ihr im Vertrauen erzählt hatte. Andererseits sollte er vielleicht einfach den Mund halten und ihr weniger mitteilen.

Als Mike zögerte, sagte Sara: »Gut, dann erzähle ich es ihnen.« Und sie machte sich daran, einen genauen Bericht all dessen zu geben, was Mike ihr über seinen Tag auf der Farm erzählt hatte. »Habe ich etwas ausgelassen?«

»Nein«, antwortete Mike mit Bedacht, »aber wenn du jetzt weißt, wo die Fallen sich befinden, heißt das noch lange nicht, dass du dort allein hingehen kannst. Morgen werde ich mit Lang reden und ihm sagen, dass die Farm jetzt mir gehört und …«

»Mike kann sie allerdings nur behalten, wenn er mit Ariel dort lebt und unzählige Kinder zeugt«, stellte Sara mit einem gespielten Seufzer fest.

Mike hob die Hand, bevor jemand etwas dazu sagen konnte. »Ich bin der Frau noch nie begegnet. Aber mein Schwager hat eine ganze Menge Bedingungen an den Vertrag geknüpft.«

»Das kann ich mir vorstellen«, erklärte Luke. »Mein Cousin ist der geborene Anwalt.«

»Streng«, sagte Joce.

»Viel zu streng«, fügte Sara hinzu.

»Und, wie können wir helfen?«, wollte Joce wissen, aber sie schaute dabei ihren Mann an.

Mike bemerkte, dass Luke in Trance zu sein schien. Seine Augen waren glasig, und er starrte die Wand an. Mike warf den beiden Frauen einen fragenden Blick zu.

»Das ist sein Schriftsteller-Gesicht«, erklärte Joce. »Wenn er eine Idee für ein Buch hat, hat es überhaupt keinen Zweck, mit ihm zu reden, bis er wieder auf der Erde angekommen ist.«

»Ach«, sagte Mike. »Ich war noch nie in Gesellschaft eines Schriftstellers.«

»Joce ist ebenfalls Schriftstellerin«, stellte Sara fest.

»Aber ich schreibe Biografien. Ich grabe herum und finde alles über die Leute heraus. Das ist nicht das Gleiche, wie sich

Plots auszudenken. Luke beginnt mit einem leeren Blatt Papier und …«

»Das Volksfest«, sagte Luke auf einmal.

»Was ist damit?«, fragte Mike. »Übrigens, wo findet es statt?«

»Auf Nates Field«, antworteten Joce und Sara im Chor.

»Merlins Farm, K Bach, Nates Field«, sagte Mike. »Wo kommen denn diese Namen alle her?«

»Keine Ahnung«, antwortete Joce, den Blick auf Luke gerichtet.

Er wandte sich Mike zu. »Wie planst du, diese Frau aus der Reserve zu locken?«

Mike konnte schlecht verraten, dass er vorhatte, Saras Verlobten zu nutzen, um diese Frau dazu zu bewegen, dass sie aus der Deckung kam. »Hast du irgendwelche Ideen?«

»Mein Verlag hat eine fantastische firmeninterne Kunstabteilung mit modernster Ausstattung.«

»Super«, sagte Mike, aber er begriff die Verbindung nicht.

»Wie wäre es, wenn wir ein Spiel Tarotkarten mit Zigeunerbildern entwerfen und es von meinem Verlag drucken lassen würden, und dann lassen wir jemanden auf dem Volksfest die Zukunft vorhersagen? Dann wird diese …«

»Mitzi«, warf Sara ein.

»Mitzi wird sie sehen, falls sie hier ist.«

»Und wird die Karten haben wollen«, ergänzte Joce.

Mike saß da und blinzelte die anderen an, während er sich die Idee durch den Kopf gehen ließ. Entweder war sie brillant oder könnte für jemanden tödlich enden. »Ich … ich weiß nicht, ob das funktionieren würde. Wo bekommen wir so kurzfristig einen Künstler her?«

»Shamus«, sagten Luke, Jocelyn und Sara wie aus einem Munde.

»Ich glaube nicht, dass ich dem schon begegnet bin«, erklärte Mike und schmunzelte über die Zuversicht auf den Gesichtern der drei. »Wer ist das?«

»Er ist der Jüngste der Fraziers«, antwortete Luke.

»Der Nachzügler«, fügte Sara hinzu. »Das Überraschungskind für seine Eltern.«

»Er ist erst fünfzehn, aber er ist ein Frazier«, stellte Joce fest.

»Was soll das heißen?«, fragte Mike.

Die anderen drei tauschten Blicke aus, antworteten aber nicht.

»Dann werde ich also die Wahrsagerin sein, richtig?«, fragte Joce. »Ich kann auf einer Chaiselongue liegen und die Karten aufdecken, die Shamus macht.«

»Kommt gar nicht in Frage!« Lukes Tonfall stellte klar, dass das beschlossene Sache war. Er hatte gesprochen.

»Ach?«, sagte Joce und zog die Augenbrauen hoch. »Ich vermute, du möchtest, dass ich während des Volksfests zu Hause bleibe. Im Bett liege, mich um *deine* Babys kümmere, auf *dein* Haus aufpasse, *dein* Essen zubereite und …«

»Als gerade vom Tunnel die Rede war, war es dein Haus, und jetzt ist es *meines?*« Luke war gelassen, seine Stimme fest.

»Ich denke, wir gehen jetzt lieber«, erklärte Mike und streckte Sara die Hand hin.

Sie rutschte vom Bett, ergriff Mikes Hand, und nachdem sie sich verabschiedet hatten, verließen sie das Haus. Als sie draußen in der Abendluft standen, sahen sie einander an und brachen in Gelächter aus.

Mike ließ Saras Hand nicht los. »Und, wer glaubst du, wird gewinnen?«

»Ich wette einen Zwanziger, dass Joce mich morgen anruft und mich bittet, ihr ein Wahrsagerinnenkostüm zu nähen.«

»Ich wette nie, wenn ich weiß, dass ich verliere. Hat Tess nicht irgendwelche großen runden Ohrringe?«

»Ich weiß, welche du meinst. Kleinkinder könnten sie als Schaukeln benutzen.«

Mike schmunzelte und drückte ihr einen Kuss auf den Handrücken.

»Hey!«, sagte Sara und riss ihre Hand los. »Verheiratete Frau, du erinnerst dich?«

»Du bist noch nicht annähernd verheiratet.« Draußen war es dunkel und kühl, und das Zirpen der Grillen war angenehm. »Möchtest du einen Spaziergang machen?«

Sara kannte den großen Garten gut, deshalb folgte er ihr. Es gab keine Gartenbeleuchtung, doch der Mond schien hell. »Freust du dich darauf, diesen Fall abzuschließen und wieder nach Hause nach Florida zu fahren?«

»Ich bin doch gerade erst hierher gekommen. Willst du mich schon loswerden?«

»Nein, aber wenn dein Fall gelöst ist, bist du frei.«

Mike war froh, dass sein Schmunzeln in der Dunkelheit nicht zu sehen war. Sara schien zu denken, dass Mitzi Vandlo auf die List mit den gefälschten Tarotkarten hereinfallen würde. Stellte sie sich vor, dass Polizisten die Zeltklappen öffnen und der Frau einfach Handschellen anlegen würden?

»Du lachst mich aus, stimmt's?«, fragte sie.

»Keineswegs.«

»Doch, das spüre ich.«

»Weibliche Intuition?«

»Wenn du nicht aufhörst, dich über mich lustig zu machen, dann ...«

»Was tust du dann?«, fragte er mit leiser Stimme. Als sie sich nach ihm umblickte, weckte ihr vom Mondlicht beschienenes Gesicht in ihm den Wunsch, sie in die Arme zu nehmen. Die meisten Frauen, denen er als Erwachsener begegnet war, hatten ihn wissen lassen, dass sie bereit waren, also weshalb schaute Sara ihn dann an, als wäre er ihr ... ihr *Freund?*

»Ich zahle es dir heim, indem ich für dich ein zweites Date mit Ariel arrangiere.«

»Du empfindest wirklich Hass für sie, nicht wahr?«

Sara setzte sich wieder in Bewegung. »Ich kann dir versichern, dass das auf Gegenseitigkeit beruht. Möchtest du hören, was sie mir in der vierten Klasse angetan hat?«

Das war so gut wie das Letzte, was Mike jetzt hören wollte. »Was ist das für ein Duft?«

»Wahrscheinlich das Parfum meiner Mutter. Wann findet dein erstes Rendezvous mit Ariel statt?«

»Am Samstag. Ist deine Mutter hier und versteckt sich in den Büschen, deshalb rieche ich ihren Duft?«

»Das ist nicht das, was ich gemeint habe, und das weißt du. Ich benutze ihr Parfum.«

Mike streckte die Hand aus, fasste sie am Arm und sah sie in dem silbernen Lichtschein an. »Macht es dir etwas aus, wenn ich es aus unmittelbarer Nähe rieche?«

Sara hob das Kinn, um ihn an ihrem Hals schnuppern zu lassen, doch dann richtete sie sich abrupt wieder auf. »Warte! Du bist doch kein Vampir, oder?«

»Was in aller Welt geht bloß in deinem Kopf vor?«

»Ich habe neulich viele Teenagerfilme angeschaut. Wer hätte gedacht, dass Teenager auf Sex aus sind?«

»Sämtliche Berater schwangerer Teenager«, antwortete Mike. »Und, was ist jetzt mit dem Parfum?«

»Ja, klar.« Sara drehte den Kopf, und Mike beugte sich vor, bis sein Gesicht ihrem Hals ganz nahe war.

Als seine Lippen ihre Haut berührten, wich sie hastig zurück und runzelte die Stirn. »Lass das. Ich bin auch nur ein Mensch.«

Mike trat zurück, bis er an einen Baum stieß. »Sara, du machst mich noch verrückt.«

»Es ist nett, das zu hören, aber ich glaube dir nicht.«

Er versuchte, seine Fassung wiederzugewinnen. Ein lauer Abend, Dunkelheit, Schönheit, die begehrenswerte Sara in einem weißen Kleid, das aus Mondlicht zu bestehen schien, und ein erotischer, verführerischer Duft, der sie beide umgab. »Woher hat deine Mutter dieses Parfum?«, brachte er schließlich mit tiefer und kehliger Stimme heraus.

Sie sah ihn fragend an, und am allerliebsten hätte sie die Hände auf seine Brust gelegt. »Sie …« Sara musste ein paar Mal tief einatmen, um sich zu beruhigen. Greg, Greg, Greg, sagte sie sich im Stillen vor – und versuchte zu vergessen, dass inzwischen Monate vergangen waren, seit sie das letzte Mal Sex gehabt hatten. Es war sogar noch länger her, seit sie sich intensiver geküsst hatten, als sich nur zum Abschied einen flüchtigen Kuss auf die Wange zu drücken.

»Du schaust mich so komisch an«, sagte Mike, während er ihr die Hand entgegenstreckte.

Sara trat einen Schritt zurück. »Meine Mutter.«

»Was ist mit ihr?« Mike machte einen Schritt nach vorn.

»Sie versucht sich an der Herstellung von Produkten, Shampoos und dergleichen. Aber das ist das einzige Parfum, das sie je hergestellt hat. Es heißt …«

»Wie?« Mike trat einen weiteren Schritt auf sie zu.

»Scarlet Nights.«

»Sara …« Mike streckte beide Hände nach ihr aus.

Sie begann rückwärts den Weg entlangzugehen, den sie gut kannte, und sah ihn an, während sie hastig sprach. »Meine Schwestern und ich haben den Namen immer peinlich gefunden. Vor etwa acht Jahren sind meine Eltern für ein langes Wochenende fortgefahren, und sie sind … na ja, kichernd zurückgekommen. Zwei Tage später hat meine Mutter ein Parfum kreiert und ihm den Namen Scarlet Nights gegeben.«

»Mir gefällt es«, sagte Mike leise. »Ich mag diesen Duft, und mir gefällt der Name.«

»Meine Schwestern und ich haben ihr erklärt, dass sie es unmöglich so nennen kann, aber sie hat einfach über uns gelacht und gesagt …«

»Was hat sie gesagt?«

»Dass jede Generation Sex mag. Ich denke, wir sollten hineingehen. Hier draußen wird es allmählich kühl.« Bevor er antworten konnte, lief Sara an ihm vorbei und auf das Haus zu.

Was Mike anbelangte, so musste er draußen bleiben, bis er in der Öffentlichkeit wieder präsentabel war. Er wusste, dass er sich unter Kontrolle bringen musste – *sein gesamtes Ich,* Körper und Geist.

Die Situation, in der er sich befand, verwirrte ihn in diesem Moment. In der Vergangenheit hatte er aus dem einzigen

Grund mit Frauen geschlafen, um von ihnen Informationen zu erhalten. Später waren einige der Frauen im Gefängnis gelandet.

Doch mit einer einzigen Ausnahme war Mike immer in der Lage gewesen, sich von ihnen zu distanzieren, weil er wusste, dass sie nach seinem Verschwinden zurechtkommen würden. Sie hatten alle Geld, Kinder und ein Zuhause gehabt. Sie mochten Mike ja sagen, er hätte ihnen das Herz gebrochen, aber er wusste, dass sie sich davon erholen würden.

Sara war dagegen ein ganz anderer Fall. Was würde mit ihr passieren, nachdem Mike wieder abgereist war? Vor allem, falls sie intim wurden? Er hoffte, dass die beiden Vandlos, Mutter und Sohn, in Handschellen abgeführt und in Polizeiautos bugsiert würden, aber was dann? Würde Mike ebenfalls in sein Auto steigen und losfahren?

Er stellte sich die Szene vor. Würde er den Bewohnern von Edilean zum Abschied zuwinken? Luke und Joce? Tess und Ramsey, dem Schwager, den er noch nie getroffen hatte?

Falls er später zurückkehren würde, um seine Schwester und ihr Kind zu besuchen, würden die Einheimischen ihn dann hassen, weil er Sara im Stich gelassen hatte?

Und was war mit Merlins Farm? Konnte Mike nach seinem Ausscheiden aus dem Polizeidienst dort leben? Würde Sara bis dahin verheiratet sein? Mit irgendeinem Einheimischen, der Zigaretten rauchte und das ganze Wochenende Fußball schaute? Mit irgendeinem Typen, der einen Truthahn briet und dabei das Haus in Brand steckte? Oder würde sie sich in einen anderen von außerhalb verlieben, der sie umschmeichelte und überredete, bis sie …

Mike fuhr sich über das Gesicht. Er hatte sich schon vor langer Zeit angewöhnt, sich emotional nicht auf seine Undercover-Zielpersonen einzulassen. Das war ihm nicht immer gelungen, doch ungeachtet seiner Gefühle hatte er sie am Ende immer zurückgelassen und sich einer anderen Mission zugewandt. Der Gedanke, Sara das anzutun, bereitete ihm Unbehagen. Gewöhnlich hatte er es mit Verbrecherinnen zu tun, doch Sara war die Unschuld in Person.

Vielleicht war es diese Stadt, die ihn beunruhigte. Oder vielleicht lag es an der Tatsache, dass er kurz vor dem Ausscheiden aus dem Polizeidienst stand und keine Ahnung hatte, was er mit dem Rest seines Lebens anfangen sollte. Er erinnerte sich daran, wie er in diesem alten Obstgarten von Merlins Farm gestanden und sich eine Zukunft ausgemalt hatte, die nicht beinhaltete, auf Menschen zu schießen oder sie auch nur zu verraten. Vielleicht, nur vielleicht, wusste seine Schwester ja, was sie tat, als sie ihm diese alte Farm schenkte.

Er drehte sich um und betrachtete das Haus. Wäre es nicht so wichtig gewesen, die Vandlos dingfest zu machen, dann würde er jetzt verschwinden, bevor irgendjemand – vor allem Sara – verletzt wurde.

Aber das konnte er nicht tun.

Er ging in die Wohnung zurück und schmunzelte, als er den Duft von Popcorn wahrnahm. Sara war im Wohnzimmer und beugte sich gerade über den DVD-Spieler.

»Möchtest du einen Film anschauen?«, fragte sie.

»Nur, wenn es eine romantische Komödie ist. Das sind meine Lieblingsfilme.«

»Das ist komisch. Ich hätte dich für einen Fan von Actionabenteuern, zum Beispiel von Jason Satham, gehalten.« Sie hielt ein Exemplar von *Shank* in die Höhe. »Aber wenn du den nicht magst, ich habe hier irgendwo ein paar Filme von Katherine Heigl.«

»Wenn es sein muss, ertrage ich auch einen weiteren Actionfilm.« Er ging zur Couch, vor der eine riesige Schüssel Popcorn auf dem Tisch stand. »Was ist mit deinem Hals?«

»Den habe ich gewaschen, damit du deine Fangzähne hineinbohren kannst.«

»Fangzähne sind nicht der Körperteil, der hineingebohrt werden muss«, sagte er, während er sich auf eine Seite der Couch setzte und auf den Platz neben sich klopfte.

Sara nahm die Schüssel und stellte sie neben ihn.

Er verzog das Gesicht und sagte: »Gib mir die«, während er die Hand nach der Fernbedienung ausstreckte.

Sara unterdrückte ein Lachen und nahm auf der Couch so weit von Mike entfernt wie nur möglich Platz.

* * *

Nebenan im Haupthaus schrieb Jocelyn eine SMS an Tess:

Weisst Du, dass Dein Bruder dabei ist, sich in Sara zu verlieben?

Sofort schrieb Tess zurück:

Ich werde morgen den ganzen Tag in einer der Kathedralen verbringen und Dankgebete sprechen. Was ist mit Sara? Sie behandelt ihn wie einen weiteren Cousin. Fädele es so ein, dass sie ihn unbekleidet sieht.

Joce blickte zu Luke auf. »Du hast gesagt, dass du Mike im Studio getroffen hast. Hast du ihn zufällig nackt gesehen?«

»Darauf achte ich wohl kaum, oder?«

»Also, wie sieht er wohl nackt aus?«

»Fett. Dicker Bauch. Dürre Beine. Keinen einzigen Muskel am Leib.«

Joce schrieb an Tess zurück:

Mache ich. Du bist wirklich meine beste Freundin.

11

Mike hielt über die Festwiese hinweg, die Nates Field hieß, wie ihm gesagt worden war, nach Sara Ausschau, aber er konnte sie nirgends entdecken. »Vielleicht sollte ich nach einer Frau suchen, die so wütend ist, dass ihr die Haare in Flammen stehen«, murmelte er vor sich hin, als er daran dachte, was sie heute Vormittag gesehen hatte, nämlich, dass er sich auf die Kante von Ericas Schreibtisch gesetzt und unverhohlen mit ihr geflirtet hatte.

Auf dem offenen Feld stand etwa ein Dutzend Männer, die lederne Werkzeuggürtel trugen und die Pavillons für das bevorstehende Volksfest aufbauten. Hätte er nicht geplant, einen zweiten Tag mit der Durchsuchung von Merlins Farm zu verbringen, dann hätte er ihnen gern geholfen. Vielleicht morgen, dachte er. Jocelyn hatte ein paar Entwürfe für das Wahrsager-Zelt gezeichnet und hatte sie Sara mitgegeben, damit sie sie kopierte. Mike und Sara hatten darüber gelacht, dass Joce den Streit über ihre Teilnahme am Fest gewonnen hatte.

»Sie wird doch nicht in Gefahr sein, oder?«, hatte Sara gefragt. »Ich meine, diese Mitzi wird Joce nicht den Schädel einschlagen, um an die Tarotkarten zu kommen?«

»Und sich das, was sie wirklich haben will, entgehen lassen – was immer das auch sein mag?«, sagte Mike. »Nein, ich glaube nicht, dass sie das tut.«

Mike sprach es nicht aus, aber er wollte auf jeden Fall verhindern, dass Sara in direkten Kontakt mit Mitzi kam. Doch er wollte an so viel DNA-Material gelangen wie nur möglich. Sein neuer Plan – den er Sara nicht mitteilte – bestand darin, auf die Hilfe der berühmt-berüchtigten Erica zu setzen. Sie würde möglichst viele Frauen im entsprechenden Alter anrufen und ins Geschäft einladen, ihnen Kleider anpassen und sie auffordern, von dem kostenlosen Wein aus einem Pappbecher zu kosten. Dann würde sie den Namen der Frau auf den Becher schreiben und in eine Tüte packen. Das war nicht viel, aber es war immerhin ein Anfang.

Mike hatte ein paar Leute über Erica ausgefragt, und wenn sie sexuell auch nur halb so unersättlich war, wie ihm berichtet wurde, dann wusste er, wie er mit ihr umzugehen hatte. Er hatte viele Frauen wie sie dazu überredet, das zu tun, was er von ihnen erwartete.

Am frühen Morgen, auf dem Weg zum Fitnessstudio, wo er Luke treffen wollte, hatte Mike bei Saras Mutter vorbeigeschaut, um sich mit ihr zu besprechen und ihr Einverständnis einzuholen, dass sie dafür sorgte, dass sowohl Sara als auch Brewster Lang den ganzen Tag beschäftigt waren, damit Mike die Farm in Ruhe durchsuchen konnte. Ellie erklärte, dass sie Sara mit der Aufgabe betrauen würde, Kränze für Lukes Stand auf dem Fest zu binden, dass Lang jedoch so schwer zu fassen wäre wie ein glitschiger Aal. Aber sie versprach, ihr Bestes zu tun.

Im Anschluss war Mike zu dem Geschäft gefahren, das Sara und Stefan gehörte. Er hatte das malerische kleine Stadtzentrum von Edilean, in dem die Menschen das Gefühl hatten, in eine vergangene Zeit zurückversetzt zu sein, hinter sich gelassen und ein Geschäft betreten, das mit Glas und Chrom eingerichtet war. Er konnte es sich nicht verkneifen, aus dem Schaufenster zu blicken, um sich zu vergewissern, dass er noch immer in Edilean war. Die Bauvorschriften der Stadt hatten Veränderungen an der Fassade untersagt, doch das Innere war absolut modern gestaltet. Überall waren Spiegel angebracht, das Inventar war aus Gold, die Sessel mit Seide bespannt. Mike schielte auf ein Preisschild: 1200 $ für eine schlichte weiße Bluse.

Kein Wunder, dass die Bewohner von Edilean Vandlo hassten. Die Kundschaft, die diese Art von Geschäft anlockte, gehörte nicht zu denen, die sich in der Stadt engagierten. Nein, die würden lediglich mit ihren teuren Autos vorfahren, das Gewünschte kaufen und dann wieder verschwinden.

Als Mike sich umschaute, sah er, was Leute wie die Vandlos für hochklassig hielten, aber er entdeckte nirgends etwas, was ihn an Sara erinnerte. Zwar hatte er ihre Wohnung noch nicht gesehen, aber er bezweifelte, dass sie ähnlich eingerichtet war wie dieser Laden hier.

»Kann ich Ihnen helfen?«, fragte eine junge Frau.

Mike musterte sie von oben bis unten. Ihre Kleidung ganz in Schwarz passte eher nach New York als nach Edilean. »Ich muss mit Erica sprechen«, sagte er.

Nach einer Stunde verließ er das Geschäft wieder. Mit Erica war alles planmäßig verlaufen, und er hatte es geschafft, sie – um die Vierzig und verbittert – dazu zu überreden, die Sache mit den Frauen zu übernehmen. Das Problem entstand, als Sara mit einem Berg Kleider beladen ins Geschäft spaziert kam, bevor er fertig war.

Aus dem Augenwinkel sah er Sara wieder gehen, und an ihrem schnellen Schritt erkannte er, dass sie wütend war. Er wollte ihr nachlaufen, aber in diesem Augenblick konnte er sein Gespräch mit Erica unmöglich abbrechen. Genau genommen hatte er zusätzliche Zeit investieren müssen, um sie nach Saras unerwartetem Erscheinen wieder in die richtige Stimmung zu versetzen. Er wusste, dass das, was er da gerade mit Erica tat, für Sara nicht nach Arbeit aussehen mochte, aber das war es, und er musste weitermachen.

Deshalb war jetzt mit Erica alles arrangiert. Gegen Abend würde ein Beamter die Tüten mit den Pappbechern abholen und zu einem Labor bringen. Sie setzten große Hoffnung darauf, dass eine der Proben auf eine Verwandtschaft mit Stefan schließen ließ.

Da Lang auf dem Bauernmarkt beschäftigt wurde, brauchte Mike nichts weiter zu tun, als Sara zu beruhigen.

»Bei diesem Auftrag müsste mir mein Gehalt verdoppelt werden«, murrte er vor sich hin, während er die Festwiese überquerte. Ein paar Leute hoben zum Gruß die Hand, aber Luke wusste, wen Mike suchte. Er deutete in Richtung der Schatten spendenden Bäume am Rand der Wiese. Mike erkannte Sara an ihrem goldenen Haar, und sie saß da und beugte sich über einen Berg von Kräutern, der so groß war, dass man meinte, er müsste mehrere Tonnen wiegen.

Sie schaute auf, sah Mike, begann zu lächeln, dann veränderte sich ihre Miene und sie senkte den Blick wieder.

Die Männer um ihn herum, die er nicht kannte, sahen ihn neugierig an, und Luke klopfte ihm mitfühlend auf die Schulter.

»Viel Glück«, sagte er mit fröhlichem Tonfall.

Mike ging zu der Stelle, an der Sara saß, den Schoß voll mit Draht und langen Halmen von Pflanzen mit violetten Blüten. Er fragte sich, ob sie überhaupt mit ihm reden würde.

Doch er brauchte sich keine Sorgen zu machen.

»Du warst widerlich«, erklärte Sara, und ihre Oberlippe verzog sich spöttisch. »Du hast auf der Ecke von Ericas Schreibtisch gesessen wie eine Sekretärin in den 1950ern. Und du hast dich zu ihr vorgebeugt und mit deiner eigenartigen Stimme mit ihr … geflirtet.«

»Ja. Und? Worüber beklagst du dich?«

»Das ist keine Art, Geschäfte zu führen. Du weißt, wie in dieser Stadt getratscht wird. Wenn es dir schon egal ist, was die Leute von dir halten, solltest du zumindest an Tess denken. Sie wird hier leben. Mit ihren Kindern.«

»Und, wie hätte ich es anstellen sollen?«

Sara konnte ihren Ärger nicht länger im Zaum halten. »Auf geschäftsmäßige Art und Weise. Du hättest auf einem *Stuhl vor* ihrem Schreibtisch sitzen und respektvoll mit ihr reden müssen.«

»Du wolltest, dass ich sie höflich bitte, deine Aufgabe zu übernehmen? Ihre eigenen Kundinnen auszuspionieren? Und für eine Ermittlung des FBI Informationen zu sammeln, aber darüber Stillschweigen zu wahren?«

Sara war entgeistert. »Hast du ihr etwa von Mitzi erzählt?«

»Natürlich nicht. Ich habe ihr gesagt, dass ich vom amerikanischen Bundesamt für Gesundheit und Krankheit komme – das gar nicht existiert – und den Ausbruch einer sexuell übertragbaren Krankheit untersuche. Es habe den Anschein, als schlafe in Edilean jeder mit jedem.«

»Das ist nicht dein Ernst, das hast du nicht gesagt!«

»Doch.«

»Hast du eine Ahnung, was die Leute sagen werden, wenn sie eine solche Lüge hören?«

»Wer wird schon glauben, was eine Außenstehende wie Erica behauptet? Und ich bin mir übrigens nicht sicher, ob sie es irgendjemandem erzählen wird. Außerdem scheint mir Erica ein Mensch zu sein, der gern Bescheid weiß, wenn andere eine sexuell übertragbare Krankheit haben. Wetten, dass sie heute Nachmittag ihren Arzt aufsucht?«

»Der entscheidende Punkt ist nicht, *was* du gesagt hast, sondern *wie.* Hast du denn gar keinen Stolz?«

»Genug, um zu glauben, dass die meisten Frauen – mit Ausnahme von dir – mich mögen.«

»Das liegt daran, dass ich auf höherer Ebene als nur körperlicher Attraktivität denke. Und nur zu deiner Information, bei der Liebe geht es um mehr als nur um Sex.«

»Du klingst wie eine Frau, deren Brunnen vertrocknet ist.«

»Das ist absurd – und vulgär.« Sara wandte den Blick ab und beschäftigte sich wieder mit den Kränzen. »Nicht, dass es dich etwas anginge, aber Greg und ich führen eine in jeder erdenklichen Hinsicht erfüllende Beziehung.«

Als Mike darauf nicht antwortete, blickte sie auf und sah, dass er lächelte, als glaube er ihr nicht.

»Und, wie lange ist es her?«, fragte er.

»Er ist erst seit ein paar Tagen fort.«

Mike behielt sein selbstgefälliges Lächeln bei.

Sara sah ihn mit zusammengekniffenen Augen an. »Und, wie lange ist es her, dass du mit jemandem zusammen warst?«

»Jahre. Jahrhunderte. So lange, dass ich mich kaum mehr daran erinnern kann.«

Sara versuchte, nicht zu lachen, nicht einmal zu schmunzeln, aber sie konnte es sich nicht verkneifen. Sie blickte wieder auf den Kranz hinab.

»Ist die Sache zwischen uns jetzt geklärt?« Als sie nicht antwortete, fügte er sanft hinzu: »Sara, ich muss tun, was nötig ist, um Verbrecher von den Straßen zu holen. Im normalen Leben würde ich mich bei der ersten Begegnung nicht an eine Frau heranmachen, aber ich muss etwas erledigt bekommen, und das war die schnellste Methode, das zu erreichen.«

»Du weißt schon, dass Erica jetzt erwartet, dass du mit ihr ins Bett gehst, oder?«

»Das glaube ich kaum«, entgegnete er feierlich.

Sara stieß einen Seufzer aus. »Gut, was hast du aus ihr herausbekommen?

»Ich glaube, sie hat einen Freund.«

»Erica? Sie verlässt die Stadt nie.«

»Dann muss es einer aus Edilean sein.«

»Ich weiß jedenfalls nichts davon. Alle würden Bescheid wissen, und ich habe kein Wort darüber gehört. Sie ist eine Workaholic und täglich zwölf Stunden mit Greg zusammen.«

Als Mike ein Geräusch von sich gab, das so viel wie »Aha« bedeutete, warf sie ihm einen verärgerten Blick zu. »Denk nicht einmal daran. Was immer die Leute gegen Greg vorbringen, er arbeitet schwer. Und das bestreitet niemand. Na ja, mit Ausnahme von Joce, aber sie …«

»Was ist mit ihr?«

»Nichts. Was hast du heute vor? Meine Mutter hat mich beauftragt, die Kränze für Lukes Stand zu machen.«

»Brauchst du Hilfe?«

»Klar. Wenn wir beide zusammenarbeiten, dauert es nur halb so lang.«

»Sara, hm, ich meinte, dass dir irgendjemand hier helfen könnte. Hast du keine Cousinen?« Er trat einen Schritt zurück.

»Okay, ich habe kapiert. Das ist Frauenarbeit, und du willst fort. Möchtest du Erica besuchen?« Sie wollte sarkastisch klingen, aber als sie Mike ansah, bemerkte sie ein schwaches Leuchten in seinen Augen, das sie allmählich kannte.

»Ich dachte, ich gehe ins Studio nach Williamsburg, um ein bisschen Cardio-Training zu machen, danach ins Einkaufszentrum«, sagte er. »Ich brauche noch ein paar Kleidungsstücke.«

Die Art und Weise, wie er das sagte, war so ungeschickt, dass sie wusste, dass es nicht stimmte. »Du lügst«, stellte sie gelassen fest. »Ach, fahr doch zur Hölle mit deiner Lügerei.«

»Das ist lächerlich. Ich muss gehen.«

Sara blickte einen Moment auf den Kranz in ihrer Hand, dann wieder zu ihm auf und lächelte. »Ich hoffe, du hast einen angenehmen Tag, und ich wette, ich bekomme mindestens hundert dieser Kränze hin. Ich bin mir sicher, dass sie sich wirklich gut verkaufen.«

Ihr Wechsel von Verärgerung zu Liebenswürdigkeit verdutzte ihn.

Sie lächelte weiter. »Wie wäre es, wenn ich heute das Abendessen machen würde?«

»Thunfischauflauf?«, fragte er mit neckendem Tonfall.

»Thunfischüberraschung.«

»Klingt toll«, antwortete er, aber er runzelte die Stirn. »Bist du sicher, dass alles in Ordnung ist?«

»Könnte nicht besser sein. Geh schon. Kauf dir neue Kleider. Du kannst sie mir ja heute Abend zeigen. Sie mir vielleicht sogar vorführen, und ich werde meinen besten Kranz zur Seite tun und dir zeigen.«

Er entfernte sich rückwärts. »Das klingt toll. Ich sehe dich gegen fünf?«

»Super.«

Mike drehte sich, noch immer die Stirn runzelnd, um und ging zu seinem Auto. Warum hatte sie so einfach klein beigegeben?, fragte er sich. In der einen Sekunde erklärte sie ihm, er könne mit seinen Lügen zur Hölle fahren, in der nächsten wünschte sie ihm einen schönen Tag.

Dann dämmerte es ihm plötzlich. Sie wusste, wohin er wollte und warum. Als er auf den Parkplatz bei Nates Field gefahren war, hatte er Saras Auto unter einem großen Baum geparkt gesehen. Er brauchte etwa zwei Minuten, um dorthin zu gelangen, und war nicht überrascht, als er sie, die Handtasche über die Schulter gehängt, an den Baum gelehnt dastehen sah.

»Du hast aber lange gebraucht, bis du darauf gekommen bist«, stellte sie fest. »Bist du sicher, dass du Polizist bist? Mein Auto oder deins?«

»Sara …«

»Ja?«

Bilder schossen ihm durch den Kopf, wie er sie fesselt, in den Kofferraum seines Autos verfrachtet und es an einem sicheren Ort abstellt. Aber sie stand im Mittelpunkt der ganzen Sache, und er musste sie in der Nähe haben. »Meines. Das Ding, das du fährst, ist eine Schrottkiste.«

»Bist du etwa ein Snob? Wir können nicht alle Fünfliter-V10-Motoren mit fünfhundert PS fahren, die in vier Komma sechs Sekunden von null auf hundert beschleunigen.«

Er sah sie erstaunt an.

»Ich habe im Internet nachgeschaut.«

»Du hast in meinem Zimmer herumgeschnüffelt *und* Recherchen über mein Auto angestellt? Was hast du noch Hinterhältiges getan?«

»Wäre wohl kein Geheimnis mehr, wenn ich es dir verraten würde, oder? Hast du je in Erwägung gezogen, dass es uns viel Zeit ersparen würde, wenn du mir einfach die Wahrheit sagen würdest, was du eigentlich zu finden versuchst?«

»Wenn ich dir auf das Leben von Tess schwören würde, dass ich es nicht weiß, würdest du mir dann glauben?«

»Ja«, antwortete sie ernst. »Aber ich bin der Schlüssel, stimmt's?«

Sie gelangten zu seinem Auto, und er sah sie eindringlich an.

»Du brauchst es mir nicht zu sagen«, erklärte sie. »Ich bin nicht blöd. Ich weiß, dass ich eine der Frauen bin, mit denen du flirtest, um etwas herauszubekommen. Liegt es daran, dass mir das Kleidergeschäft gehört und ich Zugang zu den Menschen habe?«

Die Zeit war noch nicht gekommen, um ihr von Stefan zu erzählen. »Ja.« Er entriegelte die Autotüren, und sie stiegen ein. »Sara, ich kann dir wirklich nicht alles sagen, aber du musst mir vertrauen. Die Wahrheit ist, dass du *tatsächlich* im Zentrum des Falles stehst. Es kann um das Kleidergeschäft gehen, aber wir sind uns nicht sicher. Ich kann dir nicht sagen, wieso und warum, einerseits, weil ich es selbst nicht weiß, andererseits, weil wir glauben, dass du etwas hast oder weißt, was Mitzi haben will.«

Er erkannte, dass sie versuchte, ruhig zu bleiben und so zu tun, als hätte er nicht gerade einen Blitzstrahl auf sie niedergehen lassen.

»Meine Tante Lissie hat mir in ihrem Testament ein paar Schmuckstücke hinterlassen«, sagte sie schließlich. »Vielleicht sind die wertvoll.«

Mike wollte die Arme um Sara schlingen, aber sie befanden sich hier an einem zu öffentlichen Platz. Stattdessen zwang er sich, an die Liste von Schmuckstücken zu denken, die Mitzi Vandlo im Laufe der Jahre angesammelt hatte. Ihre Kundinnen schenkten sie ihr aus Dankbarkeit für das, was sie, wie sie meinten, für sie getan hatte. »Möglicherweise.«

»Du bist wirklich der schlimmste Lügner der Welt. In diesem Fall geht es um mehr als ein paar Schmuckstücke, nicht wahr?«

»Wenn sie dir nicht gerade den Hope Diamanten vererbt hat, lautet die Antwort Ja.«

Als er den Motor startete, bemerkte sie, wie bei ihm ein Kiefermuskel zuckte. »Hast du meine Mutter überredet, mich mit diesen Kränzen zu beauftragen?«

»Ja.«

»Und ich vermute, du hast ihr auch gesagt, dass sie Mr Lang heute von Merlins Farm fernhalten soll.«

»Bis vier Uhr.«

»Du und meine Mutter, ihr seid inzwischen dicke Freunde, nicht wahr?«

»Ich brauche ihr nur ein paar Worte über Enzyme ins Ohr zu flüstern, dann ist sie hin und weg. Was wird Luke denken, wenn seine Kränze nicht fertig sind?«

»Ist schon okay. Ich habe zwei große Schwestern, die absolute Erfolgsmenschen sind. Sie lieben es, in allem die Besten zu sein.«

»Was soll das heißen?«

»Wenn sie herausfinden, dass ich von all diesen Kränzen geflohen bin und den armen Luke hängen lasse, werden sie sich gegenseitig niedertrampeln, um mich bloßzustellen. Ich habe schon früh gelernt, einfach nur die Hilflose zu spielen, und habe mir damit viel Arbeit erspart.«

Mike schüttelte denn Kopf. »Wer auf dieser Welt weiß außer mir, wie du in Wahrheit bist?«

»Mein Dad – und ein bisschen Tess.«

»Deine Mutter nicht?«

»Sie hält mich für eine Niete.«

»Und was ist mit dem Freund?«

»Ich vermute, du meinst Greg, meinen Verlobten. Nein, er hält mich für nett und still und dass ich jeder seiner Ideen zustimme.«

»Ist eine solche Lüge eine gute Basis für eine Ehe?«

»Vielleicht könntest *du* mir ja etwas über Ehrlichkeit in einer Beziehung beibringen.«

Sie sahen einander einen Augenblick an, dann lachten sie gemeinsam los.

12

Ich denke, du solltest vorsichtiger sein, wenn du auf Merlins Farm herumschnüffelst«, erklärte Sara, während Mike die kurvenreiche Straße entlangfuhr. »Ich weiß, dass du jeden Hinweis darauf, dass du dort warst, vertuschst, aber wenn Mr Lang dahinterkommt … Na ja, er ist für seine Vergeltungsmaßnahmen berüchtigt.«

»Wie zum Beispiel?«

Sara beobachtete Mike beim Fahren. Er nahm den Blick nie von der Straße, und die Art und Weise, wie er dasaß, beide Hände am Lenkrad, wirkte, als wäre er darauf vorbereitet, dass jederzeit etwas Schlimmes passierte. »Niemand kann ihm etwas beweisen, aber wir in Edilean wissen, dass man bestraft wird, wenn man Mr Lang verärgert. Das ist etwas, was uns allen von Kindesbeinen an eingetrichtert wird, und mir ist erzählt worden, dass es bei seinem Vater genauso gewesen ist.«

Mike schaute kurz in alle drei Spiegel.

»Erwartest du, dass uns jemand folgt?«

»Bei diesem Fall weiß ich nie, was auf mich zukommt.«

»Ich vermute, dazu gehört auch, jemanden anzubaggern, der sexuell so ausgehungert ist wie Erica.«

Mike warf ihr aus dem Augenwinkel kurz einen Blick zu.

»In Ordnung.« Offensichtlich war Erica kein Thema für ihn. »Also, mal überlegen. Wo fange ich an? Ich habe solche Geschichten mein ganzes Leben lang gehört. Als ich etwa zwölf war, ist ein Mann, der in Williamsburg arbeitete, mit seiner Familie hierher gezogen, und er hat sich viel auf seine Pflaumenmarmelade eingebildet. Ich erinnere mich, wie meine Mutter ihm sagte, dass Mr Lang sein Konkurrent auf dem hiesigen Markt sei, und dass Lang gewöhnlich gewinne.«

»Lang musste gewinnen, sonst passierte etwas?«

»Oh, nein. Er hatte früher schon hin und wieder verloren, aber seine Produkte sind so gut, dass er nur selten nicht gewinnt. Doch als er damals verlor, ging er zu meiner Mutter, die im Preiskomitee saß, und sagte ihr, der Mann hätte geschummelt. Ich erinnere mich, dass meine Mutter verärgert war und behauptete, Mr Lang wäre ein schlechter Verlierer, deshalb ist sie der Sache leider nicht nachgegangen.«

»Was hat er getan?«, wollte Mike wissen.

»Du musst wissen, dass Mr Lang die Leute sehr genau beobachtet.« Sara legte eine Pause ein. »In Wahrheit ist er ein Spanner. Keiner konnte das je beweisen, aber wir alle wissen, dass es stimmt. Wenn du ihn verärgerst, erzählt er dir Geheimnisse über dich und was du machst, Dinge, von denen du nicht willst, dass sie an die Öffentlichkeit kommen.«

»Und, was hat er mit dem Pflaumenmann gemacht?«

»Ich habe es nicht selbst gesehen, aber man hat mir erzählt, dass beim nächsten Elternabend in der Highschool in Williamsburg eine Diashow vorgeführt wurde, die Bilder zeigte, wie der Mann die Frau des Direktors küsst. Und die beiden waren sehr spärlich bekleidet.«

Mike konnte sich ein Kichern nicht verkneifen. »Lass mich raten. Deine Mutter hat die Marmelade untersuchen lassen und etwas Furchtbares herausgefunden.«

»Oh, ja! Sie enthielt weißen Rum, und das war gegen die Regeln. Mr Lang behauptete außerdem, die Früchte wären von seinen Bäumen gestohlen worden, aber das konnte nicht bewiesen werden.«

»Es wäre interessant zu wissen, ob es Lang, wenn er umherschleicht, vor allem auf hübsche Mädchen abgesehen hat, oder ob er allgemein herumspioniert.« Mike dachte, dass der alte Mann, wenn er herumschnüffelte, etwas Nützliches gesehen haben könnte.

»Ich habe nie gehört, dass er Mädchen beim Anziehen beobachtet. Ich glaube, er lauscht genau so viel wie er herumspäht.

Mutter sagt, dass er kein eigenes Leben hat, deshalb beobachtet er das Leben anderer.«

»Und niemand in dieser Stadt hat etwas gegen ihn unternommen?«

»Die Langs gehören hierher, und wir achten darauf, unsere Vorhänge zuzuziehen.«

»Türen bleiben unverschlossen, aber die Vorhänge sind zugezogen«, stellte Mike kopfschüttelnd fest. »Was hat er noch getan?«

»Einmal war ein Mann entschlossen, die McDowells dazu zu bewegen, dass sie ihm Merlins Farm verpachten. Ramseys Dad sagte, er könnte sie haben, wenn er es schafft, Mr Lang loszuwerden. Der arme Mann wusste nicht, dass Onkel Benjamin nur Spaß machte. Meine Mutter hat sich geweigert, mir die Einzelheiten zu erzählen, wie Mr Lang den Mann bloßgestellt hat, aber am Ende hat er seine Stelle am William und Mary College in Williamsburg gekündigt und ist nach Maine gezogen.«

Sara hielt inne. »Aber gerechterweise muss man sagen, dass Mr Lang auch Gutes getan hat. Als ich ein Teenager war, ist ein kleines Mädchen von zu Hause ausgerissen, und Mr Lang wusste nicht nur, wo sie sich versteckt hatte, sondern auch, warum sie ausgerissen war. Nachdem sie entdeckt worden war und ihre Aussage machen konnte, ist ein Nachbar ins Gefängnis gesteckt worden.«

»Interessant«, sagte Mike. »Hat niemand versucht, *ihm* nachzuspionieren?«

»Klar. Luke und Ramsey haben einen großen Teil ihrer Kindheit damit verbracht, herauszufinden, was Mr Lang im Schilde führt. Sie haben sich meistens in den Büschen um Merlins Farm versteckt und versucht, ihn zu beobachten, aber bis auf ein Mal hat er sie immer entdeckt.«

»Lang hat aber niemanden verletzt, oder?«, fragte Mike barsch, weil er an die Fallen dachte.

»Davor hat er sich gehütet. Er hat jeden angebrüllt, der in die

Nähe gekommen ist – und seine Hunde waren gute Wachhunde. Alle Kinder waren der Meinung, Mr Lang wäre fast wie eine Fledermaus, dass er gut hören und im Dunklen sehen könnte.«

»Wahrscheinlich sind seine Sinne besser, weil er so viel Zeit allein verbringt.«

»Stammt alles, was du über ihn weißt, von deiner Großmutter?« Als Mike nickte, fügte sie hinzu: »Vielleicht waren sie ineinander verknallt, weil sie die Farm geliebt und Brewster Lang dort gewohnt hat.«

Mike schnaubte auf. »Großmutter hat gesagt, sie hätte immer über die Art und Weise gelacht, wie er sie angeschaut hat, wenn er dachte, sie würde es nicht sehen. Aber sie hat Tess und mir erzählt, dass er, wenn ihr die Farm gehören würde, ihr Dienstjunge wäre.«

»Junge? Bist du sicher, dass sie es so gesagt hat? Waren sie nicht gleich alt?«

Mike hielt unter dem Baum an, den er inzwischen den Jungfrauenbaum nannte, doch dieses Mal stellte er sicher, dass sein Auto von der Straße aus nicht gesehen werden konnte. »Meine Großmutter hat immer wieder die gleichen Geschichten erzählt, deshalb gibt es ein paar Dinge, die ich mit Sicherheit weiß. Tess und ich sind damit aufgewachsen und haben ständig gehört, wie undankbar und verschwörerisch alle Bewohner dieser Stadt sind. Lang war gerade einmal fünfzehn, als meine Großmutter von Edilean fortgezogen ist; da war sie zweiundzwanzig. Sie hat Tess und mir immer wieder erzählt, dass sie eines Tages zu Merlins Farm zurückkehren würde und dass Lang sie bedienen, das heißt ihr Butler sein würde. Für sie war er immer ein Junge und nicht ihrer Schicht zugehörig. In ihrer Vorstellung ist er nie älter als fünfzehn geworden. Meinst du, du kannst in dieser Aufmachung durch die Felder gehen?«

Er spielte auf Saras hellgelbes Baumwollkleid und ihre italienischen Riemchensandalen an.

»Du wärst doch enttäuscht gewesen, wenn ich Jeans und ein T-Shirt angezogen hätte.«

»Das wäre aber geeigneter gewesen, um auf einer alten Farm umherzulaufen.«

Sie warf ihm einen Blick zu.

»Okay«, sagte er schließlich. »Ich wäre vor Bedauern in Tränen ausgebrochen.« Er lächelte nicht, doch das Grübchen bildete sich in seiner Wange. »Folge mir und mache, was immer ich dir sage.«

»Wie immer«, murmelte sie und lachte, als Mike aufstöhnte.

Er nahm den gleichen Weg wie beim ersten Mal, als er die Farm besichtigt hatte, und war doppelt vorsichtig, keine Spur zu hinterlassen. Einmal schob er die Hände unter Saras Arme und hob sie über eine sumpfige Stelle. Doch als sie wieder trockenen Boden unter den Füßen hatte, ließ er den Arm weiter um ihre Schulter gelegt.

»Ich kann den Rest des Weges gehen«, sagte sie.

»Sicher?«

»Selbstverständlich. Ich kann …« Ihr wurde klar, dass er sie neckte. »Sag mir, komme ich auf der Liste der Frauen, mit denen du flirtest, um an Informationen zu gelangen, vor oder nach Erica?«

Er setzte sich wieder in Bewegung. »Das muss ich mir erst noch überlegen. Ich wette, Erica kennt ein paar Tricks, von denen du nichts weißt.«

»Da bin ich mir sicher«, pflichtete ihm Sara bei und folgte ihm. »Aber ich bin ja immerhin sehr gelehrig.«

»Fang nichts an, was du nicht zu Ende bringen willst«, sagte er über die Schulter hinweg.

Sara konnte ein Grinsen nicht unterdrücken. Manchmal vermittelte Mike ihr das Gefühl, die begehrenswerteste Frau der Welt zu sein. Natürlich wusste sie, dass das nur Teil seines Jobs war, aber trotzdem fühlte es sich gut an. Sie und Greg waren längst über den Punkt hinaus, an dem er ihr sagte, wie schön und sexy sie war. Genau genommen schienen sie in den vergangenen Monaten aufgehört zu haben, sich überhaupt irgendetwas zu sagen, was nichts mit dem Geschäft zu tun hatte.

Sie schaute auf Mikes Rücken, während er sich den Weg durch das Gestrüpp bahnte. Geschickt sprang er von einer ebenen Stelle zur nächsten, dann drehte er sich um und streckte die Hand aus, um die ihre zu ergreifen und sie bei dem kurzen Sprung zu stützen. Ihr wurde klar, dass sie inzwischen von ihm abhängig war, wann immer sie Hilfe brauchte.

»Was besagt dieser Blick?«, fragte Mike.

»Nichts. Ich denke bloß nach.«

»Darüber, was du besitzt, das Mitzi haben will?«

»Ach, richtig. Darüber. Genau darüber habe ich nachgedacht.«

»Und wer ist hier der Lügner?«

»Das habe ich von dir gelernt.«

Kichernd trat Mike auf die Lichtung und blieb stehen, um sich umzuschauen.

»Wenn meine Mutter gesagt hat, dass sie Mr Lang heute beschäftigt, dann tut sie das auch«, stellte Sara neben ihm fest. »Hat man dir bei dem Vertragsabschluss einen Schlüssel vom Haus ausgehändigt?«

»Ja, aber ich habe nicht die Absicht, ihn zu benutzen.«

»Wie willst du dann …«

Er musterte sie von oben bis unten. »Ich schiebe dich gern durch ein Fenster.«

»Und ich werde es genießen …« Sie verstummte, weil sie ihm hatte sagen wollen, dass sie sich darauf freute, geschoben zu werden, und erinnerte sich daran, dass sie verlobt war und bald heiraten würde. Erst gestern hatte sie drei Stunden mit der Hochzeitsplanerin verbracht – und Sara hatte mehrere Dinge geändert. Die Nelken waren gestrichen und durch Rosen ersetzt worden. Sie wusste, dass Greg wütend sein würde, aber im Augenblick kümmerte sie das kein bisschen.

»Wir steigen durch ein Fenster ein, weil Lang an den Türen möglicherweise Fallen angebracht hat. Und wenn wir drinnen sind, darfst du nichts anfassen, verstanden? Er könnte irgendeine hübsche Schachtel mit einer Bärentatze ausgerüstet haben – und ich meine nicht das Gebäck.«

»Ich bezweifle, dass …« Als sie Mikes Blick sah, verstummte sie. »Ich fasse nichts an.«

»Nur mich«, sagte Mike ohne den Anflug eines Lächelns.

»Richtig. Ich hab's kapiert. Hände nur auf Mike.« Sie lächelte nicht. »Soll ich irgendwelche bestimmten Stellen berühren?«

»Die Knie wären nett. Fang an den Knien an und arbeite dich nach oben. Langsam.«

Sara lachte. »Mach schon. Du führst, ich folge dir.«

»Ich habe mir schon immer gewünscht, dass mir eine Frau das sagt.« Er drehte sich um und überquerte das offene Gelände so schnell, dass Sara kaum mit ihm Schritt halten konnte. Sobald sie beim Haus angekommen waren, gelang es ihm sehr rasch, ein Fenster aufzuschieben, dann hielt er sich am Sims fest und zog sich hoch. Er ist ein Turner, dachte Sara. Ein Tarzan und ein Turner.

Als Mike sich aus dem Fenster beugte und ihr die Hände entgegenstreckte, zögerte sie nicht lange, und wieder ging ihr durch den Kopf, wie sehr sie sich in dieser kurzen Zeit daran gewöhnt hatte, ihm zu vertrauen.

Während er sie hochzog, berührte er mehrfach ihren Körper – unnötigerweise, wie sie fand. Als seine Hand ihr Bein entlangstrich, wollte sie ihm einen wütenden Blick zuwerfen, um ihn daran zu erinnern, dass sie verlobt war und bald heiraten würde. Aber das brachte sie nicht über sich. Ihr gefiel das Gefühl, und vor allem mochte sie es, von einem Mann berührt zu werden, aus dessen Blick Verlangen sprach.

Bei Liebe und Ehe geht es nicht nur um hervorragenden Sex, erinnerte sie sich, als Mike sie losließ und anfing, sich im alten Farmhaus umzusehen. Bei der Ehe gibt es Dinge, die genauso wichtig sind, zum Beispiel Freundschaft und … Daran wollte sie nicht denken, weil sie und Greg nicht das waren, was sie als Freunde bezeichnen würde, jedenfalls nicht so wie sie und Mike. Greg und sie waren … Mike starrte sie an und wartete darauf, dass sie ihre Aufmerksamkeit der aktuellen Aufgabe zuwandte.

Sie war noch nie in diesem Haus gewesen, aber sie wusste so

viel darüber, wie nur herauszufinden war. »Möchtest du, dass ich dir eine Führung gebe?« Sara musste sich mit Worten ablenken, um sich davon abzuhalten, an Mike zu denken. Es hatte den Anschein, als vergleiche sie ihn neuerdings ständig mit Greg. Jeder, der Mike kennengelernt hatte, mochte ihn. Sie konnte nicht erkennen, dass er sich bei jedem Mühe gab, sondern war einfach er selbst. Greg strengte sich sehr an, damit jeder, dem er etwas verkaufte, ihn mochte, aber ihrer Familie und ihren Freunden gegenüber machte er sich nicht die Mühe, seine Verachtung zu kaschieren. »Dorftrottel« nannte er die Bewohner von Edilean. Vor allem über Luke machte Greg sich immer lustig. »Der Mann muss mit den Büchern, die er schreibt, ein Vermögen verdienen. Wieso stellt er dann nicht jemanden ein, der für ihn den Rasen mäht?« Sara hatte ihm zu erklären versucht, dass Erfolg kein Grund war, sich wie König Midas aufzuführen. Dass Sara einen Namen erwähnte, von dem Greg noch nie etwas gehört hatte, machte ihn wütend.

»Sara?« Mike sah sie neugierig an.

»Oh, tut mir leid. Ich war in Gedanken woanders. Was hast du gesagt?«

»Ich habe dich gefragt, wann du schon einmal hier warst und warum du mir nichts davon gesagt hast.«

»Ich habe *keine* Informationen zurückgehalten!«, schnauzte sie, dann entschuldigte sie sich. Ihre Verärgerung hatte mit ihrer Erinnerung an Greg zu tun, nicht mit Mike. »Ich kenne mich dank einer Fernsehsendung im Inneren des Hauses aus.«

»Warum erzählst du mir nicht, was du weißt, während wir uns umschauen?«, fragte er freundlich, als wüsste er, dass irgendetwas sie verärgert hatte.

Sara wandte sich ab, damit er nicht noch mehr sah, als ihr lieb war. Woran lag es bloß, dass Mike, den sie erst seit ein paar Tagen kannte, ihr inzwischen vertrauter vorkam als Greg, mit dem sie seit über einem Jahr zusammen war? Greg war ein Mann, mit dem sie eine Menge durchgemacht hatte. Sie hatten gemeinsam das Geschäft eröffnet. Na ja, vielleicht hatte Greg sämtliche Entscheidungen getroffen und Sara hatte die eigentliche Arbeit gemacht, aber es war *gemeinsam* gewesen. Oder etwa nicht?

»Erzählst du mir von dieser Sendung?«, bat Mike.

»Sie hat den Titel: ›Überblick über historische amerikanische Bauwerke.‹ Er sah sie eindringlich an, als versuchte er, herauszufinden, was sie dachte. Wieder verglich sie ihn mit Greg. Greg hätte sie niemals gebeten, ihm zu erzählen, was sie über irgendetwas wusste. Manchmal hatte es den Anschein, als meinte Greg, Sara sollte nur das denken und tun, was er ihr befahl. Schlimmer noch, und das hatte etwa zur gleichen Zeit angefangen, als sie aufhörten, miteinander zu schlafen, Greg hatte begonnen, Sara zu erklären, dass sie wissen müsste, was er wünschte, wenn sie ihn wirklich liebte. Irgendwie sollte sie seine Bedürfnisse intuitiv erahnen. Eines Abends hatte er ihr erklärt, dass sie, wenn sie ihn wirklich so lieben würde, wie sie sollte, hätte wissen müssen, dass er kein Hühnchen zum Abendessen haben wollte, weil er schon zu Mittag Geflügel gegessen hatte. Daraufhin hatte sie erwidert: »Hättest du mich angerufen und mir das gesagt, dann hätte ich …« Greg war ihr ins Wort gefallen. »Hast du eine Ahnung, wie beschäftigt ich den ganzen Tag bin? Du erwartest von mir, dass ich dir sage, was ich zu *Mittag* gegessen habe? Das nächste Mal verlangst du noch von mir, dass ich dir erzähle, mit *wem* ich beim Mittagessen war. Geht es bloß darum? Um Eifersucht?«

Manchmal brachten sie die Streitereien mit Greg ganz durcheinander, bis sie keine Ahnung mehr hatte, worum es anfangs überhaupt gegangen war.

»Ist alles okay?«, fragte Mike.

»Ja, mir geht es gut.«

»Vielleicht solltest du lieber im Auto warten.«

»Und die Besichtigung meines Traumhauses versäumen?«, fragte Sara, dann machte sie sich daran, über das Haus zu berichten.

Mike wusste nicht, was mit Sara geschehen war, als sie das

alte Haus betreten hatten, aber irgendetwas an der Art und Weise, wie sie dreinblickte, freute ihn.

Er hörte nur mit halbem Ohr zu, als sie erzählte, wie die Geschichte der Sendung über historische amerikanische Bauwerke begonnen hatte, die Präsident Franklin Roosevelt während der Weltwirtschaftskrise ins Leben gerufen hatte, um Jobs zu schaffen. Er hörte jedoch, dass es im Internet alte Fotos und sogar Grundrisse des Hauses gab – und nahm sich vor, sie sich so bald wie möglich anzuschauen. Aber im Augenblick wollte er nur das Haus sehen, von dem seine Großmutter – und Sara – so schwärmten. Und er wollte versuchen, einen Grund zu finden, warum die Vandlos so großes Interesse an dem Anwesen hatten.

Während Mike suchte, dabei mit den Händen an den Wänden entlangstrich und in jeden Schrank spähte, redete Sara nonstop weiter. Jedes zweite Wort, das sie sagte, schien »Kranzprofil« und »ursprünglich« zu lauten. Sie sprach von getäfelten Türen und sagte etwas, dass sich ein Kreuz darauf befinde.

»Um das Böse fernzuhalten«, erklärte sie.

Sie durchsuchten die vier großen Zimmer und den breiten Flur im Erdgeschoss. Das Haus war nicht großartig oder majestätisch wie Edilean Manor, aber Mike konnte erkennen, dass es mit etwas Farbe und Renovierungsarbeiten durchaus wohnlich gemacht werden konnte. Er stellte sich vor, wie das Kind von Tess mit dem Dreirad in dem großen Esszimmer umherfuhr. Allerdings würde Sara das wahrscheinlich aus Angst, die alte Holztäfelung könnte beschädigt werden, nicht zulassen.

Er warf ihr schnell einen Blick zu, weil er dachte, sie könnte seine Gedanken gelesen haben, wie sie es manchmal zu tun schien. Aber sie redete noch immer über die Größe und Höhe der Räume. Er hatte sich nie für einen Typen gehalten, für den Ehe und Kinder in Frage kamen, doch wenn er sich ausmalte, in diesem alten Haus zu wohnen, erschien Sara in jedem der Bilder, die er vor Augen hatte.

Er beobachtete sie, wie sie zur Decke zeigte und weitersprach, und er war erstaunt, wie viel Zeit sie damit verbracht hatte, dieses Haus zu studieren.

Er wandte sich wieder seiner Suche zu. Es war doch einfach unmöglich, dass Vandlo das Haus haben wollte, nur weil es Sara gefiel, oder? Kein anderer Grund, als ihr einen Gefallen zu tun – um sie zu überreden, dass sie ihn heiratete? Aber Mike konnte das einfach nicht glauben.

Da Mike mehr an der Gegenwart interessiert war, stellte er fest, was Lang aus dem Haus gemacht hatte. Es war ordentlich und sauber – und spärlich möbliert. Die Couch im großen Wohnzimmer hatte anstelle eines Beins einen Holzklotz und war mit einem abgewetzten Baumwollstoff bezogen. Die Sessel waren billig und wiederholt geflickt worden.

Die Zimmer hatten wenig Persönliches. Keine Fotos, keine Bücher, nur ein Stapel zerfledderter Kataloge von Samen- und Pflanzenfirmen lag auf dem alten Couchtisch.

Während Mike Sara durch die Zimmer folgte, stellte er fest, dass Brewster Lang zwar inzwischen hier wohnen mochte, das jedoch nicht immer getan hatte. Sie befanden sich in dem Raum, der früher wahrscheinlich einmal die Bibliothek gewesen war, und er konnte erkennen, dass einst Bücher auf den eingebauten Regalen gestanden hatten. Er sah helle Quadrate an den Wänden, wo früher einmal Bilder aufgehängt waren.

Er wandte sich an Sara. »Ich weiß, dass Lang und seine Familie 1941 Verwalter dieses Hauses waren, und jetzt lebt er hier, aber wer hat in der Zwischenzeit hier gewohnt?«

Sara sah ihn erstaunt an. »Du bist aufmerksam, nicht wahr? Ein Historiker aus Williamsburg hat zehn oder zwölf Jahre mit seiner Familie hier gewohnt.«

»Und warum wohnt keiner der McDowells hier?«

Sara zuckte mit den Achseln. »Sie mögen das Haus nicht. Ramsey kann es nicht ausstehen und seine Schwester genauso wenig.«

»Und warum verkaufen sie es dann nicht?«

»Bis vor Kurzem konnten sie das gar nicht, weil es bis zum

einundzwanzigsten Jahrhundert unter Fideikommiss gestanden hat. Irgendein McDowell hat vor ein paar Jahrhunderten in seinem Testament verfügt, dass die Farm nicht verkauft werden darf bis …«

»Bis zum Jahr 2000«, beendete Mike den Satz an ihrer Stelle. »Und was hat der Historiker damit zu tun?«

»Ich kenne nicht die ganze Geschichte, aber ich glaube, Mr Langs Mutter ist mit einem Mann durchgebrannt, als er noch ein Junge war.« Sara zuckte mit den Schultern. »Nachdem sie fort war, kündigte Mr Langs Vater die Verwaltung der Gebäude, deshalb hat Onkel Alex die beiden Männer – ich denke, Mr Lang war damals siebzehn oder achtzehn Jahre alt – in einem anderen Haus untergebracht und die Farm an den Historiker vermietet. Der Mann hatte gerade geheiratet, und sie haben hier eine Familie gegründet. Aber das ist alles schon lange her. Als ich auf die Welt kam, war Mr Langs Vater bereits gestorben, und er, der Sohn, wohnte allein in diesem Haus.«

»Willst du damit sagen, dass Lang irgendwo ein anderes Haus hat? In das er ziehen kann?«

»Du überlegst tatsächlich, hier einzuziehen, nicht wahr?«

»Möglicherweise. Was wäre, wenn Tess und ihr Kind und …«

»Du darfst Ramsey nicht vergessen.«

»Ach, richtig. Er.«

»Du willst deine Schwester ganz für dich allein haben?«

»Ich glaube«, antwortete er leise, »ich hätte gern *jemanden* für mich allein.«

Für einen Moment sahen sie sich in die Augen. Sara war die erste, die den Blick abwandte. »Bist du bereit, nach oben zu gehen?«

»Ich folge dir, wohin du auch immer gehst«, antwortete er.

»Dann gehe ich wieder in die Scheune.«

»Nur über meine …« Mike grinste. »Okay, du hast mich reingelegt. Geh du vor!«

Sie gingen ins Obergeschoss, um sich die vier Schlafzimmer und das große Bad anzuschauen. Es war ganz im Stil der 1930er

Jahre gefliest – nur schwarzweiß. »Ich würde es genau so lassen, wie es ist«, stellte Sara fest.

»Ich weiß, weil es ›ursprünglich‹ ist.«

»Wenn ich das Wort mit Bezug auf dieses Haus benutze«, sagte Sara geziert, »dann meine ich mit ursprünglich, als es 1674 erbaut wurde. Nur zu deiner Information, das Badezimmer ist ziemlich neu.«

Mike betrachtete das alte Standbecken und die ungewöhnlich hohe Toilette. »Dieser Raum ist neu?«

»Ja.« Sie sprach weiter über Kranzprofile und Vertäfelung, aber als sie wieder »ursprünglich« sagte, lachte er sie an.

»Du weißt die Bedeutung dieses Hauses überhaupt nicht zu schätzen!«, erklärte sie, aber sie lächelte.

»Solange ich dich habe und du dich darum kümmerst, ist alles in Ordnung. Du kannst alles machen, was du …« Als ihm klar wurde, was er da sagte, verstummte er. »Hat dieses Haus auch eine Küche?«

Sara rannte die Treppe fast hinunter, während Mike sich Zeit ließ. Es erstaunte ihn noch immer, das Haus als sein Eigentum zu betrachten. Während er oben an der Treppe stand und hinunterblickte, dachte er an Fliegengittertüren, die zugeknallt werden, und an Kinder, die herein und hinaus laufen – und an Sara, die ihnen zuruft.

»Komm schon, du Trantüte«, sagte sie und schaute die Treppe hinauf. »Die Küche ist fürchterlich. Warte nur, bis du den Fußboden siehst.«

Er ging hinunter, dann in den Anbau hinaus, der irgendwann in den 1930er Jahren errichtet worden war. »Wahrscheinlich, als das Badezimmer eingebaut wurde«, mutmaßte sie.

Das Bad hatte Charme, die Küche jedoch nicht. Der alte Linoleumboden war so abgetreten, dass die Holzdielen darunter durchschimmerten. Die Geräte stammten aus den 1970ern und waren Avocadogrün, und die Schranktüren hielten kaum mehr in den Angeln.

»Dieser Raum könnte neu gemacht werden«, stellte Sara fest.

»Ich weiß, mit Arbeitsflächen aus weißem Marmor. Bitte lass mich diese Wörter noch einmal hören.«

»Frag am Samstag Ariel. Sie ist diejenige, die hier mit dir wohnen wird. Es sei denn, Erica schnappt dich ihr weg.«

Vielleicht lag es an der Erwähnung der Realität, vielleicht am Geräusch eines Eichhörnchens im Kamin, jedenfalls wurden beide aus ihren Träumereien gerissen. Eine Minute lang starrten sie einander an.

Mike brach das Schweigen. »Steht das alte Sommerhaus noch? Ich habe es neulich, als ich Langs Waffen ausgewichen bin, nicht gesehen.«

Saras Miene hellte sich auf. »Du kennst dieses Haus? Ich erinnere mich, es als Kind gesehen zu haben. Es ist wirklich hübsch; die Wände bestehen aus Spaliergittern.«

»Großmutter hat uns erzählt, dass sie immer dorthin gegangen ist, wenn ihr diese Stadt zu viel wurde.«

»Das klingt traurig.«

»Wenn ich sie richtig einschätze, dann hat sie das ganze Chaos, in dem sie steckte, selbst angerichtet. Glaubst du, du kannst es wiederfinden?«

Sie zog ein Blatt Papier aus ihrer Tasche, das aussah wie eine Karte. »Ein weiterer Vorteil von Kleidern ist, dass man Taschen hat.«

»Jeans haben jede Menge Taschen.«

»Und sie sind prall gefüllt mit den Körperteilen, die die Frauen gern zur Schau stellen.«

Mike lachte. »Das ist zum Glück wahr. Und, wo steht das Sommerhaus?«

Als Mike nach der Karte griff, zog sie sie weg. »Nein, lass das. Mir gefällt es, wenn du mir folgst.«

»Und mir gefällt der Anblick.«

Zehn Minuten später standen sie vor dem alten Sommerhaus, und es war schöner, als Sara es in Erinnerung hatte. Mike hatte es bei seiner ersten Erkundung nicht gesehen, weil es hinter Büschen verborgen stand, die man über zweieinhalb Meter hoch hatte wachsen lassen. Vom Weg aus wirkte der Bereich undurchdringlich, doch Sara wusste, wo sie nach der verborgenen Öffnung zu suchen hatte.

Dahinter brauchten sie sich keine Sorgen darüber zu machen, das Gras niederzutreten, weil Mr Lang das Gelände um das alte Haus so gepflegt hatte, als hätte er es für eine Gartenführung vorbereitet. Daneben stand eine schöne Blutbuche mit tief hängenden Ästen, und die Erde darunter war moosbedeckt.

Das Sommerhaus war ein Achteck, im Inneren gerade groß genug für zwei Personen, und die aus Gitterwerk bestehenden Wände waren erst kürzlich mit einem grünlichen Blau gestrichen worden. Das Gebäude und seine Umgebung waren so lauschig, wie Mikes Großmutter sie ihm beschrieben hatte.

Während Mike sich in dem kleinen Haus umsah, setzte Sara sich unter den großen, Schatten spendenden Baum und beobachtete ihn. Er kletterte auf das glockenförmige Dach, und als er dort oben fertig war, überprüfte er jeden Zentimeter des Betonfundaments. Sie vermutete, dass Mikes Interesse an dem hübschen kleinen Gebäude über den aktuellen Fall hinaus reichte, aber sie wusste, dass er ihr das nicht direkt eingestehen würde. Sie würde es ihm abschmeicheln müssen – oder eine List einsetzen müssen, um es herauszubekommen. Das war ein Sport, den sie allmählich genoss.

Als Mike seine Besichtigung beendet hatte, rechnete sie damit, dass er sagen würde, sie müssten jetzt gehen – zweifelsohne zu ihrer »Sicherheit« –, aber er überraschte sie, indem er sich neben sie auf dem weichen, duftenden Unterwuchs des Baumes ausstreckte und die Hände unter dem Kopf verschränkte. Sein Ellbogen war nur wenige Zentimeter von ihrer Hüfte entfernt, berührte sie fast, aber nicht ganz.

Sie lehnte sich gegen den Baumstamm zurück. Sie wollte diesen Ort nicht verlassen. Nie mehr.

»Das Haus muss von Grund auf saniert werden«, sagte er in die Stille hinein.

»Hm, stimmt.«

»Das klingt fast so, als wärst du froh darüber.«

»Ich habe Luke bei der Renovierung von Edilean Manor geholfen, und das hat mir großen Spaß gemacht.«

»Und du würdest dich gern auf dieses Haus stürzen. Ich sag dir was, du machst die Entwürfe, und ich säge die Bretter zu.«

Sara wollte lachen, aber sie konnte nicht. Sie hatte es noch immer nicht verwunden, dass Merlins Farm niemals ihr gehören würde. »Das wird deine Frau machen wollen.«

»Ich denke gar nicht daran zu heiraten. Bei meinem Job kann jeder Tag der letzte sein.«

»So viel ich höre, könnte das auch bei mir der Fall sein«, sagte Sara leichthin.

»Nicht, wenn ich es verhindern kann«, antwortete Mike leise.

Ein verlegenes Schweigen breitete sich zwischen ihnen aus, deshalb kam Sara wieder auf das Haus zu sprechen. »Zumindest ist der größte Teil der Vertäfelung, die der erste Merlin angebracht hat, noch immer vorhanden.«

»Und wer war das?«

»Ich vermute Alexander McDowell.« Sie schmunzelte. »Tut mir leid, das ist ein Insiderwitz. Sämtliche Erstgeborene der McDowells werden Alexander getauft. Der Familienzweig stammt aus Schottland und geht auf Angus McTern Harcourt zurück. Er ist der Mann, der unsere kleine Stadt gegründet und sie nach seiner Frau benannt hat.«

»Wieder ein Name, den ich häufig gehört habe.«

Sie sah ihn fragend an.

»Großmutter sagte, dass in Edilean nur die Nachkommen von Angus Harcourt eine faire Chance bekommen haben.«

»Das stimmt wahrscheinlich«, pflichtete ihm Sara bei, »aber schließlich ist es *unsere* Stadt.«

Mike stöhnte auf.

»Das klingt nach einer echten Aristokratin.«

»Ich glaube nicht, dass die Abstammung von einem Schotten, der höchstwahrscheinlich ein Dieb und Geiselnehmer war, mich zur Aristokratin macht. Ariel hat erzählt, dass der Mann sich als blinder Passagier auf ein Schiff geschmuggelt hat – und das war nicht die *Mayflower.*«

Mike drehte sich auf die Seite, um sie anzusehen. »Du wirkst auf mich wie eine Lady.« Er fand sie unglaublich schön, wie sie da auf dem Boden unter dem großen, alten Baum saß. Er stellte sie sich mit einem breitkrempigen Hut und ihrer Näharbeit vor. »Dieser Platz passt zu dir.« Er rollte sich wieder auf den Rücken, denn er musste aufhören, sie anzusehen, sonst würde er die Hand ausstrecken und sie berühren. Er zwang sich, wieder an den Fall und an Stefan Vandlo zu denken. Vandlo würde *niemals* in einem alten Haus wohnen, vor allem in keinem so kleinen wie diesem, dachte Mike. Nach dem Geschäft zu schließen war Vandlo eher der Typ, der goldene Wasserhähne im Gästebad bevorzugte.

Sie schwiegen eine Weile, dann konnte Sara sich ihre Frage nicht länger verkneifen: »Warst du je verliebt?«

»Nein.« Mike legte eine Pause ein. »Aber einmal beinahe.«

»Was ist passiert?«

»Als sie herausfand, dass ich nicht der war, als den ich mich ausgegeben hatte, und ihr Mann ins Gefängnis gesteckt wurde, war ihre Liebe zu mir dahin. Schlagartig.«

»Das kann ich mir denken.«

»Später habe ich erfahren, dass sie die Kaution für seine Geliebte gestellt und sie freibekommen hat, und sie sind zusammengezogen. Aber *mir* hat sie nie verziehen.«

Sara musste lachen. »Was für ein seltsames Leben du geführt hast.«

»Ich vermute, das hängt nur vom Blickwinkel ab. Und, was würdest du tun, wenn das Haus dir gehören würde?«

Sie zögerte keine Sekunde. »Zuerst würde ich den Obstgarten erneuern.«

»Nicht zuerst das Haus? Kein weißer Marmor in der Küche?«

»Bäume brauchen Zeit zum Wachsen. Dieser Marmor wartet irgendwo in einem Lager auf mich.«

»Glaubst du, Anders würde dem allem zustimmen?«

»Anders? Wieso nennst du ihn nicht mehr ›Greg‹?«

»Sara«, erklärte er bedächtig, »ich bin diesem Mann, mit dem du verlobt bist, nie begegnet, aber nach allem, was ich gehört habe, glaube ich nicht, dass er dich verdient hat. Bist du sicher, dass du ihn heiraten willst? Würdest du nicht lieber ...«

»Wag es bloß nicht, es auszusprechen.« Sie wollte nicht, dass seine Worte den Zweifel verstärkten, der sich in ihrem Kopf festzusetzen begonnen hatte. »Für die Hochzeit ist alles arrangiert. Ich habe ständig Termine mit der Planerin.«

»Wie willst du Merlins Farm kriegen, wenn sie *mir* gehört?«

»Ich weiß nicht.« Sara hörte selbst die Frustration, die in ihrer Stimme mitschwang. »Es hat den Anschein, als hätte sich in meinem Leben alles verändert, seit ich dir begegnet bin. Davor wusste ich genau, was ich wollte, aber jetzt ... ich weiß nicht. Ich scheine nicht klar denken zu können.«

»Das ist das Beste, was ich seit Monaten, vielleicht seit Jahren, gehört habe.«

»Vielleicht für dich, aber nicht für mich«, murmelte sie.

Mike stand auf und streckte ihr die Hände hin. Als sie vor ihm stand, hielt er sie weiter fest. »Sara« – seine Stimme klang sanft –, »manchmal habe ich das Gefühl, dich schon ewig zu kennen.« Er beugte sich vor, um sie zu küssen, und als sie sich nicht rührte, fühlte er sich ermuntert.

Als sein Mund nur noch wenige Zentimeter von ihren Lippen entfernt war, fragte sie: »Hast du das auch zu der Frau gesagt, deren Mann du verhaftet hast?«

Mike wich zurück. »Was?«

»Deine Frauen, diejenigen, die du umworben und dann verraten hast. Hast du denen das Gleiche gesagt wie jetzt mir? Du weißt schon, dass ich die schönste, die aller...«

Er ließ ihre Hände los. Ja, er hatte ihnen zum Teil das Gleiche gesagt wie jetzt Sara, aber ... Er wandte sich ab. Der Unterschied bestand darin, dass er dieses Mal meinte, was er sagte – und diese Erkenntnis schockierte ihn. »Bist du bereit zu gehen?«

»Jetzt bist du also sauer auf mich?«

Er drehte sich ihr zu. »Ich habe getan, was ich tun musste, was immer notwendig war, um der Gerechtigkeit zum Sieg zu verhelfen. Und nur zu deiner Information, ich habe nie jemanden ins Gefängnis gebracht, der es nicht verdient hatte. Und viele der Frauen, die eigentlich hätten angeklagt werden müssen, habe ich laufen lassen.«

Sara blieb von Mikes Verärgerung ungerührt. Sobald Greg wütend auf sie war, verspürte sie eine Art Panik – und häufig Verwirrung. Sie war sich nur selten sicher, was sie getan hatte, um seinen Zorn zu erregen. Sie wusste lediglich, dass sie ihn besänftigen und dafür sorgen musste, dass er ihr verzieh und alles wieder so war wie in den ersten Monaten ihrer Beziehung.

Aber bei Mike fühlte sie diese Verwirrung nicht. Seine Verärgerung hatte immer einen Grund und wurde durch irgendetwas ausgelöst. Gregs irrationaler Zorn, der keine Ursache hatte, war es, der sie verrückt machte.

Sie erinnerte sich daran, dass Mike, egal wie sehr sie ihn vielleicht mochte, nur vorübergehend hier war. Er war hier auf einer Mission, und wenn diese erledigt war, würde er abreisen und sie ihn nie wiedersehen – höchstens vielleicht als Tess' Bruder. Aber selbst das bezweifelte sie. Tess hatte seit Jahren in Edilean gelebt, und Mike hatte sie nie besucht.

Und was Merlins Farm anbelangte, so hatte Mike klargemacht, dass dies Tess' Idee gewesen war. Nach dem Ausscheiden aus dem Dienst würde Mike wahrscheinlich im sonnigen Florida bleiben, und die Farm würde an die McDowells zurückfallen.

»Warum schaust du mich so an?«, fragte er.

»Ich habe nur gerade daran gedacht, wie verschieden wir beide sind. Ich wünsche mir etwas Dauerhaftes, jemanden, mit dem ich das Leben verbringen kann. Ich will Kinder und Obstbäume haben. Du dagegen …« Sie hielt inne. »Was willst du eigentlich? Weißt du das überhaupt?«

Keine Frau hatte ihm je zuvor solche Fragen gestellt, und er wusste nicht, wie er sie beantworten sollte. Er hatte sein ganzes Leben damit verbracht, von etwas weg zu kommen, nicht auf etwas zuzugehen. Aber Sara war nicht wie die anderen Frauen, und sie war die Ursache, dass er sich selbst in Frage stellte.

»Wenn du mir jetzt sagst, dass ich anders bin als all die anderen Frauen, raspelst du aus Pflichtgefühlt heraus Süßholz?«

Sie war so direkt, dass Mike zwangsläufig loslachen musste. »Das habe ich mir gerade überlegt.« Er blickte zum Himmel hinauf. »Es sieht so aus, als könnte es zum Regnen kommen. Ich denke, wir sollten gehen.«

Sara setzte sich in Richtung Auto in Bewegung, doch Mike fasste sie am Arm und zog sie an sich. Einen Augenblick dachte sie, er würde sie küssen. Stattdessen legte er den Finger über die Lippen. Sara lauschte, konnte aber nichts hören.

Mike hielt ihre Hand fest und blickte sich um. Es gab nur zwei Fluchtwege. Der eine verlief durch das hohe Gras auf der Rückseite des Sommerhauses, aber dort würden sie eine Spur hinterlassen. Der andere bestand darin, den offenen Bereich zu überqueren und zu versuchen, zur Scheune zu gelangen – aber dann würde derjenige, der sich näherte, sie zwangsläufig sehen.

Mike schaute in den alten Baum hinauf, dann sah er Sara fragend an. Sie nickte.

Hinter ihnen war das schwache Geräusch knirschender Kieselsteine zu hören und Mr Lang, der mit seiner unverkennbaren Stimme vor sich hin murmelte. Als sie ein Kind gewesen war, hatten sich ihre Schwestern immer über sie lustig gemacht, denn wenn Mr Lang auf dem Bauernmarkt bei ihrem Stand vorbeigekommen war, hatte Sara sich unter den Verkaufstisch geduckt. Selbst heute noch jagte ihr sein Kommen Angst ein.

Mike deutete auf ihre Füße, dann klopfte er sich auf die Schultern. Sie brauchte einen Augenblick, bis sie begriff, was er meinte, dann nickte sie.

Er trat an den Baum, ging in die Hocke und schaute Sara über die Schulter an. Wäre es in diesem Moment nicht so wichtig gewesen, leise und schnell zu sein, dann hätte sie behauptet, er könne sie aus dieser Hockposition unmöglich hochheben. Aber es blieb keine Zeit für Diskussionen. Schnell schlüpfte sie aus ihren Sandalen, schob sich die Riemen über die Handgelenke und stellte sich auf Mikes Schultern. Sofort erhob er sich, und die Schnelligkeit, mit der er das tat, verschlug Sara beinahe den Atem. Sie stützte sich mit den Händen am Baum ab und erreichte problemlos einen Ast. Schwieriger war es, sich darauf zu schwingen, und ausnahmsweise einmal wünschte sie sich, sie hätte eine ihrer Jeans angezogen, von denen sie zwei besaß. Aber sie hatte keine Zeit, daran zu denken, ob es passend war, ein Kleid zu tragen, oder ob sie es zerreißen könnte. Sie schwang ein Bein über den dicken Ast und setzte sich in die Gabelung.

Mike blickte von unten fragend zu ihr hinauf. Sie nickte, und nach wenigen Sekunden machte Mike einen Satz, bekam den Ast zu fassen und schwang sich darauf.

Sara konnte Mr Lang inzwischen deutlicher hören und sah durch die Büsche, dass sich unten etwas bewegte. Er kam näher.

Mike berührte sie am Arm, und als sie ihn ansah, nickte er nach oben. Er wollte, dass sie noch weiter hinaufkletterten. Er gab ihr ein Zeichen, sitzen zu bleiben, während er auf dem Ast aufstand. Als er sich nach vorn beugte, die Arme in Richtung eines anderen Astes ausgestreckt, schnappte Sara vor Angst laut nach Luft.

Mike drehte sich um und sah sie stirnrunzelnd an, doch als er bemerkte, dass sie Angst um ihn hatte, setzte er ein schwaches, freches Grinsen auf. In der nächsten Sekunde hielt er sich an einem höheren Ast fest und schwang sich darauf. Er beugte sich hinunter und streckte Sara beide Arme entgegen.

Sie zögerte nicht und ergriff seine Hände, so wie sie es beim Fenster getan hatte, doch sollte sie dieses Mal hinunterstürzen, würde sie sich ernsthaft verletzen.

Mike packte sie an den Handgelenken und zog sie hinauf. Es war eine ungünstige Bewegung, und sie konnte sehen, dass er sich trotz der Tatsache, dass er ihr gesagt hatte, wie leicht sie sei, anstrengen musste.

Der zweite Ast war kleiner als der erste und bot wenig Platz. Mike lehnte sich gegen den Baumstamm zurück, ließ die Beine baumeln und zog Sara in seine Arme, ihren Rücken gegen seine Brust gedrückt.

Sie wusste, dass er die Position so geplant hatte, und wären die Umstände anders gewesen, dann hätte sie sich aus seiner Umklammerung gewunden. Vielleicht, dachte sie. Vielleicht hätte sie sich herausgewunden, aber sie musste zugeben, dass es sich gut anfühlte, wenn sie ihren Körper an seinen drückte. Mikes Kinn lag auf Saras Kopf. Perfekt.

Sie überlegte so angestrengt, dass sie vergaß, warum sie und Mike in einem Baum saßen, deshalb hätte sie beinahe etwas gesagt, als sie Mr Lang auf der Lichtung unter sich hörte. Doch Mikes Arm umschlang sie noch fester, und sie lehnte sich gegen ihn zurück. Als sie seine Wange mit den Bartstoppeln an ihrem Nacken spürte, schloss sie die Augen. Sein Atem war weich, und sie konnte seinen süßen Duft riechen.

Seine Hände fuhren an ihrem Kopf hinauf, und sie spürte seine starken Finger in ihren Haaren, an ihrem Schädel. Sie schloss die Augen, lehnte den Kopf zurück und neigte ihn zur Seite, damit er an ihren Hals herankam.

Doch der erwartete Kuss blieb aus. Stattdessen spürte sie, wie sich Mikes Körper anspannte und seine Hände an Ort und Stelle erstarrten.

Widerwillig schlug sie die Augen auf. Mikes Wange schmiegte sich an ihre, und er schaute auf Mr Lang hinab. Sara bewegte sich ein wenig, damit sie den Mann besser sehen konnte. Er hatte zwei große Plastikeimer mitgebracht, die beide voll waren, aber sie konnte nicht erkennen, was sie enthielten. Er murmelte mit seiner kehligen Stimme vor sich hin. Sie konnte nicht hören, was er sagte, aber er klang wütend.

Die Tatsache, dass sie an Mike gelehnt dasaß, interessierte sie viel mehr, als was Mr Lang gerade wieder Abscheuliches vorhatte. Vermutlich baute er eine neue Falle, dachte sie.

Als Sara ihre Wange an Mikes bewegte, wich er zurück, und sie unterdrückte einen Seufzer. Natürlich stimmte es nicht, aber ihr erster Gedanke war, dass ein weiterer Mann das Interesse an ihr verloren hatte. In ihrem Leben hatten viele Männer etwas von ihr gewollt, doch nur zwei – und Mike – hatten sie interessiert. Aber Mike konnte sie nicht wirklich als einen der Männer in ihrem Leben zählen, oder?

Gerade, als ihr diese Gedanken durch den Kopf gingen, hörte sie Mr Lang den Namen *Greg Anders* aussprechen. Sie hörte ihn deutlich genug, dass sie unüberlegt nach Luft japste.

Sofort schob Mike die Hand über ihren Mund. Mr Lang unter ihnen hielt in dem, was er gerade tat, inne und schaute sich um.

Mike zog die Hand weg, und Sara hielt den Atem an. Würde Mr Lang sie über sich im Baum entdecken, dann würden sie nie herausfinden, wieso er Gregs Namen gemurmelt hatte.

Mike deutete auf den Ast weiter unten, und sie wusste, dass er auf ihn hinabsteigen wollte, um besser hören zu können. Mit großem Geschick entfernte Mike sich rasch von Sara, packte einen Ast über seinem Kopf und schwang sich auf den Ast unter ihnen. Er streckte sich bäuchlings flach darauf aus und lauschte.

Sara war sich nicht sicher, ob sie überhaupt hören wollte, was der alte Mann sagte. Wäre es nicht besser, es nicht zu wissen, falls der Mann, den sie heiraten wollte, irgendwie in das verstrickt war, was Mike als Krieg bezeichnet hatte? Greg hatte doch sicher nichts getan – und würde nichts tun –, was Mr Lang veranlasste, überall auf seinem Grundstück Fallen aufzustellen.

Erst als sie das Wort *Hunde* aufschnappte, richtete sie sich ein wenig auf. Unter ihr, zu ihrer Rechten, blickte Mike zu ihr hinauf. Auch er hatte das Wort gehört.

Sara wollte sich instinktiv die Ohren zuhalten. Falls Greg etwas getan hatte, was er nicht hätte tun dürfen, wollte sie es lieber nicht wissen.

Andererseits wusste sie, dass sie, wenn sie nicht zuhörte, das Unvermeidliche nur hinauszögerte.

Mit einer entschlossenen Geste befestigte Sara ihre Sandalen an ihrem Arm, dann streckte sie sich genau wie Mike auf dem Ast aus und wandte ihre Aufmerksamkeit dem alten Mann unten zu. Es war leicht zu erkennen, dass er eine weitere Falle baute. Er brachte eine fast unsichtbare Angelschnur aus Nylon am Boden der Tür zum Sommerhaus an und befestigte dann im Inneren etwas daran, aber sie konnte nicht sehen, worum es sich handelte.

Minuten später hörte sie ihn kichern – ein leises, hässliches Geräusch –, und er trat ein paar Schritte zurück, um sein Werk zu begutachten. Er griff nach einem kleinen Stein, warf ihn und traf die Schnur beim ersten Versuch.

Zu Saras Entsetzen kamen vier große Pfeile mit Stahlspitzen aus der Türöffnung geschossen und landeten in den Bäumen auf der anderen Seite.

Sara musste sich den Mund zuhalten, um nicht aus Protest aufzuschreien. Sie sah zu Mike hinab, und er formte mit den Lippen »Okay?« Sie nickte, aber es fiel ihr nicht leicht. Wären sie und Mike etwas später oder morgen hierher gekommen, dann hätte die Gefahr bestanden, dass die Metallspitzen ihn getroffen hätten, denn Mike ging ja immer voran.

Als Mike ihr zulächelte, half ihr seine Gelassenheit, ihr Gleichgewicht wiederzugewinnen. Er wandte sich ab, als Lang erneut zu murmeln begann, dieses Mal jedoch lauter.

»Das wird dir eine Lehre sein, Greg Anders«, sagte Brewster Lang, während er die Pfeile aus dem Holz zog und die Falle wieder scharfmachte. »Du kannst meine Hunde nicht töten und damit ungestraft davonkommen. Ich hoffe, diese Pfeile bringen *dich* um!«

Wütend sammelte er sein Werkzeug ein, steckte es in die Eimer und machte sich auf den Weg zum Haus zurück.

Mike schaute zu Sara hinauf und wartete mindestens zehn Minuten, bis er auf dem dicken Ast aufstand.

»Kannst du zu mir herunterkommen?«, fragte er.

Sie war von dem Gehörten abgelenkt. »Klar.« Mike ergriff ihre Hand, und Sara machte einen großen Schritt, aber sie war nicht konzentriert bei der Sache und rutschte ab.

Doch Mike packte sie. Er hielt sich mit der einen Hand an einem Ast über seinem Kopf fest und Sara mit der anderen. So schnell sie konnte, kletterte sie zu ihm hinauf und lehnte sich an ihn. Sie standen auf dem Ast, Mike stützte sich mit dem Rücken an den mächtigen Stamm und umschlang Sara mit beiden Armen.

Sie stand da, die Arme an seiner Brust verschränkt, und war froh, bei ihm in Sicherheit zu sein. Wann hatte Greg das getan?, fragte sie sich. Er war doch immer im Geschäft gewesen, wann hatte er also Zeit gehabt, zu Merlins Farm zu fahren?

Und *warum?* Nur weil er das Anwesen haben wollte? Glaubte Greg etwa, Mr Lang wäre der Grund, wieso Rams ihm die Farm nicht verkaufen wollte? Oder war der Grund, dass Sara, die Frau, die er liebte, sie haben wollte?

Mike legte die Hand unter ihr Kinn und hob ihr Gesicht an. »Bist du sicher, dass du in Ordnung bist?«

»Ja«, antwortete sie. »Ich bin schockiert, aber mir geht es gut. Was ist mit dir?«

»Ich bin nicht schockiert«, sagte er hastig und schaute sich um. »Obwohl ich gern den ganzen Tag genau so hier stehen bleiben würde, glaube ich, wir sollten hinunterklettern und verschwinden.«

Auch Sara wollte nicht gehen. Außerdem wusste sie, dass sie, sobald sie wieder unten auf der Erde stand, der Wahrheit über den Mann, den sie heiraten wollte, ins Auge sehen musste.

»Sara?«

»Ich weiß«, sagte sie, während sie nach oben griff, um sich an einem Ast festzuhalten.

Mike wandte sich ab, doch dann drehte er sich noch einmal um und drückte ihr einen flüchtigen Kuss auf die Wange. »Es kommt alles in Ordnung. Ich verspreche es dir.«

»Ja, klar«, antwortete sie und versuchte, zu lächeln, schaffte es aber nicht richtig.

Mike sprang von dem tieferen Ast herunter und überredete Sara, sich in seine Arme fallen zu lassen. Er versuchte, einen Spaß darüber zu machen, dass sie ihn beinahe umgeworfen hätte, aber als er ihre Miene bemerkte, ließ er es bleiben.

Er führte sie rasch hinter die Hecke und am Haus vorbei zu seinem Auto. Er entriegelte es und hielt ihr die Tür auf. Als er sah, dass ihre Hände zitterten, befestigte er für sie ihren Gurt, dann ging er auf die Fahrerseite.

Die halbe Strecke zu Saras Wohnung schwiegen beide. Mike wollte Sara die Zeit lassen, die sie brauchte, um das Gehörte zu verarbeiten. Er selbst hätte Lang dagegen am liebsten angerufen und ihm gedankt. Ab jetzt würde Mike den Prozess beginnen, der damit enden würde, dass er Sara die Wahrheit eröffnen konnte, nämlich dass der Mann, den sie heiraten wollte, sie nur deshalb begehrte, weil … Das hatte er leider noch nicht herausgefunden. Er warf einen Blick zu Sara hinüber, die stumm neben ihm saß. Ihr hübsches Kleid war mit Blättern und Zweigchen bedeckt, und an der Schulter war es eingerissen.

»Das mit deinem Kleid tut mir leid«, sagte er.

»Glaubst du, Greg hat meinetwegen versucht, Merlins Farm zu bekommen?«

»Diese Frage kannst du besser beantworten als ich.«

»Vielleicht hat Greg alles in seiner Macht Stehende getan, um Mr Lang zu vertreiben, aber er hätte die Hunde doch nicht umgebracht. Ich glaube, das muss ein zeitlicher Zufall gewesen sein, und Mr Lang hat das ohne jeden Beweis miteinander in Zusammenhang gebracht.«

Es war zu früh, als dass Mike ihr hätte sagen können, was er wusste. Als er jünger war, hatte er auf die harte Tour gelernt, nicht zu früh zu viel zu verraten. Gleich bei seinem ersten Undercover-Fall hatte er einer Frau fröhlich mitgeteilt, dass ihr Mann mit Waffen handelte und zwei Geliebte hatte. In seiner Naivität war er davon ausgegangen, dass die Frau ihm für die Informationen dankbar sein würde. Aber sie hatte genau gegensätzlich reagiert. Sie hatte Mike einen Lügner geschimpft und bis zum Schluss zu ihrem Mann gehalten. Als sie abgeführt und ins Gefängnis gebracht wurde, hatte sie Mike angespuckt. Ja, er hatte gelernt, vorsichtig zu sein. »Bist du sicher, dass du ihn gut genug kennst, um das behaupten zu können?«

»Greg mag nicht der ehrbarste Mensch auf der Welt sein, aber er ist ein guter Mann.« Sara schwieg einen Augenblick. »Ich weiß, dass Greg einige Dinge macht, die mir missfallen, aber …«

»Was zum Beispiel?«

Sie erzählte ihm davon, dass Greg die Kleidergrößen vertauschte. »Aber das macht er ja nur, damit die Frauen sich gut fühlen. Das heißt noch lange nicht, dass er Hunde vergiftet.«

»Ich habe nicht gesagt, dass sie vergiftet worden sind, und ich weiß das gar nicht. Was bringt dich dazu, das zu sagen?«

Sie zögerte eine ganze Minute lang. »Der Besitzer der Drogerie in Edilean hat mir gesagt, ich Greg soll daran erinnern, dass er mit dem Rattengift, das er gekauft hat, vorsichtig umgehen muss.«

Mike biss sich auf die Zähne, weil das etwas war, was sie ihm bisher verschwiegen hatte. »Ich gehe davon aus, dass ihr kein Problem mit Ratten habt?«

»Als ich ihn danach gefragt habe, hat er gesagt, in der rückwärtigen Mauer des Geschäfts wäre ein Rattennest. Es ergab Sinn, dass er Gift kauft.« Sie holte Luft. »Auch wenn ich noch immer nicht glaube, dass Greg so etwas tun würde, wünschte ich, ich könnte Mr Lang seine Hunde ersetzen.«

Mike grinste sie an. »In diesem Punkt hast du Glück.«

»Wieso?«

»Bei diesem Fall arbeite ich für das FBI, und weißt du, warum wir uns ihre Prahlerei mit ihrer Großartigkeit gefallen lassen?«

»Nein.«

»Geld. Die haben Dollars in Hülle und Fülle. Sag mir, welche Hunderasse Lang hatte, dann ersetzen wir sie ihm.«

»Ich war noch ein Kind, als ich sie gesehen habe, deshalb kenne ich die Rasse nicht. Aber ich habe sie schön gefunden. Meine Mutter hat einmal gesagt, dass es irische Hunde sind.«

»Würdest du sie erkennen, wenn du ein Bild von ihnen siehst?«

»Vielleicht.«

Er reichte ihr sein Handy. »Schreib Tess eine SMS, dass sie dir Fotos von irischen Hunden schicken soll.«

»Du denkst immer an deine Schwester, aber du vergisst, dass sie mit meinem Cousin verheiratet ist. Wie wäre es, wenn ich Rams eine SMS schreiben würde, dass er mir sagen soll, welche Hunderasse Mr Lang hatte?«

»Noch besser.« Er lächelte sie an.

»Wieso schaust du mich so an?«

»Ich dachte gerade daran, wie sehr du den anderen Frauen ähnelst, mit denen ich zusammengearbeitet habe.«

Sein Sarkasmus amüsierte sie. »Die haben sich nicht mit dir auf Bäumen versteckt?«

»Nein, und sie haben eine Menge versäumt. Mir hat es gefallen, dich festzuhalten.« Als Sara weiter geradeaus blickte, fügte er hinzu: »Und sie wollten einem alten Mann, den sie nicht leiden konnten, die Hunde nicht ersetzen.« Mike musste den Blick abwenden, um seine Freude darüber zu verbergen, wie der Tag verlaufen war – und über die Art und Weise, wie Sara stirnrunzelnd dasaß.

»Wie wäre es, wenn wir uns heute Abend von dem Fall freinehmen würden?«, fragte er.

Saras Miene hellte sich auf. »Sollen wir wieder gemeinsam Filme anschauen?«

»Ich dachte, wir könnten vielleicht in deine Wohnung gehen und dort das Abendessen zubereiten. Du hast mir dein Apartment noch nicht einmal gezeigt.«

»Ich vermute, du hast vergessen, dass ich keine Spüle habe.« Sie sah ihn mit leicht zusammengekniffenen Augen an. »Du möchtest alles durchsuchen, was ich besitze, stimmt's?«

»Ja«, antwortete er, aber mit so laszivem Tonfall, dass sie lachte.

»Das stört mich kein bisschen. Du darfst nicht nur den Schmuck anschauen, den Tante Lissie mir vererbt hat, sondern ihn auch anprobieren.«

»Mir wäre es lieber, du würdest für mich das Modell machen.«

»Nach dem, was ich heute über meinen Verlobten gehört habe, tue ich das vielleicht sogar.«

Mike grinste übers ganze Gesicht.

13

Alles an Saras Wohnung schien das Etikett »Familie« zu tragen. Während Tess' Apartment wie auch die Wohnungen von Mike mit neu gekauften Möbeln eingerichtet und meist gut geplant waren, glaubte er nicht, dass Sara auch nur einen einzigen Teller besaß, der ihr nicht von ihren Freunden oder Verwandten geschenkt worden war. Und was sie gekauft hatte, war sorgfältig ausgewählt worden, weil es alt und auf diese romantische Weise gebraucht wirkte, die Frauen gefiel.

Kaum hatte sie die Tür geöffnet – die natürlich unverschlossen gewesen war –, war sie in ihrem Schlafzimmer verschwunden. Doch Mike blieb in der Tür stehen und schaute nur.

Obwohl Saras Wohnzimmer den gleichen Grundriss hatte wie das von Tess, hätten sie nicht unterschiedlicher sein können. Saras Zimmer wirkte wie aus der Sendung »Möbel im Laufe der Jahrhunderte« im History Channel.

Sie hatte eine große pfirsichfarbene Couch mit riesigen walzenförmigen Armlehnen. Mike war kein großer Historiker, aber er konnte sich Damen in langen Kleidern vorstellen, die auf diesem Sofa sitzen und Tee trinken. Der Sessel daneben war fast genauso vornehm und mit Blumenstoff bezogen. Auf der anderen Seite stand ein großer, alter brauner Ledersessel, und Mike war sich sicher, dass er einen solchen einmal in irgendeinem Film über den Zweiten Weltkrieg gesehen hatte.

Überall im Zimmer standen kleine Tische und Nippsachen herum, die das ganze Spektrum von der Zeit Thomas Jeffersons bis in die 1980er Jahre abdeckten. Nichts von dem, was er sah, war neu. Und überall gab es Fotos in Bilderrahmen. Sie reichten von Aufnahmen, die so alt wirkten, als hätte Matthew Brady sie aufgenommen, bis zu einem Schnappschuss von Tess an ihrem

Hochzeitstag. Mike schmunzelte, als er sah, dass sie einen dunkelblauen Hosenanzug getragen hatte, den sie wahrscheinlich später zur Arbeit anziehen würde. Genügsamkeit und Wiederverwertung waren ihm und Tess beigebracht worden, lange bevor dies modern geworden war.

»Und, wer hat dir alle diese Sachen geschenkt?«, rief er Sara zu.

»Alle«, antwortete sie. »In der Stadt gibt es eine Redensart: Wenn du es nicht haben willst, schenke es der armen Sara.«

Mike schnaubte auf, als er das hörte. Nichts konnte weiter von Wahrheit entfernt sein, denn jedes Stück war sorgfältig ausgesucht worden. Er fuhr mit der Hand über einen kleinen Tisch, der auf den Seiten verlängert werden konnte. Er kannte sich mit Antiquitäten nicht aus, aber er hatte viel Zeit in den Häusern Wohlhabender verbracht und wusste, dass Saras Tischchen einiges wert war. Hätte er es mit einem anderen Kriminellen zu tun gehabt, hätte er gesagt, dass der Schatz, nach dem gesucht wurde, sich irgendwo in diesem Zimmer befinden musste. Aber Stefan hatte hier mit Sara zusammengewohnt, deshalb musste er das alles gesehen – und gewusst haben, dass es irgendwo etwas Wertvolleres gab.

Sara kam ins Zimmer. Sie hatte geduscht und ein Kleid aus hellblauer Baumwolle angezogen, und er dachte, dass sie nie hübscher ausgesehen hatte.

Sara ging zu Mike und drehte ihm den Rücken zu. »Könntest du das bitte zuknöpfen?«

Etwa dreißig kleine weiße Knöpfe stellten den Verschluss im Rücken dar, und er begann mit dem untersten. Sie trug einen altmodischen Slip, und er fragte sich, ob sie auch ihre Kleider geerbt hatte. »Aus diesem Kleid kommst du aber nicht sonderlich schnell heraus«, stellte er im Scherz fest und ließ sich mit dem Zuknöpfen Zeit.

»Aber das ist ja gerade der Punkt, nicht wahr?«

Mike kicherte. »Vermutlich. Da. Fertig. Jetzt erzähl mir von deinem Zuhause. Hast du in deinem Leben jemals ein Möbelstück gekauft?«

»Nein. Nur Nippsachen. Genau genommen bezahlt mein Dad die Pacht für ein großes Abteil in einer Lagerhalle in Williamsburg, das voll ist mit alten Möbeln und Fotos, die Verwandte mir geschenkt haben. Die mögen die Sachen von IKEA, ich mag Edwardianisches.«

»Das klingt nach einer riesigen Aussteuertruhe.«

»Früher habe ich das auch gedacht.«

»Und hast du das, was da gelagert wird, Anders gezeigt?«

»Ich möchte gar nicht wissen, wie du das erraten hast, aber ja, Greg und ich haben drei Tage damit verbracht, alles durchzuschauen. Er wollte sehen, was wir gebrauchen können, wenn wir unser eigenes Haus beziehen. Ich hatte geplant, alles zu Brian mitzunehmen, aber …«

»Wer ist das?«, fiel Mike ihr ins Wort. Er blickte auf ein Foto von zwei hübschen jungen Frauen mit ihren gleichermaßen niedlichen Kindern. Er mutmaßte, dass es sich um Saras ältere Schwestern handelte.

»Mein erster fester Freund.« Sie erwähnte jedoch nicht, dass sie sich so sicher gewesen war, sie würden heiraten, dass sie sechs Monate nach ihrer ersten Begegnung eine ausgezeichnete Stelle als Konservatorin am Boston Museum abgelehnt hatte. Ihr Leben mit Brian hätte sie in eine andere Richtung geführt, und genau das hatte sie sich damals so sehr gewünscht.

Als Mike Sara fragend ansah, zuckte sie mit den Schultern. »Hat mit mir Schluss gemacht. Schluchz, schluchz. Hab Mitleid mit Sara.«

Er wusste, dass sie das als Spaß meinte, aber er konnte den Schmerz aus ihrer Stimme heraushören. »Der dümmste Mann, von dem ich je gehört habe«, sagte er und freute sich über ihr Lächeln. »Und was hält der Verlobte von alldem?«

Sara lachte. »Dass es ein gutes Freudenfeuer ergibt. Er steht auf Chrom und Glas.«

Mike wandte sich ab, damit sie seine finstere Miene nicht sehen konnte. Falls Vandlo so ehrlich von seinen Vorlieben und Abneigungen gesprochen hatte, und diese sich von Saras so sehr unterschieden, warum zum Teufel wollte sie ihn heiraten? Er setzte sich in den großen Ledersessel. »Mir gefällt, was du hier hast. Kein Chrom, und ich hasse Tische mit Glasplatten. Die zerbrechen bei Schlägereien und können zu Schnittwunden führen. Ich habe einmal einen Mann mit durchtrennter Halsschlagader gesehen, die …« Er verstummte und zuckte mit den Achseln. Sara blieb stehen und starrte auf ihn hinab.

»Sind mir Hörner gewachsen?«, fragte er.

»Du siehst in diesem Sessel aus, als wärst du hier zu Hause. Du siehst aus wie ein Pilot des Ersten Weltkriegs. Ich habe dich geradezu in einer Bomberjacke vor Augen.«

»Du meinst, wie einer dieser Typen, die umgekommen sind, bevor sie dreiundzwanzig wurden? Den Roten Baron bekämpft haben und in ihren brennenden Maschinen abgestürzt sind?«

»Ja, genau das meine ich.« Sie setzte sich auf die Kante ihres Sofas und sah ihn weiter an. »Greg …«

»Was ist mit ihm?« Mike bemühte sich, nicht allzu interessiert zu klingen.

»Nichts. Du siehst gut aus in diesem Zimmer. Die meisten Männer fühlen sich hier unwohl, aber du siehst aus, als wärst du gebildet und in der Welt herumgekommen und hättest in deinem Leben einiges unternommen.«

»Sara«, hob er sanft an, aber sie stand auf, bevor er noch mehr sagen konnte.

»Ich hole den Schmuck.« Sie eilte durch den kleinen Flur in ihr Schlafzimmer.

Mike besah sich den Rest des Apartments. Die Küche musste erneuert werden, und wo sich die Spüle befunden hatte, klaffte ein großes Loch. Er konnte sich über die Art und Weise, wie Luke dieses Apartment unbewohnbar gemacht hatte, ein Schmunzeln nicht verkneifen.

»Hat Anders denn *irgendwas* gefallen?«, rief er Sara zu. »Vielleicht ein Sessel oder sogar ein Foto?« Er senkte die Stimme, als sie ins Wohnzimmer zurückkam.

»Eigentlich nicht.« Sie reichte Mike eine kleine Holzschatulle.

Als er sie aufklappte, sah er sechs Schmuckstücke. Sie waren altmodisch, und er bezweifelte nicht, dass die Steine echt waren, aber selbst dann war keiner groß genug, um von Wert zu sein. Jedenfalls nicht genug, um einen Vandlo in Versuchung zu führen. Er klappte die Schatulle wieder zu. »Ich glaube nicht …«

»Ich weiß. Die guten Sachen haben ihre Schwiegertöchter bekommen. Rams Mutter hat ein paar große Klunker, die sie nie trägt. Ich habe die hübschen Sachen gekriegt.«

»Sara, du könntest Schmuck aus Eisen tragen, und der würde an dir gut aussehen.«

»Ich …«, hob sie an, und er konnte sehen, dass sie errötete. Aber dann fiel ihr Blick auf die Wand heben ihm. »Das CAY-Gemälde.«

»Was?«

Sie ging an ihm vorbei zur Wand. »Greg hat einmal gesagt, das Einzige, was ihm von meinen Sachen wirklich gefallen würde, wäre dieses Bild. Er wollte, dass ich es ihm schenke.«

Einen Augenblick raste sein Herz, doch als er das Bild anschaute, war er enttäuscht. Es sah aus wie die Zeichnung eines Kindes von einem Teich mit Enten – allerdings war der Himmel grün, der Teich pinkfarben und die armen Enten waren violett.

Das Aquarell wirkte alt, aber er konnte nicht erkennen, dass es wertvoll war. Vielleicht wollte Vandlo es für seine zukünftigen Enkelkinder haben. Gemäß der Tradition seiner Familie würde seine Tochter im Teenageralter bald mit irgendeinem alten Mann verheiratet werden.

Mike schaute in die Ecke des Gemäldes auf die drei Initialen: CAY. »Einer deiner Vorfahren?«

»Nicht, dass ich wüsste. Auch Tante Lissie wusste nicht, wer er war. Sie sagte, das Bild wäre seit Ewigkeiten im Besitz der Familie McDowell gewesen, aber sie und ich waren die Einzigen, denen es gefallen hat. Wir haben geschätzt, dass es viktorianisch ist.«

»Schade, dass es nicht von Beatrix Potter gemalt ist, nicht wahr?«

»Ich wünschte, das wäre es. Nein, es ist ein ausrangiertes Stück wie alles hier. Selbst ich«, fügte sie hinzu und wandte sich ab.

Mit finsterer Miene hängte Mike das Bild wieder an die Wand, und als er Sara ansah, ließ sie ihre Schultern auf eine Weise hängen, die ihm gar nicht gefiel. Es hatte den Anschein, als wäre sie von ihrem ersten Freund verstoßen worden, und er wusste, es würde sich herausstellen, dass der zweite sie nur deshalb heiraten wollte, weil er von ihr etwas bekommen konnte.

Mike überlegte nicht, was er tat, er streckte einfach die Hand aus, ergriff ihren Arm und zog sie an sich. Er drückte seine Lippen auf ihre und küsste sie mit all dem Begehren, das er seit dem ersten Augenblick, als er ihr begegnet war, verspürt hatte.

Er rechnete fast damit, dass sie zurückwich, doch stattdessen schlang sie die Arme um seinen Hals und neigte den Kopf zur Seite. Ihre Lippen waren süß, und ihr Körper, der sich an ihn schmiegte, passte besser zu seinem als der jeder anderen Frau zuvor.

Mike musste sich anstrengen, um sich davon abzuhalten, diesen Kuss noch intensiver werden zu lassen, sodass er zu mehr führen würde.

Er war derjenige, der sich von ihr löste. Er hielt sie fest, seine Lippen an ihrem Hals. »Sara«, flüsterte er. »Ich will …«

Sie stieß ihn zurück. »Ich weiß. Ich bin Teil deines Jobs. Und du willst …« Sie verstummte und hastete zur Tür. »Wir treffen uns in einer Stunde drüben bei Joce. Ich brauche Zeit, um über das alles nachzudenken.«

Schon eine Sekunde später verließ sie das Apartment, und Mike ließ sich auf den Ledersessel fallen. Sein Auftrag hatte darin bestanden, zu tun, was immer nötig war, um Sara Stefan Vandlo abspenstig zu machen.

»Verdammt!«, murmelte Mike. »Ich bin mit dem Köder einer alten Farm, bequemer Möbel und der hübschesten, nettesten kleinen Verführerin, die es je auf der Erde gegeben hat, in diese Stadt gelockt worden.« Er fuhr sich mit der Hand übers Gesicht. »Wenn hier jemand verführt wird, dann ja wohl *ich.*«

14

Joce lag im Bett, umgeben von Ahnentafeln; auf ihrem Nachttisch stand ein Computerdrucker. »Willst du wissen, wer dein dritter Cousin sechsten Grades ist?«

»Nicht unbedingt«, antwortete Sara. »Ich habe schon genügend Cousins.«

Joce sah ihre Freundin – und Cousine siebten Grades, wie sie gerade herausgefunden hatte – an und sagte: »Was ist los?«

»Mike hat mich geküsst.«

»Ach. Gut. Ich weiß, dass das schrecklich ist, da du mit einem anderen Mann verlobt bist, aber lass mich, bevor das Gejammer anfängt, fragen: Wie war der Kuss?«

»Fantastisch. Aber er hat schließlich jede Menge Erfahrung.«

Joce wollte die letzte Feststellung nicht kommentieren. »Und wie ist er im Vergleich zu Greg?«

Sara ließ sich auf den Stuhl neben dem Bett sinken. »Hast du je mit absoluter Sicherheit gewusst, dass das, was du tust, richtig ist, und dann ist etwas passiert, was dich an allem hat zweifeln lassen?«

»Falls du dich auf Männer beziehst, ja. Im College hatte ich einen Freund, den ich angehimmelt habe. Ich war mir sicher, dass er der Richtige war. Dann bin ich nach Hause gefahren – das heißt zu Miss Edi – und habe eine Woche bei ihr verbracht. Eines Morgens, wir saßen gerade beim Frühstück, stellte ich mir vor, wie es wäre, wenn er da wäre. Augenblicklich wusste ich, dass ich mich ständig mit seiner Eifersucht herumschlagen müsste. Hättest du mich am Vortag gefragt, ob er ein eifersüchtiger Mann ist, hätte ich das verneint. Aber das war er. Er war eifersüchtig auf meinen Job, meine Freundinnen, selbst auf meine schrecklichen Stiefschwestern. Ist es das, was du meinst?«

»In etwa. Allmählich sehe und erkenne ich Dinge, die mir vor einer Woche noch nicht bewusst waren.« Sara seufzte. »Am Anfang, als Greg und ich zusammen waren, war alles so wunderbar, dass ich für ihn durchs Feuer gegangen wäre.«

»Und nach dem, was Tess und ich durch die Wände gehört haben, bist du das auch ein paar Mal.«

Sara nickte. »Alles war fantastisch. Es war nicht lange her, seit Brian mit mir Schluss gemacht hat.«

Joce hatte Saras früheren Freund nie kennengelernt, aber sie hatte von ihm gehört. Er war ein junger Archäologe aus England, und er und Sara waren mehr als vier Jahre lang unzertrennlich gewesen. Als er ihr mitgeteilt hatte, dass er seine Jugendfreundin heiraten würde, war Sara am Boden zerstört gewesen.

»Das Schlimmste war«, hatte Tess Joce erzählt, »dass jeder in der Stadt Sara behandelt hat, als wäre sie im Begriff, wahnsinnig zu werden.«

»Und, war sie das?«, fragte Joce, denn sie wusste, wie es war, kurz vor dem Zusammenbruch zu stehen.

»Ja«, antwortete Tess. »Das war sie.«

Deshalb streckte Joce jetzt den Arm aus und ergriff Saras Hand. »Greg hat dir das Gefühl gegeben, begehrenswert zu sein, und dass jemand dich *haben* wollte.«

»Ja, und die Tatsache, dass die Stadt ihn nicht mochte, hat mir das Gefühl vermittelt, ich würde kämpfen gegen … Ich weiß nicht. Vielleicht bin ich mir wie Shakespeares Julia vorgekommen und als würde ich um die ›wahre Liebe‹ kämpfen. Jetzt glaube ich, dass ich den Leuten einfach nur beweisen wollte … ach, ich weiß nicht, was.«

»Ich kenne mich mit Rebellion aus«, erklärte Joce mit ernster Miene. »In meiner hinterwälderischen Familie habe ich für große Verärgerung gesorgt, weil ich mich strikt geweigert habe, mir ein Tattoo stechen zu lassen.«

Sara lachte.

»Nicht ein einziges?«

»Nicht einmal einen Schmetterling auf meinem linken Fußknöchel.«

»Du bist wahrlich eine Rebellin!«

Joce wartete einen Augenblick, bis sie weitersprach. »Und was ist mit der Hochzeit?«

Sara vergrub das Gesicht in den Händen. »Ich weiß nicht. Ich meine, ich weiß es wirklich nicht!« Sie blickte Joce wieder an. »Nur wenige Tage, nachdem ich Greg kennengelernt habe, hatten wir ein gemeinsames Geschäft, sind zusammen herumgereist und …«

»Und habt gearbeitet.«

»Oh, ja«, pflichtete ihr Sara bei. »Jede Menge Arbeit. Ein riesiger Berg von Dingen, die ich zu erledigen hatte und die mich sieben Tage die Woche auf Trab gehalten haben.«

»Und Sex.«

»Zuerst ja. Ich wollte so dringend beweisen, dass ich mindestens so begehrenswert war, wie Brians … wie die Frau, die er heiraten wollte, dass ich unersättlich war.«

»Und was ist jetzt?«

»Jetzt erinnere ich mich an Greg als Mann. Es ist nicht einfach, mit ihm zusammenzuleben, und man kann es ihm unmöglich recht machen. Aber ich hatte, nachdem ich ihn kennengelernt habe, keine Zeit, darüber nachzudenken. Wir sind allem Anschein nach innerhalb von Minuten von einem Blind Date zu Hochzeitsplänen übergegangen.«

»Und wie passt Mike da hinein?«

»Überhaupt nicht. Mike hat damit gar nichts zu tun.«

»Ach«, sagte Joce.

»Was soll das heißen?«

»Nichts. Ich dachte nur, ihr beide seid …«

»Freunde. Das ist alles.« Als Joce darauf nicht einging, lenkte Sara ein. »Okay, vielleicht hat Mike mich ja daran erinnert, wie es ist, die Gesellschaft eines Mannes zu genießen. Wir unternehmen einiges zusammen.«

»Zum Beispiel?«

»Wir schwingen uns in Bäumen herum.« Sara hob die Hand. »Das ist unwichtig.«

»Bist du dir sicher? Die Tatsache, dass mir die Sachen, die Luke und ich zusammen unternommen haben, gefallen haben, hat dazu geführt, dass ich ihn Ramsey vorgezogen habe.«

»Joce, wach auf! Du hast doch von dem Tag an, als er dich mit Senf bekleckert hat, auf ihn gestanden. Ramsey hatte nie eine Chance. Außerdem war er in Tess verliebt, aber zu dumm, es zu merken.«

»Du hast recht«, antwortete Joce. »Ich weiß, dass es ein Klischee ist, aber ich denke, du solltest deinem Herzen folgen.«

»Wenn ich das täte, würde ich Merlins Farm heiraten. Die liebe ich nämlich wirklich.«

Joce musste so sehr lachen, dass die Babys zu strampeln anfingen.

15

Mike trug seine Sportkleidung für das Fitnessstudio, draußen war es noch immer dunkel, und unter Saras Schlafzimmertür war kein Lichtstreifen zu sehen. Am Vorabend war Luke, kaum dass Mike mit dem Auto vorgefahren war, aus dem Haus gekommen, um unter vier Augen mit ihm zu reden.

Leise hatte Luke gefragt, wie er mit dem Fall vorankomme und ob er Hilfe brauche.

Mike hatte zwar wie gewohnt das Gefühl gehabt, dass er Vorsicht walten lassen musste, doch dieses Gefühl schien mit jedem Tag nachzulassen. »Ich finde nicht heraus, was Sara besitzt, das die Familie Vandlo haben will.«

Luke ließ erkennen, dass er schockiert war, als Mike das Wort »Familie« erwähnte. »Sind noch mehr Leute hier als nur Mitzi?« Als Mike ihn nur anschaute, holte Luke tief Luft. »Es ist Greg, nicht wahr? Wie steckt der da mit drin?«

»Er ist Mitzis Sohn.«

Luke stieß einen leisen Pfiff aus. »Weiß Sara Bescheid?«

»Nein. Ich möchte, dass sie mir mehr vertraut, bevor ich es ihr sage.«

»Nach dem zu urteilen, was ich gesehen habe, könnte sie dir schon jetzt kaum mehr vertrauen.«

»Tatsächlich?« Mike konnte sich ein Grinsen nicht verkneifen.

Luke zog demonstrativ eine Augenbraue hoch. »Du bist dir im Klaren, nicht wahr, dass wir dich umbringen, wenn du unserer Sara wehtust?«

»Und was ist, wenn *mir* das Herz gebrochen wird?«, fragte Mike.

»Ich habe ein Klammergerät im Truck liegen.«

Mike lachte. »Sag mir, dass es zumindest ein großes Klammergerät ist.«

»Ein Mini-Taschenapparat.«

Sie lachten noch, als sie an der Tür ankamen und ein junger Mann ihnen entgegentrat. Er war so groß wie Luke, aber etwa einen Zentner schwerer – und das schien alles Muskelmasse zu sein. Der Junge sagte nichts, aber als er Mike erblickte, blieb er stehen und starrte ihn an. Er griff nach Mikes Kinn, drehte seinen Kopf zur Seite und fuhr mit dem Finger Mikes Nasenrücken hinab. Mike hatte sie sich mehrfach gebrochen, aber sie war nur selten korrekt behandelt worden. Das Ergebnis war, dass sie oben einen leichten Höcker aufwies, der, wie ihm gesagt worden war, wie eine Beilklinge aussah.

Der junge Mann sagte noch immer nichts, nahm einfach die Hand weg und ging weiter. Auf der Einfahrt zu Edilean Manor stand zwischen den dicken Säulen ein schnittiges kleines Mercedes Cabrio. Am Steuer saß eine schlanke, ungewöhnlich hübsche junge Frau mit wallenden dunkelroten Haaren. Sie winkte Luke zu, starrte Mike an und wartete, bis der Junge auf dem Beifahrersitz Platz genommen hatte, dann fuhr sie los und wirbelte dabei Kieselsteine auf.

»Wer zum Teufel …«, hob Mike an.

»Fraziers.« Luke ging ins Haus.

»Der große Junge ist …?«

»Shamus. Er zeichnet die Zigeunerkarten.«

»Warum hat er mich so angeschaut?«

»Er mag Gesichter, aber wer weiß schon, was ein Frazier denkt?«

»Das Mädchen ist ein echter Hingucker.«

»Das ist Ariel, sie ist ein Satansbraten. Sie hat das Frazier-Temperament.«

»Ich vermute, mit Sara bin ich besser dran«, stellte Mike fest.

»O ja.«

»Beteiligen sich in dieser Stadt eigentlich alle an der Kuppelei?«

»Mr Lang nicht«, antwortete Luke wie aus der Pistole geschossen.

Als Mike auflachte, hörten sie Frauenstimmen und gingen ins Wohnzimmer, wo sich Joce und Sara aufhielten.

Der Abend war sehr nett, wie der zuvor. Mike konnte den Fall beinahe vergessen, während sie über das Essen und Lukes Fahrt zum Fitnessstudio an diesem Morgen sprachen.

»Sechsundvierzig Minuten Höllenqualen«, erzählte Luke. »Wer hätte gedacht, dass man in so kurzer Zeit so viel Schaden anrichten kann?« Er legte die Hand auf seine Schulter. »Meine Deltamuskeln werden mir morgen höllisch wehtun.«

»Du hast eine starke Rückenmuskulatur. Ich werde mich anstrengen müssen, um mit dir mitzuhalten.«

»Genau«, stellte Luke sarkastisch fest. »Und das sagt ein Mann, der sich auf einem Trampolin abkühlt.« Er blickte die beiden Frauen an. »Ihr solltet mal sehen, was dieser Typ im Fitnessstudio macht. Ich schwöre, die Hälfte der Leute dort hat ihr eigenes Training unterbrochen, nur um ihm zuzuschauen.«

Dann wechselten sie das Thema und unterhielten sich über Merlins Farm. Während Sara davon erzählte, wie sie das Innere des alten Hauses besichtigt hatten, wunderte Mike sich über die Begeisterung in ihrer Stimme. Er hatte es nie für möglich gehalten, einem leblosen Objekt eine solche Liebe entgegenzubringen, wie sie es offenbar diesem Haus gegenüber tat. Allerdings dachte er, würde Sara wahrscheinlich behaupten, er würde sein Auto ebenso lieben. Sie hatte ihn bereits gehänselt, dass er es so sauber hielt, aber er sah nichts Negatives darin, es täglich zu waschen und auszusaugen, und die Leute sollten in einem Auto wirklich nicht essen. Und was war falsch daran, die Reifen einzuölen?

»Dann ist Mr Lang aufgekreuzt und hat alles verdorben«, beendete sie ihren Bericht und warf Mike kurz einen Blick zu.

Sie hatte den Teil ausgelassen, dass sie und Mike in einem Baum gesessen und sich wie junge Vögelchen in einem Nest aneinandergeschmiegt hatten.

Nachdem sie mit dem Essen fertig waren, gingen Sara und Luke in die Küche, während Mike auf einem Stuhl neben Joce saß und sich ihre Ahnentafeln ansah. Diese waren unglaublich detailliert, und er sagte ihr, wie gut sie das gemacht hatte.

»Sara mag dich«, stellte Joce leise fest. »Und du lockst sie von diesem widerlichen Greg weg.«

»Du zählst also zu den Leuten, die ihn nicht mögen?«

»Er bemüht sich, jedem ein schlechtes Gefühl zu vermitteln. Es sei denn, man hat Geld. Er schwänzelt um die Frauen herum, die in sein Geschäft kommen.« Sie neigte sich zu Mike vor und senkte die Stimme. »Wenn du die Hochzeit verhindern kannst …«

Mike ergriff ihre Hand und drückte einen Kuss auf den Handrücken. »Dafür bin ich da.«

»Tatsächlich?« Joce machte große Augen. »Ich dachte, es ginge dir darum, die bösen Buben zu fassen.«

»Das gehört alles zusammen. Sag Sara nichts davon.«

Joce sah ihn dankbar an.

»Machst du dich etwa an meine Frau heran?«, fragte Luke von der Tür.

»Er konnte seine Begierde nicht zügeln.« Joce legte die Hände auf ihren dicken Bauch.

»Das verstehe ich, und ich verzeihe ihm«, sagte Luke. »Und, wer möchte ein Stück Kuchen haben?«

»Wie viel Pfund darf ich davon essen?«, fragte Joce, und alle lachten.

* * *

Jetzt war es also früh am Morgen, und Mike war im Begriff, zum Fitnessstudio zu fahren, doch Saras Stimme stoppte ihn. Er ging zu ihrer Schlafzimmertür und öffnete sie. Sie saß in einem weißen Nachthemd im Bett und sah aus wie eine Figur in einer BBC-Produktion.

»Gehst du zum Sport?«, fragte sie.

»Willst du mitkommen?«

Sara verzog das Gesicht. »Und was steht heute auf dem Programm?«

Er betrat das Zimmer. »Ich dachte, ich helfe heute beim Aufbau für das Volksfest.«

»Kennst du dich denn damit aus?«

»Bei einem meiner ersten Fälle habe ich einiges über das Bauhandwerk gelernt.« Sie sah ihn mit großen Augen an, als wären seine Geschichten wirklich faszinierend; es war ein unwiderstehlicher Blick. »Ich habe undercover gearbeitet, um einen Bauunternehmer zu enttarnen, der Schmiergelder von Herstellern kassiert hat. Seine Bauten neigten dazu, den Leuten über dem Kopf zusammenzufallen.«

»Hattest du eine Affäre mit seiner Frau?«

»Nein«, antwortete er feierlich. »Hatte ich *nicht.*« Seine Augen begannen zu funkeln. »Mit seiner zweiundzwanzigjährigen Tochter. Sie hat mir das eine oder andere beigebracht. Warte! Das war der Fall, bei dem ich ein halbes Dutzend Männer zusammengeschlagen und das Mädchen gerettet habe. Sie war zwölf, glaube ich. Oder war das damals …?«

Sara lachte. »Du solltest lieber gehen. Ich bezweifle, dass sie das Fitnessstudio aufmachen können, solange du nicht da bist.«

»Das schaffen die. Was hast du heute vor?«

»Ach, dies und das.«

»Du wirst dich nicht an eine Nähmaschine ketten, oder? Ich habe Erica klargemacht, dass sie jemanden für das alles einstellen muss und dass du einer der Chefs bist, kein Lohnsklave.«

»Danke«, sagte sie.

»Ich denke, ich sehe dich erst heute Abend.« Als Sara lächelte, ihm aber keine Antwort gab, verließ er ihr Schlafzimmer.

Sobald Sara Mikes Auto davonfahren hörte, schrieb sie Joce eine SMS:

Macht es Dir etwas aus, wenn ich heute Deine Küche benutze?

Du kannst sie benutzen, aber nur, wenn ich Dir helfen darf.

Du kannst dich hinsetzen und Obst schälen. ist Shamus da?

Ja. Ich hab ihm heute die Schule erspart. Das Kind liebt mich.

Zehn Minuten später war Sara angezogen und auf dem Weg zum Geschäft ihrer Mutter.

* * *

Sobald Mike das Fitnessstudio verlassen hatte, checkte er sein Handy. Tess hatte sich gemeldet, deshalb rief er zurück.

Wie immer hielt sie sich nicht mit Begrüßungsfloskeln auf. »Wenn du dafür sorgst, dass Sara sich in dich verliebt, und du sie wegen eines deiner Flittchen fallen lässt, dann rede ich kein Wort mehr mit dir, so wahr mir Gott helfe. Ich werde nie wieder etwas mit dir zu tun haben wollen.«

»Da besteht überhaupt keine Gefahr«, antwortete Mike. »Sara möchte nichts mit mir zu tun haben, außer als ihr« – er verschluckte sich beinahe – »als ihr Freund. Wir teilen uns Schüsseln mit Popcorn und schauen uns zusammen Filme an. Ich habe jede Menge Annäherungsversuche unternommen, aber sie scheint nicht interessiert zu sein.«

Tess schwieg einen Augenblick, und als sie weitersprach, war ihre Stimme kaum mehr als ein Flüstern. »Frauen haben dich seit deiner Pubertät gemocht, aber du behauptest, Sara will dich nicht?«

»Machst du dich etwa lustig über mich?«

»Ich bemühe mich, aber es fällt mir nicht leicht. Und wie willst du sie davon abhalten, dass sie diesen Idioten heiratet?«

»Ich fessele sie, denke ich.«

»Und dann verwöhnst du sie?«

»Was ist nur aus der Unterstützung geworden, von der bei euch Frauen unentwegt die Rede ist? Du tust so, als würdest du dir *wünschen,* dass ich deiner Freundin Handschellen anlege.«

»Du weißt ganz genau, dass ich will, dass du Sara heiratest und bis ans Ende deiner Tage glücklich auf Merlins Farm lebst. Mit wem soll mein Kind denn spielen, wenn du nicht allmählich mit ihr in die Gänge kommst?«

»Ich habe nicht unterschrieben, dass ich *heirate.* Ich denke …«

»Ich muss los. Rams kommt gerade herein.«

* * *

Zwanzig Minuten später kam Mike bei Nates Field an. Er wollte beim Aufbau für das Volksfest helfen, aber er wollte auch noch mehr Klatsch und Tratsch hören. Obwohl Sara erklärt hatte, sie hätte ihm alles erzählt, was sie wusste, erhielt er doch ständig neue Informationen.

Auf der großen, offenen Fläche gab es eine feste Zuschauertribüne und ein paar Bäume, sonst nichts. Als Mike daherkam, verstummten alle, und er wusste, was los war. Das waren Männer, und sie warteten darauf, zu sehen, ob er mit einem Hammer umzugehen verstand. Sie hatten zweifellos von Saras Mutter gehört, dass Mike sich mit biologischen Lebensmitteln auskannte und damit zu kochen verstand – alles Dinge, die er bei seinen Undercover-Einsätzen gelernt hatte. Ein paar Mal hatte er eine monatelange Ausbildung absolvieren müssen, bevor er einen Auftrag übernehmen konnte. Im Laufe der Jahre hatte er sich mehrfach auf dem Bau bewähren müssen, deshalb fühlte er sich mit einem Handwerksgürtel um die Hüften durchaus wohl.

Nachdem die anderen Männer Mike ein paar Stunden beobachtet hatten, entspannten sie sich und fingen an, ihn in ihre Gespräche einzubeziehen. Doch er und Luke arbeiteten am besten zusammen. Luke an einem Ende, Mike am anderen, wuchteten sie Balken in die Höhe und nagelten sie an Pfosten fest.

»Hast du je so eine benutzt?«, erkundigte sich Luke und hielt eine elektrische Nagelpistole hoch.

»An einem Menschen oder einem Stück Holz?«, fragte Mike so leise, dass nur Luke ihn hören konnte.

»Ich möchte, dass du mir bei meinen Kriminalromanen hilfst, wenn dein Fall abgeschlossen ist.«

»Übrigens, mein Captain hätte gern ein handsigniertes Exemplar deines letzten Buches.«

»Gern«, antwortete Luke, während er nach einer Handsäge griff. »Weißt du, wie man die benutzt?«

»Möchtest du hören, wie ich einmal gezwungen war, mit Werkzeug – keinem Elektrischen – meinen eigenen Sarg zu zimmern?«

»Unbedingt«, antwortete Luke begeistert.

»Die waren so gelangweilt vom Warten, deshalb sind sie auf die Idee verfallen, dass ich …«

»Wer sind ›die‹?«

»Das kann ich dir nicht sagen, aber es waren üble Burschen.« Luke nickte, steckte den Hammer in die Schlinge seines Werkzeuggürtels und hörte zu.

Gegen zehn Uhr tauchten drei junge Männer auf, und sie waren groß und gebaut wie Profi-Wrestler. »Und wer sind diese Muskelberge da?«, wollte Mike von Luke wissen.

»Die Gebrüder Frazier. Unsere Gegner bei den Spielen auf dem Volksfest.« Mike betrachtete die drei und fragte sich, ob er es mit ihnen aufnehmen könnte, wenn es zum Kampf kommen sollte. Er erinnerte sich daran, dass so etwas nie passieren würde, aber er konnte diese Gewohnheit nicht ablegen. Trotz ihrer Größe und Muskulatur bewegten sich die drei Fraziers nicht schnell – aber das brauchten sie im Moment schließlich nicht. »Ich habe morgen eine Verabredung mit ihrer Schwester. Ich vermute, ich sollte lieber nett zu ihr sein.«

»Ariel kann auf sich selbst aufpassen.« Luke schmunzelte, als Mike ihn fragend ansah. »Sei unbesorgt. Du hast ja gesehen, dass sie nicht so groß ist wie ihre vier Brüder.«

»Richtig, ich darf den jungen Shamus nicht vergessen. Was macht der?«

»Er ist gerade bei meiner Frau, beugt sich über einen Zeichentisch und malt Bilder von Zigeunerinnen. Er will sie niemandem zeigen, deshalb plant Joce eine große Präsentation.«

»Gut«, sagte Mike lächelnd.

Um zehn Uhr dreißig machten sie Pause, und Luke stellte Mike seiner Cousine Kimberly Aldredge vor, eine der Frauen, die den Männern Getränke ausschenkten. Sie war etwa in Saras Alter und ziemlich hübsch, und sie war Mike wiederholt als eine gute Wahl für ein Rendezvous vorgeschlagen worden.

»Kim entwirft Schmuck und verkauft ihn unter anderem in Saras Geschäft. Sie hat Tess' Verlobungsring angefertigt.« Lukes Tonfall verriet, dass er stolz auf sie war. Gleich darauf entschuldigte er sich, um sich mit einem Mann über ein paar Pflanzen zu unterhalten, die er kaufen wollte.

»In der Stadt wird nur über Sie geredet«, stellte Kim fest, während sie Mike einen mit Limonade gefüllten Pappbecher reichte.

»Das ist schlecht.« Er leerte den Becher und hielt ihn ihr hin, um mehr zu bekommen.

Kim beugte sich vor und senkte die Stimme. »Darf ich offen zu Ihnen sein?«

»Ich bitte darum.«

»Wir alle lieben Sara, aber sie hat sich von ihren Freunden und Familienangehörigen abgewandt. Sie und Greg haben Zeit für ihre Kundinnen, aber nicht für uns. Bei jedem Familienpicknick, jeder Geburtstagsparty, was auch immer, ist sie zu beschäftigt, oder sie muss mit Greg woandershin fahren. Ich glaube, Sara hat keine Ahnung, was er ihr antut. Laut den in der Stadt kursierenden Gerüchten bringen Sie sie wieder zu uns zurück.«

»Ich mache mit ihr keine großen Fortschritte«, sagte er bescheiden. »Treu zu sein, ist ihr wichtig.«

Kim musterte ihn einen Augenblick. »Sie sehen aus, als wären Sie total verknallt in sie.«

»Nein, ich …« Er wusste nicht recht, was er darauf antworten sollte.

Sie lächelte. »Ist schon okay. Ich verrate es nicht. Sara hat es verdient, dass ihr etwas Gutes widerfährt. Die vergangenen Jahre waren schwierig für sie.«

Um halb eins tauchte Sara mit ihrer Mutter in einem Lieferwagen auf, der vollgeladen war mit Sandwiches und Salaten. Im hinteren Teil befanden sich sogar selbst gemachte Obstkuchen. Die Männer fingen an, Mike auf die Schulter zu klopfen, und sagten: »Danke, Mann« oder »Wir sind dir was schuldig.«

»Was ist bloß los?«, fragte er Luke.

»Sara hat lange nicht mehr gebacken. Als sie ein Teenager war, gab es in der Stadt keine einzige Veranstaltung ohne Saras … ohne ihre Obstkuchen. Was sie mit ein bisschen Obst anfangen kann, ist legendär. Aber sie hat nicht mehr gebacken, seit …«

»Lass mich raten. Seit Anders in die Stadt gezogen ist.«

»Genau genommen hat sie es schon früher aufgegeben. Ich vermute, du hast von ihrem ersten Freund gehört. Der Niedergang von Saras Leben begann, als er mit ihr auf eine Weise Schluss gemacht hat, die mich noch heute in Rage bringt. Damals wollte ich nach England reisen und ihm die Zähne ausschlagen, aber Rams hat es mir ausgeredet.« Luke reckte den Kopf, und er schrie seinem Cousin zu: »Ken, wenn du den ganzen Pfirsichkuchen nimmst, zeige ich dir, wozu eine Nagelpistole wirklich zu gebrauchen ist. Tut mir leid, ich muss los«, sagte er zu Mike, dann verschwand er.

Mike sah, dass Sara neben dem Lieferwagen stand und eine Papiertüte sowie eine rote Kuchenplatte in die Höhe hielt. Er konnte sich ein Lächeln nicht verkneifen, da es so aussah, als hätte sie nur für ihn das Mittagessen gebracht.

Am Abend aßen sie wieder zusammen mit Joce und Luke, und sie unterhielten sich über das Volksfest. Als sie in ihr Apartment zurückkamen, gähnte Sara. »Tut mir leid«, sagte sie, »aber ich war den ganzen Tag auf den Beinen und bin völlig kaputt.«

»Ich hatte keine Ahnung, dass du so gut backen kannst. Was war in dem Kuchen mit den Aprikosen?«

»Ich habe für den Weinschaum Moscato d'Asti verwendet«, antwortete sie über die Schulter hinweg, als sie auf ihr Schlafzimmer zusteuerte. »Wir sehen uns morgen.«

Mike stand blinzelnd da. Sie hatte für die cremige Sauce einen italienischen Dessertwein verwendet. Bislang hatte er den Eindruck gehabt, Sara würde sich mit dem Kochen kaum auskennen. Klar, Tess hatte ihm ihr Apfelbrot geschickt, aber es hätte ja das Einzige sein können, das sie backen konnte. Doch nach dem zu urteilen, was er heute gesehen und probiert hatte, hätte Sara Konditorin in dem Fünf-Sterne-Hotel sein können, in dem er eine Weile undercover gearbeitet hatte.

Je mehr er über Sara erfuhr, desto mehr mochte er sie.

16

Mike verbrachte den Samstag mit Saras Vater, einem Arzt im Ruhestand, der im Gegensatz zu seiner hyperaktiven Frau sehr gelassen war, auf dem Golfplatz von Williamsburg. Er sprach liebevoll von Sara, und Mike spürte immer wieder, dass der Mann ihn beobachtete.

Es ging Mike grundsätzlich gegen den Strich, einen sportlichen Wettkampf absichtlich zu verlieren, andererseits wollte er Saras Vater auch nicht schlecht aussehen lassen. Beim ersten Tee strengte Mike sich nicht wirklich an, und der Ball traf weit vor dem Loch auf. Dr. Henry Shaw schaute Mike erwartungsvoll an. »Je schlechter Sie abschneiden, desto besser spreche ich bei meiner jüngsten Tochter von Ihnen.«

Mike blickte den Mann einen Moment an, murmelte »wieder ein Kuppler«, dann lochte er mit einem Schlag ein.

Als sie schließlich zum Clubhaus zurückkehrten, forderte ein halbes Dutzend Männer Mike zu einem Spiel auf.

»Was die brauchen, sind Unterrichtsstunden«, erklärte Dr. Shaw im Flüsterton und klopfte Mike auf die Schulter.

»Und was ist mit unserem Deal?«, fragte Mike.

»Das hätte ich sowieso getan. Luke sagt, Sie sind der geborene Sportler, und ich wollte sehen, ob das stimmt.«

»Jetzt weiß ich, woher Sara ihre Liebe für Verschwörungen hat.«

Dr. Shaw lachte herzhaft los. »Sagen Sie das nicht ihrer Mutter. Ellie hält Sara für die ›Schwache‹.«

Die beiden Männer aßen zusammen zu Mittag, und Mike wurde allen als »Saras Freund« vorgestellt. Kein Einziger erwähnte, dass der Termin von Saras Hochzeit – mit einem anderen – näher rückte.

An diesem Abend hatte Mike seine Verabredung mit Ariel Frazier.

»Ich sag sie ab, wenn du willst«, erklärte er Sara, als er in die Wohnung zurückkam.

»Warum sollte ich das wollen? Ariel ist intelligent, weit gereist und schön. Ich bin mir sicher, dass du dich amüsieren wirst.«

Es war natürlich absurd, aber Mike war enttäuscht, dass es Sara nichts ausmachte, dass er ein Rendezvous mit einer anderen Frau hatte. Während der vergangenen Tage waren sie sich … na ja, sie hatten fast zusammengelebt. Sie aßen meist zusammen, gingen fast überall zusammen hin, und die Leute in Edilean schienen sie für ein Paar zu halten.

»Bist du sicher?«, fragte Mike.

»Geh schon. Amüsiere dich. Ich schaue, was Joce macht. Luke hat gesagt, dass er mit dem Schreiben beschäftigt sein wird, deshalb wird Joce allein sein.«

»Wenn du dir sicher bist, dass es in Ordnung ist …«

»Geh schon! Amüsiere dich.«

Kaum war Mike aus der Tür, schrieb Sara Joce eine SMS:

Habe ich je erwähnt, dass ich Ariel Frazier hasse?

Jocelyns Antwort lautete:

Mike wird sie nicht mögen. Komm rüber, dann besprechen wir das.

Als Sara ihr Handy ausschaltete, versuchte sie, sich an Gregs Gesicht zu erinnern. Das gelang ihr zwar, aber sie hatte es nicht klar vor Augen. Und sie hatte keine Fotos von ihm, um sich an ihn zu erinnern. Eine von Gregs früheren Freundinnen war von Beruf Fotografin gewesen, und er hatte behauptet, sie wäre so furchtbar mit ihm umgesprungen, dass er sich nie wieder würde fotografieren lassen. Als Sara jetzt darüber nachdachte, fragte sie sich, ob diese Geschichte wohl der Wahrheit entsprach.

In den vergangenen Tagen war nicht nur Gregs Gesicht in ihrem Gedächtnis irgendwie verblasst, sondern … na ja, sein ganzes Wesen. Allem Anschein nach konnte sie sich jetzt an nichts anderes mehr erinnern, als an die Arbeit, die er ihr auflud, und daran, dass er sie verwirrte und ihr das Gefühl vermittelte, unzulänglich zu sein.

Wo steckte er nur?, fragte sie sich. Und was machte er? Sie schickte ihm noch immer hin und wieder eine Nachricht, doch diese hatten jetzt nicht mehr die Dringlichkeit wie die früheren.

Sie wusste, dass das alles Mikes Schuld war. Er war unkompliziert, es war nett, mit ihm zusammen zu sein – und wenn sie, wie heute Abend, nicht zusammen waren, dann vermisste sie ihn.

Sie wollte nicht darüber nachdenken, aber sie vermisste Greg *nicht.*

Sara verließ die Wohnung und ging zu Joce hinüber, um sich mit ihr über den Mann zu unterhalten, der ihr Leben in die Hand genommen hatte.

* * *

Vom ersten Augenblick, als Mike Ariel Frazier in ihrem Auto vor Edilean Manor gesehen hatte, wusste er, dass er kein Interesse an ihr hatte. Ihre Diamantohrstecker und die drei goldenen Armreifen hatten ihn zu sehr an die Frauen seiner Vergangenheit erinnert. Außerdem hatte er bei diesem ersten Blick Ariels Aggressivität und Selbstständigkeit erkannt.

Jetzt saß sie an der Bar des Lokals, das sich in Edilean als Country-Club ausgab, und sie trug eine schwarze Hose, ein grünes Top und Highheels, die wahrscheinlich mehr als ein Monatsgehalt von ihm gekostet hatten. Mindestens vier Männer beäugten sie und versuchten, den geeigneten Moment abzupassen, um sich an sie heranzumachen.

Unter anderen Umständen, das heißt, bevor er Sara kennengelernt hatte, wäre Mike erfreut gewesen, dass eine solche Frau auf ihn wartete. Aber jetzt fand er, dass sie herausgeputzt und übertrieben geschminkt wirkte.

Als er ihr in die Augen schaute, erkannte er in ihrem Blick, dass sie amüsiert war, und begriff, dass sie wusste, was er dachte. Er stellte sich neben sie an die Bar und gab zwei der Typen, die Ariel beobachteten, mit seinem Blick zu erkennen, dass sie sich verziehen sollten. Erst dann wandte er sich wieder Ariel zu. Sie war wirklich recht schön. Es war nicht nötig, dass sie sich einander vorstellten, deshalb ließen sie es sein.

Als der Oberkellner kam und ihnen mitteilte, dass ihr Tisch bereit sei, trat Mike zurück, um Ariel vorausgehen zu lassen. Sie schlug die Speisekarte gar nicht erst auf, nachdem sie Platz genommen hatten. »Ich nehme das Ceviche, dann die Forelle«, erklärte sie dem Kellner.

»Für mich das Gleiche«, sagte Mike, und man nahm ihnen die Speisekarten ab.

Sobald sie allein waren, fragte Ariel: »Sie sind Saras Zauber verfallen, nicht wahr?«

»Ich bin mir nicht sicher, was das bedeutet, aber ja, ich mag sie.«

Der Kellner schenkte Weißwein in Mikes Glas ein. Nachdem er ihn probiert und genickt hatte, füllte der Kellner Ariels Glas.

Als sie wieder allein waren, sagte Mike: »Sie werden also Ärztin?«

»Wieso nur habe ich den Eindruck, dass es Sie überhaupt nicht interessiert, was ich mache? Ich vermute, Sie haben sich auf dieses Treffen nur eingelassen, um mehr über Sara herauszufinden. Habe ich recht?«

Sie hatte recht; Mike wollte herausfinden, was sie wusste, aber er antwortete nicht. Seine Erfahrung sagte ihm, dass die Menschen das Schweigen stets selbst brachen.

»Jeder in der Stadt weiß, was Sie vorhaben«, stellte Ariel fest, dann legte sie eine Pause ein, um an ihrem Wein zu nippen. »Sie versuchen, Sara ihrem Verlobten abspenstig zu machen.«

Mike kaschierte, dass er einen Seufzer der Erleichterung von sich gab. Einen Augenblick lang hatte er gedacht, sie – und vielleicht die ganze Stadt – wüsste über den Fall Bescheid.

»Hat Sara Ihnen erzählt, dass wir beide, sie und ich, in der

Schule Rivalinnen waren?« Ariel erwartete von ihm gar keine Antwort. »Sie war immer von Jungs umringt, die mit ihr ausgehen wollten, die mit ihr lernen wollten, was auch immer, aber sie hat sie nicht an sich herangelassen. Das hat die Jungs ganz verrückt gemacht. Bei mir dagegen hat es immer geheißen: ›He, Ariel, Lust auf ein Baseballspiel?‹ oder ›Ariel, halte das andere Ende des Picknicktischs und hilf mir, ihn da rüberzutragen‹.

Ich konnte es gar nicht erwarten, aus dieser Stadt und von meinem übertrieben beschützenden Vater und den Brüdern wegzukommen. Ich wollte irgendwohin, wo die Männer mich als Frau betrachteten, nicht als ›eine der Fraziers‹.«

Mike hatte das Gefühl, ein Déjà-vu zu haben und wieder mit einem seiner früheren Fälle befasst zu sein. Ariel Frazier hatte alles, was das Herz begehrte, aber sie jammerte noch immer über das, was ihr in der Highschool widerfahren war.

»Das funktioniert nicht, oder?«

»Was soll das heißen?«, fragte Mike mit kühlem Tonfall.

»Die ›arme Kleine‹ zu spielen.«

»Überhaupt nicht.«

»Nun, schön«, sagte sie und griff in den Brotkorb. »Wenn ich dich schon nicht beeindrucken kann, dann werden wir Freunde sein müssen. Wie wäre es mit etwas Butter?«

Mikes Lächeln war echt. »Gute Idee.«

»Und, was willst du über die liebe, kleine Sara wissen?«

Mike warf ihr einen Blick zu, der besagte: »Lass den Quatsch«, und Ariel lachte.

»Erzähl mir von ihrem ersten Freund«, forderte Mike sie auf, als ihre Gerichte serviert wurden. »Brian Soundso.«

»Ich bin ihm nie begegnet.« Ariel biss in ein Stück Brot, das sie dick mit Butter bestrichen hatte.

»Ich vermute, du erinnerst dich aber an jedes Wort, das du je über Sara gehört hast. Stimmt's?«

Ariel schmunzelte. »Da hast du mich ertappt. Sein Name ist Brian Tolworthy, und er ist Archäologe. Es war genau wie im Märchen, Sara ist nach Williamsburg gegangen und mit einem umwerfenden Engländer zurückgekommen. Und natürlich sollte er das obligatorische Herrenhaus und das Familienvermögen erben. Sara wäre Lady Tolworthy geworden. Ich erinnere mich an den Namen, weil meine Mutter von nichts anderem mehr reden konnte, als ich an Weihnachten nach Hause gekommen bin. Ich war gerade dabei, mein Medizinstudium aufzunehmen, aber sie wünschte sich für mich nichts anderes, als dass ich heirate und Babys kriege, so wie es die perfekte, kleine Sara vorhatte. Tut mir leid. Sara Shaw ist für mich ein rotes Tuch.«

»Und warum hat sie ihn nicht geheiratet?«

»In der Stadt heißt es, dass Tess und Luke sich verschworen haben, um dich und Sara zu verkuppeln. Stimmt das?«

»In dieser Stadt wird zu viel geredet. Warum hat Sara den Engländer nicht geheiratet?«

Ariels Miene wurde ernster. »Ich war nicht hier, aber meine Mutter hat mir geschrieben, dass er mitten in der Nacht einen Anruf erhalten hat. Irgendjemand sagte, seine Eltern seien bei einem Autounfall ums Leben gekommen. Sara hat ihn zum Flughafen gefahren und ...« Ariel zuckte mit den Achseln. »Ich habe gehört, dass sie ihn nie wiedergesehen hat. Meine Mutter hat mir ein paar Monate später geschrieben, dass Sara einen Brief erhalten hätte, in dem stand, dass er seine Jugendliebe heiraten würde.« Sie sah ihn an. »Wenn du schon mit Sara zusammenlebst, warum fragst du sie dann nicht selbst danach?«

Mike hatte Erfahrung darin, Fragen zu ignorieren, die er nicht beantworten wollte. »Und was ist dann passiert?«

»Was passiert wohl mit all den Prinzessinnen dieser Welt, die Sara heißen? Sofort ist ein anderer Mann aufgetaucht.«

»Anders.«

»Ja. Greg Anders.« Ariel schmunzelte kurz. »Kennst du ihn?«

»Ich bin ihm nie begegnet, aber ich habe viel von ihm gehört.«

»Er sorgt gern für Probleme.« Ihr Lächeln wurde breiter, und sie lachte leise auf.

»Klingt fast so, als würdest du ihn kennen.«

»Jede halbwegs gut aussehende Frau in dieser Stadt – das heißt, jede, die es Sara nicht gleich erzählt – hatte etwas mit ihm. Mein Bruder Colin hat mir erzählt, dass Sara in den letzten Monaten wohl kaum viel von ihm im Bett hatte, weil er zu sehr damit beschäftigt war, im Geschäft Erica und zwei seiner Kundinnen zu bespringen. Er scheint auf ältere Frauen zu stehen.«

Mike dachte daran, was er in den Akten gelesen hatte. Stefans Ehe war einer dieser arrangierten Deals gewesen, die seine Familie so gerne abschloss. Mit sechzehn war er mit einer vierunddreißig Jahre alten Witwe verheiratet worden. Stefans Sohn war inzwischen achtzehn, seine Tochter siebzehn – und er hatte einen Stiefsohn, der im gleichen Jahr geboren war wie er. Doch trotz des großen Altersunterschieds hatte die Ehe gehalten. Jeder wusste, dass Stefan seine Frau, die ein Jahr älter war als seine Mutter, ehrlich liebte, doch das hieß nicht etwa, dass er ihr treu geblieben wäre. Und ja, die Akten belegten, dass Stefan bei seinen vielen Affären ältere Frauen bevorzugte.

Ariel blickte einen Moment auf ihren Teller hinab. »Ich kann mir nicht vorstellen, wie das in deinen Ohren klingen muss, aber diese alten Schulrivalitäten sind nicht totzukriegen. In der Highschool hatte ich ständig zu kämpfen, um von den anderen akzeptiert zu werden. Ich war in der Cheerleadergruppe und habe das Jahrbuch zusammengestellt. Was immer man von mir verlangt hat, ich habe es getan. Aber weißt du, wer zur beliebtesten Schülerin gewählt wurde? Sara! Und ich glaube nicht, dass sie auch nur an einer einzigen außerlehrplanmäßigen Aktivität teilgenommen hat.«

Ariel schwieg einen Augenblick. »Und, hast du vor, sie von Anders wegzulocken und dann zurückzukehren nach … Wo wohnst du noch mal?«

»In Südflorida.«

»Du wirst also in einer Eigentumswohnung am Strand wohnen und jeden Sommer mit Hurrikans zu tun haben?«

»Nur Menschen, die nicht dort wohnen, machen sich um Hurrikans Sorgen.«

»Das bist meiner Frage gut ausgewichen.«

»Weil ich sie nicht besser beantworten kann. Bist du bereit zu gehen?«

»Hast du es eilig, zu Sara zurückzukommen?«

Mike wollte eine nichtssagende Antwort geben, doch stattdessen sprach er die Wahrheit aus: »Ja.«

»Ich beneide sie.«

Mike bezahlte, und sie verließen das Restaurant. Mike sorgte dafür, dass sie sicher zu ihrem Auto gelangte, dann rief er Tess an und bat sie darum, alles, was sie aufstöbern konnte, über einen Engländer namens Brian Tolworthy in Erfahrung zu bringen.

»Darf ich ihm eine Hassmail schicken?«

»Du kennst ihn?«

»Selbstverständlich. Wir alle dachten doch, er würde Sara heiraten, aber dann hat er auf wirklich üble Art und Weise mit ihr Schluss gemacht. Ich wollte nach England fliegen und ihn zusammenschlagen oder besser noch, dich hinschicken, damit du ihn zusammenschlägst. Ich habe dir das alles doch geschrieben.«

»Tatsächlich? Ich kann mich nicht an jedes sitzen gelassene Mädchen erinnern, von dem du mir berichtet hast. Könntest du sofort so viel wie nur möglich über ihn herausfinden? Und sag dem Captain, dass er mir alle Meldungen über ihn, die er finden kann, schicken und die Polizei in England anrufen soll. Er soll denen sagen, dass sie jemanden zu Tolworthy schicken sollen, um mit ihm zu reden – und sie sollen ein Aufnahmegerät mitnehmen. Ich möchte hören, wie der Scheißkerl erklärt, warum er Sara das angetan hat.«

Tess schwieg einen Moment. »Du glaubst, Greg hatte etwas damit zu tun, nicht wahr? Das höre ich aus deiner Stimme heraus. Denkst du, dass er Brian vielleicht bedroht und dafür gesorgt hat, dass er verschwunden ist? Ich weiß, dass Greg nicht lange nach Brians Abreise aufgetaucht ist, und wir haben alle gedacht, Sara hätte sich Greg an den Hals geschmissen, um sich über die Enttäuschung hinwegzutrösten. Sie schien uns und sich selbst beweisen zu wollen, dass sie einen Mann abbekommen und halten kann.«

»Und du hast nicht daran gedacht, mir das alles zu erzählen?«

»Ich *hab* es dir erzählt!«, brüllte Tess. »Ich hab dir alles haarklein erzählt.«

»Schon möglich«, sagte Mike gelassen, »aber ich habe es vergessen. Finde alles heraus, ja?«

Tess hatte sich inzwischen wieder beruhigt. »Wie geht es mit den Tarotkarten voran?«

»Ich hab sie noch nicht gesehen. Kannst du in der Stadt verbreiten, dass Joce mit Hilfe eines sehr ungewöhnlichen Spiels von Zigeunerkarten die Zukunft voraussagen wird?«

»Klar. Nichts leichter als das. Ich rufe einen Menschen an, und drei Stunden später weiß jeder in der Stadt Bescheid. Mike, Joce wird doch nicht in Gefahr sein, oder?«

»Nein, aber ich hoffe, dass ein oder zwei Kartenspiele verschwinden. Wir bringen einen Vorhang an, der zugezogen werden kann, sodass es, wenn Kunden im richtigen Alter auftauchen, aussieht, als wäre Joce gerade nicht da. Wir hoffen, dass Mitzi, falls sie hier ist, ein ungeöffnetes Kartenspiel einsteckt. Und einer von Lukes Cousins bringt eine Kamera an, damit wir alles, was in dem Zelt vor sich geht, aufzeichnen können.«

»Welcher?«, fragte Tess.

»Die Kameras stammen von …«

»Nein, du Idiot! Welcher Cousin bringt die Kameraanlage an?«

»Woher zum Teufel soll ich das wissen? Jeder, den ich hier kennengelernt habe, ist ein Cousin oder eine Tante oder sonst was von Sara.«

»Und wie hat dir Ariel gefallen? Zuviel des Guten, oder?«

Seine Schwester konnte ihn nicht täuschen; er wusste genau, was sie wissen wollte. »Im Vergleich zu dir ist sie eine Hexe.«

»Tatsächlich?«

»Gute Nacht, Schwesterherz.«

»Gute Nacht, großer Bruder.«

Als Mike in die Wohnung zurückkehrte, war er froh, dass Sara bereits zu Bett gegangen war. Er hatte wieder ein paar Akten mitgebracht, die er durchgehen wollte, um herauszufinden, was er übersehen hatte.

Ein paar Stunden später klappte Mike die Ordner zu und schob sie unter seine Matratze. Egal, wie oft er gelesen hatte, was Mitzi getan hatte, es schockierte ihn noch immer. Die Tatsache, dass solche Verbrechen so lange – über Generationen hinweg – unentdeckt und unbestraft bleiben konnten, machte ihn krank.

Es war sechs Uhr am Morgen, als er das Licht ausknipste, und obwohl er so viel herausgefunden hatte, hatte er noch immer keine Ahnung, warum die Vandlos hinter Sara her waren.

17

Am Sonntagmorgen erklärte Sara Mike durch die geschlossene Tür seines Schlafzimmers, dass er aufstehen und sich anziehen *müsse,* um mit ihr zur Kirche zu gehen.

»Geh«, sagte er, und es klang, als hätte er sich ein Kissen über den Kopf gezogen.

»Ich gehe nicht ohne dich. Du stehst jeden Morgen vor Tagesanbruch auf, um ins Fitnessstudio zu fahren. Jetzt ist es nach neun, du kannst also aufstehen und zur *Kirche* gehen.« Sie wartete, aber sie hörte nichts. Leise drehte sie den Türknauf und betrat das Zimmer. Darin war es so dunkel, dass Sara vermutete, Tess hatte die Vorhänge mit einer Verdunkelungsbeschichtung versehen. In Erwartung des Besuchs ihres Bruders?, fragte Sara sich verwundert.

Auf Zehenspitzen ging sie zum Fenster, zog die Vorhänge auf, und das Sonnenlicht flutete ins Zimmer. Als Mike aufstöhnte, drehte sie sich um. Sie konnte von ihm nichts sehen außer seinen nackten Arm, mit dem er sich das Kissen auf dem Kopf hielt.

»Steh auf, du Schlafmütze. Es ist Zeit zu gehen.«

»Edilean …«

Sie konnte nicht verstehen, was er sagte, deshalb hob sie die Ecke des Kissens an, doch Mike zog es wieder herunter. »Hast du am Tag des Herrn etwa ein Schimpfwort gebraucht?«

Mike drehte den Kopf zur Seite, ließ das Kissen aber nicht los.

»Michael Newland!«, sagte Sara, die Hände in die Hüften gestemmt. »Du *musst* aufstehen. Ich gehe nicht allein zur Kirche. Alle werden mich mit ihren Fragen nach dir in den Wahnsinn treiben. Du kannst – ach!«, schrie sie auf, als Mikes Hand hervorschoss und sie aus dem Gleichgewicht brachte. Sie fiel mit ausgestreckten Armen nach vorn. Als sie das Bett berührten, umfasste Mike ihre Handgelenke, sodass sie mit dem Gesicht nach unten auf dem Bett landete, die Füße noch immer auf dem Boden.

»Gut. Sei still«, sagte er und klang mehr wie Tarzan als je zuvor.

Sara richtete sich auf. »Rohe Gewalt nützt dir auch nichts. Ich sagte, steh auf, und ich meine es ernst!« Sie packte den Quilt und warf ihn zurück. Mike rührte keinen Muskel – was ungewöhnlich war, denn er schien nackt zu schlafen.

Sara stand lange da und sah ihn mit großen Augen an. »*Dann gehe ich davon aus, dass er seine Kleider anhatte*«, hatte Tess an jenem ersten Abend gesagt, und jetzt wusste sie, was seine Schwester gemeint hatte.

Mikes Körper war fantastisch. Er hätte für eine griechische Athletenstatue Modell stehen können. Seine breiten Schultern verjüngten sich zu einer schmalen Taille, und selbst wenn er absolut still dalag wie jetzt, konnte sie seine starke Rückenmuskulatur sehen. Es gab Hügel und Täler, die sie sehr gern berührt hätte.

Sein runder, fester Po war perfekt geformt, und seine strammen Oberschenkel verjüngten sich zu den Kniekehlen.

»Kalt«, murmelte er.

»W…was?«, fragte Sara, aber das Wort kam nur krächzend heraus. »Was?«

»Mir ist kalt. Wenn du deine Begutachtung abgeschlossen hast, Doc, tu die Decke zurück.«

Sara schluckte und holte Luft. Der Himmel stehe ihr bei, aber sie wollte den Kirchgang ausfallen lassen, das Eheversprechen vergessen und zu diesem Adonis ins Bett steigen.

Stattdessen riss sie sich am Riemen. »Dich begutachten, ha! Ich habe die Frazier-Jungs splitterfasernackt gesehen, und im Vergleich mit denen kommst du nicht einmal auf Platz zwei.« Sie verzichtete jedoch darauf hinzuzufügen, dass die Jungs damals in der Vorschule und sie fast noch ein Baby gewesen war. Stattdessen ging sie zum Schrank, um seinen einzigen Anzug herauszuholen. »Wenn du mit der Angeberei aufhören kannst, bleiben dir noch dreißig Minuten, um dich zu rasieren und anzuziehen.«

Als sie hinter sich ein Rascheln hörte, wandte sie sich nicht um, weil sie wusste, dass Mike sich umgedreht hatte. Sie hatte ihm an diesem Morgen ein Mal widerstanden, aber sie glaubte nicht, es ein zweites Mal zu schaffen. Außerdem wusste sie nicht, ob er die Decke über seinen Unterkörper gezogen hatte oder nicht.

»Dreißig Minuten«, wiederholte sie, während sie das Zimmer verließ und die Tür hinter sich schloss.

Eine Minute später rannte sie zur Hintertür hinaus, um zu ihrem eigenen Apartment zu gehen. Sie war für die Kirche gekleidet, doch sobald sie ihre Wohnung erreicht hatte, zog sie sich die Kleider aus und warf sie auf den Boden. Sie freute sich, als sie sah, dass Luke eine neue Toilette eingebaut hatte, aber die war nicht ihr Ziel. Hastig trat sie in die Duschkabine und drehte den Kaltwasserhahn voll auf. Hätte sie Zeit gehabt, dann hätte sie die Wanne mit Eis gefüllt und wäre hineingesprungen.

Sie ließ die Dusche so lange laufen, wie ihr ökologisches Gewissen es ihr erlaubte, dann drehte sie das Wasser ab. Sie hatte am ganzen Körper Gänsehaut, doch diese konnte die Bilder nicht aus ihrem Kopf vertreiben. Mike nackt, bäuchlings auf dem Bett. Seine muskulösen Arme, Beine ... sein *Rücken!* Die Täler seiner Rückenmuskeln waren tief genug, dass man darin hätte Pflanzensamen ausstreuen können.

Sara stand tropfend da und vergrub das Gesicht in den Händen. Sie wollte keine von Mikes Frauen sein, die er ins Bett lockte, um einen Fall zu lösen. Sie wollte nicht ...

»Zum Teufel mit ›ich werde nicht‹!«, murmelte sie und wickelte sich ein Handtuch um den nackten Körper.

Im Spiegel betrachtete sie ihre geröteten Wangen und ihre Lippen, die von der kalten Dusche beinahe blau waren. Sie war in ihrem Leben nur mit zwei Männern im Bett gewesen. Während der gesamten Schulzeit hatte sie sich für den Richtigen aufgespart, und schon zehn Minuten, nachdem sie Brian begegnet war, hatte sie gewusst, dass sie heiraten würden. Sie hatte keine Ahnung von seiner aristokratischen Herkunft und dem Reichtum beziehungsweise Besitz gehabt, den er erben sollte, sie hatte einfach gewusst, dass er der Richtige war.

Aber er hatte sie verlassen, und Greg hatte seinen Platz eingenommen. Greg war das genaue Gegenteil von Brian. Brian war freundlich und nett, er lehnte sich gern entspannt zurück und ließ Sara alles regeln. Sein Interesse galt der Archäologie, deshalb hatte Sara es ihm ermöglicht, zu studieren und zu schreiben. Sie hatte sich um seine Ernährung, seine Kleidung, ihr gemeinsames soziales Leben gekümmert. Als Sara seinen Eltern zum ersten Mal begegnet war, hatte sie erkannt, dass sie genauso waren wie sie und Brian. Seine Mutter regelte alles, während Brians Vater seine Zeit mit einem Buch vertrödelte, das er nach dreiundzwanzig Jahren noch immer nicht vollendet hatte.

In Saras Augen hatten sie und Brian perfekt zusammengepasst, doch als sie den Brief erhielt, in dem er schrieb, »tut mir leid, aber ich heirate eine andere«, da war es gewesen, als hätte man ihr den Boden unter den Füßen weggezogen. Durch einen maschinengeschriebenen Brief war die Zukunft, die für sie so festgestanden hatte, mit einem Mal dahin gewesen. Wochenlang hatte sie verweinte Augen gehabt. Wäre ihre Mutter nicht gewesen, die sie gezwungen hatte, im Laden mitzuarbeiten, wäre Sara im Bett geblieben und hätte geweint.

Sie hatte gerade angefangen, ihr Leben wieder in den Griff zu bekommen, und ihr Bestes gegeben, so zu tun, als wäre sie nie verliebt gewesen und als wäre ihr das Herz nie gebrochen worden, als Joce in die Stadt gekommen war. Bald darauf war Sara mit Greg bekannt gemacht worden. Dass er ganz anders war als Brian, gefiel ihr. Vielleicht war es für sie ja besser, einem Mann zu folgen, statt ihn zu führen. Manchmal freute sie sich, dass die Bewohner von Edilean Greg nicht leiden konnten. Das hatten sie nun davon, dass sie ihr so viele mitleidvolle Blicke zugeworfen hatten, nachdem Brian sie so kaltherzig hatte sitzen lassen. »Sie hat alles aufgegeben«, hatte sie zwei Frauen in der Drogerie tuscheln gehört. »Sie hat ihre Karriere für diesen jungen Mann geopfert, und er hat sie eiskalt abserviert.«

Sara zog ein Kleidungsstück aus ihrem Schrank und stellte fest, wie gut es sich anfühlte, wieder in ihrer eigenen Wohnung zu sein. Sie holte ein frisch gebügeltes rotes Kleid mit weißen Tupfen heraus – ihre Mutter sagte immer: »Sara, du bist die einzige Frau auf der Welt, die noch immer diesen Stoff trägt« – und zog es an.

Nachdem sie ein paar Mal tief Luft geholt hatte, um all ihren Mut zusammenzunehmen, ging sie hinaus. Mike saß in Anzug und Krawatte – und welch ein Wunder, ordentlich rasiert – an dem gusseisernen Tischchen, las die Sonntagszeitung und trank Kaffee.

»Wo hast du denn gesteckt?«, fragte er, ohne aufzublicken. »Die Messe ist wahrscheinlich inzwischen vorüber.«

»Die fangen nicht an, bis ich da bin. Das steht in der Satzung.«

Kichernd faltete Mike die Zeitung zusammen, legte sie auf den Tisch und sah Sara an. »Und warum hast du dich umgezogen?«

»Du hattest ein Kissen über dem Kopf. Wie konntest du sehen, was ich anhatte?«

»Ich habe alles gesehen.« Wieder bildete sich das Grübchen in seiner Wange.

Sara weigerte sich, es sich anmerken zu lassen, wie sehr der Anblick seines nackten Körpers sie verwirrt hatte; sie starrte ihn ganz unverhohlen an. »Mein Auto oder deines?«

Mike schnaubte über die Frage, und sie gingen zusammen zu seinem Wagen, wo er ihr die Tür aufhielt. »Mir gefällt, was du da anhast.«

Sie rutschte auf den cremefarbenen Ledersitz. »Mir gefallen deine Kleider ebenfalls.«

»Dass ich überhaupt etwas anhabe, stimmt's?«

»Egal, das macht für mich keinen Unterschied.« Sie blickte aus dem Fenster, um ihr gerötetes Gesicht zu verbergen. Waren Lügen an einem Sonntag schlimmer als Flunkereien an Werktagen?

Als sie bei der Baptistenkirche von Edilean ankamen, wurden sie von den Leuten umringt. Die wenigen Stadtbewohner, die Mike noch nicht kennengelernt hatten, rissen sich darum, mit ihm zu reden. Als Sara beinahe zur Seite gezogen wurde, streckte Mike den Arm aus und ergriff ihre Hand, und sie hörte, dass etwa fünf Frauen scharf Luft holten. Bald sollte Sara in eben dieser Kirche vor den Traualtar treten und heiraten, aber nicht den Mann, dessen Finger mit ihren verschränkt waren.

Sara wusste, dass sie seine Hand loslassen sollte, aber sie tat es nicht. Mikes Haut war warm und vermittelte ihr ein Gefühl der Sicherheit. Und außerdem war seine Hand mit *diesem* Körper verbunden. Wieder gingen ihr die Bilder durch den Kopf, wie er nackt auf dem Bett gelegen hatte, das Sonnenlicht auf seiner Haut.

Als könne er ihre Gedanken lesen, wandte Mike den Blick für einen Moment von ihrem Onkel James ab, und sie sahen sich in die Augen. Sara spürte eine solche Woge der Lust ihren Körper durchfluten, dass sie insgeheim um Vergebung betete. In der Kirche sollte sie keine solchen Gedanken hegen.

Sie und Mike saßen nebeneinander, und sie freute sich, dass er sämtliche Liedtexte auswendig kannte. Als die Predigt begann, sah sie ihn fragend an.

»Ich habe als Kind nie den Gottesdienst versäumt«, flüsterte er. »Dafür hat Großpapa gesorgt.«

Lächelnd wandte sie die Aufmerksamkeit dem Pastor zu.

18

Nach einem faulenzerischen Nachmittag mit Sara schienen sie einen perfekten Tagesausklang vor sich zu haben, als Mikes Handy um vier Uhr klingelte und er sah, dass es Tess war. Er ging zu dem großen Baum hinaus, um den Anruf entgegenzunehmen, und hoffte, dass sie etwas über Brian Tolworthy herausgefunden hatte.

»He, Schwesterherz«, sagte Mike. »Hast du dem Alten das vom Baby schon erzählt?«

»Nein, hat sie nicht.« Es war Ramsey, und seine Stimme klang so, als wäre etwas Fürchterliches passiert.

Sofort hatte Mike so große Angst, dass seine Knie nachgaben und er sich auf einen der zierlichen gusseisernen Stühle fallen ließ. »Wie schlimm ist es? Lebt sie noch?«

»Tess geht es gut. Sie steht unter Beruhigungsmitteln, aber sie ist in Ordnung.«

»Das Baby?«

»Dem geht es gut. Sie hatte mir noch nichts gesagt, aber ich habe zu viel Zeit bei meiner ständig schwangeren Schwester verbracht, um nicht zu wissen, warum Tess immer so müde ist. Sie ist nicht das Problem. Sondern Sara.«

»Aber sie ist hier bei mir. Und woher willst du wissen, dass –?«

»Ich weiß ich gar nichts«, erwiderte Rams barsch. »Tess ist eingefallen, dass sie Brians Nummer in ihrem Handy gespeichert hat, deshalb hat sie ihn zu Hause in England angerufen.«

»Ja? Und wie geht es dem Scheißkerl?«

»Er ist tot – aber seine Eltern leben und sind wohlauf.«

Mike spürte, wie die Angst um die Sicherheit der beiden Frauen in seinem Leben nachließ und er wieder professionell denken konnte. »Erzähl mir alles.«

»Es sieht so aus, als wäre der Anruf, den Brian erhalten hat und in dem es hieß, seine Eltern seien tot, eine Lüge gewesen. Als er nach England zurückkam, ist er mit dem Mietwagen, mit dem er vom Flughafen nach Hause fahren wollte, mit einem Zug kollidiert. Er war unbeleuchtet auf den Geleisen liegen geblieben. Tolworthy war auf der Stelle tot. Seine Eltern sagen, sie hätten Sara mehrere Male angerufen, um ihr mitzuteilen, was passiert war, aber sie hätte nie abgenommen. Sie sind davon ausgegangen, dass Brian außerplanmäßig nach Hause kommen wollte, weil er und Sara sich getrennt hatten, und dass sie nichts mehr von ihm hören wollte. Sie haben sie immer für seinen erregten Zustand verantwortlich gemacht, der wahrscheinlich die Unfallursache war.«

Als Rams innehielt, gab Mike keinen Ton von sich. »Bist du noch dran?«

»Ja. Tess machen die Nachrichten schwer zu schaffen?«

»Sehr schwer. Sie hat Angst um Sara und um dich. Wer auch immer dafür verantwortlich ist, meint es ernst, und alles ist offensichtlich von langer Hand geplant.«

»Ich werde mich darum kümmern.«

»Kannst du Sara da heraushalten?«

»Nein«, antwortete Mike. »Wohin auch immer ich sie bringe, die werden uns folgen.«

»Könntest du sie nicht verstecken?«

»Für den Rest ihres Lebens?«, fragte Mike ungehalten. »Wenn du helfen willst, dann finde heraus, was sie besitzt, für das Leute bereit sind zu töten.«

»Greg …«

»Wenn er sie heiratet und sie stirbt, dann erbt er, was immer es ist. Sara kommt; ich muss auflegen. Faxe Luke durch, was du hast, und denk scharf nach. Und pass auf Tess auf.«

»Mache ich. Sie …« Rams sprach nicht weiter, weil Mike die Verbindung bereits unterbrochen hatte.

* * *

»Wow!«, sagte Sara, als sie den auf dem Stuhl sitzenden Mike ansah. »Du siehst überhaupt nicht gut aus. Ist mit Tess alles in Ordnung? Geht es dem Baby –?« Sie verstummte, als er ihr einen Blick zuwarf, dann nahm sie ihm gegenüber Platz. »Was ist los?«

»Nichts«, brachte er heraus und musterte ihr Gesicht. Er hatte keine Zweifel, dass die Vandlos den Mann umgebracht hatten, den Sara hatte heiraten wollen. Dann war Stefan in der Stadt aufgetaucht und hatte, genau wie Captain Erickson gesagt hatte, sein »großstädtisches Getue« eingesetzt, um ein Mädchen, dessen Herz gebrochen worden war, für sich zu gewinnen. Das konnte nicht schwer gewesen sein, dachte Mike. Sara hatte noch immer keine Ahnung, warum der Mann, den sie liebte, mit ihr Schluss gemacht hatte, und Mike hatte von Edilean genug gesehen, um zu wissen, dass das Mitleid aller ausgereicht hätte, sie in den Wahnsinn zu treiben. Die Vandlos hatten sich auf Menschen, insbesondere auf Frauen, spezialisiert, die unter großem Kummer litten.

»Mike«, sagte Sara sanft, »du machst mir allmählich Angst.«

Sein Gehirn arbeitete auf Hochtouren. Es gab nur eine Möglichkeit, um Sara zu schützen, und die war, sie aus der Schusslinie zu nehmen und die Aufmerksamkeit auf sich selbst zu lenken. »Hat Edilean einen Bürgermeister?«

»Ja, aber was hat das …?«

»Wer ist es?«

»Meine Mutter. Sie …«

Mike stand auf. »Sara, ich …« Er wusste nicht, was er sagen sollte. »Du musst mir vertrauen. Verstehst du?«

»Klar. Du bist Tess' Bruder und …«

»Nein! Vertraue *mir!* Du musst wissen, dass ich nur dein Bestes will.«

»Jetzt bekomme ich wirklich Angst. Bitte sag mir, was dich so aufregt.« Sara erhob sich ebenfalls.

»Dafür ist jetzt keine Zeit, aber ich erzähle dir alles, sobald ich kann.« Er hastete auf sein Auto zu, blieb stehen und blickte sich um. Sara stand neben dem kleinen Tisch und schaute ihm verwundert mit angstvollem Blick nach.

Er machte kehrt, ging zu ihr zurück, nahm sie in die Arme und küsste sie. Es war ein kurzer, fester Kuss, und er hielt sie für einen Augenblick so fest, dass sie kaum atmen konnte. Er umfasste ihr Gesicht mit beiden Händen und berührte ihre Nase mit seiner. »Vertraue mir«, flüsterte er. »Du musst mir dein Leben anvertrauen.«

Er löste sich von ihr und lächelte. »Zieh etwas Hübsches an«, sagte er, dann rannte er zu seinem Auto und fuhr schnell davon.

Es erstaunte Sara nicht, als ihr Handy keine Minute später läutete. Es war Joce.

»Was in aller Welt war *das* denn? Ich habe euch durchs Fenster gesehen. Ich dachte, ihr beide wärt nicht … du weißt schon.«

»Sind wir auch nicht, wir haben nicht …«, antwortete Sara. »Und ich habe keine Ahnung, was los ist.«

»Möchtest du kommen und darüber reden?«

»Ja, klar, aber … nein«, erwiderte Sara. »Ich glaube, ich werde ein ausgiebiges Bad nehmen und etwas von diesem wahnsinnig teuren Shampoo und Conditioner benutzen, die du mir zum Geburtstag geschenkt hast.«

»Jetzt bin ich wirklich neugierig. Was hat Mike denn gesagt, dass du so reagierst?«

»Es liegt nicht an dem, was er gesagt hat, sondern wie. Ich muss los.«

»Halte mich auf dem Laufenden«, bat Joce und legte auf.

Als Mike nach vier Stunden zurückkehrte, war Sara frisch gebadet und trug ein weißes Baumwollkleid mit Lochstickerei und blätterte nervös eine Zeitschrift durch, die sie bereits gelesen hatte.

»Sara?«, rief Mike, und sie spürte, dass ihr Herz einen kleinen Freudensprung machte.

Wann hatte das angefangen?, fragte sie sich. »Ich bin hier«, antwortete sie.

Mike kam herein und fiel geradezu auf einen der Sessel gegenüber der Couch, auf der sie saß. Sara fand, dass er aussah, als wäre er um zehn Jahre gealtert. Als sie aufstehen wollte, sagte er: »Ich muss dir ein paar Dinge erzählen.«

»Ich weiß. Aber zuerst hole ich dir etwas zu trinken.« Sie hatte mitbekommen, dass Mike, weil er so viel Sport trieb, doppelt so viel Flüssigkeit zu sich nahm wie andere Leute. »Um die ausgeschwitzte Flüssigkeit zu ersetzen«, hatte er ihr erklärt.

Er sah sie dankbar an, und nach wenigen Minuten erschien sie mit einem Tablett, das sie bereits für ihn vorbereitet hatte. Darauf standen ein hohes Glas mit eisgekühltem Johannisbeertee und ein großes Stück Himbeerstreuselkuchen, den sie am Vortag gebacken hatte. Mike leerte das Glas in einem langen Zug, aber den Kuchen stellte er beiseite.

»Wie schlimm ist es?«, fragte sie, als sie ihm gegenüber auf dem Sofa Platz nahm.

»Ich denke, das hängt von der Betrachtungsweise ab. Ich muss dir ein paar … ein paar wirklich schreckliche Dinge mitteilen.«

Saras Hand wanderte an ihren Hals. »Jemand ist verletzt worden.«

»Nein«, antwortete Mike. »Zumindest nicht vor Kurzem.«

Mit einem Seufzer der Erleichterung ließ Sara sich gegen die Sofalehne fallen. »Du musst mir etwas über Greg sagen, stimmt's?«

»Ja.«

»Ist schon okay. Ich habe bereits beschlossen, die Hochzeit abzusagen.«

»Und wann hast du das beschlossen?«

Sie wollte antworten, »in dieser Minute«, aber sie ließ es sein. Stattdessen zuckte sie mit den Achseln. »Als mir klar geworden ist, dass ich hoffe, er kommt nicht mehr zurück, da wusste ich, dass ich das nicht durchziehen kann. Mein Leben ist so viel schöner, wenn er nicht da ist.« Sara hoffte, Mike würde sich darüber freuen, aber sein Gesichtsausdruck wirkte weiter besorgt. »Du kannst es mir sagen«, erklärte sie. »Was immer es ist, ich kann es verkraften.«

Er wünschte sich, genügend Zeit zu haben, ihr alles in Ruhe erläutern zu können, aber jetzt war Eile geboten. Er holte tief Luft. »Brian Tolworthy hat keine andere geheiratet. Er ist gleich, nachdem er in England gelandet war, ums Leben gekommen.«

Während der Stunden, in denen sie auf Mikes Rückkehr gewartet hatte, hatte sie sich alles Mögliche ausgemalt, doch eine solche Nachricht hatte nicht dazugehört. »Brian ist tot?«, flüsterte sie. »Aber seine Eltern …«

»Sind noch am Leben. Und sie haben sich gewundert, warum du nie auf ihre Versuche, Kontakt zu dir aufzunehmen und dir das mit Brian mitzuteilen, reagiert hast.« Freundlicher konnte er sich beim besten Willen nicht ausdrücken.

»Aber ich habe nichts erhalten, keinen Anruf, nichts! Und ich habe Brian hundert Mal angerufen, aber er hat nie abgenommen.« Als Mike schwieg, atmete Sara langsam aus.

»Da gibt es noch mehr, nicht wahr?«

»Wir glauben nicht, dass es ein Unfall war.«

»Kein Unfall? Aber doch nicht etwa Selbstmord, oder?« Mikes Gesichtsausdruck beantwortete die Frage. »Redest du etwa von *Mord?*«

»Ja«, antwortete Mike leise und schaute sie eindringlich an.

Einen Moment konnte Sara nichts anderes tun, als ihn anzustarren, und als das, was er ihr beizubringen versuchte, langsam einsickerte, verschlug es ihr fast den Atem. »Du meinst, er ist meinetwegen umgebracht worden, nicht wahr?«, flüsterte sie.

Mike antwortete nicht, sondern sah sie nur weiter an, und sein Blick bestätigte ihre Vermutung.

»Das begreife ich nicht.« Tränen begannen ihr über die Wangen zu laufen. Sie schluchzte nicht, ihr Gesicht war nicht faltig verzogen, aber Tränen rannen ihr über die Wangen. »Seine armen Eltern. Sie haben Brian so geliebt, und er sollte der Erbe sein und …«

Mike erhob sich vom Sessel, um sich auf die Couch zu setzen und sie in die Arme zu nehmen. Wie schon zuvor benetzten ihre Tränen sein Hemd. Er reichte ihr die Papiertaschentücher.

Nach einer Weile wich sie zurück und schnäuzte sich. »Ich heule dich immer voll. Wie hast du das mit Brian herausgefunden?«

»Ich habe Tess gebeten, ein paar Recherchen über ihn anzustellen, und sie hat bei ihm zu Hause in England angerufen. Brians Mutter war am Apparat.«

»Ach, Brian«, sagte sie. »Er war ein so netter Mann. Ich dachte …«

»Dass ihr beide heiraten und in England leben werdet.«

»Ja.« Sie tupfte sich die Augen trocken.

»Sara, ich muss dir noch mehr sagen.«

Sie bemerkte seine ernste Miene. »Jetzt geht es um Greg?«

»Ja. Er ist Mitzi Vandlos Sohn.«

Für einen Augenblick schien sich in Saras Kopf alles zu drehen. »Der Sohn einer Verbrecherin? Nach der so viele Leute suchen?« Ihre Stimme wurde lauter. »Hat er … Glaubst du, dass Greg … dass Greg Brian ermordet hat, um *mich* zu kriegen?«

Mike ergriff Saras Hand und hielt sie fest. »Sara, du musst ruhig bleiben. Du darfst nicht in Panik geraten.«

»Mein zweiter Freund hat wahrscheinlich meinen ersten Freund getötet, und du willst, dass ich *ruhig* bleibe?«

»Ja«, antwortete Mike entschieden.

Sara riss ihre Hand los und stand auf. »Dieses Schwein! Hast du eine Ahnung, was ich mir von ihm alles habe gefallen lassen? Er hat mit jeder Frau geflirtet, die einen Dollar in der Hand hatte. Beim Anblick einer Platinum Card von American Express hat er fast einen Orgasmus bekommen.«

Mike musste sich auf die Lippen beißen, um nicht zu schmunzeln, und das Grübchen in seiner Wange war besonders tief.

»Einmal hatte eine Frau eine dieser schwarzen AmEx-Karten, und ich dachte, ich müsste gleich einen Krankenwagen rufen.« Sie blickte Mike wütend an. »Und weißt du, *warum* ich mir den ganzen Mist habe gefallen lassen?«

»Ich habe wirklich keine Ahnung.«

»Das liegt daran, dass *du* noch von niemandem auf den Müll geworfen worden bist.«

»Na ja, genau genommen …«

»Die Frauen, die ins Gefängnis gewandert sind, zählen nicht. Aber ich bin von einem Mann, den ich wirklich geliebt habe, eiskalt abserviert worden. Ich hatte mich die ganze Highschool hindurch aufgespart. Die Jungs haben mich begrapscht, überall mit ihren verschwitzten Händen betatscht, aber ich habe auf die ›wahre Liebe‹ gewartet.«

Mike beobachtete sie, während sie im Zimmer auf und ab tigerte und ihr Gesicht ihre ganze Wut ausstrahlte – und er freute sich darüber. Mit Wut war einfacher umzugehen als mit Trauer.

Mit einem Mal war ihr Zorn verpufft, und sie ließ sich auf Tess' Sessel plumpsen. »Brian, Brian, Brian«, flüsterte sie. »Warum habe ich nicht mehr an dich geglaubt?«

Sie vergrub für einen Moment das Gesicht in den Händen, und obwohl Mike sah, dass ihre Schultern bebten und sie weinte, ging er nicht zu ihr. Er musste ihr noch mehr sagen und ihm graute davor.

Sie sah ihn wieder an. »Da war dieser Film, der mit Meg Ryan, die sich zum Narren macht.«

Er schaute sie verständnislos an.

»Als Meg Ryans Verlobter mit ihr Schluss gemacht hat, ist sie ihm bis nach Frankreich nachgereist und hat sich zur Zielscheibe des Gespötts gemacht. Nachdem ich diesen schrecklichen Brief von Brian erhalten hatte, in dem er mir schrieb, dass er eine andere heiratet, da bin ich zu dem Schluss gekommen, dass ich mehr Stolz habe. Ich würde ihm nicht nachlaufen. Und ich würde weder ihn noch seine Familie sehen lassen, wie verletzt ich war. Es war schlimm genug, hier in Edilean die bemitleidenswerte Versagerin zu sein. Aber in ein anderes Land zu reisen …«

Sie blickte zu Mike auf. »Wäre ich doch nur hingefahren. Wäre ich …«

»Das darfst du nicht«, erklärte Mike streng. »Du darfst nicht einmal daran denken, dich dafür verantwortlich zu machen. Du hast an alledem keine Schuld.«

Sara lehnte sich auf dem Sessel zurück und verschränkte die Arme. »Du musst mir noch etwas sagen, nicht wahr?«

»Ja, aber …«

»Schlimmer kann es nicht mehr werden.«

»Das hängt davon ab, wie man es betrachtet.«

Sie wartete, aber er sagte nichts. »Mike?«

»Ja, okay. Ich komme gleich darauf zu sprechen. Lass mir nur ein bisschen Zeit.« Er holte Luft. »Sara, was ich am liebsten tun würde, wäre, dich irgendwo zu verstecken, aber das kann ich nicht. Du stehst im Zentrum dessen, was die Vandlos haben wollen, was auch immer das sein mag. Wir glauben, Stefan …«

»Ist das Greg?«

»Ja. Wir glauben, er hat sich von seiner Frau scheiden lassen, damit die Ehe mit dir rechtskräftig ist.«

»Seine Frau?«, fragte Sara. »Hat er Kinder?« Bevor Mike antworten konnte, hob sie die Hand. »Nein, sag's mir nicht. Ich will gar nicht hören, wie entsetzlich blind und dumm ich war.«

»Du bist nicht dumm. Seit Generationen haben die Vandlos die Leute betrogen.«

»Fantastisch. Ich bin also historisch dumm.«

Mikes Blick verriet seine Belustigung.

»Die haben also, wenn ich es richtig verstehe, geplant, mich nach der Hochzeit um die Ecke zu bringen.«

»Das glauben wir«, bestätigte Mike. Es war zu spät, um die Wahrheit zu beschönigen. »Und Stefan würde das erben, was du hast und von dem nur er weiß. *Wir* jedenfalls nicht.«

Saras Miene hellte sich auf. »Deshalb hat er dafür gesorgt, dass die Bewohner von Edilean ihn hassen. Er hat geplant, ihre Abneigung gegen ihn als Vorwand zu nutzen, um mich von hier wegzulocken, damit er … damit er mich umbringen kann.«

»Ja«, pflichtete Mike ihr leise bei, »genau das denken wir, hatte er vor.«

Sara schwieg einen Augenblick, die Hand an ihren Hals gelegt. »Und warum wollte er Merlins Farm haben?«

»Gute Frage«, stellte Mike fest. »Aber es könnte auch ganz einfach sein, dass Vandlo sich wegen irgendetwas über Lang geärgert hat und es ihm heimzahlen wollte.«

»Greg hat die Hunde getötet, nicht wahr?«

»Wahrscheinlich. Sara, es gibt noch mehr. Ich habe in den vergangenen Stunden jede Menge Pläne geschmiedet. Ich habe mit meinem Captain gesprochen und ein paar Vereinbarungen mit deinen Eltern getroffen.«

»Mit meinen Eltern?« Wieder wedelte sie mit der Hand. »Lass nicht zu, dass ich dich unterbreche. Sag mir, wie dein Plan aussieht.«

»Ich muss tun, was immer nötig ist, um die Aufmerksamkeit der Vandlos von dir abzulenken und auf mich zu ziehen.«

»Was soll das heißen? Willst du sie erschießen?«

»Das würde ich am liebsten tun.« Er beobachtete sie aufmerksam. »Aber sie haben Verwandte, wenn ich sie also erschieße, sind noch mehr Vandlos hinter dir her. Sara«, sagte er bedächtig, dann verstummte er.

»Du machst mir schon wieder Angst. Was verlangst du Schreckliches von mir?«

»Heirate mich«, sagte er einfach.

»Was?«

»Wenn du mich heiratest, dann müssen die Vandlos zuerst mich umbringen, bevor sie an dich herankommen.«

»Ach«, sagte Sara. »Ach.«

Mike spürte, wie sein Ego einen Dämpfer erhielt, aber dann fragte er sich, was er denn erwartet hatte; dass sie zu ihm rennen und ihm sagen würde, dass sie ihn *gern* heiratete? Er riss sich am Riemen.

»Ich möchte, dass du mich heimlich heiratest. Jetzt. Heute Abend. Morgen Vormittag muss ich nach Fort Lauderdale zurück, und ich möchte, dass hier niemand erfährt, dass wir verheiratet sind, bis Vandlo zurückkommt. Ich werde zum Volksfest wieder da sein, dann plane ich, alle wissen zu lassen, dass du keinen anderen mehr heiraten kannst.«

Als sie nichts sagte, sondern nur dasaß und ihn anstarrte, fuhr er fort: »Sara, sei unbesorgt. Du musst nicht mit mir verheiratet bleiben, und in der Zwischenzeit können wir getrennt wohnen, so wie wir es bisher getan haben. Wir können wohnen, wo du willst, aber ich will, dass das zwischen uns rechtskräftig ist. Wenn Vandlo an das herankommen will, was du hast, wird er zuerst mich ausschalten müssen.«

»Ich …« Sara wusste nicht, was sie sagen sollte.

»Es wird in Ordnung sein, ich verspreche es dir. Und was die Hochzeitsfeier selbst anbelangt, ist alles mit deinen Eltern geregelt.«

»Mit meinen Eltern? Ich denke, ich bin alt genug …«

»Das meine ich doch gar nicht. Deine Mutter ist Bürgermeisterin, und die Leute sind ihr den einen oder anderen Gefallen schuldig. Heute Abend hat sie sie einberufen und die Genehmigung erhalten, dass wir heute, am Sonntagabend, heiraten. Bist du bereit, zu gehen?«

Sara wusste nicht, was sie sagen sollte. Es ging ihr einfach zu viel durch den Kopf. Brian, der nette, liebe Brian war *ihretwegen* ermordet worden. Und Greg – In Wahrheit war sie gar nicht allzu überrascht, zu hören, dass er ein Verbrecher war. Im Laufe der Monate, in denen sie zusammengelebt hatten, hatte sie vor vielen seiner hinterhältigen Machenschaften die Augen verschlossen.

Schweigend folgte sie Mike zum Auto. Es war früh an einem gewöhnlichen Sonntagabend, und sie konnte nicht wirklich realisieren, dass sie auf dem Weg zu ihrer Hochzeit war.

Als Mike neben sie trat, sah sie ihn an. Sie kannte ihn erst seit acht Tagen, aber es kam ihr viel länger vor. Sie dachte daran, wie sie sich zusammen in dem Baum versteckt hatten, wie sie für ihn gebacken, ihn beobachtet hatte, als er auf dem Dach eines Pavillons balancierte. Er war über die Dachsparren gegangen, als wäre er ein Zirkusartist, und Saras Herz hatte ihr aus Angst um ihn bis zum Hals gepocht. Sie dachte an sein Rendezvous mit Ariel. Als sie Ariel heute in der Kirche gesehen hatte, hatte sie Lust gehabt, ihr in die roten glänzenden Haare zu spucken, wie sie es als Kind getan hatte.

Mike fuhr aus der Einfahrt. »Sara, das tut mir leid. Ich weiß, dass du eine große Hochzeit mit allen Stadtbewohnern feiern wolltest und …«

»Nein, das wollte ich nicht. Das war Gregs Idee. Ich wollte, dass sie in Edilean Manor mit Luke und Rams, Joce und Tess stattfindet. Und meinen Eltern. Ich wollte nicht einmal, dass meine Schwestern daran teilnehmen. Greg war derjenige, der eine große Hochzeit wollte, und er hat darauf bestanden, dass *alle* unsere Kundinnen eingeladen werden.«

»Und eine davon wäre wahrscheinlich seine Mutter gewesen«, stellte Mike fest.

»Vermutlich …«

Mike zog sein Handy aus der Tasche und reichte es ihr. »Ruf Luke an, informiere die beiden und sag ihnen, dass wir auf dem Weg sind, um in ihrem altehrwürdigen Herrenhaus zu heiraten.«

Sara konnte nichts für die leichte Woge der Freude, die ihren Körper durchflutete. »Wirklich?«

Er lächelte sie an. »Ich kann dir nicht alles bieten, was du willst – und verdient hast –, aber ich kann dir eine Hochzeit organisieren, die dir gefallen wird. Bis auf den richtigen Bräutigam natürlich.«

Sara antwortete nicht auf seine letzte Feststellung. Ihr gingen zu viele andere Dinge durch den Kopf. »Hast du es Tess erzählt?«

»Ja.« Er wollte Sara nicht noch mehr belasten, als sie heute Abend bereits ertragen musste, aber Mike hatte zwanzig Minuten damit verbracht, Tess zu beruhigen. Sie war beinahe hysterisch geworden vor lauter Angst, Mike und Sara könnten umgebracht werden.

»Und was hat Tess gesagt?«

»Dass sie, wenn sie hier wäre, Rams einen Vertrag aufsetzen lassen würde, in dem steht, dass du Merlins Farm bekommst, falls wir uns scheiden lassen.«

Sara brachte ein Lächeln zustande. Und sie erinnerte sich, wie Tess sie vor Gregs Habgier geschützt hatte. Wie sie ihre Freundin vermisste! Doch Saras Kopf war mit zu vielen Dingen beschäftigt, um viel mehr zu fühlen. Zu dem Horror, die Wahrheit über Brian und den Mann zu erfahren, den sie beinahe geheiratet hätte, kam die Erkenntnis, in welch großer Gefahr sie geschwebt hatte, ermordet zu werden. Und jetzt würde sie doch heiraten, aber nicht aus Liebe, sondern um ihr eigenes Leben zu retten. Mike hatte bei seinem Heiratsantrag von Geheimhaltung gesprochen und davon, getrennt zu leben und nicht verheiratet zu bleiben. Nie hätte sie sich so kalte Worte vorstellen können.

Als sie beim Haus ihrer Eltern ankamen, stand Dr. Shaw schon draußen und erwartete sie. Er legte den Arm um die Schulter seiner Tochter und führte sie hinein.

Mike stand draußen in der Dunkelheit. »Okay, Newland«, sagte er laut zu sich. »Nimm Haltung an und sei stark. Du bist im Begriff zu *heiraten.*«

Mike wartete auf den Schauder, aber er kam nicht. In Wahrheit wollte er das hinter sich bringen, bevor Sara wieder zu Sinnen kam und ihm sagte, dass er augenblicklich verschwinden solle.

19

Als Sara im Haus ankam, begann ihre Gelassenheit zu schwinden. Sie wusste, dass sie eigentlich hätte traurig sein müssen. Gerade hatte sie erfahren, dass Brian tot war und dass Greg sie ermorden wollte. Was die Sache weiter verkomplizierte, war, dass sie jetzt einen Mann heiraten würde, den sie erst seit ein paar Tagen kannte, und dass die Ehe wahrscheinlich wieder geschieden wurde.

Sie wusste, dass sie alles in allem hätte traurig sein müssen, aber das war sie nicht. Stattdessen sah sie Mike an und spürte eine Wärme, die sie durchflutete. Es ergab keinen Sinn, aber das, was sie tat, fühlte sich *richtig* an.

»Wo ist Mom?«, fragte Sara ihren Vater.

»Schon in Edilean Manor. Nach Mikes Anruf ist sie gleich in Aktion getreten – und du weißt ja, was das bedeutet.«

»Befehle«, antwortete Sara.

»Genau. Sie sagte, du musst hier Lissies Kleid anziehen, dann fahre ich dich zu Lukes Haus.«

Als Sara und ihr Vater sich umdrehten und Mike anblickten, wusste er nicht, was sie von ihm erwarteten. »Ach. Richtig. Ich treffe dich dort. Sara …«

Sie konnte es nicht ertragen, noch eine weitere Entschuldigung zu hören. »Geh! Zieh deinen Anzug an, wir treffen uns im Haus. Und denk dran …«

»Was?«

»Wenn du kneifst, werde ich gezwungen sein, Greg zu heiraten.«

Mike lächelte ihr zu. »Ja. Gut. Okay.« Offenbar schien er nicht in der Lage zu sein, einen ganzen Satz zu formulieren. Er ging zu seinem Auto, und schon nach wenigen Minuten stand er vor Edilean Manor. Das Haus war hell erleuchtet, und er konnte im Inneren Stimmen hören.

Luke riss die Haustür auf, ein Glas Champagner in der Hand. »Ich habe ein Haus voller aufgeregter Frauen. Na ja, eigentlich sind es nur zwei Frauen, aber die machen genügend Lärm, dass man meinen könnte, es wäre Silvesterabend.«

»Luke!«, rief Saras Mutter. »Du wirst hier gebraucht!«

»Ich schlage vor, du schleichst dich in Tess' Wohnung hinüber und ziehst dich um. Ich komme und hole dich, wenn es Zeit ist. Ist es okay, wenn ich als dein Trauzeuge fungiere?« Als Mike nickte, fügte Luke hinzu: »Wenn du hier hereinkommst, verdonnern sie dich bloß zur Arbeit.«

»Um was zu tun?«, fragte er, aber Luke hatte die Tür bereits wieder geschlossen.

Mike ging in die Wohnung seiner Schwester, duschte, rasierte sich und zog sich an.

In seiner Tasche steckten zwei neue Eheringe aus Platin, die Saras Mutter ihm gegeben hatte, als er zu ihnen gefahren war, um die Hochzeit zu arrangieren. Er war davon ausgegangen, dass sie gegen seinen unerhörten Plan protestieren würden, aber das hatten sie nicht getan. Mike hatte ihnen erzählt, dass Greg ein Verbrecher war und etwas von Sara wollte, was er nur bekommen konnte, wenn er sie heiratete. Zu Mikes Erstaunen hatte keiner von ihnen Zweifel an seiner Geschichte geäußert. Ellie hatte gefragt: »Was können wir tun, um zu helfen?« Und als Mike ihnen sagte, dass er Sara noch an diesem Abend heiraten wolle, hatte er den Satz kaum beendet gehabt, da war Ellie schon aktiv geworden. Was Dr. Shaw anbelangte, so hatte er ein paar Sekunden lang Tränen in den Augen gehabt, dann war er aufgesprungen und hatte sich darangemacht, seiner Frau bei den Vorbereitungen zu helfen.

»Von Kimberly?«, hatte Mike gefragt, als Ellie ihm die Ringe gegeben hatte.

Sie hatte geschmunzelt. »Du passt sehr gut nach Edilean«, erklärte sie und ging aus dem Zimmer.

»Jetzt hast du den Salat, Junge«, stellte Dr. Shaw fest. »Sobald sie dich akzeptieren, lassen sie nicht zu, dass du die Stadt wieder verlässt.« Er gab gespenstische Geräusche von sich.

»Das habe ich gehört!«, rief Ellie durch den Flur.

Während Mike sich jetzt in Tess' Wohnung für seine Hochzeit umzog, fühlte er sich gut. Und als er darauf wartete, dass Luke ihn holen kam, rief er Tess noch einmal an. Sie stand noch immer unter der Wirkung der Medikamente, hinzu kamen die Schwangerschaftshormone und die Tatsache, dass sie Rams gerade von dem Baby erzählt hatte, was dazu führte, dass sie fast nur weinte.

»Ich wünschte, ich wäre da«, sagte sie immer wieder. »Ich wäre bei deiner Hochzeit so gern dabei. Und Saras ...«

Rams nahm ihr das Telefon aus der Hand und bat Mike, Tess die Zeremonie wenigstens mithören zu lassen.

»Selbstverständlich«, sagte Mike, dann blickte er auf und sah Luke in der Türe stehen. Es war Zeit. Er folgte Luke zum Haupteingang des großen, alten Hauses.

Mike war über die Unmenge von Blumen, die den Hauseingang zierten, sehr erstaunt.

»Die sind für eine Hochzeit, die morgen stattfindet«, stellte Luke neben ihm fest. »Wir gehen davon aus, dass es niemand merkt, wenn die Blumen ein paar Stunden hier sind.« Sie standen vor dem großen offenen Kamin im Wohnzimmer, der mit einem Bogen aus Rosen und Farnkraut zu einem Altar umfunktioniert worden war. Große Bouquets weißer Rosen, von denen blaue Bänder baumelten, begrenzten einen Durchgang durch den Raum.

»Nervös?«, fragte Luke.

Mike nickte. »Als ich zwei Männern mit Automatikwaffen gegenübergestanden habe, war ich gelassener.«

»Wir müssen uns wirklich über dein Leben unterhalten. Wie bist du damals entkommen?«

»Mit Messern. Ich trage immer ...« Er verstummte, weil aus einer Stereoanlage Musik zu dringen begann, und Luke durch den Gang zurückeilte. Kurz darauf erschien er wieder und schob seine hochschwangere Frau im Rollstuhl herein.

Es waren nur drei Paare anwesend, nur sechs Personen, aber die Musik und die Blumen und das schöne Haus vermittelten das Gefühl, es handele sich um eine echte Feier.

Als der Hochzeitsmarsch erklang und Sara am Arm ihres Vaters in der Tür erschien, wusste Mike, dass er in seinem ganzen Leben noch nie eine so schöne Frau gesehen hatte. Ihr Kleid war aus Spitze über Satin, es wirkte sehr altmodisch und passte ihr perfekt, lag an den Hüften eng an und ging in einen leicht ausgestellten Rock über. Sie trug einen traditionellen Schleier, der ihr Gesicht bedeckte, und Mike freute sich schon darauf, dass er ihn später anheben durfte. Das Ganze ließ die Hochzeit beinahe echt wirken.

Als sie den kleinen Altar erreichte, gab Dr. Shaw Mike Saras Hand, und er drückte sie. Er konnte sehen, dass sie unter dem Schleier lächelte.

Luke, der neben ihnen stand, wählte Tess' und Rams' Handynummern, damit sie alles mithören konnten.

Mike und Sara wandten sich ihrer Mutter zu, die in einem langen weißen Gewand dastand und eine Bibel in der Hand hielt. Als sie Mike mitgeteilt hatte, dass sie ordiniert war und Hochzeitszeremonien abhalten durfte, war er nicht einmal überrascht gewesen.

Jetzt waren Ellies Augen vom Weinen gerötet und ihre Nase geschwollen.

»Liebe Anwesende«, hob sie an, dann musste sie innehalten, um sich die Nase zu putzen. »Wir haben uns heute hier versammelt …« Wieder stockte sie, weil ihr Tränen übers Gesicht rannen.

»Daddy!«, zischte Sara ihrem Vater zu, der hinter dem Rollstuhl von Joce stand.

Kichernd trat Dr. Shaw vor, um seiner Frau zu helfen und die Zeremonie durchzuziehen.

Als Mike Sara den Ring an den Finger steckte, sah sie ihn

erstaunt an, und als er ihr seinen Ring gab, huschte ein Lächeln der Dankbarkeit über ihr Gesicht.

In Anbetracht seines Hintergrunds hatte Mike damit gerechnet, dass er zögern würde, Sara das Eheversprechen zu geben. Doch das war nicht der Fall. Er beantwortete die Fragen und legte das Ehegelübde ab, ohne auch nur zu stocken.

Sara sprach mit so freudiger Stimme, dass er fast glauben konnte, was sie sagte.

»Und damit erkläre ich euch …«, hob Ellie an, doch dann brach sie so heftig in Tränen aus, dass sie nicht weitersprechen konnte.

»Aber echt, Mutter!«, sagte Sara.

Dr. Shaw erklärte sie zu Mann und Frau, und Ellie nickte zustimmend. »Du darfst sie jetzt küssen, mein Sohn«, sagte er zu Mike.

Lächelnd hob Mike Saras Schleier an und sah ihr in das schöne Gesicht. Er nahm sie sanft in die Arme und küsste sie – und Blitzlichter leuchteten auf.

Lachend und blinzelnd lösten sie sich voneinander und lächelten in alle vier auf sie gerichteten Kameras.

»Kuchen«, sagte Dr. Shaw. »Ich verlange Torte und Champagner.«

Auch das Speisezimmer war mit Blumen geschmückt, und in der Mitte stand eine dreistufige Hochzeitstorte mit weißem Guss, verziert mit etwa hundert Rosen in verschiedenen Rosatönen. Es handelte sich um eine außergewöhnliche Kreation.

Dr. Shaw erhob sein Glas. »Auf die Whitley-Copper-Hochzeit mit Dank für die Blumen und den Kuchen, den sie uns geschenkt haben.« Er senkte die Stimme. »Und möge Gott uns morgen beistehen, wenn die Braut erfährt, dass ihre Torte in der Nacht aufgegessen wurde.«

Luke war der Erste, der loslachte, und die anderen lachten mit – aber alle wussten, dass Ellie den Rest der Nacht damit verbringen würde, eine neue Torte zu backen. Niemals würde sie eine Braut ohne Hochzeitstorte dastehen lassen.

Alle bestanden darauf, dass Mike und Sara sich gegenseitig mit Kuchen fütterten, während sie davon Schnappschüsse machten.

Eine halbe Stunde später sagte Luke zu Mike, dass Joce erschöpft sei. »Und wenn wir diese Hochzeit geheim halten wollen, müssen wir das alles vor dem Morgengrauen weggeräumt haben.«

»Ja, klar«, antwortete Mike und blickte zu Sara hinüber. Sie tanzte gerade mit ihrem Vater, hatte den Kopf an seine Schulter gelegt, und Mike wollte sie nicht stören.

Doch wenige Minuten später verstummte die Musik, und Sara schaute Mike an. Er nickte. Es war Zeit, zu gehen.

Als Mike und Sara in der Tür standen, fing Ellie wieder zu weinen an, während sie ihrer Tochter einen Kuss gab und ihr etwas in die Hand drückte.

»Sie dachte, ich würde nie einen Mann abbekommen«, flüsterte Sara Mike zu, während sie allen zum Abschied Küsschen gaben, doch Mike wusste, dass Ellies Tränen der Erleichterung zuzuschreiben waren, dass ihre Tochter nicht Greg heiratete. Sie hatte immer das Gefühl gehabt, dass mit dem Mann mehr nicht stimmte als nur seine ständige Übellaunigkeit.

Als sie schließlich draußen standen, tat ihnen die kühle Nachtluft richtig gut. Mike war froh, dass die anderen im Haus blieben und sie in Ruhe ließen. Er machte sich daran, in Richtung von Tess' Wohnung zu gehen, aber Sara steuerte auf ihre eigene zu, und er folgte ihr.

»Und was hat deine Mutter dir gegeben?«

Sara hielt ein kleines Fläschchen ins Mondlicht. »Das Parfum Scarlet Nights. Ich habe ihr gesagt, dass du es magst.«

»Ist bei uns vergeudet«, stellte Mike fest, während er die Tür zu Saras Apartment öffnete.

»Was soll das heißen?« Sie ging voraus, und er schloss die Tür.

»Nichts.« Er gähnte. »Ich muss morgen so früh wie möglich losfahren.« Er warf einen Blick auf seine Uhr, dann lächelte er Sara an. »Das war ein langer Tag.« Er beugte sich hinab, drückte ihr einen Kuss auf die Wange.

Hinter ihm fragte Sara: »Ich bekomme keine Hochzeitsnacht?«

Mike blieb im Flur stehen, aber er drehte sich nicht um.

»Was habe ich nur an mir, was Männer nicht mögen?«

Mike wandte sich um und sah sie an. »Männer mögen dich zu sehr.«

Frustriert hob Sara die Hände und ging in die Küche. »Weißt du, wie lange ich Brian gekannt habe, bis er mit mir geschlafen hat? Sechs Monate! Wir waren ganze vier Jahre zusammen, aber er hat mir keinen Heiratsantrag gemacht. Dann ist Greg dahergekommen, und wir haben über nichts anderes geredet als über die Hochzeit und unsere fantastische gemeinsame Zukunft. Heute habe ich herausgefunden, dass er in Wahrheit meinen Tod geplant hat.

Und jetzt bin ich mit einem umwerfenden Adonis *verheiratet,* der allem Anschein nach mit der halben Menschheit geschlafen hat, aber *mich* nicht anfassen will.« Sie funkelte Mike wütend an. »Was ist nur aus den echten *Männern* geworden?« Verärgert wandte sie sich ab, um in ihr Schlafzimmer zu gehen.

Mike fasste sie am Arm, bevor sie einen Schritt tun konnte, und sah ihr einen Moment in die Augen.

Sara versuchte, sich von ihm loszureißen, aber er hielt sie fest und zog sie mit einem solchen Ruck an sich, dass ihr beinahe die Luft wegblieb.

Mike hatte sie schon zuvor geküsst, aber das waren immer harmlose Küsse gewesen, züchtig und rein. Jetzt aber nicht. Sein Mund öffnete sich über ihrem, und seine Zunge attackierte die ihre mit einer Kraft, die Sara beinahe in die Knie zwang. Sie hatte seinen Körper vor Augen, und sie wollte jeden Zentimeter mit ihrem Mund erkunden.

Mike schien das Gleiche zu denken, als er nach der Schulter ihres Brautkleids griff.

»Wenn du es zerreißt, verzeihe ich dir das nie«, murmelte sie gegen seine Wange.

»Du hast mit zu vielen kleinen Jungs zu tun gehabt«, erwiderte Mike, und zwei Minuten später fiel ihr das Kleid auf die Füße. Sie konnte sich nicht erklären, wie er so schnell die vielen Satinknöpfchen im Rücken hatte aufknöpfen können.

Als Mike sie ohne Kleid erblickte, schnappte er nach Luft. Joce hatte Sara mit Dessous versorgt, deshalb trug sie jetzt ein blassrosa Korsett aus Seide und Spitze und einen Strapsgürtel mit blass pinkfarbenen Strümpfen, die bis zur Mitte ihrer Oberschenkel reichten. Die Absätze ihrer weißen Schuhe waren mindestens zehn Zentimeter hoch.

»Sara«, flüsterte er, und sie sah sein Gesicht zum ersten Mal ohne diesen zurückhaltenden Ausdruck. Das Verlangen in seinem Blick war so stark, dass Sara spürte, wie sie dahinschmolz.

Gleich darauf fuhr Mike mit dem Arm über den kleinen Küchentisch, und schob alles, was darauf stand, herunter. Er hob Sara darauf, und ihre langen, schlanken, noch immer bestrumpften Beine baumelten herunter, während er sich hastig seines Jacketts und Hemdes entledigte. Als er mit nacktem Oberkörper vor ihr stand, machte Sara große Augen. Sie hatte ihn von hinten nackt gesehen, doch seine Vorderseite war noch beeindruckender. Er hatte starke Brustmuskeln, die deutlich hervortraten.

Sie streckte den Arm aus, legte die Hand auf seine warme Haut und spürte die steinharten Konturen, während er aus seiner Hose schlüpfte und ihr den Slip herunterzog.

Gleich darauf sah sie, dass seine Brust nicht der einzige Körperteil war, der »steinhart« war. Er drang mit dem aufgestauten Verlangen in sie ein, das er seit ihrer ersten Begegnung verspürt hatte. Und Sara klammerte sich an ihn, ihr Mund auf seinem, suchend und erkundend. Ihre Hände wanderten über seinen Körper und spürten, wie unglaublich muskulös er war. Sie hatte selten solche Körper gesehen und natürlich noch nie einen solchen berührt.

Seine tiefe Stimme klang belegt, als er ihr sagte, wie gut sie sich für ihn anfühlte, wie sehr er sie von Anfang an begehrt hatte. Seine Stimme und seine Lippen erregten sie – während er sich mit langen, tiefen, sanften Stößen, die allmählich an Stärke und Geschwindigkeit zunahmen, in ihr bewegte.

Sara streckte die Arme nach hinten an die Wand, die Hände verkrampft, während Mike sich fester und schneller bewegte. Schneller und fester.

»Okay, Baby?«, fragte er, die Lippen an ihrem Ohr.

Sara konnte nur stöhnen.

Als Mike die Hände unter ihren Hintern schob und sie anhob, damit er tiefer eindringen konnte, hätte Sara aufgeschrien, hätte er seinen Mund nicht auf ihren gepresst.

Als sie kam, war es, als würde in ihrem Innersten ein Vulkan ausbrechen und Lava sich in ihre Adern ergießen. Ihr ganzer Körper zitterte, und Mike drückte sie an sich, die Arme um sie geschlungen, während er ebenfalls bebte.

Sara dachte, sie würde nicht laufen können, selbst wenn ihr Leben auf dem Spiel gestanden hätte, deshalb schob Mike sie auf dem Tisch nach vorn, hielt sie an den entscheidenden Stellen an sich gepresst und schlang ihre Beine um seine Hüften. Sie klammerte sich an ihn, die verschwitzte Haut an seine gedrückt. Er trug sie in ihr Schlafzimmer, wo er sie auf das Bett legte.

Als er ihr den Rücken zukehrte, stützte sie sich auf die Ellbogen auf. »Du gehst doch nicht etwa, oder?«

Er wandte sich um und lächelte sie an. »Ich wollte deine Badewanne mit heißem, schaumigem Wasser und einem großzügigen Schuss Scarlet Nights einlaufen lassen. Ist dir das recht?«

»Oh, ja«, antwortete sie. Sie legte sich zurück, lauschte dem rauschenden Wasser und dachte nach. Abrupt richtete sie sich auf. Das war ihre Hochzeitsnacht, und das Letzte, was sie wollte, war *nachdenken*.

Sie ging ins Badezimmer und sah Mike nackt neben der Wanne stehen. Sein Körper war so schön, dass sie einfach nur dastand und ihn anstarrte. Langsam ließ sie den Blick von seinen Zehen zu seinem Bauch, seinem Hals, seinen Lippen wandern. Und als sie damit fertig war, sah sie den eindeutigen Beweis, dass er erneut für sie bereit war.

»Wie siehst du unter all den Sachen überhaupt aus?«, fragte er mit einer Stimme, die kaum mehr als ein Knurren war.

»Besser als alles, was du bisher gesehen hast«, antwortete sie schmunzelnd.

»Ja? Dann lass sehen.«

Als sie zu ihm trat, setzte er sich auf den Wannenrand und begann, sie langsam und fachmännisch auszuziehen. Er öffnete den Strapsgürtel und fing, unterbrochen von Küssen, an, einen Strumpf hinunterzurollen. Als er bei ihrem Fuß ankam, hob er ihn an, legte ihn auf seinen Oberschenkel und massierte ihn. Seine Hand fuhr ihr Bein hinauf und nach ein paar Liebkosungen in der Mitte, wanderte seine Hand zum anderen Bein und zog ihr auch diesen Strumpf aus.

Sie wollte sich gerade umdrehen, damit er an die Häkchen ihres Korsetts herankam, doch er zog sie auf seinen Schoß und drang in sie ein. Sara wollte ihre Hüften auf und ab bewegen, aber er hielt sie mit den Armen fest, während seine Hände an ihren Rücken griffen, und im Nu lag das Korsett auf dem Boden.

Er küsste sie, gab ihre Hüften aber noch immer nicht frei, während seine Hände die Seiten ihrer Brüste liebkosten und seine Daumen über ihre Brustwarzen strichen.

Als er sie losließ, sodass sie sich endlich auf und ab bewegen konnte, stöhnte sie. Sie stellte einen Fuß in die Wanne mit dem warmen Wasser, den anderen auf den Boden. Wieder umfasste Mike mit seinen starken Händen ihren Hintern und unterstützte sie bei ihren Bewegungen.

Als sie kurz vor dem Höhepunkt war, zog er sie hoch, ohne jedoch den Kontakt zu lösen, und legte sie auf den Badezimmerteppich.

Seine Stöße waren hart und schnell und gingen tief, tief in sie hinein. Dieses Mal spürte sie seinen Höhepunkt so stark wie den eigenen.

Wenige Minuten später lagen sie zusammen in der Badewanne. Mike saß hinter Sara, die sich gegen ihn lehnte. Sie blickte immer wieder auf ihren Ring und schaute auf das hinab, was sie von Mike sehen konnte. Vor zwei Wochen hatte sie von ihm nicht mehr gewusst, als dass er Tess' »geheimnisvoller Bruder« war. Als sie ihn zum ersten Mal gesehen hatte, war er aus ihrem Schlafzimmerboden aufgetaucht, und er hatte ihr Angst eingejagt.

Jetzt war sie mit diesem Mann verheiratet. Es war nicht von Liebe die Rede gewesen, und hätte sie nicht selbst dafür gesorgt, hätte es nicht einmal eine Hochzeitsnacht gegeben.

Und jetzt wünschte sie sich Flitterwochen.

»Freust du dich darauf, für eine Woche nach Hause zu fahren?«

Mike seifte gerade Saras Arme ein. Er hatte bereits Parfum in ihr frisch gewaschenes Haar geträufelt und fand den Duft berauschend. »Nein«, antwortete er geistesabwesend.

»Aber du musst dich doch freuen, deine Freunde wieder zu sehen.«

»Ja, vermutlich. Sportsfreunde und Kumpel bei der Polizei.«

»Und was ist mit Leuten, mit denen du nicht zusammenarbeitest? Einfach nur Freunde?«

Mike kicherte. »Mein Leben ist anders als deines. Ich arbeite manchmal jahrelang an Undercover-Aufträgen. Ich habe zwei Mal in Los Angeles gearbeitet, einmal in Iowa und …«

»Iowa?« Sie drehte sich um und sah ihn an. »Aber in Iowa gibt es doch bestimmt keine Kriminalität!«

Mike lachte über ihren Scherz. »Das Böse lauert überall, selbst im schönen, kleinen Edilean, Virginia.«

Sie entspannte sich und lehnte sich wieder an ihn. »Keine Freunde, kein Zuhause. Das klingt nicht wirklich nach Heimat.«

Mike küsste ihr Ohrläppchen. »Ich gebe mich gern mit Wintern, in denen es siebenundzwanzig Grad plus hat, und mit Palmen, die sich im Wind biegen, zufrieden.«

»Und mit Nachtclubs voller umwerfender junger Kubanerinnen?«

Mike schnupperte an ihrem Hals. »Die sind mir nie aufgefallen.«

»Mike, ich hab mir überlegt. Vielleicht …«

»Nein.«

»Was nein?«

»Nein, du kannst nicht mit mir nach Fort Lauderdale fahren.«

»Danach hab ich dich gar nicht gefragt, aber jetzt, wo du es sagst …«

»Ich muss arbeiten. Ich werde um sieben Uhr morgens im Büro sein und es erst gegen zehn Uhr abends wieder verlassen. Dir ist nicht klar, wie groß dieser Fall ist. Die vom FBI sind …«

»Hast du denen gesagt, dass sie die Hunde für Mr Lang beschaffen sollen?«

»Ja. Wahrscheinlich bringe ich sie mit. Es handelt sich übrigens um Airedale Terrier.«

»Du hast also einen Züchter gefunden?«

»Wir sind in Florida, natürlich haben wir einen Züchter ausfindig gemacht.«

»Habe ich dir schon erzählt, dass ich noch nie in Florida war? Joce ist in Boca Raton aufgewachsen, und sie hat mir wunderbare Dinge über diesen Ort erzählt.«

»Nein, du kannst nicht mitfahren«, wiederholte Mike. »Wenn ich wiederkomme, muss ich jedem in dieser Stadt klarmachen, dass wir verheiratet sind. Luke sagt, dass es auf dem Volksfest Wettkämpfe gibt, und die werde ich gewinnen müssen. Das wird jede Menge Aufmerksamkeit auf uns ziehen. Dann …«

»Pah!« Sara war nicht glücklich, dass sie zurückgelassen werden sollte. »Die Fraziers gewinnen die Spiele immer. Da ist das Pfahlstoßen, bei dem du einen Telefonmast werfen musst. Ich habe gesehen, wie Colin, Ariels ältester Bruder, das Vorderteil eines Pick-ups angehoben hat.«

»Tatsächlich? Und wo trainiert er?«

»Keine Ahnung. Ich habe mich nie für Fitnessstudios interessiert.«

Mike hielt ihren Arm hoch, der schlank, aber nicht gerade muskulös war. »Das sehe ich.«

»Willst du etwa behaupten, ich bin …«

Mike brachte sie, die Hand auf ihrer Brust, mit einem Kuss zum Schweigen.

Sara lehnte sich wieder an ihn.

»Gibt es irgendwelche Geschicklichkeitswettbewerbe?«, fragte er.

»Wie Seilhüpfen?«, neckte sie ihn.

»Das kann ich«, antwortete Mike.

»Auch dabei wirst du übertroffen werden. Anna Aldredge, Kims kleine Schwester, gewinnt den Wettkampf. Sie hat bei den nationalen Meisterschaften den dritten Platz belegt.«

»Braucht sie einen Partner?«

»Sie ist zwölf und ein Biest.«

»Ich mag Biester.«

»Ich brauche Zeit, um dir von all den Wettkampfdisziplinen zu berichten, deshalb sollte ich vielleicht …«

»Nein«, wiederholte Mike.

»Was ist, wenn Greg aufkreuzt, während du fort bist?«

»Das wird er nicht, weil er hinter Schloss und Riegel sitzt und sein Zellengenosse ein FBI-Agent ist. Vandlo wird am kommenden Wochenende entlassen, und wir sind uns sicher, dass er sofort nach Edilean fährt – direkt zu dir. Bis er hier ankommt, wird jeder dank der Wettkämpfe wissen, wer ich bin. Ich denke, wir sollten warten, bis Vandlo hier ist, und dann verkünden, dass wir verheiratet sind. Wie stehst du zu Küssen in der Öffentlichkeit?«

»Wen?«

Mike schnupperte an ihrem Nacken. »Wen willst du denn küssen?«

Sie drehte sich um und schlang die Arme um seinen Hals. »Mike, wir sind verheiratet, aber wir kennen uns kaum. Ich würde gern sehen, wo du den größten Teil deines Lebens verbracht hast, und deine Freunde kennenlernen.«

»Und mit mir ins Fitnessstudio gehen?«

Sie küsste ihn auf die Lider, und ihre Brüste berührten nur flüchtig seine Brust. »Luke sagt, du machst Kniebeugen mit so vielen fünfundvierzig-Pfund-Scheiben, dass sich die Stange biegt. Stimmt das?«

»Vermutlich. Ich habe nie darüber nachgedacht. Du brauchst bloß mit ein paar leichten Scheiben anfangen und …«

Sara wollte mit ihm nicht streiten, aber sie würde auf gar keinen Fall Gewichte stemmen. Sie tauchte die Hand ins Wasser und berührte ihn zwischen den Beinen. »Erinnerst du dich, dass ich gesagt habe, wie gelehrig ich bin?«

Er lächelte nicht, aber das Grübchen erschien auf seiner Wange. »Ich bin bereit, zu lernen, was immer du mir beibringst.«

Sie küsste ihn, während sie ihn mit der Hand liebkoste. »Ich werde mein Bestes geben.«

Sie hörte, dass das Wasser abzulaufen begann. Mike hatte mit dem Fuß den Stöpsel gezogen.

»Ich bin bereit«, sagte er.

»Das sehe ich.«

Er schlang den Arm um ihre Taille, und als er aufstand, hob er sie mit hoch. »Du wirst beim Pfahlwerfen nicht gewinnen«, sagte sie, aber Mike knurrte nur, während er aus der Wanne stieg.

Er trug sie, nass und tropfend, wie sie beide waren, ins Schlafzimmer. »Ich bin dein Schüler«, sagte Mike, und Sara lächelte.

Doch nach einer Stunde war Sara Mikes Schülerin geworden. Als sie eng umschlungen kurz vor dem Einschlafen waren, sagte Mike leise: »Sara, mir ist gerade eingefallen, dass ich kein Verhütungsmittel benutzt habe. Das ist alles so unerwartet gekommen, und ich habe es vergessen. Tut mir leid.«

Sara schmiegte sich noch enger an ihn. »Ist schon in Ordnung. Ich habe es auch vergessen, und außerdem ist zu diesem Zeitpunkt in meinem Zyklus nichts zu befürchten.«

Sie logen beide.

20

Als Sara am nächsten Tag aufwachte, war es fast elf Uhr, und Mike war verschwunden. Sie vermutete, dass er abgewartet hatte, bis sie eingeschlafen war und dann gegangen war. Was bedeutete, dass er die Fahrt angetreten hatte, ohne geschlafen zu haben. »Und ich habe ihn gehen lassen«, sagte Sara laut. Es war der erste Tag ihrer Ehe, und sie hatte als Frau schon versagt. Es wäre ihre Schuld, wenn Mike auf der Fahrt irgendetwas zustoßen, vor allem, wenn er am Steuer einschlafen sollte. »Ich hätte ihn letzte Nacht schlafen lassen sollen. Das hatte er ja vor. Das hätte er *gebraucht.*«

Sie verschränkte die Hände hinter dem Kopf, starrte zur Decke und dachte an ihre Hochzeitsnacht. Sie war nicht bereit, Mike dies zu verraten, aber er war bei Weitem der beste Liebhaber, den sie je gehabt hatte. Nicht etwa, dass sie besonders erfahren gewesen wäre – sie und Brian hatten ein Buch gekauft, damit sie einiges lernen konnten –, aber Greg war erfahren gewesen. Jetzt erkannte Sara, dass bei all dem Sex, den sie mit Greg – Stefan – gehabt hatte, das Kuscheln, das Schmusen gefehlt hatte, außerdem hatten sie nie aneinandergeschmiegt in der Badewanne gelegen und sich unterhalten.

Sara schaute sich im Zimmer um. Mike hatte wie immer seine Kleider aufgesammelt, und es gab keinerlei Anzeichen, dass er hier gewesen war. Hätte sie ihren neuen Ehering nicht getragen, dann hätte sie wohl gedacht, das Ganze wäre nur ein Traum gewesen.

Doch als ihr allmählich der Grund für die Hochzeit wieder in den Sinn kam, wurde sie unruhig. Der gute, liebenswerte Brian, der harmloseste Mensch, der je gelebt hatte, war wegen irgendetwas, was mit ihr zu tun hatte, ermordet worden.

»Worauf ist Greg bloß aus?«, fragte sich Sara laut, als sie aus dem Bett stieg und sich anzuziehen begann. »Was will Stefan Vandlo von mir?« Sie war sich sicher, dass sie Greg, wenn er in diesem Moment durch die Tür gekommen wäre, das, was er haben wollte, gern *geschenkt* hätte, worum es sich auch handeln mochte.

Aber was dann? Würde Greg nehmen, was Sara ihm schenkte, und zusammen mit seiner mordgierigen Mutter aus der Stadt verschwinden? Würde Mike dann nach Fort Lauderdale zurückkehren und dort seinem Job nachgehen? Würde sie ein paar Wochen später die Scheidungspapiere erhalten? Vielleicht würde er nach seinem Ausscheiden aus dem Polizeidienst wegen seiner Schwester und der Farm, die jetzt ihm gehörte, nach Edilean zurückkehren. Aber er würde nicht ihretwegen zurückkommen.

Sie erinnerte sich daran, dass er, als er ihr gesagt hatte, dass sie ihn heiraten müsse, stillschweigend vorausgesetzt hatte, dass sie sich, nachdem der Fall abgeschlossen war, trennen würden.

»Verheiratet und geschieden«, flüsterte sie, und Tränen stiegen ihr in die Augen.

Ihr Handy, das auf dem Nachttisch lag, fing zu surren an. Es war eine SMS von Joce:

Du wirst nicht fassen, was Shamus auf die Karten gemalt hat. Luke hat Pfannkuchen gebacken. Willst Du rüberkommen?

Sara zog eines ihrer ältesten Kleider an – es war unnötig, sich um ihr Aussehen Gedanken zu machen, wenn Mike nicht da war – schlüpfte in ihre Flipflops und ging nach nebenan.

»Du siehst zugleich glücklich und traurig aus«, stellte Joce fest. »Wie ist das möglich?«

»Ganz einfach. An einem Tag die Hochzeit, Lächeln. Am nächsten verlassen, Stirnrunzeln. Und, wo sind die Karten?«

Joce zögerte. »Ich denke, du solltest dich lieber hinsetzen.«

»Was hat Shamus dieses Mal bloß angestellt?« Im vergangenen Jahr hatte er ein Mädchen an der Highschool weinen sehen, und als er sie fragte, was los sei, hatte sie ihm von einem Lehrer erzählt, der für gute Noten Küsse verlangte. Am folgenden Abend waren Shamus und seine Brüder in die Schule eingebrochen, und Shamus hatte ein dreieinhalb Meter großes Bild des Lehrers gemalt, wie er – nackt – ein paar verängstigten Mädchen hinterherrennt. Es hatte einen großen Wirbel gegeben, doch am Ende war der Lehrer gefeuert worden, die Fraziers hatten der Schule eine sechsstellige Summe gespendet, und Shamus hatte ein anständiges Gemälde an die Wand der Turnhalle gemalt. Seitdem war er in den Augen aller Mädchen an der Schule ein Held.

Sara setzte sich ans Fußende des Bettes, und Joce reichte ihr einen Stapel Tarotkarten. Die Rückseite war schön gestaltet mit einer von Lukes unkrautartigen Pflanzen, die er so gern auf cremefarbenem Hintergrund präsentierte.

Sie drehte das Spiel um und schnappte beim Anblick der ersten Karte nach Luft. Es war der »Zigeunerkönig«, und es handelte sich um ein Porträt von Shamus' Vater. Seine Mutter war die »Königin«.

Sara blickte Joce an.

»Mach weiter«, forderte Joce sie auf. »Schau sie dir alle an.«

Sara blätterte die Karten durch, und jeder Bewohner Edileans, dessen Familie seit Generationen hier ansässig war, sowie ein paar der Neubürger, waren auf den Karten abgebildet. Als sie zu den »Liebenden« kam, erblickte sie sich und Mike.

Und es war auch alles abgebildet, was irgendjemand je über Zigeuner gehört hatte. Shamus hatte Fotos benutzt, die Joce aus dem Internet heruntergeladen hatte, um all die Menschen als Zigeuner darzustellen. Es gab Wohnanhänger mit gewölbtem Dach, sinnliche Frauen mit Ohrringen aus Goldmünzen und Männer mit Tonpfeifen neben schönen Pferden.

Der »Gehängte« war Greg, der mit dem Kopf nach unten hing und dessen goldener Ohrring herabbaumelte. »Das ist …« Sara blickte Joce an. »Ich weiß nicht, ob das gut oder schlecht ist. Mike wird sie entweder lieben oder ins Feuer werfen.«

»Die habe ich für den Schluss aufgehoben.« Joce reichte ihr einen Stapel von vierzehn Karten.

Auf den Karten der »Münzen« hatte Shamus die Gesichter von Frauen gemalt – alle mittleren Alters –, die Kundinnen ihres Kleidergeschäfts waren. Da er an vielen Nachmittagen auf dem Marktplatz gesessen und gezeichnet hatte, hatte er sie alle gesehen. Auf jeder Karte befand sich ein Rad, dessen Speichen zu den Frauengesichtern führten und deren Zahl von der Karte abhing. Auf der Neun der »Münzen« gab es zum Beispiel Bilder von neun Frauen.

Im Zentrum jedes Rads fand sich Gregs Gesicht – und Shamus hatte es jeweils verzerrt dargestellt, sodass er gierig, wütend und bedrohlich wirkte. Die Porträts zeigten alle nur erdenklichen Formen des Bösen.

»Sieht fast so aus, als hätte Shamus uns belauscht«, stellte Sara fest.

»Glaubst du?«

Sara schüttelte den Kopf. »Das ist nicht gut.« Ihre Mutter war auf der Karte des »Gerichts« zu sehen, ihr Vater auf der des »Eremiten«. »Wer ist die Frau auf der Karte des ›Teufels‹?«

»Lukes Mutter hat gesagt, dass das Mikes Großmutter ist.«

Sara reckte den Kopf. »Kennst du das große Geheimnis, das diese Frau umgibt?«

»Fang du bloß nicht auch noch davon an! Ich habe alles versucht, um dieser Geschichte auf den Grund zu gehen, aber niemand will mir etwas sagen. Ich kann mein Buch über Miss Edi nicht zu Ende schreiben, solange ich nicht weiß, was damals passiert ist, aber ich kriege es aus niemandem heraus. Vielleicht würde Mike …«

»Du meinst den Mike, der in der Nacht – auf meine Bitte hin – fantastischen Sex mit mir hatte, und dann heute Morgen davongelaufen ist? Was bin ich doch für eine Braut!«

Joce schwieg, während sie die Karten einsammelte. »Ich denke, Mike *muss* diese Karten unbedingt sehen.« Sie blickte Sara eindringlich an.

»Wir könnten sie einscannen und ihm das ganze Spiel per Mail zuschicken.«

»Das ist nicht das Gleiche, wie wenn er sie in den Händen hält, oder? Und wer soll ihm sagen, wer die jeweils dargestellte Person ist?«

Sara war verdutzt. »Wir könnten es jeweils darauf schreiben.«

Joce' Stimme wurde lauter. »Glaubst du nicht, dass es für Mike besser wäre, wenn er sie wirklich sehen würde?«

Endlich fiel bei Sara der Groschen. Sie erhob sich, während sie den Blick noch immer auf Joce gerichtet hielt.

Luke kam ins Zimmer. »Hast du die Karten gesehen?«, wollte er wissen, doch als er die Mienen der Frauen bemerkte, fragte er: »Was ist los?«

Joce und Sara starrten einander noch immer an. Joce ergriff als Erste das Wort. »Meine Autoschlüssel liegen auf dem Tisch neben der Eingangstür. Es ist schneller und sicherer als deines. Fahr auf die 95, dann nach Süden. Ich gebe dir den Rest der Wegbeschreibung per SMS durch. Du wirst unterwegs übernachten müssen. Versuche lieber nicht, es Mike nachzumachen und die ganze Strecke durchzufahren.«

Sara nickte und lief auf die Tür zu. Sie musste packen.

»Sara!«, sagte Luke. »Mike hat mich gebeten, auf dich aufzupassen. Du darfst nicht …«

Sie drehte sich zu ihm um, und all der Schmerz, den sie ertragen hatte – durch Brian, Greg und jetzt Mike – war von ihren Augen abzulesen.

Luke mochte sie zu sehr, um ihr das zu verbieten. »Sei vorsichtig«, sagte er, und Sara rannte zur Tür hinaus.

21

Captain Erickson sah Mike an und bereute es, dass er ihn gebeten hatte, den Fall Vandlo zu übernehmen. In den elf Jahren, in denen sie inzwischen zusammenarbeiteten, hatte Mike immer Distanz zu seinen Opfern gewahrt. Zwar stimmte es, dass Mike manchmal stärker involviert gewesen war, als er eigentlich sollte, und es hatte einige Fälle gegeben, bei denen ein paar der Frauen strafrechtlich hätten verfolgt werden müssen, was unterblieben war, doch am Ende hatte Mike es immer geschafft, sich zu distanzieren.

Doch dieser Fall schien bei ihm etwas ausgeschaltet zu haben. Dass er ein Opfer geheiratet hatte, war zwar nicht gänzlich beispiellos, ging aber eindeutig über die Anforderungen seines Jobs hinaus.

Als Mike ihn am Sonntagabend angerufen und ihm seinen Plan erläutert hatte, hatte er versucht, ihn Mike auszureden. »Ich weiß, dass ich dir gesagt habe, du sollst alles Erdenkliche tun, um sie zu beschützen, aber du musst dir eine andere Möglichkeit einfallen lassen.«

»Ich sehe keine«, hatte Mike gesagt und dem Captain dann von Brian Tolworthy berichtet. »Und unmittelbar danach ist Stefan Vandlo in der Stadt aufgetaucht und hat sich einem bestimmten Plan folgend an Sara herangemacht.«

»Aber jetzt hast du vor, diese junge Frau zu heiraten, nur um für ihre Sicherheit zu sorgen?«

»Ja«, antwortete Mike.

»Und was ist danach? Wenn der Fall abgeschlossen ist?« Der Captain wollte fragen, ob diese Hochzeit Mikes Idee oder die des Mädchens war, aber er ließ es sein.

Stattdessen bestand er darauf, dass Mike so schnell wie möglich nach Fort Lauderdale zurückkehrte, damit sie ihre Pläne in Bezug auf das Volksfest miteinander abstimmen konnten. Sie würden bewaffnete Männer und Frauen, alle als Volksfestbesucher getarnt, auf dem Gelände postieren. Stefan würde freigelassen werden, und sobald er in Edilean ankam, würde er auf Schritt und Tritt unter Beobachtung stehen.

Nach Meinung des Captains reichte das vollkommen aus. Mike hatte seine Aufgabe bestens erfüllt, indem er Informationen beschafft und einen Zeitpunkt und Ort ausgemacht hatte, an dem sie die Vandlos möglicherweise zusammen erwischen konnten. Die junge Frau, Sara Shaw, würde beschützt werden. Und was das Beste war, laut Mike würde sie nicht aus einem unangebrachten Gefühl der Loyalität heraus zu Vandlo zurücklaufen.

Die Idee, die Tarotkarten als Köder einzusetzen, war ausgezeichnet, und er sagte es ihm auch.

»Dafür kannst du deinem Lieblingsautor danken«, erklärte Mike. »Das war seine Idee.«

»Du musst unbedingt sofort hierher kommen, um uns zu instruieren und ein paar Skizzen zu machen«, antwortete der Captain. Doch eigentlich dachte er, dass Mike, da jetzt Sonntagabend war, das kleine Mädchen vom Lande vor seiner Abfahrt unmöglich heiraten konnte. Vielleicht würde eine Woche in Fort Lauderdale ihn erkennen lassen, dass der Fall auch ohne die drastische Maßnahme, das Opfer zu heiraten, gelöst werden konnte.

Doch Mike hatte sich an diesem Vormittag mit einem Ehering am Finger am Arbeitsplatz zurückgemeldet.

»Du hast es also getan«, stellte der Captain fest.

»Ich habe keine andere Möglichkeit gesehen. Falls Vandlo haben will, was immer er meint, dass es sich in Saras Besitz befindet, wird er es nicht dadurch kriegen, dass er sie heiratet.«

»Es sei denn, er bringt dich um«, sagte der Captain.

Mike zeigte ein schwaches Lächeln. »Genau das ist der Gedanke dahinter, und ich habe vor, mich auf dem Volksfest überall blicken zu lassen. Ich denke, ich werde am Seilsprungwettbewerb mit einer zwölfjährigen Landesmeisterin teilnehmen.«

Mikes körperliche Fähigkeiten waren allseits bekannt – und stießen überall auf große Bewunderung. »Ich bin mir sicher, dass du gewinnst.«

»Vielleicht. Dieses Kind soll wirklich gut sein.«

Der Captain lächelte, aber sein Blick blieb kühl. Er wusste, dass Mike dem Thema auswich. »Ich möchte mehr über die junge Frau wissen, die du geheiratet hast. Wie ist sie?«

»Sie …« Mike zögerte. Er würde sich nicht lächerlich machen, indem er davon redete, wie sehr er es genoss, mit Sara zusammen zu sein, wie sehr sie ihn zum Lachen brachte, wie sehr er sie bereits vermisste. Er zuckte mit den Achseln. »Geht sonntags in die Kirche, kann gut backen, näht ihre Kleider selbst. Solche Sachen.« Er hatte das Bild vor Augen, wie Sara über ihm auf den Ast des Baums kletterte. Er erinnerte sich an ihre Tränen und ihr Lächeln. Und dann hatte es ihre Hochzeitsnacht gegeben. Nein, er würde seine Gedanken für sich behalten. »Ein Kleinstadtmädchen eben.«

Der Captain war anders als Mike; seine Gefühle waren ihm vom Gesicht abzulesen. »Wir können dir helfen, da wieder herauszukommen, sobald der Fall abgeschlossen ist. Wir werden sicherstellen, dass deine Pension nicht in Gefahr gerät. Du kannst …«

Mike erhob sich. »Ist das alles? Ich muss mit vielen Leuten reden und habe einiges zu erledigen.«

»Ja, klar«, antwortete der Captain. »Um zwei findet eine Versammlung aller statt. Ich sehe dich dort.«

Mike verließ das Büro, um an seinen eigenen Schreibtisch zurückzukehren.

Der Captain ließ seine Tür offen stehen und hörte den ganzen Vormittag, wie Männer und Frauen vorbeikamen, um Mike Hallo zu sagen. Er war beliebt, und weil sie ihn selten zu Gesicht bekamen, wollten ihn alle besuchen, wenn er einmal da war. Mikes Trainingspensum war legendär, deshalb wollte jeder, der in den vergangenen sechs Monaten ein Fitnessstudio aufgesucht hatte, ihm seinen Bizeps zeigen. Den ganzen Tag über war von Quadrizeps und Deltamuskeln, von Pobacken und Trizeps die Rede. Doch was sie alle nach dieser Einleitung eigentlich wissen wollten, war, ob das Gerücht, dass Mike ein Opfer geheiratet hatte, der Wahrheit entsprach.

Der Captain hörte immer wieder die gleichen Fragen. »Drogen?«, wollten sie wissen, was so viel hieß wie, ob seine neue Frau drogensüchtig war. »Irgendwelche Vorstrafen?«

Höflich beantwortete Mike ihre Fragen, gab aber nicht wirklich Auskunft. Wie gewöhnlich behielt er seine Gedanken für sich.

Viele Frauen neckten Mike. Eine sagte, sie hätte irgendeinen Trickbetrüger dafür bezahlt, damit er sie betrog, wenn das dazu geführt hätte, dass Mike sie durch eine Hochzeit rettete.

»Hilfe! Hilfe!«, rief eine sehr hübsche Berufsanfängerin und hielt sich die Hand an die Stirn. »Rette mich mit einem Ehering!«

Mike ertrug das alles freundlich, doch der Captain bemerkte, dass Mikes Lächeln im Laufe des Tages verschwand. Aber der Captain glaubte nicht, dass es die Hänselei war, die Mike zu schaffen machte. Es war etwas anderes, was ihm Sorgen bereitete, doch der Captain kam nicht darauf, worum es sich handelte. Er vermutete, dass Mike allmählich klar wurde, dass er einen riesengroßen Fehler gemacht hatte.

Mikes Vorgehen war unglaublich nobel gewesen, aber in Wahrheit hatte er es jetzt mit einer Scheidung zu tun. Falls die junge Frau gegen ihn angehen wollte und behauptete, Mike hätte sie ausgetrickst und in diese Ehe gelockt, dann stand zu erwarten, dass ihn das eine Menge Geld kosten konnte.

Um zwei Uhr fand ein Meeting im großen Konferenzraum statt. Sobald alle Platz genommen hatten, ergriff der Agent vom Secret Service das Wort und begann, den Plan zu erläutern, wie das Volksfest in Edilean infiltriert werden sollte.

Mike lehnte sich auf seinem Stuhl zurück und drehte unentwegt den neuen Ehering um den Finger. Und bei jeder Umdrehung wurden die Falten auf der Stirn des Captains tiefer. Vielleicht wäre es am Besten, Mike würde gar nicht nach Virginia zurückfahren, überlegte er. Es reichte aus, dass er das Mädchen geheiratet hatte. Mike hatte recht, wenn er sagte, dass Vandlo nicht an sie herankam, weil sie inzwischen mit einem anderen verheiratet war. Jetzt brauchten sie nichts weiter zu tun, als jemanden abzustellen, der an ihrer Seite blieb, und sobald Vandlo irgendetwas versuchte, würden sie einschreiten. So würde Mikes Leben nicht in Gefahr geraten.

Als der Typ vom Secret Service eine Frage stellte, war der Captain gedanklich so sehr mit anderem beschäftigt, dass er den Mann bitten musste, seine Frage zu wiederholen. Es war offensichtlich, dass sich bis auf den Captain keiner Sorgen um Mikes Sicherheit machte.

Die Tür ging auf, und die Sekretärin des Captains kam herein und reichte ihm einen Zettel. Was ist denn jetzt schon wieder los?, dachte er, als er ihn auffaltete.

Mike Newlands Frau ist unten und sagt, sie hat die Tarotkarten dabei.

Captain Erickson musste die Nachricht zwei Mal lesen, bevor er sie glaubte. Sein erster Impuls war, sich hinauszuschleichen und sich die junge Frau persönlich anzuschauen. Vielleicht konnte er sie in einen leeren Raum führen und ihr klarmachen, dass Mike für sie »weit mehr« getan hatte, als er hätte tun müssen.

Doch während der Captain dasaß und überlegte, was er tun sollte, wurde ihm klar, dass er vor allem herausfinden wollte, wie Mike zu diesem Mädchen stand. Heute war Mike verdrossen, ja sogar übellaunig gewesen. Lag das daran, dass er wusste, dass er sich in eine unmögliche Situation gebracht hatte?

Der Captain wandte sich an seine Sekretärin, die wie gewöhnlich ungeduldig wartete. »Gehen Sie und bringen Sie sie hier herauf«, flüsterte er.

»Hierher? In diesen Raum?«

»Ja«, sagte der Captain. »Hier herein.«

Er setzte sich an die andere Seite des Tisches, Mike gegenüber, damit er durch die Glastür in den Flur spähen konnte. Es dauerte eine Weile, bis seine Sekretärin hinuntergegangen und die junge Frau durch das Labyrinth der Polizeibehörde von Fort Lauderdale durch die langen Korridore an zahllosen Türen vorbei heraufgeführt hatte.

Als der Captain Miss Sara Shaw auf den Konferenzraum zukommen sah, richtete er sich auf. Er hatte ein Foto von ihr gesehen, aber sie war in Wirklichkeit hübscher, und ihre blonden Haare fielen ihr ordentlich auf die Schultern. In einem Bundesstaat, wo die Frauen ständig Tanktops und ausgefranste Jeans trugen, wirkte Miss Shaws korrektes gelbes Kleid, als wäre man in frühere Zeiten zurückversetzt.

Der Detektiv neben dem Captain erblickte sie, und auch er gab es auf, noch weiter zuzuhören, und starrte sie an. Er stieß den Kollegen neben sich an, und bald beobachteten alle, wie Sara auf sie zukam.

Als sie an der Tür anlangte, war Mike der Einzige, der sie nicht ansah. Er schien in seine eigene Welt versunken zu sein, während er an seinem Ring herumspielte und ins Leere starrte.

Der Geheimdienstler öffnete Sara die Tür. »Kann ich Ihnen helfen?«, fragte er mit einem breiten Lächeln.

Sara hatte nur Augen für Mike. Sie machte ein paar Schritte auf seinen Stuhl zu, dann stand sie da und schaute ihn an.

Es dauerte eine Weile, bis Mike bemerkte, wie still es im Raum geworden war. Als er aufblickte, sah er Sara vor sich stehen.

»Shamus und Luke haben die da fertiggestellt, und ich bringe sie dir«, sagte Sara und hielt ihm das Spiel Tarotkarten hin.

Mike saß nur da und sah sie an.

»Ich denke, wir sollten …«, hob der Captain an.

Er verstummte, als Mike abrupt aufstand, Sara in die Arme nahm und sie herumwirbelte. Die Karten flogen in hohem Bogen durch den Raum.

»Du bist hier!«, sagte Mike, seine Frau noch immer in den Armen haltend. Keiner hatte Mike je so glücklich gesehen. »Du bist wirklich hier!«

Als er anfing, sie zu küssen, schob Sara ihn zurück. »Vielleicht solltest du mich vorstellen.« Ihr Gesicht strahlte vor Glück.

Die Männer, die nicht zum Stab gehörten, waren in die Hocke gegangen und sammelten die Karten wieder ein, doch die Männer und Frauen, mit denen Mike zusammenarbeitete, umringten ihn, und alle wollten seine Frau unbedingt kennenlernen.

»Ja, klar«, sagte Mike, als er sie auf den Boden stellte, ihre Hand aber weiter festhielt. »Das ist Sara Sh…« Er schaute sie an. »Newland. Sara Newland, meine Frau.«

Seine Kollegen standen schweigend da und starrten sie an. Die stehen unter Schock, dachte Sara, und sie wusste, dass es an ihr lag, das Eis zu brechen. »Sicher haben Sie bemerkt, dass er sich an dem Wort ›Frau‹ fast verschluckt hätte«, stellte Sara fest. »Es wird eine Weile dauern, bis er sich an den Gedanken gewöhnt hat, dass er kein freier Mann mehr ist.«

Alle lachten, auch der Captain. Wichtiger als das Lachen war jedoch die Erkenntnis, dass Mikes schlechte Stimmung an diesem Tag damit zusammenhing, dass er seine hübsche junge Frau vermisst hatte. Mikes Hauptbeweggrund, sie zu heiraten, mochte ja darin bestanden haben, sie zu beschützen, aber es steckte mehr dahinter.

»Wenn schon von Ehemännern die Rede ist«, sagte Mike, ich habe dir klargemacht, dass du nicht hierher kommen darfst.«

Sara blickte den Captain an. »Er macht sich Sorgen, dass ich in dieser großen, bösen Stadt einsam bin, während er bei der Arbeit ist. Besteht die Möglichkeit, dass er für drei Flittertage frei bekommt?«

»Sara, das ist jetzt nicht der passende Zeitpunkt …«, begann Mike.

»Ich denke, das kann eingerichtet werden«, antwortete der Captain. »Ach, ja, Mike, ich habe ganz vergessen, es dir zu erzählen.« Er warf ihm einen Ring mit zwei Schlüsseln zu. »Ich habe wegen deiner ausgebrannten Wohnung ein bisschen Rabatz gemacht und es geschafft, dir eine neue zu besorgen. Jetzt ist ein FBI-Agent hinter meinem Skalp her, weil er das Apartment eigentlich kriegen sollte.« Der Captain sah Sara an. »Lassen Sie mich wissen, ob sie Ihnen gefällt.«

»Was ist mit den Karten?«, fragte der Agent vom Secret Service und hielt sie hoch.

»Mike wird uns morgen alles erzählen. Macht ihr derweil weiter. Mike, zeig ihr unsere schöne Stadt«, sagte der Captain.

Sara lächelte. »Ich habe eine Freundin, die in Boca Raton aufgewachsen ist, und sie hat mir eine Liste von Sehenswürdigkeiten gegeben. Mizner Park, das Town Center und ein Ort namens Las Olas?«

Als Mike laut aufstöhnte, lachten die anderen in los.

»Was war daran falsch?«, fragte Sara mit gespielter Unschuld.

Mike hatte noch immer den Arm um sie gelegt, als er sie nach unten durch die Halle in seine Abteilung führte. »Du und Joce, ihr seid wirklich ein komisches Gespann. Mizner Park!« Die Namen, die sie erwähnt hatte, waren alles Luxuseinkaufsmeilen, aber er lächelte, als er bei seinem Schreibtisch ankam, der sauber und ordentlich war und auf dem sich kein einziger persönlicher Gegenstand befand.

»Du trägst eine Waffe«, sagte sie.

»Mache ich gewöhnlich.«

»Aber nicht zu Hause.« Sie blickte sich um, doch es befand sich außer ihnen niemand im Zimmer, das mit Schreibtischen und beladenen Bücherregalen vollgestellt war. Jetzt, da sie hier war, war sie nervös, wie er reagieren würde. Er hatte zuerst den Eindruck gemacht, als würde er sich freuen, sie zu sehen, aber das konnte gespielt gewesen sein.

»Jetzt kneife nicht«, sagte er. »Sei tapfer und trage die Folgen deines Handelns.«

»Was soll das heißen?«

Er drückte ihr einen Kuss auf die Wange. »Du hast mich vermisst, nicht wahr?«

»Überhaupt nicht. Ich dachte nur, dass du die Karten sofort sehen musst, deshalb bin ich …« Er küsste sie auf den Mund. »Vielleicht habe ich dich ein klein wenig vermisst, aber nicht sehr.«

»Wie bist du hierher gekommen? Die Kiste, die du fährst, hätte die Strecke gar nicht geschafft.«

»Mit Joce' Mini Cooper.«

»Sie hat sich also mit dir verschworen, meinen Befehl zu missachten?«

»Absolut. Möchtest du ihr einen Dankesbrief schreiben?«

»Die Frage beantworte ich morgen.« Wieder küsste er sie, doch dieses Mal war der Kuss intensiver.

»He, Newland«, sagte ein Mann von der Tür. »Mach das draußen.«

»Du bist ja nur neidisch, Ferguson«, erwiderte Mike. Er schloss seine Schreibtischschublade ab, schlang den Arm fest um Saras Taille und führte sie in den Flur hinaus.

»Und, wo ist dein neues Apartment?«, fragte Sara.

»Keine Ahnung.« Er reichte ihr die Schlüssel.

Sie blickte auf das kleine Schild am Ring. »Es ist an der Ala Street.«

Sie gingen die Treppe hinunter. »Nie davon gehört. Wahrscheinlich stecken die mich in irgendein Loch am Ende einer schmalen Gasse. Bist du sicher, dass du richtig gelesen hast?«

»416 Ala Street. Mit Großbuchstaben.« Sie gab ihm den Schlüssel zurück.

Mike warf einen Blick darauf und kicherte los. »Das in der Mitte ist eine Zahl, kein Buchstabe. Das Apartment ist an der A1A.«

»Und wo ist das?«

»Am Meer, Süße. Privatstrände. Sollen wir es uns anschauen?«

»Gern!«

Sara folgte Mike in Joce' Auto durch die Innenstadt von Fort Lauderdale auf einer Straße, die Sunrise hieß. Sie kamen an fantastisch aussehenden Geschäften und Restaurants vorbei und gelangten schließlich zu einem Hügel, der, wie sie feststellte, in Wahrheit eine Brücke war, die gelegentlich aufgeklappt wurde, damit Schiffe darunter hindurchfahren konnten. Für die Einheimischen war das wahrscheinlich normal, doch für Sara faszinierend. Auf der anderen Seite der Brücke konnte sie direkt vor sich das Meer sehen. Als sie sich dem Strand näherten, bog Mike links ab, und sie folgte ihm eine schmale Straße entlang. Rechts, auf der Meeresseite, standen große Häuser, versteckt hinter hohen Mauern und riesigen Bäumen. Blumen in leuchtenden Farben hingen über die Mauern herab. Auf der anderen Straßenseite standen gewöhnlich wirkende Motels und Wohnblocks, und sie vermutete, dass Mike zu einem von diesen fahren würde.

Aber das tat er nicht. Ein paar Blocks weiter bog er in eine Einfahrt mit einem großen, in die Mauern eingelassenen Tor ein. Er drückte eine Taste auf der Fernsprechanlage, das Tor ging auf, und Sara fuhr nach ihm hinein und parkte neben seinem Auto. Linker Hand standen zwei weitere Autos.

»Wow!«, sagte sie, als sie sich umblickte. Das Haus war zweistöckig und groß – und es sah aus, wie aus einem alten Hollywoodstreifen.

»Es ist ein Nachbau im Mizner-Stil«, stellte Mike fest, als erkläre das alles, und führte sie zur Haustür.

Die Eingangsveranda war mit Fliesen belegt, tief und lang. »Du kennst dieses Haus?«

»Ziemlich gut sogar«, antwortete er, als er eine der großen Doppeltüren aufschloss. »Es hat einem Geldwäscher gehört, der jede Menge schmutziges Geld gewaschen hat. Er hat zwanzig Jahre Knast bekommen, aber da er bei der Urteilsverkündung schon einundachtzig war, glaube ich nicht, dass er seine Strafe überlebt.«

Mike öffnete eine Tür, die in einen spektakulären Raum führte. Auf einem kleinen Tisch neben der Tür lag ein Umschlag mit seinem Namen, und während er die Notiz las, schaute Sara sich um.

Es gab einen riesigen Raum, an den sich hinten links eine große Küche anschloss, und ein Wohnzimmer mit einer weißen Sitzgruppe. Die ganze Außenfront des Hauses bestand aus Glastüren, die in einen paradiesisch wirkenden Garten führten. Sie öffnete eine Tür und trat hinaus. Linker Hand, fast versteckt hinter Bäumen und Büschen, die Sara bislang nur als Zimmerpflanzen gesehen hatte, befanden sich ein Swimmingpool und eine Grillanlage. Direkt vor ihr war eine Lichtung mit ein paar Stufen, die, wie sie vermutete, zu einem Privatstrand führten.

Mike kam heraus und stellte sich neben sie, berührte sie aber nicht.

»Was stand in deinem Brief?«, fragte sie.

»Nur Erläuterungen. Das obere Stockwerk ist in zwei Apartments unterteilt worden. In dem nach Norden wohnt ein Motorradstreifenpolizist mit seiner schwangeren Frau. In dem nach Süden lebt einer der erfolgreichsten Geldfälscher aller Zeiten. Er ist jetzt auf Bewährung draußen, aber wir haben ein Auge auf ihn. Hast du den Rest unten gesehen?«

Sie folgte ihm ins Haus zurück. Hinter der Küche mit Arbeitsflächen aus Granit befanden sich zwei Suiten, von denen eine recht groß war.

»Das war früher das Büro von Benny, dem Geldwäscher«, stellte Mike fest.«

»Und das weißt du, weil …?«

»Weil ich derjenige war, der ihn festgenommen hat. Dafür, dass er schon so ein alter Knacker war, hat er einen Mordskampf geliefert.«

Sara ging zum Bett. Es hatte eine Matratze, aber keine Laken oder Kopfkissen. Sie kehrte Mike den Rücken zu, strich über das hohe Kopfteil aus Mahagoni und fragte sich, ob sie das Haus nach diesem Aufenthalt je wiedersehen würde. Denn so weit sie wusste, würde Mike, sobald der Fall abgeschlossen war, ihr einen Abschiedskuss auf die Wange drücken. Zwei Wochen später würde sie die Scheidungspapiere zugestellt bekommen.

Sie wandte sich in der festen Absicht zu ihm um, ihn nach ihrer gemeinsamen Zukunft zu fragen, doch als sie Mikes Blick sah, waren alle diese Gedanken verflogen.

Sie trat einen Schritt auf ihn zu, und in der nächsten Sekunde machte er einen Satz, packte sie an der Taille, und beide landeten auf dem Bett. Sara lachte, aber sie hatte keine Zeit, Luft zu holen, weil Mike sie zu küssen anfing. Sie schmiegte sich an ihn und versuchte, ihm näher zu sein. Sie waren nur anderthalb Tage getrennt gewesen, aber sie hatte ihn schrecklich vermisst.

Als ihr Kleid hochgeschoben wurde und sie Mikes Hand auf ihrem nackten Oberschenkel spürte, war ihre Leidenschaft entfacht. Schon wenige Minuten später lagen ihre Kleider in einem Haufen auf dem Boden, und sie stemmte sich mit den Händen gegen das Kopfteil. Mikes Stöße waren wild und tief.

Sie kamen gleichzeitig, und wie zuvor presste er den Mund über ihren, um zu verhindern, dass sie laut aufschrie.

Als ihre Lustschauer verebbt waren, zog er sie zu sich heran, und sie legte den Kopf auf seine nackte Brust.

Sara schmiegte sich an ihn, sie streichelte über seine wunderschöne Brust, und ihre Finger ertasteten die Konturen seiner Muskeln.

Mike nahm ihre Hand und küsste ihre Fingerspitzen.

»Eigentlich sollte ein FBI-Agent dieses Apartment kriegen?«, fragte sie.

»Ja.« Mike grinste.

»Heißt das, dass die Miete erschwinglich ist?«

»Das Haus ist konfisziert worden und gehört jetzt der US-Regierung, und ich soll den Gefängniswärter vom alten Henry, dem Geldfälscher, spielen. Da ich sicherstellen muss, dass er keine weiteren falschen Hundertdollarscheine druckt, ist die Miete sehr gering. Und als Wiedergutmachung dafür, dass sie meine ganzen Sachen verbrannt haben, haben sie mir einen Scheck über fünfzehntausend Dollar ausgestellt. Willst du mir helfen, ein paar lebensnotwendige Sachen zu kaufen?«

»Gern«, antwortete sie. »Laken, Bettbezüge, Lebensmittel. Ist Kochgeschirr vorhanden?«

»Ich werde nachsehen«, sagte er und machte sich in Richtung Küche auf.

Sara hatte das große Vergnügen, ihn nackt aus dem Zimmer gehen zu sehen, und als er zurückkam, ließ der Anblick seiner nackten Vorderseite sie wieder auf das Bett sinken.

»Sämtliche Küchenschränke und Schubladen sind leer«, erklärte er, während er ins Badezimmer ging. »Und wenn du nicht aufhörst, mich so anzuschauen, sind alle Geschäfte bestimmt geschlossen, bis wir hier herauskommen.«

»Tatsächlich?«, sagte sie.

Er streckte den Kopf aus der Tür. »Wer als Letzter in der Dusche ist, muss das Abendessen kochen.«

Im Nu war Sara aus dem Bett, schlüpfte unter seinem Arm hindurch und stand als Erste in der Dusche.

»Du hast geschummelt«, sagte er, als er nach ihr hereinkam und die Glastür zuzog.

»Das ist der Einfluss dieses Hauses. Da muss noch irgendetwas Böses lauern.«

Er drehte den Wasserhahn auf und legte den Arm um sie, während sie darauf warteten, dass das Wasser warm wurde. »Das glaube ich nicht«, sagte er. »Ich glaube, dafür hat das viele Blut gesorgt, das ich hier vergossen habe.« Als sie ihn fragend ansah, zeigte er auf eine Narbe auf seiner Schulter. »Bei diesem Fall bin ich angeschossen worden.«

Sara drückte einen Kuss auf die Stelle. »Mein armer Liebling. Das tut mir leid.«

Er trat unter den warmen Wasserstrahl und schob sie ebenfalls darunter. »Genau genommen war es diese Wunde.« Er deutete auf eine Stelle tiefer an seiner Seite, und Sara beugte sich hinab, um sie zu küssen.

Er sagte: »Ich glaube …«

»Lass mich raten. Du bist noch weiter unten verletzt worden«, sagte Sara und kniete sich nieder.

»Gibt es hier irgendwelche Verletzungen?«, fragte sie.

Aber Mike antwortete nicht.

Es dauerte fast eine Stunde, bis sie schließlich das Haus verließen und Mike direkt zu Best Buy fuhr.

»Ich dachte, du willst lebenswichtige Dinge kaufen.«

»Musik ist lebenswichtig«, antwortete er so ernst, dass Sara lachen musste.

Sie kauften das, was Mike für die wichtigsten Dinge in einem Haus erachtete. Sie hielt sich im Hintergrund, während er die Teile einer Stereoanlage auswählte, doch zusammen suchten sie einen Flachbildfernseher aus, der eigentlich viel zu groß war.

Als Mike das alles bezahlte, hatte sie die Frage auf der Zunge, ob sie wohl mit ihm zusammen fernsehen und Musik hören würde, aber sie ließ es sein.

In der CD-Abteilung trennten sie sich. Ihr gefiel, was sie für »moderne« Musik hielt, die Mike jedoch als »seelenlosen Müll« bezeichnete. Er steuerte das Fach mit CDs von Andrea Bocelli an. Zu Saras Erstaunen war er Opernfan. Doch als sich ihre Hände trafen, weil beide nach einer CD von Eric Clapton griffen, lachten sie zusammen los.

»Das ist Klassik«, sagte er, und sie pflichtete ihm bei.

Um zum nächsten Geschäft zu kommen, sauste Mike über ein paar Schnellstraßen, bog an dem ab, was er als »die Mautschranke« bezeichnete, und sie gelangten zu einem herrlichen Shoppingcenter mit einer riesigen Filiale von Barns & Noble. Wie ein Stück Eisen, das von einem Magneten angezogen wird, steuerte Sara darauf zu, doch Mike hielt sie am Arm fest. Stattdessen zerrte er sie in eine Filiale von Sur la Table.

Sara hatte Kataloge davon gesehen, doch noch nie eines dieser Geschäfte betreten. Einen Augenblick starrte sie die Regale mit schönem Kochgeschirr an. Mike hob ihre Hände, drückte einen Einkaufskorb hinein und sagte: »Denk ans Kuchenbacken.« Das riss sie aus ihrer Trance, und er führte sie in den hinteren Teil des Geschäfts, wo sie ihren Korb drei Mal füllte. Eine beflissene Verkäuferin brachte alles zur Kasse.

Sie luden den Kofferraum von Mikes Auto voll, dann gingen sie in ein Restaurant namens Brio, um zu Abend zu essen.

»Du schuldest mir noch ein selbst gekochtes Essen«, stellte Sara fest, »weil ich es als Erste in die Dusche geschafft habe.«

»Für eine solche Dusche schulde ich dir tausend Essen. Hier, probier das.« Er hielt ihr eine Gabel mit in Zitronensaft mariniertem Seebarsch hin.

Nach dem Abendessen fuhren sie zu einer Filiale von Bed Bath & Beyond.

»Keine Blumen und kein Pink«, ordnete Mike an, als sie das Geschäft betraten.

»Und keine braunen Decken. Oder Rennautos oder Männer, die sich mit Fußtritten traktieren.«

»Einverstanden«, sagt er, und sie zogen los.

Sie einigten sich auf gebrochen weiße Laken und hatten Spaß daran, den Kopf auf die Kissen zu legen, und sie zu testen. Doch als sie anfingen, sich zu küssen, fielen sie beinahe auf den Boden. Wäre nicht ein neugieriger kleiner Junge um die Ecke gekommen, dann hätten sie womöglich weitergemacht.

Lachend schoben sie ihre beiden großen Einkaufswagen zur Kasse. Sie mussten die Haushaltstextilien auf den Rücksitz stapeln, da der Kofferraum bereits voll war.

»Kein Platz mehr für Lebensmittel«, stellte Sara fest. »Und es ist nichts da fürs Frühstück.«

»Macht nichts. Ich esse nie vor dem Training.«

»Wenn du mir sagst, wo ich hin soll, dann kaufe ich die Lebensmittel, während du im Fitnessstudio bist, und wir frühstücken, wenn du zurückkommst.«

Mike warf ihr einen Blick zu, den sie nicht deuten konnte, und sagte, sie würden zusammen zum Supermarkt gehen.

Sara drehte sich zur Seite, um ihr Lächeln zu verbergen. Es hatte den Anschein, als kaufe er gern mit ihr ein.

Als sie zu ihrem Apartment zurückkehrten, schleppten sie alle ihre Einkäufe ins Haus. Mike baute die Stereoanlage auf – der Fernseher sollte geliefert werden –, und Sara steckte die Wäsche in die Waschmaschine. Gemeinsam packten sie das Kochgeschirr aus und verstauten alles zur Musik von Eric Clapton. Als sie umeinander tanzten, freute Sara sich, als sie sah, was für ein guter Tänzer er war.

»Im Undercover-Einsatz gelernt?«, fragte sie.

Er zog sie an sich, nahm die klassische Tanzhaltung ein und fing an, sie mit graziösen Bewegungen im Walzertakt durch das Zimmer zu führen. »Frau des Drogenbarons. Unterricht.« Er brachte Sara dazu, dass sie sich, gestützt von seinem Arm, weit nach hinten neigte. »Ich war ihr Trainingspartner.«

Er zog Sara hoch und ging in den Tangoschritt über. »Ich habe sie überredet, gegen ihren Mann auszusagen.«

»Alles nur, weil du ihr Tanzunterricht gegeben hast?«

Mike drehte sich mit ihr zum anderen Ende des Zimmers. »Und weil ich dafür gesorgt habe, dass sie ihren Mann zufällig mit den beiden Kindermädchen ihrer lieben Kleinen im Bett erwischt hat.«

Sara lachte, als er ihren Arm hob und sie herumwirbelte.

Als der Song zu Ende war, schaltete er die Stereoanlage aus. »Ich muss früh aufstehen. Was hältst du davon, wenn wir ins Bett gehen?« Der Blick, den er ihr zuwarf, führte dazu, dass ihr die Knie weich wurden.

»Ach, Laken«, stammelte sie. »Trockner.«

Hätte es die olympische Disziplin des Bettenbeziehens gegeben, dann hätten sie mit Sicherheit die Goldmedaille gewonnen. Matratzenschoner, dann das untere Laken. Mike gefiel es nicht, wie Sara die Ecken des oberen Lakens unter die Matratze stopfte, deshalb machte er es neu.

»Hast du sonst undercover noch etwas gelernt?«, fragte sie.

»Nein. Scharfe kleine Schwester.«

Sie schleuderte ihm eines der Kopfkissen entgegen. Er wich ihm aus, fing es in der Luft auf, dann warf er Sara auf das Bett.

Als er anfing, ihren Hals zu küssen, sagte sie. »Ich halte es für eine echte Schande, Flecken auf unseren neuen Laken zu hinterlassen.«

Mike hob sie hoch und legte sie auf den blaugoldenen Teppich. »Zufällig weiß ich«, sagte er mit seiner tiefen Stimme, »dass dieser Teppich achtzigtausend Dollar gekostet hat.«

»Tatsächlich?«

»Der Teppichimporteur wollte, dass man ihm einen Gefallen machte.« Mike küsste sie weiter. »Und der hier war sein Geschenk für den Geldwäscher.«

»Hat ihm das zwanzig Jahre Knast eingebracht?« Sara streckte den Kopf zurück, damit Mike überall an ihren Hals herankam.

»Nein, das Leben gekostet.«

Sie erschrak und verstummte. Sie wollte nicht fragen, wer ihn umgebracht hatte, aus Angst, Mike könnte sagen, dass er derjenige gewesen war. »Das ist ein sehr schöner Teppich«, stellte sie schließlich fest.

»Ja, recht schön«, sagte er, während er sich auf sie schob. »Und so unglaublich praktisch.«

Als sie danach aneinandergekuschelt im Bett lagen, fing Mike zu lachen an.

»Was ist?«, fragte sie, während sie in ihr Nachthemd schlüpfte.

»Mir ist gerade eingefallen, dass ich dem Captain gesagt habe, dass ich nicht weiß, wie ich einem ›braven Mädchen‹ gefallen kann. Ich hatte keine Ahnung, dass ihr alle nur auf das Eine aus seid.«

»Und ich habe meiner Mutter gesagt, du bist schwul.«

Lächelnd schliefen sie in den Armen des anderen ein.

Am Morgen schlief Sara noch tief und fest, als Mike die Decke zurückwarf. Sie rührte sich nicht.

»Du musst aufstehen«, sagte er.

Sie hörte ihn vage, aber regte sich nicht.

»Sara, Schatz, du gehst mit mir ins Fitnessstudio.«

Sie vergrub den Kopf unter den vier Kissen, die sie gekauft hatten.

»Aufstehen!«

Sie rührte sich noch immer nicht.

Mike schlang die Hände um ihre Taille und zog sie aus dem Bett. Als Sara keine Anstalten machte, aufzuwachen, hängte er sie sich wie ein nasses Handtuch über den Arm und trug sie ins Badezimmer, wo er sie auf den Badewannenrand setzte.

Er hob eine Plastiktüte in die Höhe. »Die sind für dich. Zieh sie an. Du hast zehn Minuten Zeit.«

»Ich will nicht …«

Mike ging aus dem Bad.

»Ich hasse Sport«, murmelte sie, während sie die Tüte vom Boden aufhob. Darin steckten Sportsachen, auch Sportschuhe, alles in ihrer Größe.

Sara verzog das Gesicht. Es hatte den Anschein, als hätte Mike gestern, als sie die Zeit mit ihm arglos genossen hatte, mit List und Tücke heimlich Pläne geschmiedet, damit sie mit ihm ins Fitnessstudio ging.

Als sie aus dem Bad kam, hatte sie sich die Haare streng zurückgebunden, und sie trug scheußliche schwarze Leggings und ein blaues Tanktop, darunter einen grässlichen Sport-BH.

Als Mike beim Anblick ihrer Figur ein paar Mal anerkennend blinzelte, war sie sich sicher, dass sie den wunden Punkt gefunden hatte. »Du sagst mir also, dass ich ins Fitnessstudio gehen muss, weil dir mein Aussehen nicht gefällt?«

»Jetzt siehst du großartig aus, aber in vier Jahren wirst du dreißig, und alles wird anfangen, schlaff zu werden. Du musst das Ganze als Vorbeugungsmaßnahme betrachten.« Er reichte ihr eine mit Wasser gefüllte Flasche und legte den Arm um ihre Schultern. »Wenn es dir nicht gefällt, kannst du morgen zu Hause bleiben und schlabberig werden. Aber heute gehen wir ins Fitnessstudio. Und wer weiß? Vielleicht gefällt es dir ja.«

Sara wollte gerade antworten, doch dann öffnete er die Haustür, und sie sah, dass es draußen noch immer dunkel war. Sie wandte sich in Richtung Schlafzimmer um, aber er hielt sie fest. Kichernd führte er sie zum Auto.

Sara aber lachte *nicht.* »Wann hast du es geschafft, alle diese Sachen zu kaufen?«

»Gestern, als du gierig mit den teuren Kuchenformen beschäftigt warst, habe ich eine Freundin angerufen. Sie hat alles besorgt und vor die Haustür gelegt. Wir treffen sie im Fitnessstudio.«

»*Sie?* Stellst du deine *Frau* einer deiner früheren Geliebten vor?«

»Du kannst Streit suchen, so viel du willst, du gehst trotzdem mit zum Studio. Sie ist Yoga-Lehrerin.«

»Yoga? Wie kommst du auf die Idee, dass ich Yoga machen will?«

»Ich weiß zufällig, dass du deine Knie neben deine Ohren und gleichzeitig deine Knöchel neben meine Ohren legen kannst – und das im Stehen. Ich weiß nicht warum, aber ich dachte, Yoga wäre genau das Richtige für dich.«

Sara musste aus dem Beifahrerfenster schauen, um ihr Schmunzeln zu verbergen.

»Das ist schon besser«, sagte er. »Sie heißt Megan, und nur fürs Protokoll, ich war nie mit ihr im Bett.«

»Ich würde mit ihr lieber ins Bett gehen, als mit ihr Sport machen«, murmelte Sara missmutig.

»Tatsächlich?«, fragte Mike und zog die Augenbrauen hoch.

»Mach dir bloß keine Hoffnungen.«

Er lachte, und wenige Minuten später fuhren sie auf einen Parkplatz, auf dem schon viele Autos standen.

»Wer in aller Welt geht bloß so früh am Morgen ins Fitnessstudio?«

»Wir«, antwortete Mike, und Sara stöhnte auf.

Sie folgte Mike hinein und stellte fest, dass er so gut wie jeden hier kannte. Männer – mit einem Armumfang wie Lastwagenreifen – schüttelten ihm die Hand und neigten sich auf eine Weise zu ihm vor, die sie für eine Form der männlichen Begrüßung in Südflorida hielt. Frauen – mit Hinterteilen, die so fest waren, dass sie Schrotkugeln hätten abweisen können – drückten ihm Küsschen auf die Wangen und kamen ihm eindeutig viel zu nahe.

Den Männern stellte Mike sie als seine Frau vor, doch bei den Frauen reagierte er Saras Meinung nach zu langsam, deshalb nannte sie selbst ihren Namen.

Als eine hübsche junge Frau namens Megan hereinkam, wollte Sara ihn nur widerwillig allein lassen. Doch Mike schickte Sara mit der Yoga-Lehrerin fort, und sie gingen in einen großen Saal mit Holzfußboden.

»Also, dann wollen wir mal sehen, was du kannst«, erklärte Megan.

Nach einer Stunde wurde Sara freigelassen, und Mike erwartete sie an der Tür, frisch geduscht und umgezogen.

»Und?«, fragte er Megan.

»Genau, wie du gesagt hast.«

»Vielen Dank«, sagte Mike und drückte Megan einen Kuss auf die Wange. Er hielt Sara die Tür auf, und sie traten ins Freie, wo es gerade erst hell zu werden begann.

»Worum ging es da eigentlich?«, erkundigte sich Sara, als sie ins Auto stiegen.

»Das war Megans Bericht, und sie stimmt mit meiner Einschätzung überein. Du hast kaum Muskeln, aber du bist verdammt beweglich. Sie ist der Meinung, dass du, wenn du wirklich hart trainierst, in einem oder zwei Jahren so weit sein könntest, eine richtige Yoga-Schülerin zu werden. Aus Megans Mund ist das ein großes Lob.«

»Tatsächlich?«, fragte sie erfreut. Nicht etwa, dass sie Yoga machen wollte, aber es war nett, das zu hören.

»Du brauchst mehr Muskulatur. Dafür werde ich sorgen.«

»Heißt das, dass ich öfter oben bin? Das ist gut für die Beine.«

»Fang nicht an, mich zu verführen. Ich muss zur Arbeit.«

»Und was soll ich den ganzen Tag machen?«

»Du kannst …« Er verstummte, weil sein Handy klingelte. Er blickte auf das Display, um zu sehen, wer da anrief, dann nahm er ab. »Ich bin gleich da. Ach. Ja, in Ordnung. Ich habe keine Ahnung.« Er schaute zu Sara hinüber. »Kannst du Schreibmaschineschreiben?«

»Ja.«

Mike lauschte dem Gesprächspartner am Telefon, dann wandte er sich wieder an Sara. »Kannst du nach Diktat tippen?«

»Luke hat mir sein erstes Buch diktiert.«

Mike wirkte beeindruckt. »Sie schreibt Luke Adams Bücher«, sagte er ins Handy.

»Das tue ich nicht …«, hob Sara an, dann wurde ihr klar, dass er nur Spaß machte.

Mike redete noch ein bisschen weiter, dann beendete er das Gespräch. »Das war der Captain. Er sagt, dass ich alles aufschreiben muss, was ich in Edilean getan und in Erfahrung gebracht habe, und er hat vorgeschlagen, dass ich dir das alles diktiere. Und was ist das Geheimnis der Tarotkarten?«

Sara wollte vor Freude, dass sie und Mike den Tag zusammen verbringen würden, auf und ab hüpfen. Wäre ihr Körper nicht gerade in verschiedene unnatürliche Positionen verdreht worden, hätte sie das vielleicht wirklich getan.

Sie waren beim Haus angekommen, und Sara wartete, bis sie ausgestiegen waren und antwortete erst dann: »Shamus hat die Bewohner von Edilean porträtiert.«

»Was?«

»Er hat alle auf den Karten dargestellt.«

»Ich gehe davon aus, ›alle‹ heißt, die Leute der Gründerfamilien, nicht Zugezogene wie ich.«

»Sei kein solcher Snob. Auch ihr beide, du und Tess, seid abgebildet, und Shamus hat eine Menge unserer Kundinnen vom Kleidergeschäft dargestellt.«

Mike machte große Augen. »Willst du etwa sagen, dass Mitzi Vandlos Bild auf einer dieser Karten sein könnte?«

»Daran habe ich noch gar nicht gedacht, aber möglich wäre es. Ich habe ein zweites Spiel in meinem Koffer. Du kannst es durchsehen, während ich unter die Dusche gehe – es sei denn, du willst dich zu mir gesellen.« Sie klimperte mit den Wimpern.

»Ich möchte die Karten sofort sehen. Du hättest mir gestern Abend sagen müssen, was sich darauf befindet.«

Sara stieß einen melodramatischen Seufzer aus. »Und mir meine zwölfstündige Flitterwoche ruinieren? Wie konnte ich nur so egoistisch sein?«

Mike lächelte nicht, aber sein Grübchen erschien. »Geh unter die Dusche, dann besorgen wir Bagels.«

»Mit oder ohne Leinsamen?«

»Geh!«, befahl er.

Sara stand unter der Dusche, als Mike mit den Karten hereinkam.

»Du musst mir bei den meisten Leuten sagen, wer das ist.«

Er hielt eine Karte hoch, aber sie konnte sie durch die beschlagene Glasscheibe nicht erkennen. Er trat näher an die Dusche heran, und sie beugte sich zur Glaswand vor.

»Das ist Mr Frazier, Shamus' Vater. Ms Frazier«, sagte sie bei der nächsten Karte.

»Und ich weiß, dass diese drei Ochsen Shamus' und Ariels Brüder sind.«

»Deine geliebte Ariel. Meinst du, ihr würde dieses Apartment gefallen?« Sara hatte die Augen geschlossen, weil sie sich gerade die Haare wusch. Als sie sich umdrehte, stand er nackt neben ihr in der Dusche.

»Brauchst du vielleicht Hilfe?«, fragte er, schob die Hände in ihre schaumigen Haare und massierte ihr die Kopfhaut.

»Immer«, antwortete sie.

22

Während sie das aus Bagels und Orangensaft bestehende Frühstück genossen, ging Mike noch einmal die Frage durch den Kopf, ob er Sara alles mitteilen sollte, was er in Edilean in Erfahrung gebracht hatte. Denn die DNA-Proben, die sie hatten untersuchen lassen, hatten keinen Treffer ergeben, sodass sie der Identifizierung von Mitzi keinen Schritt näher gekommen waren. Er machte sich Sorgen, dass diese Nachricht Sara verängstigen könnte.

»Was beunruhigt dich, dass du so still bist?«, fragte sie.

»Ich bin ein sehr stiller Mensch.«

»Es sei denn, du zwingst mich, etwas zu tun, was ich nicht tun will; dann hast du viel zu sagen.«

»Dir hat es im Fitnessstudio doch gefallen, und du hast dich beim Yoga gut geschlagen«, stellte er fest.

»Auf gar keinen Fall! Alle diese jungen Frauen haben dich angeschmachtet. Was soll mir da Spaß machen?«

»Ich habe dich dort mit Megan beobachtet, und ich weiß, dass es dir gefallen hat und dass du jede Übung perfekt hinbekommen hast.«

Sara blickte ihn über ihr Saftglas hinweg an. »Du hast meine Frage nicht beantwortet, was dich beunruhigt. Ich kapiere allmählich, dass du einfach vom Thema abschweifst, wenn du eine Frage nicht beantworten willst.«

»Ich schweife ab? Vielleicht könntest du mir erklären, was du damit genau meinst. Ich hatte nicht wie du und Tess den Vorteil, aufs College gehen zu können, also verzeih mir, wenn ich Schwierigkeiten habe, mit euch beiden mitzuhalten.«

»Das College verändert nichts an der Intelligenz eines Menschen.« Sie kniff die Augen zusammen. »Du denkst wirklich gründlich über irgendetwas nach, und ich möchte wissen, worum es geht.«

»Also keine weiteren Abschweifungen?«, fragte er und bewies damit, dass er genau wusste, was sie meinte.

»Keine!«

Er legte seinen Bagel nieder. »Ich habe in Edilean einiges in Erfahrung gebracht, was du meiner Meinung nach nicht zu wissen brauchst.«

»Warum nicht? Weil mich das Wissen in Gefahr bringt oder meine Gefühle verletzt werden?«

»Die Gefühle«, antwortete er.

»Das kann ich verkraften.«

»Bist du sicher?«

»Hast du noch nicht mitbekommen, dass ich sehr stark bin?«

Mike legte die Hand auf seinen unteren Rücken. »Heute Morgen in der Dusche dachte ich, du machst mich noch fertig.«

Sara lächelte nicht. »Ich möchte, dass du so tust, als wäre ich eine Frau, mit der du im Büro zusammenarbeitest, und mir sagst, was du herausgefunden hast. Ich tippe es, und ich verspreche dir, dass ich kein Herzklopfen bekomme.«

»Nicht einmal bei Küssen auf den Nacken?«

»Das ist etwas ganz anderes. Kannst du mich so behandeln, als wäre ich eine normale Mitarbeiterin?«

»Nein«, antwortete er hastig.

»Gut!«, erklärte Sara genauso schnell.

Als sie beim Geschäft für Bürobedarf anhielten, um einen Drucker zu kaufen, fragte Mike, warum sie Lukes Bücher eigentlich nicht mehr schreibe.

»Wegen meiner Mutter. Ich war erst fünfzehn, als er seinen ersten Roman verfasst hat, und ich habe einen ganzen Sommer mit einem Computer auf dem Schoß verbracht. Als Luke es fertig hatte, hatte er Ideen für ein Dutzend anderer Bücher. Ich wollte ihm weiter helfen, aber meine Mutter hat ihm eine Ausgabe von Mavis Beacon – der Schreibsoftware – geschenkt und ihm gesagt, dass er ihre Tochter ihr eigenes Leben führen lassen muss.«

»Glaubst du, du wirst eines Tages genau wie deine Mutter sein?«

»Ich bete jeden Abend, dass es nicht so weit kommt.«

Sobald sie wieder im Apartment waren, setzte Sara sich an Mikes Laptop. Nachdem er ihr erklärt hatte, dass sie alle Versuche aufgeben könne, Zugang zu seinen persönlichen Dateien zu erhalten, begann er ihr zu diktieren.

Er sprach davon, Kontakt zum »Opfer« hergestellt zu haben und bei ihr eingezogen zu sein. Mike blickte zu Sara hinüber, um zu sehen, wie sie dieses Eingeständnis aufnahm, aber sie verzog keine Miene. Sie konzentrierte sich darauf, zu schreiben, was er diktierte.

Erst als er zu der Stelle mit Merlins Farm kam, unterbrach sie ihn. »Ich denke, du solltest die Verbundenheit deiner Großmutter zu der Farm erwähnen.«

»Das hat nichts mit diesem Fall zu tun. Nun, wie gesagt ...«

»Ich glaube, da gibt es eine Verbindung. Deine Großmutter wollte das Haus und Greg ... Stefan ebenfalls.«

»Meine Großmutter ist 1941 von Edilean weggezogen. Was sich da jetzt abspielt, hat mit damals nichts zu tun.«

»Ich bin mir sicher, dass du das besser beurteilen kannst als ich«, sagte sie auf eine Art und Weise, die ihm klarmachte, dass er sich irrte. Sie legte die Hände wieder auf die Tastatur.

Mike wandte sich ab. Die Wahrheit war, dass er ihr zustimmte. Zwar konnte er nicht erkennen, wie die beiden Ereignisse miteinander zusammenhingen, aber er hatte vor, sich damit zu befassen. Doch wollte er Sara jetzt nicht damit beunruhigen. Er fuhr mit seiner Geschichte fort, und sie unterbrach ihn erst wieder, als er zu seiner Unterhaltung mit Ariel kam.

»Ariel hat *gewusst,* dass Greg mit anderen Frauen herumhurt, und hat es mir nicht gesagt?«

»Ich dachte, du wolltest dich davon distanzieren.«

»Ich bin nicht auf Greg wütend. Er ist die Schlange, deren

Wesen sich nicht verändert, egal, wie nett man zu ihm ist, aber Ariel … Was in aller Welt denkt sie sich bloß aus, was ich ihr angetan habe, dass sie mich einen Mann hätte *heiraten* lassen, von dem sie wusste, dass er so schlecht ist?«

»Hättest du ihr geglaubt, wenn sie dir von ihm erzählt hätte?«

»Kein einziges Wort.«

Mike sah sie erstaunt an. »Vielleicht wusste sie das und hat dir deshalb nichts gesagt. Hättest du es ihr erzählt, wenn sie im Begriff gestanden hätte, einen Schürzenjäger zu heiraten?«

»Oh, ja«, antwortete Sara schmunzelnd. »Ich wäre so schnell zu ihr gerannt, dass meine Füße kaum den Boden berührt hätten.«

Mike schüttelte den Kopf.

»Und Colin!«, sagte Sara. »Ich kann es nicht fassen, dass *er* mir nichts über Greg gesagt hat. Colin und ich waren schon immer befreundet! Wenn wir nach Hause kommen, werde ich mit den Fraziers ein Hühnchen zu rupfen haben.«

»Davor sollten sie sich aber fürchten«, stellte Mike trocken fest. »Bist du bereit, das fertig zu machen? Je schneller wir das losschicken, desto früher haben wir frei. Willst du etwa nach Edilean zurückfahren und dort erzählen, dass du das Meer nicht gesehen hast?«

Sara legte die Hände wieder auf die Tastatur. »Mach weiter, du furchtloser Held, und sag mir, wer mich noch alles hinters Licht geführt hat.«

Schmunzelnd fuhr Mike fort. Er sagte ihr, was er in Erfahrung gebracht hatte, aber er beschrieb ihr auch den Plan für die folgende Woche. Sara hörte zum ersten Mal, welche Ereignisse sich die Polizei und die Agenten vom FBI erhofften.

Nachdem sie gegen Mittag mit dem Dokument fertig waren, begann Mike, eine Karte der Festwiese zu zeichnen, doch schließlich übernahm Sara diese Aufgabe.

»Die Stände, die Fahrgeschäfte und das Spielfeld sind jedes Jahr an der gleichen Stelle, deshalb weiß ich, was wo ist.«

»Mit Ausnahme von Joce' Wahrsagerzelt.«

»Luke stellt es direkt neben seinem Stand auf, an dem er seine Kränze verkauft, und der steht neben meiner Kuss-Bude.«

»Deiner was?«, fragte Mike.

Sara lächelte süffisant. »Ich wollte nur sehen, ob du zuhörst.«

Gegen ein Uhr waren die Karten und Berichte fertig. Sie druckten sie auf dem neuen Drucker aus – den Sara angeschlossen hatte, während Mike mit der Lieferung des Fernsehers zu tun gehabt hatte – und steckten alles in einen großen Umschlag.

Mike wandte sich Sara zu und sah sie an. Keine Sekunde später hatten sie sich ihrer Kleider entledigt und liebten sich auf der großen weißen Couch.

Danach lag Sara in seinen Armen und sagte: »Es ist komisch, aber selbst wenn ich gedanklich gar nicht mit Sex beschäftigt bin, kann ich an nichts anderes mehr denken, sobald ich dich ansehe.«

Er drückte ihr einen Kuss auf die Stirn. »Meine jungfräuliche Prinzessin. Willst du schwimmen gehen?«

»Gern. Ich habe einen blauen Bikini dabei.«

»Ich wette, Henry, der Fälscher, wird sich freuen! Vielleicht siehst du dich am Ende auf einem Tausend-Dollar-Schein.«

»Wann lerne ich die Nachbarn eigentlich kennen?«

Mike war auf dem Weg zum Bad und schaute sich nicht zu ihr um. »Wir müssen morgen Nachmittag losfahren.«

»Das ist keine Antwort auf meine Frage«, murmelte Sara vor sich hin, während sie nach ihren Kleidern griff. Mike hatte nicht die geringste Andeutung gemacht, dass sie je nach Fort Lauderdale zurückkehren und dieses schöne Apartment wiedersehen würde.

Mike steckte den Kopf aus der Tür zum Badezimmer. »Allein zu duschen, ist reine Wasserverschwendung.«

»Ich bin definitiv fürs Wassersparen.« Sara rannte ins Bad, um sich zu ihm zu gesellen.

* * *

»Das war ein wunderschöner Tag«, sagte Sara, als sie sich im Bett an Mike schmiegte. Es war beinahe zweiundzwanzig Uhr, und sie mussten früh aufstehen, aber sie war nicht müde.

»Er war fantastisch«, stellte er fest.

Sie wusste, dass er guter Stimmung war. »Ich habe meine Flittertage genossen.«

»Ich ebenfalls. Ich bin mir nicht sicher, aber ich glaube, der Captain hat mich hierher zurückbeordert, um mich davon abzuhalten, dich zu heiraten.«

Sie wandte sich ihm zu und sah ihn an. »Das ist gut. Er hat auf dich aufgepasst, aber als er gesehen hat, dass ich nicht wie deine sonstigen, hm … Opfer bin, da hat er dir freigegeben. Er ist ein netter Mann.«

»Du bringst das Nette in den Menschen zum Vorschein.«

»Es ist süß, dass du das sagst.«

Sie lagen schweigend nebeneinander, und Mike strich mit den Fingern langsam ihren Rücken hinauf und hinunter. Sie holte tief Luft, um ihren ganzen Mut zusammenzunehmen. Was sie ihn fragen wollte, konnte ihn möglicherweise verärgern. »Wie waren deine Eltern?«

Er zögerte keine Sekunde. »Nett, liebevoll, lustig.«

Sie schmiegte sich noch enger an ihn und legte den Kopf auf seine Schulter. »Erinnerst du dich an sie?«

»Sehr gut. Aber Tess nicht, deshalb erzähle ich ihr immer Geschichten über sie, wenn wir zusammen sind.«

»Ich würde gern hören, was du mir über sie erzählen willst.«

Mike brauchte einen Augenblick, bis er antwortete. »Meine Mutter war sehr hübsch.«

»Wie Tess.«

»Ja, aber anders. Tess ist dunkel wie unser Vater, während Mom blond war und dunkelblaue Augen hatte. Wie du.« Er drückte ihr einen Kuss auf den Kopf.

»Was hat sie denn gern getan?«

»Sie hat immer gesagt, dass sie die unmodernste Frau der Welt wäre, weil sie überhaupt keinen Ehrgeiz hatte. Sie war zwei Jahre auf dem College, dann hat sie Dad kennengelernt und …« Er zuckte mit den Achseln.

»Ehe und Kinder. Klingt in meinen Ohren gut.«

»Ihr beide hättet euch gut verstanden. Ihr habt viel gemeinsam. Sie hat uns immer Lunchpakete mit glücklichen Gesichtern auf dem Brot gemacht. Sie hatte für mich immer etwas zum Essen zubereitet, wenn ich von der Schule nach Hause gekommen bin.«

»Was hat dein Dad gearbeitet?«

»Er hat vierzig Stunden die Woche geschuftet und eine große Druckerei geleitet, aber in seinem wahren Leben waren ihm zwei Dinge wichtig: seine Familie und der Sport.«

»Das muss dir gefallen haben«, stellte Sara fest.

»Und wie. Das Erste, an das ich mich erinnere, ist, dass ich auf einem Sitz hinten auf dem Fahrrad meines Dads sitze – und wir einen Berg hinauffahren.«

»Das klingt gefährlich. Du würdest doch …« Sie bremste sich. »Hat deine Mom gern Sport gemacht?«

Mike kicherte. »Sie hat Sport gehasst. Sie wollte zu Hause bleiben und alte Filme anschauen.«

»Oh, ja! Wir hätten uns definitiv angefreundet. Ich wünschte, ich hätte sie gekannt.« Als Mike schwieg, wusste sie, dass er daran dachte, was später passiert war, dass seine Eltern so jung ums Leben gekommen waren und er und Tess in die Obhut ihrer missmutigen Großmutter gegeben wurden.

»Ich habe es nie begriffen«, sagte er leise und hörte auf, ihr den Rücken zu streicheln. »Meine Mutter hat ihre Mutter über alles geliebt, und Großmama hat Mom geradezu vergöttert. Großmama war so gut zu ihr. Sie haben fast jeden Tag miteinander telefoniert.«

»Wie ist sie mit dir und Tess umgegangen, als deine Eltern noch am Leben waren?«

»Für meine Großmutter hat nur meine Mutter existiert. Großmama hat weder Tess noch mir noch ihrem Schwiegersohn Beachtung geschenkt.«

»Der Unfall …«

»Hat sie beinahe in den Wahnsinn getrieben«, erzählte Mike. »An diesem furchtbaren Tag, an dem sich alles verändert hat, hatte Mom Großmama gebeten, auf uns aufzupassen, was sie sonst eigentlich selten tat, damit sie und Dad für uns Kinder Weihnachtsgeschenke einkaufen konnten.«

»Ach du meine Güte«, sagte Sara.

»Ja, genau. Die Straßen waren vereist, und ihr Auto ist ins Rutschen geraten, an eine Bordsteinkante gestoßen und dann gegen eine Betonmauer gekracht. Sie waren auf der Stelle tot. Großmama hat beinahe den Verstand verloren, und sie hat Tess und mir die Schuld an dem Unfall gegeben. Sie sagte, ihre Tochter wäre noch am Leben, wenn wir beide nicht geboren worden wären.«

Während Mike das erzählte, rieb er sich ständig über die Kehle – und Sara war sich sicher, dass er darüber noch nie mit jemandem gesprochen hatte. Vorsichtig schob sie seine Hand zur Seite und küsste seinen Hals. »Erzähl mir, was dann passiert ist.«

Mike holte Luft. »Ein paar Wochen nach der Beerdigung habe ich Großmama um drei Dollar für irgendetwas für die Schule gebeten. Sie war gerade dabei, den Küchenboden zu fegen. Sie sagte nichts, aber ich erinnere mich noch immer an den hasserfüllten Blick, den sie mir zuwarf. Sie schaute auf den Besen hinab, und schon in der nächsten Sekunde schlug sie mir mit dem Besenstiel gegen die Kehle.«

Vor lauter Entsetzen, dass jemand einem Kind so etwas antun konnte, schnappte Sara nach Luft, aber sie sagte nichts, sondern ließ ihn einfach weitersprechen.

Mike erzählte ihr, dass sein Großvater damals, als seine Großmutter ihm gegen den Kehlkopf geschlagen hatte, nicht zu Hause war und Mike deshalb nicht zum Arzt gebracht wurde. Bis sein Großvater eine Woche später zurückkam, hatten Mikes Stimmbänder dauerhaften Schaden genommen.

Danach fing Pru, die Großmutter, an, ihre ganze Wut und Feindseligkeit an Mike auszulassen. Und bald lernte er, dafür zu sorgen, dass es auch so blieb. Wann immer sie Tess, damals gerade einmal fünf Jahre alt, nur ansah, als könne sie ihren Zorn an dem kleinen Mädchen austoben, zog Mike absichtlich ihre Aufmerksamkeit auf sich.

In der Schule tat Mike nicht viel mehr, als Unruhe zu stiften. Der Nachhilfelehrer versuchte, ihn dazu zu bewegen, Sport zu treiben, doch Mike war zu wütend, um sich in ein Team einzufügen. Stattdessen kämpfte er mit jedem und machte sich alle zum Feind.

Nachdem er schließlich den Schulabschluss geschafft hatte und an die Ostküste gezogen war, schlenderte er eines Tages zufällig in einen Boxclub, wo er Frank Thiessen kennenlernte, der dreiundzwanzig Jahre alt war und überlegte, ob er sich bei der Polizei bewerben sollte. Sie trainierten zusammen und wurden so enge Freunde, dass Frank wartete, bis Mike neunzehn wurde, damit sie sich gemeinsam bewerben konnten. Im Dienst bildeten sie ein gutes Team, beide waren athletisch, beide hatten eine fürchterliche Kindheit hinter sich, aber sie hatten endlich eine Möglichkeit gefunden, ihre Wut zu kanalisieren. In ihrer Freizeit trainierten sie eisern und nahmen an Wettkämpfen teil, bei denen sie fast immer gewannen.

Doch als sie Undercover-Aufträge annahmen, mussten sie sich trennen, und Frank war nach Kalifornien gezogen.

»Ich würde ihn gern kennenlernen«, sagte Sara und tat ihr Bestes, sich ihr Entsetzen über das eben Gehörte nicht anmerken zu lassen. Sie schämte sich, sich jemals über ihre eigene Familie beklagt zu haben.

»Hey!«, sagte Mike. »Ich verkrafte alles außer Mitleid.«

»Das ist gut so, weil du von mir keines kriegst. Außerdem hast du immer Tess gehabt, die dich vergöttert. Warum bist du nie nach Edilean gekommen und hast sie besucht?«

»Ach. Das entwickelt sich hier allmählich zu einer Befragung. Ich habe herausgefunden, dass es nur eine Möglichkeit gibt, das zu stoppen.« Er drehte sich um und fing an, sie am Hals zu küssen.

Sara war sich nicht sicher, was passierte, aber es fühlte sich an, als hätten sie einen großen Schritt vorwärts gemacht. Sie dachte, sie sollte angesichts dessen, was er ihr erzählt hatte, niedergeschlagen, wenn nicht gar deprimiert sein, doch stattdessen fühlte sie sich fast erleichtert, weil er sich ihr anvertraut hatte. Kein Wunder, dass Tess sich so geheimniskrämerisch gab, wenn es um ihr Leben ging.

»Willst du weiter nachdenken oder mir helfen, darüber hinwegzukommen?«

Sie lachte nicht. »Mike … das, was dir angetan wurde, tut mir leid.«

»Danke«, antwortete er leise, und sie wusste, dass er es ehrlich meinte.

Sie hatten keinen Sex. Stattdessen zog Mike sie an sich und hielt sie fest – und sie hatte sich ihm noch nie so nahe gefühlt.

»Wir sollten lieber schlafen«, sagte er. »Morgen früh steht das Fitnessstudio auf dem Programm.«

Sara versuchte, laut aufzustöhnen, schaffte es aber nicht. Die Wahrheit war, dass er recht hatte und ihr das Training eigentlich Spaß gemacht hatte. Vor allem gefiel ihr, Zeit an einem Ort zu verbringen, an dem Mike so bekannt war. In Edilean kannte sie jeden, doch hier war es ihr Ehemann, der die Leute kannte.

Sie schmunzelte über das Wort *Ehemann* und driftete in den Schlaf.

Am nächsten Morgen musste Mike Sara wieder wecken, aber er brauchte sie nicht lange auffordern, sich anzuziehen. »Willst du heute versuchen, ein paar Muskeln zu kriegen?«

»Damit ich Arme bekomme wie du?«

Er zeigte seinen Bizeps. »Ich glaube nicht, dass du dir darüber Sorgen zu machen brauchst.«

»Was bist du eingebildet!«

»Auf irgendwas muss ich ja stolz sein. Mit diesem Gesicht, dieser Stimme und ohne Haare muss ich schließlich am Rest arbeiten.«

Sara lachte nicht. »Ich finde dein Gesicht schön.«

»Das ist nicht das, was du gesagt hast, als du mich zum ersten Mal gesehen hast, aber … danke. Bist du fertig?«

»Wartet Megan auf uns?«

»Nein. Heute gehörst du nur mir!« Als er ihr einen anzüglichen Blick zuwarf und Sara einen gespielten Angstschrei von sich gab, verzog Mike das Gesicht. »Wenn wir jetzt nicht gehen, zerrst du mich in dieses Bett zurück, und ich bin so schon erschöpft von dem, was du mir in den beiden vergangenen Tagen abverlangt hast.«

»Du Ärmster!«, sagte Sara, während sie zur Tür eilte. »Wie wäre es, wenn ich fahren würde?«

»Passen überhaupt zwei Personen in dieses Spielzeugauto, mit dem du hergekommen bist?«

»Nein, ich meinte, dass ich dein Auto fahre.«

»Was für einen Humor du hast!« Er hielt ihr die Beifahrertür auf.

Sie diskutierten während der ganzen Fahrt zum Fitnessstudio, doch Sara kam gegen seine Weigerung, sie ans Steuer seines Autos zu lassen, kein bisschen an.

Im Fitnessstudio verbrachte er eine halbe Stunde damit, ihr die perfekte Ausführung einiger weniger rudimentärer Hebeübungen zu zeigen. Sie fand das langweilig, aber sie liebte es, seine Hände auf ihren Ellbogen und Schultern zu spüren.

Danach ging sie schwimmen, und während sie die Arme auf den Beckenrand legte und gemächlich mit den Beinen schlug, beobachtete sie ihn bei seinem anstrengenden sechsundvierzig Minuten langen Training. Er troff vor Schweiß, der seine aufgepumpten Muskeln glänzen ließ. Als er schließlich zum Gehen fertig war, hätte sie ihm mitten auf dem Studioboden die Kleider vom Leib reißen können.

Er sah sie an, sagte aber nichts, doch als sie im Auto saßen, fragte er: »Glaubst du, du kannst warten, bis wir zu Hause sind?«

»Du?«

Sofort fuhr er auf den Parkplatz eines Geschäfts, das noch geschlossen hatte, öffnete seine Tür und stieg aus.

»Was in aller Welt …?« Sara beobachtete, wie er die hintere Tür aufmachte. Es setzte sich auf den Rücksitz und begann, sein Hemd aufzuknöpfen.

Sara zwängte sich zwischen den Vordersitzen hindurch, schlang die Arme um seinen Hals und drückte ihren Mund auf seinen. Sie war froh, dass seine Autoscheiben so abgedunkelt waren, dass niemand hineinschauen konnte. Er kam gar nicht dazu, sein Hemd ganz auszuziehen.

Den Vormittag über fuhren sie in Fort Lauderdale spazieren, und Mike zeigte ihr die Sehenswürdigkeiten, vor allem die herrlichen Yachten und Kanäle, von denen der Beiname der Stadt, »das Venedig Amerikas«, herrührte. Sara konnte kaum zuhören, weil sie wusste, dass sie am Nachmittag ihre Rückreise nach Edilean antreten würden – und ihr graute davor. Sie würde in Joce' Auto sitzen, Mike in seinem, sodass sie nicht einmal zusammen sein würden.

Schlimmer noch, sobald sie zurückkehrten, würde der ganze Horror von Neuem beginnen. Greg würde von dem Ort, an dem er festgehalten wurde, freigelassen werden, und er würde am Ende herausfinden, dass seine Verlobte den Bruder von Tess geheiratet hatte. Sara hätte ihm liebend gern mitgeteilt, dass sie über seine Mutter und seine Frau Bescheid wusste, und dass er sie, Sara, nur haben wollte wegen … Bis jetzt war es noch keinem gelungen, das herauszufinden.

Aber ihr war eingebläut worden, dass sie ihm das nicht sagen durfte, bis Gregs Mutter aufgespürt worden war. Alle hofften, dass Greg wegen Saras Hochzeit so in Rage geraten würde, dass er Fehler beging. Da seine Mutter die Drahtzieherin in der Familie war, hofften alle, Stefans, das heißt Gregs Wut auf Sara würde dazu führen, dass er zu Mitzi lief – und natürlich würde man sich an seine Fersen heften.

Das alles war der Grund, wieso Mike vorhatte, an den Wettkämpfen teilzunehmen und die Aufmerksamkeit auf sich zu lenken. »Du möchtest zur Zielscheibe werden, nicht wahr?«, hatte Sara gefragt, als er es ihr erzählte. »Du möchtest Greg im

Weg stehen, damit er nicht bekommt, was immer er auch haben will.«

»Entweder bist es du, Süße, oder ich, und ich glaube, ich bin es eher gewöhnt als du, die Zielscheibe zu sein.«

Darauf antwortete Sara nicht, weil sie die Narben an seinem Körper gesehen hatte. Sie hatte sich genügend TV-Sendungen und Filme angeschaut, um Schusswunden erkennen zu können.

Im Laufe des letzten Tages wurde sie immer nervöser. Sie machte sich um Mike Sorgen. Er hätte sich als ihr Ehemann genauso gut ein Fadenkreuz auf die Stirn malen können.

»Ich habe vergessen, dir zu sagen, dass ein Agent den Mini von Joce nach Edilean zurückfahren wird«, erklärte Mike.

»Dann kann ich mit dir fahren?«

»Selbstverständlich. Hast du etwa geglaubt, wir lassen dich allein zurückfahren?«

»Nein«, antwortete sie. »Ich dachte, ich werde dein schickes Auto fahren und dich im Kofferraum mitnehmen.«

»Das wäre nicht das erste Mal. Ich denke, wir sollten etwa um ein Uhr losfahren. Dann kommen wir gegen Mitternacht an. So können wir noch ein paar Stunden schlafen und sind morgen fit für das Volksfest.«

»Das beginnt erst gegen Mittag.«

Mike lächelte sie an. »Du bekommst doch nicht etwa kalte Füße, oder?«

Als sie ihn ansah, stand ihr die Angst ins Gesicht geschrieben. »Mike, das ist ernst. Wenn du bei diesen Wettkämpfen da draußen in der Öffentlichkeit stehst, könnte sich jemand irgendwo verstecken und auf dich schießen.«

»Berufsrisiko …« Ihr Blick ließ ihn verstummen. Er setzte sich neben sie auf die Couch und nahm sie in die Arme. »Solche Sachen habe ich schon hundert Mal gemacht und nie verloren.«

»Einmal genügt, und ich finde, es ist an der Zeit, dass du damit aufhörst!«, sagte sie mit Nachdruck. »Du bist sechsunddreißig, stehst vor dem Ausscheiden aus dem Dienst, du bist inzwischen Hausbesitzer, und ich denke, du solltest aufhören, jeden Tag dein Leben aufs Spiel zu setzen.«

»Wahrscheinlich bringt es mich eher um, auf Dauer die Begierden meiner Frau zu befriedigen.«

Sie warf ihm einen bösen Blick zu.

»Gut«, sagte er. »Ich verspreche dir, dass ich darüber nachdenke, einen Schreibtischjob anzunehmen, sobald dieser Fall abgeschlossen ist. Geht es dir damit besser?«

»Ich will, dass du dich von diesem Volksfest fernhältst. Du musst mit drei bewaffneten Beschützern, die so groß sind, dass die Fraziers im Vergleich klein wirken, in einem geschlossenen Raum bleiben. Du solltest …«

Mike küsste sie. »Wie wäre es, wenn wir zum Strand gehen würden? Vielleicht sehen wir, wie eine Riesenschildkröte Eier legt.«

Als sie ihn nur ansah, küsste er sie wieder. »Ich werde so vorsichtig sein, wie ich nur kann, das verspreche ich dir. Komm schon. Wir müssen ins Freie. Willst du, dass ich dich zum Strand trage?«

»Nein, das will ich nicht …« Als Mike sie hochhob und über seine Schulter legte, konnte sie sich ein Lachen nicht verkneifen, und sie vergaß ihre Ängste für eine Weile.

Um halb zwei saßen sie in Mikes Auto und fuhren auf der I-95 schneller als erlaubt in Richtung Norden.

»Hast du vor, die ganze Rückfahrt über zu schmollen?«, fragte er.

»Ich schmolle nicht, ich mache mir Sorgen.«

»Das ist mein Job. Du bist das Opfer, erinnerst du dich? Ihr Leute bringt euch unwissentlich in Schwierigkeiten, und wir retten euch.«

»Das heißt, falls du noch am Leben bist.«

»Du klingst wie Tess.«

»Kluge Frau!«

»Wie wäre es mit ein bisschen Musik?«, fragte er. »Heitert die dich auf?«

»Soll ich mir etwa überlegen, was bei deiner Beerdigung gespielt werden soll?«

Mike streckte den Arm aus und drückte ihre Hand. »Du musst dich ablenken. Erzähl mir, was du in der Highschool gemacht hast. Hast du gute Noten bekommen? Was hast du auf dem College studiert? Das war das William und Mary College, nicht war?«

»Ich bin mir sicher, dass du genau weißt, welche Kurse ich belegt und welche Noten ich bekommen habe. Warum erzählst du mir nicht, was deine Großmutter veranlasst hat, aus Edilean wegzuziehen, und warum sie die McDowells so gehasst hat?« Sie sagte das zum Scherz und erwartete überhaupt nicht, dass er ihr das erzählen würde. Es war in Edilean das »große Geheimnis« unter den Alten.

»Sie hat behauptet, dass sie von Alexander McDowell vergewaltigt worden ist.«

Sara starrte ihn erstaunt an. »Von Tante Lissies Ehemann? Vergewaltigung?!«

»Das ist die Geschichte, die Großmama erzählt hat. Und ja, es war dieser Alex McDowell.«

»Er ist nicht strafrechtlich verfolgt worden, jedenfalls habe ich nichts davon gehört. Aber die Oldies lieben es ja, Geheimnisse zu wahren.«

»Oldies?«, fragte Mike. »So, wie du vom Ausscheiden und von mir redest, zähle ich wohl auch zu ihnen.«

»Bei jedem der vier Male, die wir heute Vormittag Sex hatten, dachte ich, Mike ist wirklich ein alter Mann.«

Er grinste. »Tatsächlich?«

»Ich habe häufig Klagen über Onkel Alex' Verdrießlichkeit gehört, aber von Gewalt gegen Frauen war nie die Rede.«

»Ich glaube nicht, dass es die gegeben hat. Nachdem Tess nach Edilean gezogen ist und einige Stadtbewohner kennengelernt hat, hat sie angefangen, Fragen zu stellen.«

Sara wartete auf mehr, aber Mike schwieg. Es war nicht leicht zu erfahren, dass Tess die ganze Zeit die komplette Geschichte gekannt hatte. »Erzähl sie mir von Anfang an«, forderte Sara ihn auf.

Mike zögerte einen Augenblick. »Meine Großmutter hat uns erzählt, dass sie 1941 eines Nachmittags mit dem Fahrrad auf der alten Straße zu Merlins Farm gefahren ist. Irgendjemand hat etwas gegen ihre Speichen geworfen, sie ist hingefallen und mit dem Kopf auf einem Stein aufgeschlagen und ohnmächtig geworden. Als sie zu sich kam, wurde sie gerade von Alex McDowell vergewaltigt. Sie verlor erneut das Bewusstsein, und als sie wieder erwachte, schleppte sie sich zur Farm, und Brewster Lang rief die Polizei.«

»Und sie hat Onkel Alex als ihren Vergewaltiger identifiziert?«

»Ja, aber Edi Harcourt hat geschworen, dass Alex an diesem Tag bei ihr gewesen war, deshalb ist die Anklage fallen gelassen worden.«

»Das muss deine Großmutter schwer getroffen haben. Eine Vergewaltigung anzuzeigen, aber es wird nichts unternommen, das muss schrecklich sein. Glaubst du, Miss Edi hat gelogen?«

»Wahrscheinlich, aber auch meine Großmutter hatte es nie so sehr mit der Aufrichtigkeit.«

»Soll das etwa heißen, dass sie gar nicht angegriffen worden ist?«

»Ich weiß nicht. Aber ich glaube, es war eine Wunschvorstellung von ihr, dass Alex McDowell der Täter war.«

»Sie hat ihn gemocht?«

»Als Tess und ich Kinder waren, ist uns erzählt worden, dass Alex sie angebetet, ihr Blumen geschickt und Gedichte geschrieben hat. Es hat irgendwie Sinn ergeben, dass er, als sie ihn zurückwies, wütend wurde und ein Gewaltverbrechen an ihr beging. Aber als Tess hierher kam, wurde ihr erzählt, dass es genau andersherum war. Großmama hat Alex verfolgt. Wohin der arme Kerl auch immer gegangen ist, sie war da. Sie hat den Leuten erzählt, dass sie sich mit ihm verabreden würde, während er in Wahrheit versucht hat, ihr aus dem Weg zu gehen. Sie sagte zu uns, dass sie, obwohl er damals noch ganz arm war, das Potenzial in ihm erkannt hätte.«

»Da hatte sie recht. Onkel Alex hat Millionen gemacht«, stellte Sara fest. »Also … als sie an jenem Abend damals … Sex hatte, da hat sie sich *gewünscht,* dass es Alex war?«

»Das glauben Tess und ich jedenfalls. Aber was auch immer der Wahrheit entspricht, uns ist jedes Jahr rund um den vierzehnten November eine schreckliche Trauerperiode aufgezwungen worden.«

»Am vierzehnten November?«, fragte Sara überrascht.

»Ist das Datum wichtig für dich?«

»Ach, du meine Güte. Ich habe vergessen, dir etwas zu erzählen.«

»Sara, falls Vandlo …«

»Nein, nicht er. Hat … Ist es möglich, dass ihr Peiniger einen Kilt getragen hat?«

Mike drehte den Kopf so abrupt zur Seite, dass das Auto ins Schlingern geriet. »Ja! So hat sie ihn ja identifiziert. Sie sagte, nur die McDowells würden dieses blaugraue Karo tragen, aber woher weißt *du* das?«

»Brewster Lang hat es getan.«

»Was?«

»Er war derjenige, der deiner Großmutter das angetan hat.«

»Erzähl mir, was du darüber weißt.« Ein Muskel seines Kiefers zuckte.

»Wag es bloß nicht, auf mich wütend zu werden! Hättest du mir diese Geschichte vor einer Woche erzählt, dann hätte ich dir das über Mr Lang berichtet.«

»Sara …«, sagte er warnend.

»Als Luke und Ramsey Teenager waren, sind sie eines Abends auf Merlins Farm geschlichen. Sie erzählten, sie hätten dort ein Feuer gesehen, aber ich weiß zufällig, dass sie sich dort häufig herumgetrieben haben.«

»Was haben sie gesehen?«, wollte Mike wissen.

»Mr Lang trug einen alten Kilt und ein langes weißes Hemd,

und er tanzte mit seinen Hunden um ein riesiges Freudenfeuer herum. Luke und Rams sagten, es hätte ganz wild und ursprünglich ausgesehen. Es war am vierzehnten November.«

»Bist du dir da sicher?«

»Ja. An diesem Tag hat mein Vater Geburtstag.«

»Lang hat die beiden nicht gesehen?«

»Nein, aber er muss am nächsten Tag das heruntergetrampelte Gras bemerkt haben, weil es mit ihm danach noch schlimmer war, was Eindringlinge anbelangte.«

»Das könnte Zufall gewesen sein«, sagte Mike. »Das war lange nach 1941, und …«

»Er macht das jedes Jahr an diesem Tag.«

Mike sah sie an.

»Im folgenden Jahr sind Luke und Rams am Geburtstag meines Vaters wieder hingegangen, und sie konnten den Feuerschein sehen. Sie versuchten, näher heranzukommen, aber die Hunde haben das Gelände bewacht. Mike«, sagte sie leise, »du glaubst doch nicht etwa, dass Mr Lang die Vergewaltigung einer Frau feiert, oder? Er kann doch unmöglich so … so abscheulich sein.«

»Willst du die Wahrheit hören? Ich bin mir nicht wirklich sicher, dass sie überhaupt überfallen wurde. Bei ihr haben sich die Fakten ständig geändert, und dass Lang einen McDowell-Kilt trägt, lässt mich noch mehr an ihrer Aussage zweifeln. Und er war in der unmittelbaren Nachbarschaft, und Großmama sagte immer, er sei ihr Freund. Vielleicht …«

»Was?«

»Ich frage mich, ob sie und Lang an diesem Abend Sex hatten, und sie das als Gelegenheit genutzt hat, um deinen Onkel Alex zu beschuldigen?«

»Wow! Nicht gerade korrekt von ihr, oder?« Sara schwieg einen Augenblick. »Und jetzt feiert Lang jedes Jahr diesen Abend?«

Mike zuckte mit den Achseln. »Die Leute machen in der Privatsphäre ihrer Häuser jede Menge seltsamer Dinge. Und selbst wenn es so war, wie meine Großmutter gesagt hat, bezweifle ich, dass Lang das als Vergewaltigung betrachtet. Man muss bedenken, dass meine Großmutter halb bewusstlos war, und wegen des Kilts dachte sie, dass es der Mann war, den sie zu lieben glaubte. Ich bezweifle, dass sie sich wirklich zur Wehr gesetzt hat.«

»Wenn sie einverstanden war, hat Mr Lang vielleicht gar nicht bemerkt, dass sie ihn für einen anderen hielt.«

Mike schwieg eine Weile und dachte an all den Hass und die Wut, die seine Großmutter ausgestrahlt hatte – aber sie waren gegen die falschen Menschen gerichtet gewesen. »Weißt du, was Großmutter von der Polizei verlangt hat? Dass sie Alex McDowell zwingt, sie zu heiraten. Sie hat sogar dem Pfarrer und den Gemeindemitgliedern erzählt, was passiert war, und wollte, dass sie die Hochzeit erzwingen.«

»Der arme Onkel Alex! Kein Wunder, dass er immer so übellaunig war. Keiner hat verstehen können, warum die nette Tante Lissie ihn geheiratet hat.«

»Miss Edi hat dafür gesorgt«, erklärte Mike. »Das war der Grund, warum Großmutter sie so gehasst hat. Lissies Familie war im Begriff, sie an einen aufstrebenden jungen Politiker zu verheiraten, aber dann hat sich Miss Edi eingeschaltet und arrangiert, dass die beiden durchgebrannt sind und geheiratet haben.«

»Ich kann mir niemanden vorstellen, der für eine Wahlkampftour ungeeigneter wäre als meine Tante Lissie.«

»Sie war wie du«, stellte Mike fest. »Du hättest nicht gern mit Fremden zu tun.«

»Stimmt gar nicht. Ich lerne *gerne* Leute kennen. Ich …« Sie bemerkte Mikes Gesichtsausdruck. »Okay, mir ist die Familie lieber. Dann hat Miss Edi Alex also vor dem Gefängnis bewahrt *und* ihm die schöne Lissie zur Frau gegeben? Ich vermute, das war der Grund, wieso er sich Miss Edi gegenüber als so dankbar erwiesen hat, nachdem sie in Rente gegangen ist.«

»So stelle ich mir das vor. Tess hat Jahre gebraucht, bis sie alle diese Informationen ausgegraben hatte. Aber soweit ich gehört habe, haben Alex und Lissie gut zusammengepasst. Alex war ein armer Mann aus guter Familie, während Lissies Familie neureiche Hinterwäldler waren.«

»Das erklärt eine Menge«, sagte Sara. »Ich habe mich immer über sie gewundert, weil Tante Lissie immer sehr großen Wert auf Korrektheit legte, während Onkel Alex am Tisch gerülpst hat.«

»Das Recht der Könige«, erwiderte Mike.

Sara dachte über all das eben Gehörte nach. »Deine Großmutter war so hasserfüllt, weil sie geglaubt hat, von Onkel Alex vergewaltigt worden zu sein, ohne dass er dafür je bestraft wurde.«

»Großmama hat die Bewohner von Edilean gehasst, weil sie ihr bei ihrem Versuch nicht geholfen haben, ihn zu zwingen, dass er sie heiratete.«

»Glaubst du, die Leute haben gewusst, dass Miss Edi gelogen hat, als sie Alex ein Alibi gegeben hat?«, wollte Sara wissen.

»Du bist hier aufgewachsen, also, was denkst du?«

»Sie haben es gewusst«, antwortete Sara. »Aber sie müssen auch gewusst haben, dass Alex keine Frau überfallen würde. Und Miss Edi hat in jedem Fall an ihn geglaubt.« Sie fragte sich, wie viele andere Geheimnisse die Bewohner von Edilean für sich behalten hatten.

»Das hat sie«, pflichtete Mike ihr bei. »Aber dass sie das Durchbrennen arrangiert hatte, das haben ihr viele Leute übel genommen. Lissies Familie hat sie enterbt, aber das Schicksal hat den Spieß am Ende umgedreht. Nachdem Alex ein Vermögen gemacht hatte, hat er Lissies Eltern im Alter unterstützt.« Mike blickte Sara an. »Und bis heute weiß niemand, von wem Großmama vergewaltigt wurde.« Er tätschelte Sara die Schulter. »Gute Detektivarbeit.«

»Ich kann das so gut, dass ich denke, du solltest *mich* die Sache mit Greg regeln lassen, während du die nächste Woche in einer Hütte in Montana verbringst.«

Mike kicherte. »Du weißt, dass das alles, so interessant es auch sein mag, überhaupt nichts mit dem Vandlo-Fall zu tun hat, oder?«

»Ich frage mich, ob das das einzige Mal in seinem ganzen Leben war, dass Mr Lang Sex hatte. Ich habe nie auch nur gerüchteweise gehört, dass er eine Freundin gehabt hätte.« Sie warf Mike einen eindringlichen Blick zu. »Wenn sie nicht verhütet haben ...« Sie bekam große Augen. »Ist Mr Lang womöglich dein Großvater?«

»Nein! Meine Mutter ist fünf Jahre nach diesem Abend zur Welt gekommen.« Er schüttelte den Kopf. »Großmutter hat immer erzählt, dass sie nach dem Übergriff zur Farm getaumelt ist. Lang hat die Polizei gerufen, ihr Tee gemacht und ihr Kekse gegeben.«

Sara blickte geradeaus auf die Straße und ließ sich das, was Mike ihr gerade erzählt hatte, durch den Kopf gehen. Nach ihrer Rückkehr würde sie Joce das alles erzählen müssen, damit sie es in ihre Biografie über ihre Großmutter Edilean, »Miss Edi« Harcourt, aufnehmen konnte.

»Hast du Hunger?«, fragte Mike. »Ich denke, wir sollten eine Rast einlegen, etwas essen, und dann sollten wir uns über *dein* Leben unterhalten.«

Sara stöhnte auf. »Das ist der Grund, wieso du wolltest, dass ich mit dir fahre, stimmt's?«

»Sara, du verletzt mich bis ins Mark«, sagte er so eindringlich, dass sie ihm einen Augenblick lang glaubte. Sie schlug ihm auf die Schulter.

»Au! Offenbar habe ich heute Morgen dafür gesorgt, dass du zu viele Muskeln aufgebaut hast.«

»Ich denke, du solltest mir mehr über dein Leben erzählen.«

»Jedenfalls versucht keiner, mich zu heiraten, um an irgendetwas zu kommen, von dem ich gar nicht weiß, dass ich es besitze.«

Sara schmunzelte. »Das ist so verschwurbelt, dass es schon fast wieder Sinn ergibt.«

»Also, dann erzähle.«

»Zuerst will ich etwas essen.«

»Was und wo hättest du es denn gern serviert?«, fragte er mit dem anzüglichen Grinsen eines alten Mannes im Gesicht, und Sara lachte.

Später, um kurz nach sieben Uhr, schickte Sara, während Mike am Steuer saß, Joce eine SMS, um ihr mitzuteilen, dass sie in der Nacht nach Hause kommen würden und dass sie hoffe, sie würden durch die Geräusche nicht gestört werden.

Joce schickte eine Nachricht zurück, die Sara zwei Mal lesen musste, bis sie sie verstand. Dann schaute sie Mike mit großen Augen an.

»Was ist?«

»Du hast mir gar nicht erzählt, dass deine Großmutter eine jüngere Schwester hatte.«

»Von der höre ich gerade zum ersten Mal.«

»Sie hat sie nie erwähnt?«, wollte Sara wissen.

»Mir ist nie etwas erzählt worden von einer … was wäre sie für mich? Eine Großtante?«

Sara rief bei Joce an und fragte sie. Während sie Joce zuhörte, sah sie Mike an und schüttelte den Kopf. Nachdem sie das Gespräch beendet hatte, sagte sie: »Du wirst es nicht glauben. Joce hat herausgefunden, dass die jüngere Schwester, nachdem deine Großmutter aus Edilean fortgezogen war, hier geblieben ist und geheiratet hat.«

»Ich getraue mich gar nicht zu fragen, wen sie geheiratet hat. Wir beide sind doch nicht etwa Cousin und Cousine oder?«

»Neiiiin«, antwortete Sara im Bemühen, mit ihrer Neuigkeit noch ein bisschen hinter dem Berg zu halten und die Spannung zu steigern. »Sie hat – halt dich fest – einen Frazier geheiratet.«

»Du meinst also, dass ich mit diesen Riesen verwandt bin?«

»Sie sind deine Cousins zweiten Grades.«

Mike ächzte. »Jetzt habe ich tatsächlich Verwandte in Edilean!«

»Jetzt bist du einer von uns.« Ihre Stimme klang fröhlich.

»Deine Großtante hat einen Jungen zur Welt gebracht, Ariels Vater. Unmittelbar nach der Geburt ist sie nach Los Angeles abgehauen, wo sie Filmstar werden wollte. Ihr Mann hat sich von ihr scheiden lassen und nach sechs Monaten wieder geheiratet. Diese zweite Frau ist diejenige, die die jungen Fraziers als ihre Großmutter kennen.«

»Was ist aus meiner Großtante geworden?«

»Joce sagt, dass sie in LA gestorben ist, aber sie weiß nicht, wann und woran.«

Mike hatte Schwierigkeiten, die Nachricht zu verdauen, aber er wusste, dass Sara ihn beobachtete. Er dachte daran, dass Tess das wahrscheinlich herausgefunden, aber beschlossen hatte, es ihm nicht mitzuteilen. Zweifellos meinte sie, dass die Vorstellung, Verwandte in Edilean zu haben, Mike für immer fernhalten würde. »Ich vermute, das bedeutet, dass Ariel und ich nicht heiraten dürfen.«

»Du bist bereits verheiratet.« Saras Stimme verriet nicht den geringsten Anflug von Humor.

»Stimmt«, antwortete er schmunzelnd. »Bist du sicher, dass wir beide nicht miteinander verwandt sind? Cousins siebten Grades oder so?«

»Joce sagt nein. Luke und ich sind durch die männliche Linie entfernt mit den Fraziers verwandt. Du durch die weibliche.«

»Ach ja, die Frauen. Das erinnert mich an etwas. Hol meine Jacke vom Rücksitz und schau in der Tasche nach.«

Sara griff nach hinten, holte seine Jacke und fasste in die Tasche. Als sie ein festes Kästchen spürte, erstarrte sie. Jede Frau wusste sofort, worum es sich handelte. Langsam zog sie das Etui heraus, legte die Jacke zurück, dann saß sie da und hielt es fest. Sie klappte das kleine blaue Ringetui nicht auf.

»Willst du nicht wissen, was drin ist?«

Sara schüttelte den Kopf. Ein Ring würde ihre Ehe fast echt erscheinen lassen. Aber sie wusste, dass das alles nur Schein war. Sie und Mike hatten unter Vorspiegelung falscher Tatsachen geheiratet, und sie hatten sich nie über die Zukunft unterhalten. Sobald die Vandlos dingfest gemacht waren – ja sogar, wenn sie sich der Festnahme entzogen –, würde Mike nach Fort Lauderdale in sein schönes Apartment zurückkehren. Er würde in ein paar Jahren, wenn er aus dem Polizeidienst ausschied, möglicherweise nach Edilean zurückkommen, aber vorläufig …

»Hey!«, sagte Mike freundlich. »Geht es dir gut? Ich dachte, du würdest dich über einen Ring freuen. Ein Diamant wird Vandlo überzeugen, dass wir beide tatsächlich verheiratet sind.«

»Ja, klar«, erwiderte sie teilnahmslos. »Das ergibt Sinn.«

»Willst du mir sagen, was los ist?«

»Nichts. Das ist alles ganz logisch.« Sie klappte das Etui auf – und schnappte nach Luft. Es war nicht einfach ein Ring aus einem Juweliergeschäft. Es handelte sich um einen von Kims Entwürfen, ein Unikat, das es auf der Welt nur ein einziges Mal gab.

»Gefällt er dir nicht?«

»Er ist … Wann …?«

»Am Sonntag, als ich bei deinen Eltern war und die Hochzeit geplant habe, habe ich mich bei deiner Mutter nach Kim und ihrem Schmuck erkundigt. Kim hatte sehr nett über dich gesprochen, deshalb dachte ich, ihr beide seid Freundinnen.«

»Sind wir auch«, antwortete Sara leise, während sie den Ring gegen das schwindende Tageslicht hielt. Mike drückte auf eine Taste, und eine Leselampe ging an. Der Ring war exquisit, mit einem großen weißen Diamanten in der Mitte, flankiert von zwei kleineren, tropfenförmigen Diamanten. Die einzigartige Anordnung erweckte den Anschein, als umkreisten die beiden kleineren Steine den größeren.

»Deine Mutter hat mir Kims Website gezeigt, und ich habe ihn an Ort und Stelle ausgewählt, aber er musste angepasst werden. Er ist heute früh ins Büro geliefert worden. Ich kann ihn umtauschen, wenn er dir nicht gefällt.«

»Nein!«, rief Sara geradezu aus. »Ich meine, ja, er gefällt mir sehr, sehr gut. Kims Kreationen sind fantastisch, einfach wunderschön. Sie …« Sie hielt den Ring fest in der Hand.

Sara machte sich daran, sich den Ring an den Finger zu stecken, doch dann gab sie ihn Mike.

Lächelnd steckte er, während er das Lenkrad mit einer Hand festhielt, den Ring an Saras Finger.

Er freute sich, als er sah, dass sie die Augen nicht von dem Schmuckstück wenden konnte. Er richtete den Blick wieder auf die Straße. »Meinst du, ich sollte den Namen Frazier annehmen?«

»Ich denke, du kannst nicht mehr snobistisch auf Edilean herabschauen. Ariel behauptet, dass die Fraziers vom englischen Königshaus abstammen.«

»Weißt du was, das habe ich mir schon immer gedacht.« Als sie nicht darauf einging, sah er sie an. Sie starrte noch immer auf den Ring. »Meinst du, du solltest in Zukunft einen Hofknicks vor mir machen?«

»Nein, aber ich habe gerade daran gedacht, ein paar deiner königlichen Körperteile zu küssen.«

Mike schmunzelte. »Mir gefallen deine Gedankengänge.«

23

Ich will nicht gehen«, sagte Mike und klang dabei wie ein bockiges Kind. »Du bringst ihm die Hunde. Ich treffe dich auf Nates Field. Übrigens, hat Joce inzwischen herausgefunden, woher der Name stammt? Hast du irgendwelche Vorfahren, die Nathaniel geheißen haben?«

Sara hatte die Hände auf die Hüften gestemmt und funkelte ihn wütend an. Sie waren in der vergangenen Nacht Stunden später in Edilean angekommen, als Mike vorausgesagt hatte, weil sie nicht hatte zulassen wollen, dass er so schnell fuhr, wie er geplant hatte. Ohne darüber gesprochen zu haben, waren sie zu Saras Wohnung, nicht zu Tess', gegangen. Doch als Mike die Tür hatte öffnen wollen, rührte sie sich nicht.

»Wer zum Teufel hat diese Tür abgesperrt?«, murmelte er.

Sara zeigte ihm, dass man sie ein wenig nach vorn ziehen und anheben musste, damit sie aufging.

»Da muss ein Handwerker mit einem Hobel ran«, stellte er fest, während er ihre Reisetaschen hineintrug.

Beide waren so müde gewesen, dass sie sich nur ausgezogen hatten und ins Bett gefallen waren. Gegen fünf Uhr waren sie aufgewacht, hatten bemerkt, dass sie nackt waren, und sich schon nach wenigen Sekunden leidenschaftlichem Sex hingegeben.

Um sechs Uhr fuhr Mike zum Fitnessstudio, aber er ließ Sara weiterschlafen. Als er um acht wieder zurückkam, hatte Sara Pfannkuchen gebacken und Obst klein geschnitten. Das Bellen der Hunde hatte sie aufgeweckt, und sie hatte aus dem Fenster geschaut und zwei süße junge Hunde erblickt, die an einen Baum gebunden waren. Sie wusste sofort, dass es sich um die Tiere handeln musste, die Mr Lang geschenkt werden sollten.

Sie hatte wieder einzuschlafen versucht, aber die Aussicht, Mr Lang sehen zu müssen – von Angesicht zu Angesicht, nicht aus einem Versteck heraus –, löste bei ihr beinahe Übelkeit aus.

Die einzige Möglichkeit, ihre Furcht zu überwinden, bestand darin, sich mit dem Gedanken zu beruhigen, dass Mike sie begleiten würde. Mike hatte vor nichts und niemandem Angst. Er war ein Mann, der furchtlos einem Kugelhagel entgegenging, und er würde da sein, um sie zu beschützen.

Aber als sie davon sprach, zu Merlins Farm zu fahren, um Mr Lang die Hunde zu bringen, hatte Mike abgelehnt.

»Was soll das heißen?«, fragte Sara.

»Ich kann nicht hinfahren. Ich bin beschäftigt. Ich muss einige Dinge für den Fall erledigen. Du kannst ja allein hinfahren.«

»Ja, du musst einiges für den Fall erledigen. Du musst mich beschützen. Erinnerst du dich? Vor ein paar Tagen war meine Sicherheit so wichtig, dass du das größte aller erdenklichen Opfer auf dich genommen und mich geheiratet hast.«

»Ach, na ja, so schlimm war das gar nicht«, erwiderte er und zuckte neckisch mit den Augenbrauen.

»Nicht so schlimm?«, fragte sie gelassen. »Seit ich ›ja, ich will‹ gesagt habe, habe ich dich von vorn bis hinten bedient. Wie glaubst du denn, wird deine Wäsche sauber? Wer putzt die Klinge an dieser Maschine, mit der du dir die Haare schneidest? Wer hat deinen Koffer ausgepackt?«

»Vielleicht sollten wir …«

»Du gehst mit mir«, sagte sie. »*Ich* bin diejenige, die vor diesem widerlichen alten Mann Angst hat, und *du* bist derjenige, der *mich* beschützen muss.«

Mike hielt den Kopf gesenkt und blickte auf seine Pfannkuchen hinab. »Vor Kugeln, ja, aber nicht vor …«

Sie setzte sich ihm gegenüber nieder. »Was spielt sich da ab, wovon ich keine Ahnung habe? Du hattest bislang keine Angst vor Mr Lang gehabt, als wir darüber geredet haben, ihn zu treffen.«

»Hmmmm, ach, hmmm, Großvater«, sagte Mike.

Sie starrte ihn einen Augenblick an, dann griff sie nach ihrem BlackBerry. »Ich rufe Tess an und frage sie.«

Mike blickte auf und stieß einen tiefen Seufzer aus. »Tess hat davon keine Ahnung, weil das deine Schuld ist.«

Sie unterbrach die Verbindung. »Was ist meine Schuld?«

»Ich habe dir nicht erzählt, dass Großmutter und Lang sich Briefe geschrieben haben. Nicht oft, aber ein oder zwei Mal im Jahr.«

»Und?«

»Sie hat das Mitgefühl der anderen gesucht, deshalb hat sie ihm erzählt, dass aus der Vergewaltigung ein Baby hervorgegangen ist.«

»Sie hat aber keines bekommen, oder?«

»Nein. Allerdings denke ich jetzt, nachdem ich gehört habe, dass sie eine Schwester hatte, die sie nie mit einem Sterbenswörtchen erwähnte, es könnte doch möglich sein. Ich werde jemanden beauftragen, Nachforschungen anzustellen.« Er griff nach seinem Handy, doch als er Saras Blick bemerkte, legte er es nieder und starrte sie an.

Sie hatte keine Ahnung, was er ihr da beizubringen versuchte, aber nach einem Augenblick begann sie allmählich zu begreifen. Das war noch eine Information, die Mike ihr bis jetzt vorenthalten hatte. »Falls Mr Lang mit deiner Großmutter zusammen war, dann denkt er womöglich, dass *du* sein Enkel bist.«

Mike konzentrierte sich wieder auf seine Pfannkuchen.

»Das ist ziemlich komisch, nicht wahr?«, fragte sie.

»Vielleicht für dich, aber nicht für mich.«

»Du meine Güte.« Sie konnte sich ein Lachen nicht verkneifen. »Als du in diese Stadt gekommen bist, war deine einzige Verwandte deine Schwester, und schau dich jetzt an. Du bist Grundstücksbesitzer, du hast eine Frau und du hast Cousins. Wieso sollte da nicht auch noch ein Großvater dazukommen?«

»Ich kann wirklich nicht erkennen, was daran lustig sein soll.«

Am Ende gewann Sara. Mike schlug vor, Luke könnte die Hunde abliefern, doch Sara wies ihn darauf hin, dass sein Hintergrund und sein Wissen vonnöten waren, um Mr Lang die richtigen Fragen stellen zu können.

»Fragen wonach?«, grummelte Mike.

»Darüber, warum Greg und Mr Lang miteinander auf Kriegsfuß stehen«, antwortete Sara. »Hast du das etwa vergessen?«

»Ich habe trotz meines hohen Alters, an das du mich ständig erinnerst, überhaupt nichts vergessen.«

Sie ignorierte seine Feststellung. »Okay, dann fahre ich allein.«

Mike sah sie an und lächelte beinahe.

»Ich habe die große, zusammenklappbare Hundekiste geholt, aber die passt weder in meines noch in Joce' Auto, deshalb werde ich deines nehmen müssen. Ich fahre mit offenem Kofferraumdeckel. Das ist doch in Ordnung, oder?« Sie sah ihn mit unschuldigem Blick an.

»Wie wäre es mit Lukes Truck?«, fragte er durch die zusammengebissenen Zähne.

»Ist in der Werkstatt.«

Während er nach seinem Autoschlüssel griff, stellte er fest: »Ich erinnere mich an Zeiten, da hatte ich bei allem das Sagen.«

Als sie schließlich bei Merlins Farm ankamen und Mr Langs alten Truck dort stehen sahen, musste Sara all ihren Mut zusammennehmen. Und als Mike den Motor abstellte, war sie versucht, zu sagen, dass sie das nicht schaffte – aber er ließ ihr dazu keine Gelegenheit.

»Ich warte hier auf dich«, erklärte er.

»Nein, das machst du nicht.« Die Hunde auf dem Rücksitz jaulten, doch Mike drehte sich um und warf ihnen einen Blick zu, der sie in ihrem Käfig verstummen ließ.

Sie hörten, dass eine Tür zugeknallt wurde, und Mr Lang kam mit einer Flinte in der Hand heraus, aber als er Mikes Auto erblickte, ließ er die Waffe sinken. Sein rundes Gesicht nahm einen Ausdruck an, der fast als Lächeln gedeutet werden konnte.

»Wirst du ihn mit Großvater ansprechen?«, erkundigte sich Sara.

»Warte nur, bis ich dich das nächste Mal im Fitnessstudio habe«, grummelte er vor sich hin, als er aus dem Auto stieg.

»Du bist Prudies Enkel«, krächzte Mr Lang.

»Das bin ich«, murmelte er, während er die hintere Autotür öffnete. Vorsichtig zog er die große Kiste heraus, denn er wollte seine Ledersitze nicht beschädigen.

Sara war um das Auto herumgegangen, um sich vorsichtshalber hinter Mike zu stellen, doch der Ausdruck auf Mr Langs altem Gesicht beim Anblick der Hunde führte dazu, dass sie ihm beinahe alles verzieh. Sie versuchte, die Angst zu vergessen, die sie seit ihren Kindertagen vor ihm gehabt hatte – und sie wollte seine Vergeltungsmaßnahmen an den Menschen vergessen, die ihn verärgert hatten.

Mike öffnete die Box, befestigte die Leinen und ließ die Hunde heraus. Sie waren jung und energiegeladen und wollten losrennen. »Das sind Baron und Baroness«, sagte Mike, »und sie sind nicht miteinander verwandt, deshalb werden ihre Jungen gesund sein. Sie sind geimpft und am Hals mit Mikrochips versehen, auf denen steht, dass sie Ihnen gehören.«

Mr Lang ging auf seine alten Knie und schlang die Arme um die Welpen. »Vielen Dank«, sagte er.

Sara sah ihn voll Mitgefühl an. Jeder in der Stadt versuchte immer nach Kräften, sich von dem rachsüchtigen alten Mann fernzuhalten, und sie hatte noch nie überlegt, wie einsam er sein musste.

»Was ist mit Ihren anderen Hunden passiert?«, fragte sie, ohne nachzudenken. In dem Moment, als es herausgeplatzt war, rechnete sie damit, dass Mike ihr mit seinem Blick signalisieren würde, dass sie den Mund halten sollte, aber er drehte sich nicht einmal um. Er hielt noch immer die Hundeleinen fest, und sein Blick ruhte auf Brewster Lang.

Mr Lang schaute zu Sara auf, und der glückliche Gesichtsausdruck verwandelte sich in ein spöttisches Grinsen.

Mike stellte sich zwischen Sara und den alten Mann. »Sie ist meine Frau, und Sie werden sie mit Respekt behandeln. Sie heißt Ms Newland«, erklärte Mike mit leiser Stimme.

»Frau? Du hast eine …«

»Ich weiß, was Sie getan haben, Sie können diesen gespielten Hass auf die McDowells also sein lassen.«

Sara spähte an Mike vorbei, um Mr Langs Miene zu sehen. Diese wechselte von Verwirrung über Schock und Angst schließlich zu Freude.

»Du weißt Bescheid?« Seine Stimme war so leise, dass Sara ihn kaum hören konnte. »Du weißt, dass deine Großmutter und ich … dass wir ein Paar waren? Und dass du – ?«

Es sah so aus, als hätte Mike recht, und Mr Lang hatte das, was an jenem Abend passiert war, als Liebesgeschichte im Gedächtnis behalten.

Mike unterbrach ihn. »Es gibt Dinge, die besser nicht laut ausgesprochen werden. Ich bin Polizist, und es wäre meine Pflicht, weiterzugeben, was ich gehört habe.«

Sara wusste, dass die Verjährungsfrist bei Vergewaltigung etwa sieben Jahre betrug, aber nach der angstvollen Miene auf Mr Langs Gesicht zu schließen, wusste er das offenbar nicht. Wenn sie recht überlegte, hatte sie in seinem Haus keinen Fernsehapparat gesehen, und sie bezweifelte, dass Lang einen Internetanschluss besaß. Es hatte den Anschein, als habe er nicht viel Kontakt zur Außenwelt.

Mr Lang erhob sich und nickte. Die Hunde saßen ihm zu Füßen und schienen bereits zu wissen, wer ihr Herrchen war.

»Ich muss Ihnen ein paar Fragen stellen«, sagte Mike, während er ihm die Leinen gab und das Gewehr vom Kies aufhob.

Mr Lang ergriff die Leinen, wickelte sie sich um die Hand und steuerte auf das Haus zu. Als der Boss ging er voraus, und die Hunde folgten ihm brav.

Als sie beim Haus ankamen, hielt Mr Lang Mike die Tür auf, doch Mike blieb stehen und warf Lang einen wütenden Blick zu. Zögernd trat der alte Mann zur Seite und ließ Sara zuerst eintreten, dann folgte Mike, während Lang draußen blieb, um sich um die Hunde zu kümmern.

Sara und Mike gingen ins Wohnzimmer und setzten sich auf die alte Couch. »Du hast vergessen, mir zu sagen, worüber nicht gesprochen werden darf«, flüsterte sie ihm zu.

»Sag, was du willst. Dieser alte Mann würde lieber sterben, als irgendwelche Informationen preiszugeben. Er wird die Nachricht nicht verbreiten, dass wir geheiratet haben.«

Nach einigen Minuten kam Mr Lang herein und trug ein Tablett, auf dem zusammenpassende Tassen und Untertassen, eine Teekanne und ein Teller mit Keksen standen. Sara machte große Augen, als sie das Porzellanmuster erkannte, weil sie dieses schon einmal in einem Museum gesehen hatte. Er schenkte den Tee in eine Tasse ein, die um die hundert Jahre alt sein musste und so zerbrechlich war wie ein Schmetterlingsflügel, und reichte sie Mike.

Der nickte in Richtung Sara, und Lang gab ihr die Tasse mit einer Grimasse, die sein höhnisches Grinsen noch übertraf.

Sara trank einen Schluck. »Jasmin?«

Mr Lang zuckte lediglich mit der Schulter. Er hatte nur Blicke für Mike, und in seinen großen Augen schienen Tränen zu schimmern.

»Meine Frau hat Sie etwas gefragt.«

»Ja, es ist Jasmin. Den pflanze ich an.«

»Den würde meine Mutter bestimmt gern verkaufen. Ich habe noch nie besseren getrunken.«

»Sie würde auch mich verkaufen, wenn sie könnte«, murmelte Mr Lang.

»Deine Mutter macht alles zu Geld.«

Als Mike das Wort ergreifen wollte, stieß Sara ihn sanft mit dem Ellbogen an. »Das stimmt tatsächlich. Mr Lang, ich vermute, das ist der Grund, warum wir beide die ärmsten Bewohner der Stadt sind.«

Er sah Sara mit ausdruckslosem Blick an. »Du wirst mit deinem Geschäft viel Geld verdienen.«

»Nicht, wenn Greg bekommt, was er verdient«, antwortete Sara, während sie nach einem Keks mit dunklen Flecken griff.

»Wenn die voll Marihuana sind«, sagte Mike, »dann werde ich …«

»Das ist Lavendel«, erklärte Sara. »Das kann ich schmecken und riechen. Wenn meine Mutter wüsste, dass Sie solche backen …«

»Dann würde sie mir meine Rezepte abluchsen«, erwiderte er und sah Sara böse an.

»Seien Sie unbesorgt. Ich erzähle es ihr nicht. Wussten Sie, dass Merlins Farm jetzt Mike gehört?«

Mike sah sich mit dem fachmännischen Blick eines Zimmermanns im Raum um. Als Allererstes musste das Haus auf Trockenfäule und Termiten untersucht werden, aber vielleicht hatte Ramsey das ja bereits veranlasst. Alle Holzteile, die ersetzt werden mussten, würden von einer Firma für Altmaterial geliefert werden müssen. Und wo würden sie in diesem Zimmer einen Fernseher aufstellen? Der offene Kamin befand sich ein wenig seitlich versetzt, daneben war ein Wandschrank eingebaut. Konnten hier Leitungen für den Kabelanschluss und eine Stereoanlage verlegt werden? »Was?«, fragte er, als er spürte, dass Sara ihn anstarrte.

»Ich habe Mr Lang gerade gesagt, dass diese Farm jetzt dir gehört.«

Vom Gesicht des alten Mannes war abzulesen, wie erstaunt er war. »Willst du hier wohnen? Mit mir zusammen?« Er wirkte, als stelle er sich das wie den Himmel auf Erden vor.

»Nein. Es dauert noch Jahre, bis ich aus dem Dienst ausscheide, und bis dahin wohne ich in Südflorida. Sagen Sie mir alles, was Sie über Greg Anders wissen, und lassen Sie nichts aus.«

»Er ist ein ganz übler Bursche.«

Langs Blick wanderte kurz zu Sara, dann schaute er wieder Mike an. »Anders mag Frauen.«

»Das wissen wir alles.« Mikes Stimme klang barsch und gepresst, und Sara mutmaßte, dass er gewöhnlich auf diese Weise zu Kriminellen sprach. Aber Mr Lang schien das nichts auszumachen. Er sah Mike voll Bewunderung an – und Sara war sich sicher, dass der alte Mann dachte, er hätte seinen Enkel vor sich.

»Sagen Sie uns, was wir noch nicht wissen. Warum die ganzen Fallen?«

Mr Lang blinzelte Mike erstaunt an. »Du weißt darüber Bescheid?«

Mike machte ein finsteres Gesicht. »Ich wäre beinahe von ein paar Ihrer Pfeile getroffen worden, und dieses Pferdegeschirr, das Sie an der Scheune angebracht haben, hätte meine Frau beinahe erschlagen.«

Mr Langs kleiner, runder Mund öffnete sich, und ihm fiel die Kinnlade herunter. »Du bist wie ich. Ich gehe irgendwohin, und keiner merkt, dass ich da war.«

»Ich bin überhaupt nicht wie Sie. Was ich wissen will, ist, warum Greg Anders Merlins Farm haben will.« Ein Flackern war in den Augen des alten Mannes zu erkennen. Es dauerte nur einen Sekundenbruchteil, aber Mike bemerkte es. Der alte Mann verbarg etwas. »Was haben Sie bei Ihren Spionagetouren herausgefunden?«

Lang beugte sich über das Teetablett auf dem Couchtisch zu Mike vor und flüsterte – als ob Sara, nur wenige Zentimeter entfernt, ihn nicht hören könnte. »Er bestiehlt die Frauen, wenn er mit ihnen zusammen ist, aber sie bemerken es nicht.«

»Und wie stellt er das an?«

»Er durchsucht ihre Handtaschen und ihre Autos.« Lang stieß einen Seufzer aus. »Keine von denen wohnt in Edilean, deshalb weiß ich nicht, was er in ihren Häusern macht.«

»Aber eine Frau bemerkt doch, wenn in ihrer Handtasche etwas fehlt, und keine hat im Geschäft ein Wort darüber verloren«, erklärte Sara.

»Vandlo hat Informationen, keine Gegenstände, gesucht«, sagte Mike über die Schulter hinweg. »Hat er je bemerkt, dass Sie ihn beobachtet haben?«

Lang runzelte die Stirn. »Ich bin nicht mehr so gut wie früher. Kann mich nicht mehr so schnell bewegen.«

»Sie haben ihm also nachspioniert, haben gesehen, wie er das Eigentum der Frauen durchsucht hat, und er hat Sie dabei erwischt. Was war dann?«

Lang kniff den Mund zusammen. »Er ist hierher gekommen, hat gesagt, er würde meine Hunde umbringen, wenn ich etwas verrate. Ich habe ihm gesagt, dass ich noch nie irgendjemandem irgendwas erzählt habe.«

»Das stimmt«, meldete Sara sich zu Wort. »Sie haben die außergewöhnliche Gabe, Geheimnisse für sich zu behalten.«

Lang sah sie an, als bemühe er sich herauszufinden, ob sie ihm ein Kompliment machte oder ob das abfällig gemeint war.

Sara lächelte ihn an. »Haben Sie noch andere Kekse?«

Lang schaute sie eindringlich an, als versuche er, aus ihr schlau zu werden. »Ich habe welche mit Kresse.«

»Ich will nicht, dass ...«, hob Mike an, aber Sara legte die Hand auf seinen Arm.

»Kresse? Blüten oder Samen?«

»Blüten natürlich.« Er schien nicht viel von ihren Gartenkenntnissen zu halten. »Ich lege die Samenkapseln ein.«

»Sie haben nicht zufällig welche davon da, oder?«

Mr Lang stand auf und ging in die Küche.

»Jetzt bist du ihn losgeworden«, erklärte Mike, »also, was willst du mir sagen?«

»Hast du dir dieses Teeservice richtig *angeschaut?* Es stammt mindestens aus dem achtzehnten Jahrhundert. Und das sind alte Rezepte. Wir haben dieses Haus gründlich durchsucht, aber ich habe dieses Geschirr nicht gesehen, du etwa?«

Mike lächelte und drückte ihr einen Kuss auf die Wange. »Du bist wirklich eine gute Detektivin. Vielleicht gibt es hier doch etwas. Ich werde Vandlo erzählen, dass die Farm jetzt mir gehört. Das ist dann also noch etwas, an das er nur über mich herankommt.« Während er das sagte, ergriff er Saras Hand und drückte sie beruhigend.

»Mike!«, erwiderte Sara verzweifelt. »Darauf wollte ich nicht hinaus. Ich dachte, wir beide könnten zusammen suchen und …«

»Pst! Er kommt.«

Lang nahm mit einer roten Blechdose in der Hand wieder Platz, und Sara erinnerte sich, solche Dosen in Zeitschriften gesehen zu haben. Das war eine Bonbondose aus den 1920er Jahren, in tadellosem Zustand und von hohem Sammlerwert. Darin befanden sich frische, noch warme Kekse, in die hübsche Kresseblüten eingebacken waren.

Sara nahm sich einen Keks, Mike dagegen lehnte dankend ab. Sie nahm einen Bissen. Köstlich. »Wenn Sie die beim Volksfest an Lukes Stand verkaufen, sorge ich dafür, dass Sie hundert Prozent der Einnahmen bekommen.«

»Keine Miete, keine Kommission?«

»Nichts«, antwortete Sara. »Und falls Sie die neue Küche von Lukes Frau zum Backen nutzen wollen, wird Joce Ihnen sogar behilflich sein.«

»Glaubst du nicht, dass du sie zuerst fragen solltest?«, wollte Mike wissen.

Sara zuckte mit den Achseln. »Sie ist so gelangweilt, dass sie mit dem Teufel zusammenarbeiten würde. Tut mir leid, Mr Lang, war nicht so gemeint.«

Der alte Mann und Mike schauten sie gleichermaßen konsterniert an.

»Also, zurück zu Greg«, sagte Sara und lehnte sich, zwei Kekse in der Hand, auf dem alten Sofa zurück. Sie hatte einen Hintergedanken gehabt, Mr Lang zu Joce' Haus zu schicken. Falls er beim Volksfest herumhängen würde, wollte sie, dass er und Joce sich wenigstens kannten. Mike behauptete zwar, dass für Joce keine Gefahr bestand, obwohl sie die Tarotkarten als Köder bei sich haben würde, aber Sara war sich da nicht ganz so sicher. Außerdem war Mr Lang wesentlich erfahrener im Bespitzeln von Leuten als sämtliche von Mikes FBI-Agenten zusammen.

Sie nahm noch einen Bissen. »Ach, warten Sie! Haben Sie Stevia verwendet?«

»Das pflanze ich selbst an.«

Sara nickte. »Die erotischen Träume meiner Mutter sind also wahr geworden. Okay, ich bin hin und weg.«

Mike verdrehte die Augen und sah Lang wieder an. »Haben Sie Anders jemals mit einer älteren Frau, Anfang fünfzig, zusammen gesehen? Sie hat eine auffallende Nase.«

Lang grinste wie ein schmutziger, kleiner Junge. »Ich habe ihn mit zwei gleichzeitig gesehen. Einer älteren und einer jüngeren. Zusammen.« Er schaute zu Sara hinüber, aber sie hielt den Blick bewusst auf den Keks gerichtet.

»Schauen Sie mich an, nicht meine Frau«, forderte Mike. »Sie behaupten also, dass Anders Ihre Hunde getötet hat, nur um Sie davon abzuhalten, dass Sie herumerzählen, was Sie wissen?«

Als Mr Lang nicht antwortete, ergriff Sara das Wort. »Ich will mich ja nicht einmischen, aber ich vermute, die Hunde waren Gregs Art und Weise, Sie dafür zu bestrafen, dass Sie es dem Sheriff berichtet haben, nicht wahr?«

Lang hielt den Blick auf seine Hände gesenkt.

Mike ließ sich gegen die Couchlehne plumpsen, und seine Miene war der Inbegriff der Verzweiflung. »Soll das etwa heißen, dass es in diesem Kaff hier einen *Sheriff* gibt? Und Sie haben ihm von Anders' Diebstählen erzählt?«

Lang zuckte mit den Achseln, blickte jedoch nicht auf.

Mike wandte sich an Sara. »Warum hat man mir nicht gesagt, dass es in dieser Kleinstadt Polizei gibt? Ich dachte, sie gehört zum Zuständigkeitsbereich von Williamsburg.«

»Das gehört sie auch, mehr oder weniger, und dort ist der Bezirkssheriff«, erklärte Sara, »aber wir haben hier gewissermaßen unsere eigene … na ja, Art von Ordnungshütern. Die werden nicht bezahlt, deshalb betrachten Außenseiter sie nicht als echt.«

Mike wartete ab, doch weder Lang noch Sara schienen bereit zu sein, mehr zu sagen. »Könnte mir jemand mitteilen, *wer* diese ›Art von Ordnungshütern‹ anführt?«

Sara schmunzelte. »Rate mal.«

»Sara, ich habe …« Er seufzte. »Meine Cousins, die Fraziers.«

»Was für ein kluger Mann du doch bist!«

Mike fuhr sich mit der Hand übers Gesicht, dann blickte er Lang an. »Sie haben dem … dem ehrenamtlichen Sheriff erzählt, dass Anders mit der Hälfte der Frauen aus dem Bezirk schläft, die zumeist verheiratet sind, und dass er ihnen Informationen stiehlt. Hat er die ebenfalls erpresst?«

Wieder zuckte Lang mit den Schultern. »Ich weiß nicht. Diebstahl ist nicht in Ordnung.«

»Aber Leute bespitzeln genauso wenig«, schnauzte Mike, dann beruhigte er sich wieder. »Ich vermute, der Sheriff hat mit Anders geredet, und daraufhin sind Ihre Hunde …«

»Vergiftet worden«, sagte Mr Lang.

»Aber das war noch nicht alles«, erklärte Mike, »weil Sie danach überall diese Fallen aufgestellt haben. Hätten Sie sie vorher aufgebaut, wären Ihre Hunde nicht gestorben.«

Mr Lang nickte, dann sagte er leise: »Ich glaube, er hat das absichtlich getan.«

»Was meinen Sie?«, fragte Mike.

»Ich glaube, Anders wollte, dass ich ihn sehe, er wollte, dass ich zu einem der Fraziers gehe. Er *wollte* meine Hunde umbringen.« Die Stimme des alten Mannes klang belegt.

»Das würde bedeuten, dass *Sie* das eigentliche Ziel waren«, stellte Mike fest. »Sie sind dafür bekannt, dass Sie Gäste mit einer Flinte begrüßen, also, ist irgendetwas *hier,* was Anders haben will?«

Wieder war da dieses Flackern in den Augen des alten Mannes.

»Was verbergen Sie?«, erkundigte Mike sich hastig, doch Lang antwortete nicht.

»Silber aus dem Bürgerkrieg?«, fragte Sara in die Stille hinein. »Noch mehr von diesem Porzellan?«

»Nein«, antwortete Lang. »Und das gehört mir sowieso nicht. Es gehört …« Er blickte Mike liebevoll an. »Prudies Enkel.«

»Das alles macht dich nur noch mehr zur Zielscheibe«, sagte Sara leise zu Mike, und ihre Stimme verriet ihre Angst. »Wenn sich das, was Greg haben will, hier befindet, und wenn er herausbekommt, dass das Anwesen dir gehört, dann wird er … dann wird er …«

»Gut!«, sagte Mike. Er fasste in seine Hemdtasche, zog ein Foto heraus und reichte es Lang. Es war das Bild von Mitzi Vandlo, aufgenommen, als sie noch ein Teenager war, aber es war digital dem Alter angepasst worden. »Haben Sie diese Frau schon einmal gesehen?«

Lang warf kaum einen Blick darauf. »Nein.«

»Schauen Sie es sich an!«

Widerwillig nahm Lang das Bild in die Hand, studierte es, dann gab er es Mike zurück. »Nein.«

»Sind Sie sicher?«

»Ich kann mir Gesichter einprägen. Die da habe ich noch nie gesehen.«

Mike steckte das Foto weg. »Das Volksfest findet an diesem Wochenende statt. Ich will, dass Sie herumschnüffeln, die Leute bespitzeln und mir alles erzählen, was Sie sehen.«

»Üble Leute in der Stadt«, sagte Lang angewidert. »Sind ständig miteinander im Bett.«

»Die Sachen, die Sie heimlich machen, sind genauso schlimm«, erklärte Mike und warf einen Blick auf seine Armbanduhr. »Ich will, dass Sie alle Fallen abbauen, die Sie hier aufgestellt haben. Lassen Sie nicht eine aus. Und verbrennen Sie das Marihuana.«

»Ich denke, es wäre besser, wenn Sie es vergraben würden«, sagte Sara, »sonst könnte es wie im Film *Saving Grace* enden. Wir wollen doch nicht, dass Colin nackt herumtanzt.«

Mike sah sie an, als wäre sie verrückt geworden, aber Mr Lang verzog die Miene beinahe zu einem Lächeln.

Sara sagte nichts, aber sie wusste, dass er die unheimliche Fernsehserie gesehen hatte. Er mochte ja keinen Fernseher besitzen, aber er hatte gewiss irgendwo einen DVD-Spieler stehen. Ob er wohl auch *Mad Men* gesehen hat?, überlegte sie. Und wahrscheinlich würde er *Dexter* lieben.

»Wir müssen gehen«, sagte Mike, während er aufstand und auf Lang hinabsah »Denken Sie daran, mir alles zu erzählen.« Er legte die Hand auf Saras Rücken und führte sie zur Tür. Lang ging mit ihnen hinaus, aber er blieb bei den Hunden stehen. Sara vermutete, dass sie nicht sehen sollte, wie Mike Mr Lang ein paar zusammengefaltete Hundertdollarscheine zusteckte, etwa fünf Stück, und ihn noch einmal darauf hinwies, dass er die Fallen abbauen musste.

Nachdem Mike die Autotür für Sara aufgehalten hatte, ging er zum Kofferraum. Darin lagen einige Fünfzigpfundtüten Hundefutter. »Die habe ich für Sie zur Seite getan«, rief er Lang zu, »aber die bekommen Sie erst, wenn die Fallen weg sind. Machen Sie das noch heute!«

Sara beobachtete, dass Mr Lang nickte, dann fuhr Mike aus der Einfahrt davon. »Du hattest überhaupt keine Angst, ihn zu besuchen, oder?«

»Warum sollte ich Angst haben?«

Sie starrte sein Profil an, bis er lächelte.

»Sara, mein Schatz, ich habe gesehen, wie gern du dich um Leute kümmerst, also darfst du dich jetzt um mich kümmern.«

Einen Augenblick fiel ihr darauf keine Antwort ein. Als Mike gesagt hatte, dass er Mr Lang nicht besuchen wolle, hatte er absolut überzeugend geklungen – aber er hatte gelogen. Mit einem Mal erkannte sie, wie es ihm gelungen war, so viele Jahre undercover zu arbeiten. »Hast du herausgefunden, was du wissen wolltest?«

»Überhaupt nicht, aber er hat mich über einige Dinge nachdenken lassen. Vandlo ist von Kindesbeinen an trainiert worden, in den Gesichtszügen der Leute zu lesen. Er hat nicht mehr gebraucht, als zu sehen, wie verträumt deine Augen gewirkt haben, wann immer von dieser verfallenden, alten Farm die Rede war, und natürlich hat er angefangen, davon zu reden, dass er sie für dich kaufen würde. Sara, weißt du, allmählich glaube ich, es könnte tatsächlich stimmen, dass Vandlo diese alte Farm nur haben wollte, um dir eine Freude zu machen.«

»Nein«, erwiderte sie leise. »Das würde voraussetzen, dass er mich geliebt hat, aber das hat er nicht einmal ansatzweise.«

»Ein wirklich dummer Mann.« Mike streckte den Arm aus und ergriff ihre Hand.

Dieses Mal wusste sie, dass er log – und sie von Mr Lang ablenken wollte. Er hatte eine Menge herausgefunden, aber er wollte ihr nicht sagen, worum es sich handelte.

»Und wie wäre es, wenn wir uns ein paar Sandwiches kaufen, dann nach Hause fahren und sie vom Bauch des anderen essen würden, bevor wir zum Fest gehen?«

»Einen besseren Plan habe ich, glaube ich, noch nie gehört«, antwortete Sara schmunzelnd.

Doch auf der Heimfahrt klingelte sein Handy, er sprach ein paar Worte, dann unterbrach er die Verbindung. »Stefan Vandlo ist freigelassen worden.«

24

Bis sie schließlich die Sandwiches gekauft hatten, nach Edilean Manor zurückgefahren waren und Mike eine Kanne grünen Tee gemacht hatte – er weigerte sich, kohlensäurehaltige Getränke zu trinken –, hatten sie andere Dinge im Kopf, als vom Bauch des anderen zu essen. Sara konnte an nichts anderes mehr denken als: Das war es also. Jetzt dauerte es nicht mehr lange, und die »Aktion« würde beginnen. In den folgenden Tagen würden sie und Mike nur wenig Zeit für sich haben. Er hatte ihr gesagt, dass mindestens ein Dutzend Agenten zum Volksfest nach Edilean kommen würden. Sie würden alle undercover bleiben, sodass jedes Paar oder jede Gruppe flirtender Männer und Frauen in Wahrheit bewaffnete Polizeibeamte sein konnten.

Die nüchternen Nachrichten hatten ihren ursprünglichen Essensplan über den Haufen geworfen. Sie aßen beide die gleichen Sandwiches: mageres Fleisch mit jeder Menge Gemüse. Sara verzichtete inzwischen auf ihren geliebten Thunfischsalat, der vor Mayonnaise nur so troff.

»Ich denke, ich sollte noch ein paar Dinge mit dir durchgehen«, sagte Mike, der Sara gegenüber am Tisch saß. Er wiederholte, dass sie sich beim Volksfest wie ein normales Paar geben, häufig Händchen halten, sich necken und lachen würden. Der Gedanke dahinter war, die Stadtbewohner zu schockieren und Veranlassung zum Tuscheln zu bieten. Das sollte der Vorbereitung für den Augenblick dienen, in dem Stefan Vandlo ankam und Sara ihm – und der ganzen Stadt – eröffnete, dass sie und Mike geheiratet hatten.

Als Mike bemerkte, dass das, was er ihr erzählte, Sara Angst einjagte, versuchte er, sie mit einer Geschichte aus den Akten, die er gelesen hatte, abzulenken. Dort hieß es, dass Mitzis Ehemann, als er herausfand, dass er hereingelegt worden war und eine hässliche Frau geheiratet hatte, die Ehe nicht hatte vollziehen können. Doch seine junge Frau wurde dennoch schwanger, und ihr betagter Ehemann war zu stolz, um zu verraten, dass er das Mädchen nie angerührt hatte. Als der Junge geboren wurde und angeblich einem hübschen jungen Mann, einem Meistertaschendieb, ähnlich sah, verlor niemand ein Wort darüber, doch sechs Tage nach der Geburt des Babys wurde der junge Mann tot aufgefunden. Erst Jahre später, als der Ehemann erklärte, dass er seinen gesamten Besitz seinem einfältigen und skrupellosen Sohn aus erster Ehe hinterlassen würde, wurde Mitzis Mann mit eingeschlagenem Schädel am Fuß einer Treppe entdeckt.

Als Mike die Geschichte zu Ende erzählt hatte, sprach er wieder davon, dass er die Wettkämpfe beim Volksfest dazu nutzen würde, um die Aufmerksamkeit auf sich zu ziehen – und das brachte Sara auf den Gedanken, was wohl passieren würde, wenn das alles vorbei war.

Wenn sie Greg und seine Mutter in Handschellen abführen, wird Mike mit ihnen gehen, und ich werde ihn nie wiedersehen, überlegte sie.

Sie tat ihr Bestes, um sich zu beruhigen. Es war ja nicht so, als hätte er sie angelogen. Er hatte ihr von Anfang an gesagt, dass er sie des Falles wegen heiratete. Er hatte ihr sogar versichert, dass sie sich scheiden lassen konnten, sobald alles vorüber war. Und er hatte seit der Hochzeit kein einziges Mal gesagt, dass er sie liebte. Und er hatte nicht …

»Sara?«

»Tut mir leid, ich war in Gedanken ganz woanders.«

»Möchtest du noch Tee?«

Sie hielt ihm ihr leeres Glas hin, und er füllte es auf. »Das letzte Mal«, ging ihr wieder durch den Kopf. In ein paar Tagen würde es so sein, als wären sie sich nie begegnet. Ihre stürmische Beziehung würde zu Ende sein, und sie würden wieder zu ihrem früheren Leben zurückkehren. Sie hatte vor Augen, wie sie allein in ihrem Apartment mit jeder Menge Kleidern auf dem Schoß sitzt. Vielleicht würde sie ein paar Auffrischungskurse belegen und versuchen, in Williamsburg eine Anstellung als Konservatorin zu ergattern.

Sie blickte Mike über den Tisch hinweg an. Als sie hereingekommen waren, hatte er sein sauberes weißes Hemd, seine Schuhe und Socken ausgezogen. Jetzt trug er nur noch seine perfekt gebügelte schwarze Hose und den Gürtel mit der kleinen Goldschnalle. Sie hatte ihm seine Hose an diesem Vormittag gebügelt, und sie hatte diesen Gürtel in Fort Lauderdale für ihn gekauft. Sein Bartschatten war sehr dunkel, und sie wusste, dass er sich nicht rasiert hatte, bevor sie zu Mr Lang gefahren waren, weil er zu beschäftigt gewesen war, Sex mit ihr zu haben. Was Sara selbst anbelangte, so hatte sie ihr Kleid ausgezogen und trug jetzt nur noch ihren blauen Lieblingsbody.

Sie wollte die Hand ausstrecken und ihn berühren, aber sie ließ es sein. Er erzählte ihr gerade von den Kameras, die im Wahrsagerzelt installiert worden waren, aber sie spürte, dass er sich über irgendetwas Sorgen machte. Sie hoffte, dass es um den Fall ging, und nicht um das, was sie befürchtete, nämlich dass er überlegte, ob er sie problemlos loswerden konnte, wenn er ihr erklärte, dass sie nur ein weiteres Opfer war, das er hatte retten müssen.

»Kannst du dir das alles merken?«, fragte Mike.

Sie hatte nicht richtig zugehört, aber schließlich hatte er ihr das alles schon einmal gesagt. »Ich soll niemandem erzählen, dass wir geheiratet haben. Das soll Greg erst erfahren, wenn ich ihn treffe.«

»Und?«

»Ich soll dafür sorgen, dass ich mit ihm im Freien bin. Und um den größten Effekt zu erzielen, soll ich ihn schockieren, indem ich ihm erzähle, dass ich mich kurz vor unserer Hochzeit mit einem anderen Mann eingelassen habe.«

Mike zog angesichts ihres sarkastischen Tonfalls die Augenbrauen hoch. »Ich habe gehört, dass seine Frau sich das Gesicht hat liften lassen und wirklich gut aussieht.«

»Das ist nett«, sagte Sara, während sie den Tisch abräumte.

»Deine Mutter hat mir eine SMS geschrieben, dass ich morgen sehr früh zu ihr nach Hause kommen muss, um mich umzuziehen.«

Sara kehrte ihm den Rücken zu, während sie an der Spüle stand. »Deinen Kilt anziehen. Fast alle Männer aus Edilean werden Kilts tragen, selbst mein Vater, und der hasst es, sich fein anzuziehen. Luke wird …«

Sie brach in Tränen aus, bevor sie den Satz beenden konnte. Sofort schloss Mike sie in die Arme. Sie vergrub das Gesicht an der warmen Haut seiner Schulter, und die Tränen flossen weiter.

Er hob sie hoch, trug sie ins Schlafzimmer, wo er sie auf das Bett legte und sich, die Arme um sie geschlungen, neben ihr ausstreckte.

»Ich weiß gar nicht, was mit mir los ist«, sagte sie.

Er reichte ihr ein Taschentuch und strich ihr übers Haar. »Es ist in Ordnung, Angst zu haben. Ich wünschte, du müsstest das nicht tun, aber wir müssen Vandlo überrumpeln, und das kannst nur du machen. Von der Sekunde an, in der du ihm gesagt hast, dass sein Plan durchkreuzt ist, werden wir ihm so dicht auf den Fersen sein, dass er …«

»Das ist es nicht«, sagte sie. Sie strich ihm über die nackte Brust und fuhr mit den Fingern in seine dunklen Haare. Würden sie je wieder so zusammen sein? Wer würde sie veranlassen, ins Fitnessstudio zu gehen? Wer würde sie in den Armen halten, wenn sie weinte? Sie zum Lachen bringen?

»Was ist es dann?«, fragte Mike. »Du kannst es mir sagen.«

Aber sie konnte es ihm nicht erzählen. Ihr Stolz und ihre Angst vor einer weiteren Zurückweisung machten es ihr unmöglich, ihm anzuvertrauen, was sie beunruhigte.

Schweigend lagen sie eine Weile nebeneinander. Sara wusste, dass sie aufstehen und anfangen sollten, sich für das Volksfest fertig zu machen. Mike würde einen Kilt anziehen müssen, und sie wusste, dass das zu großem Gelächter führen würde. Und Sara würde eines dieser mittelalterlich wirkenden langen Gewänder tragen, und Luke hatte natürlich eines seiner Wildblumenkränzchen für ihr Haar zur Seite gelegt. Sie freute sich auf das alles, doch im Augenblick konnte sie den Gedanken nicht ertragen, sich von Mike zu trennen.

Er hob ihre linke Hand an und betrachtete ihre Ringe.

Sara drehte sich auf den Rücken, den Körper an seinen gepresst. Sie konnte den Stoff seiner Hose an ihrem nackten Bein spüren. Wieder schoss ihr der Gedanke »das letzte Mal« durch den Kopf.

»Die stehen dir gut«, sagte er.«

»Das sind die schönsten Ringe der Welt.«

»Alles ist so hektisch zugegangen, als ich den Diamantring ausgesucht habe, dass ich mir nicht sicher war, ob ich den Richtigen wähle.«

»Meine Mutter hat dir dabei nicht geholfen?«

»Nein. Sie hat neben dem Computer gestanden und mich wie ein Raubvogel umkreist. Ich glaube, mich hat noch niemand so nervös gemacht wie deine Mutter.«

»Mir geht es genauso.«

»Als ich sagte, dass ich *diesen* Ring haben will, hat sie mir einen Kuss auf die Wange gedrückt. Ich glaube, ihr standen sogar Tränen in den Augen.«

»Sie wusste, dass er mir gefallen würde, das ist der Grund. Kim macht auch moderne Ringe, aber auf die lege ich keinen Wert.«

»Die habe ich gesehen, aber du hattest nie einen davon am Finger. Passen die Ringe? Wirst du Schwierigkeiten haben, sie abzulegen?«

Sara machte eine Faust und vergrub die Hand hinter ihrem Rücken. »Die lege ich nicht ab. Nie mehr.«

Er drehte sich zur Seite und sah sie an. »Das musst du aber. Wenn die Bewohner von Edilean die Ringe sehen, bevor Stefan hier ankommt, tuscheln sie. Mitzi wird es womöglich aufschnappen, und sie könnte ihren Sohn anrufen und ihn warnen. So sehr wir das auch wollen, wir können diese Wegwerfhandys, die sie benutzen, nicht abhören.«

»Ich denke, du wirst dir etwas einfallen lassen müssen, damit meine Ringe nicht zu sehen sind, weil ich sie nämlich *nicht* ablege.« Sie sagte das so entschieden, wie sie nur konnte, um ihn wissen zu lassen, dass er in dieser Sache nicht gewinnen würde, egal, wie sehr er sich bemühte.

Doch Mike protestierte nicht. Stattdessen lag er einfach neben ihr, den Arm unter ihren Schultern.

»Ich, hm … ich wollte mit dir noch über etwas anderes reden«, sagte er schließlich.

Jetzt kommt es, dachte Sara, und sie spannte sämtliche Muskeln an.

»Sobald dieser Fall abgeschlossen ist, das heißt, sobald die Vandlos hinter Schloss und Riegel sind, muss ich nach Fort Lauderdale zurück. Ich arbeite noch an drei anderen ungelösten Fällen, um die ich mich kümmern muss. Die Vandlos sind nicht wirklich mein Problem. Man hat mich nur deshalb um Mithilfe gebeten, weil ich hier eine Schwester habe, und …« Er verstummte.

»Und was?«, flüsterte Sara.

»Ich war ziemlich wütend, dass sie mein Apartment abgefackelt haben, aber es hat sich am Ende als gut herausgestellt, oder? Diese Wohnung, die der Captain mir besorgt hat, ist hübsch, nicht wahr?«

»Sie ist schön.«

»Allerdings ein bisschen groß«, stellte er fest.

»Ziemlich groß«, pflichtete sie ihm bei.

Er schwieg einen Augenblick, und sie hielt beinahe den Atem an.

»Sara«, sagte er schließlich. »Ich weiß, dass sich dein Leben hier in dieser Stadt abspielt und alle deine Freunde und Verwandten hier wohnen, aber …«

»Deine ebenfalls.«

»Meine was?«

»Alle deine Verwandten leben hier. Und du und Luke, ihr versteht euch gut. Und ich denke, du wirst Ramsey mögen.«

»Ja«, sagte er, »aber das habe ich nicht gemeint. Ich kann überall wohnen. Aber du hast immer in dieser Kleinstadt gelebt, deshalb könnte es für dich schwierig sein, sie zu verlassen.«

Langsam dämmerte ihr, worauf er hinauswollte. »Du meinst, ich könnte es nicht ertragen, von meiner Mutter getrennt zu sein, die es für ihre Pflicht hält, mir zu sagen, wie ich zu leben habe? Dass ich nicht von herumschnüffelnden Verwandten getrennt sein will, die mit der Zunge schnalzen, wenn sie mich sehen, weil sie geglaubt haben, dass der Mann, mit dem ich vier Jahre gegangen bin, davongelaufen ist und mich verlassen hat? Ihrem Mitleid zu entkommen, weil ich von einem Mann aufgegabelt worden bin, den keiner ausstehen kann? Ist es das, was du mich fragen willst?«

Sie spürte, dass er lächelte.

»Das ist genau genommen das, was ich dich frage. Ich weiß, dass wir einander nicht sonderlich gut kennen, aber wir haben kaum miteinander gestritten und scheinen in den meisten Dingen einer Meinung zu sein.«

»Außer bei der Ernährung und dem Recht, sich drei volle Stunden vor den Fernseher zu lümmeln, ohne auch nur irgendeine Art von Sport zu treiben. Und …«

Als Mike lachte, legte Sara die Hand auf seinen festen Waschbrettbauch.

Er drehte sich auf die Seite und stützte den Kopf auf die Hand. »Aber wir sind uns in den grundsätzlichen Fragen einig.«

»Wie zum Beispiel, dass du meinst, ich sollte genau das tun, was du mir für jede Minute des Tages vorschreibst?«, fragte sie unschuldig.

»Ich dachte an die wichtigen Dinge wie zum Beispiel Musik.«

»Du magst Opern, und ich mag …« Sie verstummte, weil er sie küsste, und sie schlang die Arme um seinen Hals.

Er wich zurück, um sie anzusehen. »Willst du mit mir nach

Fort Lauderdale zurückkehren und schauen, ob wir es schaffen, dass unsere Ehe funktioniert?«

»Ja«, antwortete sie. »Das würde ich sehr gern.«

Er küsste sie wieder, aber auf eine Weise, wie er sie noch nie zuvor geküsst hatte. Vom ersten Augenblick, als sie zusammengekommen waren, war zwischen ihnen eine große Leidenschaft entfacht. Sie hatten an allen erdenklichen Orten und in jeder Stellung Sex gehabt, die Saras gelenkiger Körper und Mikes Kraft nur erlaubt hatten.

Doch dieser Kuss war anders. Da gab es noch etwas außer Leidenschaft. Da war eine Sehnsucht, ein Verlangen nach viel mehr, als sie einander bis jetzt gegeben hatten. Obwohl Sara ständig von Menschen umgeben war, die sie kannten, und trotz Mikes zahlreicher Eroberungen waren sie beide im Grunde allein gewesen. Jetzt klammerten sie sich aneinander.

Mike löste den zarten Kuss. Sein Körper lag halb auf ihrem, und seine Hände strichen ihr das Haar zurück, während er auf sie hinabblickte, als wolle er sich ihre Gesichtszüge einprägen.

Sara hielt den Atem an. Würde er diese drei kleinen Wörter sagen, die sie so gerne hören wollte?

»Weißt du, Sara …«

»Ja?«, flüsterte sie und hielt erwartungsvoll die Luft an.

»Ich hasse dieses Geschirr, das du ausgesucht hast.«

»Was?«

Er rollte sich von ihr herunter auf den Rücken. »Dieses Geschirr mit den Blumen, das kann ich nicht ausstehen.«

Sie schob sich halb auf ihn. »Dieses Service ist von Villeroy und Boch, und es ist fantastisch.« Sie küsste ihn am Hals.

Mike löste die Schnalle seines Gürtels. »Es ist mir egal, woher es ist. Ich mag es trotzdem nicht.«

»Du solltest dich lieber daran gewöhnen, weil ich den Namen des Musters aufschreiben werde, und alle Bewohner von Edilean werden uns Gedecke schenken.«

Er hielt sie einen Augenblick auf Distanz. »Wir bekommen Hochzeitsgeschenke?«

»Klar, natürlich. Jeder in der Stadt wird …«

»In *dieser* Stadt? Das bringt uns was ein? Vier Geschenke vielleicht?« Er schob ihr die Träger des Bodys von den Schultern.

»Sehr lustig! Hast du vergessen, dass die Fraziers mit dir verwandt sind? Ich werde Ms Frazier veranlassen, dass sie für uns in ihrem Haus eine Hochzeitsparty schmeißt. Sie werden den Gouverneur einladen.« Mikes Mund berührte ihre Brust. »Und wir sind natürlich beide mit den McDowells verwandt, und die sind reich. Ich werde dafür sorgen, dass die Fraziers und die McDowells darum konkurrieren, wer uns am meisten schenkt.«

Mike hielt mit dem Küssen inne und schaute sie an. »Ich hatte keine Ahnung, dass du so geldgierig bist.«

Sie stieß ein kurzes, böses Lachen aus. »Ich will, dass jeder, der ›die arme Sara‹ gesagt hat, dafür *bezahlt!*«

»Du bist wirklich raffiniert«, sagte er schmunzelnd.

»Dabei hast du noch gar nicht mitbekommen, wie raffiniert ich bin, mein Süßer«, erwiderte sie, während ihre Lippen an seinem Körper nach unten wanderten.

Mike antwortete nicht.

* * *

Eine Stunde später erklärte Mike, dass sie ihn zu sehr beschäftigen und von der Arbeit abhalten würde. Und ihre Mutter hatte auf seinem Handy vier Nachrichten hinterlassen, in denen sie ihn fragte, wo er denn stecke, und ihn aufforderte, schnellstmöglich zu ihrem Haus zu kommen und sich umzuziehen.

»Vielleicht sollte ich so dort aufkreuzen«, sagte er, während er auf die Dusche zusteuerte. Er war nackt.

»Du glaubst vielleicht, du könntest meine Mutter erschrecken, aber weit gefehlt. Am Ende wärst du derjenige mit dem geröteten Gesicht.«

»Da gerade von roten Körperteilen die Rede ist, ich muss doch nicht wirklich …«

»Du kommst auf keinen Fall drum herum, einen Kilt anzuziehen, also versuch es erst gar nicht. Ich treffe dich dann auf dem Festplatz. Jetzt schaue ich noch kurz bei Joce vorbei.«

»Bist du dir sicher, dass du dich nicht in der Dusche zu mir gesellen willst?«

»Du schiebst das Unvermeidliche nur hinaus.« Sie wollte Zeit haben, sich in Ruhe anzuziehen und über ihre Zukunft – ihr neues Leben – nachzudenken.

»Du kannst es kaum erwarten, deiner Freundin zu erzählen, dass du es geschafft hast, mir eine Eisenkugel und Kette anzulegen, was?«

»Es steht dir frei, zu deinem früheren Leben zurückzukehren. Ach! Warte! Du hattest ja gar kein Leben.«

Mike grinste. »Geh. Ich sehe dich dann beim Fest. Und ich werde einen Rock tragen. Halb nackt.«

Lachend verließ Sara das Apartment.

* * *

Joce machte große Augen, als sie ihre Freundin sah. »Sara! Was ist denn mit deinem Hals passiert? Du siehst aus, als hättest du ihn dir verbrannt.«

Sara legte die Hand an ihre Kehle. »Das ist nichts.«

»Aber das ist nicht ›nichts‹. Hast du diesen Ausschlag deinem Vater gezeigt?«

»Bist du verrückt?«

»Ach«, sagte Joce bedächtig. »Die Reizung kommt von Bartstoppeln, nicht wahr?«

Sara antwortete nicht.

»Wie weit geht sie?«

Sara zog die Augenbrauen auf eine Weise hoch, dass Joce lachen musste. »Das musst du Tess erzählen.«

Sara schaute sie ungläubig an. »Ich soll Mikes Schwester sagen, dass ich mich mit ihrem Bruder im Bett wunderbar amüsiere? Das glaube ich kaum. Aber …«

»Aber was?«, wollte Joce wissen.

»Mike hat mich gefragt, ob ich mit ihm nach Fort Lauderdale komme und mit ihm zusammenziehe. Wir wollen ausprobieren, ob unsere Ehe funktioniert.« Sara streckte die linke Hand aus, um Joce ihren Ring zu präsentieren.

»Das muss ich Tess erzählen«, sagte Joce, während sie den Verlobungsring mit den drei Diamanten bewunderte. »Sie wird sich für dich genauso freuen wie ich.« Sie griff nach ihrem Handy. »Wir werden es Tess so beibringen, dass sie lachen muss. Rams hat Luke erzählt, dass bei ihr die Hormone verrückt spielen und sie viel weint.«

»*Tess* weint?«

»Ja. Warte nur ab, bis du – Okay, dafür ist es zu früh, aber wir müssen ihr von dir und Mike berichten.«

Sara schrieb die SMS, reichte Joce das Handy, die die Nachricht las, dann sagte sie: »Perfekt.« Und sie drückte auf Senden.

In Venedig summte Tess' Handy, und sie griff danach, bevor Rams, der danach hechtete, es erreichte.

»Wenn das dein Bruder ist und er dich wieder zum Weinen bringt, dann …«

»Es ist Sara.« Tess las die SMS und brach in Tränen aus.

»Ich bringe ihn um«, erklärte Rams und entriss seiner Frau das kleine Gerät.

»Freudentränen. Gute Nachrichten«, schluchzte Tess. »Die Hormone.«

»Ja, ich weiß. Das ist absolut normal.« Er drückte auf die Tasten, um Saras SMS aufzurufen. »Verdammt!«, murmelte er. »Ich werde mit meiner Cousine ein ernstes Wörtchen darüber reden müssen, Pornografisches durch den Äther zu schicken!«

Tess schnäuzte sich. »Du bist ein prüder Mensch. Gib es mir wieder.«

Er zog eine Grimasse und reichte ihr das Handy.

»Ich rufe Joce an, damit sie mir die Details erzählt. Ach! Ich wünschte, wir könnten nach Hause fliegen.« Sie las Saras Kurznachricht noch einmal durch.

Dein Bruder hat mit seinen Bartstoppeln meinen ganzen Körper mit Rötungen übersät und keine Stelle ausgelassen. Er hat mich gefragt, ob ich mit ihm nach Fort Lauderdale ziehe, um mit ihm zusammenzuleben. Sara.

* * *

Sara verbrachte mehr als eine Stunde bei Joce und half ihr, sich ihren Text für ihre Rolle als Wahrsagerin einzuprägen. Luke hatte ein Exemplar eines 1891 veröffentlichten Wahrsagerbuchs bestellt, in dem erklärt wurde, wie seit Jahrhunderten Leute, die keinerlei übernatürliche Kräfte besaßen, die Zukunft vorausgesagt hatten.

»Okay«, erklärte Sara, »lass es uns noch einmal durchgehen«, obwohl sie genau wusste, dass Joce alles perfekt auswendig konnte.

»Einer unverheirateten Frau sage ich: ›Du bist häufig einsam, aber zugleich genießt du das Alleinsein.‹ Einer verheirateten Frau sage ich: ›Du hast häufig das Gefühl, dass dein Mann dich nicht versteht.‹« Joce warf noch einmal einen Blick in das Buch. »Ein älterer Mann bekommt zu hören: ›Du bist einmal ungerechterweise für eine gute Tat bestraft worden.‹« Sie schaute Sara an. »Glaubst du, das ist so allgemeingültig, dass jeder alte Mann es für wahr hält?«

»Ich weiß nicht. Erzähl es mir, nachdem du hundert Mal die Zukunft vorausgesagt hast.«

Joce blickte wieder auf ihre Karten hinab. »Mike hat mir gesagt, dass ich jeder Frau über dreißig Folgendes sagen soll: ›Etwas, was du seit Langem planst, wird in Kürze in Erfüllung gehen.‹ Und Luke hat in einer Fernsehsendung gesehen, dass jeder dir zustimmt, wenn du sagst: ›Du bist in der Öffentlichkeit ein ganz anderer Mensch als im Privatleben.‹«

»Bei mir trifft das zu, wie ist es mit dir?«

»Klar, natürlich. Meinst du nicht, du solltest dich allmählich hübsch machen? Es wird spät. Wird … wird Greg da sein?«

»Ich weiß nicht. Ich weiß, dass er freigelassen wurde, aber Mike will mir nicht sagen, wo er ist, deshalb weiß ich nicht, wie lange er braucht, bis er hier ankommt. Mike will, dass ich überrascht bin, wenn Greg aufkreuzt.«

»Eine Überraschung ist es, wenn dir mitgeteilt wird, dass du zwei Babys bekommst statt nur eines. Mit einem Mann zusammenzutreffen, der dich umbringen will, kommt dagegen einem Bremsversagen auf einer Gebirgsstraße gleich. So etwas bezeichne ich nicht als ›Überraschung‹.« Sie hielt inne. »Sara …«

»Ich weiß. Ich darf gar nicht daran denken, sonst bekomme ich Angst. Mike wird da sein, und er wird mit den Fraziers reden und …« Sie sah Joce wieder an. »Es wird schon alles in Ordnung sein. Möchtest du die Karten noch einmal durchgehen?«

»Nein, ich glaube, ich hab's. Einige dieser Sachen, die den Menschen gesagt werden, machen mich krank.« Sie griff nach einer Karte. »Im Buch steht, dass ältere, ledige Frauen am ehesten zu Wahrsagern gehen, weil sie verzweifelt nach einem anständigen Mann suchen. Es heißt, die Frau ist häufig einsam und verbittert, und der Hinweis, dass diese Frau bereit ist, für jede Hilfe zu zahlen, ist ihr Sarkasmus.«

»Haben die lange geforscht, bis sie darauf gekommen sind?«, fragte Sara, und beide lachten.

Sie winkte Joce zu und ging aus dem Zimmer. Als sie bei der Hintertür ankam, blickte sie auf und sah Mr Lang in seinem alten Truck durch die Einfahrt kommen, und die Ladefläche sah ziemlich voll aus. »Ach, Joce«, rief sie. »Ich habe Mr Lang gewissermaßen die Nutzung deiner Küche angeboten, und ich habe gesagt, du würdest für ihn Zutaten schnippeln.«

»Was hast du?!«, brüllte Joce, aber Sara war bereits durch die Tür geschlüpft.

25

Als Mike in sein Auto stieg, hatte er sehr wohl die Absicht, direkt zu Ellie zu fahren, um sich dort umzuziehen, doch er dachte weiter über Langs Haus nach. Zuvor, als Sara und Lang sich über Kekse unterhalten hatten, hatte er sich im Zimmer umgeschaut und versucht, sich vorzustellen, wie man es wohnlich gestalten könnte. Aber irgendetwas hatte ihn irritiert. Er hatte nichts gesehen, was falsch, fehl am Platz oder auch nur seltsam gewesen wäre – aber er hatte es gespürt. Natürlich log Lang so gut wie jedes Mal, wenn er den Mund aufmachte, doch das schien bei ihm normal zu sein. Soweit Mike es beurteilen konnte, wusste der alte Mann allem Anschein nach gar nicht, wie er die Wahrheit sagen sollte – jedenfalls nicht die ganze Wahrheit. Es war kein Wunder, dass Lang dachte, er sei mit ihm verwandt, überlegte Mike. Sie waren sich in vielem sehr ähnlich.

Was immer Mike an diesem Vormittag gesehen hatte, es ließ ihm keine Ruhe, deshalb würde er zur Farm zurückfahren und sie sich noch einmal genauer anschauen.

Als er vor dem alten Haus anhielt, wurde ihm klar, dass er es Sara zu verdanken hatte, dass er diesen spontanen Besuch hier abstatten konnte. Es war ihre Idee gewesen, Lang die Hunde zu ersetzen, deshalb kannten die Tiere Mike. Hätte Lang sich selbst neue Hunde beschafft, dann hätte Mike das Grundstück wahrscheinlich nicht so problemlos betreten können. Außerdem hatte Sara dafür gesorgt, dass Lang an diesem Nachmittag weg war.

Arme Joce.

Mike brauchte nur zwanzig Minuten, um im Haus das zu finden, wonach er suchte. Die Elektrik, dachte er. Wer hätte gedacht, dass elektrische Leitungen und Glühbirnen Verbrecher auffliegen lassen würden?

Als Mike entdeckte, wonach so viele Leute vergeblich gesucht hatten, war er so glücklich, dass er Sara anrufen, und es ihr erzählen wollte – aber das durfte er nicht. Es war besser, wenn sie nicht wusste, was da vor sich ging. Stattdessen rief er Luke an. Nach den Hintergrundgeräuschen zu urteilen, war er auf dem Festplatz. »Störe ich, bist du gerade beschäftigt?«

»Jeder in dieser Stadt bittet mich darum, so viele Dinge zu tun, dass ich glatt imstande wäre, eine Pistole auf die Leute zu richten«, antwortete Luke verärgert. »Die Antwort lautet, Nein, ich bin überhaupt nicht beschäftigt.«

»Ich brauche deine Hilfe«, erklärte Mike, »und ich habe den Fall gelöst.«

»Hast du Mitzi entdeckt oder hast du herausgefunden, worauf die aus sind?«

»Ich habe das, worauf sie aus sind. Könntest du so bald wie möglich mit deinem Truck zu Merlins Farm kommen?«

»Sind zehn Minuten zu lang?«

»Ja. Mach schneller.« Er konnte hören, dass Luke losrannte und sich dabei das Handy ans Ohr hielt. »Wenn ich Saras Mutter anrufe, wird sie mir dann helfen oder mir einen Vortrag über irgendeinen verdammten Rock halten, den ich anziehen soll?«

»Sie wird tun, was immer nötig ist, um ihre Tochter zu beschützen. Soll ich für dich anrufen?«

»Nein.« Mike konnte hören, dass Luke seinen Truck startete. »Ich habe jetzt eine Schwiegermutter und ich denke, ich sollte lernen, mit ihr zurechtzukommen.«

»Na, dann viel Glück!«, sagte Luke und klappte sein Handy zu. Sechs Minuten später, nachdem Mike bei Ellie angerufen und ihr erklärt hatte, dass er im Moment nicht kommen konnte, dass man das Sara aber bitte nicht sagen möge, bog Luke mit quietschenden Reifen in die Einfahrt von Merlins Farm ein. Die Hunde bellten wie verrückt, aber Mike befahl ihnen, Sitz zu machen, und sie gehorchten ihm.

»Ich will dir zeigen, was ich entdeckt habe«, sagte Mike und ging voran ins Haus zur Schatzkammer in dem geheimen Einbauschrank.

Wenige Minuten später rief er Tess an, um Einzelheiten über Saras Besitzrechte an den Gemälden, die er gefunden hatte, in Erfahrung zu bringen. Tess gab das Telefon an Ramsey weiter, damit er es erklärte.

Gemäß Tante Lissies Testament gehörten sämtliche Gemälde Sara. »Ich vermache alle CAY-Gemälde meiner lieben Nichte«, hieß es in ihrem letzten Willen. Zu dem Zeitpunkt, als das Testament aufgesetzt wurde, hatte es sich nur um ein Aquarell gehandelt – um jenes lustige mit den violettfarbenen Enten. Aber es war Ramseys Vater, Benjamin, gewesen, der das Wort »alle« hinzugefügt hatte, als er das Testament aufsetzte. Er hatte gesagt, er wolle lieber auf Nummer sicher gehen, für den Fall, dass noch weitere Bilder auftauchen sollten.

»Da das Haus jetzt dir gehört«, sagte Rams zu Mike, »könntest du vielleicht gegen Sara prozessieren und ihr Besitzrecht anzweifeln lassen.« Als Mike sich nicht die Mühe machte, darauf zu antworten, lachte Ramsey zustimmend. »Du hast mich nicht danach gefragt, aber rechtlich gehört der Rest der Sachen in dem Wandschrank dir.«

»Alles wird den Nachkommen der Besitzer übergeben«, stellte Mike hastig fest.

»Gut«, antwortete Rams zufrieden. »Lass mich wissen, wenn es sicher ist und wir nach Hause kommen können. Tess und ich vermissen alle. Und übrigens, ich habe gehört, dass ihr beide, du und Sara, zusammenbleiben wollt. Glückwunsch.«

Wieder wurde Mike von diesem altbekannten Gefühl erfasst, dass er es hasste, wenn alle über seine Angelegenheiten Bescheid wussten, vor allem, weil er diesem Mann noch nie begegnet war. »Danke«, brachte er mit Mühe heraus.

»Und ich gehe davon aus, dass du keine finanzielle Unterstützung bei der Restaurierung von Merlins Farm brauchst.«

Obwohl Rams das mit spaßhaftem Tonfall sagte, runzelte

Mike die Stirn. Er hätte keine Hilfe angenommen, aber jetzt wurde ihm klar, dass er eine Erbin geheiratet hatte. Und eine reiche Frau konnte einen Besseren finden als einen Polizisten, der nicht einmal das College besucht hatte. »Nein, ich werde keine Hilfe brauchen«, antwortete Mike und unterbrach die Verbindung.

Nach zwei Stunden fuhren er und Luke davon, die Ladefläche von Lukes Truck ebenso voll geladen wie Mikes Auto. Sie fuhren zu der Lagerhalle, in der Mike eine Abteilung gepachtet hatte. Es hatte nicht lange gedauert, bis seine magere Habe darin verstaut gewesen war – Tess hatte ihm in der Hoffnung, dass er sie füllen würde, eine große Abteilung gemietet. Die Männer machten sich daran, die Fahrzeuge zu entladen, und als sie damit fertig waren, waren beide verschwitzt und schmutzig.

»Bist du so nett und gibst mir bei Sara Deckung?«, fragte Mike. »Sie denkt, dass ich bei ihrer Mutter bin. Ich muss ein paar Anrufe machen, damit ich das alles auf die Reihe kriege.«

»Was ist mit Vandlo?«, wollte Luke wissen.

»Er wird erst morgen hier ankommen. Mir wird einmal pro Stunde mitgeteilt, wo er gerade ist, aber wenn er hier ankommt, wird er nicht finden, wonach er sucht.«

»Bis auf Sara. Ich mache mir Sorgen, dass er *völlig* in Rage gerät, wenn er herausfindet, dass seine Pläne durchkreuzt worden sind.«

»Das ist noch eine Untertreibung, aber ich bemühe mich, es so zu arrangieren, dass er seine Wut an mir auslässt.«

»Und falls nicht?«, fragte Luke.

»Sara weiß nichts davon, aber sie wird morgen, nachdem sie mit Vandlo Kontakt aufgenommen und ihm erzählt hat, dass sie einen anderen geheiratet hat, in einen Van verfrachtet und weggebracht. Falls Vandlo auf Rache sinnt, bin nur ich da, an dem er seine Wut auslassen kann.« Luke blickte noch immer skeptisch drein. »Du musst mir vertrauen. Ich mache das jetzt schon seit einer ganzen Weile, und ich kann dir versichern, dass mir Sara sehr am Herzen liegt.«

»Das weiß die ganze Stadt. Es kursieren Gerüchte, dass man sie nur anzuschauen braucht …«

»Lass mir noch ein wenig von meinem Stolz«, erwiderte Mike, während er die Rolltür der Lagereinheit herunterzog und verschloss. »Lass uns von hier verschwinden.«

»Ich denke, du solltest so schnell wie möglich zum Fest gehen. Am Eröffnungsabend kommen an die fünfhundert Leute, und ich will nicht, dass Sara ohne Beschützer ist.«

»Das ist sie nicht und wird sie auch nicht sein«, antwortete Mike. Nachdem Luke fortgefahren war, stellte Mike sein Auto etwa eine Meile von der Lagerhalle entfernt unter einem Baum ab, stieg aus und begann, auf die Tasten seines Handys zu drücken.

Mike hatte immer vermutet, dass es eine Verbindung zwischen seiner Großmutter, Merlins Farm und den Vandlos geben musste, aber er hatte nie ausmachen können, worin diese bestand. Doch nachdem er nun entdeckt hatte, worauf Mitzi aus war, hatte Mike inzwischen eine Ahnung, wie die Verbindung vielleicht hergestellt werden konnte.

Er rief das Pflegeheim in Ohio an, in dem seine Großmutter die letzten Jahre ihres Lebens verbracht hatte und in dem sie gestorben war, und bat darum, mit der Pflegeleitung verbunden zu werden. Er wurde sofort durchgestellt. Nachdem er sich vorgestellt und der Frau etwas von den Ermittlungen erzählt hatte, dauerte es nicht lange, bis die Person bestimmt war, nach der er suchte. Mitzi war an der großen Nase leicht zu identifizieren. Wie Mike vermutet hatte, hatte sie dort unter falschem Namen, nämlich als Hazel Smith, gearbeitet, und die Pflegeleiterin war nur allzu bereit, über sie zu sprechen.

»Ich möchte ja niemanden schlecht machen, aber Hazel war eine fürchterliche Frau«, sagte die Schwester. »Nachdem sie fort war, haben die Angestellten angefangen, Geschichten auszutauschen, und wir haben herausgefunden, was sie angerichtet hat. Solange sie hier war, hat hier nichts als Chaos geherrscht. Das Problem hat darin bestanden, dass keiner von uns wusste, wer dafür verantwortlich war. Nach außen hin schien Hazel der fürsorglichste Mensch zu sein, den wir hier je hatten, und ich bin ihr wie alle anderen auf den Leim gegangen. Eines Tages kam Hazel zu mir und sagte, sie hätte gesehen, dass meine beste Pflegekraft einen Patienten, der gerade gestorben war, bestohlen hat. Sie weinte, während sie mir das erzählte, und ich schäme mich zuzugeben, dass ich jedem ihrer Worte geglaubt habe. Ihretwegen habe ich eine ausgezeichnete Pflegekraft entlassen.«

»Falls es Ihnen hilft«, sagte Mike, »die Frau, die Sie unter dem Namen Hazel Smith kennen, hat viele Leute dazu gebracht, ihr zu glauben. Würden Sie mir bitte alles, woran Sie sich erinnern können, über die Woche erzählen, bevor meine Großmutter gestorben ist?«

»Ich vermute, Sie wollen etwas über die Nacht hören, in der Prudence den hysterischen Anfall bekam?«

»Ja.« Mike spürte, dass er Herzklopfen hatte. »Bitte erzählen Sie mir alles.« Er konnte das nicht beschleunigen, es war nötig, dass die Frau ihm vertraute, deshalb musste er sie in ihrem eigenen Tempo erzählen lassen.

»Na ja, zunächst einmal war Prudence … Es tut mir leid, das zu sagen, Mr Newland, aber sie war nicht beliebt.«

»Meinen Sie, dass sie die Leute vertrieben hat, wenn sie in ein Zimmer gekommen ist?«

»Ich fürchte, ja. Sie hat uns ziemlich häufig eine Geschichte erzählt, dass sie vergewaltigt worden sei. Sie haben sie vielleicht auch gehört?«

»Wenn ich das Pech hatte, in ihrer Nähe zu sein, musste ich sie mir jede Woche anhören. Und mit jedem Mal nahmen die Gewalt und der Schrecken zu. Am Ende behauptete sie, glaube ich, dass Alex McDowell einen Hammer benutzt hätte, um ihr die Beine zu brechen.«

»Ja, das haben wir auch gehört«, erklärte die Krankenschwester. »Aber haben Sie gewusst, dass wir hier im Haus einen Therapeuten haben? Ihre Großmutter ist sehr gern zu ihm gegangen, und er hat ein paar Nachforschungen in alten Zeitungsberichten über den Vorfall angestellt. Zum einen hat die Vergewaltigung nicht zu dem Zeitpunkt stattgefunden, den sie angegeben hat. Es war am Abend, nicht während des Tages, und sie war auf dem Nachhauseweg von einer Party, auf der sie getrunken hatte. Wussten Sie das?«

»Nein«, antwortete Mike leise. »Das habe ich nicht gewusst.« Er machte sich Vorwürfe, dass er nie auf den Gedanken gekommen war, in alten Berichten nachzulesen. Aber damals war die angebliche Vergewaltigung seiner Großmutter etwas gewesen, worüber er kein Wort mehr hatte hören wollen.

»Der Psychiater hat es für möglich gehalten, dass Pru mehr als nur leicht betrunken gewesen sein könnte, als es passierte, und dass die Möglichkeit bestand, dass sie sich mit dem jungen Mann eingelassen hat. Später, als der Mann, von dem sie behauptete, er hätte sie überfallen, sie nicht heiraten wollte und sogar bestritt, sie auch nur berührt zu haben … Na ja, der Arzt meinte, dass Pru dazu übergegangen wäre, die Sache dramatisch auszuschmücken und Mr McDowell möglicherweise unschuldig war.«

Mike wusste, dass die Aussage der Krankenschwester wahr klang, und er wollte noch mehr hören, aber er hatte jetzt nicht genügend Zeit. »Aber an dem Abend, als sie hysterisch wurde, hat sie da etwas anderes erzählt?«

»Ja, in der Tat. An dem Abend waren fast alle Bewohner im Gemeinschaftsraum und haben wie immer ferngesehen, als Pru auf einmal zu schreien anfing. Es ist uns nie gelungen, Ihrer Großmutter beizubringen, dass es Zeiten gab, in denen die Bedürfnisse der anderen genauso wichtig waren wie ihre.«

Mike schnaubte auf. »Das hat ihr niemand beibringen können. Was hat meine Großmutter denn geschrien?«

»Dass sie die Gemälde, die im Fernsehen gezeigt wurden, gesehen hätte.«

Er wusste, dass er und Luke diese Gemälde gerade von dem Platz, an dem sie auf Merlins Farm versteckt gewesen waren, weggeschafft hatten. »Was war das für eine Sendung?«

»*Verlorene Schätze.* Schauen Sie sich die auch an?«

In Mikes Leben blieb nicht viel Zeit, um fernzusehen, aber es kam ihm zu wichtigtuerisch vor, das zu sagen. »Ich fürchte nein«, antwortete er. »Worum geht es da?«

»Um Wertgegenstände, die verschwunden sind. Unsere Bewohner lieben sie und schauen sie sich jeden Donnerstagabend an. In jener Folge sind ein paar alte Gemälde von tropischen Pflanzen in Florida gezeigt worden, und es hat geheißen, sie seien sehr, sehr wertvoll. Ich kann mich kaum mehr an die Einzelheiten erinnern, weil Pru fünf Minuten, nachdem sie auf dem Bildschirm erschienen waren, aufsprang und anfing, aus Leibeskräften loszukreischen.«

»Was genau hat Großmutter, so weit Sie sich erinnern können, gesagt?«

»Irgendetwas über einen Jungen … Bruce … Langley?«

»Brewster Lang«, sagte Mike.

»Ja! Genau. Es tut mir leid, das zu sagen, aber wir hatten eine Menge Probleme, weil Ihre Großmutter in den Sachen der anderen Bewohner herumgeschnüffelt hat. Und sie hat die anderen gern bespitzelt. Wir mussten sehr darauf achten, alle Türen abzuschließen.«

»Das weiß ich nur zu gut«, erklärte Mike leise.

»Ja, das kann ich mir vorstellen.« Die Stimme der Krankenschwester war voll Mitgefühl. »Pru sagte jedenfalls, dass sie die Bilder, die gerade im Fernsehen gezeigt wurden, unmittelbar vor der Vergewaltigung im Haus dieses Jungen gesehen hätte. Sie hatte durch die Fenster geschaut – herumspioniert, aber das hat sie nicht zugegeben – und gesehen, wie er diese Kunstwerke überall aufgestellt hatte. Ich glaube, sie sagte, dass er bemerkt hätte, wie sie ihn beobachtete. Ist das möglich?«

Mike stellte sich den Abend vor. Seine Großmutter war eine zornige junge Frau gewesen, die zu viel Alkohol getrunken hatte und durch Langs Fenster spähte. Er wusste, dass sie gern herumspionierte, und als Kind hatte er gelernt, seine Vorhänge zuzuziehen und die Türen verriegeln.

An jenem Abend hatte Lang aufgeblickt und gesehen, dass sie ihn beobachtete, wahrscheinlich war er hinausgegangen und ihr gefolgt. Pru hatte womöglich versucht, auf ihrem Fahrrad zu entkommen, und vielleicht hatte Lang Steine gegen die Speichen geworfen. Oder sie war so betrunken, dass sie stürzte. Sie hatte immer dem Gin zugesprochen. Und Lang dachte vielleicht, dass Pru ihn besuchen kommen wollte, so wie sie es häufig tat. Und da es Abend war, dachte er womöglich, sie hätte endlich begriffen, dass er ein Mann und nicht mehr der Junge war, für den sie ihn immer hielt.

Als das Fahrrad umfiel, stieß Pru sich vielleicht den Kopf an. Das konnte in Kombination mit dem Alkohol dazu geführt haben, dass sie benommen war und die Realität nicht richtig wahrnahm. Sie sah einen Kilt von der Art, wie ihn Alex McDowell trug, der Mann, den sie zu lieben meinte, und eines führte zum anderen. Wahrscheinlich hatte sie sich nur allzu bereitwillig mit dem Mann eingelassen.

Kein Wunder, dass Lang diesen Tag jedes Jahr feierte, überlegte Mike, und er fragte sich, wie Lang sich später gefühlt haben mochte, als Pru forderte, dass Alex sie heiratete.

»Mr Newland«, fragte die Krankenschwester, »sind Sie noch dran?«

»Ja. Was ist passiert, nachdem meine Großmutter den hysterischen Anfall bekam?«

»Wir mussten ihr ein Beruhigungsmittel geben, um sie ins Bett zu kriegen. Wäre Hazel nicht gewesen, hätte die Geschichte damit ihr Ende gehabt.«

»Ich vermute, sie hat großes Interesse an dem, was meine Großmutter gesagt hatte, gezeigt.«

»Sehr großes. Sie hatte Spätschicht, und alle redeten darüber. Hazel fragte jeden, was dazu geführt hatte, dass Pru ausgerastet war. Kein Detail war ihr zu unbedeutend. Sie sagte etwas sehr Seltsames, etwas, was ich nie vergessen habe.«

»Und was war das?«

»Sie sagte, alte Menschen hätten viele Geheimnisse, und

wenn sie alt genug wären, würden sie vergessen, was eigentlich geheim bleiben sollte.«

»Ich denke, vielleicht wurde Ihnen damit der Grund mitgeteilt, wieso Hazel da war«, erklärte Mike, der überlegte, dass Mitzi vielleicht deshalb eine Stelle in einem teuren Pflegeheim angenommen hatte.

Als sie auf der Flucht gewesen war, hatten Hunderte von Polizisten und FBI-Agenten nach ihr gefahndet, deshalb hatte sie für eine Weile untertauchen müssen. Sie musste auf der Hut gewesen sein, ihre sonst üblichen Betrügereien an bekümmerten Frauen wieder aufzunehmen. Schließlich hatten einige von ihnen sie angezeigt.

Deshalb hatte Mitzi einen Job in einem Seniorenheim voller Patienten angenommen, deren Verwandte eine Menge Geld für die Pflege ihrer Angehörigen hinblätterten. Vielleicht hatte Mitzi nur nach Schmuck Ausschau gehalten, doch bei Prudence Farlane war sie auf eine Goldlader gestoßen.

»Nach diesem Abend waren Hazel und Prudence beste Freundinnen«, erzählte die Krankenschwester. »Mehr als eine Woche lang hat Hazel alle unsere anderen Bewohner vernachlässigt, um Zeit mit Pru zu verbringen. Ich hätte dem ein Ende setzen müssen, aber hier war plötzlich alles so ruhig, dass ich darauf verzichtet habe. Mir war damals noch nicht klar, dass Hazel die Unruhestifterin war. Damals dachte ich, der Friede rühre daher, dass Pru in ihrem Zimmer blieb, deshalb war ich froh, Hazels Arbeitszeit für diese Ruhe zu opfern.«

»Was haben die beiden gemacht?«, erkundigte sich Mike.

»Geredet. Die Tür zu Prus Zimmer blieb immer geschlossen, aber wir haben gehört, wie die beiden endlos miteinander geplaudert haben. Ich weiß, dass sie sämtliche Briefe ihrer Schwester gelesen haben, weil wir die Schachtel aus dem Lagerraum holen mussten.«

»Hat Hazel gesagt, wovon darin die Rede war?«

»Nein, eigentlich nicht. Ach! Doch, jetzt fällt es mir wieder ein. Einmal hat sie beim Mittagessen erzählt, dass sie eine

Kleinstadt faszinierend fände. Sie hatte einen ungewöhnlichen Namen.«

»Edilean, Virginia.«

»Ja! Genau«, antwortete die Krankenschwester.

Mike überlegte, dass Hazel/Mitzi die Briefe gelesen hatte, um mehr über Sara zu erfahren, der dank des Testaments ihrer Tante die verlorenen Gemälde gehörten. Zu jener Zeit, als das Testament aufgesetzt worden war, hatte diese nur das kleine Aquarell mit den violettfarbenen Enten besessen, das bei Sara an der Wand hing. Mike wollte sich in den Hintern treten, dass er nicht besser aufgepasst hatte, als Sara ihm erzählte, dass Stefan dieses Bild hatte haben wollen. Zu diesem Zeitpunkt war Mike von Sara so fasziniert gewesen, dass er einen entscheidenden Hinweis, der direkt vor seiner Nase aufgetaucht war, übersehen hatte.

»Und meine Großmutter ist nur wenige Tage nach dem Vorfall mit der Fernsehsendung gestorben?«

»Ja«, antwortete die Krankenschwester. »Sie ist im Schlaf gestorben, und am nächsten Tag hat Hazel, in Tränen aufgelöst, gekündigt. Sie sagte, sie könnte es nicht ertragen, mit ansehen zu müssen, dass die Leute, die sie liebte, sterben.«

Mike war sich nicht sicher – jedenfalls jetzt noch nicht –, aber er glaubte, dass Mitzi seine Großmutter wahrscheinlich ermordet hatte. Nachdem Mitzi alle Informationen von Prudence erhalten hatte, die sie brauchte, hat sie sich ihrer entledigt, damit sie niemandem erzählen konnte, was zwischen ihnen stattgefunden hatte.

»Würden Sie mir per Mail eine Kopie von Hazels Mitarbeiterfoto zuschicken?«, fragte Mike. »Ich würde es gerne sehen.«

»Selbstverständlich, Mr Newland«, antwortete die Krankenschwester. »Und bitte halten Sie mich auf dem Laufenden.«

Er versprach es ihr und gab ihr seine E-Mail-Adresse durch, dann beendete er das Gespräch.

Als Nächstes rief Mike Tess an und bat sie, die Formalitäten für eine Exhumierung des Leichnams ihrer Großmutter in die

Wege zu leiten. Sie brauchten den Beweis, dass sie ermordet worden war. »Und hast du noch irgendwelche Briefe, die Großmutter dir geschickt hat?«

»Alle. Ich dachte, dass du sie eines Tages vielleicht lesen willst.«

»Ich nicht, aber falls in den Briefen der Name einer Pflegerin namens Hazel auftaucht, wird das den Generalstaatsanwalt sehr interessieren.«

Falls bewiesen werden konnte, dass Hazel Smith Mitzi Vandlo war, und falls der Leichnam Spuren von Gewalteinwirkung aufwies, hieß das, dass sie wegen Mordes angeklagt werden konnte. Dann würde Mizelli Vandlo endlich einer schwerwiegenderen Tat als nur des Betrugs beschuldigt werden können.

Nach wenigen Minuten schickte das Pflegeheim Hazels Mitarbeiterfoto per Mail auf Mikes Handy. Neugierig studierte er das Bild, und ihm fielen die große Nase und der kleine, schmallippige Mund auf. Mitzi sah jetzt keineswegs besser aus als damals 1973, als sie Marko Vandlo hereingelegt und er sie zu seiner dritten Frau gemacht hatte. Zwar war es interessant, ein neueres Foto der Frau zu sehen, doch Mike konnte sich nicht erinnern, sie in Edilean getroffen zu haben. Als er auf das Bild starrte, fragte er sich, wie sie wohl aussehen mochte, wenn sie sich tatsächlich einer Nasenkorrektur unterzogen hatte.

Er rief Captain Erickson an und erzählte ihm kurz, was er herausgefunden hatte, und bat darum, dass die Computerspezialisten sich an die Arbeit an Mitzis Foto machten. »Ich will sehen, wie sie aussehen könnte, wenn etwa die Hälfte dieser Nase wegoperiert würde. Vielleicht haben wir sie jeden Tag vor Augen und wissen es nicht.«

»Wir machen uns gleich daran, und Mike, gute Arbeit!«

»Glaubst du, sie ist gut genug, dass du mir einen Schreibtischjob beschaffen könntest? Meine Frau möchte, dass ich zu Hause bleibe.«

Mike hatte geradezu vor Augen, wie der Captain schmunzelte. »Ja, ich denke, das können wir arrangieren. Zusammen mit einer Beförderung und einer Gehaltserhöhung.«

Mike stöhnte auf. »Vertrau mir bloß nicht die Anfänger an.«

»Genau daran habe ich gedacht. Ich schicke das Foto, sobald die Jungs damit fertig sind.« Er unterbrach die Verbindung.

Mike stieg in sein Auto und fuhr direkt zum Festplatz, ohne sich die Mühe zu machen, unter die Dusche zu gehen und sich umzuziehen. Er war zu lange weg gewesen, deshalb wusste er, dass Sara anfangen würde, Fragen zu stellen – und sie würde zu viel bemerken.

»Pokerface, Newland«, sagte er zu sich, als er in seine Rückspiegel blickte, aber niemand folgte ihm.

* * *

Erst Stunden, nachdem Mike die Wohnung verlassen hatte, drängte Sara sich über die überfüllte Festwiese und ging ins Zelt ihrer Mutter. Vorne standen lange Tische mit Obst und Gemüse und den Produkten, die die Angestellten von Armstrong's Organic Foods in wochenlanger Arbeit hergestellt hatten. In diesem Jahr hatte Sara nicht geholfen, aber im nächsten würde sie es wieder tun. Vielleicht war sie beim nächsten Volksfest ja schwanger oder hatte ein Neugeborenes im Arm. Sie und Mike hatten nicht über Kinder gesprochen, aber schließlich hatten sie sich kaum über irgendein ernstes Thema unterhalten – mit Ausnahme des Falles Vandlo.

Sie riss sich aus ihrer Träumerei und blickte sich um. Ihre Mutter und ihre beiden Schwestern waren im Zelt, und alle trugen die mittelalterlichen Kostüme, die Sara im vergangenen Jahr für sie angefertigt hatte. Saras Kleid hatte ein dunkelgrünes Samtmieder und einen karierten Rock, der angeblich aus dem alten McTern-Schottenkaro bestand. Ihre Schwestern trugen Blau und Burgunderrot, und das Kostüm ihrer Mutter war in Braun- und Gelbtönen gehalten. »Die Farben der Erde«, hatte sie ihrer Tochter gesagt, als Sara das Kleid nähte.

Das Zeltinnere war vollgestellt mit Kisten und Körben voll Obst. Daneben waren Kühlboxen mit Fertiggerichten aufgestapelt. Ihre Mutter sagte immer, das sei hier zwar ein Volksfest, trotzdem weigere sie sich, ungesundes Essen zu servieren.

»Sie umhüllt das Obst einfach mit Teig, frittiert es und bestäubt es mit Zucker«, behauptete ihr Vater, der Arzt. »Absolut gesund.« Sara dachte daran, dass sie ihren Vater zu Joce schicken sollte, damit sie ihm dic Karten legte und ihm klarmachte, was Sarkasmus *tatsächlich* bedeutete.

Sara stand noch immer im Zelteingang, als ihre Mutter, eine Kiste Cantaloupe-Melonen in den Händen, sie erblickte. Sie lächelte, aber daraus wurde ein Grinsen, als sie die leichte Rötung am Hals ihrer Tochter bemerkte. Sara hatte diese mit Make-up und Puder abgedeckt, aber die Reizung war noch immer zu sehen.

Ellie erkannte sofort, worum es sich handelte. »Ach, die Bartstoppeln. Da fällt mir wieder ein … Ich erinnere mich an damals, als dein Vater und ich …«

»Mutter, bitte!«, sagte Sara.

Lachend verließ Ellie das Zelt.

»Warte nur, bis du dein erstes Kind bekommst«, stellte ihre Schwester Jennifer fest. »Dann wirst du von den Geschichten, die sie dir erzählt, völlig angewidert sein.«

»Die endlosen Sexgeschichten treiben mich noch in den Wahnsinn«, erklärte Saras andere Schwester, Taylor.

»Hat dich die, dass Dad dich auf einem Berggipfel entbunden hat, nicht fertiggemacht?«, fragte Jennifer.

»Nein. Es waren die Einzelheiten über Mom und Dads Scarlet Nights in Mexiko. Selbst Gene ist dabei rot geworden.«

Erstaunt sah Sara ihre Schwestern an. Es war das erste Mal überhaupt, dass sie mit ihr redeten, als wäre sie, na ja, als wäre sie eine erwachsene Frau.

Jennifer hatte eine Schachtel mit Obstkuchen in den Händen, und sie schien Saras Verwirrung zu verstehen. »War dir nicht klar, dass Mutter meint, man bleibt Jungfrau, bis man verheiratet ist? Das ist der Grund, warum sie *dir* bis jetzt keine ihrer Sexgeschichten erzählt hat.« Sie ging aus dem Zelt.

Taylor trug drei Schachteln mit Gebäck. »Du kannst von Glück reden, dass dir ihre pikanten Geschichten so lange erspart geblieben sind«, sagte sie und folgte ihrer Schwester ins Freie hinaus.

Schockiert blickte sie ihren beiden Schwestern nach. Sie stand noch immer so da, als Mike hereinkam.

»Deine Mutter hat mich hereingeschickt, um ein paar Säcke Kartoffeln zu holen. Und warum in aller Welt stellen mir deine Verwandten so viele Fragen über meinen Bartwuchs? Ich wollte mich ja noch rasieren, aber …« Er hielt inne und sah sie an. »Ist alles in Ordnung?«

»Meine Schwestern waren *nett* zu mir.«

»Schwestern sind in der Regel nett.«

»Meine nicht.«

Mike griff nach einem Fünfzigpfundsack und warf ihn sich über die linke Schulter, dann ging er in die Hocke, um sich einen zweiten Sack aufzuladen. Als er auf jeder Schulter einen trug, ging er zu Sara zurück. »Und, was haben sie zu dir gesagt?«

»Sie sagten, dass meine Mutter mir Sexgeschichten erzählen wird.«

»Sara, mir ist klar, dass ich nicht hier aufgewachsen bin, aber ist das nicht ein bisschen …«

Sie kam wieder richtig zu sich und schaute ihn an. Er sah fantastisch aus! Er trug keinen Kilt, wie sie vermutet hatte, sondern Jeans und T-Shirt. Aber es sah so aus, als hätte ihre Mutter ihn stark gefordert und schwer arbeiten lassen, denn sein Shirt war schweißdurchtränkt und klebte ihm am Körper. Sara konnte seine Bauchmuskeln zählen.

Im selben Augenblick wurde ihr klar, dass das auch jedem anderen weiblichen Wesen möglich war. »Ich denke, ich hole dir ein sauberes, frisches Shirt.«

Mikes Blick verriet ihr, dass er genau wusste, was sie dachte. »Ein Shirt, das doppelt so weit ist wie das hier?«

»Ich dachte eher an drei Mal so weit.«

»Gib mir einen Kuss.«

Sie drehte den Kopf, um an den Säcken vorbeizukommen, doch Saras Mutter rief: »Mike! Wo bleiben die Kartoffeln?«

»Die Schwiegermutter muss auf die Liste der Verwandten gesetzt werden, die ich jetzt habe«, murmelte er, als er aus dem Zelt ging.

»Denk an unser schönes, ruhiges Apartment in Fort Lauderdale«, rief sie ihm nach.

»Ja, da wohnen lediglich Ganoven über uns.«

Und ein Baby oder zwei unten?, fragte sie sich.

Ellie hielt ihre Tochter den Rest des Abends so auf Trab, dass Sara Mike kaum zu Gesicht bekam. Als sie kurz einen Blick auf ihn erhaschte, war er gerade am Telefonieren, sodass sie ohnehin nicht miteinander hätten reden können. Außerdem verbrachte er so viel Zeit bei Luke, dass Sara dachte, sie hätte, wäre sie ein anderer Mensch gewesen, glatt eifersüchtig werden können.

Einmal erblickte sie Ariel, die gerade einen großen Karamellapfel mampfte. Als Ariel Mike in seinem hautengen T-Shirt vorbeigehen sah, klappte ihr die Kinnlade herunter, sodass ihr ein klebriges Stück Apfel auf das Kostüm fiel. Hätte sie ein von Sara angefertigtes Kleid getragen, dann hätte sie ihr geholfen, es sauber zu bekommen, aber Ariel hatte ihr mittelalterliches Kostüm von einem Schneider in New York nähen lassen. Sara war zu Ohren gekommen, dass die Säume an den Ärmeln schon zwei Mal aufgegangen waren.

Als Ariel wieder aufblickte, lächelte Sara und beeilte sich, sich bei Mike unterzuhaken. Vielleicht würde sie ihm doch kein anderes Shirt holen.

»Was hast du vor?«, wollte Mike wissen.

»Frauensache. Und, wo ist Greg jetzt?«

»Er ist gerade von einer Tankstelle losgefahren. Hat sich dort ein paar Schokoriegel gekauft.«

»Ist das in deinen Augen womöglich sein schlimmstes Vergehen? In welchem Staat ist er jetzt?«, fügte sie hastig hinzu.

»Was für Unterwäsche trägst du eigentlich unter diesem Ding?«

»Überhaupt keine. Warum zeigst du mir nicht, wer in dieser Menschenmenge zu dir gehört und wer nur Tourist ist?«

»Hast du Lang um Joce' Zelt herumschleichen sehen?«

»Wirst du jemals auf eine meiner Fragen eine direkte Antwort geben?«, wollte sie wissen.

»Nicht, wenn ich es vermeiden kann.«

»Willst du, dass ich dich deinen Cousins, den Fraziers, vorstelle?«

»Morgen werde ich mit dem Breitschwert gegen sie kämpfen, dann begegne ich ihnen sowieso. Zwei von ihnen kenne ich bereits. Wie viele gibt es noch?«

»Die großen drei. Colin ist der Älteste, dann kommt Pere, das ist die Abkürzung von Peregrine – so heißt auch sein Vater – und Lanny, die Abkürzung von Lancaster.«

»Was bin ich froh, dass deren Eltern meinen Namen nicht ausgesucht haben.«

»Das sind alte Familiennamen. Die Fraziers halten daran fest.«

»Sara!«, rief ihre Mutter, und sie stöhnte auf.

»Ich muss wieder an die Arbeit. Wir sehen uns später?«

»Ja.« Er drückte ihr einen Kuss auf die Wange. »Ich muss ein paar Anrufe machen, es könnte also spät werden.«

Er wollte sich gerade abwenden, aber sie bemerkte ein Funkeln in seinen Augen, das sie nach seinem Arm greifen ließ. Sie musterte sein Gesicht. »Was ist passiert? Du freust dich über irgendetwas.«

»Nein. Das ist nur die Vorfreude auf morgen.«

»Nein. Da ist etwas anderes. Du … du siehst glücklich aus.«

»Natürlich bin ich glücklich. Ein schöner Tag, eine umwerfende Frau, dank deiner Mutter gutes Essen und …«

»Dein Blick verrät noch etwas anderes. Und ich meine, ich habe denselben Ausdruck auf Lukes Gesicht gesehen. Was führt ihr beide im Schilde?«

»Mädchen, die ständig Fragen stellen, werden nie überrascht.«

»Willst du mir etwa weismachen, dass du und Luke für mich eine Überraschungsparty organisiert?«

»Sara, ich muss gehen.«

Sie hielt seinen Arm weiter fest. »Ich will wissen, was dich so glücklich gemacht hat.«

»Du! Und mehr sage ich nicht. Jetzt geh! Wenn deine Mutter mich sieht, lässt sie mich noch die Dixiklos versetzen.«

»Kein Wunder, dass du und mein Vater euch so gut versteht. Du solltest ihn dazu bringen, dass er dir die Orte zeigt, an denen er sich vor meiner Mutter versteckt. Okay, geh, aber ich möchte der Sache auf den Grund gehen.«

Mike zog die Augenbraue hoch. »Ich bin derjenige, der vorhat, allem direkt auf den Grund zu gehen.«

Sara grinste. »Okay, hüte deine Geheimnisse … vorläufig.«

Er drückte ihr noch mal einen Kuss auf die Wange, dann eilte er davon.

* * *

Mike kehrte erst gegen Mitternacht in die Wohnung zurück. Sara saß im Wohnzimmer in dem großen Sessel, das Nähzeug auf dem Schoß, und schlief tief und fest. Er wollte sie nicht aufwecken, deshalb ging er ins Bad und nahm eine gründliche Dusche. Als er sich abgetrocknet hatte, kam er ins Wohnzimmer zurück und nahm Sara samt Nähzeug auf den Arm. Sie schmiegte sich, nur halb wach, an ihn.

Er legte sie auf das Bett und griff nach dem Nähzeug. Es handelte sich um ein dreieckiges Stück durchsichtiger schwarzer Seide, an dessen oberem Rand kleine goldfarbene Metallplättchen angenäht waren. »Was ist denn das?«

Sara drehte sich auf den Rücken. »Ein Schleier für Joce. Sie sagt, dass die Leute, selbst Fremde, sie häufiger danach gefragt haben, wann die Babys auf die Welt kommen sollen, als dass sie ihren Vorhersagen gelauscht hätten. Wir dachten, sie sieht vielleicht geheimnisvoller aus, wenn sie einen Schleier vor dem Gesicht trägt.«

Mike streckte sich neben ihr aus. »Wie Mitzi«, murmelte er.

»Ich habe auch an sie gedacht.«

»Um ihre große Nase und die schmalen Lippen zu verbergen.«

»Joce ist zu hübsch, als dass sie irgendetwas verbergen wollte, aber ich glaube, es wird helfen, ihre Identität geheim zu halten. Und, bist du jetzt bereit, mir zu erzählen, was du und Luke heute im Schilde geführt habt?«

Als er nicht antwortete, sah sie ihn an und stellte fest, dass er eingeschlafen war. Sie knipste das Licht aus, zog die Decke über sie beide und kuschelte sich in seine Arme.

26

Mike bemühte sich sehr, ruhig zu bleiben, aber das war nicht einfach. Ihm war mitgeteilt worden, dass Stefan Vandlo noch immer drei Stunden Fahrt entfernt war und sich viel Zeit ließ, in Restaurants herumsaß, mit den Kellnerinnen flirtete und die Männer, die ihn verfolgten, langweilte. »Er hat ein paar Bodyguards bei sich, also pass auf«, sagte einer der Agenten zu Mike, während sie am Limonadenstand in der Schlange standen. »Einer der Typen war im Gefängnis sein Zellengenosse und sieht aus, als hätte er bei einer Menge Kämpfe mitgemischt.«

Als Mike an seinem Getränk nippte, blickte er sich um, um zu sehen, wer ihm, falls nötig, zu Hilfe kommen könnte. Er konnte die Männer problemlos ausmachen, die einiges an Training hinter sich hatten, aber ihr Problem bestand darin, dass sie glaubten, sie wären auf alles vorbereitet, wenn sie ihre Bizepse aufbauten und dreißig Minuten auf dem Laufband verbrachten. Er sah keinen einzigen Mann, der sich wirklich so bewegen konnte, wie es nötig sein würde, sollte es tatsächlich zum Kampf kommen.

An diesem Morgen war er von seiner Schwiegermutter geweckt worden, die um sechs Uhr an die Schlafzimmertür gehämmert hatte. Verschlafen hatte er gesagt: »Ich vermute, sie weiß, wie sie deine Wohnungstür aufbekommt.«

»Das weiß sie von jedem Haus in der Stadt«, erwiderte Sara müde. Der Vortag war lang gewesen, und sie hätte liebend gern noch ein paar Stunden zusammen mit Mike im Bett verbracht.

»Ihr müsst euch anziehen«, rief Ellie durch die Tür. »Mike, du kannst nicht zwei Tage hintereinander in Jeans herumlaufen. Du musst deinen Kilt anziehen.«

»Aber Luke …«

Sara wusste, was er sagen wollte, deshalb erklärte sie: »Luke hatte gestern Jeans an, weil er einen Stand aufgebaut hat. Du solltest lieber tun, was meine Mutter sagt, sonst kommt sie noch herein.« Sie bezog sich damit auf die Tatsache, dass Mike sich am gestrigen Abend nach der Dusche nicht die Mühe gemacht hatte, irgendetwas überzuziehen.

Grummelnd schlüpfte Mike in eine Hose und ging aus dem Zimmer.

»Was für ein Anblick am frühen Morgen!«, stellte Ellie mit Blick auf seinen nackten Oberkörper fest.

Mike schloss die Schlafzimmertür, und Sara kuschelte sich wieder unter die Decke. Sie war davon ausgegangen, dass sie nervös sein würde, weil sie Greg heute treffen sollte, aber das war sie nicht. Sie wusste, dass ihn ihre Konfrontation mit ihm wütend machen würde. In der Vergangenheit hatte sie sich vor seinem Zorn gefürchtet. Es war ihr nicht klar gewesen, aber sie hatte Angst davor gehabt. In Wahrheit hatte sie viele Dinge getan, die sie eigentlich nicht tun wollte, nur um zu verhindern, dass er wütend wurde – und um ihn davon abzuhalten, dass er sie mit seinen herabsetzenden Bemerkungen verletzte.

Warum hatte sie sich nicht gegen ihn zur Wehr gesetzt?, fragte sie sich. Warum hatte sie ihm nicht klipp und klar gesagt, dass sie so nicht mit sich reden lasse? Aber sie wusste, dass sich das damals alles so allmählich entwickelt hatte, und sie hatte wegen der Unmenge an Arbeit, mit der er sie eingedeckt hatte, gar keine Zeit gehabt, richtig darüber nachzudenken, was da ablief. Jedes Mal, wenn sie gegen das, was er sagte oder tat, protestierte, hatte er ihr erklärt, *sie* wäre das Problem. »Das ist der Grund, warum du nie zu Geld gekommen bist, Sara«, pflegte Greg zu sagen. »Das ist der Grund, warum du im Haus deines Cousins wohnst und kein eigenes hast.« Zu diesem Zeitpunkt hatte seine Aussage in ihr den Wunsch geweckt, sich noch mehr anzustrengen, aber jetzt konnte sie nicht begreifen, warum sie ihm nicht gesagt hatte, dass er sich mit seinem Gemeckere zum Teufel scheren könne.

Über eine Sache war sie froh, nämlich, dass sie Tess weiterhin die Führung ihrer Finanzen überlassen hatte. Sie hatte es niemandem erzählt, aber Greg hatte wiederholt versucht, sie zur Unterzeichnung von Papieren zu bewegen, die ihm Vollmacht über alles, was sie besaß, gegeben hätten. »Das ist nur zu deinem Besten«, hatte er erklärt, und sein Tonfall hatte den Rückschluss nahegelegt, dass sie sich mit so gut wie gar nichts auskannte. »Du weißt, dass ich dich liebe und nur dein Bestes will. Ich habe bloß Angst, dass du ohne etwas dastehst, wenn mir etwas zustoßen sollte.« »Wie soll ich ohne etwas dastehen, falls du stirbst, wenn ich dir jetzt alles übertrage?«, hatte Sara gefragt, weil sie echt verwirrt gewesen war. »Verstehst du, was ich meine?«, sagte Greg. »Du begreifst in Finanzfragen nicht einmal die grundlegendsten Dinge.« Doch Sara hatte nichts unterschrieben, weil sie wusste, dass sie das Tess gegenüber hätte rechtfertigen müssen.

Die Stimme ihrer Mutter brachte sie wieder in die Gegenwart zurück. »Und du, mein Fräulein«, hörte sie ihre Mutter sagen, die wieder an die Tür klopfte, »wenn du nicht willst, dass ich da hineingehe und dich anziehe, solltest du jetzt lieber aufstehen.«

»So viel zum Thema, wie eine Erwachsene behandelt zu werden«, murmelte Sara, während sie ihre Kleider zusammensammelte und ins Badezimmer verschwand.

Als sie, noch immer nur teilweise bekleidet, herauskam, erhaschte sie vom Flur aus einen Blick auf einen Karostoff und ging ins Wohnzimmer, um nachzuschauen. Ihre Mutter hatte Mike geholfen, in die Aufmachung eines Schotten zu schlüpfen. Es war nicht der Festtags-Kilt, den er am letzten Tag tragen würde, sondern derjenige, in dem er die Wettkämpfe bestreiten sollte. Sein langes Hemd hatte geraffte Ärmel, und der Kilt reichte ihm bis zu den Knien. Er trug strapazierfähige schottische Halbschuhe und Wollstrümpfe, die seine muskulösen Waden bedeckten. Er war umwerfend! Er sah aus wie aus einem Märchenbuch, in dem es um Konflikte und Ehre ging. Sie konnte schon fast die Dudelsäcke hören und das Heidekraut riechen.

»Du meine Güte!«, entfuhr es Sara.

»Ja«, sagte Mike und zog eine Grimasse. »Frauenkleider.«

Sara schaute zu ihrer Mutter hinüber, und sie lächelten einander an. Nichts auf der Welt war männlicher als ein Mann in der uralten schottischen Tracht.

Mike blickte Sara in dem hohen Spiegel an, den Ellie an die Wand gelehnt hatte, und konnte ihre Gedanken von ihrem Gesicht ablesen.

»Dafür ist jetzt keine Zeit«, erklärte Ellie. »Ihr beide werdet bis heute Abend warten müssen.«

»Seit wann hast du je auf das, was du haben wolltest, gewartet?«, fragte Mike seine Schwiegermutter.

Ellie lachte. »Nicht oft. Sara! Geh, und zieh dir dein Kleid an. Ich bringe ihn dir nach dem ersten Kampf zurück. Das heißt, falls die Fraziers ihn nicht in Stücke gerissen haben.«

»Pah!«, sagte Sara. »Mein Mike wird sie pulverisieren.« Mit gespielt hochnäsiger Miene ging sie ins Schlafzimmer zurück.

Mike schaute ihr nach und lächelte, bis er sah, dass Ellie ihn im Spiegel böse anfunkelte.

»Du hast sie verletzt und …«

»Ich weiß«, antwortete Mike. »Ich bin schon gewarnt worden. Macht es dir etwas aus, wenn sie ein paar Jahre mit mir in Fort Lauderdale lebt, bis wir hierher zurückziehen?«

»Ich wünsche mir nichts anderes, als dass meine Mädchen glücklich sind.« Sie beugte sich hinab und zog am Saum seines Kilts. »Es wird heute doch alles gut gehen, oder?«

»Sobald Sara Anders getroffen und ihm klargemacht hat, dass sie verheiratet ist, wird sie von hier weggebracht, bis die alle in Gewahrsam sind.«

Ellie nickte, während sie an Mikes Hemd herumzupfte, und er verstummte, weil er sehen konnte, dass sie noch mehr zu sagen hatte. »Wegen der Hochzeit … Ich weiß, dass du das nur wegen des Falls getan hast, aber …«

Mike lächelte sie an. »Das war nur ein Vorwand. Es hat schon viele Frauen gegeben, die ich hätte retten können, wenn ich sie geheiratet hätte, aber das habe ich nicht getan. Sei unbesorgt.

Mach dir lieber Sorgen, was meine riesigen Cousins mir heute antun werden.«

»*Darum* mache ich mir überhaupt keine Sorgen«, erklärte Ellie und wandte sich ab, doch dann drehte sie sich wieder um und schloss Mike in die Arme. »Danke. Es war furchtbar, daneben zu stehen und meine Tochter so unglücklich sehen zu müssen, nachdem Brian sie so schlecht behandelt hat. Ich habe ja verstanden, warum sie sich mit einem Trottel wie Greg Anders eingelassen hat, aber mir hat es trotzdem nicht gefallen.«

Mike sagte nichts. Später, als er einen Verband an Saras Hand anlegte, um ihren Ehering zu verbergen, dachte er, dass Ellie, wenn sie die Wahrheit über Brian Tolworthy und was man ihm aus welchem Grund angetan hatte, erfahren würde, ihre eigene Tochter wahrscheinlich entführen und an irgendeinem sicheren Ort verstecken würde. Genau das wollte auch Mike, aber er wusste, dass Sara, so lange die Vandlos da draußen frei herumliefen, nie außer Gefahr sein würde. Mitzi war dafür berüchtigt, Rache zu üben, und falls nur ihr Sohn in Gewahrsam sein sollte, würde sie es Sara heimzahlen, weil sie das zerstört hatte, worauf Mitzi und Stefan so lange hingearbeitet hatten.

Heute bestand für alle das Hauptziel darin, Mitzi Vandlo dingfest zu machen.

Als Mike auf der Festwiese ankam, spürte er, wie neugierig er auf die Fraziers war. Größe allein machte noch lange keinen guten Kämpfer aus. Luke hatte ihm das Wesentliche über den gespielten Schwertkampf erklärt, den er heute gegen die Fraziers auszufechten hatte, aber der interessierte Mike nicht. Was er wissen wollte, war, wie die Fraziers zu Sara standen. Sie sprach voll Zuneigung von ihnen, aber so redete sie so gut wie über jeden hier in Edilean. Selbst wenn sie sich über ihre Schwestern beklagte, konnte man die Zuneigung aus ihrer Stimme heraushören.

Genauso, wie sie mit mir spricht, dachte Mike und konnte sich ein Schmunzeln nicht verkneifen.

Vor wenigen Minuten hatte er Sara daran erinnert, dass sie

Colin Frazier hatte sagen wollen, was sie davon hielt, dass er ihr nichts von Greg Anders' Affären erzählt hatte. Mike wollte sehen, wie der älteste der Frazier-Söhne darauf reagierte, von einer Frau ausgeschimpft zu werden, die nur halb so groß war wie er.

Verstohlen schlich Mike über den Festplatz und folgte Sara. Zwei Mal nickte er Männern, von denen er wusste, dass sie undercover hier waren, unmerklich zu. Als Sara bei Colin anlangte, verbarg Mike sich hinter einem Zelt.

Er musste zugeben, dass es amüsant war, zu beobachten, wie Sara sich mit Colin unterhielt. Während sie mit dem riesigen jungen Mann sprach, hatte sie den Kopf so weit in den Nacken gelegt, dass er beinahe ihre Wirbelsäule berührte. Colin hielt den Blick auf sie gerichtet und schien ihr seine ganze Aufmerksamkeit zu schenken. Doch als er zur Seite blickte und eine Holzkiste neben einem der Fahrgeschäfte sah, nahm er Sara am Arm und führte sie dorthin. Aus der Art und Weise, wie sie weitersprach, während sie auf die Kiste stieg, schloss Mike, dass die beiden das schon häufig so gemacht hatten.

Zwei Fahrgeschäfte weiter stand ein Riesenrad; Colin hatte es im Blick, während Sara ihm den Rücken zuwandte. Mike hörte einen Aufschrei und sah eine Waffel mit rotem Eis vom Himmel fallen, und es sah so aus, als würde es Sara genau treffen. Mike war im Begriff, sein Versteck zu verlassen, doch dann legte Colin die Hände um Saras Taille und hob sie nach rechts, ohne dass ihre Füße die Erde berührten. Die Eiswaffel klatschte auf den Boden, nur wenige Zentimeter von der Stelle entfernt, an der sie gestanden hatte, dann stellte Colin sie wieder auf die Kiste und hörte ihr weiter zu.

Grinsend wollte Mike den Rückzug antreten. Er hatte gesehen, was er sehen wollte: Sara wurde beschützt. Doch bevor er sich in Bewegung setzen konnte, blickte Colin ihm direkt in die Augen. Er hatte die ganze Zeit gewusst, dass Mike dagestanden und sie beobachtet hatte.

Auf Colins Gesicht stand eine Frage geschrieben, nämlich ob er den Test bestanden hatte. Mike nickte, dann verschwand er in der Menschenmenge. Wenn er schon Cousins haben musste, hätte er es schlechter treffen können. Der Kampf, der in etwa einer Stunde stattfinden sollte, würde interessanter werden, als er ursprünglich gedacht hatte.

* * *

Sara saß auf der Tribüne, eingezwängt zwischen drei Frauen aus ihrer Kirchengemeinde. Zwei Reihen weiter unten saß Ariel neben ihrem jüngsten Bruder Shamus, und Luke bahnte sich gerade den Weg zu Sara.

Unten, auf dem großen, offenen Feld stand Mike und sah in seinem Kilt und dem weiten Hemd wirklich gut aus. Er hielt, wie Sara wusste, ein Breitschwert in der Hand, eine schwere Waffe, die etwa fünfunddreißig Pfund wog. Nach der Art und Weise zu urteilen, wie er die Spitze auf die Erde stützte, schien sie ihm fast zu schwer zu sein.

Ihn umkreisten die drei riesigen Fraziers in Kilts, die Sara im vergangenen Jahr für sie angefertigt hatte. Sara wusste, dass hier ein Kampf nachgespielt werden sollte, in dem ein einzelner Krieger sein Leben für seinen Clan geopfert hatte, doch in diesem Moment gefiel ihr die Geschichte gar nicht. Die Fraziers nahmen jedes Jahr daran teil, und Sara wusste, dass sie die gegen sie gerichteten Pfiffe und Buhrufe genossen. An diesem Nachmittag würden sie sich rehabilitieren, da sie in die Rolle tapferer Kämpfer schlüpften, die den Feind besiegten, doch das Spiel sollte den Zuschauern eigentlich Tränen in die Augen treiben und sie daran erinnern, was die Schotten im Laufe ihrer Geschichte alles durchgemacht hatten.

Luke bat die Damen, ein Stück weiterzurutschen, damit er sich neben Sara setzen konnte. »Hast du Angst?«, fragte er und steckte die Hand in ihren Popcornbecher. »Sie werden ihn schon nicht verletzen.«

Ariel hörte, was Luke sagte und drehte sich nach Sara um. »Es passiert ihm nichts. Meine Brüder haben beschlossen, dass Pere und Lanny zurückweichen und Colin sich ihm allein entgegenstellt. Ich habe Colin das Versprechen abgenommen, dass er sich zurückhält.« Sie tat so, als würde sie das Sara im Vertrauen erzählen, doch Ariels Stimme war noch sechs Reihen weiter zu hören.

»Ich hoffe, dass Mike deine Brüder nicht verletzt«, erklärte Sara genauso laut und stopfte sich eine Handvoll Popcorn in den Mund.

Um sie herum brachen die Stadtbewohner, die über die lebenslange Animosität zwischen den beiden jungen Frauen bestens Bescheid wussten, in gedämpftes Lachen aus.

Wenn es etwas gab, was die Fraziers miteinander gemein hatten, dann war es die Tatsache, dass ihre Stimmen, sobald sie sie erhoben, gehört wurden, und das wurde jetzt auf dem Feld demonstriert.

»Du bist also unser Cousin«, brüllte Colin, und seine Stimme klang bedrohlich. »Du siehst uns nicht ähnlich.«

»Die Engel müssen meine Mutter *geliebt* haben«, gab Mike zurück. Seine Stimme war nicht so laut wie ihre, aber ihr von Natur aus kehliger Klang führte dazu, dass sich Saras Nackenhaare aufstellten – und sie ließ sie an die vergangene Nacht denken, als er sie mit Küssen aufgeweckt hatte. Leider hatte Mikes tiefe Stimme scheinbar die gleiche Wirkung auf andere Frauen, da ein paar Teenager zu kreischen begannen.

»Ich glaube, er hat ein geschliffenes Mundwerk«, stellte Pere fest. Er war ein Jahr jünger als Colin, der dreißig war, und sah genauso gut aus wie seine Brüder.

»Wenn ich irgendetwas Geschliffenes an mir habe, dann bedeutet das, dass ich mit den Fraziers nicht verwandt sein kann.« Mikes Worte brachten die Menge zum Jubeln. Die Stadtbewohner fanden es großartig, dass jemand diese reiche Familie herausforderte.

Die großen Männer traten näher an Mike heran.

»Sollen wir unseren kleinen Bruder Shamus rufen, damit er diesen Job erledigt?«, rief Lanny. »Mir scheint, auch ein Junge kann diesen alten Mann bezwingen.«

Lanny schlug mit seinem Schwert halbherzig in Richtung Mike, um ihn zu reizen, doch der reagierte sofort. Er hob die schwere Waffe, als wäre sie federleicht, und schwang sie über seinem Kopf. Lanny und Pere wichen zurück, doch Colin trat vor. Mit einer einzigen Bewegung blockierte Mike Colins schwertführende Hand mit seinem linken Unterarm und traf die beiden anderen Waffen mit der seinen, sodass sie zu Boden fielen.

Nach dieser Aktion hielt Colin sein Schwert noch in der Hand, während seine jüngeren Brüder mit leeren Händen dastanden.

Die Menge verstummte verblüfft. Hände erstarrten in der Luft. Mütter gaben es auf, ihre Kinder zurechtzuweisen; Männer hörten auf, die Mädchen zu beäugen; und die Kinder stierten einfach aufs Feld. Sara war die Erste, die die Fassung fand. Sie stand auf und fing zu klatschen an. Als das leise Geräusch die Menge nicht anstachelte, begann sie zu jubeln. Luke neben ihr erhob sich ebenfalls und stimmte in ihre Jubelrufe ein. Nach einem Augenblick reagierten die Zuschauer mit Gebrüll und sprangen auf.

Mike, der mitten im Feld stand, ließ sich nicht anmerken, dass er etwas gehört hatte. Sein Blick ruhte auf Colin, und er trat zurück, um die jüngeren Männer aus den Augenwinkeln beobachten zu können. Als sich die Menge beruhigt und wieder Platz genommen hatte, traten die beiden jüngeren Männer näher und versuchten, ihre Schwerter aufzuheben, doch Mike ergriff eines und schleuderte es von sich. Es flog nach rechts über einen hohen Stapel Fässer hinweg, landete auf der anderen Seite, und die Klinge bohrte sich so tief in den Boden, dass sie ein lautes, sirrendes Geräusch von sich gab.

Dieses Mal musste Sara die Jubelschreie nicht anführen, da die Leute wieder auf die Beine sprangen und zu brüllen anfingen.

Mike hatte zwei der schweren Schwerter in der Hand, drehte sich im Kreis und schwang die Waffen über seinem Kopf.

Als Pere näher trat, holte Mike aus und kam dessen Hals mit dem Schwert so nahe, dass die Menge den Atem anhielt. Auf der anderen Seite des Festplatzes hatten die Leute die Schreie gehört und rannten los. Der Hilfsarbeiter, der das Karussell bediente, legte die Handbremse ein und ließ die lange Schlange wartender Fahrgäste einfach stehen. Als sie protestierten, brüllte er: »Folgt mir!« Er kam an einer Gruppe männlicher Teenager vorbei und rief: »Vielseitigkeitskampf!« Als sie loszurennen begannen, hätten sie beinahe ein paar Leute niedergetrampelt.

Auf dem Feld hob Pere kapitulierend die Hände und verneigte sich vor Mike. Beim Lärm der Menge konnte keiner hören, ob er etwas zu ihm sagte.

Lanny wartete ab, dann wandte er sich um und verbeugte sich ebenfalls kapitulierend vor dem Publikum. Er wurde laut ausgebuht und ausgepfiffen.

Nur Mike und Colin waren übrig, und keiner der beiden sah aus, als wollte er aufgeben. Mike hatte die beiden Schwerter, doch als sich die Menge beruhigte, lächelte er Colin an. »Ich möchte dich nicht mit unfairen Waffen schlagen, Cousin«, sagte er laut, während er das eine Schwert über die Fässer schleuderte, und es landete nur wenige Zentimeter von dem anderen entfernt. Der Jubel, der daraufhin losbrandete, war noch in einer Meile Entfernung zu hören.

»Ist er nicht wunderbar?«, flüsterte Sara Luke zu und klammerte sich an seinen Arm.

Er ergriff ihre Hand und lächelte liebevoll auf sie hinab. »Mike ist wirklich ein Held, so cool, dass er Eiswürfel schwitzt. Aber du musst bedenken, dass Colin kein Schwächling ist. Mike wird sich anstrengen müssen, um ihn zu besiegen.«

Die Männer beugten sich vor und begannen, einander zu umkreisen. Colin war der Erste, der einen Angriff startete, indem er sein Schwert nach vorn stieß, so, als wolle er Mike in die Brust stechen. Doch Mike machte einen Satz und trat Colin mit dem Fuß gegen die Brust, sodass der größere Mann verdutzt rückwärts taumelte. Mike landete auf den Füßen, dann wirbelte er mit erhobenem Schwert herum.

Colin, der einen Augenblick brauchte, bis er wieder zu Atem

kam, erhob sich, warf sich in die Brust und sagte: »Du bist so unbedeutend wie eine Mücke.« Woraufhin eine Gruppe von Jungen am anderen Ende der Tribune für Colin Partei ergriff und zu jubeln anfing: »Frazier! Frazier!«

Sara begann, »Mike! Mike!« zu rufen, und ihre Seite der Tribüne stimmte in ihr Jubelgeschrei ein. Natürlich bis auf Ariel und Shamus, die sitzen blieben, doch als die Leute ihnen die Sicht nahmen, stand Shamus auf und tippte dem Mann vor sich auf die Schulter. Der Mann, ein Fremder, staunte über Shamus' Größe und setzte sich. Bald gab es eine Bahn sitzender Zuschauer, die es Ariel und Shamus ermöglichten, im Sitzen freien Blick auf das Feld zu haben.

Als Colin einen Satz auf Mike zu machte, wich dieser zur Seite aus, doch sein Hemd wurde vom Schwert getroffen und von der Schulter bis zur Manschette aufgeschlitzt. Ohne in seiner Konzentration nachzulassen, packte Mike den gefährlich herunterbaumelnden Stoff und zerrte daran. Das Hemd riss bis zur Taille auf, und Mike zog sich den Rest über den Kopf.

Während der Anblick von Mike – mit nackter Brust im Kilt – die Menge beinahe zum Rasen brachte, stürzte er auf Colin zu, der nach hinten sprang, als Mikes Schwert durch die Luft fuhr. Die Zuschauer hielten schockiert den Atem an. Das hier war ein Volksfest, doch Mike schien ernst zu machen. Hatte er Colin bei diesem letzten Hieb verletzt?

Colin stand reglos da und blickte auf seine Brust hinab, als erwartete er, Blut herausspritzen zu sehen, doch dann erblickte er etwas, was die Menge nicht sah. Lächelnd trat er einen Schritt zurück, hob die Arme und drehte sich im Kreis. Wie in Zeitlupe begann Colins Hemd auseinanderzufallen. Mike hatte es mit Schwung aufgeschlitzt, aber nicht einmal einen Kratzer auf der Haut seines Cousins hinterlassen. Als das Hemd Colin in Fetzen vom Leib hing, riss er es von sich, sodass auch er mit nacktem Oberkörper dastand.

Junge Frauen fingen beim Anblick von Colins muskulösem Torso zu jubeln an, und Sara lachte.

»Sieht so aus, als hätte Colin hart trainiert«, stellte Luke fest, der über die Reihe sitzender Zuschauer hinweg blickte.

Schon in der nächsten Sekunde fingen die beiden Männer wieder an, einander zu umtänzeln, und der Kampf begann, ernst zu werden – für Saras Geschmack jedenfalls zu ernst. Mike war schneller und eindeutig besser trainiert, doch gegen Colin anzukämpfen, war, als schlüge man auf einen Felsen ein. Mike lief über die Fässer und traf Colins Schulter mit beiden Füßen. Jedem von Colins Schwerthieben wich Mike problemlos aus. Zwei Mal sprang er über das Schwert, als es drohte, ihn am Bauch zu treffen.

»Das gefällt mir nicht«, flüsterte Sara, und Luke schlang den Arm um sie. »Ich will nicht, dass er verletzt wird.« Sie vergrub das Gesicht an Lukes Schulter.

»Ist dir denn nicht klar, dass sie nur so tun als ob? Keiner der beiden ist in Gefahr, und Mike schon gar nicht. Alle drei Fraziers könnten gleichzeitig auf Mike losgehen und würden ihn trotzdem nie kriegen.«

»Bist du dir sicher?«

»Absolut. Du solltest dir das anschauen. Colin ist im Begriff, schlapp zu machen, aber Mike könnte den ganzen Tag weiter kämpfen. Welche Art von Ausbildung hat er eigentlich hinter sich?«

»Keine Ahnung. Tess hat etwas von China und Brasilien erzählt.« Sara gab Luke ihren BlackBerry. »Ruf Tess an und frag sie.«

»Und dabei den Kampf verpassen? Pah! Komm, lass uns runtergehen, näher an den Zaun.« Sara folgte Luke, und er hob sie von der fünften Stufe des Tribünenaufgangs.

Sie stand am Zaun, der das Spielfeld begrenzte, und tat ihr Bestes, den Kampf zu verfolgen, doch es fiel ihr schwer. Mike wich jedem von Colins Hieben mit dem großen Schwert aus. Jetzt, wo sie näher am Geschehen waren, konnte sie sehen, dass es stimmte und Mike sich wirklich amüsierte – und er sah tatsächlich so aus, als wollte er den ganzen Tag weiterkämpfen.

Doch als er in Richtung Zaun blickte und sah, dass Sara ihn vor Sorge den Tränen nahe anstarrte, nickte er ihr zu. Ihretwegen würde er den Kampf beenden. In der nächsten Sekunde wirbelte er herum, sodass er hinter Colin stand, er sprang hoch, um mit einem Fuß zwischen die Schulterblätter des Mannes zu treten, während er zugleich mit der flachen Klinge seines Breitschwerts gegen Colins Waden schlug. Colin verlor das Gleichgewicht und fiel mit einem lauten Plumps zu Boden. Mike stellte den Fuß auf Colins Rücken und hielt das Schwert über seinen Nacken.

Die Zuschauer begannen hysterisch zu jubeln. Der Underdog hatte gewonnen!

Als Mike seinen Fuß wegnahm, stand Colin auf und spuckte Erde aus. Mike streckte den Arm in Saras Richtung aus, und sie lief auf ihn zu. Er hob sie hoch und wirbelte sie herum – und die Rufe der Zuschauer waren ohrenbetäubend.

Als Mike sie küsste, lachten die Auswärtigen und jubelten, doch die Einheimischen schauten schockiert hin. Sollte Sara nicht in wenigen Tagen heiraten? Und zwar einen anderen?

»Ich denke, jetzt haben uns alle gesehen«, sagte Sara, aber sie klammerte sich weiter an Mike, ihre Wange an seiner nackten, verschwitzten Brust.

»Das ist der Plan.«

»Und der Grund, wieso du mich geheiratet hast«, stellte sie fest.

»Dafür und für ein paar Scarlet Nights mit dir«, antwortete er und sah ihr in die Augen.

»Besorgt euch ein Zimmer!«, rief einer aus der Menge, und alle fingen zu lachen an. Widerwillig ließ Mike Sara los.

Sie lief zu Luke zum Zaun zurück, während Mike und Colin sich vor dem Publikum verbeugten. Colin brachte alle zum Lachen, als er Mike von hinten packte und vom Boden anhob. Dann nahm er Mike in einer Parodie dessen, was Mike und Sara gerade getan hatten, in die Arme und tat so, als wollte er ihn küssen.

Mike machte einen Salto und landete auf Colins Schultern, der Mikes Fußgelenke packte und ihn festhielt. Colin begann, einen torkelnden Tanz über das Feld aufzuführen, während Mike sich anstrengen musste, das Gleichgewicht zu halten. Als Colin stoppte, sprang Mike herunter und rollte sich auf der Erde ab. Er verneigte sich vor dem applaudierenden Publikum, und Colin jagte ihn mit gespitzten Lippen, als wollte er ihn küssen, zum Zelt am Ende der Arena.

»Du meine Güte«, sagte Ms Frazier und schaute die beiden an – zwei lachende und schmutzige Männer mit nacktem Oberkörper.

Mike hatte sie noch nie gesehen, aber er erkannte sie von den Tarotkarten. Sie trug ein Gewand, das so aufwendig verziert war, dass es eine Königin des Mittelalters mit Stolz erfüllt hätte. Mike stellte ein Bein hinter das andere und verneigte sich vor ihr. »Eure königliche Hoheit.«

Mr Frazier, gekleidet wie ein wohlhabender Kaufmann, trat vor. »Ich glaube, er weiß, wer du in Wahrheit bist, meine Liebe.«

Colin, der hinter Mike stand, fragte: »Er ist klein, aber darf ich ihn behalten, Ma?« Es klang, als wäre Mike ein junges Hündchen.

»Hüte dich vor dem tödlichen Stachel des Skorpions«, grummelte Mike.

»Hüte dich vor dem Fuß des Cousins«, gab Colin zurück.

Mr Frazier stellte sich zwischen die beiden und streckte Mike die Hand hin. »Ich habe gehört, dass deine Großmutter die Schwester meiner Mutter war. Es tut mir leid, dass ich keine der beiden je kennengelernt habe, aber …« Er schien nicht zu wissen, was er sonst noch sagen sollte.

»Ach, Grinny«, erklärte Ms Frazier, »dafür ist doch später noch Zeit.« Sie wandte sich an Colin und missbilligte offensichtlich, dass er mit nacktem Oberkörper dastand. »Ich hole dir ein frisches Hemd aus dem Hänger.« Sie sah Mike an. »Und ich denke, dass auch du etwas anziehen willst.«

»Ja, Madam«, antworteten beide Männer im Chor, dann

rannten sie aus dem Zelt und aufs Feld zurück, wo sie sofort anfingen, aufeinander einzuboxen.

»Möchtest du etwas trinken gehen?«, fragte Colin.

»Das würde ich gerne, aber ich muss noch einiges erledigen.«

»Ja, die ganze Stadt hat dich mit Sara gesehen.« Colin senkte die Stimme. »Hör zu, ich kenne ein paar der Gründe, warum du hier bist, aber nicht die ganze Geschichte. Falls du Hilfe brauchst, lass es mich nur wissen.«

»Ich bitte dich nur darum, auf sie aufzupassen«, antwortete Mike, dann verließ er die Arena und ging in Ellies Zelt zurück. Wie er vorausgeahnt hatte, wartete Sara dort mit einem sauberen Hemd auf ihn.

Nur wenige Minuten später erhielt Mike eine SMS:

Hallo Kleiner. Habe gehört, dass Du meine Einladung, Dich mir anzuschliessen, erhalten hast. Unser Plan funktioniert. Vandlo ist wutentbrannt davongefahren.

Lächelnd warf er das Handy in die Höhe und fing es wieder auf.

»Was ist los?«, fragte Sara, während sie ihm das Hemd glatt strich.

Mike packte sie an der Taille und wirbelte sie herum.

»Was macht dich so glücklich? Erst gestern Abend und jetzt. Was ist da los?«

»Mein Instinkt, Süße«, antwortete er lachend. »Der hat mich noch nie im Stich gelassen.«

Sara wartete auf eine Antwort auf ihre Frage.

»Ich will nur so viel sagen, dass ich mir Sorgen gemacht habe, jemand könnte mich verraten haben, aber ich konnte es selbst nicht glauben.«

»Und er … oder sie … hat dich nicht verraten?«

»Nein. Und wo steckt Kims kleine Schwester? Anna heißt sie, nicht wahr? Wir müssen noch einmal proben, bevor die Show anfängt.«

Saras Schwester Taylor kam ins Zelt. »Ich habe mit Anna geredet, sie will nichts mit dir zu tun haben. Sie hat den Kampf gesehen und sagt, ich zitiere: ›Der ist zu alt, und mir gefällt sein Bart nicht.‹«

Mike stellte Sara auf die Beine und drückte ihr einen Kuss auf den Hals. »Das ist ja nicht das erste Mal, dass ich eine Frau dazu überreden muss, dass sie mich mag.«

»Warum nur habe ich Zweifel, dass du darin große Übung hast?«, fragte Taylor, und Mike lächelte sie an.

»Hör auf, mit meiner Schwester zu flirten, geh los und suche Anna.«

»Ja, genau«, sagte Taylor, »sonst nimmt mein Mann dich in die Mangel.« Ihr Ehemann war ein überarbeiteter Arzt, der nie Zeit fand, ins Fitnessstudio zu gehen.

»Ich gewinne diesen Wettkampf, und er ist der letzte«, sagte er leise zu Sara. »Wenn er vorbei ist, komme ich zurück und verkabele dich, also bleib hier und geh nicht fort. Verstanden?«

»Ja«, antwortete sie und holte tief Luft. Sie wusste, dass er ihr damit sagen wollte, dass Greg auf dem Weg hierher war, was bedeutete, dass der große Showdown unmittelbar bevorstand. Sie hatte Angst, sie würde so wütend auf ihn sein, dass sie mit der Wahrheit über seine Mutter und die Ermittlungen herausplatzen könnte, und damit würde sie alles kaputt machen.

»Du schaffst das«, erklärte Mike. »Und mach dir keine Sorgen, dass du zu viel sagen könntest. Ich habe mitbekommen, was für eine gute Lügnerin du sein kannst.«

»Soll ich mich dadurch etwa besser fühlen?«

Er zog sie in die Arme und küsste sie, nachdem er sich kurz vergewissert hatte, dass Taylor ihnen den Rücken zuwandte. »Ich verspreche dir, dass du dich viel besser fühlst, wenn du das hinter dir hast.«

Sie nickte, aber sie machte sich dennoch Sorgen.

»Sara«, sagte Taylor, »Luke hat mir erzählt, dass Mike sich überlegt, irgendeine Art von Fitnessstudio zu eröffnen. Kann ich Gene schon jetzt anmelden?«

Als Sara lachen musste, wurde ihr klar, dass sie endlich angefangen hatte, eine Beziehung zu ihren Schwestern aufzubauen.

27

Sara wollte ihren Mann beim Seilsprungwettkampf sehen, vor allem, weil er gegen eine Giftnudel von einem Mädchen wie Anna Aldredge antrat, deshalb beeilte sie sich, die Aufgaben, mit denen ihre Mutter sie betraut hatte, schnell zu erledigen. Während sie draußen am Eingang stand und Apfelkuchen auslud, bekam sie von den Leuten, die Mikes Kampf gegen Colin gesehen hatten, jede Menge Lob zu hören. Eine Gruppe männlicher Teenager machte Kickboxübungen, und die Jugendlichen brachten die Zuschauer zum Lachen, wenn sie auf den Boden fielen.

Wie gern hätte sie ihnen gesagt, dass Mike ihr Ehemann war!

Ellie blieb neben ihr stehen und flüsterte: »Es dauert nicht mehr lange, dann können wir Werbung für Mikes Fitnessstudio machen. Und bist du bereit, den Umbau dieser heruntergekommenen Farm zu übernehmen?«

Sara lächelte; ihre Mutter wusste genau, wie sie aufzuheitern war. Mit Freude dachte sie an ihre Zukunft mit Mike.

»Er hat das Siegerauto von dem Podest heruntergefahren!«, schrie ein Kind. »Er und irgendein Mädchen führen auf der Plattform einen Seilsprungwettkampf auf.«

Es stand zweifelsfrei fest, wer mit »er« gemeint war, und Sara band sich die Schürze ab. Jedes Jahr spendeten die Fraziers ein Auto, mit dem der Gesamtgewinner der Wettkämpfe ausgezeichnet wurde. Jetzt hatte es den Anschein, als hätte Mike das Fahrzeug weggeschafft, damit er und Anna ihren Auftritt hinlegen konnten. Das war etwas, was Sara sich nicht entgehen lassen wollte.

Aber ihr Vater hielt sie an. »Sara, könnte ich einen Augenblick mit dir sprechen?«

Er hatte das aufgesetzt, was im Familienkreis immer als die »Doktormiene« bezeichnet wurde. Meistens war Henry Shaw ein entspannter Mann, der sich damit zufrieden gab, dass seine Frau und seine energischen beiden älteren Töchter sein Leben bestimmten, doch sobald seine medizinischen Kenntnisse gefragt waren, veränderte sich sein ganzes Wesen. Dann war er der Mann, der die Verantwortung trug.

Sara ging, ohne zu zögern, auf ihn zu. »Was ist los?«

»Es geht um Joce.«

Sofort wollte Sara auf das Wahrsagerzelt neben ihnen zustürzen, doch Dr. Shaw hielt sie am Arm fest.

»Es geht ihr gut, aber sie hat sich überanstrengt. Luke und ich bringen sie jetzt für ein paar Stunden nach Hause, damit sie sich ausruhen kann. Sara, ich weiß, dass du Mike gern sehen willst, aber könntest du für sie einspringen? Vor Joce' Zelt hat sich eine lange Schlange gebildet, und die Vorstellung, die Leute zu enttäuschen, bereitet ihr noch zusätzlich Stress. Sie sagt, dass du die Einzige bist, die Bescheid weiß und sie ersetzen kann.«

»Selbstverständlich«, antwortete Sara. »Ich mache, was immer gut für sie ist.« Sie tröstete sich mit dem Gedanken, dass sie nahe beim Zelt ihrer Mutter bleiben würde, genau wie Mike es ihr gesagt hatte.

»Joce hat Luke losgeschickt, um ihr etwas zum Anziehen zu holen, und sie hat sich umgezogen. Würde es dir etwas ausmachen, in das da zu schlüpfen?« Er wedelte mit dem auffälligen Kostüm, das Joce getragen hatte.

»Nein, alles klar. Lass mir nur ein paar Minuten Zeit.« Während Sara in den kleinen, durch einen Vorhang abgetrennten Raum hinten im Wahrsagerzelt schlüpfte, fragte sie sich, wie viel Mike an dem Abend, als er ihre Hochzeit arrangierte, ihren Eltern wohl erzählt hatte.

Sara brauchte nicht lange, das weite, fließende Gewand über ihr eigenes Kostüm zu ziehen und Tess' große Ohrreifen anzulegen. Da sie sich jetzt als Joce ausgab, konnte Sara zumindest den Verband abnehmen, der ihren Ehering verbarg. Aus einem

Impuls heraus bat Sara ihren Vater, ihr dabei behilflich zu sein, ein Kissen über ihren flachen Bauch zu binden. Sara hoffte, dass dank des Schleiers und des dick aufgetragenen schwarzen Eyeliners niemand den Tausch der Wahrsagerinnen bemerkte.

Als Dr. Shaw das Kissen festband, sagte er. »Ich hoffe, dass dieser Junge, den du geheiratet hast, das wahr werden lässt. Ich mag Enkel. Ach, Sara, glaubst du, ich bin zu alt, um mich in Mikes Fitnessstudio anzumelden?«

Sie drückte ihm einen Kuss auf die Wange. »Dad, meiner Meinung nach wirst du nie für irgendetwas zu alt sein.«

Lächelnd befestigte er den Schleier und ließ ihn vor ihrem Gesicht herabfallen. Mit dem roten Turban, der ihr Haar bedeckte, und dem endlich sichtbaren Ehering war es schwierig, sie und Jocelyn auseinanderzuhalten.

»Dann mach's gut!«, sagte Dr. Shaw, und als er die Zeltklappe öffnete, um hinauszuschlüpfen, sah sie auf der Rückseite jemanden vorbeihuschen. Unter anderen Umständen hätte sie es nicht bemerkt, aber jetzt wusste sie, dass Brewster Lang derjenige war, der da herumschlich. Sobald ihr Vater außer Sichtweite war, sagte Sara leise: »Alle lieben Ihre Kekse, Mr Lang.« Sie ging hinein und setzte sich auf den niedrigen Stuhl. Vor ihr stand ein kleiner runder Tisch, den Shamus mit astrologischen Symbolen und schillernden Sternen verziert hatte, und gegenüber stand ein weiterer Stuhl.

Vor dem Zelt wartete eines der Mädchen von der Highschool, das sich gemeldet hatte, um beim Volksfest als Freiwillige zu helfen, und Sara sagte ihr, dass sie wieder Kunden hereinlassen durfte.

Nach einer Stunde wollte sie schreien, dass auch sie ein Nickerchen brauche. Die Bewohner der Stadt hatten gewusst, dass Joce diejenige war, die als Wahrsagerin fungierte. Vielleicht lag es daran, dass alle wussten, dass Joce neu in der Stadt war, vielleicht lag es an dem Schleier, aber aus irgendeinem Grund schütteten die Leute die Herzen aus – und nahmen das, was Sara ihnen riet, sehr ernst.

»Soll ich ihn verlassen?«, fragte eine Frau. Sara kannte sie und wollte losbrüllen: »Ja!« Stattdessen verwies sie sie auf so geheimnisvolle Weise, wie sie nur konnte, an einen Berater in Williamsburg, der misshandelte Frauen betreute.

»Hat mein Mann eine Affäre?« Sara versicherte der bekanntermaßen eifersüchtigen Frau, dass dies nicht der Fall sei. Ihr Mann hatte einen Bauch, der umfangreicher war als der von Joce, und keine machte ihm je Avancen.

»Werde ich einen Mann kennenlernen?« Sara freute sich über die Frage dieser Frau, weil sie bemerkt hatte, wie Mr Peterson sie in der Kirche beäugt hatte. Sara erklärte ihr, dass sie, wenn sie nicht sofort bei Petersons Reifenhandel vier neue Autoreifen kaufte, einen Unfall haben werde – außerdem habe Arthur Peterson ihr eine spirituelle Botschaft zu übermitteln, deshalb müsse sie mit ihm persönlich sprechen. Die Frau verließ eilig das Zelt, und Sara hoffte, dass sie sofort zur Werkstatt ging.

Sara riet zwei Mädchen im Teenageralter, mit dem heimlichen Rauchen aufzuhören und längere Röcke zu tragen. Die beiden gingen vergnügt kichernd davon.

Das Schlimmste an der Aufgabe war, aus der Ferne den Jubel der Menschenmenge bei den Wettkämpfen zu hören. Sie fragte sich, was Mike wohl gerade machte. Sie hatte ihn nie Seilspringen sehen. Wie gut war er? Das war natürlich eine rhetorische Frage, da es keine Sportart zu geben schien, in der Mike sich nicht hervortat.

Schmunzelnd fragte sich Sara, ob ihre Kinder wohl seine Begabung erben würden. Gern würde sie einen Jungen haben, der Kampfkunstexperte würde. Dagegen hoffte sie, keine Tochter zu bekommen, die das Herumklettern auf Bäumen für eine Kunstform hielt. Wie würde Sara eine Beziehung zu ihr herstellen können?

»Ach, meine Liebe, ich scheine Sie aus irgendwelchen Tagträumen gerissen zu haben.«

Sara schaute auf und erblickte Ms Myers, die ins Zelt gehumpelt kam. Sie war Witwe, über achtzig Jahre alt, und wohnte in einem winzigen Apartment am Stadtrand, außerdem war sie treue Kirchgängerin. Sie wohnte noch nicht lange in Edilean, aber es hieß, sie habe als Kind hier gelebt und sei nach dem Tod ihres Mannes vor ein paar Jahren zurückgekehrt. Die arme Frau ging an zwei Stöcken und hatte selbst damit Schwierigkeiten beim Laufen. Auf den Listen der Kirchengemeinde derjenigen Menschen, die auf wohltätige Hilfe angewiesen waren, stand sie immer an einer der ersten fünf Positionen.

Als Ms Myers Platz genommen hatte, mischte Sara die Tarotkarten und gab dabei Acht, sie nicht zu knicken. »Und welche Fragen kann ich heute für Sie beantworten?« Bitte, frag mich nicht, wie lange du noch zu leben hast, schoss es ihr durch den Kopf.

»Ach, das Übliche, meine Liebe. Wann lerne ich einen Mann kennen?«

Sara versuchte, nicht zu lachen, aber als sie das Funkeln in den Augen der Frau sah, konnte sie sich hinter dem halb transparenten Schleier ein Schmunzeln nicht verkneifen. »Wie wäre es mit einem netten, gesunden Geschäftsmann im Ruhestand?«

»Ich hätte lieber einen Reiter, schlank und dunkel, einen Mann, der mit mir auf seinem schwarzen Hengst über die Felder reitet und im Mondschein Sex mit mir hat.«

Sara fiel die Kinnlade herunter. »Die Vorstellung gefällt mir auch.«

Ms Myers schielte auf die Tarotkarten. »Und, was sagen die hier für mich voraus?«

Sara kannte die Frau nicht gut genug, um sich eine falsche Voraussage einfallen zu lassen, die zu ihr passte. Aber sie wusste, dass sie nicht reich war. »Geld«, sagte Sara deshalb entschieden, als sie drei Karten aufdeckte. »Ich sehe in Ihrer Zukunft ein Vermögen.«

»Tatsächlich? Und welche Karte soll das sein?«

Sara war sich nicht sicher, was die Karten jeweils genau bedeuteten, aber es ergab Sinn, dass Münzen Geld verhießen. Sie tippte auf diejenige, auf der der düster dreinblickende Greg abgebildet war, umgeben von sechs Frauengesichtern auf Goldmünzen. »Die da.«

Ms Myers öffnete ihre Handtasche, die so alt war, dass das Leder schon Risse aufwies, und holte ihre Lesebrille heraus. Als sie das Etui aufklappte, sagte sie: »Ich habe einmal einen Schleier getragen, der ganz ähnlich wie Ihrer war.«

»Tatsächlich?«, fragte Sara lächelnd. »Und hat er Ihnen zu dem verholfen, was Sie haben wollten?«

»Er hat mir zu einem großen, gut aussehenden Mann verholfen«, antwortete Ms Myers und setzte sich die Brille auf. »Er war vielleicht ein bisschen alt, aber noch bei guter Gesundheit.«

»Dann hat es sich ja gelohnt«, stellte Sara fest, aber sie hatte auf einmal Herzklopfen. Ein Schleier, der ihr zu einem Ehemann verholfen hat? Ein gut aussehender junger Mann, der im Mondschein Sex mit ihr hatte? Konnte es sich dabei um Gregs Vater handeln? War es möglich, dass diese Frau die berüchtigte Mitzi Vandlo war? Sie war viel älter als dreiundfünfzig, aber als Sara auf die Hände der Frau blickte, fiel ihr auf, dass sie kaum Falten aufwiesen und jünger wirkten als ihr Gesicht. Keiner hatte sich vorstellen können, dass Mitzi sich tarnte, indem sie sich älter machte, außerdem hatte diese Frau nicht die große Nase, die auf dem einzigen Foto von ihr so auffallend war.

Sara wurde klar, dass es ein guter Witz gewesen wäre, wenn Ms Myers ihre Geschichte, dass ihr ein Schleier zu einem Ehemann verholfen hatte, irgendjemandem erzählt hätte. Sara konnte die Frau nur aufgrund der Geschichte erkennen, die Mike ihr berichtet hatte.

Saras erster Gedanke war, dass sie gern einen Alarmknopf gehabt hätte, den sie mit ihrem Fuß betätigen konnte. Sie hatte Mike nicht nach den Kameras im Wahrsagerzelt gefragt, und jetzt bereute sie es. Überwachte jemand sie gerade, oder wurden nur Aufnahmen gemacht, die später gesichtet würden? Würde einer der Beamten es sehen, wenn sie eine Geste in Richtung Kamera machte?

Bleib ruhig, sagte sie sich, als sie die Karte mit Gregs Konterfei hastig verdeckte und andere auf dem kleinen Tisch ausbreitete. Sie beruhigte sich mit dem Gedanken, dass alles in Ordnung sein würde, wenn Mitzi Sara und Mike zusammen gesehen hatte, weil sie in diesem Augenblick durch die Tatsache geschützt war, dass jeder sie für Joce, nicht Sara, hielt. Das war gut so, denn so weit sie das beurteilen konnte, steckte in Ms Myers alter Handtasche gewiss eine Waffe. Um auf ihre Identität aufmerksam zu machen, ließ sie ihre Ringe aufblitzen. Schließlich war Joce verheiratet.

Ms Myers betrachtete die Karten durch ihre Lesebrille und machte große Augen. »Woher haben Sie dieses Spiel?« Die Stimme der Frau klang atemlos, als hätte sie etwas Wunderbares vor sich.

Jeder Zweifel, dass es sich um Mitzi Vandlo handelte, verflog. »Schön, nicht wahr?«, sagte Sara ziemlich laut. »Es gibt auf der Welt nur sechs dieser Spiele. Sie sind vom Verlag meines Mannes gedruckt worden. Eigentlich sollten sie als Werbung für eines seiner Bücher dienen, aber die Herstellung war zu teuer, deshalb sind das die einzigen Spiele, die davon je gedruckt worden sind.«

Ms Myers beugte sich vor, um die Karten auf dem kleinen Tisch zu studieren. »Erkenne ich da ein paar Gesichter?«

»Oh, ja. Shamus Frazier hat die alle gemalt, und er hat uns mit diesen Porträts überrascht.« Sara griff nach der Karte »Das Gericht« mit dem Porträt ihrer Mutter. Sie trug darauf ein rotes Kleid und goldene Ohrringe und hatte ein großes Tuch auf dem Kopf. »Das ist Ms Shaw, die Mutter meiner Freundin Sara.« So unauffällig wie nur möglich schob Sara die Karte mit Stefans Porträt unter den Stapel. Sie hielt es für besser, die Frau Stefan nicht sehen zu lassen, der als durch und durch unangenehmer Mann dargestellt war. »Aber ich scheine Ihnen alles über mein Leben zu erzählen, während ich doch eigentlich über Ihres sprechen sollte.«

Trotz der vielen Reaktionsmöglichkeiten, die sich ihr boten, spürte Sara, dass sie langsam in Panik geriet. Was sollte sie nur tun? Im Zelt bleiben, die Hellseherin mimen und abwarten – oder zu Mike rennen? Aber sie wusste, dass es unmöglich war, zu verschwinden. Diese Frau hatte sich ihr ganzes Leben lang der Verhaftung entzogen, deshalb würde sie niemals hierbleiben und warten, bis sie gefangen genommen wurde.

Sara beschloss, ihr Bestes zu tun, um das Interesse der Frau zu halten, damit sie so lange wie möglich hierblieb und irgendjemand kommen konnte, um … um was? Um sie zu verhaften? Sara versuchte, sich an alles zu erinnern, was Mike ihr über Mitzi erzählt hatte, aber es fiel ihr nicht leicht, da ihr das Herz bis zum Hals pochte.

»Dann wollen wir mal sehen. Ach, ja.« Sie blickte zu der Frau auf. »Wollen Sie die Wahrheit hören, was ich in den Karten sehe, oder sind Sie wie die anderen und wollen nur das Geschönte hören?«

Ms Myers – Mitzi – blinzelte sie an. »Die Wahrheit«, sagte sie.

»Gut. Der Schleier, den Sie getragen haben, hat zu einer unglücklichen Ehe geführt, und Sie sind schon sehr lange Witwe.« Sie blickte mitfühlend zu der Frau auf. »Tut mir leid, Ms Myers, ich erzähle nur, was ich sehe. Es hat den Anschein, als wäre Ihr Mann kein netter Mensch gewesen.« Als die Frau darauf nicht einging, sondern Sara nur anstarrte, hätte sie beinahe gekniffen. Doch dann tippte sie auf eine Karte. »Aber Sie haben die Liebe mit einem anderen Mann erlebt.« Sara lächelte so nett, wie sie nur konnte. »Stammt Ihre Beschreibung der Ritte im Mondschein aus Ihrer eigenen Vergangenheit?«

Die Frau antwortete nicht.

Sara blickte wieder auf die Karten hinab. »Aber irgendetwas ist Ihrem jungen Mann zugestoßen. Seine Zukunft ist verschwommen.«

Die Frau beugte sich ein Stück vor, als wäre sie fasziniert.

»Aber warten Sie. Da ist noch eine andere Liebe in Ihrem Leben. Da ist ein Kind. Ein Junge? Ein Mädchen?« Fragend schaute sie die Frau an.

Mitzi lehnte sich auf ihrem Stuhl zurück, und Sara fürchtete schon, sie würde das Interesse verlieren. »Sie sind die Wahrsagerin, meine Liebe, nicht ich.«

Sara senkte wieder den Blick. »Das Kind wird vom anderen Geschlecht sehr begehrt, und das freut Sie, aber es führt auch zu vielen Schwierigkeiten.«

Wieder ging die Frau darauf nicht ein, sondern schwieg.

»Ach. Hier. Diese Karte.« Sie tippte auf eine. »Es hat den Anschein, als hätten Sie ein Ziel in Ihrem Leben. Sie wollen etwas, weil es Ihnen …« Sie runzelte leicht die Stirn, als konzentriere sie sich. »Friede. Freiheit. Ja, worum es sich auch immer handeln mag, wenn Sie es haben, werden Sie den Frieden finden, nach dem Sie sich so sehr sehnen.«

»Sie sind eine so kluge junge Frau«, sagte Ms Myers, dann begann sie zu hüsteln. »Entschuldigen Sie mich.« Sie hustete noch mehr. »Die Begleiterscheinungen des Alters. Ich mache Ihnen ja nur ungern Umstände, meine Liebe, aber könnten Sie vielleicht nach nebenan gehen und mir ein Glas Wasser holen?«

Sie will das Kartenspiel stehlen, schoss es Sara durch den Kopf, als sie aufstand, und sie blinzelte ein paar Mal, als sie zu entscheiden versuchte, was sie tun sollte. »Mike suchen«, war der erste Gedanke, der ihr in den Sinn kam, aber wie sollte sie das anstellen, ohne diese Frau aus den Augen zu lassen? Was wäre, wenn sie ein oder zwei Kartenspiele in ihre Handtasche steckte und dann verschwand? Vielleicht würde man sie nie mehr aufspüren – und es wäre Saras Schuld, sollte man ihre Spur verlieren.

»Selbstverständlich«, sagte Sara, während sie zur Rückseite des Zeltes ging. Sie streckte den Kopf hinaus. »Mr Lang!«, zischte sie. »Ich brauche Sie.« Der Mann erschien nicht. Sara ging wieder hinein, spähte durch den Vorhang und sah, dass Ms Myers einfach dasaß, was Sara Zeit bot, hinauszugehen.

Sie blickte zur Naht hinauf, an der die Zeltwände zusammengefügt waren. An der Kante befand sich eine Borte, und Sara vermutete, dass die Kameralinsen darin versteckt waren. Sie hob die Faust und drehte sich um, dann wirbelte sie noch einmal herum und gab mit beiden Händen Zeichen, dass jemand kommen und ihr zu Hilfe eilen sollte.

Wieder spähte sie in den Hauptteil des Zelts, in dem Ms Myers noch immer dasaß, die Brille auf der Nasenspitze. Sie hatte das Kartenspiel in die Hand genommen und betrachtete es eingehend. Sara hielt den Atem an. Im nächsten Augenblick würde sie Gregs Porträt sehen und wissen, was hier gespielt wurde.

»Wo ist Mike?«

Erschreckt fuhr Sara herum und sah Ariel im hinteren Zelteingang stehen.

»Mike?«, fragte Sara.

»Ja, der Typ an den du dich klammerst, als wäre er am Ertrinken. Er ist verschwunden. Ich habe ihn mit irgendeinem Fremden herumlaufen sehen, einem wirklich umwerfenden Typen. Die Art und Weise, wie dieser Mann sich bewegt hat, hat mich an … Jedenfalls können wir Mike nirgends finden, und die nächsten Wettkämpfe beginnen in Kürze. Glaubst du, er hat Angst vor einer Neuauflage des Kampfs gegen meine Brüder?«

Sara spähte erneut durch den Vorhang und sah, dass Ms Myers gerade drei Kartenspiele in ihrer Handtasche verschwinden ließ. Da es nicht danach aussah, als würde jemand kommen, um sie zu retten, wusste Sara, dass sie augenblicklich handeln musste, sonst würde Mitzi Vandlo entwischen. Würde sie entkommen, dann wäre alles, was arrangiert worden war, um die Frau dingfest zu machen, umsonst gewesen.

Ariel trug das Kostüm einer reichen Frau des Mittelalters. An ihrer kleinen Samtkappe war ein weißes Seidentuch befestigt, das ihren Hals bedeckte.

Sara griff danach, zog kräftig daran und riss es ab.

»Was zum Teufel machst du da?«

»Ich fange eine Verbrecherin«, antwortete Sara und blickte durch den Vorhangspalt. Ms Myers war im Begriff, aufzustehen. In einer Minute würde sie draußen sein. Sara schob den Vorhang zur Seite, machte einen schnellen Satz und stieß die Frau zu Boden.

»Hast du den Verstand verloren?«, fragte Ariel hinter ihr.

Sara lag ausgestreckt auf der Frau und bemühte sich mit aller Kraft, Mitzi das Stück Stoff von Ariels Kopfschmuck in den

Mund zu stopfen, damit sie nicht schreien konnte. »Sie ist eine Diebin und wahrscheinlich eine Mörderin«, sagte Sara, während sie mit Mitzi rang. »Und falls Mike verschwunden ist, dann hat sie – Au!« Die Frau hatte versucht, sie zu beißen. Sara setzte sich rittlings auf sie, um sie am Boden zu halten. »Wenn Mike nicht hier ist, dann hat sein Verschwinden mit ihrem Sohn zu tun.«

Ariel beobachtete, wie Sara auf der allem Anschein nach alten Frau saß, doch nach der Kraft zu urteilen, mit der sich diese zur Wehr setzte, war sie gar nicht so alt. »Ist Anders ihr Sohn?«, fragte Ariel, die Augen vor Entsetzen weit aufgerissen.

»Ja! Der Mann, mit dem du zusammen warst und der durch die Betten der halben Stadt gehüpft ist, vor dem du mich aber nicht einmal gewarnt hast, ist ihr Sohn. Und alle, Polizei, FBI und Secret Service, fahnden nach den beiden. Sie sind Schwerkriminelle.«

Es sah nicht danach aus, als begreife Ariel, was sie da hörte. »Du hättest mir nicht geglaubt, wenn ich dir das über Greg erzählt hätte.«

Sara saß auf der Frau, die sich aufbäumte und versuchte, Sara mit ihren Händen und Fingernägeln zu erreichen. »Willst du weiter bloß dastehen und zuschauen, oder könntest du mir vielleicht helfen? Ich brauche etwas, womit ich sie fesseln kann.«

In der Ecke des Zelts hing ein langes rot-violettes Seil mit einer großen Quaste am Ende. Ariel riss daran, und mit dem Seil lösten sich etwa zwei Meter Borte. Während Ariel der Frau die Hände hinter dem Rücken zusammenband, sagte sie: »Hast du gewusst, dass da oben eine Kamera angebracht ist?«

»Angeblich ist das ganze Zelt mit Überwachungskameras versehen, aber allem Anschein nach werden die Aufnahmen nicht überwacht. Sag mir, was du über Mike weißt.«

»Er ist wegen eines Falles hier, nicht wahr? Colin hat mir erzählt …«

»Ich will nicht wissen, was dein geschwätziger Bruder schwafelt. Was ist mit Mike passiert?«

»Er hat mit Anna die Show abgezogen und – hast du gesehen,

wie er die Kleine über seinen Kopf gehoben hat? Sie hat sich steif gemacht wie ein Brett, und Mike …«

Ms Myers setzte sich unter Sara heftig zur Wehr. »Ich war zu sehr damit beschäftigt, Mörderinnen zu fangen, um meinem eigenen Mann zuzuschauen!«, erklärte Sara frustriert.

Ariel hielt mitten im Fesseln inne. »Deinem Mann? Wenn er hier an einem Fall arbeitet, dann hat er dich *geheiratet,* um dich vor Anders zu schützen?«

»Mach nicht ein solches Gesicht! Mike gehört mir, und ich werde ihn behalten.« Ms Myers unter ihr regte sich auf einmal nicht mehr.

»Ich glaube, du hast sie umgebracht«, erklärte Ariel.

»Nein, sie ist nur entsetzt, dass ich ihren Sohn nicht heiraten werde. Nicht wahr, Mitzi?«

Die auf dem Boden liegende Frau gab ein paar widerwärtige Geräusche von sich, die durch das Stück Stoff in ihrem Mund gedämpft wurden.

»Wir müssen sie hier herausschaffen, ohne dass jemand sie sieht.« Sara zog das Kissen unter ihrem Gewand hervor, denn jetzt war keine Tarnung mehr nötig.

»Ich gehe und hole Colin, dann …«

»Nein!«, erwiderte Sara. »Du darfst es niemandem sagen. Dein Bruder wird sie ins Gefängnis stecken wollen.«

»Natürlich wird er das. Was soll denn sonst mit ihr passieren?«

»Falls Mike nicht hier ist, heißt das, dass er entführt worden ist. Sein Leben könnte in Gefahr sein, und ich werde diese grässliche alte Frau gegen ihn austauschen.«

Mitzi Vandlo drehte den Kopf, um zu Sara aufzublicken.

»Ach«, sagte Ariel und zog die Augenbrauen hoch.

»Ja. Geh nach vorne raus und erkläre dem Mädchen, dass es Ms Myers nicht gut geht und ich ihr helfen muss, damit … Ach, ich weiß nicht. Denk dir etwas aus. Dann geh nach hinten und sag Mr Lang, dass er hereinkommen soll und …«

»Brewster Lang? Ich dachte, du hättest Angst vor ihm.«

»Ich will gar nicht wissen, woher du das weißt. Hol ihn her und sag ihm, dass er als Wahrsager fungieren muss.«

»Brewster Lang sagt die Zukunft voraus? Bist du jetzt völlig durchgeknallt?«

»Ariel, das ist jetzt nicht der richtige Zeitpunkt für deine negative Einstellung.«

Einen Augenblick sah Ariel nur auf Sara hinab, die auf der alten Frau hockte. Saras Schleier hing an einer Seite herunter, und in den leuchtenden Farben des Kostüms sah sie gar nicht mehr wie das süße, absolut harmlose Mädchen aus, das Ariel ihr ganzes Leben lang nicht hatte leiden können.

»Okay«, sagte Ariel schließlich, und sie brauchte nur eine halbe Minute, bis sie dem Highschool-Mädchen vorne erklärt hatte, dass es eine Verzögerung geben würde. Und sie brauchte bloß zwei Minuten, bis sie Mr Lang ausfindig gemacht hatte, und als beide hereinkamen, hatte Ariel die Hand fest auf seine Schulter gelegt.

Mr Lang stellte seine Versuche ein, sich Ariels festem Griff zu entwinden, als er mit dem ungewöhnlichen Anblick von Sara, die auf der alten Ms Myers hockte, konfrontiert war. Seine Äuglein blitzten auf, und er zeigte sein schwaches Grinsen. Zum ersten Mal sah er Sara mit Respekt an und tippte sich gegen die Nase. Er hatte die Frau auf dem Foto gesehen, das Mike ihm gezeigt hatte.

»Ja, ich glaube, sie hat sie sich um etwa zehn Zentimeter kürzen lassen«, sagte Sara, und bei dieser Feststellung versuchte Mitzi das Bein nach hinten zu schlagen und Sara mit dem Absatz zu treffen. Aber sie war nicht schnell genug, denn Mr Lang streckte blitzschnell das Bein aus und traf die Frau am Knöchel. Sara hörte sie aufstöhnen. »Helft mir, sie auf die Füße zu stellen. Ich ziehe ihr dieses Kostüm über und verdecke ihren Mund mit dem Schleier.«

»Irgendjemand sollte mir mal erklären, was hier eigentlich los ist«, stellte Ariel fest.

»Sie hat mir meine Gemälde gestohlen, das hat sie gemacht«,

murmelte Mr Lang und schaute auf die gefesselte Frau auf dem Boden hinab.

Sara und Ariel wandten sich beide ihm zu und starrten ihn an.

»Wovon reden Sie?«, fragte Sara, während sie anfing, das weite Gewand auszuziehen. Sie war froh, dass sie ihr anderes Kostüm darunter angelassen hatte.

Als Mr Lang zögerte, sagte Ariel: »Ich hetze meine Brüder auf dich, wenn du uns nicht erzählst, was du gemacht hast.«

»Nichts. Ich habe sie nur gefunden, als ich noch ein Junge war. Dieser Mann, der dort gewohnt hat, der Professor vom College, hat sie nie zu Gesicht bekommen. Dafür habe ich gesorgt. Ich habe die Kammer zugenagelt.«

»Welche Kammer?«, wollte Ariel wissen.

»Gibt es auf Merlins Farm eine geheime Kammer?«, fragte Sara leise, und als Mr Lang nicht antwortete, fügte sie hinzu: »Neben dem offenen Kamin. Deshalb befindet er sich nicht in der Mitte! Er verdeckt eine Geheimtür. Ist Mike dahintergekommen?«

Das Gesicht des alten Mr Lang schmolz beinahe dahin. »*Er* hat sie weggenommen? Ich habe gesehen, dass er sich umgeschaut hat, aber ich dachte, er bekommt es nicht heraus. Er ist ein kluger Junge. Ich bin froh, dass er meiner ist.«

»Du bist mit Mike verwandt?«, fragte Ariel und machte große Augen. »Wie denn das?«

»Das spielt jetzt keine Rolle«, schaltete Sara sich ein. »Ariel, hilf mir, ihr das überzuziehen. Mr Lang, ich möchte, dass Sie hierbleiben und als Wahrsager einspringen.«

»Das kann ich nicht …«

»Ich kann auch keine Leute niederringen, aber ich mache es!«, schnauzte Sara. »Wenn Sie wollen, dass mein Mann Sie weiterhin auf Merlins Farm wohnen lässt, dann müssen Sie jetzt einspringen. Verstehen Sie mich?«

Mr Lang nickte.

»Wow, Sara, seit wann sind dir Hoden gewachsen?«

»Ariel, halt den Mund und hilf mir!«

»Ja, Madam«, sagte Ariel, während sie die um sich tretende Ms Myers auf die Beine stellte.

»Was für ein Auto hast du hier?«, fragte Sara.

»Gar keines«, antwortete Ariel. »Die ganze Familie ist in einem Van gekommen.«

»Der muss ja die Größe eines Güterzugs haben«, murmelte Sara, und Mr Lang stieß sein komisches, kurzes Lachen aus.

»Der ist jedenfalls besser als diese Spielzeugautos, die ihr beide bevorzugt, du und Jocelyn.« Sie hielt Mitzis Kopf fest, während Sara den Schleier befestigte, sodass er ihre untere Gesichtshälfte bedeckte.

»Wissen Sie was«, sagte Sara, als sie die Frau betrachtete, »Sie sehen besser aus, wenn die Hälfte Ihres Gesichts nicht zu sehen ist. Stimmt es, dass Ihr alter Ehemann in der Hochzeitsnacht bei Ihrem Anblick so entsetzt war, dass er die Ehe nicht vollziehen konnte?«

Mitzi funkelte Sara wütend an.

»Sie hasst dich«, stellte Ariel fest. »Sie hasst dich abgrundtief.«

»Das beruht auf Gegenseitigkeit.«

Ariel fasste die Frau an einem Arm, Sara am anderen, doch als sie versuchten, sie in Bewegung zu setzen, grub sie die Füße fest in den Teppich, der über die Erde gelegt worden war. Aber sie schafften es, sie in den hinteren Raum des Zelts zu zerren, wo die Vorhänge sie verbargen.

»Super. Und was machen wir jetzt?«, fragte Ariel.

»Ich weiß nicht, aber wir müssen sie hier herausschaffen und dabei so wenig Aufsehen erregen wie nur möglich.«

»Und was schlägst du vor, wie wir das hinkriegen?«, wollte Ariel wissen.

»Ich, ach …« Darauf hatte Sara keine Antwort. Wieder blickte sie zum Zeltdach hinauf. Warum beobachtete sie denn keiner und kam ihnen zu Hilfe?

Ariel ließ die Frau los. »Ich schlage vor, dass ich ein Auto besorge und es hierher bringe.«

»Gute Idee«, antwortete Sara. Sie setzten Mitzi auf den Boden, dann lief Ariel hinaus. Sara wandte sich an Mr Lang. »Haben Sie diese Fallen abgebaut, wie Mike es Ihnen gesagt hat?« Als er ihrem Blick auswich, wusste sie, dass er es nicht getan hatte. »Nicht einmal eine davon?« Mr Lang blickte auf seine Füße hinab. »Gut!«, sagte Sara. »Jetzt gehen Sie da hinein und fangen Sie an, den Leuten die Zukunft vorherzusagen.«

Er schien im Begriff zu stehen, protestieren zu wollen, ließ es aber sein. Mit resignierter Miene ging er nach vorn.

Mehrere lange Minuten lang stand Sara neben Mitzi und machte sich Sorgen, was alles schiefgehen konnte. Was wäre, wenn ihr Vater zurückkehren und ins Zelt kommen würde? Wie würde sie ihm erklären, was sie da gerade machte? Andererseits liebte es ihr Vater, anderen zu helfen, deshalb würde er vielleicht sogar gern einbezogen werden. Aber sie wollte ihn da nicht mit hineinziehen, was immer sich da abspielte. Und natürlich gab es sämtliche Gemeindemitglieder und deren Verwandtschaft. Wie würde sie ihnen das hier erklären?

Mitzi saß auf dem kleinen Teppich, den sie auf die Erde geworfen hatten, und funkelte Sara zornig an, als könnte sie sie damit zu bestimmten Gedankengängen zwingen.

Sara schaute sie ebenso wütend an. »Sie sollten lieber hoffen, dass Mike nichts zugestoßen ist, sonst sorge ich dafür, dass Sie es bedauern, je geboren worden zu sein.« Sara überlegte, ob sie der Frau den Knebel aus dem Mund nehmen und ihr ein paar Fragen stellen sollte, aber dann würde sie wahrscheinlich losschreien, und die Leute würden angerannt kommen. Es war absolut unmöglich, ihnen zu erklären, was sie da gerade tat.

Sara hörte Mr Langs Stimme auf der anderen Seite des Vorhangs, und sie überlegte, dass sie sich die Mühe hätte machen und ihn in ein Kostüm hätte stecken sollen. Doch andererseits sah Mr Lang ohnehin so seltsam aus, dass er keiner Verkleidung bedurfte.

Sie spähte durch den Vorhangspalt und sah, dass Carol Garrison mit weit aufgerissenen Augen dasaß. Niemand aus Edilean war diesem geheimnisvollen alten Mann je so nahe gekommen seit … na ja, vielleicht seit 1941.

Sara kannte Ms Garrison nicht gut und war froh, dass sie nicht versuchen musste, ihr die Zukunft vorherzusagen – aber es war offensichtlich, dass Mr Lang, der ja überall herumschnüffelte, alles über sie wusste. Er erzählte ihr, dass ihre älteste Tochter häufig aus dem Fenster ihres Zimmers kletterte, um sich mit einem Jungen zu treffen, dessen Familie gerade von Atlanta hierher gezogen war, und dass sie zusammen Zigaretten rauchten. Dass ihre jüngere Tochter drei Dollar aus dem Geldbeutel ihrer Mutter gestohlen hatte und ihr Sohn gerne sang, wenn er allein war, und dass sie ihm eine Lektion erteilen sollte. Was ihren Mann anbelangte, so arbeitete er wirklich bis spät in die Nacht, weil er sich ein Boot kaufen wollte, das er bereits anbezahlt hatte.

Ms Garrison saß mit offenem Mund schweigend da und machte große Augen.

»Das ist alles«, knurrte Mr Lang. »Gehen Sie. Schicken Sie den Nächsten herein.«

»Was habe ich bloß gemacht?«, flüsterte Sara laut, während sie den Vorhang zuzog und Mitzi Vandlo wieder ansah. Erneut ging ihr durch den Kopf, wie heimtückisch diese Frau war. »Ich hoffe, die sperren dich für immer weg für das, was du Brian angetan hast. Er war ein sehr netter junger Mann und hatte eine große Zukunft vor sich.«

Die Augen der Frau verrieten, dass sie sich amüsierte, und Sara verspürte den beinahe unwiderstehlichen Wunsch, ihr ins Gesicht zu schlagen. Stattdessen wandte sie den Blick ab. Wo blieb Ariel bloß? Warum brauchte sie so lange? In der Zwischenzeit hätte sie sich doch den Van der Familie ausleihen oder sogar das Siegerauto holen können. Sie hätte …

Sie hielt inne, weil sich in diesem Augenblick die Rückseite des Zeltes plötzlich teilte und das Heck eines schwarzen Autos, das sie wiedererkannte, etwa einen Meter hereinbohrte. Das war Mikes kostbarer BMW. Er war in Sicherheit! Sara wäre beinahe über die gefesselte und geknebelte Frau gestolpert, als sie hinausrannte und zur Fahrerseite stürmte. Mikes Autoscheiben waren so abgedunkelt, dass sie nicht bemerkte, dass Ariel hinterm Steuer saß, bis diese die Tür aufstieß und ausstieg.

»Wo ist Mike?«, fragte Sara mit verängstigter Stimme.

»Ich habe dir doch schon alles gesagt, was ich über ihn weiß«, erklärte Ariel, während sie ins Zelt ging, in das jetzt ein Teil des Autos ragte.

Sara folgte ihr.

»Ich dachte, wir verfrachten sie in den Kofferraum«, sagte Ariel. »Ist dir das recht?«

»Ja, aber wie bist du an Mikes Auto gekommen? *Warum* hast du sein Auto?«

»Sollte ich etwa einen Toyota Camry stehlen? Oder vielleicht einen Kia?« Sie packte Ms Myers am Arm. »Nimm den anderen Arm.« Sie sah die Frau böse an. »Du hast mir so wehgetan, dass ich dir das heimzahle.«

Sara blickte Ariel noch immer an und wartete auf eine Antwort.

»Mein Dad handelt mit Autos. Ich habe Sue im Büro angerufen, ihr die Fahrzeugnummer durchgegeben, und sie hat das Auto geöffnet.«

»Und konnte sie es auf diese Weise auch starten?«

»Nein, das habe ich gemacht. Ein paar Drähte …« Ariel zuckte mit den Achseln.

Sie hatten mit Mitzi zu kämpfen, die sich in ihren Armen hängen ließ und ziemlich schwer war. Sie brauchten ihre ganze Kraft, bis sie sie in den Kofferraum bugsiert hatten und den Deckel zuklappen konnten.

»Ich fahre«, erklärte Ariel.

Als sie im Auto saßen und von der Festwiese fuhren, sagte Sara: »Ariel, du wirst einmal ein *wunderbarer Ehemann* sein.«

Ariel nahm es ihr nicht krumm. »Sobald ich einen Mann finde, der auch nur halb so gut ist wie meine Brüder, schnappe ich ihn mir. Gehe ich recht in der Annahme, dass wir zu Merlins Farm fahren?«

»Ich denke schon, weil das, was sich in der geheimen Kammer befunden hat – vielleicht Gemälde? –, offenbar das war, worauf Stefan es abgesehen hatte.« Sara wusste, dass es nur ein Kunstwerk gab, das jemand ihr durch ein Testament hinterlassen hatte, nämlich das CAY-Aquarell. Dieses kindliche, kleine Bild konnte gewiss nicht viel wert sein.

Ariel steuerte Mikes Auto zwischen den Menschenmassen auf dem Volksfest hindurch in Richtung Straße. Als sie das Ende der Festwiese erreichten, kam ein junger Mann angerannt, um die Schranke zu öffnen und sie durchzulassen.

»Ach, die Sonderbehandlung, wenn man ein Frazier ist«, stellte Sara fest.

»Falls du versuchen willst, mir weiszumachen, dass du eifersüchtig bist, halte ich sofort an. Du hast Lanny in der Highschool fast das Herz gebrochen.«

»Was habe ich?« Sara stützte sich mit der Hand am Armaturenbrett ab, um das Gleichgewicht zu halten, weil Ariel viel zu schnell fuhr. Die alte Straße war sehr kurvenreich.

»Nichts. Willst du mir jetzt endlich erzählen, worum es hier eigentlich geht? Was ist so wichtig, dass irgendein Detektiv dich *heiratet,* um es zu bekommen?« Ariel fuhr mit über neunzig km/h durch eine Kurve, in der fünfzig vorgeschrieben waren, dann musste sie hart nach links gegensteuern, um nicht gegen einen Baum zu krachen.

»Ariel! Du bringst uns noch um!«

»Dieses Auto lässt sich besser lenken als jedes andere, das ich je gefahren habe. Mein Dad muss es sich unbedingt anschauen. Du weißt, dass Mike kugelsichere Scheiben hat, oder? Und ich frage mich, was er wohl in dem doppelten Boden im Kofferraum verstaut hat.«

Bei dieser Feststellung blickten Ariel und Sara einander mit großen Augen an. Sie wussten nicht, was Mike im Kofferraum aufbewahrte, aber sie konnten es erraten. Waffen. Und sie hatten Mitzi Vandlo dort hineingesteckt. Sie war zwar gefesselt, aber was war, wenn sie sich befreien konnte …

»Großartig«, sagte Sara. »Du musstest ja unbedingt Mikes Auto nehmen, und jetzt ist eine der meistgesuchtesten Verbrecherinnen der Vereinigten Staaten mit einem Haufen Schusswaffen zusammengesperrt. Super gemacht, Ariel! Wirklich schlau!«

»Du hättest mich nicht fragen sollen, wenn du meine Hilfe nicht hättest haben wollen.« Sie hatten den Beginn der Einfahrt zu Merlins Farm erreicht, und als Ariel einbiegen wollte, hielt Sara sie zurück.

»Mr Lang hat hier überall Fallen aufgestellt, und Mike hat mir von ein paar davon berichtet. Ich möchte, dass du das Auto im Obstgarten parkst. Wenn Mitzi es schafft, herauszukommen, muss sie sich den Weg über Fallen bahnen, die aufgebaut worden sind, um ihren Sohn zu fangen.«

Ariel folgte Saras Anweisungen und fuhr über das Gras, schlängelte sich mit dem Auto zwischen den Hecken hindurch und hielt im alten Obstgarten an. »Und was jetzt?«, fragte sie, als sie den Motor abstellte.

»Ich weiß nicht. Hast du eine Idee?«

»Zuallererst einmal sollten wir Colin anrufen.«

Sara warf einen Blick auf die Uhr im Armaturenbrett. »Deine ganze Familie ist jetzt bei den Wettkämpfen und wird sicher nicht an ihre Handys gehen.«

»Dann bleiben wohl nur wir zwei.«

Als sie aus dem Auto stiegen, schaute Sara in Richtung Kofferraum. »Denkst du, wir sollten … nach ihr sehen?«

»Und von Schüssen begrüßt werden? Ich glaube kaum.« Ariel sah sich im Obstgarten um, in dem die Hälfte der Bäume fehlte. »Dieser Ort ist mir nicht geheuer. Ich war schon immer der Meinung, dass es hier spukt.«

»Mike und ich werden alles renovieren. Ariel, nimm deinen Mut zusammen, dann gehen wir. Und bleib dicht hinter mir, sonst wirst du noch von einem Pfeil getroffen.«

Es sah aus, als wären die zwei Frauen in ihren mittelalterlichen Gewändern in den alten Gebäuden zu Hause. Obwohl es taghell war, rannten die beiden geduckt über die offene Rasenfläche auf das Farmhaus zu. Erst als sie sich dem Seiteneingang näherten, erblickten sie Gregs Auto.

Sara konnte nichts gegen den Angstschauer ausrichten, der sie durchfuhr. Seit sie Greg begegnet war, hatte er Macht über sie gehabt. Und obwohl die vergangenen zwei Wochen ihr Leben drastisch verändert hatten, fürchtete sie dennoch, dass er weiterhin Macht über sie ausüben könnte.

Doch darüber konnte sie sich jetzt nicht den Kopf zerbrechen. Sara vermutete, dass Greg – und wie sie hoffte, auch Mike –, wenn sie im Haus waren, sich im großen Wohnzimmer aufhielten, wo der seitlich versetzte offene Kamin Platz für eine geheime Kammer geboten hatte.

Sara ging voran zur Seite des Hauses. Leider konnte sie nur dann ins Fenster spähen, wenn sie sich auf die Zehenspitzen stellte. Sie streckte sich und schaute hinein, und was sie sah, brachte ihr Herz zum Rasen. Vier Männer waren im Zimmer. Greg/Stefan stand beim Kamin. Neben ihm hielt ein Mann eine Waffe, die auf Mike und den vierten Mann gerichtet war, und die beiden befanden sich in der Mitte des Raums. Mr Langs wenige Möbel waren in die hinteren Ecken geschoben worden, sodass der Boden frei war und man einen behelfsmäßigen Kampfring geschaffen hatte.

Mike und der andere Mann trugen nur ihre Hosen, keine Hemden, und ihre Füße waren nackt. Sie umkreisten einander, doch nach dem Blut auf ihren Gesichtern zu urteilen, ging der Kampf schon eine ganze Weile.

Die Männer waren etwa gleich groß und schwer, ihre Körper sehr muskulös, mit breiten Schultern und schmalen Hüften, und ihre Rückenmuskeln traten hervor wie die Flügel einer Fledermaus.

Der andere Mann stieß mit der Faust nach Mike, als wäre dies ein Boxkampf mit bloßen Händen, und Sara war froh, als sie sah, dass Mike sich duckte und dem Schlag auswich. Dann bückte er sich blitzartig, packte das Bein des Mannes und zog fest daran. Der Mann hielt ein paar Augenblicke das Gleichgewicht, doch Mike schlug mit dem Kopf gegen den Bauch seines Gegners, und beide gingen zu Boden, Mike obenauf.

Die Männer rangen miteinander, Mike oben, wobei der andere die Beine um Mikes Rücken geschlungen hatte. Mike fing an, mit den Fäusten auf den Kopf seines Gegners einzudreschen, während dieser die Beine anwinkelte und Mike dann mit den Knien in den Bauch stieß. Mike wich zurück, und in der nächsten Sekunde standen sie wieder auf den Beinen und schlugen aufeinander ein.

Sara stellte sich wieder auf die Fersen und drückte sich die Faust vor den Mund, um sich vom Schreien abzuhalten. Sie blickte Ariel an. »Ist das der Mann, den du auf dem Fest gesehen hast? Derjenige, auf den du so scharf warst?«

Ariel zuckte mit den Schultern.

»Du bist im Einschätzen von Männern noch schlechter als ich!«

»Wir müssen Colin rufen«, flüsterte Ariel.

»Bis er hier ankommt, ist Mike tot.« Sara musterte Ariel in ihrem langen Rock und Seidenoberteil. »Wir müssen sie ablenken. Was trägst du denn darunter?«

Ariel schmunzelte, als sie begriff, und drehte Sara den Rücken zu, damit sie ihr das Mieder aufschnüren konnte. »Es gibt da ein kleines Geschäft gegenüber der großen New York Public Library, das von einer winzigen Französin geführt wird. Du kannst dir gar nicht vorstellen, welche Lingerie sie im Angebot hat. Und alles wird nach Maß gearbeitet, sodass es perfekt passt.« Sie redete zu schnell, weil sie sich bemühte, ihre Angst zu kaschieren.

»Tatsächlich?«, fragte Sara. Ihre Hände zitterten. »Wenn du es schaffst … wenn du es schaffst, einen dieser Männer dazu zu bringen, dass er dir zur Scheune folgt … dort befindet sich eine Falle.« Sara bemühte sich, an das Ziel zu denken und nicht daran, was Ariel zustoßen konnte, wenn sie einen bewaffneten Mann dazu bewegte, ihr nachzulaufen. Sie erklärte ihr die Falle und berichtete von dem Stolperdraht quer über die Türschwelle, und sie erzählte ihr von dem Speicher, und wie Mike sich an einem Seil heruntergeschwungen hatte.

Als Ariels Mieder gelockert war, drehte sie sich um und fing an, sich das schwere Gewand von den Schultern zu streifen. »Ich komme schon zurecht. Hör auf, dir Sorgen um mich zu machen.« Als ihr das Kleid auf die Füße fiel, zeigte sich, dass sie darunter ein schwarzes Seidenkorsett trug, durch dessen oberen Rand ein schmales rotes Band gefädelt war, dazu einen schwarzen Slip, der ihren festen Hintern nur halb bedeckte. Ihre langen Beine waren nackt.

»Was bin ich froh, dass ich keine Omaschlüpfer trage wie du.«

»Ariel, warum versuchst du nicht einfach, ein bisschen nett zu sein? Es könnte dir gefallen.« Da Sara sich das Kostüm selbst genäht hatte, hatte sie es so angefertigt, dass es leicht an- und auszuziehen war. Sie hatte an der vorderen Naht des Kleides einen Klettverschluss angebracht und konnte es daher schnell öffnen. Als sie sich heute Vormittag angekleidet hatte, hatte sie gedacht, sie würde Mike für den Sieg bei den Wettkämpfen belohnen, darum hatte sie Dessous angezogen, die er noch nicht zu Gesicht bekommen hatte. Ihr weißes Korsett, der weiße Slip und die weißen Strümpfe, die bis zur Mitte der Oberschenkel reichten, konnten mit Ariels Outfit in jedem Fall konkurrieren.

Ariel lehnte sich gegen die Hauswand. »Da stehen wir also, hergerichtet wie für einen Tag im Bordell, aber was machen wir jetzt?«

Die Frage wurde augenblicklich beantwortet, als sie in der Ferne Schüsse hörten.

Ariel und Sara sahen einander an. »Mitzi«, sagten sie wie aus einem Munde. Sie hatte es geschafft, sich die Fesseln abzustreifen, und hatte Mikes Waffen entdeckt.

»Geh auf die andere Seite des Hauses«, sagte Sara. »Ich sorge dafür, dass Greg mich sieht.«

Nur wenige Sekunden, nachdem die Schüsse gefallen waren, traten Greg und einer seiner Bodyguards auf die Eingangsveranda. Als Sara in ihren weißen Dessous auf der Seite erschien, starrten beide Männer sie verblüfft an.

Auf der anderen Seite gab es ein lautes Geräusch, als wäre ein großer Stein gegen die Hauswand geprallt. Der Bodyguard ging los, um nachzusehen, und da stand Ariel, groß und schlank in ihrem schwarzen Seidenkorsett. Er dachte gar nicht daran, zu schießen, sondern stand nur da und starrte sie an.

Ariel lächelte ihm verführerisch zu und trat einen Schritt zurück.

Der Mann sah zu seinem Boss hinüber, doch Greg hatte nur Augen für Sara. »Da ist eine Frau«, sagte der Mann.

»Geh ihr nach«, knurrte Greg. »Die da gehört mir.«

Der Bodyguard sprang von der Veranda und lief hinter Ariel her.

Sara wandte sich um und begann zu rennen, aber sie konnte Greg nicht entkommen. Er holte sie ein, als sie gerade den mit Kies bedeckten Hof vor dem alten Wagenschuppen erreichte.

Sie rechnete mit einem Schlag, aber es kam keiner. Als sie Greg ansah, hatte er eine sehr traurige und verletzte Miene aufgesetzt. Diesen Gesichtsausdruck kannte sie gut. Er hatte ihn viele Male an den Tag gelegt, wenn er von seinen früheren Freundinnen erzählte – von denen, die ihn betrogen hatten und dafür verantwortlich waren, dass er allen Frauen gegenüber Zurückhaltung walten ließ.

Als Sara ihn jetzt betrachtete, war sie beeindruckt, wie sehr sich Gefühle in kurzer Zeit verändern konnten. Noch vor einem Monat hatte Greg jedes Mal, wenn er sie mit dieser traurigen, Mitleid heischenden Miene angeschaut hatte, ihr Mitgefühl geweckt. Wie konnte sie sich überhaupt über irgendetwas, was er tat, beklagen? Wie konnte sie den Schmerz, den er bereits hatte ertragen müssen, noch vergrößern? Was auch immer sie in Frage hatte stellen oder worüber sie sich hatte beschweren wollen, sie hielt inne. Sie wollte sich nicht nachsagen lassen, dass sie irgendjemanden verletzt hatte – und sie hatte Greg beweisen wollen, dass nicht alle Frauen so habgierig, egoistisch und manipulierend waren wie seine früheren Freundinnen.

Doch jetzt erkannte Sara, dass der Mitleid heischende Gesichtsausdruck, den Greg an den Tag legte, nicht echt war, und sie fragte sich, wie es ihr jemals so an Selbstwertgefühl hatte mangeln können, dass sie ihm Glauben geschenkt hatte.

Sie wollte ihm eigentlich sagen, was sie über ihn wusste, aber er hatte eine Waffe im Hosenbund stecken, und ihr war klar, dass sie das nicht tun durfte. Es war besser, ihn zu besänftigen, statt zu verärgern.

Sie würde stattdessen ihr Bestes tun, um ihm aus seinem gewaltigen Ego einen Strick zu drehen. Sie zwang sich, ihre Wut zu zügeln, und stürzte sich geradezu auf Greg, schlang die Arme um seinen Oberkörper. »Ach, Greg, mein Schatz, es war so schrecklich, als du fort warst. Du kannst dir gar nicht vorstellen, welche Lügen mir die Leute über dich aufgetischt haben. Aber ich habe ihnen kein Wort geglaubt.«

Sie hielt den Atem an und wartete ab, ob er ihr das abkaufte … oder sie erschoss. Nach scheinbar ewigen Minuten schlang er die Arme um sie.

»Sara«, sagte er vorsichtig. »Warum bist du hier und warum hast du keine Kleider an?«

»Ich war auf dem Fest, und Mr Lang hat mir gesagt, dass du hier bist.«

»Lang?«

Sie trat zurück und sah ihn an. »Ja. Mr Lang hat gesagt, dass du hier bist und auf mich wartest und dass du mich sehen willst, deshalb bin ich natürlich sofort losgefahren. Als ich hier angekommen bin, war ich bei meinem Auto und wollte mein Festkostüm aus und etwas anderes anziehen, als ich Geräusche hörte, die wie Schüsse geklungen haben. Ich hatte Angst, Mr Lang könnte mit seiner Schrotflinte hinter dir her sein, deshalb bin ich gekommen, wie ich eben war.«

»Warum bist du davongerannt, als ich dich gesehen habe?«

»Du hast so wütend ausgesehen, weil ich nur in der Lingerie herumgelaufen bin.«

»Der was …?«

Sie sah einen zornigen Ausdruck über sein Gesicht huschen und wusste, dass sie einen Fehler begangen hatte. Er hasste es, wenn sie Wörter gebrauchte, die er nicht kannte – und diese Miene erinnerte sie daran, dass sie seine Launenhaftigkeit ertragen hatte. In der einen Sekunde war er noch zufrieden gewesen, in der nächsten wütend – und *immer* war es Saras Schuld. Für seine schlechte Laune – nie für seine gute – war laut Greg stets Sara verantwortlich.

Sie tat so, als hätte sie seine Wut nicht bemerkt. »Ich habe dich so sehr vermisst«, sagte sie und zwang sich, seinen Hals zu küssen. »Hast du mich auch vermisst?« Während du mit deiner Frau zusammen warst? Oder im Gefängnis gesessen hast?, wollte sie ihn fragen.

»Sara, dafür habe ich jetzt keine Zeit.« Er löste ihre Arme von seinem Hals und trat zurück, aber sie sah das Flackern in seinem Blick. Sie hatte keine Ahnung, ob er über ihre Hochzeit mit Mike Bescheid wusste oder nicht, aber eines war klar: Er wollte Sex. Und sie musste Zeit gewinnen. »Ganz in der Nähe ist ein altes Sommerhaus«, sagte sie sanft. »Direkt hinter dieser Hecke.«

»Ich …«

Sie entfernte sich rückwärts ein paar Schritte von ihm. »Ich wette, du kannst mich nicht fangen«, sagte sie so verführerisch, wie sie nur konnte, dann rannte sie auf das Sommerhaus zu. Aber sie hatte den Zorn in Gregs Augen aufblitzen sehen und wusste, dass es nicht lange dauern konnte, bis er seiner Wut freien Lauf lassen würde. Im Rennen hatte sie das Bild vor Augen, wie Mr Lang den Draht über der Türschwelle des alten Sommerhauses gespannt und die Pfeile unmittelbar im Eingang angebracht hatte.

Damals hatte sie sich vorgestellt, was wohl passiert wäre, wenn Mike oder sie das hübsche, kleine Gebäude betreten hätten, nachdem die Falle angebracht worden war. Doch jetzt, während sie über den Rasen und dann um die hohe Hecke lief, die das Häuschen völlig verbarg, konnte sie daran nicht denken.

Sie steuerte direkt auf das Gebäude zu und machte einen Sprung, als sie die Tür öffnete. Dann stand sie am anderen Ende des Raumes mit dem Rücken zur Wand und konnte die vier Pfeile sehen, die Mr Lang unmittelbar im Eingang befestigt hatte. Jetzt konnte sie hier nicht mehr heraus.

Greg blieb vor der Tür stehen. »Sara!«, befahl er. »Komm sofort raus da.«

»Mir wäre es lieber, du würdest zu mir kommen«, hauchte sie, obwohl ihr das Herz bis zum Hals schlug.

Als sie ihm nicht gehorchte, flammte sein Zorn auf. »Du kleine Schlampe!«, sagte er, während er auf sie zustürzte.

Alles geschah gleichzeitig. Greg zog seine Waffe und trat einen Schritt näher – und sie hörte den Draht knacken.

Greg sah ihren Gesichtsausdruck und wusste, dass etwas passiert war. »Der verdammte Lang und seine Fallen!«, brüllte er, während er die Waffe auf sie richtete. Sara warf sich instinktiv auf den Boden und schützte den Kopf mit den Händen.

Genau in dem Augenblick, als die Waffe feuerte, schossen die Pfeile los.

Stefan Vandlo alias Greg Anders, der aber auch viele andere Namen benutzt hatte, wurde von vier Pfeilen mit Stahlspitzen getroffen – und für immer zum Schweigen gebracht.

Sara war über das, was passiert war – über das, was sie angerichtet hatte –, so entsetzt, dass sie es lediglich schaffte, sich wieder aufzurappeln. Ihr Gesicht und ihre Dessous waren von Gregs Blut bespritzt. Um hinaus zu kommen, hätte sie Gregs Leiche, die zwischen der Tür eingeklemmt lag, zur Seite schieben müssen, und das brachte sie nicht über sich. Sie blieb stehen, wo sie war, mit dem Rücken gegen die Wand des Sommerhauses gelehnt.

* * *

Nachdem die Schüsse gefallen waren, brauchte Mike eine ganze Weile, bis er die Beamten loswurde, die auf seinen Anruf hin herbeigeeilt waren. Innerhalb von vier Minuten wimmelte es auf der alten Farm von Fahrzeugen und Männern, die alle mit Informationen versorgt werden mussten.

Mitzi war zwar schnell ausfindig gemacht worden, doch Stefan war ihnen entwischt. Überall fuhren Einsatzfahrzeuge herum, sogar ein Hubschrauber wurde eingesetzt, und viele Leute liefen umher. Es wurde intensiv nach Stefan Vandlo gesucht.

Doch Mike machte sich nur um Sara Sorgen. Er hatte sich den Weg durch die Menge bahnen müssen, um zu Ariel zu gelangen. Als sie ihm erzählte, dass sie und Sara zusammen hierher gekommen waren, geriet er beinahe in Panik. Er hatte gedacht, sie wäre auf dem Volksfest und in Sicherheit.

Verzweifelt begann Mike loszurennen. Es gab auf Merlins Farm nur ein Gebäude, an dem die Fahnder vorbeilaufen und es übersehen konnten.

Als Mike Sara schließlich entdeckte, stand sie hinten im alten Sommerhaus, und Stefan Vandlo lag leblos quer im Eingang. Mr Langs Pfeile waren an vier Stellen in seinen Körper eingedrungen, einer hatte das Herz getroffen.

Mike hatte keine Skrupel, als er die Pfeile herauszog und den Leichnam auf den Boden legte. Er ging zu Sara, nahm sie in die Arme und drückte sie fest an sich. »Es ist alles gut«, flüsterte er. »Jetzt bist du in Sicherheit.« Er hielt ihren Kopf an seine Schulter, damit sie nicht sehen konnte, wie die Rettungssanitäter Stefans Leiche abtransportierten. Als sie fort waren, führte er sie ins Freie, nahm sie auf die Arme und trug sie zum Haus zurück. Ein Feuerwehrauto und ein Krankenwagen standen in der Einfahrt, ein Hubschrauber auf dem Rasen.

Jemand legte eine Decke über Sara, während Mike sie in den Armen hielt, und sie sah Ariel, die sich gegen das Heck des Feuerwehrautos lehnte. Sie hatte den Mantel eines Feuerwehrmanns über den Schultern, doch ihre langen, schlanken Beine waren unbedeckt, und sie war von mindestens einem Dutzend

Männern umringt. Sie machte eine kurze Grußgeste in Richtung Sara, als Mike sie forttrug.

Er brachte sie in die Küche des Hauses und setzte sie auf die ramponierte Resopalarbeitsfläche. Nachdem er ein paar Schubladen aufgezogen hatte, entdeckte er einen Stapel sauberer Geschirrtücher, feuchtete eines an und machte sich daran, Saras Gesicht sauber zu wischen. Das Tuch wurde blutrot. Von Gregs Blut.

Sie berührte den Bluterguss an Mikes rechtem Auge, und unter dem anderen klaffte eine Wunde. Er hatte den größten Teil des Bluts von seinem Gesicht gewischt, doch sie erinnerte sich dennoch, es gesehen zu haben. Mit einem Mal fiel ihr ein, wie sie hierher gekommen waren. »Mitzi! Wir haben sie in deinem Auto hierher gebracht, aber wir haben Schüsse gehört! Ich glaube, sie ...«

Mike küsste sie sanft. »Es ist in Ordnung. Mitzi hat es geschafft, sich zu befreien, aber sie ist auf eine von Langs Fallen getreten. Wir haben sie in einem Netz an einem Baum hängend gefunden.«

»Ist sie in Ordnung?«, fragte eine Stimme von der Tür her.

Sara drehte sich um und sah den Mann, mit dem Mike gekämpft hatte, derjenige, der ihm das Gesicht blutig geschlagen hatte – der Mann, der für Greg arbeitete. »Sie haben ihm das angetan!«, schrie sie los. »Ich habe gesehen, wie Sie ihn geschlagen haben!« Sie ballte die Fäuste, als hätte sie vor, ihn anzugreifen.

»Du stehst bei ihr im Augenblick nicht hoch im Kurs«, stellte Mike fest. »Sara, meine Kriegerprinzessin, darf ich dir Frank Thiessen vorstellen? Ich habe dir von ihm erzählt, er ist mein ältester Freund.«

»So alt nun auch wieder nicht«, erwiderte Frank und trat mit ausgestreckter Hand auf Sara zu.

Sara schüttelte sie nicht. Sie war es nicht gewöhnt, dass Männer, die einander schlugen, trotzdem beste Freunde waren.

»Wenn es Sie beruhigt, Mike hat mir schlimmer zugesetzt. In

Wahrheit hätte er mich ein paar Mal beinahe umgebracht. Ich könnte Ihnen ein paar Narben zeigen, die er mir zugefügt hat …« Frank verstummte, da er bemerkte, dass Sara noch nicht bereit war, zu erkennen, wie humorvoll seine Feststellung gemeint war.

Mike nickte, und Frank verließ die Küche. »Sara, Schatz, es ist in Ordnung. Frank hat an einem anderen Fall gearbeitet, als er gehört hat, wie jemand den Namen ›Edilean‹ fallen ließ. Er bat darum, in die Vandlo-Ermittlungen einbezogen zu werden, weil er wusste, dass meine Schwester hier wohnt. Er ist für Monate ins Gefängnis gegangen, um sich eine gute Hintergrundgeschichte zu verschaffen, bis Stefan zu ihm in die Zelle gesteckt wurde. Und Frank war derjenige, der mich ins Spiel gebracht hat. Er hat sich sehr bemüht, Stefan Informationen zu entlocken, aber der wollte ihm nichts sagen. Frank konnte nicht mehr tun, als Stefan davon zu überzeugen, dass er einen Bodyguard brauchte.«

»War der andere Mann, den ich bei Greg gesehen habe, auch ein Beamter?«

»Nein«, antwortete Mike. »Der kam von Mitzi. Ich glaube, sie hatte die Nase voll davon, dass ihr Sohn alle ihre Pläne vermasselt hat.« Mike strich Sara die Haare aus dem Gesicht. »Frank ist der einzige Mensch, dem ich von Tess und Edilean erzählt habe. Als mir Captain Erickson gesagt hat, dass diese Information kursiert, wusste ich, dass sie von Frank stammte, und eine Weile war ich mir nicht sicher, ob ich verraten worden war oder ob er mich um Hilfe bat.«

»Als ich euch beide gegeneinander kämpfen gesehen habe …«

»Wir haben versucht, es möglichst lange hinzuziehen, in der Hoffnung, Mitzi würde aufkreuzen und wir könnten sie festnehmen. Niemand hat damit gerechnet, dass du diejenige sein könntest, die sie schnappt.« Er sah sie so stolz an, dass Sara spürte, wie sie errötete. »Als Frank auf dem Fest Kontakt zu mir aufgenommen hat, haben wir den Plan geschmiedet, eine Show abzuziehen, um Vandlo so lange wie möglich abzulenken.«

»Das war keine ›Show‹. Du bist wirklich verletzt worden.« Als sie sein Gesicht berührte, konnte sie sehen, dass er versuchte, nicht zu zucken.

»Frank und ich haben zusammen trainiert, wir haben jede Menge Schaukämpfe absolviert und …«

»Planst du etwa, so etwas in dem Fitnessstudio zu machen, das du eröffnen willst?«

»Genau. Wie wäre es, wenn ich es heute Abend demonstrieren würde? Du und ich, wir könnten gegeneinander antreten.« Mike grinste, Sara dagegen nicht. In den vergangenen Stunden war zu viel passiert, als dass sie ein Lächeln zustande gebracht hätte.

Mike wechselte das Thema. »Willst du wissen, wie ich die Geheimkammer entdeckt habe? Lang hat eine Leitung verlegt, damit er darin elektrisches Licht hat. Als wir beide ihn besucht haben, habe ich mich umgeschaut, während ihr euch über die Kekse unterhalten habt, und ich habe gesehen, dass das Kabel in der Wand verschwindet. Aber mir ist erst am nächsten Tag klar geworden, was ich da gesehen habe.«

Sie streichelte ihm die Wange und blickte ihn liebevoll an. »Du bist klug, schön und begabt.«

Mike lachte. »Dann muss ich ein Spiegelbild von dir sein.« Er legte die Fingerspitzen unter ihr Kinn. »Sara, es tut mir leid, dass du mit allem allein fertig werden musstest. Dem jungen FBI-Beamten, den sie mit der Überwachung der Kameraaufnahmen beauftragt hatten, wurde gesagt, dass Joce gegangen sei, deshalb dachte er, das Wahrsagerzelt stünde leer. Er wollte Anna und mir beim Seilspringen zusehen. Falls du dich damit besser fühlst: Er läuft jetzt mit zwei Veilchen herum, eines von mir und eines von Frank. Ich hätte ihm gern die Beine gebrochen, aber Frank hat mich davon abgehalten.« Mike zuckte mit den Achseln. »Colin meint immer noch, wir sollten …«

Er verstummte, als die Tür aufging. Eine Polizistin brachte Saras Festkostüm herein, legte es auf den Küchentisch und sah Sara voll Bewunderung an. »Sie haben ganze Arbeit geleistet«, sagte sie und verschwand.

Mike lächelte Sara an. »Ich habe die Aufnahmen noch nicht gesehen, aber ich habe gehört, dass du das mit Mitzi großartig gemacht hast. Ich vermute, sie war daran gewöhnt, dass niemand über sie Bescheid wusste, und weil sie dich nicht für das Opfer gehalten hat, auf das sie es abgesehen hatte, hat sie gegenüber der falschen Person geplaudert. Wie auch immer, es heißt, dass du fantastisch warst.«

»Eigentlich nicht«, erwiderte Sara, aber sie freute sich über sein Lob. »Ich denke, Mitzi war wegen der Tarotkarten so aufgeregt, dass sie nicht klar denken konnte, und ich hatte Todesangst. Aber ich hatte Hilfe.«

»Ja, die haben mit Ariel gesprochen.«

»Was ist mit ihr passiert? Dieser Mann ist hinter ihr hergejagt.«

»Als wir die Schüsse gehört haben, sind Stefan und der andere Bodyguard hinausgelaufen. Frank und ich wussten, dass alles vorbei war. Mitzi würde niemals aufkreuzen, wenn jemand schoss. Frank und ich haben übers Handy Verstärkung angefordert, während wir den anderen hinterher sind. Frank hat den anderen Bodyguard gefunden und zur Strecke gebracht.«

»Du meinst, er hat ihn erschossen?«

»Ja, aber ich glaube nicht, dass Ariel noch am Leben wäre, wenn Frank eine Minute später gekommen wäre.« Er zögerte. »Aber da hat es ein Problem gegeben.«

Als Mikes Grübchen erschien, sah Sara ihn fragend an.

»Ich vermute, du hast Ariel erzählt, dass ich an einem Seil geschwungen bin, um dich davon abzuhalten, dass du auf den Stolperdraht trittst.«

»Was hat sie gemacht?«

»Nachdem Frank Vandlos Leibwächter erschossen hatte, hat Ariel zu entkommen versucht, indem sie an dem Seil hinausgeschwungen ist. Das war verständlich, weil sie ja nicht wusste, wer Frank ist, aber er hat sich ganz schön anstrengen müssen, bis er sie geschnappt hatte.« Mike schmunzelte. »Doch nach dem zu schließen, was er mir erzählt hat, hat es ihm gefallen, sich auf sie zu stürzen.«

Sara konnte sich den folgenden Ringkampf mit Ariel in ihrer schwarzen Unterwäsche ausmalen und wie sie sich mit aller Kraft zur Wehr gesetzt hatte. Ja, sie konnte sich sogar vorstellen, dass Ariel so etwas beinahe genoss.

»Ich glaube, sie mögen sich«, stellte Mike fest und lehnte den Kopf an ihren. »Und was dich anbelangt … Ich denke, ich bin heute um zehn Jahre gealtert. Ich bin von FBI-Beamten, die alle mit mir reden wollten, mit Fragen bombardiert worden, und ich wollte wissen, was passiert war. Hätte ich nur geahnt, dass du hier bist, dann hätte ich gewusst, wo ich suchen muss.« Er strich ihr über die Haare. »Als ich erfahren habe, dass du auf der Festwiese vermisst wirst, bin ich richtig in Panik geraten. Ich habe Ariel entdeckt, und als sie mir gesagt hat, dass ihr zusammen hierher gekommen seid … Sara, das hättest du nicht …«

Ihr Gesichtsausdruck ließ ihn verstummen. »Also gut, keine Vorträge«, sagte er. »Mir gefällt der Gedanke gar nicht, dass du in so großer Gefahr warst, aber ich bin wirklich froh, dass du Mitzi dingfest gemacht hast!« Er legte die Hände auf ihre Schultern. »Und jetzt, Sara, meine Liebe, so gern ich dich in dem, was du da anhast, sehe, ich will *nicht,* dass dich andere Männer darin zu Gesicht bekommen. Du solltest dich jetzt anziehen, damit du mit ein paar Leuten reden kannst, ja?«

Als Sara ihn am Arm packte, drehte er sich mit fragender Miene wieder zu ihr um.

»Du hast mich als deine Liebe bezeichnet.«

Mike schaute verdutzt drein.

»Das hast du noch nie gesagt.« Als er noch immer nicht begriff, fuhr sie fort: »*Liebe!* Du hast meinen Namen und das Wort *Liebe* noch nie in einem Atemzug gebraucht.«

»Glaubst du, ich habe dich geheiratet, ohne ganz verrückt nach dir zu sein?«

»Im vorliegenden Fall …«

Er stellte sich vor sie, schob ihre Beine auseinander und drängte seine Hüfte dazwischen. »Es gibt jede Menge Verbrecher, und ich habe noch keine geheiratet, um sie zu retten.« Er drückte ihr einen Kuss auf den Hals. »Ich liebe dich.« Er küsste ihre Wange. »Ich liebe dich jeden Tag mehr.« Er küsste ihre Lider. »Als ich dich da hinten im Sommerhaus überall mit Blut bespritzt hinter Vandlo stehen gesehen habe, da wusste ich einen Augenblick nicht, ob du tot bist oder am Leben, und ich dachte, ich würde sterben.«

»Ich auch«, sagte sie und küsste ihn. »Als mir klar geworden ist, dass die alte Frau Mitzi ist, da wusste ich, dass du in Gefahr bist, und …«

»Pst«, machte er und drückte sie an sich. »Jetzt ist es vorbei, und ich muss am Montag nach Fort Lauderdale zurück. Meinst du, du wirst bis dahin mit dem Packen fertig? Allerdings weiß ich noch nicht, was für ein Auto ich fahre.«

»Was ist mit deinem …?«

»Von Schüssen durchsiebt. Was in aller Welt hat dich bloß auf die Idee gebracht, Mitzi Vandlo in ein Auto voller Waffen zu stecken? Hättest du nicht ein anderes Fahrzeug stehlen können?«

»Beschuldige nicht mich, das war Ariel. Deine geliebte Ariel, mit der du dich zu einem Rendezvous verabredest, obwohl du ein verheirateter Mann bist.«

»Ich bin mit ihr ausgegangen, *bevor* ich dich geheiratet habe. Und sie …«

»Ich störe nur ungern«, sagte Frank von der Tür her, »aber alle wollen die Frau sehen, die Mitzi gefasst hat.«

»Ich komme, sobald Sara angezogen ist.«

»Du bist gar nicht gefragt«, erklärte Frank, dann lachte er, als er im Gehen Mikes finsteren Blick sah.

»Ich vermute, die Gemälde, die Mr Lang in seiner Geheimkammer versteckt hat, sind mit CAY signiert«, stellte Sara fest.

»Ja«, bestätigte Mike. »Charles Albert Yates. Gestern haben Luke und ich eine ganze Menge davon aus der Kammer geschleppt.« Er hob Sara von der Arbeitsfläche. »Es sind etwa hundert Gemälde, aber da war noch viel mehr versteckt. Alles in diesem Raum ist alt, und ich habe keine Ahnung, worum es sich handelt. Da sind Holzkisten voller Briefe und alter Tagebücher und Kleider. Auch der Kilt und das Hemd, das Lang an jenem Abend 1941 getragen hat, von denen ich in meiner Kindheit unentwegt gehört habe, stammten aus diesem Versteck.« Mike holte Luft. »Ich begreife nicht, warum noch keiner diese Kammer entdeckt hat.«

»Mr Lang hat die Tür zugenagelt«, erklärte Sara, während Mike ihr in das lange Kleid half.

»Dann hat also nur *er* sich den Inhalt ansehen können. Das ergibt Sinn.«

»Wie hat Mitzi das mit den Gemälden überhaupt herausgefunden? Und sind sie wertvoll?«

Er schwieg.

»Mike? Was ist los?«

»Ich habe Fotos von ein paar der Gemälde ans FBI nach Washington geschickt. Sara, Schatz, du bist Millionärin. Multimillionärin.«

Ihr einziger Gedanke war, dass sie es sich jetzt leisten konnten, Merlins Farm zu renovieren. Und dass sie sich über die Ausbildung ihrer Kinder keine Sorgen zu machen brauchten. Und Mike konnte das beste Fitnessstudio überhaupt eröffnen. Sie sah ihn lächelnd an, aber sie bemerkte seine ernste Miene. »Du bist der einzige Mensch auf Erden, der traurig sein kann, wenn er eine Menge Geld bekommt.«

»Das ist nicht mein Geld. Es ist deines, und du könntest damit eine Menge anfangen.«

Sara musste sich anstrengen, um nicht laut aufzustöhnen. Mike ließ sie damit wissen, dass er sie von ihren frisch abgelegten Ehegelübden entbinden und gehen lassen würde, falls sie das wollte. »Denkst du, Tess kann für *uns* Millionen verwalten?«

»Klar«, antwortete er, und sein Grübchen erschien.

Sie hakte sich bei ihm ein. »Meine Mutter hat schon eine ganze Liste von Leuten, die sich in deinem Fitnessstudio anmelden wollen.«

»Die Frage ist eher, ob wir *dich* aus dem Bett kriegen oder nicht, damit du zum Sport gehst.«

»Ich …«, hob sie an, aber sie verstummte, als sie ins Freie traten.

Neben dem Feuerwehrauto, dem Krankenwagen und den Streifenwagen schien sich halb Edilean versammelt zu haben. Und als die Leute Sara erblickten, fingen sie zu klatschen an. Sie war sich sicher, dass die meisten keine Ahnung hatten, was sie getan hatte, aber ihnen war genug zu Ohren gekommen, dass die ganze Stadt stolz war auf sie.

Sie blickte sich nach Mike um.

»Geh schon«, sagte er. »Das ist dein Augenblick. Du bist die Heldin.« Er drückte ihr die Hand. »Keiner wird dich je wieder bemitleiden, Sara Shaw.«

Hätte sie an ihrer Liebe zu ihm Zweifel gehabt, dann wären sie in diesem Augenblick mit Sicherheit verflogen. Es war seine Arbeit gewesen, durch die der Fall gelöst worden war, aber er war bereit, zur Seite zu treten und ihr den Ruhm zu überlassen. »Newland«, sagte sie. »Der Mann, den ich liebe, heißt Newland.«

Mike grinste. »Ja, Ms Newland. Meine Frau.«

Sara wandte sich um und ging auf die Leute zu, die darauf warteten, ihr zu gratulieren – aber sie ließ Mikes Hand nicht los.

Danksagungen

Ich möchte dem Menschen danken, der dieses Buch möglich gemacht hat, meinem Berater und vor allem meinem Freund, Detektiv Charles J. Stack von der Economic Crimes Unit vom Fort Lauderdale Police Department.

Charlie, ein ehemaliger Landesmeister im Kickboxen und in Karate, und ich trainieren zusammen. Er treibt mich an, immer schwerere Gewichte zu heben und mit den Boxhandschuhen gegen diesen großen Sack zu schlagen, doch dazwischen beantwortet er meine Fragen. Charlie hat auf alle meine E-Mails sofort geantwortet, egal, wo er sich aufhielt, ob er gerade in einem Gerichtssaal saß oder beim Oberstaatsanwalt war. Er erklärte mir alles, von den Ruhestandsplänen der Polizei von Fort Lauderdale bis zu den jüngsten Gerichtsentscheidungen des U.S. Supreme Court und worum es sich beim verdammten Muay Thai handelt.

Er erzählte mir wirklich fantastische Geschichten von seiner sehr gefährlichen Undercover-Arbeit. (Der Sender AMC will eine Dokumentation über einen dieser Fälle drehen!) Er hat die Kampfszenen, die ich geschrieben hatte, gelesen und die Szenen über die Arbeit der echten Mitzi, und hat sie wunderbar redigiert.

Seine Kenntnisse darüber, was in den Köpfen von Kriminellen wie der echten »Vandlo-Familie« vorgeht, sind brillant – und fesselnd. Die Schwere der Kriminalfälle, an denen er arbeitet, und die absolute Ahnungslosigkeit der Öffentlichkeit von diesen Verbrechern haben mich entsetzt.

Ich kann Charlie für seine Hilfe, seine Intelligenz, seine Freundlichkeit und seine unermessliche Geduld niemals genug danken.

Danke, Charlie. Du bist ein echter Held.